BASTEI
LÜBBE

Bernd Frenz • Jo Zybell
Michael J. Parrish

MADDRAX

Wettlauf gegen die Zeit

Fünf Romane

BASTEI
LÜBBE

BASTEI LÜBBE TASCHENBUCH
Band 23 278

1. Auflage: Dezember 2004

Vollständige Taschenbuchausgabe
der Romanserie, Band 32 bis 36
Infos zur Serie unter
www.maddrax.de

Bastei Lübbe Taschenbücher ist ein Imprint
der Verlagsgruppe Lübbe

Lektorat: Michael Schönenbröcher
Titelillustration: Arndt Drechsler
Kartenzeichnung: Helmut W. Pesch
Umschlaggestaltung: Tanja Østlyngen
Satz: SatzKonzept, Düsseldorf
Druck und Verarbeitung: Maury Imprimeur, Frankreich
Printed in France
ISBN: 3-404-23278-X

INHALT

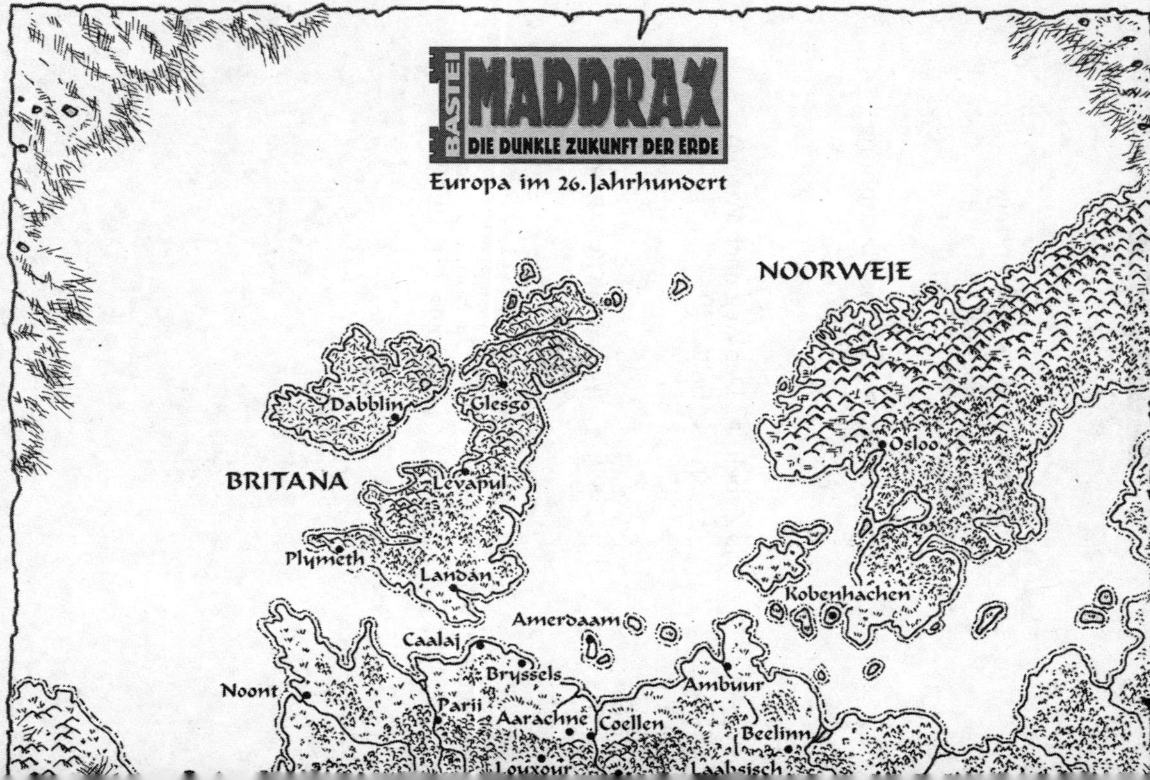
BASTEI
MADDRAX
DIE DUNKLE ZUKUNFT DER ERDE
Europa im 26. Jahrhundert
NOORWEJE
BRITANA
Dabblin
Glesgo
Levapul
Plymeth
Landan
Osloo
Kobenhachen
Amerdaam
Caalaj
Bryssels
Noont
Parii
Aarachne
Coellen
Ambuur
Beelinn
Louxour
Laabsisch

Maddrid
Toluu
Geneeva
Baasel
Stugaart
Züri
Ethera
(München)
Praaha
Waarza
Weean
Millan
Baacelonna
Bolluna
Budapess
Majooca
Rooma
Algeer
Beograad
Burugee
AFRA
Tuunis
Soofia
N
TUURK
Ateen

BERND FRENZ

SEELEN-TRÄGER

17. April 2005
10 Seemeilen vor der libyschen Küste

Die schräg einfallenden Strahlen der Morgensonne ließen das Mittelmeer wie ein Diamantfeld funkeln. Doch Ahmed Yasit besaß keinen Blick für die Schönheit der Natur. Seitdem die *Suleika* ihre verabredete Position erreicht hatte, zerrten die ereignislos verrinnenden Minuten an seinen Nerven. Ungeduldig trommelte er mit den Fingern auf der Reling der Yacht herum. Er wollte der Anspannung gerade durch einen lauten Fluch Luft machen, als das Schiffsdeck unter seinen Füßen ins Schwanken geriet.

Das Meer begann zu brodeln. Gewaltige Fontänen schossen in die Höhe, während sich ein gigantischer Schatten unter lautem Getöse an die Oberfläche wälzte.

Unter den herabstürzenden Fluten wurde ein grauer Stahlkörper sichtbar, gegen den die Hochseeyacht wie ein Spielzeug wirkte. Das Jagd-U-Boot, das ohne jede Vorwarnung emporschoss, war einhundertzwanzig Meter lang und besaß eine Wasserverdrängung von 3000 Tonnen.

Obwohl Ahmed das Erscheinen der Russen sehnsüchtig erwartet hatte, wurden ihm die Knie weich. Die Aussicht auf das, was in den nächsten Minuten geschehen würde, ließ sein Herz schneller schlagen. Kalter Schweiß perlte in seinem Nacken auf und nässte den Hemdkragen. Plötzlich durchzuckten ihn tausend Gründe, aus denen der ausgeklügelte Plan scheitern konnte – doch für eine Umkehr war es längst zu spät.

Erst das Scharren der Schwimmflossen, die hinter ihm über die Planken kratzen, flößte Ahmed wieder Zuversicht ein.

Die französischen Kampfschwimmer, die auf der dem U-Boot abgewandten Seite geräuschlos ins Wasser glitten, interessierten sich zwar nicht für den *Heiligen Krieg* – dafür beherrschten sie ihr tödliches Handwerk mit der eiskalten Präzision, die Söldnern vorbehalten war. Ihr Einsatz würde präzise wie ein Uhrwerk ablaufen, ohne dass Ahmed weitere Anweisungen erteilen musste.

Der Plan war gut durchdacht und Allah mit ihnen. Was sollte also schief gehen?

Säuerlicher Schweißgeruch reizte Ahmeds Nasenflügel, noch bevor sein Bruder mit feucht glänzender Stirn an die Reling trat. Hamid war erst siebzehn Jahre alt und das russische Sturmgewehr erschien noch viel zu groß für seine schmalen Hände. Mit weit aufgerissenen Augen starrte er zu dem U-Boot hinüber, das unbeweglich wie ein toter Wal auf dem Wasser trieb.

»Das Gewehr weg, du Idiot!«, schnauzte Ahmed. »Soll die Mannschaft gleich wissen, was gespielt wird?« Er wählte absichtlich einen harschen Ton, um Hamid aus der Erstarrung zu reißen.

Sein Bruder legte das AK 48 hastig auf die blank gescheuerten Mahagoniplanken, als hätte er sich die Finger daran verbrannt.

Ahmed unterdrückte ein Grinsen. Er konnte sich noch gut erinnern, wie aufgeregt *er* bei seinem ersten Einsatz – nur wenige Wochen nach *Desert Strike* – gewesen war. Bevor es überhaupt losging, musste er sich zweimal übergeben, und noch ein drittes Mal, nachdem er seinen ersten Amerikaner getötet hatte. Zwei Jahre waren seitdem vergangen, trotzdem verfolgte ihn das zerschossene Gesicht des GIs noch manchmal in seinen Träumen.

Ahmed verdrängte das grausige Bild unwillig aus seinen Gedanken. Er war kein einfacher Krieger mehr, sondern führte inzwischen das Kommando. Von seinen Befehlen hing es ab, ob ihre Operation erfolgreich verlief!

Entschlossen sah er zu dem Meeresabschnitt, der sich zwischen der Yacht und dem knapp fünfzig Meter entfernten U-Boot erstreckte. Irgendwo dort vorne tauchten die Franzosen dem Sieg entgegen.

Die Wellen hatten sich wieder geglättet, trotzdem drangen keine verräterischen Luftblasen an die Oberfläche. Statt herkömmlicher Pressluftflaschen benutzten die Kampfschwimmer Kreislaufgeräte mit einem geschlossenem Atemsystem, aus dem nicht das geringste Sauerstoffmolekül entweichen konnte.

Die russische Besatzung hatte nicht den Hauch einer Chance, den Unterwasserangriff vorzeitig zu bemerken.

»Jetzt gibt es kein Zurück mehr«, flüsterte Hamid mit zitternder Stimme. Beinahe so, als ob er zum ersten Mal realisierte, dass dies alles kein Spiel, sondern blutiger Ernst war.

»Ja«, knurrte Ahmed. »Operation *Herz des Feindes* hat begonnen!«

Kommandant Nikolai Wolkow sah zufrieden auf den Monitor, der ein gestochen scharfes Bild der Außenkameras lieferte. Das Schiff der Araber lag pünktlich am verabredeten Ort. Ein gutes Omen. Routiniert zoomte er näher heran. Ein Lächeln huschte über seine Lippen, als er den Namen der Yacht las.

Suleika, dachte er kopfschüttelnd. *Wie kitschig.*

Der Gedanke verschaffte Wolkow ein Gefühl der Überlegenheit. Plötzlich wusste er mit absoluter Gewissheit, dass alles wie am Schnürchen laufen würde. Eine unnatürliche Ruhe überkam ihn.

»Luke öffnen«, befahl er.

Wolkow sprach in normaler Lautstärke, doch seine Stimme dröhnte in der engen Leitzentrale lauter als die

Kirchenglocken am Roten Platz. Die Offiziere an den Navigations- und Waffenleitpulten sahen mit starren, geradezu maskenhaften Gesichtern zu ihm auf. Es war ihnen nicht anzumerken, ob sie ihre bewaffneten Kameraden, die sich im Mittelgang drängten, beneideten oder bedauerten.

Nur der Zweite Offizier ließ seine Finger über die Tastatur fliegen, um den Öffnungscode einzugeben. Die Luke entriegelte zischend und klappte automatisch in die Höhe.

»*Glawni starschina** Uskij, führen Sie die Männer an Deck!«

Der Angesprochene war schon halb die Leiter hinauf, bevor Wolkow den Befehl beendet hatte. Das AK 107 über den Rücken gehängt, eilte Uskij die eisernen Sprossen empor und verschwand durch die Turmluke ins Freie. Der Rest der Mannschaftsdienstgrade folgte in gleicher Weise. Schweigend, ohne eine Frage über Sinn und Zweck der Übung zu stellen.

Nur die ersten zehn waren mit Sturmgewehren bewaffnet. Mehr Kalaschnikows gab es nicht in der Waffenkammer. Wozu auch? Sie waren U-Boot-Fahrer, keine Infanteristen.

Keiner der dreißig Matrosen, die nacheinander an Deck drängten, wusste, auf welcher Position sie sich genau befanden. Es war ein Relikt des Kalten Krieges, die Mannschaftsdienstgrade über die genaue Fahrtroute im Dunkeln zu lassen. Die letzten Koordinaten, die sie mit Gewissheit kannten, lagen bei der geheimen Werft in Sewastopol, von wo aus sie vor drei Tagen zur Probefahrt ausgelaufen waren.

Ihr U-Boot trug noch keinen Namen, nur die Bezeich-

---

* russisch für Bootsmann

nung *Projekt 2005*. Insgeheim hatten sie den Prototyp aber *Kiew* getauft, und es erfüllte sie mit Stolz, auf der Jungfernfahrt dabei zu sein. Die *Kiew* war zweifellos das modernste Jagd-U-Boot, das derzeit unter der blau-weißen Andreasflagge der russischen Marine fuhr. Seine Wasserstoffzellen waren leistungsfähiger als die Reaktoren eines atomgetriebenen Schiffs und die verbesserten hydroakustischen Schutzschichten der Rumpfoberfläche konnten von keinem bekannten Unterwassersonar angepeilt werden.

Inzwischen hatte sich bis zum letzten Maschinisten herumgesprochen, dass sie die Meerenge am Bosporus durchfahren hatten, ohne von den in Warteposition liegenden US-Verbänden entdeckt zu werden. Dieser Umstand gab Anlass zur Freude, aber keinen Hinweis, in welchem Teil des Mittelmeeres sie aufgetaucht sein mochten. Doch egal, wo sie sich auch gerade befanden – dass sie ein ziviles Schiff aufbringen sollten, war extrem ungewöhnlich.

Falls Kapitän Wolkow über die Order der Marineleitung ebenfalls irritiert war, ließ er es sich nicht anmerken. Mit unbeweglichem Gesicht verfolgte er, wie seine Mannschaft das Deck enterte. Als der letzte Matrose durch den Turm verschwand, stieg er ebenfalls die Leiter empor. Walerie Bajgarin folgte ihm wie ein Schatten, die übrigen Offiziere blieben an ihren Geräten.

»Kapitän auf der Brücke«, meldete Obermaat Uskij, als er nach draußen kletterte.

Wolkow winkte ab. Dies war nicht die Zeit für Formalitäten.

»Besetzen Sie das Geschütz«, befahl er.

Fünf Meter vor dem Turm glitten bereits zwei Stahlplatten auseinander und gaben den Blick auf die 15 mm Zwillingsrohre frei, die bei Unterwasserfahrt im Schiffsrumpf verborgen waren. Mit einem leisen Summen fuhr die Lafette in die Höhe. Uskij wartete, bis die Bodenplatte einrastete, dann machte er das Geschütz gefechtsklar.

Die übrigen Matrosen nahmen zwischen Bugspitze und Brücke Aufstellung. Ihr Blick war auf die Yacht an Steuerbord gerichtet, die knapp fünfzig Meter entfernt auf den Wellen dümpelte. Dort standen zwei dunkelhäutige Männer an der Reling und winkten zu ihnen herüber. Kein sonderlich bedrohlicher Anblick, trotzdem behielten die Gewehrträger ihr AK 107 im Hüftanschlag.

Während die Matrosen auf weitere Befehle des Kapitäns warteten, tauchten an Backbord plötzlich fünf Kopfhauben aus dem Wasser, die wie schwarze Gummibälle leise auf der Oberfläche tanzten. In einer synchronen Bewegung streckten die Taucher den rechten Arm aus dem Wasser. In ihren Handschuhen schimmerten klobige Pistolen in feuchtem Glanz.

Dumpfe Knallgeräusche zerrissen die Stille.

Kurze Pfeile zischten durch die Luft, bohrten sich in Rücken und Nacken der ahnungslosen Matrosen. Noch ehe die ersten stöhnend zusammenbrachen, wurden die nächsten Geschosse abgefeuert.

Heckler & Koch P11, registrierte Wolkow sachlich, während er seine eigene Dienstwaffe zog. *Die Kerle sind verdammt gut ausgerüstet.*

Die Kampfschwimmer feuerten ihre Unterwasserwaffen ruhig und präzise ab, als wären sie auf dem Schießstand. Die kurze Distanz zu den Matrosen machte den Überfall zu einem Kinderspiel. Ehe die Russen überhaupt wussten, was geschah, wälzten sich zehn von ihnen röchelnd auf dem Stahldeck.

Stanislav Mitrow war der Erste, der sich zur Wehr

setzte. Der Obermaat ging instinktiv in die Hocke, um die Angriffsfläche zu verkleinern. Der Lauf seiner Kalaschnikow schwenkte auf einen im Wasser schwimmenden Froschmann, der ihn gleichfalls anvisierte.

Mitrows Zeigefinger krümmte sich um den Abzug – doch das Gewehr blieb stumm. Entsetzt fingerte er am Sicherungshebel, obwohl er genau wusste, dass die Waffe feuerbereit war. Die Erkenntnis, was das zu bedeuten hatte, durchfuhr ihn wie ein Stromschlag – dicht gefolgt von dem schmalen Stahlstift aus der P11, der sich in seinen Kehlkopf bohrte. Unter der Aufschlagswucht zersprang eine winzige Glasphiole in der Pfeilspitze. Das austretende Nervengift verbreitete seine lähmende Wirkung mit explosionsartiger Geschwindigkeit.

Mitrow erstarrte mitten in der Bewegung. Die Muskeln verkrampften, er kippte zur Seite. Sein Oberkörper zuckte noch einige Sekunden, dann war er tot.

Die restlichen Matrosen gerieten in Panik. Sie wollten fliehen, aber auf dem Bootsrumpf gab es keine Deckung für sie. Ein Sprung ins Meer schied ebenfalls aus – dort waren ihnen die Kampfschwimmer erst recht überlegen. So wandten sie sich in die einzige Richtung, die ihnen blieb.

Zurück zur Brücke.

Ihre einzige Hoffnung ruhte auf Obermaat Uskij, der die Zwillingsrohre bereits in die Tiefe schwenkte.

Kapitän Wolkow zog den Schlitten seiner Automatik zurück. Während er die tschechische CUG-200 entsicherte, blickte er aus den Augenwinkeln zu seinem zweiten Offizier, der zitternd neben ihm stand. Walerie Bajgarin umklammerte den Griff seiner Dienstpistole mit beiden Händen, als wollte er sich an ihr festhalten. Seine schreckgeweiteten Augen machten deutlich, dass er nicht in der Lage war, das Feuer zu eröffnen.

Wolkow hätte dem Schlappschwanz am liebsten eine Ohrfeige verpasst, aber wie er Walerie kannte, heulte der sich später bei seiner Schwester aus. Was bedeutete, dass Wolkow Ärger mit seiner Ehefrau bekam. Das war einer der Nachteile, wenn man mit seinem Schwager zur See fuhr.

Uskij gelang es endlich, die Zwillingsrohre auf die Kampfschwimmer zu richten. Ohne einen Befehl abzuwarten, ergriff er den Abzugsbügel und feuerte eine Salve ab. Mit einem schweren Wummern jagten die 15-mm-Projektile übers Deck hinweg und schlugen in die Fluten, gut fünf Meter von den anvisierten Froschmännern entfernt, die den Beschuss der Matrosen unbeeindruckt fortsetzten.

Fieberhaft richtete Uskij das schwere Geschütz neu aus. Die Kampfschwimmer befanden sich fast im toten Winkel des U-Bootes und er durfte nicht den Rumpf der *Kiew* beschädigen.

Endlich hatte er die Froschmännern richtig im Visier. Seine Finger legten sich um den Abzug, bereit die zweite Salve abzufeuern. Da drückte Kapitän Wolkow ab.

Er schoss Uskij erst in den Rücken – danach noch zweimal in den Kopf. Ohne einen Laut von sich zu geben sackte der Obermaat hinter dem Geschütz zusammen.

Einige Matrosen, die in den Schutz der Brücke hatten fliehen wollen, blieben entsetzt stehen, als sie sahen, wie ihr Kamerad regelrecht hingerichtet wurde. Fassungslos blickten sie zu ihrem Kommandanten empor. Statt einer Erklärung sandte ihnen Wolkow einige Kugeln entgegen. Gleichzeitig eröffneten die Araber an Bord der *Suleika* das Feuer.

Das Gemetzel dauerte nur wenige Sekunden, dann war der Rumpf der *Kiew* mit Leichen übersät. Die meisten der Matrosen starben, ohne überhaupt zu begreifen, dass sie wie Schafe zur Schlachtbank geführt worden waren.

Sobald die Mannschaftsdienstgrade liquidiert waren, enterten die Kampfschwimmer das Deck. Ohne die russischen Offiziere im Turm eines Blickes zu würdigen, entledigten sie sich der Flossen und Taucherbrillen. Vier von ihnen begannen damit, die Leichen ins Wasser zu werfen. Der fünfte stapfte auf den Turm zu. Der Lauf seiner P11 war auf das Deck gerichtet, doch seine Augen funkelten misstrauisch.

»Steck endlich die Pistole weg!«, herrschte Wolkow seinen Schwager an, der die Automatik weiterhin mit beiden Händen umklammerte. Die Aussicht, deshalb versehentlich erschossen zu werden, brachte Leben in den Zweiten Offizier. Hastig stopfte er die CUG zurück in die Pistolentasche.

Der Kampfschwimmer nickte zufrieden. Seine P 11 verschwand in einem Holster am Tauchergürtel. In einer militärischen Geste legte er die ausgestreckten Finger seiner Rechten an die Schläfe.

»Lieutenant Boisset«, stellte er sich vor, bevor er auf Englisch fortfuhr: »Gibt es bei Ihnen an Bord noch etwas für meine Männer zu tun, mon Capitaine?« Sein französischer Akzent war weitaus verräterischer als sein Name.

Vermutlich ein ehemaliger Fremdenlegionär, überlegte Wolkow. *Ein Luxemburger, vielleicht auch Belgier oder ein Franzose, der sich bei der Rekrutierung für einen Ausländer aus den Beneluxstaaten ausgegeben hat.*

»Nein, danke«, antwortete er in einem schauderhaft gebrochenen Englisch. »Die Männer, die sich noch unter Deck befinden, sind alle auf unserer Seite.«

Ein lautes Motorengeräusch entband den Taucher von einer Antwort. Sekunden später ging die *Suleika* längsseits. Ahmed sprang mit drei Gefolgsleuten an Deck des U-Bootes.

Wenn Wolkow einige vollbärtige Ajatollahs mit weißem Turban erwartete hatte, so sah er sich getäuscht. Keiner der Terroristen war über fünfundzwanzig. Sie trugen lässige Kleidung und Marken-Turnschuhe, mit denen sie sich nicht im Geringsten von den Studenten eines amerikanischen Campus unterschieden. Nur der harte Glanz in ihren dunklen Augen ließ ahnen, dass das Feuer religiöser Fundamentalisten in ihnen brannte. Jeder Einzelne war bereit, sein Leben für die Vergeltung, für den *Heiligen Krieg* zu opfern.

Allahs Rache, Kommando 14. Juni, Islam Power – seit die Auswirkungen von *Desert Strike* in vollem Umfang bekannt waren, schossen die radikalen Gruppen wie Pilze aus dem Boden. Den Zwölf-Tage-Krieg gegen die *United Arab Association* hatte die NATO zwar durch ihre Luftüberlegenheit gewonnen, doch seitdem ging die Auseinandersetzung mit den Mitteln des Terrorismus weiter. Was ursprünglich als begrenzter Konflikt begonnen hatte, um die starre Haltung des arabischen OPEC-Nachfolgers ins Wanken zu bringen, war längst zu einem weltumspannenden Religionskrieg geworden, in dem die USA zum Hauptziel der Anschläge avancierten.

Eine offizielle Kriegserklärung stand zwar bis heute aus, doch das hatte auch den Vietnam-Konflikt nicht daran gehindert, für die Vereinigten Staaten in einem Desaster zu enden. Die nicht abreißende Welle von Terroranschlägen bekam für die amerikanische Zivilbevölkerung allmählich traumatische Züge, denn zum ersten Mal seit dem Bürgerkrieg fanden die Kampfhandlungen wieder auf heimischen Boden statt.

In den Augen der westlichen Welt waren Ahmed und seine Mitstreiter nur feige Terroristen, den Mitgliedern der UAA galten sie dagegen als tapfere Soldaten, die den Krieg auf das Gebiet des übermächtigen Gegner trugen.

Nikolai Wolkow waren solche Feinheiten egal. Der U-Boot-Kommandant sah in den Arabern vor allem potente Geldgeber, die ihm den gerechten Lohn für dreißig aufopfernde Dienstjahre zahlten, den ihm die marode russische Marineleitung bis heute vorenthalten hatte. Dass die Amerikaner dafür leiden mussten, empfand er nur als gerecht. Es bestand für ihn nicht der geringste Zweifel, dass der Kriegstreiber Bush und seine Vasallen für den andauernden Zerfall des Sowjetimperium – und damit für seine persönliche Misere – verantwortlich waren.

Während die übrigen Terroristen daran gingen, die nagelneuen Kalaschnikows einzusammeln, strebte Ahmed Yasit mit selbstbewussten Schritten der Brücke entgegen.

Wolkow verfolgte die Leichenfledderei der Matrosen mit gelassener Miene. Die Sturmgewehre nutzten den Arabern nichts, solange sich die dazugehörigen Schlagbolzen in seiner Hosentasche befanden.

Ahmed schwenkte grinsend zwei kleine Koffer in den Händen. »Das lief ja wie am Schnürchen!« Er sprach ebenfalls Englisch.

Wolkow schüttelte den Kopf. Es war schon eine Ironie des Schicksals, dass sie sich nur in der Sprache des verhassten Feindes verständigen konnten; wobei es Boisset vermutlich am wenigsten interessierte, für und gegen wen er gerade kämpfte.

Die letzten Toten verschwanden in den Fluten.

Auf der Yacht schleppte Hamid zwei schmale Stahlzylinder an Deck. Die beiden röhrenförmigen, hermetisch verschlossenen Behälter waren nur knapp achtzig Zentimetern hoch; trotzdem brauchte er seine ganze Kraft, um sie nacheinander über die Reling zu wuchten. Sein Cousin Yilmaz nahm die Zylinder mit äußerster Vorsicht entgegen, als ob eine starke Erschütterung in einer Katastrophe enden könnte.

Auf dem chromglänzenden Metall prangte nur die schlichte Aufschrift CK-512. Eine schlichte, nichtssagende Kennzeichnung. Angesichts der Umstände, unter der die Fracht verladen wurde, wirkten die Buchstaben und Zahlen aber bedrohlicher als ein Totenkopfemblem.

Boisset wusste nicht, was sich in den Zylindern befand. Solange sie ihm nicht um die Ohren flogen, interessierte es ihn auch nicht. Begehrlich blickte er auf die Koffer in Ahmeds Händen.

»Damit wäre unser Teil des Auftrags erfüllt«, verkündete der Franzose erwartungsvoll.

Ahmed lächelte mit der Herzlichkeit eines Gebrauchtwagenhändlers, während er einen der Koffer abstellte. Den anderen hielt er Boisset mit beiden Händen entgegen, als ob er ein silbernes Tablett mit Frühstückshäppchen präsentierte.

Der Kampfschwimmer entledigte sich der klobigen Handschuhe und öffnete die Verschlüsse. Als der Deckel in die Höhe schnappte, fiel ihm ein Bündel US-Dollar entgegen.

Die Währung des Feindes. Natürlich. Wer wollte sich schon mit wertlosen Euro auszahlen lassen?

Mit fliegenden Fingern blätterte Boisset die Notenbündel durch, um sicherzustellen, dass ihm weder Zeitungspapier noch Blüten untergeschoben wurden. Die Scheine waren echt, die Summe stimmte bis auf den letzten Cent.

Eine Million Dollar.

Zufrieden klappte Boisset den Koffer zu. Ein letzter militärischer Gruß, dann eilte er zu seinen Kameraden, die schon ungeduldig auf ihn warteten. Gemeinsam kletterten die Franzosen an Bord der *Suleika*.

Während die Terroristen mit dem CK-512 unter Deck verschwanden, sahen Ahmed und Wolkow der davon tuckernden Yacht nach. Gelächter hallte zu ihnen herüber, während der Sold unter den Tauchern aufgeteilt wurde. 200.000 Dollar pro Mann waren schon ein Grund zum Feiern.

»Das Geschütz ist feuerbereit«, teilte Wolkow seinem Verbündeten mit.

Ahmeds Lippen spalteten sich zu einem Lächeln, das die samtbraunen Augen nicht erreichte. »Nicht nötig. Die Scheine sind kontaminiert.«

Der U-Boot-Kommandant nickte, als hätte er etwas Derartiges erwartet. »Ich hoffe, das waren keine echten Dollar.«

»Aber natürlich! Boisset ist kein Anfänger, der auf Blüten hereinfällt.« Ahmeds Grinsen wurde breiter. Nun funkelten auch seine Augen. »Seit die Saudis auf unserer Seite stehen, spielt Geld keine Rolle mehr.«

»Der begrenzte Atomschlag war wirklich ein Fehler.«

Ahmeds Grinsen erstarrte zu einer bizarren Maske. »O ja«, keuchte er. »Die Amerikaner werden *Desert Strike* noch bitter bereuen.«

An Bord der Yacht schwollen die Stimmen zu einem schrillen Chor an. Man musste kein Französisch verstehen, um zu hören, dass ein Streit ausgebrochen war. Gleich darauf ertönte das dumpfe Knallen einer P 11. Schmerzensschreie und weitere Schüsse wehten herüber. Zwischen den fünf Tauchern brach ein Kampf auf Leben und Tod aus.

Ahmed lächelte stolz.

Wolkow war beeindruckt.

Zwei Franzosen stürzten an Deck der Yacht. Einer von ihnen war Boisset, der sich mit einem großgewachsenen Mann prügelte. Wie besessen schlug er mit bloßen Fäusten auf den blonden Taucher ein, der ihn um zwei Köpfe überragte.

Die Nase des Hünen war bereits zu Brei geschlagen, sein Unterkiefer stand schief zur Seite, trotzdem hielt er sich auf den Beinen. Fieberhaft tastete er an der rechten Wade herum und steckte einen Treffer nach dem anderen ein, als wäre er gegen die Schmerzen immun.

Endlich bekam er den Griff seines Tauchermessers zu fassen. In einer Bewegung, die zu schnell für das menschliche Auge war, zog er den Stahl hervor und rammte ihn zweimal bis zum Heft in den Leib des Leutnants. Blut quoll aus den Stichwunden hervor, fand auf dem Neoprenanzug keinen Halt, perlte in die Tiefe.

Boisset schien die Verletzung gar nicht zu registrieren. Unbeeindruckt setzte er seinen Angriff fort. Mit ungestümer Wucht packte er den Hünen an beiden Ohren und hämmerte seinen Kopf gegen die Reling.

Er hatte den Schädel längst eingeschlagen, als sein Blutverlust den fälligen Tribut forderte. Boisset begann zu schwanken, knickte in den Knien ein und brach über seinem Opfer zusammen. Auf groteske Weise wirkten die Taucher wie ein eng umschlungenes Liebespaar, das sich auf dem Deck vergnügte, während die Yacht langsam weitertrieb. Nur der rote Blutstrom, der an der weißen Bordwand hinab floss, ließ ahnen, welche Tragödie sich an Bord der *Suleika* abgespielt hatte.

»Wirklich erstaunlich«, kommentierte Wolkow, bevor er hinter das Geschütz trat.

Er wartete, bis die Yacht dreihundert Meter entfernt

war, dann setzte er eine Salve direkt unter die Wasserlinie. Hämmernd perforierten die 15-mm-Geschosse den Schiffsrumpf, bis er der Länge nach aufgerissen war wie der Leib eines waidwundes Tieres. Die einströmenden Fluten drückten die *Suleika* achtern ins Meer, während sich ihr Bug einen kurzen Moment lang unnatürlich weit über die Wellen erhob. Wie von einem Stahlseil gezogen versank die Yacht zwischen den aufschäumenden Wellen und riss alle Spuren des Zwischenfalls mit sich in die Tiefe.

Obwohl Wolkow die Yacht selbst versenkt hatte, hinterließ der Untergang ein flaues Gefühl in seiner Magengrube. Den Seemann in ihm plagte bei diesem Anblick die Angst vor dem Ertrinken, seine militärische Seite fürchtete dagegen, früher oder später genau wie die Franzosen hintergangen zu werden. Nicht dass er Mitleid mit den toten Söldnern verspürte – aber der Hass auf die Amerikaner, der die islamistischen Terroristen und seine Besatzung einte, war nur ein schwaches Band, das schnell zerreißen konnte.

Äußerlich ungerührt ging er mit Ahmed unter Deck und gab den Befehl zum Abtauchen. Die Ballasttanks der Kiew wurden geflutet und der stahlgraue Koloss verschwand innerhalb von zwanzig Sekunden geräuschlos im Meer. Nachdem die Wellen sich beruhigt hatten, strahlte die glitzernde Oberfläche wieder Ruhe und Frieden aus.

Nur zwanzig Meter unterhalb dieser trügerischen Idylle transportierte die Kiew zehn Einheiten CK-512. Eine mörderische Fracht, die Millionen von Menschenleben bedrohte.

Die unheilige Koalition aus radikalen Moslems und russischer Marine verlieh dem Religionskrieg eine neue Dimension, doch niemand an Bord konnte ahnen, dass ihre Mission erst über fünfhundert Jahre später enden sollte …

Waashton, 17. April 2517

Stöhnend wälzte sich Matthew Drax von einer Seite auf die andere. Bildfetzen schossen durch seinen Kopf, Fragmente aus einer Vergangenheit, die nicht die seine war. Ahnungen von Wasser, Tiefe, und *Meer* durchströmten ihn. So wie in New York, als die Wurmparasiten ihn übernehmen wollten.* Nur tausendfach stärker und verbunden mit etwas Neuem, Übermächtigen …

Dem unbändigen Wunsch nach Wiedergeburt!

Die Zeit ist gekommen … Wir warten auf dich!

Es war, als ob etwas Fremdes, das sich bisher im tiefsten Winkel seines Geistes verborgen hatte, mit aller Macht zum Vorschein käme. Eine heiße Woge flutete durch Matthews Körper, strich an jedem einzelnen Nerv entlang und brachte sein Blut zum brodeln. Schweiß perlte auf der Stirn, brach aus jeder Körperpore, als gärte in ihm etwas Unreines, das nach außen drängte.

Komm zum Meer … Wir warten auf dich!

Plötzlich befand er sich wieder an der Küste von Britana. Dort wo er große Schuld auf sich geladen … einen Hinterhalt gelegt … einen Mord begangen hatte!

»Nein!«, schrie Matt auf. »Es war nicht meine Schuld!«

Die Bilder der Vergangenheit zersprangen wie ein Barspiegel, der durch eine geworfene Flasche in tausend Stücke geschlagen wird.

Plötzlich umgab ihn nur noch Finsternis. Es dauerte einen Moment, bis Matt realisierte, dass er aufrecht im

---

* siehe Taschenbuch 5, Roman 5 »Stadt der Untoten«

Bett saß. Sein Oberkörper war schweißgebadet, Shorts und Unterhemd klebten an ihm wie eine zweite Haut. Obwohl er wach war, schwang der Albtraum wie eine verstimmte Gitarrensaite in ihm nach.

»Verdammt, was ist bloß mit mir los?« Keuchend wischte er sich über die feuchte Stirn. Es fühlte sich an, als ob er die Finger in Blut tauchen würde. Jeder Quadratzentimeter seines Körpers war mit einem klebrigen, sich langsam erhärtenden Film überzogen, der die Bewegungen zur Qual machte.

Komm endlich, wir warten auf dich!

War es nur ein Echo seines Traumes, das im Kopf nachhallte, oder hörte er die Stimme wirklich? Bevor er die Frage genauer analysieren konnte, schwang er bereits die Beine aus dem Bett. Benommen tastete er nach der olivgrünen Uniform, die noch genauso über dem alten Holzschemel hing, wie er sie abends zuvor darüber geworfen hatte.

Gemessen an den Standards des 21. Jahrhunderts war die Wohnung, die er seit über einer Woche in Waashton bewohnte, die reinste Bruchbude. Gemessen an dem barbarischen Leben, das er während des vergangenen Jahres führen musste, stellte es eine geradezu fürstliche Residenz dar. Es gab fließendes Wasser aus den Dachzisternen und ein Plumpsklo auf dem Gang, das nur von fünf weiteren Mietparteien benutzt wurde. Er musste nicht mal einen Aufpreis dafür zahlen, dass sein Schlafzimmer von der elektrischen Straßenlaterne erhellt wurde, die unter dem Fenster brannte.

Abgesehen vom Aufenthalt im Pentagon war Matt seinem alten Leben – dem vor »Christopher Floyd« – niemals näher gewesen. Grummelnd wollte er zurück auf die Fellmatratze sinken, um den neu gewonnenen Luxus zu genießen; aber *irgendetwas* hielt ihn aufrecht. Einem

Schlafwandler gleich, der nicht Herr seiner Sinne ist, schlüpfte er in die Uniform und zog die Stiefel an.

Anfangs dachte er noch, dass er weiter träumen würde, doch das beklemmende Gefühl, das seinen Brustkorb schmerzhaft einschnürte, belehrte ihn eines Besseren. Fassungslos versuchte er die Gewalt über seine Muskeln zurück zu erlangen, aber je mehr er sich konzentrierte, desto stärker wuchs die Gewissheit, dass er ein Gefangener in seinem eigenen Körper war.

Wehr dich nicht Maddrax. Es muss sein!

Diesmal war die Stimme *dunkler, älter,* näher an ihm dran. Fast so, als wäre sie nicht nur in seinem Kopf erklungen, sondern auch dort entstanden.

Mit ungelenken Bewegungen wankte Matthew zur Tür. Seine Beine wackelten wie bei einer Marionette, die von einem zitternden Spieler geführt wurde.

Was geschieht mit mir?, fragt er sich. Hatte ein Telepath von ihm Besitz ergriffen, oder war er schlicht dem Wahnsinn verfallen? Matt fühlte sich wie eine gespaltene Persönlichkeit, in deren Brust zwei verschiedene Seelen wohnten. Vielleicht eine Nachwirkung der virtuellen Realität, in die der Weltrat ihn versetzt hatte? War sein Geist dabei irreparabel geschädigt worden?

Matt öffnete die Tür und stolperte auf den Gang hinaus, den eine Öllampe in schummriges Licht tauchte. Nicht überall gab es elektrischen Strom; nur die wichtigsten Gebäude und Straßenzüge wurden damit versorgt. Jeder Schritt war eine Qual, die weiteren Schweiß aus seine Poren treten ließ. Er fühlte sich besudelt, wie von einer fremden Macht missbraucht.

Trotzdem stolperte er weiter, die Treppe hinunter, auf die Straße hinaus. Die kalte Nachtluft erfrischte ihn ein

---

siehe Taschenbuch 6, Roman 4 »Die zweite Realität«

wenig. Sein Sichtkreis war eingeengt, trotzdem bemerkte er zwei Gestalten, die ihm entgegen kamen. Obwohl die Temperaturen in der vergangenen Woche gestiegen waren – der Frühling hielt endlich auch in Washington Einzug –, trug das Pärchen dicke Fellmäntel. Die weißen Atemwolken, die vor ihren Lippen kondensierten, bestätigten deutlich, wie angebracht die wetterfeste Kleidung war.

Matthew dagegen glaubte innerlich zu verbrennen. Der geheimnisvolle Ruf, dem er folgen musste, schien seinen Körper aufzuheizen. Er wollte schreien, auf sich aufmerksam machen, doch statt eines Hilferufs brachte seine Kehle nur ein trockenes Krächzen zustande.

Das Pärchen sah angewidert zur Seite, als er sich an der Hauswand abstützte, um nicht das Gleichgewicht zu verlieren. Sie hielten ihn für einen Betrunkenen, der die Orientierung verloren hatte.

Matt stolperte vorwärts. Mit jedem Meter, den er zurücklegte, wurde seine Koordination besser. Die Beine bewegten sich von alleine, als würden sie ihr Ziel ganz genau kennen. Wie von einer unbekannten Macht getrieben taumelte er schneller vorwärts.

Schon nach wenigen Straßenzügen schrie jede Faser in seinem Leib nach einer Pause. Matt versuchte anzuhalten, zu verschnaufen – doch der Drang, das Ziel zu erreichen, wurde immer stärker. Plötzlich meinte er den Geruch von Wasser wahrzunehmen und das gab ihm neue Kraft. Ja, es war die Sehnsucht nach dem Fluss, nach dem Potomac River, die ihn in Richtung Stadtmauer trieb. Dieser Erkenntnis folgte umgehend die Frage, was er dort eigentlich wollte? Doch die Stimme, die er gehört hatte, *gehört zu haben glaubte,* blieb fortan stumm.

Zwanzig Minuten lang irrte er wie betäubt durch die Überreste der ehemaligen Hauptstadt, querte die 18. und

19. Straße, an deren Ecken sich jugendliche Streuner um brennende Feuertonnen scharten. Die abgerissenen Gestalten beachteten ihn nicht weiter, vermutlich weil sie ihn für einen der ihren hielten.

Zielstrebig taumelte Matt weiter, bis er ein restauriertes Viertel erreichte, das erneut von Laternen beleuchtet wurde. Die Kohleförderung im Süden von Pennsylvania lief längst wieder auf Hochtouren, wie Matt erfahren hatte. Obwohl die alten Minen mit reiner Muskelkraft abgebaut wurden, reichte die geförderte Menge aus, um in Washington ein Kohlekraftwerk zu betreiben, das den intakten Stadtkern mit Strom versorgte. Natürlich nur die Häuser und Straßen, in denen Bürger lebten, die Abgaben leisteten.

Am Rande nahm Matt wahr, dass er den ehemaligen Bezirk Foggy Bottom erreichte. Die Häuserblöcke zwischen der 21. und 23. Straße, die er noch aus seiner Zeit bei der Andrew Air Force Base kannte, waren dreistöckigen Bauten gewichen. Dies war das Handelsviertel von Waashton, das bis an das Becken des ehemaligen Tidal Basin reichte, der als sicherer Stadthafen fungierte. Die Grundstücke in dieser Gegend waren äußerst begehrt, deshalb wurde so dicht wie möglich nebeneinander gebaut.

Nur ein Geflecht aus engen Gassen durchzog die Ballung aus Lagerhäusern und Geschäften. Über das Kopfsteinpflaster rollte tagsüber ein unendlicher Strom von lebensnotwendigen Gütern, doch des Nachts war das labyrinthartige Viertel so gut wie ausgestorben. Die Kaufleute verschwanden bei Einbruch der Dämmerung in ihren heimischen Stuben, und die bewaffneten Posten, die die großen Lagerhäuser bewachten, wichen keinen Schritt von ihrer Tür.

Zielstrebig tastete sich Matt durch das Labyrinth der

Gassen voran. Vom Potomac River stieg Feuchtigkeit über die Stadtmauer hinweg und schlug sich als klammer Dunst zwischen den Häusern nieder. Im Licht der Straßenlaternen wurden feine Tropfenschleier sichtbar, die wie nasse Tücher in der Luft hingen.

Matthew störte sich nicht an dem feuchten Wetter. Im Gegenteil. Es löste ein Glücksgefühl in ihm aus. Seine Gehirnwindungen begannen zu prickeln, als würde Brausepulver in seinem Kopf aufschäumen.

Fremde, *nichtmenschliche* Emotionen brandeten in ihm auf. Erinnerungen an eine Existenz, die er nie geführt hatte. Einen Moment lang verspürte er den unbändigen Wunsch, sich die Sachen vom Leib zu reißen, um sich in der nächsten Pfütze zu suhlen ... dann vertrieb ein leises Raunen den unsinnigen Gedanken.

»Dieser Freak is' doch so vollgedröhnt, dass wir ihm die Hose vom Arsch klauen könn'!«, hallte es von den Häuserwänden wider.

»Okee, schnappen wir ihn uns«, gab eine zweite Stimme in weitaus gedämpfterem Tonfall zurück. »Diesmal darf ich mir aber aussuchen, wasich habn will. Ich hab ihn schließlich zuerst gesehn.«

Schnelle Schritte hallten über das Kopfsteinpflaster.

»Dann musst du ihn auch killen«, knurrte der Erste verärgert. »Immer willste die Früchte ernten, obwohl ich die ganze Drecksarbeit mach.«

Gefahr!, dröhnte es vielstimmig durch Matthews Schädel, dabei hatte er die Lage längst durchschaut. Verzweifelt versuchte er zu fliehen, aber die Beine verweigerten ihm weiterhin den Gehorsam.

Da wurde er auch schon an der Schulter gepackt und herumgerissen. Sein Hinterkopf prallte gegen die Hauswand. Grelle Lichtpunkte blitzen vor seinen Augen auf. Als der erste explosionsartige Schmerz nachließ und von einem dumpfen Hämmern abgelöst wurde, schälten sich aus dem Feuerwerk zwei bizarre Gestalten, deren Kleidung aus Leder- und Fellresten bestand, die sie mit Bändern um ihre Körper gebunden hatten.

Ihre Hände starrten vor Dreck, dafür waren die Kurzschwerter, mit denen sie herumfuchtelten, umso blanker poliert. Beide Angreifer waren von dem entbehrungsreichen Leben auf der Straße gezeichnet. Im Gesicht des Größeren schimmerten zahlreiche Eiterherde, die ihm Ähnlichkeit mit einer verdorbenen Salamipizza verliehen. Angesichts des erbärmlichen Zustandes hätte man fast Mitleid mit ihm haben können, doch das kalte Funkeln in seinen Augen machte deutlich, dass ihn ein Menschenleben nicht weiter scherte, wenn es um den persönlichen Vorteil ging.

Drohend ließ er seine Klingenspitze vor Matts Nase kreisen.

Sein Kumpan beschränkte sich darauf, wild mit seiner Waffe zu gestikulieren. »Schöne Sachen, die du da hast!« Er grinste so breit, dass Matthew einen Blick auf sein schadhaftes Gebiss werfen konnte, das einem verlassenen Steinbruch ähnelte. Nur ein einsamer Vorderzahn ragte über die übrigen schwarzen Stummel hinweg. »Wennde die Klamotten freiwillig ausziehst, lassen wir dich am Leben.«

Der grausame Zug um seine Lippen bewies, dass er sein Opfer nicht aus Barmherzigkeit verschonen wollte. Einem Menschen bei diesen Temperaturen die Kleidung zu rauben war ein ungleich grausameres Todesurteil, als ein schneller Streich mit dem Schwert. Aber wenn Pizzagesicht zustach, war die fein gewebte Uniform natürlich mit Blut versaut.

Matt blieb eine Antwort schuldig. Er hatte Mühe genug, sich auf den Beinen zu halten. Dann, ohne jede

Vorwarnung, versiegte das Brausen in seinem Kopf. Der fremde Wille zog sich zurück, und die blockierten Muskeln gehorchten wieder seinen Befehlen.

Den beiden verwahrlosten Straßenräubern blieb diese Veränderung verborgen. Sie hielten ihn weiterhin für einen Betrunkenen, der keinen Widerstand leisten konnte.

»Komm schon, du Freek«, forderte Einzahn. »Zieh dich aus oda ich stech dich ab! Wärn nich die ersten blutigen Klamotten, die ich trag.«

Matt überlegte nicht lange, *warum* er wieder Herr seiner Sinne war. Er reagierte einfach.

Blitzschnell schlug er Einzahns Waffenhand zur Seite und feuerte eine knallharte Gerade ab. Der Kerl war viel zu überrascht, um den Schlag abzublocken. Knirschend bohrte sich die Faust in sein Gesicht.

Keuchend taumelte er zurück und spuckte eine Mischung aus Blut und Speichel auf den Boden, in der ein gelber Splitter schimmerte. Einzahn hatte gerade seinen letzten Beißer verloren.

Matt tauchte inzwischen unter dem ungelenken Hieb des zweiten Wegelagerers hinweg. Gleichzeitig versteifte er die ausgestreckten Finger seiner rechten Hand und rammte sie, wie er es beim Nahkampftraining der US Air Force gelernt hatte, dem Pizzagesicht unter den Brustkorbansatz.

Beide Hände um den Leib geschlungen klappte sein Gegner zusammen, während sein Kurzschwert zu Boden polterte. Das war kein großer Verlust für ihn, denn seine Qualitäten als Fechter lagen noch unter denen eines gewissen US-Piloten, der fünfhundert Jahre durch die Zeit geschleudert worden war. Kein Wunder, dass sich die beiden Kerle auf hilflose Opfer spezialisieren mussten.

Statt über den schnellen Sieg zu triumphieren, hätte Matthew lieber auf Keinzahn – ehemals Einzahn – achten sollen, der sich weiterhin im Rennen befand. Der plötzliche Schmerz, den der Tritt in seine Kniekehle auslöste, brachte die Erinnerung an den hinterhältigen Kerl zurück. Zu spät.

Matt knickte ein und ging zu Boden.

Instinktiv bremste er den Sturz mit seinen Händen ab. Bevor er sich wieder aufrappeln konnte, tänzelte Keinzahn heran und holte zu einem gewaltigen Schwerthieb aus, um Matts Hals mit einem sauberen Streich zu durchtrennen. Matt riss den linken Arm in die Höhe, obwohl er sich bewusst war, dass ihn diese Form der Abwehr zum Krüppel machen würde. Doch seine Überlebensinstinkte waren stärker.

Keinzahn wollte gerade zuschlagen, als in seinem Gesicht blanke Panik aufblitzte. »Bei Lin'con«, entfuhr es ihm, während er über Matts Schulter hinweg starrte. »Was ist *das*?«

Was auch immer er am Ende der Gasse erblickte, es war so furchteinflößend, dass er die Gewalt über seine Schließmuskeln verlor. Ein leises Plätschern verriet, dass die Pfütze, die sich zu seinen Füßen ausbreitete, von ihm stammte.

Ohne Matt weiter zu beachten, zerrte Keinzahn seinen nach Luft japsenden Kumpanen in die Höhe und floh mit ihm um die nächste Hausecke.

Matt stand da, wie vom Donner gerührt. Doch bevor er sich dafür interessieren konnte, was die beiden schrägen Gestalten verjagt und ihm das Leben gerettet hatte, explodierte *irgendetwas* in seinem Brustkorb, mit der Wucht einer Handgranate.

Benommen stolperte Matt zur Seite. Er musste sich an der Hauswand abstützen, um nicht das Gleichgewicht zu verlieren, während ihm das *Fremde* erneut die Kontrolle raubte.

Unheimliches Getrappel näherte sich von hinten. Mindestens drei Beinpaare eilten auf ihn zu, doch weder Schuhsohlen noch blanke Füße konnten *derartige* Geräusche auf blankem Kopfsteinpflaster verursachen. Kein Mensch machte solche platschenden Geräusche beim Auftreten.

Es klang fast, als ob …

Jede Faser in Matts Körper drängte zur Flucht, doch er konnte nicht mal einen Fuß vor den anderen setzen. Sekunden später wurde er schon von dunklen Schatten umringt, die ihm jeden Fluchtweg versperrten. Unförmige Gliedmaßen, die nur entfernt an Hände erinnerten, pressten ihn hart gegen die Mauer. Blubbernde Stimmen, durchsetzt mit einem Klacken drangen von allen Seiten auf ihn ein. Und doch musste es Englisch sein, denn Matt verstand, was gesprochen wurde.

»Ist er es?«

»Ja, ich erkenne ihn wieder!«

»Der Seelenträger! Wir haben ihn.«

Matt traute seinen Augen nicht, als sein Blick auf die schuppigen Kreaturen fiel, die er um zwei Kopfeslängen überragte. Alle drei waren mit Schulterpanzer und Lendenschurz bekleidet, besaßen eine bläuliche Haut und schwangen kurze Stäbe in den Flossenhänden. Obwohl in ihren aufgerissenen Mäulern scharfe Zahnreihen glitzerten, flößte ihr Anblick Matt keine Furcht ein.

Er war solchen Fischwesen schon einmal begegnet. Vor der englischen Küste, als er den Sklavenhändlern entfliehen konnte. Kein Zweifel, vor ihm standen drei Hydriten! Und wenn ihn nicht alles täuschte, kannte er zumindest einen dieser Meeresbewohner persönlich.*

»Mer'ol?«, fragte er ungläubig.

Die Atmungslappen des Angesprochenen blähten sich auf, bis sie wie bizarre Ohren wirkten. Matt hatte richtig getippt, doch auf dem Gesicht des Hydriten zeichnete sich keine Wiedersehensfreude ab. Im Gegenteil. In den halbkugelförmigen Augen funkelte es böse.

Ohne Vorwarnung legte sich eine mit Schwimmhäuten überzogene Pranke um Matts Hals. Trotz seiner geringen Körpergröße war er stark wie ein Bär.

»Endlich haben wir dich, Mörder!«, knackte Mer'ol, während er brutal zudrückte. »Jetzt wirst du deine gerechte Strafe für Quart'ols Tod erhalten.«

Eisiger Schrecken durchzuckte den Piloten.

»Nein«, stieß Matt gepresst hervor. »Damit hatte ich nichts zu tun, das musst du mir glauben. Es war Emroc, der Sklavenhändler, der mich –«

»Das ist nicht von Belang«, unterbrach ihn das Fischwesen wütend. »*Du* hast Quart'ol vorgegaukelt, dass sich die Menschen in friedliebende Wesen verwandelt hätten. *Du* hast ihn mit falschen Versprechungen an Land gelockt, wo er schon nach wenigen Schritten niedergemacht wurde. Deshalb trägst *du* auch die volle Verantwortung für diesen feigen Mord, Maddrax, ob du nun selbst mit der Armbrust geschossen hast oder nur tatenlos daneben standest.«

Bei jedem Wort seiner Hasstirade drückte Mer'ol stärker zu. Matt wurde die Luft knapp. Sein rasselnder Atem alarmierte die beiden anderen Hydriten. Einer von

* siehe Taschenbuch 4, Roman 4 »Zug der Verlorenen«

ihnen, ein stämmiger Bursche mit rot schimmerndem Flossenkamm, packte Mer'ol am Unterarm und zog ihn gewaltsam zurück.

»Er ist ein Seelenträger, vergiss das nicht!«

»Wie könnte ich?« fauchte Mer'ol unwillig. »Aber Maddrax soll ruhig etwas von dem Schrecken erfahren, den seine Rasse seit Generationen bei uns verbreitet!«

Ihr Disput wurde von einem Ruf unterbrochen, der verzerrt durch die Gassen hallte: »Dämonen sind unter uns! Sie wollen unsere Frauen und Kinder rauben! Kommt!«

Keinzahn und Pizzagesicht alarmierten die Wachen an der nahen Stadtmauer.

»Wir verschwinden besser!« Mer'ols Vorschlag stieß auf allgemeine Zustimmung. Die Hydriten nahmen ihren Gefangenen in die Mitte und stießen ihn die Gasse hinab. Erst jetzt, wo die unmittelbare Gefahr gebannt war, fiel Matt auf, dass er die Sprache der Fischwesen verstehen konnte. Dabei übersetzte er ihre feuchten Knacklaute keineswegs ins Englische, sondern spürte instinktiv die Bedeutung des fremden Idioms ... als könnte er auf Erinnerungen zurückgreifen, die nicht die seinen waren.

So ist es, blitzte es in ihm auf. *So wie ich ein Teil von dir wurde, bist du nun auch ein Teil von mir.*

Ehe Matt diesem verwirrenden Gedanken folgen konnte, zerrten ihn die Hydriten in eine abzweigende Gasse. Schon nach wenigen Schritten klaffte eine tiefe Grube im Kopfsteinpflaster. Neben der quadratischen Öffnung, durch die Regen und Schmelzwasser aus den Gassen abfließen konnten, lag das schwere Eisengitter, mit dem der Kanal normalerweise verschlossen war.

Mer'ol schob seinen Meterstab zusammen und befestigte ihn am Gürtel. In einer geschmeidigen Bewegung schwang er sich in den primitiven Gully, der ihn wie ein Drachenmaul verschluckte. Seine Begleiter schoben Matt auf das Loch zu, bis er schlagartig den Boden unter den Füßen verlor und in die Tiefe sauste.

Die Hydriten bremsten den Sturz, indem sie grob an seiner Pilotenmontur zerrten – dann wurde er auch schon von Mer'ol in Empfang genommen. Ein unverwechselbarer Geruch stieg in Matts Nasenflügel, noch bevor er bis zu den Knien in einem Pfuhl aus Regenwasser und Fäkalien versank. Wenn er noch Herr über seine Stimmbänder gewesen wäre, hätte er vermutlich laut geflucht, als ihm die stinkende Brühe in die Stiefel lief. So blieb ihm nichts anderes übrig, als schweigend die Umgebung zu erforschen.

Er war in einer unterirdischen Betonröhre gelandet, in der er bequem aufrecht stehen konnte. Offensichtlich befanden sie sich in einem erhalten gebliebenen Teil des Washingtoner Kanalisationssystems, das von den Bürgern der Stadt weiterhin zur Entsorgung genutzt wurde.

Der einfallende Laternenschein verdunkelte sich, als der Hydrit mit dem roten Flossenkamm nach unten kletterte. Gleich darauf schwang sich auch der Letzte des Trupps an den Metallsprossen hinab.

»Vergiss nicht, das Loch zu verschließen, Bol'gar«, mahnte Mer'ol.

»Spiel dich nicht auf«, blubberte der Schlussmann gereizt. »Ich bin schon längst dabei.« Tatsächlich war zu hören, wie etwas übers Pflaster klapperte. Das schwere Gewicht vorsichtig über dem Kopf balancierend, setzte Bol'gar das Gitter an seinen alten Platz ein. Damit waren sie vor ihren Verfolgern so gut wie sicher.

Bol'gar sprang neben ihnen zu Boden. Seine unförmigen, an Taucherflossen erinnernden Füße lösten eine wahre Flutwelle aus, die sich an den Tunnelwänden brach. Der Fischmensch löste einen klobigen Gegenstand von seinem Gürtel, der wie ein langgezogenes Schneckengehäuse wirkte. Nach kurzem Hantieren schoss aus dem geglätteten Ende ein Strahl hervor, der den Tunnel in orangenes Licht tauchte.

Eine Handlampe! Offensichtlich war es mit der Nachtsicht der Hydriten nicht weit her.

Matt hätte auf die Beleuchtung gerne verzichtet. Nun ließ sich beim besten Willen nicht mehr übersehen, wie viele menschliche Ausscheidungen in der Brühe schwammen, in der sie alle standen. Den Hydriten schien der Aufenthaltsort ebenfalls nicht zu behagen.

»Da vorne gehts lang«, erklärte Bol'gar und schwenkte auffordernd die Lampe. Offensichtlich führte er das Kommando, nicht Mer'ol.

Die Fischmenschen nahmen Matt erneut in die Mitte und führten ihn tiefer in die Kloake hinein. Das Schmutzwasser wirbelte unter ihren Füßen auf, während sie Richtung Potomac River marschierten. Bereits nach zwanzig Metern endete die Röhre vor einer Betonwand. Sie mussten in einen Quergang ausweichen, der kurz darauf wegen eines Einsturzes unpassierbar wurde.

Bol'gar dirigierte sie kurz vorher in eine wesentlich kleinere Röhre, die bestenfalls auf Umwegen zum Fluss führen konnte. Der Hydrit kannte sich offensichtlich gut in diesem Labyrinth aus, denn er gab Richtungsänderungen schon bekannt, bevor die entsprechenden Abzweigungen im Schein der Lampe sichtbar wurden.

Matt stolperte hilflos zwischen den Fischmenschen her. Die Kontrolle über seine Muskeln kehrte langsam zurück, doch es blieb das unangenehme Gefühl, dass er nicht alleine in seinem Körper steckte.

»Was wollt ihr von mir?«, presste er mühsam aus seinem lädierten Kehlkopf, der den Stimmbändern nur widerwillig gehorchte.

Die Hydriten antworteten nicht. Matt blieb nichts anderes übrig als abzuwarten, wohin die Reise führte.

Verschwommene Bewegungen am Rande seines Sichtfeldes zeigten schon bald, dass sie nicht alleine in der Kloake waren. Immer wieder glühten Augenpaare in der Finsternis auf, die zu struppigen Nagetieren gehörten, die jede Bewegung der Eindringlinge misstrauisch verfolgten. Sobald ein Nager vom Lichtkegel erfasst wurde, huschte er davon, bis sein behaarter Leib wieder mit der Finsternis verschmolz.

Matthew störte sich nicht daran. Diese Viecher, die ihn an schwanz- und ohrlose Ratten erinnerten, waren zwar eklig, aber längst nicht so gefährlich wie eine ausgewachsene Taratze.

Plötzlich spürte er einen frischen Luftzug. Kurz darauf drang das Rauschen einer starken Strömung an sein Ohr. Der Potomac konnte nicht mehr weit entfernt sein.

An der nächsten Abzweigung bogen sie in einen vier Meter hohen Tunnel, in dem die übrigen Kanäle zusammenströmten. Das Rauschen wurde stärker. Im Schein der Handlampe konnte Matt erkennen, dass das Abwasser in einiger Entfernung über einen Fall in die Tiefe stürzte, um durch eine unterirdische Verbindung in den Potomac zu fließen.

Weit mehr als die alte Kanaltechnik interessierte ihn aber der Durchbruch, der auf halbem Weg in der Röhre klaffte. Matter Schein quoll daraus hervor, tauchte den Kanal in ein blutrotes Zwielicht.

Bol'gar knipste seine Handlampe aus, als sie ihr Ziel erreichten. Platschend hielten sie auf den Durchgang zu, in dem sich plötzlich eine Silhouette abzeichnete, die sich in wichtigen Nuancen von den übrigen Hydriten unterschied.

Staunend verfolgte Matt, wie ihm zum ersten Mal ein weibliches Exemplar der Fischmenschen entgegen trat. Sie war schlanker als Mer'ol und besaß dafür ausladende Brüste, die nur von zwei muschelähnlichen Halbschalen verhüllt wurden. So manche Silikonschönheit des 21. Jahrhunderts hätte die Fischfrau um ihre imposante Oberweite beneidet, die im Wasser nicht den Gesetzen der Schwerkraft ausgeliefert war.

Die Hydritin erinnerte Matt unweigerlich an die *Sea Monkeys*-Werbung, die in seiner Kindheit den Anzeigenteil vieler Comichefte gefüllt hatte. Die Zeichnung einer barbusigen Unterwasserschönheit hatte seine Phantasie damals stark angeheizt, bis er nach einer Bestellung feststellen musste, dass es sich bei den *Sea Monkeys* nur um profane Urzeitkrebse handelte, die den Werbebildern nicht im Geringsten ähnelten.

Die Hydritin verzog ihre aufgeworfenen Lippen zu einer Grimasse, die wohl ein Lächeln darstellen sollte. Offensichtlich war ihr nicht entgangen, dass er sie verstohlen musterte.

Sie machte eine einladende Geste und trat zurück, um Matt und seine Begleiter einzulassen. Im direkten Licht war zu sehen, dass ihr Flossenkamm von einem gelben Schimmer durchzogen wurde. Ehe Matt erkennen konnte, ob es sich um modische Zierde oder eine natürlich Pigmentierung handelte, wurde er von Mer'ol grob weiter gestoßen.

Die verwitterten Betonwände mit den rostzerfressenen Leitungen ließen darauf schließen, dass der Raum schon Jahrhunderte zuvor erbaut worden war. Vermutlich diente er einst Wartungszwecken. Die ursprüngliche

Einrichtung war entfernt worden und hatte umfangreicher Hydritentechnik Platz gemacht. Auch die Lichtquelle, die auf dem überfluteten Boden pulsierte, gehörte den Fischmenschen. Es war eine Art Stein, in dem ein unruhiges Licht flimmerte, das den Raum in einen matten Schein tauchte.

»Wo ... bin ich hier?«, brachte Matt mühsam über die Lippen.

»Direkt unter der Stadtmauer«, antwortete die Hydritin. Entweder beherrschte sie wie Mer'ol die Sprache der Menschen, oder sie verstand Matt genauso instinktiv wie er die Fischwesen. Ein bizarres Grinsen auf den Lippen, fuhr sie fort: »Dies ist der vorgeschobene Beobachtungsposten Waashton. Trockenbereich. Höchste Gefahrenstufe ... natürlich erst, seit unser geschätzter Kollege Nag'or spurlos verschwunden ist. Als wir nach seinen Gehirnwellenmustern scannten, wurden wir auf Sie aufmerksam, Commander!«

»Ex-Commander«, korrigierte Matt. »Ich habe meinen Abschied vom Militär genommen.«

Bel'ar wollte fragen, was das zu bedeuten hatte, doch Mer'ol fuhr ihr über den Mund: »Still, Beobachterin! Dieser Mörder hat kein freundliches Wort verdient.«

Nach außen hin blieb die Hydritin gelassen, aber die gelbe Pigmentierung ihres Flossenkamms schwoll schlagartig an. Mer'ol kommentierte die Drohgebärde nicht, obwohl er genau wusste, dass er gerade seine Kompetenzen überschritten hatte.

Um seine Wut abzulassen, stieß er seinem Gefangenen brutal in den Rücken. »Los, vorwärts, wir haben nicht ewig Zeit. Hier an der Oberfläche, so nah bei euch Menschen, sind wir unseres Lebens nicht sicher.«

Matt stolperte einige Schritte voran. Dabei löste

er einen Bewegungsmelder aus, der weitere Leuchtsteine aktivierte. Der hintere Teil des Raumes, der bisher im Dunkeln gelegen hatte, wurde nun ebenfalls beleuchtet.

Schaudernd starrte Matt auf eine verschnörkelte Korallenliege. Sie war mit Schnallen ausgestattet, die dazu dienten, Arme und Beine eines humanoid geformten Wesens zu fixieren. Für einen Hydriten lagen die Manschettenpaare zu weit auseinander – sie waren also für Matt vorgesehen.

Unwillkürlich wurde er an die VR-Vorrichtung unter dem Pentagon erinnert. Und an die Hinrichtungstische in US-Gefängnissen, auf denen Todeskandidaten eine Giftspritze erhielten.

Matts Nackenhaare richteten sich auf. Sein Magen revoltierte. Der Überlebenstrieb in ihm wurde so stark, dass er alle anderen Empfindungen aus dem Körper drängte. Plötzlich konnte er sich wieder normal bewegen.

Er wirbelte er auf dem Absatz herum.

»Was habt ihr mit mir vor?«, knurrte er wütend.

Mer'ol stieß nur ein verächtliches Schnaufen aus, bevor er antwortete: »Das wirst du noch früh genug erfahren!«

Schneller als eine Bordschwalbe mit den Augenlidern zwinkern konnte, stieß er seinen Silberstab vor, der sich schlagartig auf einen Meter verlängerte.

Ein summendes Geräusch ertönte.

Matt spürte nur ein leichtes Ziepen in der Halsbeuge, dann umhüllte ihn bereits das dunkle Tuch der Bewusstlosigkeit.

Hykton, 3486/6 Rotationen nach Ei'don*
40 Kilometer vor der amerikanischen Ostküste

Quan'rill wurde von Stolz erfüllt, während er auf die beständig anwachsende Stadt hinabsah. Zu seiner Linken erhob sich bereits ein riesiges Gebilde ineinander verschachtelter Kugeln, in dem einmal das wissenschaftliche und soziale Zentrum von Hykton seinen neuen Platz finden sollte. Die Forschungslabors des *Hydrosseum* wurden bereits genutzt, während sich die Sphäre für den Rat der Weisen noch im Bau befand. Rund um das Herzstück ihrer neuen Stadt schossen kleinere Gebäude wie Seetang aus dem Meeresboden. Die meisten in der modernen Kugelbauweise, aber auch viele traditionelle Rundhütten aus geschliffenen Korallenbänken.

Den Hydriten, die geschäftig zwischen den zahlreichen Baustellen hin und her schwammen, war die Energie anzumerken, mit der sie zu Werke gingen. Die jüngeren unter ihnen, die in der Finsternis der Tiefsee-Ebene geboren worden waren, blühten genauso auf wie jene, die noch die Zeit vor dem Rückzug in die Dämmerzone miterlebt hatten.

Quan'rill konnte sich noch gut an die ersten Schreckensmeldungen erinnern, als die verkommene Menschheit daran ging, die Ozeane für sich zu erobern. Anfangs war es nicht weiter schwer gewesen, sich vor den U-Booten und Tiefseeglocken zu verbergen – doch je weiter die Technik der Oberflächenbewohner voranschritt, umso gefährlicher wurde es, weiter auf dem Kontinentalschelf zu siedeln.

Diese Felsbänke, die von den Landmassen aus bis zu siebzig Kilometer ins Meer ragen, waren der ursprüngliche Lebensraum der Hydriten. Hier wurde der Atlantik

---

* entspricht dem Juni 2050 n. Chr.

nicht tiefer als zweihundert Meter, sodass genügend Sonnenlicht sie erreichte, das sie zum Leben brauchten.

Diese küstennahen Gebiete wurden aber auch als Erstes systematisch von den Menschen erforscht. Anfangs mussten die Hydriten nur aus den Gebieten zurückweichen, in denen Schwammfischer und Helmtaucher ihr Unwesen trieben, aber als die Oberflächenbewohner begannen, mit autarken Atemluftgeräten zu experimentieren, war es nur noch eine Frage Zeit, bis sie jeden Flecken in erreichbarer Tiefe durchkämmten.

Zu Zeiten von Mar'os, dem dunklen Urvater, hätten die Hydriten wohl zu ihren Waffen gegriffen, um die Menschheit gewaltsam in ihre Schranken zu weisen. Doch im Laufe der Dekaden war aus ihnen ein friedliebendes Volk geworden, das den Lehren des Ei'don folgte und Konflikte lieber vermied als austrug. Außerdem lehrten die Observationen ihrer Beobachter, dass die Lungenatmer zahlenmäßig überlegen waren und eine furchteinflößende Genialität in der Ausrottung fremden Lebens besaßen.

Über hundert Rotationen* war es nun schon her, dass die Hydriten den schweren Weg in die Finsternis antraten. Nachdem sie ihre Siedlungen dem Meeresboden gleichgemacht hatten, um jede Spur ihrer Existenz zu verwischen, tauchten sie über dem Kontinentalhang hinab in die unergründlichen Tiefen der Ozeane, in die niemals ein Sonnenstrahl vordrang. Einige, die es trotz der künstlichen Lichtquellen nicht so weit unten aushielten, suchten sich Plätze in den Gebirgsketten des Pazifiks. Aber auch dort war das Leben unwirtlich und rau.

Trotz aller Mühsal nahm das Meeresvolk sein Schicksal ohne Klage an. Es fand sich damit ab, nie wieder in

---

* 1 Rotation = 1 Jahr

die alten Lebensräume zurückzukehren, die von den Menschen immer weiter vergiftet und zerstört wurden. Schweigend sahen die Hydriten ihrem Untergang entgegen.

Bis der Komet kam, der alles veränderte!

»Christopher-Floyd« nannten ihn die Menschen, *»Geschenk Ei'dons«* die Hydriten. Er bombte die Pest der Menschheit in die Bedeutungslosigkeit zurück und überzog die Landmassen mit einem eisigen Panzer, der die restlichen Krankheitserreger endgültig ersticken würde.

Ja, trotz ihrer Friedfertigkeit feierten die Hydriten das schwere Schicksal der Oberflächenbewohner.

Vielleicht sind wir doch nicht so zivilisiert wie wir glauben, sinnierte Quan'rill, der die Begeisterung seines Volkes nur bedingt teilte. Er konnte einfach nicht die Veränderungen übersehen, die der Kometeneinschlag in den Ozeanen ausgelöst hatte. Sicher, die Mutationen beschränkten sich auf die höheren Wasserschichten, und von der Eiszeit, die an Land tobte, war in ihren Tiefen nicht viel zu spüren; trotzdem wurden die Hydriten nicht von den Auswirkungen verschont.

Mit Schrecken dachte der Wissenschaftler an den Sha'ktopus, der vor fünfzehn Rotationen wie aus dem Nichts aufgetaucht war und schrecklich unter ihnen gewütet hatte. Nur unter hohen Verlusten gelang es ihnen, die bizarre Kreuzung aus Hai und Oktopus zur Strecke zu bringen. Härter als der Kampf mit diesem Monster war nur der erbitterte Streit der Wissenschaftler, ob diese Mutation wirklich auf das Geschenk Ei'dons zurückzuführen sei.

Quan'rill verdrängte die Erinnerungen an die dunkle Vergangenheit. Die Zeit des Leidens war beendet, nun zählte der Blick nach vorne. Er war dankbar dafür, dass er noch miterleben durfte, wie sein Volk in die helle Oberflächenregion, auf den Kontinentalschelf zurückkehren konnte. Knapp fünfzig Rotationen nach »Christopher-Floyd« – er weigerte sich weiterhin standhaft, die Katastrophe als Gottesgeschenk zu bezeichnen – schien wieder ein Leben in alten Bahnen möglich zu sein.

Nur schade, dass er nicht mehr viel davon haben würde.

Nun, da er die besten Zeit seines Leben in der Finsternis verbracht hatte, war sein Körper zu alt geworden, um ihn ins neue Zeitalter zu begleiten. Quan'rill versuchte die Trauer zurückzudrängen, doch das Gefühl der Bitterkeit war einfach zu stark. Ein kleiner Teil seines Bewusstseins, das im Körper zurückgeblieben war, spürte wie sein Herz aussetzte.

Die Anstrengungen wurden zu groß, er musste sofort zurück!

Hastig sammelte er seinen weiträumig verteilten Geist und glitt an der dünnen Gedankenspur zurück, die zu seinem kugelförmigen Heim führte, das sich fast unsichtbar in eine Korallenbank schmiegte. Er konnte einfach nicht von der alten Bauart lassen, die sein Volk so lange vor Entdeckungen geschützt hatte.

Wie von selbst stürzte sein Bewusstsein in die Tiefe, streifte einen Schwarm blauer Marline und durchdrang das Dach des Krankenzimmers. Einen Moment lang konnte er sich selbst aus einer erhöhten Position auf dem Seetanglager liegen sehen, dann verband sich sein wandelnder Geist mit dem geschwächten Körper. Quan'rill hasste diesen grausamen Moment, in dem er zurück in das beschränkende Gefängnis seines Leibes gezwungen wurde.

Eben noch hatte er sich frei und glücklich gefühlt, nun spürte er wieder die Schwäche und Mattigkeit eines

Hydriten, der dem Tod geweiht war. Daran konnte auch der schmerzlindernde Seetang nichts ändern, der sich sanft unter seinem Rücken wiegte. Am liebsten hätte Quan'rill sofort wieder mit den Meditationen begonnen, die es ihm gestatteten, seinen Körper zu verlassen.

Die wundervolle Erfahrung der Seelenwanderung war fast zu einer Sucht geworden, seit er diese Fähigkeit vor zwei Rotationen entdeckte. Und obwohl er wusste, dass die metaphysischen Experimente ihn der letzten Kraftreserven beraubten, konnte er nicht von ihnen lassen. Diese Reisen erweiterten sein Bewusstsein und verliehen ihm Kenntnis über Geheimnisse des lebensspendenden Meeres, die keinem Hydriten zuvor eröffnet worden waren.

Um seinen Plan umzusetzen, musste Quan'rill diese Fähigkeiten bis ins Letzte erforschen. Aber er durfte nicht zu weit gehen. Obwohl es ein schöner Tod sein musste, während einer Seelenwanderung zu sterben, schonte er die Kräfte für seinen letzten, alles entscheidenden Versuch.

Wenn dieses Experiment gelang, hatte er wahrhaftig Ei'dons Geschenk gefunden. Dann verfügte er über eine Gabe, mit der er dem Schicksal, das ihm den Neuanfang nach Jahren der Entbehrung verwehren wollte, ein Schnippchen schlagen konnte.

Seine Kiemenatmung beruhigte sich, der Herzschlag verlief wieder in gleichmäßigem Rhythmus. Quan'rill machte es sich zwischen den Algen bequem, um zu entspannen. Prompt fielen ihm die Augen zu.

Als er sie wieder aufschlug, war ihm, als ob er nur wenige Herzschläge geschlafen hätte. In Wirklichkeit mussten mehrere Phasen vergangen sein. Ehe er sich nach dem Grund seines Erwachens fragen konnte, drückte Nol'rill den Vorhang aus Seeanemonen zur Seite und schwamm zu ihm herein. Das intensive Leuchten ihres grünen Flossenkamms machte deutlich, dass sie aufgeregt war.

»Sie sind da«, verkündete sie mit knackenden Geräuschen, die sich im Wasser rasend schnell fortpflanzten. Sie sprach nicht aus, *wer* gekommen war, als befürchtete sie, dass der Besuch dadurch vertrieben würde.

Quan'rill wusste auch so, um wen es sich handelte. Seine Frau hatte strikte Anweisung, niemanden außer San'ota und ihren Sohn an sein Krankenlager zu lassen.

Er nickte, zum Zeichen seiner Bereitschaft.

Nol'rill verschwand hinter dem sanft wiegenden Pflanzenvorhang, nur um gleich darauf mit zwei weiteren Hydriten zurückzukehren. San'ota war eine Frau im besten Alter, etwa siebzig Rotationen alt. Ihre Flossenfärbung war stark ausgeprägt, wie bei vielen Hydriten, die in der *Tiefe* geboren wurden. Es schien, als wolle ihr Organismus das fehlende Sonnenlicht durch intensivere Pigmentbildung ausgleichen.

An ihrer Seite schwamm ein junger Hydrit, dessen kräftiger Körper im krassen Gegensatz zu seinen stumpfen, etwas verloren wirkenden Augen stand. Die seltsame Art, mit der er ziellos im Wasser trieb, machte deutlich, dass er Gleichgewichtsprobleme hatte. Wenn seine Mutter ihn nicht am Arm gehalten hätte, wäre er vermutlich zu Boden gesunken.

Es war kein Unfall, der Mer'ota die Beherrschung seines Körpers geraubt hatte. Er gehörte zu der Generation von Hydriten, die in den Jahren nach »Christopher-Floyd« geboren wurde. Wie viele andere Kinder aus dieser Zeit wirkte Mer'ota äußerlich völlig unversehrt, doch sein Verstand war auf der Stufe eines Dreijährigen stehen geblieben. Hydriten wie er waren der Grund, warum Quan'rill sich weigerte, von *Ei'dons*

Geschenk zu sprechen – auch wenn dies viele seiner Kollegen erzürnte.

San'ota blickte den Wissenschaftler hoffnungsvoll an und näherte sich ihm unterwürfig. »Man sagte mir, Ihr könnt meinem Sohn vielleicht helfen, weiser Quan'rill.«

»Möglicherweise«, dämpfte er ihre Hoffnung. Selbst diese Antwort war eine schamlose Lüge, aber er konnte seinem Volk nicht eröffnen, was er wirklich vorhatte. *Noch nicht*. Wenn das Experiment Erfolg hatte, würde er allerdings von allen Seiten Unterstützung bekommen, dessen war er gewiss.

»Führt Mer'ota zu mir«, verlangte er von der Mutter. »Ich will sehen, was ich für ihn tun kann.«

Mit zwei kurzen Schlägen seiner Flossenhände manövrierte sich Quan'rill in eine aufrechte Lage. Durch Wasseraufnahme verkleinerte er sein Schwimmblase, sodass er auf die Knie sinken konnte. Die beiden Frauen dirigierten Mer'ota in eine ähnliche Position, bis sich die beiden auf dem Korallenboden gegenüber saßen. Der junge Hydrit sah den alten Wissenschaftler verständnislos an, als könne er nicht begreifen, was hier vor sich ging. Nur die Anwesenheit seiner Mutter verhinderte, dass er in Panik geriet.

Quan'rill setzte ein falsches Lächeln auf, um Mer'ota zu beruhigen. Dann streckte er seine Flossenhände aus und tastete mit den filigranen Gliedern über den Kopf des Schwachsinnigen. Ein feines Knistern sprang zwischen Schläfen und Fingerkuppen über, genau so wie der Wissenschaftler gehofft hatte.

Da wusste er, dass sein Plan gelingen würde.

Einmal mehr sammelte er sein Bewusstsein, um es auf eine letzte Reise zu schicken. Diesmal zerrte er mit einer Kraft, die er nie zuvor einzusetzen wagte. Komprimierte all seine Gedanken, Erinnerungen – das, was ihn ausmachte – auf einen winzigen Punkt, der wie ein glühender Lavatropfen in seinem Brustkorb pochte. Dann jagte er die Energie durch seine Fingerspitzen und hämmerte sie in die Schläfen des jungen Hydriten.

Mer'ota begann zu zappeln, als er das fremde Bewusstsein spürte, das in seine Hirnwindungen drang. Er wollte sich aus Quan'rills Griff befreien, doch die eigene Mutter umklammerte ihn mit aller Kraft, um ihn ruhig zu stellen.

Gleißende Blitze woben ein bizarres Netz um den vibrierenden Kopf, während Quan'rill seine Seele vollständig löste. Er kappte alle Verbindungen zu seinem eigenen Körper. Stieß mit aller Macht in Mer'otas Verstand vor, drängte das schwache Bewusstsein in den hintersten Winkel des Gehirns zusammen und versuchte den neuen Körper zu übernehmen.

Doch Mer'ota wehrte sich.

Er mochte von minderer Begabung sein, aber seine Instinkte funktionierten einwandfrei.

Quan'rill erschrak! Mit so viel Widerstand hatte er nicht gerechnet. Für eine Rückkehr war es allerdings zu spät. Die Anstrengungen hatten seinem altersschwachen Körper längst den Todesstoß versetzt.

Jetzt hieß es alles oder nichts!

San'ota und Nol'rill blieb der unsichtbare Kampf verborgen. Sie konnten nur sehen, wie der greise Wissenschaftlers erschlaffte und langsam zu Boden sank.

»O Ei'don«, jammerte San'ota, während sie sich an ihren Sohn klammerte. »Was habe ich getan? Es war zu viel für den Weisen!«

Nol'rill schien weitaus gefasster. Sie konzentrierte sich einzig und allein auf den jungen Hydriten, dessen Körper sich in konvulsivischen Zuckungen wand. Dann, von einen Moment zum anderen, war der Spuk vorbei.

Mer'ota richtete sich selbstbewusst auf, als wenn nichts Besonderes vorgefallen wäre. Sanft entzog er sich dem Griff der Frauen. Seine zielsicheren Bewegungen und die Art, wie er sein spezifisches Gewicht regulierte, machten deutlich, dass er sich völlige unter Kontrolle hatte.

»Schon gut, es ist alles in Ordnung«, beruhigte er seine Mutter.

Ungläubig starrte San'ota auf ihren Sohn, der zum erstem Male in seinem Leben mit ihr gesprochen hatte. »Ein Wunder ist geschehen«, stammelte sie. »Ei'don sei Dank!« Ihre grünen Flossenpigmente pulsierten vor Aufregung in schnellem Takt.

Mer'ota wandte sich Quan'rills leblosem Körper zu, der neben ihm trieb. »Warum eilst du nicht voraus, um unserer Gemeinschaft von den Neuigkeiten zu berichten«, schlug er seiner Mutter vor. »Ich werde solange dem Weisen die letzte Ehre erweisen.«

San'otas Blick pendelte unsicher zwischen Nol'rill und ihrem Sohn. Zweifellos brannte sie darauf, allen von dem Wunder zu berichten – doch durfte sie einfach gehen, wo es Quan'rill das Leben gekostet hatte?

Die Frau des Toten nickte ihr gütig zu.

»Geh nur«, sagte Nol'rill mit vibrierender Stimme. »Mein Verbundener war schwer krank und der Tod eine Erlösung für ihn. Wir sollten uns alle freuen, dass er deinem Sohn zuvor ein neues Leben schenken konnte.«

San'ota bedankte sich noch ein halbes Dutzend Mal, bevor sie den Anemonenvorhang durchquerte, um die Neuigkeit in ganz Hykton zu verbreiten. Mer'ota und Nol'rill warteten, bis sie aus dem Haus geschwommen war, bevor sie es wagten, sich anzusehen. Nol'rill konnte als Erste das erwartungsvolle Schweigen nicht länger aushalten.

»Bist du es wirklich?«, fragte sie aufgeregt.

Mer'ota nickte. »Ja, es ist geglückt! Ich bin Quan'rill!«

Potomac River, vor den Stadttoren Waashtons
Fünf Meter unter der Wasseroberfläche

Das Erste, was Matthew Drax wahrnahm, als er aus der Bewusstlosigkeit erwachte, waren die kalten Fluten, die ihn mit eisigem Griff umschlossen.

Als Zweites spürte er die Atemnot.

Auf einen Schlag war er wieder voll da.

Ungläubig starrte er auf Bol'gar und Mer'ol, die ihn an den Händen tiefer ins Verderben zogen. Sie wollten ihn tatsächlich ertränken! Wasser drang in seinen Mund, obwohl er verzweifelt die Lippen aufeinander presste. Wie lange würde er noch die Luft anhalten können? Seine Lungen brannten bereits wie Feuer.

Matt wirbelte im Wasser herum und stemmte sich den Hydriten entgegen. Er musste sich losreißen, so schnell wie möglich zur Oberfläche schwimmen, sonst war es um ihn geschehen!

Erst mal musste er allerdings die Orientierung wiederfinden. Wo war in dieser schwerelosen Welt nur oben, wo unten?

Neben ihnen schwamm Bel'ar. Der schmale Lichtfinger ihrer Handlampe, der nur einen eng umgrenzten Bereich erhellte, brachte Matt nicht viel weiter. Hilflos irrte sein Blick umher, bis er endlich den schwachen Mondschimmer ausmachen konnte, der auf der Oberfläche des Potomac reflektierte.

Das war die richtige Richtung.

Die Hydriten wollten ihn aber nicht aus ihrem hartem Griff entlassen. Drohend wedelten sie mit den Schockstäben. Angesichts der lebensbedrohlichen Umstände hatten die Waffen aber ihren Schrecken verloren. Wütend zog Matt die Beine an, bis die Knie an den Brustkorb stießen – dann trat er mit voller Kraft zu.

Das Wasser behinderte seine Attacke stärker als erwartet, trotzdem erwischte er Mer'ol an der Schulter. Der Hydrit stieß einen dumpfen Laut aus, der sich im Wasser rasch fortpflanzte.* Wegen der geringen Absorption des Schalls klang es so laut, als hätte er Matt direkt ins Ohr geschrien.

Keuchend ließ Mer'ol von ihm ab.

Matt wollte die Chance nutzten, um zur Oberfläche zu schwimmen, doch Bol'gar klammerte sich weiter an ihm fest. Ehe er erneut zutreten konnte, hämmerte ihm der Hydrit schon die Handlampe in die Magenkuhle. Hustend stieß Matt dringend benötigte Atemluft aus, die blubbernd in die Höhe stieg. Obwohl er die Lippen sofort wieder fest aufeinander presste, war es zu spät. Er hatte seine letzten Reserven verbraucht ...

Der Drang einzuatmen wurde langsam unbezwingbar.

Schließlich konnte er sich nicht mehr beherrschen.

Reflexartig schnappte er nach Luft ... und sog stattdessen Wasser in die Lunge. Während der Potomac mit einem fauchenden Geräusch die Kehle hinab gurgelte, schloss Matt mit seinem Leben ab. Gedankenfetzen wirbelten durch seinen Kopf, ließen die wichtigsten Stationen seines Leben noch einmal Revue passieren.

Mom, Dad, Liz, der Absturz seines Jets ... *Aruula*. Seine wilde Barbarin, von der er so viel gelernt hatte – die er zu lieben gelernt hatte –, er würde sie nie wiedersehen.

---

* Schallgeschwindigkeit in der Luft: 333m/Sek., im Wasser: 1450m/Sek.

Dann ertrank er.

Oder doch nicht?

Verwirrt registrierte Matthew, dass er weiter atmen konnte, obwohl sich seine Lungen mit Wasser füllten. Die ein und aus wandernde Flüssigkeit fühlte sich zwar fremdartig in der Luftröhre an, verursachte aber kein Unwohlsein.

Wie war das nur möglich?

Matt vergaß jeden Gedanken an Flucht, während er mit den Händen über sein Gesicht tastete, um sicherzustellen, dass er wirklich noch Matthew Drax war. Die Hydriten, die sich um ihn versammelten, ließen ihn gewähren. Mit leichten Flossenschlägen hielten sie die Position, während ihre Handlampen die gespenstische Szenerie beleuchteten.

In Bel'ars Gesicht zeichnete sich Mitleid für den Menschen ab, während Mer'ol triumphierend grinste.

Matthew durchlief ein Wechselbad der Gefühle. Überraschung und Euphorie wechselten rasch einander ab, doch obwohl er sich drüber freute, dem Tod von der Schippe gesprungen zu sein, beschlich ihn blankes Entsetzen bei der Frage, was wohl die Ursache für diesen widernatürlichen Umstand sein könnte? Matt fürchtete sich vor dem, was er herausfinden könnte, doch das Wissen um die Wahrheit schien ihm allemal besser zu sein als lähmende Ungewissheit. Insgeheim bereitete er sich auf das Schlimmste vor. Trotzdem stieß er einen entsetzten Laut aus, als seine Fingerkuppen die Einschnitte berührten, die auf beiden Seiten seines Halses klafften.

Bei jedem Atemzug strömte durch die Kerben Wasser ein und aus.

»Was habt ihr mit mir gemacht?«, schrie er die Hydriten an, obwohl ihm klar war, dass es sich um Kiemen handelte. Die Frage drang nur verzerrt aus der überfluteten Kehle, trotzdem verstanden seine Peiniger jedes Wort.

»Sie brauchen keine Angst zu haben«, versuchte ihn Bel'ar zu beruhigen. »Es ist nur ein harmloser Eingriff, der es Ihnen erlaubt, uns nach Hykton zu begleiten. Die Seelenwanderung kann nur in unserem dortigen Laboratorium vorgenommen werden.«

Matt wäre der Hydritin am liebsten an die Kehle gesprungen, um ihr zu zeigen, was er von diesem *harmlosen Eingriff* hielt, doch etwas in seinem Inneren dämpfte die aufsteigende Wut. Ehe er die Fragen abfeuern konnte, die ihm auf der Seele brannten, erhielt er die Antworten von gänzlich unerwarteter Seite.

Sie wollen mir nur endlich meinen neuen Körper geben, dröhnte es dumpf in seinem Kopf. Und plötzlich ahnte Matt die Zusammenhänge. Noch ehe sich der unglaubliche Gedanke weiter verfestigen konnte, fuhr die Stimme fort: *Ja, ich bin es wirklich – Quart'ol. Ich bin nicht an der Küste Britanas gestorben, da ich ein Quan'rill, ein Seelenwanderer bin. Schon lange vor unserem Zusammentreffen habe ich mich darauf vorbereitet, in einen neuen Körper zu schlüpfen. Der Armbrustpfeil, der mich durchbohrte, machte diese Pläne zunichte. Mir blieb nichts anderes übrig, als einen Gastkörper zu wählen, in dem ich überdauern konnte. Du warst der Einzige, der mir im Moment des Todes nahe genug kam, doch die menschliche Anatomie unterscheidet sich gravierend von der unseren. Deshalb war ich dazu verdammt, mich in einem Winkel deines Geistes zu verbergen, bis mich die Rufe meines Volkes erreichten.*

Matthew hörte die Worte, doch er weigerte sich, den Inhalt zu erfassen. *Das darf doch nicht wahr sein!*, schrie es in ihm. *Wie und wann soll das geschehen sein? Davon hätte ich doch etwas merken müssen!*

Quart'ol sparte sich weitere Erklärungen. Stattdessen

sandte er Erinnerungen an die Vergangenheit. Matt sah vor seinem geistigen Auge noch einmal, wie der sterbende Quart'ol seine Hand ergriff. Und er *fühlte* wieder, wie sehr die Berührung damals gebrannt hatte, wie ihm schwindelig geworden war.

Hatte in diesem kurzen Moment wirklich der Hydriten-Wissenschaftler seine Seele auf ihn übertragen? War das tatsächlich möglich? Oder gaukelten Mer'ol und die anderen Fischmenschen ihm nur etwas vor, um ihn für den vermeintlichen Mord zu quälen?

Obwohl sich Matt noch eine Unzahl von anderen Erklärungen aufdrängte, begann er bereits die Tatsache zu akzeptieren, dass sein Körper wirklich zum Behältnis für Quart'ol Seele geworden war. In den vergangenen fünfzehn Monaten hatte er zahllose Phänomene erlebt, die sein Schulwissen überstiegen. Warum sollte ein Volk von Meeresbewohnern, das ihm innerhalb weniger Stunden Kiemen implantieren konnte, nicht auch zur Seelenwanderung fähig sein?

Matt wusste, dass der größte Teil des menschlichen Gehirns nicht aktiv genutzt wurde. Dort befand sich zweifellos genügend Speicherkapazität, um einem zweiten Bewusstsein Platz zu bieten. Die Verbindung mit Quart'ols Geist erklärte auch, warum er plötzlich die Sprache der Hydriten verstand.

Ein Gefühl der Erleichterung machte sich in Matt breit.

Seit Quart'ols Tod plagten ihn Schuldgefühle, weil er den Wissenschaftler zu einem Besuch der Oberfläche überredet hatte. Wenn der Hydrit wirklich in ihm weiter lebte, konnte er diesen Fehler wieder gutmachen.

Den Hydriten blieb der stumme Kampf, der in seiner Brust tobte, nicht verborgen.

»Begleiten Sie uns bitte«, bedrängte ihn Bel'ar. »Ich versichere Ihnen, dass unser Volk Sie fair behandeln wird, wenn Sie uns bei der Seelenwanderung unterstützen.«

Mer'ol schnaufte nur verächtlich, bevor er Matt anblaffte: »Selbst wenn du dich vor deiner Verantwortung drücken willst, gibt es kein Zurück mehr.« Dabei ließ er seine Flossenhand in einer höhnischen Geste über die eigenen Kiemenlappen gleiten. Er brauchte nicht auszusprechen, was er damit andeuten wollte. Es war offensichtlich, dass ihn die neuen Atmungsorgane auch zu einem Gefangenen des Meeres machten.

Bel'ar warf ihrem Kollegen einen vernichtenden Blick zu. Es gefiel ihr nicht, dass er ihre Vermittlungsversuche durch seine ständigen Gehässigkeiten torpedierte.

Matt fühlte sich durch den chirurgischen Eingriff missbraucht, trotzdem ließ er sich nicht durch Mer'ols Anspielung einschüchtern. Schließlich konnten die Hydriten trotz ihrer Kiemen an der Luft atmen. Zumindest zeitweise. Aber natürlich machten ihn die Kiemen bei den Menschen, die alles fürchteten, was sie nicht verstanden – und gerne töteten, was sie fürchteten – zu einem Außenseiter, einem Freak.

Für den Schockstab in Mer'ols Rechten hatte Matt allerdings nur noch ein spöttisches Lächeln übrig. Wenn die Hydriten ihm wirklich schaden wollten, hätten sie bestimmt nicht die Mühen einer Kiemenimplantation in Kauf genommen. Aber Matt durfte nicht die Möglichkeit verstreichen lassen, Quart'ol zu helfen.

»Gut, ich begleite euch«, entschied er. »Um Quart'ols willen.«

Zufrieden setzten die Hydriten den Weg mit ihm fort. Da sie mit der Strömung in Richtung Meer tauchten, kamen sie schnell voran. Matt ahmte schnell die anmutigen Bewegungen seiner Begleiter nach, die mit natürlicher Eleganz durchs Wasser glitten. Ein weiterer

Hinweis darauf, dass er auf die Erfahrungen von Quart'ol zurückgreifen konnte.

Allerdings war Matt gehandicapt, weil ihm keine Schwimmhäute zur Verfügung standen. Gleichzeitig stellte er fest, dass er nicht mehr seine Uniform trug, sondern einen wasserdichten Anzug, der ihn vor den eisigen Wassertemperaturen schützte. Das Material, aus dem die eng anliegende Montur bestand, war leicht und flexibel. Viel bequemer als die Neoprenanzüge, die er durch seine Tauchgänge im Rahmen der Pilotenausbildung kannte.

Die Hydriten hatten offensichtlich an alles gedacht, um ihn gut auf seine Reise zum Meeresgrund vorzubereiten. Da er keine Schwimmbrille trug, mussten sie auch seine Augen verändert haben, um ihm eine klare Unterwassersicht zu ermöglichen. Bel'ar erklärte ihm auf seine Nachfrage, dass sie ihm Linsen eingepflanzt hatten, sodass sich ein dünnes Luftpolster zwischen Wasser und dem gewölbten Augapfel bildete.

Nach einer halben Stunde erreichten sie die Chesapeake Bucht. Die Hydriten tauchten tiefer hinab. Die Lichtlanzen ihrer Handlampen kreuzten sich in einem bizarren Muster, als ob sie etwas im Flussbett suchen würden.

Nach kurzer Zeit war Bel'ar auf etwas irgendetwas gestoßen. Sie begann mit ihrem Lichtkegel verschlungene Symbole in den Schlamm zu zeichnen, als wollte sie eine Art Signal geben.

Sekunden später wirbelte der dichte Untergrund auf. Millionen feiner Dreckpartikel, die im Licht der Handlampen wie Schrapnellgeschosse wirkten, jagten nach allen Seiten. Aus den dichten Schwaden löste sich ein unförmiger Schatten, der mit unglaublicher Geschwindigkeit zu ihnen empor stieg.

Matt blieb beinahe das Herz stehen, als er in das geöffnete Maul eines Riesenrochens blickte, der abrupt vor ihnen stoppte. Das monströse Wesen wäre ohne weiteres fähig gewesen, sie allesamt auf einen Schlag zu verschlingen, doch es begnügte sich, mit majestätischen Körperschwingungen vor ihnen im Wasser zu schweben. Die Hydriten zeigten nicht die geringste Angst vor dem Rochen, sondern ließen sich in seinem Nacken nieder.

Matt zögerte einen Moment. Erst als Bel'ar ihn heran winkte, folgte er dem Beispiel der Fischmenschen. Als er näher schwamm, erkannte er die sitzähnlichen Vertiefungen, die sich über den Rücken des Tieres zogen. Die Hydriten hatten bereits Platz genommen, während Bel'ar auf eine Delle neben sich deutete, in der ein Paar Taucherflossen deponiert waren.

»Die sind für Sie«, knarzte das Fischwesen. »Ich hoffe, wir müssen nicht mehr befürchten, dass Sie uns davon schwimmen.« Im Wasser klangen ihre Laute wesentlich dumpfer als an Land.

»Um diesem Riesenbaby zu entkommen, bräuchte ich wohl schon Raketenstiefel«, blubberte Matt missmutig zurück, während er die Flossen über seine nackten Füße streifte. Die Schwimmhilfen bestanden aus dem gleichen warmen Material wie sein Taucheranzug.

Zuerst sah es so aus, als ob sie eine Nummer zu groß wären, aber als Matt hineinschlüpfte, zog sich die flexible Substanz zusammen, bis sein Fuß hautnah umschlossen wurde. Ein leichtes Pulsieren kitzelte an Fersen und Zehen. Die Berührung war angenehm, fast zärtlich. Beinahe so, als bestünden die Flossen aus einer lebenden Substanz.

Verwundert ließ Matthew sich neben der Hydritin niedersinken. Kaum hatte er die Sitzfläche berührt, schossen tentakelförmige Fortsätze aus dem Rochen, die sich wie ein Gurt um seine Hüfte schlangen. Der Vorgang hatte nichts Bedrohliches an sich. Im Gegenteil, Matt fühlte sich so sicher wie in Abrahams Schoß.

»Ist das ein echter Rochen?«, erkundigte er sich bei Bel'ar.

Die Hydritin wiegte den Kopf, als wüsste sie nicht, wie sie die Frage am besten beantworten konnte. Oder sie wollte einem Fremden nicht zu viele Geheimnisse anvertrauen.

»Unsere Urväter ritten noch auf echten Tieren«, erklärte sie schließlich. »Inzwischen züchten wir in unseren Laboren *bionetische Lebensformen*, die perfekt an unsere Bedürfnisse angepasst sind.«

Als ob damit alles gesagt wäre, gab sie dem vor ihr sitzenden Bol'gar ein Zeichen, dass sie bereit waren. Der Hydrit tippte mit seinem Meterstab leicht gegen den Nacken des Rochen. Grinsend drehte er sich zu Matt um. Seine Augen glänzten vor Begeisterung, als er rief: »Festhalten! Das ist ein neuer Man'tan QL!«

Die letzten Worte wurden ihm fast von den Lippen gerissen, denn die *bionetische Lebensform* brachte ihren flachen Körper zum Schwingen und schoss mit einem gewaltigen Satz nach vorne. Matt war froh, dass ihn das Tentakelgeflecht in die Sitzmulde presste, während der Man'tan eine engen Kurve beschrieb, um direkten Kurs aufs offene Meer zu nehmen.

Knapp zehn Meter unter der Wasseroberfläche glitten sie auf dem Rochen dahin. Während die übrigen Hydriten in tiefes Schweigen verfielen, brannte Bel'ar darauf, mit Maddrax zu kommunizieren. Sachlich erkundigte sie sich nach den Vorkommnissen, die vor einem halben Jahr zu Quart'ols Tod geführt hatten. An der Art, wie sie ihre Fragen stellte, wurde Matt deutlich, dass sie Mer'ols Worten nicht allzu sehr traute.

»Es war nicht leicht, die empfangenen Gehirnwellenmuster richtig einzuordnen«, berichtete sie. »Erst als wir uns an die Siedlungen jenseits der atlantischen Weite wandten, konnten wir rekonstruieren, was geschehen war. Es ist das erste Mal in der Geschichte unseres Volkes, dass die Seele eines Quan'rill auf einen Menschen übertragen wurde. Unsere Wissenschaftler sind schon ganz begierig, Sie kennen zu lernen, Maddrax.«

Mer'ol stieß ein verächtliches Schnauben aus, mischte sich aber nicht in das Gespräch ein. Matt fragte sich einen Moment, wie der »britische« Hydrit innerhalb weniger Tage den Atlantik hatte überqueren können. Dann fiel ihm wieder die Transportröhre ein, die von Quart'ols Forschungsstation an die englische Küste führte. War es möglich, dass solche Verbindungen quer durch die Ozeane verliefen, um die Metropolen der Fischmenschen miteinander zu verbinden?

Matt verkniff sich die Frage, denn er musste Bel'ar erst von seinem Treffen mit Quart'ol berichten. Die Hydritin hatte ein Recht darauf zu erfahren, was damals vorgefallen war. So erzählte Matt, wie er in die Hände von Sklavenhändlern geraten war, die ihn und seine Gefährtin Aruula unter unmenschlichen Bedingungen an der englischen Südküste entlang getrieben hatten.

Anfangs bereitete es ihm große Mühe, mit seinem Kehlkopf die klackenden Laute der Hydriten zu imitieren, die sich als gut hörbare Schallwellen im Wasser fortpflanzten. Doch mit jedem Satz fiel ihm das Sprechen leichter. Er berichtete, wie die Hydriten Aruula und ihn vor dem wahnsinnigen Mörder Crane gerettet hatten. Eigentlich sollten sie nie wieder an Land zurückkehren können, denn die Fischwesen achteten seit Jahrhunderten darauf, dass die Landbewohner nichts von ihrer Existenz erfuhren. Matt konnte jedoch den leitenden

Wissenschaftler Quart'ol davon überzeugen, dass eine friedliche Koexistenz mit den Menschen möglich war.

Diese Utopie stellte sich wenig später als tragischer Irrtum heraus, den der weise Hydrit mit seinem Leben bezahlen musste. Seitdem plagten Matt schwere Gewissensbisse. Er hatte die barbarische Natur seiner Landsleute geradezu verharmlost, nur um an die Oberfläche zurückkehren zu dürfen.

Dass er seine eigenen Fehler so offen eingestand und sich nicht herauszureden versuchte, schien Bel'ar zu imponieren. In einer tröstenden Geste ließ sie ihre unförmige Flossenhand über Matts Schulter gleiten. »Sie müssen sich nicht für Ihr Volk schämen, Maddrax. Die Hydriten haben eine ebenso gewalttätige Vergangenheit. Trotz Ei'dons Lehren dauerte es viele Generationen, bis wir zum friedlichen Einklang mit den Ozeanen und seinen Lebewesen fanden.«

Ihre Begleiter, die das Gespräch verfolgten, nickten zustimmend. Nur Mer'ol starrte Matt mit kaltem, unnachgiebigem Blick an. Zum ersten Mal kam dem Piloten der Gedanke, dass bei weitem nicht alle Hydriten so sanftmütig und friedliebend waren, wie Quart'ol einst behauptet hatte.

Während sie weiter durch den Ozean glitten, brach über ihnen der Morgen an. Sonnenstrahlen durchfluteten das glasklare Wasser, das an dieser Stelle gut vierzig Meter tief war. Ein einzigartiges Naturschauspiel, wie es noch kein Mensch erleben durfte – auf dem Rücken eines Riesenrochen, ohne sich Sorgen um einen begrenzten Atemvorrat oder Dekompressionszeiten zu machen.

Sie durchquerten schwebende Seetangwälder, in denen goldene Garibaldifische ihre Bahn zogen. Sardellenschwärme kreuzten ebenso ihren Weg wie rotleuchtende Schafskopfbrassen, Kelpfische, Wasserschildkröten und

Delfine. Das Ende der Hochseefischerei hatte sich äußerst positiv auf Flora und Fauna der Ozeane ausgewirkt.

Wenigstens ein Kontinent, der von »Christopher-Floyd« profitiert hat, dachte Matt zynisch.

Er entdeckte auch neue Fischarten, die es zu seiner Zeit nicht gegeben hatte. Sie schillerten in den abwegigsten Farbkombinationen, die zur Zierde, aber auch zur Abschreckung dienen mochten. Falls einige dieser Exemplare gefährlich waren, wagten sie sich aber nicht an den Man'tan heran.

Während Matt die Reise durch eine fremde Welt genoss, berichtete ihm Bel'ar vom Leben der Hydriten. So erfuhr er, dass sie zur Kaste der *Beobachter* gehörte, die das Leben der Landbewohner erforschte. Auf diese Weise wollten sich die Hydriten vor nachteiligen Entwicklungen für die Ozeane schützen. Im Gegensatz zu vielen Kollegen verspürte Bel'ar aber keine Ängste vor den Menschen. Was erklärte, warum sie den Kontakt zu Matthew suchte. Für eine Verhaltensforscherin ihres Formats war sein Besuch natürlich ein Glücksfall. Wie konnte man schon mehr über die Menschen herausfinden als durch persönliche Kontaktaufnahme?

Aus ihrem Gespräch hörte Matt deutlich heraus, dass sie Mer'ols abweisende Haltung nicht teilte. Die beiden Hydriten waren sich offensichtlich auf Anhieb unsympathisch gewesen. Mer'ol schien aber auch bei Bol'gar und Kug'or nicht sonderlich hoch im Kurs zu stehen. Ein Umstand, der vielleicht noch einmal wichtig werden konnte.

Matthew verstand oft nur die Hälfte von dem, was Bel'ar ihm von dem Leben in Hykton berichtete, trotzdem sog er jede noch so kleine Kleinigkeit in sich auf. Er war sich darüber im Klaren, dass ihm hier ein einmaliger Einblick in eine fremde Zivilisation geboten wurde, die älter war als die Menschheit.

Doch würde man ihn zurückkehren lassen, um davon zu berichten?

Ehe er über diese Frage nachgrübeln konnte, ging der Man'tan in einen Sinkflug über, der einem Düsenjäger der Air Force alle Ehre gemacht hätte. Matt konnte das beurteilen, schließlich hatte er schon genügend Jets geflogen.

Je tiefer der Rochen tauchte, desto stärker veränderten sich die Farben um sie herum. Matthew wusste, dass Wasser wie ein Blaufilter wirkte, der die warmen Farben in der Reihenfolge Rot-Orange-Gelb abbaute. Obwohl sie sich bereits vierzig Meter unter dem Meeresspiegel befanden, herrschten aber weiterhin gute Sichtverhältnisse. Die Sonnenstrahlung reichte noch bis zum Grund des Ozeans, der etwa zwanzig Meter tiefer lag.

In gut einem Kilometer Entfernung wuchsen zwischen Granitfelsen und Muschelbänken kugelförmige Gebäude empor, die von kaltem blaugrünen Licht umflutet wurden. Einige der Konstruktionen hatten das Ausmaß eines Football-Stadions, andere bestanden aus ineinander verwachsenen Sphären, die mehrere Stockwerke in die Höhe ragten. Umher schwimmende Hydriten zeichneten sich als filigrane Silhouetten ab.

Obwohl das gesamte Design fremdartig wirkte, strahlte der Anblick Wärme und vor allem *Leben* aus. Matt fühlte sich seltsam berührt. Zum ersten Mal seit dem Kometeneinschlag hatte er den Eindruck, sich einer modernen Metropole zu nähern.

Kein Zweifel, vor ihm lag Hykton.

Hykton, 3486/7 Rotationen nach Ei'don

Ein kalter Schauer durchströmte Quan'rills Körper, als er ins Hydrosseum, dem gesellschaftlichen Herzstück der Stadt eintauchte. Die Stunde der Entscheidung war gekommen. Von dem Urteil des Tribunals hing es ab, ob er weiterleben durfte oder weichen musste. Wenn auch noch niemand wusste, wie man ihn aus Mer'otas Körper vertreiben sollte, ohne dem Jungen körperlichen Schaden zuzufügen. Dieses Wissen verschaffte ihm ein Gefühl der Zuversicht, aber die Anspannung blieb.

In der Eingangskuppel drehten sich die Botaniker, die noch mit dem Fußbodenrelief beschäftigt waren, neugierig zu ihm um. Jeder von ihnen wusste, wer er war und *was* heute verhandelt wurde.

Mit kräftigen Flossenschlägen steuerte Quan'rill den Durchgang zur oberen Etage an. Was für ein herrliches Gefühl, die Erfahrung eines Weisen, aber den Körper eines Zwanzigjährigen zu besitzen. Wer diese perfekte Symbiose zerstörte, versündigte sich an Ei'don persönlich.

Oder war es Gotteslästerung, was er getan hatte?

Die beiden Wächter am Aufgang packten ihre Schockstäbe fester, als sie ihn erkannten. Sie fixierten ihn wie einen gefährlichen Eindringling, doch Quan'rill ließ die feindseligen Blicke von sich abprallen wie die Stacheln eines Seeigels. Die Flossenkämme der beiden begannen zu leuchten, als sie sein spöttisches Grinsen sahen.

»Folgen Sie mir bitte«, schnarrte der Linke von ihnen ungewöhnlich schrill. »Ich habe den Auftrag, Sie direkt vor den HydRat zu bringen.«

Quan'rill machte eine joviale Geste, um sein Einverständnis zu demonstrieren. Er wusste, dass er die beiden Kerle mit Leichtigkeit überwältigen konnte, wenn er es seinem muskulösen Gastkörper befahl. Doch das brachte ihn im Moment nicht weiter. Er musste die Einwohner von Hykton für seine Sache gewinnen, nicht gegen sich aufwiegeln.

Er folgte dem Wächter durch das Loch in der Kuppeldecke in die zweite Etage, in der es weitaus geschäftiger zuging. Ringsum befanden sich die Bionetiklabore, in denen die fähigsten Wissenschaftler des Allatis forschten. Hier, bei seinen ehemaligen Kollegen, würde er hoffentlich bald einen neuen Platz finden. Zügig schwammen sie dem dritten Stock entgegen, in dem die politischen Entscheidungen gefällt wurden.

Das Mittelschott war geschlossen, als wollte man sich vor ungebetenem Besuch schützen. Der Wächter presste seine Flossenhand in eine kaum wahrnehmbare Vertiefung in der Decke. Ein mattes Licht glühte durch die Schwimmhäute auf, während seine Identität abgetastet wurde.

Summend teilte sich das runde Struktanschott. Um die Dramatik zu steigern, wartete Quan'rill, bis die beiden Halbkreise ganz in der Zwischendecke verschwunden waren, bevor er hindurch schwamm.

Er wurde bereits von drei Wächtern erwartet, die nervös mit ihren Schockstäben spielten. Ihre furchtsamen Blicke bewiesen, dass sie nur auf eine falsche Bewegung warteten, um sie gegen ihn einzusetzen. Es hielten sich immer noch hartnäckige Gerüchte, dass er jederzeit den Körper eines anderen Hydriten in seine Gewalt bringen könnte.

Natürlich war das blanker Unsinn. Sein ganzes Mühen und Streben war darauf ausgelegt, seinen Geist so stark wie möglich in Mer'otas Körper zu verankern. Schließlich war er hochzufrieden mit ihm.

Der HydRat erwartete ihn im obersten Stockwerk, der aus einer mit Feuerkorallen verkleideten Sphäre im Durchmesser von zwanzig Metern bestand. Die Mitglieder des Tribunals hatten sich im oberen Drittel hinter ihren Kanzeln versammelt und blickten streng herab, als er durch die Bodenschleuse schwebte. Zum ersten Mal wurde Quan'rill bewusst, wie furchteinflößend die Szenerie für einen Delinquenten war. Früher, in seinem alten Körper, hatte er selbst auf andere herab geblickt und über sie zu Gericht gesessen.

Obwohl dieses Leben erst vor kurzem verstrichen war, schien seitdem eine Ewigkeit vergangen zu sein. Vielleicht weil er sich nicht mehr an die letzten Rotationen erinnern mochte, die von Krankheit und Siechtum gekennzeichnet waren.

»Na, seid ihr alle da?«, rief er den Weisen entgegen.

Frechheit war ein Teil seiner neuen, *jungen* Persönlichkeit. Zufrieden registrierte er das empörte Blubbern des Tribunals.

»Keine Unverschämtheiten, Angeklagter Mer'ota«, wies ihn der HÖCHSTE zurecht. »Ihnen werden schwere Vergehen zur Last gelegt!«

Rab'sol, immer noch der gleiche humorlose Teufelsrochen, dachte Quan'rill. Er grinste den grauhäutigen Hydriten mit den weißen Flossenquasten höhnisch an und knarzte: »Hoppla, was werft ihr Mer'ota denn vor? Dass er mir das Gastrecht in seinem Körper eingeräumt hat?«

Erneut hallten Missfallensbekundungen von der Kuppelwölbung wider. Die Wachen rückten näher heran und schwangen ihre Schockstäbe. Eine sinnlosen Drohgebärde. Sie hatten kein Recht, die Waffen ohne triftigen Grund gegen ihn einzusetzen. Niemand wusste das besser als der ehemalige HÖCHSTE des HydRats.

Durch die Bullaugen, die sich wie eine punktierte Linie um das obere Sphärendrittel zogen, gafften neugierige Hydriten zu ihnen herein. Wo waren nur die guten Manieren geblieben?

Rab'sol trommelte nervös auf seiner Kanzel herum, die aus dem Oberteil einer weißen Riesenmuschel gefertigt war. Der pedantische Paragrafenreiter konnte es einfach nicht ertragen, dass im Buch Ei'dons kein Absatz über die Bestrafung von körperlosen Seelen zu finden war.

»Natürlich seid Ihr es, der einer Verfehlung angeklagt wird, Quan'rill«, übernahm der ZWEITE das Wort. Seine Stimme war so dunkel wie ein Nebelhorn, als er fortfuhr: »Ihr leugnet also nicht, dass Ihr es seid, der den Körper des bedauernswerten Mer'ota mit Leben füllt?«

»Warum sollte ich? Deine Gehirnwellenscans haben es eindeutig bewiesen, Kal'rag. Im Übrigen erlangt der *Bedauernswerte* durch meine Seelenwanderung eine befriedigende Existenz, wie sie sich seine Mutter immer für ihn erwünscht hat.« Vor allem seit er San'ota dafür diverse Annehmlichkeiten aus den Bionetiklabors verschaffte. Aber das musste niemand erfahren.

Seine forsche Antwort löste erneut Unmut aus, doch nicht bei allen neun Ratsmitgliedern. Besonders unter seinen Wissenschaftskollegen hatte er gute Vorarbeit geleistet. Quan'rill kannte die Begehrlichkeiten seiner Zunft, und er wusste auch genau, womit er die Politiker ködern konnte.

»Ihr wollt doch wohl nicht leugnen, dass es moralische Probleme aufwirft, wenn Ihr den Geist eines anderen Hydriten unterjocht«, unterbrach der HÖCHSTE seine Überlegungen. »Auch ein Minderbegabter wie Mer'ol hat das Recht auf seine eigene Persönlichkeit.«

Quan'rill nickte ernst, obwohl er am liebsten laut losgelacht hätte. Seine Verbündeten im Tribunal hatten ihm längst gesteckt, dass Rab'sol einzig und allein von der Furcht geplagt wurde, dass *er* das nächste Opfer von Quan'rills Seelenwanderung sein könnte. Als wäre diese greise Hülle für ihn von Interesse! Trotzdem war es an der Zeit, die Ängste der Ratsmitglieder zu zerstreuen.

Mit weit ausholenden Gesten setzte Quan'rill zu einer Rede über Ursache und Verlauf seiner Forschungen an, die in der Erklärung gipfelte, dass es ihm lediglich um eine weiterführende Existenz ginge, die ihm niemand verwehren dürfe. »Statt sich vor der neuen Evolutionsstufe zu fürchten, die ich erreicht habe, sollte dieser Rat lieber die Chance begreifen, die ich dem Volk der Hydriten biete«, schloss er mit pathetischem Dröhnen, das die ganze Kuppel erfüllte. Dann spielte er seinen besten Trumpf aus: »Schon in wenigen Generationen wird die Seelenwanderung so gewöhnlich sein wie Perlen in einer Auster. Jeder Einzelne von euch hat die Möglichkeit, meinem Beispiel folgen und damit der Nachwelt sein Wissen und Können zu erhalten.«

Seinen Worten schloss sich ein Moment absoluten Schweigens an, in dem selbst das Schwingen eines Seetangblatts zu hören gewesen wäre.

»Ihr wollt damit andeuten, dass es anderen Hydriten möglich wäre, gleiche Fähigkeiten zu entwickeln?«, stieß der HÖCHSTE überrascht hervor. Das begehrliche Glitzern in seinen Augen war nicht zu übersehen.

»Diese Handlungsweise wäre nicht weniger verwerflich als einen neuen Mar'os-Kult zu gründen!«, schrie der ACHTE aufgeregt dazwischen. Er war erst siebzig Rotationen alt und dachte noch nicht viel über die Endgültigkeit des Todes nach.

»Vergleicht mich gefälligst nicht mit diesen gewalttätigen Fleischfressern«, konterte Quan'rill kühl. »Ich will Leben schenken, nicht nehmen.«

Zustimmendes Gemurmel wurde laut. Alle jene, deren Quan'rill sich sicher wähnte, ergriffen nun offen für ihn Partei. Einige Unentschlossene mussten aber noch gewonnen werden, wenn er eine Mehrheitsentscheidung zu seinen Gunsten erzwingen wollte.

Nun war Kal'rag an der Reihe.

»Es gibt da eine Möglichkeit, wie wir Quan'rill einen neuen Körper geben können, ohne die Persönlichkeitsrechte eines Dritten zu verletzten«, erklärte der ZWEITE umständlich. Alle Blicken richteten sich überrascht auf ihn, während er fortfuhr: »Die Klontechnik hat wirklich große Fortschritte gemacht.«

Quan'rill ließ seinen Blick von einem Ratsmitglied zum anderen wandern. Bis auf den FÜNFTEN und den ACHTEN schienen alle begeistert von dieser neuen Möglichkeit zu sein. Wieder einmal hatte es sich ausgezahlt, menschliche Forschungen aufzugreifen und weiter zu entwickeln.

Gewonnen, dachte Quan'rill. Ohne nur im Mindesten zu begreifen, wie nachhaltig er die Gesellschaft der Hydriten verändern sollte.

Hykton, 3936/4 Rotationen nach Ei'don

Die Ankunft in der Stadt wurde für Matt das reinste Spießrutenschwimmen. Von allen Seiten strömten Hydriten zusammen, um ihn wie die Attraktion einer perversen Jahrmarktsshow zu begaffen. Furcht vor dem Unbekannten, aber auch Ekel und Ablehnung zeichnete sich auf den kalten Fischgesichtern ab, die den Man'tan in einer dichten Traube umringten.

Obwohl weder Schmähungen noch andere Unmutsbezeugungen laut wurden, fühlte sich Matt so willkommen, wie Malcolm X auf einem Ku-Klux-Klan-Treffen. Entsprechend erleichtert reagierte er, als der Rochen neben dem Hydrosseum niederging und den Tentakelgurt öffnete. Von hier aus waren es nur wenige Schwimmstöße durch das Spalier der Schaulustigen, die einen respektvollen – oder ängstlichen? – Abstand hielten, als Matt den Eingang des wissenschaftlichen und politischen Stadtzentrums erreichte.

Zwei mit Perlmuttschulterpanzern uniformierte Wächter ließen ihn anstandslos passierten, als ob er bereits erwartet würde. Bel'ar und Mer'ol blieben dicht an Matts Seite, während Bol'gar und Kug'or in einigem Abstand folgten, um ein eventuelles Nachdrängen der übrigen Hydriten zu verhindern.

Die Vorsichtsmaßnahme erwies sich als überflüssig. Die Bewohner von Hykton blieben freiwillig zurück, zeigten aber auch keine Neigung, die Versammlung aufzulösen.

Sobald der Kiemenmensch im Gebäude verschwunden war, brandete lautes Blubbern und Klacken durch die Menge. Die Ankunft des ungewöhnlichen Besuchers wurde aufgeregt diskutiert. Wilde Spekulationen schossen ins Kraut, bis sich die Wachen dazu herabließen, die offizielle Stellungnahme des HydRats zu verkünden.

Matt bekam davon im schallgedämmten Hydrosseum nichts mit, zumal er völlig von dem Anblick der Empfangshalle überwältigt war. Der Boden bestand aus einem Mosaik lebender Muscheln, deren unterschiedliche Formen und Farben zu einem kunstvollen Gemälde arrangiert waren, das die wichtigsten Stationen aus der Geschichte der Hydriten erzählte. Die einzelnen Bilder erinnerten ihn ein wenig an Stiche aus dem 19. Jahrhundert, mit denen futuristische Bücher illustriert wurden. Statt von Riesenkraken, die Segelschiffe angegriffen, wimmelte es zu Matts Füßen allerdings von monströsen Menschen, die das friedliebende Volk der Hydriten terrorisierten.

Ungläubig ließ er den Blick weiter wandern.

Das Zentrum der Muschelbank war einem grimmigen Hydriten in Haifischknochenrüstung gewidmet, der auf einem Berg von Totenschädeln thronte. *Mar'os, der dunkle Urvater unserer Rasse,* pochte es unvermittelt in Matts Hirnwindungen. Mit einem grausamen Lächeln sah die dunkle Gottheit auf zwei Hydritenarmeen hinab, die sich gnadenlos mit Hellebarden und Armbrüsten bekämpften.

Ringsherum gab es unzählige weitere Schlachtszenen, um die sich Bilder gruppierten, in denen die Fischwesen ihre Waffen ablegten und zu einem friedvollen Leben fanden. Daran schloss sich ein Kreis an, der die Flucht in die Dunkelheit schilderte, während der äußerste Gürtel die Rückkehr ans Licht und den Neuanfang symbolisierten.

Trotz ihrer schlichten Ausführung lösten die Bilder eine melancholische Stimmung in Matthew aus. Es war, als würde in ihm eine Saite angeschlagen, von der er vorher nicht einmal gewusst hatte, dass sie überhaupt existierte. Seine Begleiter schienen gegen diese Wirkung immun zu sein, denn sie stiegen bereits zu einem der zahlreichen Durchgänge in die Wissenschaftsetage auf. Matt wollte ihnen folgen, um nicht den Anschluss zu verlieren, aber dann blieb sein Blick an einer Wandfreske hängen blieb, die ihm seltsam vertraut vorkam.

Das Korallenporträt zeigte einen bärtigen Mann mit ausgeprägten Geheimratsecken, der als einziger Mensch in dieser Halle nicht verzerrt dargestellt wurde. Seine Kleidung ließ auf eine Person des 19. Jahrhunderts schließen, trotzdem kam Matt das Gesicht seltsam bekannt vor. Er musste eine ähnliche Abbildung schon einmal irgendwo gesehen haben.

»Jules Verne«, erklärte Kug'or, der sich neben ihm herabsinken ließ. »Einer der wenigen Freunde, die mein Volk an der Oberfläche hatte. Jules hat unser Geheimnis stets für sich bewahrt, obwohl einige seiner Werke mit Hinweisen gespickt sind!«

Matt brachte vor Überraschung kein Wort hervor. Natürlich, daher kannte er das Gesicht! Es war einem zeitgenössischen Stich nachempfunden, der auch in der Ausgabe von *20.000 Meilen unter dem Meer* enthalten war, die er als Kind verschlungen hatte. Plötzlich brannten ihm tausend Fragen auf den Lippen, doch der Hydrit mit dem flammroten Flossenkamm, der an den Irokesenschnitt eines Punks erinnerte, deutete auf die Wissenschaftsetage über ihnen.

»Wir werden bereits erwartet«, erinnerte er. »Später ist noch genug Zeit, um Fragen zu beantworten.«

Widerstrebend setzte Matt seine Beine in Bewegung, um durch schnellen Flossenschlag an Höhe zu gewinnen. Es missfiel ihm zwar, dass die Hydriten über jede seiner Bewegungen befanden, doch um Quart'ols Willen musste er sich wohl fügen.

Nachdem er zu den anderen aufgeschlossen hatte, begleiteten sie ihn durch eine Reihe von ineinander übergehenden Laboratorien, in denen mikrobiologische Lebensformen für die verschiedensten Funktionen gezüchtet wurden. Matt passierte transparente Bassins, in denen die phosphorizierenden Einzeller heranwuchsen, die in den Leuchtsteinen Verwendung fanden. Da diese Mikroben von vorbeischwebendem Plankton lebten, konnten sie überall stationär eingesetzt werden. Ähnlich verhielt es sich mit dem Quallenwesen, das er aus der Transportröhre vor der Küste Englands kannte.

Eine Unzahl von wundersamen Eindrücken stürzte auf Matt ein, weit mehr als er im Vorüberschwimmen aufnehmen konnte. Die Laboreinrichtung erinnerte zwar entfernt an Mikroskope, Zentrifugen und ähnliche Apparaturen, wie sie von menschlichen Wissenschaftlern benutzt wurden, doch die bizarren Geräte der Hydriten schienen durchweg aus organischem, zum Teil sogar noch *lebenden* Material zu bestehen. Schnell wachsende Korallen wurden zu Wänden, Tischen oder Boxen geformt, mit empfindsamen Tentakeln ausgestattete Quallen zeigten durch Farbveränderung chemische Prozesse an oder dienten als Hilfswesen, die durchscheinende Kolben mit Nährlösungen transportierten.

Der Man'tan, auf dem er hergeritten war, hatte vermutlich das Licht der Welt in einem dieser Reagenzgläser erblickt, aber auch das seltsam pulsierende Material, aus dem sein Taucheranzug bestand.

Matt war noch ganz benommen, als sie die hermetisch abgeschirmten Klon-Labore erreichten.

Bel'ar setzte ihre Augen einem tastenden Lichtstrahl aus. Nachdem ihre Identität bestätigt wurde, öffneten sich die muschelförmigen Tore mit einem tiefen Brummen.

Was dahinter lag, ließ alles, was Matt bisher gesehen hatte, bedeutungslos erscheinen. Sie kamen in eine riesige Halle mit sechsunddreißig Tanks, in denen junge Hydriten, die von einer milchigen Nährstofflösung umhüllt wurden, langsam heranwuchsen.

Wissenschaftler schwammen zwischen den Behältern einher, um die Körperfunktionen der Klone zu überprüfen. Von Embryonen in typischer Fötushaltung bis zu ausgewachsenen Hydriten war jedes Entwicklungsstadium zu sehen. Während der hintere Teil der Halle von den übereinander gestapelten Tanks eingenommen wurde, beherbergte der vordere Abschnitt nur einen blauen Korallentisch, auf dem ein nacktes Fischwesen mit lederähnlichen Riemen festgeschnallt war.

Das Alter des Klons ließ sich für Matt schlecht abschätzen, doch es schien ein recht junges Exemplar zu sein. Seine Augenlider waren geschlossen, aber die schuppige Fischbrust hob und senkte sich in gleichmäßigem Takt.

»Das ist Quart'ols neuer Körper«, erklärte Bol'gar. »Wir haben den Klon aus seinen eigenen Körperzellen gezüchtet. Er ist erst zwanzig Rotationen alt. Noch etwas jung, um ihn zum Bewusstsein zu erwecken, aber da Quart'ol bereits verstorben ist, bleibt uns nichts anderes übrig.«

Matt schwamm vorsichtig näher.

Obwohl er nicht ernsthaft damit gerechnet hatte, dass die männlichen Geschlechtsmerkmale der Hydriten einem Menschen ähnelten, berührte es ihn auf seltsame Weise, als er den hermaphroditischen Körperbau bemerkte. Ähnlich den meisten Fischarten waren auch die Hydriten an der entscheidenden Stelle nur mit einer Hautfalte ausgestattet.

Kein falsches Mitleid. Wir haben genauso viel Spaß wie ihr!

Verdammt, er hatte ganz vergessen, das Quart'ol all seine Gedanken verfolgen konnte! Hastig drängte Matt alle Überlegungen zur Anatomie der Fischwesen zurück. »Wie geht es jetzt weiter?«, fragte er hastig, um sich abzulenken.

»Du brauchst nur Körperkontakt aufzunehmen«, erklärte Bol'gar, »den Rest übernimmt Quart'ol. Er kennt sich damit aus; es ist bereits seine zweite Seelenwandlung.«

Bol'gar dirigierte Matthew mit sanftem Druck an das Kopfende der Korallenliege. Vorsichtig presste er jeden einzelnen Menschenfinger gegen den regungslosen Fischschädel des Klons, als ob er ein genau vorgeschriebenes Ritual befolgte. Die schuppige Haut fühlte sich abstoßend kalt an, trotzdem drückte Matt so fest zu wie er konnte, in der Hoffnung, die Übertragung dadurch zu unterstützen.

»Entspann dich einfach«, riet Bel'ar. »Der Rest geht von alleine.«

Matt nickte tapfer, obwohl ihm plötzlich mulmig wurde. »Ich hoffe, das Ganze geht ohne große Blessuren für mich ab.«

Betroffenes Schweigen war die einzige Antwort, die er erhielt. Ehe ihn dieser Umstand alarmieren konnte, raste bereits ein sengender Schmerz durch seine Arme. Es fühlte sich an, als wären die Adern mit Kerosin gefüllt, das schlagartig entflammte. Die Feuerwalze versengte seine Fingerspitzen, bevor sie sich mit aller Macht in die Schläfen des Klon einbrannte.

»Dein Körper ist jung und kräftig, Maddrax«, hörte er Bel'ar wie hinter einem rauschenden Wasserfall. »Du wirst es bestimmt überleben.«

Ihr ängstlicher Gesichtsausdruck widersprach den aufmunternden Worten, doch Matt hörte sowieso nicht mehr hin. Er hatte genug damit zu tun, seinen Körper unter Kontrolle zu bekommen. Sein Brustkorb vibrierte schneller als ein Zitteraal.

Matt versuchte seine Hände zu lösen, um den schmerzhaften Vorgang abzubrechen, doch es ging nicht. Unter normalen Umständen wäre er längst ohnmächtig geworden, doch der verbliebene Rest von Quart'ols Verstand hielt ihn bei Bewusstsein, um die Seelenwanderung nicht zu gefährden.

Erst als die Übertragung vollständig abgeschlossen war, brach der alles verzehrende Schmerz ab. Der abrupte Schock ließ Matts Nervensystem kollabieren. Zuckend sank er zur Seite.

Bel'ars Schrei drang wie aus weiter Ferne zu ihm, aber dass sie sich entsetzt über ihn beugte, nahm er schon nicht mehr wahr.

21. April 2005, Jagd-U-Boot Kiew
Irgendwo im Atlantik

Erst der vierte Tag auf See, seitdem die islamistischen Terroristen an Bord gekommen waren. Trotzdem machte sich Langeweile breit. Bei normalem Betrieb fuhr die *Kiew* praktisch von alleine, dafür sorgte modernste Computer- und Anlagentechnik. Eine Handvoll Offiziere genügte zur Überwachung. Selbst die Amerikaner waren von dem vollautomatisierten Prototypen begeistert. Darum waren sie auch bereit, für die Konstruktionspläne fünf Milliarden Dollar an die russische Regierung zu zahlen.

Kapitänleutnant Bajgarin starrte verbissen auf das Kontrollpaneel des Rudergängers, um nicht zum tausendsten Mal über den Verrat der Vorgesetzten zu hadern. Doch so sehr er sich auch bemühte, die Daten über Lastigkeit, Winkel, Kurs und Tauchtiefe zu erfassen, sie wurden immer wieder von der Wut beiseite gefegt, die in ihm hoch kochte.

Zwanzig Jahre lang hatte er seinem Vaterland treu gedient, obwohl seine Familie in Widjajewo in einer baufälligen Siedlung für Marineangehörige leben musste, in der es fünfzig Mal so viele Ratten wie Mieter gab. Seit der Perestrojka hatte er alle Demütigungen, alle Zurückstufungen über sich ergehen lassen. Selbst als seine Tochter im letzten Winter eine Fehlgeburt erlitt, weil die Fernwärmeleitung wieder mal im Frost geborsten war, hatte er von seiner Frau Disziplin verlangt. Nur wenn die Offiziersfamilien mit gutem Beispiel vorangingen, so hatte er ihr erklärt, könne die schlechte Moral der Truppe vor weiterem Absinken bewahrt werden.

Natascha hatte ihn daraufhin verlassen.

Ein Schlag, von dem er sich nicht wieder erholt hatte. Alles was ihn in dieser schweren Zeit noch aufrecht hielt, war seine Mitarbeit am Projekt 2005: eine Glanzleistung russisch-ukrainischer Wissenschaft, der Stolz der Krimflotte, der Beweis, dass Vaterlandstreue nicht umsonst war.

Bis zu dem Tag, als er erfuhr, dass Moskau seine Ideale verschachert hatte. Angeblich um mit dem Geld neue Wirtschaftszweige zu fördern, doch jeder wusste, dass die Milliarden nur in dunkle Kanäle versickern würden. Alle hielten sie die Hand auf. Die korrupten Politiker, die Schieber, die Mafia – nur die Marine würde wieder einmal leer ausgehen.

Eine Woche lang hatte Walerie Bajgarin versucht, seine Enttäuschung im Wodka zu ertränken, dann hatte sein Schwager ihn mit einem Eimer Wasser aus dem Delirium gerissen. Der Vorschlag, den Nikolai Wolkow ihm daraufhin machte, war abstoßend und faszinierend zugleich. Dass ihre Mannschaft liquidiert werden sollte, hatte Bajgarin zunächst rundheraus abgelehnt, doch das Geld, das für ein sorgenfreies Leben im Ausland reichte, war einfach zu verlockend gewesen. Besonders als er erfuhr, dass Natascha zu ihm zurückkehren würde, wenn er vernünftig genug war, sich diese Chance nicht entgehen zu lassen.

Der Gedanke an die geliebte Frau, die nach seiner Zusage tatsächlich in die heruntergekommene Drei-Zimmer-Wohnung zurückgekehrt war, glättete seine Gesichtszüge. Es war die gemeinsame Zukunft mit Natascha, die ihn all das Leid um ihn herum ertragen ließ. Die Schreie der getöteten Mannschaft gellten zwar immer noch in seinen Ohren, doch letztendlich waren es Soldaten gewesen, die ihr Dienstrisiko kannten.

Alle Matrosen, die der russischen Regierung die Treue hielten, dienten genauso dem Feind wie ein amerikanischer GI, davon war Bajgarin inzwischen felsenfest überzeugt. Auch wenn es ihm Unbehagen bereitete, er konnte damit leben, dass gegnerische Soldaten im Krieg sterben mussten. Sonst wäre er schließlich nie zur U-Boot-Flotte gegangen.

Ein Schatten, der über die Instrumententafel fiel, riss ihn aus seinen Gedanken. Wie aus dem Boden gewachsen stand Hamid neben ihm. Der junge Araber – Bajgarin wusste immer noch nicht, welcher genauen Nationalität die Terroristen angehörten – beugte sich über seine Schulter und betrachtete fasziniert die vielfältigen Anzeigen, die für einen Laien nur undurchschaubare Daten lieferten. Bajgarin kannte diesen Blick. So sahen alle Jungen aus, die davon träumten, ein U-Boot zu fahren. Er hatte selbst einmal so geguckt, als er mit seiner Schulklasse an einer Flottenbesichtigung teilnahm.

Diesen Tag hatte er später oft verflucht, denn er hatte sein weiteres Schicksal als unterbezahlter Zweiter Offizier festgelegt. Trotz der bitteren Erkenntnis, dass ihm die Liebe zur Marine nur Unglück gebracht hatte, deutete Bajgarin lächelnd auf den Tiefenmesser.

»Damit bestimmen wir, wie weit wir uns unter der Oberfläche bewegen«, erklärte er. »Im Moment haben wir vierzig Meter Wasser über uns. Ganz schön tief, was?«

Der Junge – als Mann konnte man Hamid wahrhaftig noch nicht bezeichnen – nickte dankbar. Dann zeigte er auf das daneben liegende Messinstrument.

»Und das?« Seine Stimme klang zaghaft, fast bittend.

So gut er konnte, erklärte ihm Bajgarin die verschiedenen Funktionen auf Englisch. Das vertrieb ihnen beiden die Zeit, und Hamid erwies sich als heller Kopf, der alle Informationen wissbegierig in sich aufsog. Offensichtlich war er heilfroh, dass sich jemand mit ihm beschäftigte.

Schon bald setzte er sich auf einen der freien Drehstühle und plauderte mit Bajgarin über Gott und die Welt, bis sie auf ihre Motive zu sprechen kamen, die sie auf diese gefährliche Mission verschlagen hatten. Als der Russe von seiner Enttäuschung über die eigenen Politiker erzählte, nickte Hamid verständnisvoll.

»Die amerikanische Regierung ist ein Krake, der die freien Völker dieser Welt erstickt«, sprudelte es aus ihm hervor. Es war eine der vielen Phrasen, die Ahmed so gerne benutzte, und sie schien ihm der Situation angemessen. Als er fortfuhr, bekam seine Stimme einen zitternden Klang: »Meine Mutter war auf dem Weg zum Markt von Abu Dajar, als sie der Strahlung ausgesetzt wurde. Heute ist sie nur noch ein Schatten ihrer selbst. Sie wird bald sterben.«

Bajgarin schwieg betroffen. Wie gering wirkten doch seine eigenen Beweggründe, gegen die Amerikaner ins Feld zu ziehen, wenn er das Schicksal dieses Jungen betrachtete. Zum ersten Mal fühlte er Freude darüber, die Terroristen zu unterstützen. Ja, ohne seine tatkräftige Mithilfe würde die heimtückische Air Force sicherlich ungestraft davonkommen.

Seit Beginn der *Religion Wars* wurden die Grenzen der USA mit neuesten High-Tech-Geräten hermetisch abgeschottet; selbst die Raumstation ISS war in das weltumspannende Sicherheitskonzept eingebunden. Auf diese Weise war es möglich geworden, Küstenstreifen und *Mexican Borderline* so undurchlässig wie den Eisernen Vorhang zu machen.

Gegen die Radarabwehrtechnik der Kiew waren aber sogar Spionagesatelliten machtlos. Im Schutze der Nacht konnten sie die Araber unentdeckt im Herzen des Feindes aussetzen, ohne dass sie oder das russische Volk dafür verantwortlich gemacht würden.

»Dieses CK-512 ...«, begann Bajgarin vorsichtig, weil er wusste, dass er ein heikles Thema anschnitt, »... ist wohl sehr wirksam.«

Hamids Miene verdunkelte sich. Sein Bruder hatte ihm eingeschärft, nicht zu redselig zu sein. Andererseits, den russischen Verbündeten konnte er doch wohl trauen, oder? Seine ebenmäßigen Zähne blitzten zwischen den Lippen auf, als er sich zum Reden entschloss.

»Es heißt, es stammt aus Saddams unterirdischer Chemiefabrik«, raunte er verschwörerisch, wohl wissend, dass die vergebliche Bombardierung dieses Ziels einen Stachel im Fleisch der NATO darstellte. »Eine der zehn Einheiten reicht aus, um Zehntausende von Männern in den Wahnsinn zu treiben!«

Bajgarin stieß ein anerkennendes Pfeifen aus. Auch wenn er ein gerütteltes Maß an orientalischer Übertreibung abzog, blieb immer noch eine fürchterliche Waffe, die den Amerikanern mehr als nur Kopfschmerzen bereiten würde. »Damit könnt ihr mehr als ein Dutzend Militärbasen ausrotten«, gestand er.

Hamid machte eine wegwerfende Handbewegung, als ob sein neuer Freund nicht die Größe der Mission erkennen würde.

»Wir werden unser Leben und unsere Ressourcen nicht mit Angriffen auf gut geschützte Einzeleinrichtungen verschwenden«, dozierte er von oben herab. »Wir haben genügend CK-512, um eine Metropole zu entvölkern. Damit machen wir ganz Washington zur Geisterstadt!«

Bajgarin wurde auf einen Schlag kalkweiß im Gesicht. Sein Entsetzen war so deutlich zu sehen, dass Hamid erschrocken verstummte. Der Junge fürchtete, dass er etwas Beleidigendes gesagt haben könnte, doch so oft er auch seine englischen Vokabeln rekapitulierte, ihm fiel einfach kein falsches Wort auf.

Wie sollte er auch ahnen, dass er gerade das Lügengespinst zerrissen hatte, mit dem Bajgarin den CK-512-Transport vor seinem Gewissen rechtfertigte?

»Ihr wollt gegen die Zivilbevölkerung vorgehen?«, keuchte der Russe entsetzt. »Aber … ich denke, ihr bekämpft ausschließlich militärische Ziele!«

Hamids Stirnrunzeln belegte, wie falsch er lag. »Wir wollen Gleiches mit Gleichem vergelten. Wie es in eurer Bibel steht: Auge um Auge, Zahn um Zahn.«

Ein entsetztes Stöhnen verließ Bajgarins Kehle. Sein verdammter Schwager hatte ihn angelogen! Einen Moment lang verschwamm die Leitzentrale vor seinen Augen. Aus den Schleiern bildete sich das Schreckensbild einer amerikanischen Großstadt, in deren Straßen sich die Leichen meterhoch stapelten. *Du Narr,* hämmerte eine gehässige Stimme hinter seiner Stirn. *Du hast Nikolai das Märchen vom sauberen Krieg doch nur abgenommen, weil du es glauben* wolltest*!*

Wenn es Bajgarin je gelungen war, sein Gewissen einzulullen, dann war es plötzlich wieder hellwach.

»Ihr könnt doch nicht Millionen unschuldiger Menschen für die logistischen Fehler der Militärs bestrafen«, beschwor er Hamid. »Was glaubst du wohl, wie viele russische Einwanderer in Washington leben, die ihre Heimat nur verlassen haben, weil sie sonst verhungert wären? Und was ist mit euren islamischen Brüdern, die sogar für eure Sache streiten? Glaubst du ernsthaft, die haben etwas mit dem Tod deiner Mutter zu tun?«

Hamids Gesicht wurde plötzlich so verschlossen wie Fort Knox. Ein feuchter Glanz trat in seine Augen, doch er kämpfte die Tränen zurück. Er wollte nicht um seine Mutter weinen, sondern wie ein Mann handeln.

Sie rächen.

»Es ist mir egal, wie viel Russen, Libyer oder Iraker

dabei draufgehen, wenn die Amerikaner zahlen«, stieß er aufgebracht hervor. Seine Stimme, die vor Aufregung in einen kindlichen Sopran und wieder zurück sprang, hallte durch das offene Schott in die übrigen Sektionen. »Meine Familie hat auch niemand gefragt, ob sie in die Nähe strategischer Ziele geraten möchte!«

Der Klang herbeieilender Schritte ließ ihn abrupt verstummen, doch es war zu spät. Ahmed sprang schon in die Leitzentrale. Er analysierte die Situation auf den ersten Blick und deckte seinen Bruder mit einem arabischen Wortschwall ein. Hamid zuckte ängstlich zurück, als er nach Strich und Faden zusammengestaucht wurde. Erst als sich Kapitän Wolkow zu ihnen gesellte, durfte der Junge mit hängendem Kopf hinaus gehen. Ahmed wies den U-Boot-Kommandanten mit einem Kopfnicken in Richtung von Bajgarin an, ebenfalls hart durchzugreifen.

»Zieh bloß Leine, du Idiot«, fauchte Wolkow seinen Schwager an. »Und halt in Zukunft deine große Klappe!«

Dem Zweiten Offizier lagen ein halbes Dutzend guter Erwiderungen auf der Zunge, doch er schluckte sie alle herunter. So groß seine Empörung auch war, die Furcht um sein Leben wog stärker. Denn eins war klar: Er stand alleine gegen ein Dutzend Männer, die genau wussten, auf was sie sich eingelassen hatte. Die mitleidlosen Blicke des arabischen Terroristen waren deutlicher als Worte. Wenn er jetzt sein Gewissen entdeckte, würde man ihn genauso als Störfaktor betrachten wie die Matrosen. Und wenn es hart auf hart kam, ließ ihn Nikolai sicher wie eine heiße Kartoffel fallen.

Bajgarin schlich davon wie ein geprügelter Hund.

»Wird es mit ihm Ärger geben?«, fragte Ahmed, als der Zweite Offizier außer Hörweite war.

Kapitän Wolkow winkte ab. »Keine Sorge, der Schlappschwanz macht, was ich ihm sage. Er ist mit meiner Schwester verheiratet.«

Ahmeds Züge erwärmten sich um einige Grad, blieben aber weiter unterhalb der Frostgrenze.

»Familienbande?«, knurrte er. »Das ist gut. In unserem Kommando sind auch alle miteinander verwandt. Das ist der beste Weg, sich vor Verrätern zu schützen. Blut ist dicker als Wasser.«

Hykton, 3936/4 Rotationen nach Ei'don

Der Blackout dauerte nur wenige Sekunden, dann schärfte sich Matts Blick wieder.

»Alles in Ordnung?« Bel'ar sah besorgt auf ihn hinab.

»Geht so«, knurrte er. »Wenn ich aber in den nächsten Stunden noch mal das Bewusstsein verliere, bekomme ich ernsthaft schlechte Laune.«

Der Hydritin war nicht anzumerken, ob sie den Zynismus verstand. Besorgt tastete sie seinen Kopf ab. »Einige von Quart'ols Gedächtnis-Engrammen sind erhalten geblieben«, diagnostizierte sie. »Deshalb können wir weiterhin in unserer Sprache kommunizieren.«

Matt kam sich wie ein Versuchskaninchen vor, als sie einen gallertartigen Klumpen vom Korallentisch nahm und ihm auf die Stirn presste. Ein leichtes Prickeln reizte seine Haut, während sich die Qualle in schneller Folge erst rot und dann violett färbte. Die angespannten Züge der Hydritin glätteten sich. »Die Seelenwanderung ist reibungslos verlaufen. Sie haben keine Schäden davon getragen, nur Wissen dazu gewonnen. Ein Teil von Quart'ols Gedächtnis wurde fest in Ihnen verankert.«

»Um Maddrax brauchen wir uns keine Sorgen zu machen«, dröhnte es plötzlich über ihr. »Der Knabe hat einen härteren Schädel als Mike Hammer.«

Erschrocken wirbelte Bel'ar zur Korallenliege herum, auf der sich der Klon bereits putzmunter zeigte. Der auferstandene Quart'ol genoss die Überraschung, die er mit seinen Worten auslöste.

»Menschliche Literatur des 20. Jahrhunderts«, erklärte er mit einer Spur von Prahlerei in der Stimme. »Mir steht nun ein Großteil von Matts Erinnerungen zur Verfügung. Damit dürfte mir der Doktortitel in Oberflächenkunde sicher sein.«

Matt spürte, wie ein unangenehmer Schauer über seinen Rücken jagte. Wie tief hatte der Hydrit in seinen Gedanken gewühlt? War er auch in die persönlichen Abgründe vorgedrungen, die jeder insgeheim in sich trug, ohne sie je mit einem anderen Menschen zu teilen? Hatte Quart'ol etwa seine intimsten Gefühle, wie die Liebe zu Aruula, ausspioniert?

Ein ganzes Bündel von Fragen, auf die Matthew keine Antwort fand. Er wusste beim besten Willen nicht, wie er den Hydriten einschätzen sollte, der jetzt aufgeregt mit den Flossen herumfächerte. Mit dem weisen Wissenschaftler von einst hatte der neue Quart'ol nicht viel gemeinsam. Bevor Matt überprüfen konnte, ob sein erster Eindruck täuschte, löste Bel'ar die Qualle von seiner Stirn und schwamm zu dem erwachten Klon hinüber.

»Immer mit der Ruhe«, forderte sie. »Bevor Sie wieder Seetang ausreißen können, müssen wir erst mal Ihren körperlichen Zustand überprüfen.«

Quart'ols Augen leuchteten begeistert auf. »Aber gern, Baby! Du darfst mich so lange und intensiv untersuchen wie du nur möchtest.« In einer plumpen Bewegung, die nicht mal im Ansatz wie ein Versehen wirkte, berührte er ihre üppigen Brüste.

Bel'ars Reaktion kam prompt und überdeutlich. Ihre Hand zuckte vor und bohrte sich schmerzhaft in seinen Halsansatz. »Wenn du dich wie ein kleiner Junge aufführen willst, kannst du auch gerne so behandelt werden«, fauchte sie angriffslustig wie eine Moräne.

Es war wohl eher der Schock als die Schmerzen, die den Klon zur Besinnung brachten. Innerhalb von Sekunden ging eine körperlich sichtbare Veränderung in ihm vor. Plötzlich wirkte seine Haltung ruhiger, reifer und abgeklärter. »Tut mir Leid«, entschuldigte er sich. »Die Einstellung auf den neuen Körper ist mit einigen Schwierigkeiten verbunden. Der Hormonspiegel ist sehr hoch, das trübt ein wenig den Verstand.«

Bel'ar winkte ab, als ob sie den Vorfall längst vergessen hätte. Erneut wollte sie mit der Untersuchung beginnen, da drängte sich Mer'ol vor den Patienten.

»Diese Entgleisung dürfte wohl eher auf den schlechten Einfluss des Oberflächenbewohners zurückzuführen sein«, dröhnte er mit Blick auf Matt. Kalt wies er Bel'ar zurecht. »Ich kenne Quart'ol besser als jeder Wissenschaftler aus Hykton, darum werde ich seine Untersuchung übernehmen. Sie können sich solange um den *Gefangenen* kümmern.«

Der gelbe Flossenkamm der Hydritin loderte so hell wie die Sonne, doch sie akzeptierte seine Forderung. Gemeinsam mit Matt verließ sie die Klon-Station. Sie schwammen zu einem kleinen Raum, der so etwas wie ihr Büro darstellte. Dort setzte sie Matthew bizarre Stachelfische auf den Brustkorb, die sich mit ihrer flachen Unterseite an dem Material seines Tauchanzuges festsaugten.

»Ich würde niemals so ein unflätiges Benehmen an

den Tag legen, wie es mir Mer'ol unterstellt hat«, versicherte er, während sich die Hydritin über ihn beugte, um die Messergebnisse von den gefärbten Stachelspitzen abzulesen. Der Blick in ihren Muschelbikini war irgendwie faszinierend, aber nicht wirklich erregend.

»Wir beobachten immer wieder, dass die Quan'rills nach einer Seelenwanderung in pubertäres Verhalten zurückfallen«, beruhigte sie ihn. »Das ist völlig normal, Sie brauchen sich deshalb keine Gedanken zu machen.«

»Und dass ich ein Gefangener bin? Muss ich mich deshalb auch nicht sorgen?«

Bel'ar hielt in der Untersuchung inne. »Nicht wenn Sie mir die Wahrheit erzählt haben. Das Tribunal wird Quart'ol nach den Umständen seines Todes befragen. Von seiner Aussage hängt Ihr weiteres Schicksal ab. Aber wie es scheint, hegt er keinen Groll gegen Sie. Die Chancen stehen also gut.« Plötzlich huschte ein Lächeln über ihre vorgestülpten Fischlippen. »Wer ist eigentlich Mike Hammer?«

Matt erzählte bereitwillig, was er über die klassischen Krimis seiner Zeit wusste, obwohl er mit den Gedanken ganz woanders war. Tief in seinem Inneren nagte die Ungewissheit über sein zukünftiges Schicksal, doch was blieb ihm anderes übrig als abzuwarten?

Bel'ar entfernte die Stachelwelze von seiner Brust. Ohne ein Wort über ihre Diagnose zu verlieren, paddelte sie zu einem quallenartigen weißen Gewächs, das aus der hinteren Zimmerecke hervorwuchs. Sie ließ die Fische in die sanft im Wasser schwingenden Lamellen schlüpfen, die gleich darauf in den Farben der verschiedenen Stachelspitzen aufglühten. Innerhalb von Sekunden wurden die Farbcodes übertragen und abgespeichert.

Die Welze paddelten wieder hervor und begannen ihre Kreise im Büro zu ziehen. Ein unverbindliches Lächeln auf den wulstigen Lippen kehrte die Forscherin zurück. »So, das wäre erledigt.«

»Und?«

Sie sah Matt mit dem gleichen verwirrten Ausdruck an, den er von den Ärzten der Air Force kannte. Mediziner waren überall gleich. Ob nun unter oder über Wasser.

»Ist mit mir alles in Ordnung?«, hakte er nach.

»Ach so«, stieß sie verlegen hervor. »Wie es scheint, hat die Seelenwanderung keinerlei gravierenden Schäden hinterlassen. Allerdings unterscheidet sich der menschliche Körper entscheidend von dem der Hydriten, deshalb müssen wir Sie noch einige Zyklen unter medizinischer Beobachtung behalten.«

Matt wusste instinktiv, dass ein Zyklus einem Tag entsprach. Anscheinend musste er sich tatsächlich auf einen längeren Unterwasseraufenthalt einstellen.

Bel'ar blieb seine Enttäuschung nicht verborgen. »Wie wäre es, wenn Sie die Zeit nutzen, um mehr über unser Volk zu erfahren?«, versuchte sie ihm den unfreiwilligen Besuch zu versüßen.

»Kein schlechte Idee«, gab Matt zu.

Die Hydritin schwamm mit ihm in die Eingangshalle des Hydrosseums. Erneut war Matthew überwältigt von der suggestiven Kraft des lebenden Panoramagemäldes.

»Sehen Sie sich die Szenen ruhig näher an«, schlug Bel'ar vor. »Beginnen Sie in der Mitte, dort wird der Ursprung unseres Volkes dargestellt.«

Matt knickte in der Körpermitte wie ein Taschenmesser ein, bis er mit den Händen das gewünschte Ziel anvisierte, und tauchte mit sanften Flossenschlägen zum

Boden hinab. Erneut schauderte er bei der Darstellung des grimmigen Hydriten auf dem Schädelthron, der auf seine streitenden Armeen hinab sah.

Ehrfürchtig strich Matt über die Muscheln, Korallen und Pflanzen, aus denen sich das Bild zusammen fügte. Ein leises Kribbeln lief durch seine Fingerspitzen, als ob eine elektrische Spannung auf ihn überspringen würde. Dann hörte er eine dumpfe Stimme in seinem Kopf, die berichtete: *Einst waren die Hydriten ein kriegerisches Volk, das* Mar'os, *den dunklen Urvater anbetete. Er war ein despotischer Meeresgott, der das Recht des Stärkeren vertrat und alles Schwache verabscheute.*

Zu dieser Zeit lebten wir von der Jagd und verzehrten Fische in jeder Größe. Selbst Haie, Kraken und Urzeitungeheuer waren nicht vor unseren Dreizack-Attacken sicher. Die Hydriten von Allatis, Posedis und Maaris lagen in ständiger Fehde miteinander, denn sie rangen um die Vorherrschaft. Dies änderte sich erst mit dem Auftauchen von Ei'don, dem Sohn der Tiefe, der aus der unergründlichen Finsternis des großen Grabens stammte, der für uns bis heute unerforschtes Gebiet ist.*

Ei'don einigte die zerstrittenen Stämme von Posedis in den pylonischen Kriegen und unterwarf die Hydriten der übrigen Ozeane. Dies war der Beginn einer neuen Zeitrechnung, die mittlerweile 3936 Rotationen währt.

Nach all der Zeit des unerbittlichen Ringens hatten sich die Hydriten so sehr dezimiert, dass sie nur noch in weit verstreuten Enklaven lebten. Als der neue Herrscher die Bitterkeit seines Sieges erkannte, überkam ihn die göttliche Eingebung, *der wir unser heutiges Leben verdanken.*

Ei'don verfügte, dass die Lehren des Mar'os keine Gültigkeit mehr hätten. Gewalt wurde zur Wurzel allen Übels

---

* Atlantik, Pazifik und Indischer Ozean

erklärt, die Jagd auf andere Meeresbewohner und deren Verzehr gänzlich verboten. Innerhalb einer Generation wurden wir von Jägern zu Vegetariern. Damit einher setzten sich Ei'dons Thesen zu einem friedlichen Miteinander unter den Hydriten durch. Nach Ei'dons Tod wurde er zur obersten Gottheit ernannt.

Ohne es zu merken, war Matt weitergepaddelt und bei den Bildern von Ei'dons Sinneswandel angelangt. Die Informationen, die von den Muscheln ausgingen, hatten die Ereignisse in seinem Kopf lebendig werden lassen. Die Bilder waren viel intensiver als ein Film, denn er schien sich mitten im Geschehen zu befinden.

»Dieser Platz wurde geschaffen, um die Bürger Hyktons mit der Geschichte ihres Volkes vertraut zu machen«, erklärte Bel'ar. »Sehen Sie sich in Ruhe um, das ist der beste Weg, unsere Kultur zu verstehen.«

Matt ließ sich das nicht zweimal sagen. Fasziniert streifte er zwischen den Bildern umher. Wo ihm etwas besonders interessant erschien, streckte er die Hand aus und ließ sich von den gespeicherten Erzählungen gefangen nehmen. Auf diese Weise erfuhr er von den ersten Begegnungen zwischen Hydriten und Menschen.

Es war kein Zufall, dass die griechischen Namen *Mare* und *Poseidon* den Urvätern der Hydriten so sehr ähnelten. Es hatte immer wieder sporadische Kontakte zu Landbewohnern, insbesondere Seeleuten gegeben, dabei waren die Namen überliefert worden.

Die Menschen reagierten bei vielen dieser Begegnungen mit Schrecken und gingen gewalttätig gegen die vermeintlichen *Seeungeheuer* vor. Die friedliebend gewordenen Hydriten beschlossen deshalb, den Kontakt mit der Oberfläche so weit wie möglich zu vermeiden. Ihre natürliche Fähigkeit zur Luftatmung wurde immer weniger genutzt, blieb aber trotz Degenerationserscheinungen bis zum heutigen Tage erhalten. Außerdem gab es stets Individualisten, die die Gesetze missachteten und mit einzelnen Menschen geheime Kontakte zum beiderseitigen Nutzen unterhielten. Dabei kam es mitunter zu Freundschaften und Liebesbeziehungen, die zu den menschlichen Legenden der Meerjungfrauen und Wassermänner führten.

Die Evolution der Hydriten erhielt durch die Begegnungen mit den Landbewohnern entscheidende Impulse. Da technologischer Fortschritt häufig durch Kriege beschleunigt wird, hatten die Menschen den pazifistischen Hydriten in diesem Punkt einiges voraus. Deshalb gab es durch die Jahrhunderte stets Beobachter, die das Leben an Land insgeheim observierten.

Das latente Wissen um die Existenz der Meeresbewohner ging den Menschen in der Zeit der Aufklärung endgültig verloren. Je weiter sie mit ihren Dampfschiffen die Ozeane erschlossen, desto vorsichtiger wurden die Hydriten. Nur noch wenige Landbewohner wussten von ihrer Existenz – und diese Auserwählten schwiegen, um zu verhindern, dass ihre Freunde auf dem Seziertisch landeten. Der prominenteste Freund dieser Zeit war tatsächlich der Franzose Jules Verne. Er fand als Knabe einen verletzten Hydriten am Strand und pflegte ihn gesund. Die Zusammenkunft mit dem Meereswesen inspirierte ihn zu seinen ersten phantastischen Geschichten.

Zu Beginn des 20. Jahrhunderts zogen die Hydriten die letzten Beobachter ab und gaben ihre küstennahen Städte auf.

Betroffen verfolgte Matt den bitteren Rückzug in die lebensfeindlichen Tiefen der Dämmerzone. Die Trauer und Hoffnungslosigkeit, die das hoch entwickelte Volk plagte, überkam auch ihn, als er das Exil verfolgte. Um ihrer Existenz einen neuen Sinn zu geben, schufen die Hydriten in jenen Jahren ein weit verzweigtes Röhrensystem auf dem Meeresboden, das ihre Städte über die Ozeane miteinander verband.

Die Ereignisse an der Oberfläche verfolgten sie nur noch über aufgefangene Radiowellen. So erfuhren sie vom Wahnsinn des Ersten und Zweiten Weltkriegs und allen weiteren Konflikten, mit denen sich die Menschheit langsam aber sicher auszurotten schien. Erst der Kometeneinschlag zu Beginn des 21. Jahrhunderts brachte die große Wende, darum wurde er von den Hydriten auch als Geschenk Ei'dons betrachtet.

Matts Schädel begann langsam zu dröhnen. Obwohl er nicht mehr als ein Drittel der vorhandenen Szenen abgerufen hatte, weigerte sich sein Gehirn, noch mehr Informationen aufzunehmen. Er wollte sich gerade zu einer kleinen Pause entschließen, als sein Blick auf eine blutrünstige Szene fiel, die inmitten der sie umgebenden Friedfertigkeit deplaziert wirkte.

Verwundert schwamm er näher heran. Zu diesem Zeitpunkt hatten sich die Hydriten längst zu einem friedlichen Volk entwickelt – wie konnte es dann zu solch barbarischen Ritualen kommen?

Im Mittelpunkt des Geschehens stand Mar'os, der verpönte Kriegsgott, der einst vom Sockel gestoßen worden war. Zögernd streckte Matt die Hand aus. Plötzlich fürchtete er sich vor dem, was ihm eröffnet werden könnte.

Doch es war zu spät.

Das Kribbeln in seinen Fingerspitzen kündete bereits davon, dass der Kontakt zustande kam. Sekunden später erfuhr er von einer Begebenheit, die ihm das Blut in den Adern gefrieren ließ . . .

Dykan, Hochburg des Mar'os-Kultes
3506/9 Rotationen nach Ei'don

Die heranjagenden Harpunen wurden von einem warnenden Fauchen begleitet. Der Feuerrochen bockte in die Höhe, um den dreizackigen Geschossen zu entgehen.

Quan'rill wurde von dem abrupten Manöver fast aus dem Sattel geworfen. Instinktiv stemmte er seine Beine gegen den Rücken des Man'tan und klammerte sich an dem aus Fischknochen geformten Sattel fest. Links und rechts von ihm zischten die unterarmdicken Harpunenschäfte vorbei. Wenn der Rochen nicht instinktiv reagiert hätte, wäre es um sie geschehen gewesen.

»Die verdammten Stinkquallen erwarten uns schon!«, schrie Kal'rag ein Stück über ihm. »Also los, zum Angriff!«

Seit der ZWEITE in seinem neuen Klon-Körper steckte, war er nicht mehr zu bremsen. Aber auch die anderen Reiter des Rochengeschwaders brannten darauf, die Schande der Hydriten auszumerzen. Ein vielstimmiges Geheul von allen Seiten zeigte, dass sie den Befehl verstanden hatten.

Quan'rill tippte seinem Feuerman'tan mit der Ferse dreimal kurz hintereinander in den Nacken. Das dressierte Tier wusste sofort, was es zu tun hatte. Es hob den vorderen Teil seines flachen Körpers an, öffnete zwei breite Hautfalten, und schleuderte das leuchtende Sekret, dem es seinen Namen verdankte, unter hohen Druck in die Dunkelheit.

Die Wolke, die zum Meeresboden hinab schwebte, besaß die Wirkung einer Blendgranate. Auch die anderen Rochen feuerten ihre Ladungen ab. Auf einen Schlag wurde es unter ihnen taghell. Nachdem sich Quan'rills Pupillen an das gleißende Licht gewöhnt hatten, erkannte er die Umrisse der alten Tiefseestadt. Als die

Wolke tiefer sank, wurden auch die Silhouetten der Frevler sichtbar, die sich über den Korallendächern zum Kampf sammelten.

Die Dykaner waren bis an die Zähne bewaffnet. Sie trugen Armbrüste, Lanzen und Schwerter. Alles was große Wunden schlug. Mit etwas Harmlosem wie einen Schockstab gaben sich die Fleischfresser gar nicht ab.

Quan'rill griff zu dem Druckluftgewehr, das in der Sattelhalterung klemmte. Die neueste Errungenschaft hydritischer Waffenkunst. Durch menschliche Technik inspiriert, extra für den Kampf gegen die Frevler entwickelt. Sein Magazin war mit achtzig hochgiftige Rochenstacheln geladen, die noch auf tausend Flossen ihr Ziel fanden. Ein wahrer Todesbringer, ihrem friedliebenden Volk geradezu unwürdig – doch hatte nicht Ei'don selbst verkündet, dass Mar'os Anhängerschaft kein Mitleid verdiente?

Quan'rill stimmte dem aus vollem Herzen zu. Für ihn ging es in diesem Kampf um weit mehr als religiöse Vorherrschaft.

Sein Atemtakt beschleunigte sich, während er die schlanke Waffe in beide Hände nahm. Es ließ sich nicht leugnen, er fieberte dem Kampf entgegen. In diesem Moment wurde ihm zum ersten Mal klar, wie hauchdünn die Decke der Zivilisation war, die sie von ihrem barbarischen Erbe trennte.

Den fünfhundert Rochenreitern an seiner Seite ging es nicht anders. Ungeachtet der feindlichen Harpunen, die dicht über ihre Köpfe hinweg zischten, segelten sie dem Widerstandsnest in einer dreifach gestaffelten Sturzformation entgegen. Nichts schien den Angriff noch aufhalten zu können – bis sich das gegnerische Geschwader aus einer Meeressenke erhob und ihnen mit schnellem Schwingenschlag entgegen jagte.

Erneut brach ein Dreizackhagel über sie hinein.

Der Rochen von Quan'rills linkem Flügelmann wurde mit solcher Wucht durchbohrt, dass er ein Stück in die Höhe gerissen wurde. Sein Reiter zerrte noch verzweifelt an den Zügeln, doch es war zu spät! Mit einem dumpfen Laut prallte Dag'on gegen die Unterseite des über ihm schwimmenden Man'tan.

Es gab ein hässliches Knacken, als würde ein Stück Koralle aus einem Riff brechen. Erst als Dag'ons Kopf haltlos zur Seite kippte, wurde seinen Kameraden klar, das es dessen Genick gewesen war. Der getroffene Man'tan trieb zur Seite und rammte einen weiteren Rochen. Eine rote Blutspur nach sich ziehend, trudelte er dem Meeresgrund entgegen.

Trotz des fürchterlichen Anblicks ließ sich Quan'rill nicht beirren. Im Gegenteil. Er reckte die Flossenhand mit dem Gewehr empor und schrie: »Denkt an eure Frauen und Kinder! Für Ei'don und die Freiheit aller Hydriten!«

Die Rochenreiter an seiner Seite nahmen den Ruf begeistert auf. In einem todesmutigen Manöver jagten sie frontal auf das feindliche Man'tan-Geschwader zu. In den Reihen der Dykaner blitzten Lichtreflexe auf. Ihre scharf geschliffenen Lanzen glänzten im Licht der Phosphorwolken, als sie sich den Hyktonern mit scharfem Schwingenschlag entgegen warfen.

In mehrfach gestaffelten Linien donnerten die Einheiten aufeinander zu. Der Zusammenstoß war infernalisch! Hundertfach zerfetzten Lanzen blaue Schuppenhaut, durchbohrten Stachelgeschosse krampfgeschüttelte Brustkörbe. Überall bildeten sich tobende Strudel von ineinander verbissenen Haufen, in denen Harpunenschüsse knallten und Klingen gegeneinander schlugen.

Quan'rill lenkte seinen schwarzen Man'tan direkt auf

einen Dykaner zu. Keiner der beiden wagemutigen Reiter wollte dem Gegner auch nur eine Schwingenbreite ausweichen. Erst im letzten Moment riss der Frevler seinen Rochen zur Seite. Gleichzeitig beschrieb er mit seiner Lanze einen Halbkreis, sodass die angeschliffene Klingenspitze direkt auf Quan'rills Kehle zu raste.

Kal'rag schrie neben ihnen auf. Er sah bereits vor seinem geistigen Auge, wie der Kopf des Freundes vom Leib getrennt wurde.

Im letzten Augenblick tauchte Quan'rill mit dem Oberkörper unter der Attacke hinweg und betätigte den Auslöser seiner Harpune. Knirschend bohrte sich der Giftstachel in die Brust des Gegners.

Der Einschlag katapultierte den Getroffenen aus seinem Sattel. Aus der Wunde sprudelte es rot hervor, während er in die Tiefe sank.

Die Schlacht tobte mit unverminderter Härte. Blutige Wolken quollen überall dort auf, wo es Tote und Verletzte gab.

Quan'rill sah durch den roten Schleier, wie zwei weitere Rochen auf ihn zuflogen. Ihre ausgestreckten Lanzen visierten seine ungedeckte Flanke an.

Zu spät um auszuweichen! Blitzschnell rammte Quan'rill beide Fersen seitlich gegen den Kopfteil seines Rochens. Während ihn der Schwung des vorwärts schießenden Tieres in den Sattel presste, visierte er seinen ersten Angreifer an und jagte eine Dornensalve aus dem Lauf.

Die Brust des Dykaners platzte faustgroß unter den harten Einschlägen auf. Ohne einen Laut von sich zu geben brach er über seinem Man'tan zusammen.

Quan'rill hatte keine Zeit, um sich Gedanken über das Schicksal des Getroffenen zu machen. Der zweite Reiter war bereits heran. In einem geschickten Manöver vollführte der Frevler eine Wende und setzte sich schräg über den Feuerman'tan, um die Lanze in Quan'rills Rücken zu stoßen.

Der Seelenwanderer hatte keine Möglichkeit, die Attacke mit seiner eigenen Waffe zu parieren. Ihm blieb nur noch eins: Brutal riss er an den Zügeln und zwang seinen Man'tan, sich mit dem Hinterleib aufzubäumen.

Die Schwanzspitze hämmerte mit der Wucht eines Rammsporns in die Unterseite des dykanischen Rochens. Der überraschte Reiter wurde fast aus dem Sattel geworfen, konnte sich aber im letzten Moment festhalten. Seine Lanze verlor dabei ihre Ideallinie. Mit einem dumpfen Laut schrammte sie über Quan'rills Schulterpanzer hinweg.

Der Seelenwanderer packte sofort zu, um dem Gegner die Stangenwaffe zu entreißen ... doch seine Flossenhände fuhren ins Leere. Der Dykaner hatte seinen Rochen in einem gewagten Manöver herumgerissen.

Quan'rill jagte sofort eine Salve hinterher, verfehlte ihn aber um Schuppenbreite. Die Dornen bohrten sich stattdessen in die Rückenflosse eines herrenlos umherirrenden Man'tans.

Der Dykaner war ein höllisch guter Reiter, der alle Tricks und Finessen kannte. Sein Rochen vollführte einen geschickten Looping und segelte erneut auf Quan'rill zu. Um den Giftdornen zu entgehen, warf sich der Frevler flach auf den Rücken seines Tieres und jagte mit ausgestreckter Lanze heran. Quan'rill heulte vor Wut auf. Diese verdammte Seeschlange war einfach nicht zu treffen!

Hastig tippte er mit der Ferse in den Nacken seines Feuerrochens. Das Tier bäumte sich auf und stieß eine gleißend helle Wolke aus. Erneut zahlte sich der Schachzug aus, die Kampfman'tane mit dem Leuchtsekret der Scharlachgarnelen genetisch aufzuwerten.

Der Dykaner schloss geblendet die Augen und raste schräg unter ihm vorbei. Quan'rill nagelte den Frevler mit einer Dornensalve auf dem Rücken des Rochens fest.

Sein Herz hämmerte in schnellem Takt gegen die Rippen, Adrenalin pumpte durch seine Adern. Kampfeslustig sah sich Quan'rill nach dem nächsten Gegner um, doch da war niemand mehr. Die überlegenen Druckluftgewehre hatten verheerende Schäden beim gegnerischen Geschwader angerichtet. Überall um ihn herum gewannen die Hyktoner die letzten Zweikämpfe.

Doch die Schlacht ging weiter.

Unter ihnen näherte sich die Infanterie mit schnellen Flossenschlägen. Unzählige Armbrüste wurden gleichzeitig abgefeuert.

Quan'rills Man'tan zuckte unter den Treffern zusammen. Ohne die schmerzdämmenden Mittel, die sie ihren Reittieren verabreicht hatten, wäre er vor Schmerz durchgegangen. So aber gehorchte der Rochen dem Befehl, auf der Stelle zu schweben. Quan'rill beugte sich über die Deckung der linken Schwinge hinweg und feuerte mit dem Druckluftgewehr in die Tiefe.

Die übrigen Hyktoner machten es ihm nach. Auf diese Entfernung war jeder Schuss ein Treffer.

Dutzende der Dykaner wurden mit Dornen gespickt. Zwei von ihnen waren aber so vom Blutrausch beseelt, dass sie trotz der Giftstachel weiter auf Quan'rill zuhielten, um ihn im Nahkampf niederzuringen. Er empfing sie mit einer weiteren Sekretwolke und griff zu der Doppelklinge an seinem Gürtel.

Mit zwei mächtigen Stößen der scherenartigen Waffe schlug er den Geblendeten die Köpfe ab. Dann gaben sie endlich Ruhe. Einen ungläubigen Ausdruck auf dem Gesicht, trudelten die Häupter langsam in die Tiefe.

Gefolgt von den kopflosen Rümpfen, deren sprudelnde Halsschlagadern das Wasser verdunkelten. Im Schutz der roten Wolke flohen die überlebenden Dykaner zurück in die Häuser.

Quan'rill sah sich nach seiner Streitmacht um, die einen hohen Blutzoll hatte zahlen müssen. Ihr Geschwader hatte über zweihundert Reiter verloren, und viele von denen, die sich noch im Sattel hielten, bluteten aus einer oder mehreren Wunden. Trotzdem durften sie jetzt nicht nachlassen – oder alle Opfer waren umsonst gewesen.

In einer grimmigen Geste reckte er die blutbefleckte Doppelklinge in die Höhe. »Lasst es uns zu Ende bringen, hier und jetzt! Für Ei'dons friedvolle Lehren!«

Sein Ruf wurde von fast dreihundert hyktonischen Kehlen aufgenommen, während sie mit ihren Kampfrochen in die Tiefe jagten, um wie ein Rudel blutrünstiger Haie unter den Dykanern zu wüten.

Keiner der Flüchtenden entkam.

Schon bald hatten sie alle Straßenzüge und Gebäude erobert, nur im hiesigen Hydrosseum wurde noch Widerstand geleistet. Zusammen mit Kal'rag und zehn weiteren Seelenträgern stürmte Quan'rill die letzte Bastion des Mar'os-Kultes. Zwei verbissene Armbrustschützen hauchten ihr Leben unter einem wahren Dornenhagel aus. Obwohl ihre gespickten Körper bereits an Seeigel erinnerten, ließ er ihnen noch die Köpfe abschlagen. Die Widerstandskraft der Dykaner wurde ihm langsam unheimlich.

Im Inneren des Hydrosseum war es stockdunkel, doch der Gestank, der ihnen entgegenschlug, ließ keinen Zweifel zu. Obwohl Quan'rill auf alles vorbereitet zu sein glaubte, musste er sich übergeben, als im Licht der Handscheinwerfer das ganze Ausmaß des Schreckens sichtbar wurde.

Der Boden der Eingangshalle war knietief mit Fischgräten, leeren Schildkrötenpanzern, angefressenen Kraken und ausgeweideten Delfinen übersät. Ein gärender Haufen organischen Abfalls, der jeden Gedanken an Nahrungsaufnahme verbot, selbst einem Hydriten, der ins Fleischfresserstadium zurückgefallen war. Es war aber weniger der Anblick der toten Tiere, der sie alle so entsetzte, sondern vielmehr die bleichen Hydritenschädel, die zwischen dem Unrat hervor schimmerten.

Im hinteren Teil der Halle zeichneten sich die Umrisse weiterer Beutetiere ab, die von der Gefräßigkeit der Frevler verschont geblieben waren. Zwei Haie und ein zerlegter Blauwal hingen an eisernen Haken von der Decke ... und ein halbes Dutzend Hydriten. Sie gehörten zu den Vermissten aus den oberen Städten.

Obwohl sich Quan'rill selbst dafür verfluchte, suchte er unter den Toten nach Nol'rills Gesicht. Natürlich war das Unsinn. Sie war schon vor Monaten verschwunden, als noch niemand ahnte, was in dieser verlassenen Tiefseestadt vor sich ging.

Ein leises Rascheln riss Quan'rill aus seinen düsteren Gedanken. Es war mehr Instinkt als wirkliche Beobachtung, dass er die Bewegung am Rande des Lichtkegels bemerkte. Zwei Flossenschläge später kreiste er über der Stelle, an der eben noch ein Flossenkamm aus dem modrigen Untergrund geragt hatte.

»Komm da raus, Kannibale!«, forderte er, das Druckluftgewehr im Anschlag.

Er hatte kaum ausgesprochen, als der Boden explodierte.

Gräten und Fischreste wirbelten in die Höhe, während sich der Hydrit, der sich im Dreck verborgen hatte, auf ihn zu katapultierte. Der Strahl der Handlampe reflektierte auf einem beidseitig geschliffenen Dolch, den ihm der Dykaner zwischen die Rippen jagen wollte.

Quan'rill wich der Attacke mit einer geschickten Körperdrehung aus und hämmerte dem Frevler den Gewehrkolben ins Gesicht. Kal'rag und Tar'zo schossen sofort herbei und packten den Kerl bei den Armen. Obwohl er sich wie ein Wahnsinniger aufbäumte, rangen sie ihn mit vereinten Kräften zu Boden. Knackend zerbrach sein Handgelenk; der Dolch versank zwischen den Fischresten

Quan'rill verspürte kein Mitleid mit dem stöhnenden Mar'os-Jünger. Das Blut zwischen seinen Zähnen zeigte, dass er kurz zuvor gefressen hatte.

»Schlimm genug, dass ihr Ei'dons Gesetze brecht«, stieß Quan'rill voller Ekel hervor, »doch warum vergreift ihr euch an eurem eigenen Volk?«

Der Frevler zeigte nicht den geringsten Hauch von Schuldbewusstsein. Er war ein hagerer Hydrit, dessen Haut sich im Alter grau gefärbt hatte. Das zügellose Leben hatte sich tief in sein schuppiges Gesicht gegraben, als wären die Falten mit einem Messer hinein geschnitten worden. Mit erhobenen Haupt blickte er in den Lauf des Druckluftgewehrs, das auf seine Brust zielte.

»Mar'os sagt: Das Herz des Feindes verleiht dir die Kraft zum täglichen Kampf«, brummte er in tiefem Ton.

Quan'rill war versucht einfach abzudrücken, doch irgendetwas hielt ihn davon ab. Vielleicht das Wissen, dass danach nur noch die schale Leere nach dem gewonnen Kampf kam.

»Mar'os Lehren sind die Wurzel allen Übels«, gab er verächtlich zurück, wohl wissend, das er mit seinen Worten nichts erreichte. »Darum folgten die Hydriten einst Ei'dons Weg, der uns in eine bessere Welt führte.«

Die wulstigen Lippen des Dykaners verzogen sich zu einem gehässigen Grinsen. »Ausgerechnet *du* berufst dich auf Ei'don? Du hast doch selbst seine Lehren verraten, um ein ewiges Leben in wechselnden Körpern anzustreben. Baust eine neue Kaste auf, die *deinen* Namen trägt und lässt dich wie ein König hofieren. Wahrlich, Quan'rill, du bist Mar'os viel näher, als ich es je sein werde. Du genießt deine Macht in vollen Zügen, wie es unser Urvater allen Hydriten befahl. Glaub mir, eines Tages wirst auch du nicht mehr widerstehen können und von der verbotenen Frucht essen. Wenn du erst einmal gekostet hast, willst du den Rausch der Macht, der damit verbunden ist, nicht mehr missen wollen. Du wirst es immer wieder tun ... und dabei jedes Mal an den Tag denken, an dem du mich getötet hast!«

Quan'rill konnte das Gerede nicht länger ertragen. Wütend riss er das Gewehr in die Höhe und drückte die Mündung in die Halsbeuge des Frevlers. Nur ein kurzes Zittern mit der Flosse trennte ihn noch vor der großen Finsternis.

»Mach schon«, stachelte der Dykaner ihn an. »Töte mich! Damit du mir wieder ein Stück ähnlicher wirst.«

Die Zeit schien einige Herzschläge lang zu gefrieren, als wären sie plötzlich von einem Eisblock umschlossen. Tausend Gedanken jagten Quan'rill gleichzeitig durch den Kopf. Die meisten davon drehten sich um seinen brennenden Wunsch nach Rache, aber einige pochten auch warnend gegen die Innenseite seiner Stirn, um ihn darauf aufmerksam zu machen, dass sich ein Körnchen Wahrheit in den Worten des Frevlers befand.

Abrupt setzte er das Gewehr wieder ab.

»Du hast Recht«, gestand er dem Dykaner. »Wir müssen einen anderen Weg finden, mit euch fertig zu werden. Wenn wir mit dem Schwert gegen euch zu Felde ziehen, sinken wir auf eure Stufe herab.« Und zu Kal'rag gewandt: »Wir nehmen ihn mit ins Labor. Es muss eine Erklärung für das irrationale Verhalten der Frevler geben.«

Die Augen des Dykaners glänzten triumphierend.

»Freu dich nicht zu früh«, warnte Quan'rill. »Ich werde dich sezieren! Und glaube nicht, dass ich dir dabei die Gnade einer Narkose gewähre.«

Hykton, 3936/4 Rotationen nach Ei'don

Mit erschöpften Bewegungen entfernte sich Matt von dem Mosaik – mehr konnte er nicht ertragen. Völlig benommen von den Schlachtszenen zwischen Frevlern und Hyktonern wollte er aus dem Hydrosseum entfliehen, doch Bel'ar hielt ihn mit sanftem Griff zurück. »Ganz ruhig. Es war wohl etwas zu viel auf einmal.«

Matt schüttelte den Kopf, um die Ameisenlegion loszuwerden, die über seine Hirnrinde marschierte. Die Episoden aus der Hydriten-Geschichte hatten mehr Fragen aufgeworfen als beantwortet, doch augenblicklich war er nicht in der Lage, weiteres Wissen aufzunehmen. Mühsam gelang es ihm, sich wieder zu konzentrieren.

»Was ist los, Sportsfreund?«, dröhnte es über ihm. »Alles in Ordnung?«

So redete vermutlich nur *ein* Hydrit in allen Ozeanen dieser Welt. Matt blickte in die Höhe und sah seinen Verdacht bestätigt. Es war tatsächlich der quirlige Quart'ol, der über ihnen im Wasser schwebte. Auf seinem Gesicht lag ein ernster, nachdenklicher Zug, der nicht zu seinem jungenhaften Körper passen wollte.

»Es geht schon wieder«, versicherte Matt.

Sofort kehrte das spitzbübische Lächeln zurück, das Quart'ol schon im Klon-Labor zur Schau getragen hatte.

Durch verstärkte Wasseraufnahme erhöhte er sein Gewicht und sank zu Matt und Bel'ar hinab.

»Mer'ol hat mich endlich aus seinen Fängen entlassen«, seufzte er theatralisch, wie ein Schüler, der lebend aus dem Zimmer des Rektors entkommen war. Gleich darauf wurde er wieder ernst. »Mein Assistent benimmt sich manchmal etwas verbiestert, aber er hat stets nur das Beste für mich im Sinn.«

Bel'ar nickte verstehend, doch ihre harten Zügen signalisierten deutlich, dass sie das Kompetenzgerangel mit Mer'ol noch nicht abgehakt hatte.

»Es ist gut, dass du dich mit der Geschichte meines Volkes vertraut machst, Maddrax«, fuhr Quart'ol fort. »In Kürze findet eine Anhörung vor dem hiesigen Tribunal statt, in dem über dein weiteres Schicksal befunden wird. Aber keine Sorge, ich werde für dich aussagen.«

Matt gab ein zustimmendes Blubbern von sich, während er seine Schläfen mit den Händen massierte. Die Kopfschmerzen ließen langsam nach.

»Gibt es noch irgendetwas, was du wissen möchtest?«, erkundigte sich Quart'ol, um die Gesprächspause zu überbrücken.

»Ja«, antwortete Matt. »Was ist aus diesem Quan'rill geworden, der euch die Fähigkeit zur Seelenwanderung geschenkt hat?«

»Er hat sie lediglich als Erster erforscht«, korrigierte Quart'ol. »All jene, die seinem Beispiel folgten, haben das Quan'rill aus eigener Kraft erlangt. Zur Zeit gibt es knapp fünfhundert von uns, ein ganz exklusiver Kreis.«

Bel'ar gab ein schnaubendes Geräusch von sich, das möglicherweise eine Missfallensbekundung war. Vielleicht gehörte sie nicht zu den erlauchten Seelenwanderern.

»Ich wollte wissen, was Quan'rill *jetzt* macht«, erinnerte Matthew.

Quart'ol verzog das Gesicht wie ein Vorkoster auf einer Zitronenfarm. Sein Versuch vom Thema abzulenken war kläglich gescheitert. »Quan'rill hat sich völlig aus der Öffentlichkeit zurückgezogen«, gestand er kleinlaut. »Es gibt Gerüchte, dass er in seiner *Festung der Einsamkeit* lebt und davon träumt, endlich zu sterben.«

Matt zog die linke Augenbraue in die Höhe. »Festung der Einsamkeit? Dafür, dass ihr die Menschen verachtet, bedient ihr euch aber fleißig bei unserer Popkultur. Warum nicht gleich die *Bat-Höhle*?«

Quart'ols Kiemenlappen blähten sich vor Empörung auf, doch ehe er den Ideenreichtum der Hydriten verteidigen konnte, ging Bel'ar dazwischen. »Warum vertragt ihr euch nicht wie in der Zeit, als ihr noch einen Körper geteilt habt?«, forderte sie in einem Ton, der keinen Widerspruch zuließ. »Ich muss mich auf das Tribunal vorbereiten. Kann ich die Kinderschar so lange alleine lassen?«

Matt und Quart'ol sparten sich eine Antwort. Schließlich waren sie keine Schuljungen, die sich abkanzeln ließen. Die Hydritin wertete ihr Schweigen trotzdem als ein »Ja« und verabschiedete sich. Mit anmutigen Schwimmbewegungen entschwand sie durch eine der Deckenschleusen in den Wissenschaftstrakt des Hydrosseums.

Quart'ols Lippen spalteten sich hinter ihrem Rücken zu einem anzüglichen Grinsen. »Was für ein Weib«, schwärmte er, während er seine Hände in einer eindeutigen Geste vor dem Brustkorb schwenkte, als müsste er zwei schwere Gewichte balancieren. »Hast du ihre riesigen Muscheln gesehen?«

Matthew war einen Moment lang völlig sprachlos. Hatte er es wirklich mit dem weisen Quart'ol zu tun, den er in England getroffen hatte, oder mit einem pubertierenden Hydriten, der nicht mehr Herr seiner Hormone war?

Der Klon deutete sein Schweigen ganz anders.

»Nicht gleich eingeschnappt scin«, erklärte er gönnerhaft. »Für mich ist Bel'ar sowieso zu alt.«

»Bitte?«

Quart'ol hob beruhigend die Hände. »Schon gut. Mir ist nicht verborgen geblieben, wie gut ihr euch versteht. Sie hat großes Interesse an dir, so viel steht schon mal fest.« Verschwörerisch sah er nach allen Seiten, um sicherzustellen, dass sie von niemanden belauscht wurden. Dann beugte er sich vor und raunte: »Viele unserer Frauen vermuten, dass ihr Oberflächenbewohner wahre Wunderdinge mit euren *Gliedern* vollbringen könnt.«

Obwohl er Bel'ar sehr sympathisch und auf eine gewisse Weise durchaus attraktiv fand, winkte Matt ärgerlich ab. »Können wir das Thema wechseln?«

»Spiel bloß nicht den Moralapostel«, knarzte Quart'ol eingeschnappt. »Du hast wohl vergessen, dass ich fast ein halbes Jahr in deinem Körper verbringen musste. Ich kenne all deine Empfindungen und Gelüste – mir kannst du nichts erzählen!«

Allein der Gedanke, dass der Hydrit während der letzten Monate sein Innerstes nach außen gestülpt hatte, ließ Übelkeit in Matt aufsteigen.

»Bin gespannt, was Aruula dazu sagt, wenn sie erfährt, dass du mit dieser kleinen Nosferajägerin und der Bunkerfrau rumgemacht hast*«, stichelte Quart'ol weiter.

Blanker Zorn brodelte durch Matts Adern. »Schön, dass du dich so gut mit meinem Charakter auskennst«,

---

* siehe Taschenbuch 6, Romane 1 und 5

knurrte er drohend. »Dann weißt du hoffentlich auch, dass du mich jetzt nicht mehr weiter reizen solltest!«

Quart'ol senkte betreten den Blick. »Entschuldige, Matthew, aber meine Hormone spielen verrückt. Ich berste fast vor überschüssiger Energie, deshalb kann ich einfach nicht mein dummes Fischmaul halten.« Da schimmerte wieder der abgeklärte Wissenschaftler durch, auch wenn seine Ausdrucksweise zu wünschen ließ.

Matthew überlegte gerade, ob er den vorlauten Klon so einfach davon kommen lassen sollte, als ihr Geplänkel von zwei Wächtern in perlmuttverzierter Uniform unterbrochen wurde. Die glänzenden Schockstäbe fest umklammert, sanken sie zu ihnen herab.

»Das Tribunal tritt in Kürze zusammen«, grollte der Größere von ihnen. »Ihr werden erwartet, alle beide!«

23. April 2005, Jagd-U-Boot Kiew
70 Seemeilen vor der nordamerikanischen Küste

Leutnant Leonow warf einen schnellen Blick auf die Armbanduhr und beschleunigte seinen Gang. 13:58 Zuluzeit. Wenn er rechtzeitig zur Wachablösung im Torpedoraum sein wollte, musste er sich gehörig beeilen. Seine Schritte klangen seltsam hohl auf dem stählernen Zwischendeck, während er in das bleistiftdünne Mikrofon seines Headsets sprach. »Fähnrich Kosyrew, bitte melden.«

Keine Antwort, nur das Rauschen der Bordkommunikation. *Verdammt, ist der Kerl etwa eingepennt?* Zu verdenken wäre es dem Fähnrich nicht gewesen; die vollautomatische Fahrt verdammte die ganze Mannschaft zu langweiliger Routine. Selbst der Kommandant war ungewöhnlich lax geworden. Doch jetzt, da sie sich der feindlichen Küste näherten, würde Wolkow wieder wie ein Schießhund aufpassen.

»Alexander, melde dich doch!«

Keine Antwort.

Leutnant Leonow gab es auf. Er war ohnehin gleich da. Das dumpfe Summen der Schaltkästen begleitete ihn, während er sich dem Stahlschott näherte. Es lag eine Art Spannung in der Luft, die dafür sorgte, dass sich die feinen Härchen in seinem Nacken kribbelnd aufrichteten.

Er musste den Kopf einziehen, als er durch das Schott in den Bug des Schiffes trat. Hier drinnen brannte nur die rote Notbeleuchtung. Besaß Kosyrew wirklich die Dreistigkeit, sich während der Wachzeit aufs Ohr zu hauen? Leonow blieb stehen und wartete, bis sich seine Pupillen an die schlechten Lichtverhältnisse gewöhnt hatten. »Alexander, wo bist du?«

Links und rechts von ihm stapelten sich die Torpedos vom Typ SSN-21. Konventionelle Sprengköpfe. Schließlich schleppte man auf einer Probefahrt keine Nuklearwaffen mit sich herum. Der enge Raum war mit sechzehn Reservetorpedos vollgestopft, die auf stabilen Stahlgestellen in Bereitschaft lagen. Acht weitere befanden sich auf den Führungsschienen, die zu den Abschussrohren führten.

Leonow stutzte. Eigentlich *sollte* auf jeder Rampe eine SSN-21 liegen, doch der Platz rechts unten, an Abschussluke 8 wirkte seltsam leer. Das konnte doch nicht sein!

Instinktiv griff Leonow nach seiner Pistolentasche. Er wollte den Sprechknopf am Headset drücken, um Meldung zu erstatten, als er endlich Fähnrich Kosyrew entdeckte. Der hagere Bursche mit dem schütteren Haar, das am Hinterkopf eine kahle Stelle in der Größe einer Rubelmünze aufwies, war tatsächlich eingeschlafen.

Den Kopf auf seine Dienstmütze gebettet, saß er an dem Schreibpult in der Ecke, auf dem die Berichte geschrieben wurden. Die neue Technik hatte zwar die körperliche Arbeit zurückgedrängt, aber die Bürokratie war dafür umso schlimmer geworden.

Leonow fluchte laut, doch auch das konnte seinen Kameraden nicht aus dem Schlaf reißen.

Verwundert trat der Leutnant näher. Erst jetzt fiel ihm die unbequeme Lage auf, in der Kosyrew auf dem Pult ruhte. Sein rechter Arm hing von der Tischplatte schlaff in die Tiefe, während der Kopf in einer unnatürlich verrenkten Position neben der linken Hand lag. Auf die Dienstmütze hatte er sich nicht gebettet, sie war ihm von der Stirn gerutscht! Ihr Band lag in einer dunklen Pfütze, die sich unter seinem Hals ausbreitete und bereits über die Tischkante zu Boden tropfte.

Es dauerte einen Moment, bis Leonow erkannte, dass es sich um Blut handelte. Um das Blut von Fähnrich Kosyrew!

Sofort sprang er hinzu, um seinem Kameraden zu helfen. Als er den regungslosen Oberkörper zurück in den Drehstuhl schob, sah er, dass ein klaffender Spalt über Kosyrews Kehle führte.

Was der Leutnant zuvor geahnt hatte, aber nicht wahrhaben wollte, wurde nun zur Gewissheit: Alexander war nicht nur tot – er war ermordet worden! Irgendjemand hatte ihm die Kehle durchgeschnitten.

Die Araber, zuckte es Leonow instinktiv durch den Kopf. Er wusste nicht wieso, aber aus irgendeinem Grund spielten sie plötzlich falsch. Der feige Mord konnte erst vor wenigen Minuten geschehen sein; es quoll noch immer ein feiner Blutstrom aus der frischen Schnittwunde.

Leutnant Leonow packte den Sprechknopf seines

Headsets. Er musste sofort Alarm geben, um die Verschwörung auffliegen zu lassen.

Da spürte er einen Luftzug in seinem Nacken. Verdammt! War der Killer etwa noch im Raum? Der Schrecken lähmte seine Stimmbänder.

Krächzend wirbelte er herum. Alles was er noch sah, war ein matter Reflex, der auf ihn nieder sauste. Mit einem dumpfen Laut hämmerte der Schraubenschlüssel gegen seine Schläfe.

Der Knochen zersplitterte. Ein grelles Licht blitzte vor Leonow auf, dann folgte tiefste Nacht. Haltlos kippte er nach vorn, schlug der Länge nach hin. Er war noch nicht tot. Stöhnend wälzte er sich auf dem Stahlboden, versuchte davon zu kriechen.

Sein Angreifer setzte sofort nach. Erbarmungslos ließ Walerie Bajgarin das schwere Werkzeug in die Tiefe sausen. Ein letztes Zucken, dann regte sich sein Opfer nicht mehr.

Keuchend hielt Bajgarin inne.

Er hatte vor Angst gezittert, als er sich im toten Winkel des Schotts verstecken musste. Nun fühlte er sich wie befreit. Zu seinem eigenen Entsetzen stellte er fest, dass ihm der zweite Mord viel leichter gefallen war als der erste. Achtlos ließ er den Schraubenschlüssel zu Boden poltern.

Sein Blick wanderte zu Torpedorohr Nummer 8. Mit einer SSN-21 geladen, abschussbereit. Jetzt gab es kein Zurück mehr. Er musste seinen Plan ausführen, sonst war alles umsonst. Seine Knie wurden weich wie Gummi, doch er riss sich zusammen. Das Leben von Millionen unschuldiger Menschen lag in seiner Hand, da durfte er nicht schlapp machen.

Hastig strich er seine Uniform glatt und trat durch das Schott hinaus in den hell erleuchteten Gang. Er musste zurück in die Leitzentrale, in der er eigentlich Dienst schob. Er eilte an den grauen Schaltkästen der Sektion 1 vorbei, die die Steuerelektronik für Sonar und Torpedos beherbergten, bis er an die steile Eisenleiter gelangte, die zur Kommandozentrale hinauf führte.

Schwer atmend stand er von dem offenen Schott. Seine Hände waren schweißnass. Nervös wischte er sie an der blauen Uniform ab. Sein Mund war wie ausgedörrt, doch er hatte keine Zeit, um etwas zu trinken. Ein paar letzte Schritte, dann war er am Feuerleitstand. Sämtliche Schotten des Schiffes waren offen und blockiert, er musste nur noch den Abschuss vornehmen.

Er betätigte den Scanner, der Daumen und Zeigefinger seiner rechten Hand identifizierte. Zum Glück bedurfte es bei einem konventionellen Geschoss keiner doppelten Autorisierung. Seine Finger flogen wie von selbst über das Pult. Der jahrelange Drill zahlte sich aus. Trotz der freiliegenden Nerven beherrschte er die Prozedur im Schlaf.

Torpedorohr 8 wurde geflutet.

Der nächste Schritt würde Alarm auslösen, das ließ sich leider nicht umgehen. Trotzdem machte er die SSN-21 scharf. Das Heulen der Sirenen kreischte in seinen Ohren, wie zwei Stahlplatten, die gegeneinander rieben.

»Warnung!«, tönte die angenehm weiche Computerstimme. »Torpedoluke vor Abschuss öffnen!«

»Im Gegenteil, mein Schatz«, kicherte Walerie hysterisch. »Das ist ja gerade der Witz an der Sache.« Hastig umging er die automatische Abschusssperre.

Schreie und Flüche wurden im U-Boot laut, nur unterbrochen von verwirrten Fragen mit arabischem Akzent. Von der Offiziersmesse in Sektion 4 brauchte man eine gute halbe Minute, um in die Zentrale zu gelangen.

Kommandant Wolkow war wie immer schneller. »Was geht da oben vor?«, übertönte er das Kreischen der Sirenen.

Bajgarin riss die Sicherungskappe in die Höhe. Der rote Abschussknopf lag frei. Hinter ihm sprang sein Schwager durch das offene Schott. Als er sah, wie Waleries Hand über dem Schaltpult schwebte, entglitten ihm die arroganten Gesichtszüge.

»Bist du wahnsinnig geworden?«, schrie Wolkow fassungslos. »Mach keinen Scheiß!«

Walerie Bajgarin fühlte sich so klar wie noch nie zuvor im Leben. Statt sich auf eine Diskussion über seinen Geisteszustand einzulassen, ließ er einfach den Handballen in die Tiefe krachen. Der rote Knopf rastete ein. Das Abschusssignal wurde ausgelöst. Der Torpedo in Rohr 8 jagte los ... und detonierte an der geschlossenen Außenluke. All das geschah in weniger als einer Sekunde, trotzdem kam es Bajgarin wie eine Ewigkeit vor.

Die Explosion zerfetzte den gesamten Bug.

Das U-Boot schüttelte sich wie ein Spielzeug in der Badewanne. Der Boden neigte sich schlagartig um einen Winkel von 50 Grad, Bajgarin und Wolkow wurden durch die Kommandozentrale gewirbelt. Das Licht erlosch. Totale Dunkelheit. Schreie, berstendes Metall und tosende Wassermassen, die in den Schiffskörper drangen.

Bajgarin prallte gegen das Periskop, überschlug sich und landete mit dem Rücken auf einer Konsole. Er konnte sich gerade noch an einem der festgeschraubten Drehstühle festklammern, bevor der Bootskörper wieder zur anderen Seite kippte.

»Die Schotten!«, brüllte jemand verzweifelt. »Sie lassen sich nicht schließen! Wir sind verloren!«

Das Notstromaggregat im Heck sprang automatisch

an. Die Kommandozentrale wurde in rotes Licht getaucht, das die Wände wie mit Blut färbte. Gurgelnd schoss eine Wasserfontäne durch das offene Schott zu ihnen herein. Noch zwanzig, vielleicht dreißig Sekunden, dann war das ganze Boot geflutet. Es gab keine Möglichkeit, die einzelnen Sektionen von Hand abzuschotten. Dafür hatte Bajgarin in den letzten Tagen gesorgt.

Kommandant Wolkow brüllte unverständliches Zeug, das im Tosen des eindringenden Wassers unterging. Einen Arm um den Plottertisch geklammert, zerrte er mit der freien Hand seine CUG aus der Pistolentasche. Bajgarin sah gleichmütig zu, wie sein Schwager die Automatik entsicherte. Ob er ertrank oder erschossen wurde, war ihm gleichgültig.

Dem Kapitän nicht.

Wolkow setzte den Waffenlauf an seine Schläfe und drückte ab. Der Schuss ging im infernalischen Brüllen des hereinströmenden Wassers unter, aber es war nicht zu übersehen, wie sein Kopf zur Seite geschlagen wurde. Sekunden später stieg das Wasser an ihm empor und schlug über seinem Kopf zusammen.

Er hatte immer panische Angst vor dem Ertrinken, war Bajgarin einziger Gedanke zu dem Selbstmord.

Die Flut stieg etwas langsamer, da sich die Luft in seiner Ecke zusammenpresste, doch auch Bajgarins Ende war nur noch eine Frage von Sekunden. Kaltes Spritzwasser peitschte ihm ins Gesicht, während er sich mit beiden Händen an den Stuhl klammerte und ein Vaterunser betete. Die Schreie aus dem übrigen Boot konnte er nur noch gedämpft vernehmen.

Kopfüber trudelte die Kiew dem Meeresgrund entgegen.

Plötzlich stieß der Rumpf gegen etwas Hartes, an dem

er weiter in die Tiefe rutschte. Die Erschütterung beraubte Bajgarin fast seines Haltes, doch es gelang ihm, sich mit letzter Kraft weiter festzuklammern. Nun fiel auch die Notbeleuchtung aus.

Absolute Finsternis.

Das Kreischen an der Bordwand klang, als ob Fingernägel über eine Schultafel kratzten. *Gottseidank, wir haben den Kontinentalschelf noch nicht erreicht!*, durchzuckte es Bajgarin. *Selbst wenn die seismischen Stationen der Amerikaner unsere Explosion auffangen, können sie uns in dieser Tiefe nicht bergen. Niemand wird je erfahren, worauf wir uns eingelassen haben.*

Bis auf die Haut durchnässt, fror Bajgarin erbärmlich, trotzdem bereute er seine Sabotage nicht im Geringsten. Es war richtig gewesen. Vielleicht das einzig Richtige, was er je in seinem Leben getan hatte.

Der Schiffsrumpf trudelte erneut gegen den Abhang und kippte zur Seite. Die Kommandozentrale drehte sich um die eigene Achse; blubbernd wich die Luftblase aus dem Schott. Die kalte Wasserwand schlug Bajgarin brutal ins Gesicht. Nur noch die Luft in seinen Lungen hielt ihn am Leben.

Finsternis, Kälte und Wasser umgaben ihn. Sein Herz schlug bis zum Hals. Die letzten Sekunden waren grauenvoll. Obwohl er den Tod herbei sehnte, bäumte sich sein Körper auf, kämpfte ein Teil seines Verstands bis zum letzten Moment ums nackte Überleben.

Doch wozu?

Warum sollte er noch ein, zwei Minuten herausschinden? Gegen alle inneren Instinkte öffnete er die Lippen und stieß die Luft aus seinen Lungen. Zwei Sekunden quälende Atemnot, dann ließ sich der Reflex zum Luftschnappen nicht mehr unterdrücken.

Gurgelnd schoss das Wasser seine Luftröhre hinab.

Bajgarin drehte und wand sich, schlug mit Händen und Füßen gegen die Konsole, wirbelte in einem selbst geschaffenen Strudel durch die geflutete Kommandozentrale.

Endlich ertrank er.

Ein letztes Zucken, dann schwebte er mit ausgebreiteten Armen neben der durchscheinenden Plottertafel.

Mit ihm starb die ganze Besatzung der Kiew und alle Terroristen. Das U-Boot war ein Geisterschiff, noch ehe es auf den weit vorstehenden Vorsprung des Kontinentalhangs prallte, sich verkeilte und liegen blieb. In hundertfünfzig Meter Tiefe, von Geröllmassen bedeckt, wurde es trotz intensiver russischer und amerikanischer Suchmaßnahmen niemals gefunden.

Genauso wenig wie das CK-512 im Schiffsrumpf – eine tickende Zeitbombe, die früher oder später ihre verheerende Wirkung im Ozean entfalten würde.

Selbst wenn es über 500 Jahre dauern sollte ...

Tribunal von Hykton
3936/4 Rotationen nach Ei'don

Die Anhörung verlief schlecht, das konnte Matt an den Mienen der neun Hydriten sehen. An Quart'ol lag es nicht, der gab sich alle Mühe ihn von jeder Schuld reinzuwaschen. Doch nicht einmal Matt konnte leugnen, dass unter den Menschen das Recht des Stärkeren galt und die Hydriten gut beraten waren, ihre Existenz weiterhin zu verbergen.

Um Matthew ins rechte Licht zu rücken, berichtete Quart'ol von der Reise nach Amerika, die er unfreiwillig miterlebt hatte. Er schilderte, wie der Ex-Commander selbstlos sein eigenes Leben riskiert hatte, um die New Yorker Bürger vor einer Atombombenexplosion zu retten. Doch je mehr der Seelenwanderer begeistert von den überstandenen Abenteuern berichtete, desto stärker verfestigte sich im Tribunal der Eindruck, dass der bloße Kontakt zu den Menschen gefährlicher als eine ansteckende Krankheit sei.

Nach dem Ende der Anhörung zogen sich die Weisen zu einer kurzen Beratung zurück. Dann verkündete der HÖCHSTE das Urteil:

»Wir sind zu dem Schluss gekommen, dass Matthew Drax, genannt Maddrax, ein Mensch von edler Gesinnung ist, der sich nach Kräften bemüht hat, Schaden vom Volk der Hydriten abzuwenden.«

Matt atmete erleichtert auf. Es wurde doch nicht so schlimm wie befürchtet. Quart'ol wandte sich zu ihm um und warf ihm einen milden Ich-habs-dir-doch-gleich-gesagt-Blick zu – doch die Rede war noch nicht zu Ende.

»Die Befragung hat aber ergeben, dass Maddrax eine seltene Ausnahme unter den gewalttätigen Landbewohnern darstellt. Die Existenz unseres Volkes muss unbedingt vor den Menschen geheim gehalten werden. Unser technischer Vorsprung hat uns in letzter Zeit überheblich werden lassen, doch solche Arroganz wird hart bestraft, wie das Verschwinden unseres Beobachters Nag'or beweist. Ab sofort gelten wieder strengere Sicherheitsmaßstäbe! Ein Fehler wie vor der englischen Küste darf nie wieder passieren. Maddrax wird deshalb für immer bei uns bleiben. Er darf sich innerhalb der Stadt Hykton frei bewegen, doch es ist ihm verboten …«

Eisiger Frost breitete sich in Matts Kochen aus. Was in den letzten zwölf Stunden über ihn hereingebrochen war, hätte andere an den Rand eines Nervenzusammenbruchs getrieben. Doch er hatte alles mit erstaunlichem

Gleichmut hingenommen: die Entführung, die Kiementransplantation, sogar die Seelenwanderung.

Das alles hatte er ertragen in dem festen Glauben, bald wieder aus dem Alptraum zu erwachen und festen Boden unter den Füßen zu spüren.

Und nun? Musste er wirklich den Rest seines Lebens unter Wasser verbringen? Durfte er nie wieder Luft atmen, die Sonne auf seiner Haut spüren?

Das war doch Wahnsinn!

»Ich habe das Geheimnis der Hydriten stets gewahrt!«, begehrte er lauthals auf.

Der HÖCHSTE unterbrach die Urteilsverkündung und sah traurig zu ihm hinab. »Ich glaube gerne, dass du guten Willens bist, Maddrax«, erklärte er in sanftem Ton. »Doch du hast zu viel über uns erfahren. Was ist, wenn man dich foltert oder der Weltrat wieder einen VR-Scanner einsetzt? Wenn die Menschen erst wissen, wo sie unsere Städte finden, sind wir unseres Lebens nicht mehr sicher.«

»In Amerika ahnt niemand etwas von eurer Existenz«, hielt Matt dagegen. »Wer sollte mir also diese Geheimnisse abjagen wollen?«

»Solange der Verbleib des Beobachters Nag'or ungeklärt ist, müssen wir von einer Bedrohung für unser Volk ausgehen«, verkündete der HÖCHSTE ungeduldig. »Du bleibst bei uns, so ist es beschlossen!«

Matt wollte sich nicht damit zufrieden geben, doch Quart'ol bedeutete ihm mit einer vertraulichen Geste, dass es besser war zu schweigen. Mit einer tiefen Verneigung wandte sich der Hydrit an den HÖCHSTEN und erklärte: »Wir werden dem Beschluss des Tribunals folgen, werter Kal'rag. Doch wir möchten gleichzeitig um eine neue Audienz in dreißig Zyklen bitten.«

Der HÖCHSTE nickte. »Gewährt.«

Damit war das Tribunal beendet. Bel'ar, die alles in einiger Entfernung verfolgt hatte, schwamm sofort zu ihnen. »Das lief ja besser als erwartet.«

Matt unterdrückte mühsam einen Aufschrei, der in ihm aufsteigen wollte. »Ich bin auf ewig euer Gefangener! Das nennst du einen *Erfolg*?«

»Immer locker bleiben«, beruhigte ihn Quart'ol leichthin. Trotz der menschlichen Redewendung strahlte er die Erfahrung eines weisen Hydriten aus. »Ich haben schon Hunderte solcher Tribunale mitgemacht; dies wäre nicht das erste Urteil, das später aufgehoben oder umgewandelt wird. Gib den Weisen der neun Städte einfach nur etwas mehr Zeit. Keiner von ihnen hat je zuvor einen Menschen gesehen, und plötzlich schwimmt einer direkt in ihrer Mitte. Sie müssen sich erst an dich gewöhnen, dann können sie dich auch besser einschätzen.«

Matt schüttelte nur den Kopf. Er hatte zwar das Urteil gehört, doch sein Verstand weigerte sich noch immer, die Konsequenzen zu begreifen. Ein natürlicher Schutzmechanismus, um ihn vor dem endgültigen Kollaps zu schützen.

»Sieh es doch mal so«, versuchte ihn Quart'ol aufzumuntern. »Du kannst jetzt all die Abenteuer erleben, die du dir als Kind gewünscht hast. Du bist jetzt Aquaman persönlich!«

Matt schnaufte verächtlich. »Wohl eher der Submariner. Ich mochte die Marvelfiguren lieber.«

»Stimmt überhaupt nicht«, neckte ihn der Hydrit. »Du vergisst schon wieder, das ich deine Erinnerungen ken –«

Das war der Moment, in dem bei Matt die Sicherungen durchbrannten! Ehe er richtig realisierte, was er tat, hatte er den Hydriten schon am Hals gepackte und dicht zu sich heran gezogen. »Kennst du meine Erinnerungen jetzt schon besser als ich selbst?«

Bel'ar schrie entsetzt auf.

Die Wachen, die an der Bodenschleuse postiert waren, schwammen sofort zu ihnen empor, doch Quart'ol hielt sie mit einer herrischen Geste zurück. »Schon gut, ich bin selbst Schuld. Ich habe ihn provoziert.«

»Offensichtlich hat Ihr Aufenthalt im menschlichen Organismus abgefärbt, Quart'ol«, tönte der HÖCHSTE von oben herab.

Die neun Weisen hinter den schwebenden Kanzeln wechselten entsetzte Blicke. Was sie sahen, schien alle Vorbehalte gegen die Menschen voll und ganz zu bestätigen. Matts Wut schlug in Resignation um, als ihm klar wurde, das er gerade die letzte Chance auf eine baldige Rückkehr verspielt hatte.

Seine Finger lösten sich von Quart'ols Hals.

»Sorry«, entschuldigte er sich.

Der Hydrit rieb sich die schmerzende Kehle, machte aber keinen wütenden Eindruck. »Schon gut«, wiegelte er ab. »Wenn hier jemand deine Gefühle verstehen kann, dann ich. Ziehen wir uns lieber zurück und schmieden einen Plan, wie wir uns in Zukunft geschickter anstellen.«

Bel'ar begleitete die beiden, um ihnen Wohntrakte in der Wissenschaftssiedlung zuzuweisen. Schweigend beobachtete sie Matt und den jungen Quart'ol, die auf eine seltsame – für sie gewalttätige – Weise miteinander verbunden waren. Besonders der blonde Oberflächenbewohner faszinierte und erschreckte sie gleichermaßen. Ein Umstand, der ihre wissenschaftliche Neugier doppelt anstachelte.

»Wie geht es jetzt weiter?«, erkundigte sich Matt, nachdem sie ihm einen Raum mit einer badewannenähnlichen Schlafstelle zugewiesen hatte.

»Ruhen Sie sich erst einmal aus«, schlug Bel'ar vor. »Es war ein anstrengender Tag … für uns alle. Ich würde mich freuen, wenn sie uns ab morgen für Untersuchungen zur Verfügung stehen. Für uns Beobachter ist Ihre Anwesenheit eine einmalige Chance. Und ich bin sicher, dass eine Kooperation die weiteren Entscheidungen des Städtetribunals günstig beeinflussen wird.«

Matt erklärte sich einverstanden. Was blieb ihm auch anderes übrig?

Quart'ol blieb noch einen Moment, nachdem sich Bel'ar verabschiedet hatte. Auf dem jungen Hydritengesicht zeichneten sich erstmals die ernsten Gesichtszüge ab, die Matt aus England kannte.

»Ich werde so lange in Hykton bleiben, bis wir eine akzeptable Lösung für dich gefunden haben«, versprach der Wissenschaftler.

Von Rückkehr an die Oberfläche war keine Rede mehr, aber Ehrlichkeit war immer besser als falsche Versprechungen. Matthew bedankte sich, täuschte dann aber Müdigkeit vor, weil er mit seinen Gedanken allein sein wollte. Quart'ol schien dafür Verständnis zu haben, denn er zog sich ohne eine weitere Bemerkung zurück.

Sobald Matt alleine war, bröckelte die selbstsichere Fassade, die er mühsam aufrecht gehalten hatte. Er schlug die Hände vors Gesicht und sank wie ein Häufchen Elend in sich zusammen. Das durfte doch alles nicht wahr sein! Was hatte er nur verbrochen, um mit so einem Schicksal gestraft zu werden? Reichte es denn nicht, dass er ohne Vorwarnung in eine ferne Zukunftswelt geschleudert worden war? Musste man ihn auch noch seiner Menschlichkeit berauben und zu einem Leben als Kiemenatmer verdammen?

Ein tiefes Schluchzen entrang sich seiner Brust, während er sein Hirn zermarterte. Er schämte sich nicht der

Tränen, die ihm aus den Augenwinkeln drangen und sich mit dem salzigen Meerwasser vermischten. Er hatte lange nicht geweint; jetzt brach es aus ihm heraus wie aus einem geborstenen Damm.

Erschöpft sank er schließlich in die Korallenwanne. Dichtes Seegras wuchs darin, auf dem er sich fast schwerelos zur Ruhe bettete.

Trotz aller Bemühungen fand Matt keinen Schlaf.

Unruhig drehte er sich von einer Seite auf die andere. Die Gedanken, die durch seinen Kopf jagten, ließen ihn einfach nicht zur Ruhe kommen. Die Stunden vergingen, doch es wurde nicht besser.

Seufzend setzte er sich wieder auf.

Es hatte keinen Zweck. Er konnte nicht untätig herumliegen, ohne zuvor ein paar Antworten zu finden. Missmutig pflückte er ein paar Seegrasblätter und kaute auf ihnen herum, um seinen Hunger zu dämpfen. Bel'ar hatte ihm erklärt, dass es einige Tage dauern konnte, bis sich sein Magen umgestellt hatte. Die Algen schmeckten fürchterlich, waren aber immer noch besser als roher Fisch. Außerdem hätte ihm Fleischverzehr zusätzliche Minuspunkte bei den Hydriten eingebracht.

Halbwegs gesättigt verließ er sein Zimmer und schwamm zur Dachschleuse der Wohnsphäre. Weit und breit war kein Wächter zu sehen, auch sonst begegnete ihm niemand. Vorsichtig streckte er den Kopf durch die runde Öffnung und spähte nach draußen.

Inzwischen war es Nacht geworden. Zwischen den Häusern schimmerten überall Leuchtsteine, die ganz Hykton in einen matten Schimmer tauchten, der aber schon zehn Meter über den Dächern stark an Wirkung verlor.

Selbst wenn über ihnen ein Schiff entlang segelte, konnte es die sechzig Meter tiefer liegende Unterwasserstadt nicht sehen. Die Tarnmaßnahme der Hydriten begünstigte aber auch seine Flucht aus Hykton. Vom Dach aus bedurfte es nur einiger kräftiger Schwimmstöße, um innerhalb von Sekunden mit der Dunkelheit zu verschmelzen.

Vorsichtig sah sich Matt nach allen Seiten um. Außer einigen vereinzelten Hydriten, die in weiter Entfernung zwischen die Kugelbauten kreuzten, war niemand zu sehen. Wurde er wirklich nicht überwacht?

Nachdenklich kaute er auf seiner Unterlippe. Das Ganze roch nach einer Falle, ganz klar. Vielleicht war sein Atemsystem auch komplett auf die Kiemen umgestellt, sodass er an der Oberfläche gar nicht mehr atmen konnte.

Was auch dahinter steckte – wenn er keinen Versuch wagte, würde er es nie herausfinden. Ein letzter Blick, dann stieß er sich vom Dach ab und katapultierte sich mit regelmäßigem Flossenschlag in die Höhe. Sein Herz schlug ihm bis zum Hals, während er das Zwielicht durchquerte, das wie eine hell schimmernde Käseglocke über Hykton lag. Er rechnete jede Sekunde damit, von allen Seiten beschossen zu werden, aber nichts dergleichen geschah. Nach acht Sekunden erreichte er den Scheitelpunkt des Lichtschirms und verschmolz mit der Dunkelheit.

Die Verspannung in seiner Brust löste sich.

Gut gegangen.

Sein Beinschlag wurde ruhiger, rhythmischer. Die Flossen pflügten durch das Wasser und trieben ihn auf direktem Weg zur Oberfläche. Wenn er an der Luft atmen konnte, brauchte er sich nur anhand der Sternbilder zu orientieren und gemütlich in Richtung Küste zu schwimmen. Ertrinken konnte er ja nicht mehr.

Matt musste bei diesem Gedanken unwillkürlich grinsen. Na also, seinen Galgenhumor hatte er schon wieder. Der Rest würde sich auch finden. Er musste einfach nur die Initiative übernehmen.

Die Distanz zum Meeresspiegel schmolz dahin.

Noch vierzig Meter.

Noch dreißig.

Plötzlich fielen ihm die Bewegungen immer schwerer. Im ersten Moment hielt er die Schmerzen für einen Wadenkrampf, aber dann spürte er den Druck auf dem ganzen Körper. Fast so, als ob ihn eine gigantische Faust zerquetschen wollte. Matt rang verzweifelt nach Atem. Sein Rippen begannen zu knacken. So paradox es auch klang, je weiter er sich der Oberfläche näherte, desto größer schien der Wasserdruck zu sein, der auf ihm lastete.

Gleich darauf korrigierte er sich.

Seine Hände und der Kopf fühlten sich völlig normal an. Nur dort wo ihn der Taucheranzug umgab, wurden die Schmerzen schier unerträglich. Das verdammte Ding zog sich irgendwie zusammen!

Verzweifelt packte er in den Halsausschnitt, um sich das schrumpfende Material vom Leib zu reißen, doch seine Finger fanden einfach keinen Ansatz.

Sein Brustkorb deformierte sich, die Rippen begannen zu knacken. Wenn er nicht sofort etwas unternahm, würde er sterben! Verzweifelt warf er den Oberkörper nach vorn und tauchte mit hastigem Flossenschlag zwei Meter tiefer.

Die Schmerzen ließen etwas nach, sodass er die Beine wieder richtig durchziehen konnte. Mit jedem Meter, den er tiefer kam, wich der Druck von seiner Haut. Der Taucheranzug dehnte sich wieder aus, bis er so bequem saß wie zuvor.

Wütend tastete Matt nach irgendwelchen Verschlüssen, um sich der Kluft zu entledigen. Er wollte lieber frieren, als dieses Teufelsding noch eine Sekunde länger zu tragen.

Seine Bemühungen waren vergeblich. Die Oberfläche des Materials war völlig glatt. Der Anzug umschloss seinen Körper durchgehend wie eine zweite Haut, ohne eine Möglichkeit, sich seiner zu entledigen.

Matt stellte seine Versuche ein. Es hatte keinen Zweck. Hilflos blickte er in die Höhe. Er konnte sehen, wie der Mondschein auf der Wasseroberfläche reflektiert wurde. Die Freiheit war so nah und gleichzeitig so weit entfernt.

Die Distanz ließ sich in der Dunkelheit schlecht abschätzen, aber so weit Matt erkennen konnte, waren es noch fünfundzwanzig Meter. Vorsichtig schwamm er ein Stück empor.

Sofort zog sich das gummiartige Material wieder zusammen. Der Schmerz war gerade noch auszuhalten, ungefähr so, als ob er sich in einen drei Nummern zu kleinen Anzug gezwängt hätte. Doch mit jedem Meter nahm der Druck weiter zu. Als Matt sich wieder in die Tiefe sinken ließ, entstand der gegenteilige Effekt.

Das war kein Zufall. Nein, hier hatte er es mit einer besonders perfiden Methode der Gefangenschaft zu tun. Ihm würde jeder Knochen im Leib gebrochen, wenn er versuchte, die Oberfläche zu erreichen. Auf diese Weise war der Weg an Land wirkungsvoll versperrt, deshalb waren auch keine Wachen für ihn nötig.

Entmutigt tauchte er wieder hinab, Richtung Hykton. Er kehrte unbemerkt in sein Zimmer zurück, ohne einem einzigen Hydriten zu begegnen. Aber er war überzeugt, dass es irgendwo in der Unterwasserstadt eine Zentrale gab, die seinen Fluchtversuch bemerkt hatte. Vielleicht lachte man dort gerade über ihn, aber das war Matt gleichgültig.

Mochte seine Zukunft auch noch so düster aussehen, er würde sich nicht seinem Schicksal ergeben. Sein Kampfeswillen war ungebrochen. Es war nur eine Frage der Zeit, bis er einen Weg zurück in die Freiheit fand. Welche Gefahren auch auf ihn lauern mochten, er würde ihnen entgegentreten!

Matt konnte bei diesem Gedanken noch nicht ahnen, dass er bald nur noch um sein nacktes Überleben würde kämpfen müssen.

Vor den Toren Hyktons ruhte eine fünfhundert Jahre alte Bestie, die eine tödliche Gefahr in ihren rostigen Eingeweiden trug. Es war eine lautlose Bedrohung, die auf die Hydriten lauerte, und sie sollte die Geschichte dieses Volkes auf immer verändern …

ENDE

BERND FRENZ

LAUTLOSE BEDROHUNG

Es war das stärkste aller Gefühle, das ihn rastlos über den Meeresgrund trieb – HUNGER. Da, ein Schimmern im grünen Dickicht! Eine Goldmakrele schlängelte sich in abrupten Bewegungen durch den Algenwald – BEUTE. Nur zwei kräftige Schläge mit der Schwanzflosse, dann war er heran – JAGD. Seine rasiermesserscharfen Zahnreihen schnitten durch die gelblichen Schuppen – TÖTEN. Der zuckende Fisch füllte seinen leeren Magen – FRESSEN.

Ein dumpfes Brummen ließ seine mahlenden Kiefer inne halten. Die Vibration schwoll an, bis sie seinen ganzen Körper erfüllte – GEFAHR. Über ihm wuchs ein riesiger Schatten heran! Blitzschnell riss er seinen Körper herum und schwamm in die entgegengesetzte Richtung davon – FLUCHT.

»Sieh dir die feige Stinkqualle an!« Shog'tar deutete auf den Hai, der Richtung Oberfläche floh, die sich fünfzig Meter über ihnen wie ein helles funkelndes Dach erstreckte.

»Der hat bestimmt gehört, dass du wieder mit erfundenen Liebesabenteuern prahlst«, stichelte Dog'tar. »Am liebsten würde ich auch davon schwimmen!«

Shog'tar fuhr seinen Schockstab zu voller Länge aus und tippte spielerisch mit der Spitze gegen seine rechte Fußflosse, ohne den Energiestoß zu aktivieren. Seine aufgeworfenen Lippen waren zu einem bitteren Grinsen erstarrt. Äußerlich wirkte er völlig ruhig, doch sein leuchtend roter Flossenkamm verriet, dass es in ihm brodelte. »Höre ich da vielleicht eine Spur von Neid heraus?«

Dog'tar blubberte verächtlich. »Auf deine nicht existierende Beziehung zu Jon'al? An die glaube ich erst, wenn ich euch zusammen sehe.« Er hatte laut gesprochen. Seine Worte pflanzten sich deutlich im Wasser fort und übertönten einen Moment lang sogar die gurgelnden Geräusche des Last-Man'tans.

Shog'tar enthielt sich einer Antwort, doch von seinem schuppigen Gesicht ließ sich nicht ablesen, ob er schwieg, weil ihn sein älterer Bruder als Aufschneider abstempelte, oder ob er sich einfach nur ertappt fühlte.

Beide Hydriten waren typische Vertreter ihres Volkes: viereinhalb Fuß groß, dunkelblaue Schuppenhaut und sich blähende Kiemen, die wie bizarre Ohren wirkten, an den Seiten der Köpfe. Auf ihren nackten Schädeln ragten schmale Flossenkämme empor, die einen leichten Stich ins Rötliche aufwiesen. Beide trugen traditionelle Schulterpanzer aus gegerbter Walhaut und algengrüne Lendentücher, die sie als Bewohner von Drytor kenntlich machten.

Wortlos glitten sie auf dem Man'tan durchs Wasser. Die Kuppelbauten in ihrem Rücken wurden allmählich kleiner, bis die Silhouette der Unterwasserstadt gänzlich verschwamm.

Der Man'tan, auf dem sie ritten, hatte mit einem echten Rochen nicht mehr viel gemein. Er war eine künstliche Lebensform aus bionetischer Masse, ohne eigenen Verstand. Seine Schwingen wölbten sich in untypischer Haltung an den Seiten empor, sodass der Rücken eine Ladefläche ergab, auf der die Hydriten Lasten aller Art transportierten konnten. Seiner traditionellen Fortbewegungsmethode beraubt, saugte der Last-Man'tan das kristallblaue Wasser des Allatis durch den Schlund auf und stieß es durch seine hintere Körperöffnung wieder aus. Der Rückstoß trieb ihn rasch voran, gleichzeitig filterte er das im Ozean enthaltene Plankton, dessen Verzehr ihm die notwendige Energie verschaffte.

Lautlos schwebten Hydriten und Reittier an der Kante des Kontinentalschelfs entlang, das zu ihrer Rechten steil in die Tiefe abfiel. Der Fuß des Felshangs befand sich viertausend Meter tiefer, auf dem Grund des Meeres. Dort unten in der lichtlosen Tiefsee-Ebene herrschten unwirtliche Lebensbedingungen, trotzdem hatten die Hydriten lange Zeit dort leben müssen, um sich vor den Menschen zu verbergen. Shog'tar und Dog'tar kannten diese traurige Epoche nur aus dem Bodengemälde, das die Eingangshalle ihres Hydrosseums ausfüllte. Die beiden Hydriten waren lange nach *Ei'dons Geschenk*, dem Kometen, der die verdammte Menschheit in die Bedeutungslosigkeit zurück bombte, geboren worden.

Dog'tar streckte den Arm aus. »Da vorn ist eine gute Stelle, da kommt nie jemand vorbei.« Seine Flossenhand deutete auf den vor ihnen liegenden Abhang, über dem er den Korallenschutt abladen wollte.

Shog'tar schwieg. Er war immer noch eingeschnappt.

Dog'tar taten seine harschen Worte inzwischen Leid. Schließlich wusste er genau, wie wichtig seinem Bruder die Suche nach einer Verbundenen war. Leider zogen sich Shog'tars Bemühungen schon eine komplette Rotation hin, was seine Frustration in die Höhe trieb und zu immer unglaubwürdigeren Phantasiegeschichten führte.

»Hast du gehört, was in Hykton los ist?«, erkundigte sich Dog'tar, um das Schweigen zu brechen. »Sie haben einem Menschen Kiemen eingepflanzt, weil er die Seele eines Quan'rill in sich trug. Jetzt muss er bei ihnen bleiben, damit er unser Volk nicht verraten kann.«

»Blödsinn«, stieß Shog'tar hervor. »Dieser *Maddrax* ist nur eine Schreckgestalt für kleine Kinder. An solche Kiemenmenschen glaube ich erst, wenn ich einen sehe!« Die Retourkutsche war unüberhörbar.

Dog'tar zuckte mit den Schultern. Wenn sein Bruder erst mal beleidigt war, ließ er nicht mehr mit sich reden. Am besten drang er nicht weiter auf ihn ein. Er fasste die Zügel etwas fester und lenkte den Man'tan über den Abgrund. Ein prüfender Blick über die linke Schwinge bestätigte seine Vermutung, dass es da nicht viel zu sehen gab. Nur einen schlammbedeckten Hang, der sich nach siebzig Metern in völliger Finsternis verlor. Dort unten begann die Dämmerzone.

Weit und breit schwamm niemand herum. Wozu sich also die Mühe machen und in die ungemütlichen Tiefen hinab tauchen? Dog'tar tippte dem Man'tan mit der Ferse in den Nacken, um dem Lasttier zu signalisieren, dass es die hintere Schwingenwölbung herunterklappen konnte.

Die implantierten Dressurcodes zeigten sofort Wirkung. Gehorsam stieg der Man'tan mit dem Vorderleib in die Höhe, sodass sein Rücken eine abschüssige Fläche bildete. Den Gesetzen der Schwerkraft folgend, rutschte der Korallenschutt in die Tiefe. Stück für Stück trudelten die Überreste ihres alten Eigenheims hinab. Nur noch wenige Fuhren, dann konnten sie auf dem leeren Platz eine moderne Sphäre aufbauen.

Dog'tar wollte den Man'tan schon zurück lenken, als unter ihnen ein Rumpeln laut wurde. Die abgekippten Korallenstücke schlugen in den Hang ein, rissen loses Geröll mit sich und lösten einen wahren Erdrutsch aus. Schlammwolken stiegen in die Höhe.

Die beiden jungen Hydriten beobachteten fasziniert, wie der sich ausbreitende Sedimentschleier gespenstische Formen, die an die fiebrigen Visionen einer Kugelfischvergiftung erinnerten, ins Wasser modellierte.

Plötzlich mischte sich unter das monotone Poltern des Gerölls ein seltsamer Missklang, der Dog'tar aufhorchen ließ. Zuerst dröhnte es, als ob die Steinbrocken auf einen Hohlraum trommeln würden, dann folgte lautes Knirschen wie bei einem splitternden Knochen.

»Da unten ist etwas!«, stieß Shog'tar überrascht hervor.

Eine äußerst simple Feststellung, doch sein älterer Bruder war viel zu perplex, um mit einem herablassendes Kommentar zu kontern. Als der Erdrutsch nachließ, spähte er konzentriert in die Tiefe, doch die Schwaden raubten ihm die Sicht auf das, was dort geschehen war. Wurde unter ihnen irgendetwas oder gar *irgendjemand* durch ihre Nachlässigkeit verschüttet? Dieser schreckliche Gedanke ließ ihm fast das Blut in den Adern gefrieren.

»Los, wir müssen nachsehen!«

»Na klar!« In Shog'tars Augen glitzerte Furcht, aber auch familiäre Solidarität. Der Zorn auf seinen Bruder war auf einen Schlag verflogen. Es gab jetzt Wichtigeres, um das sie sich kümmern mussten.

Behutsam lenkte Dog'tar den Man'tan zum Kontinentalschelf. Hier konnte das Lasttier warten, bis sie nach dem Rechten gesehen hatten. Mit Schockstäben bewaffnet machten sie sich an den Abstieg.

Die Strahlen ihrer Handlampen bohrten sich wie bleiche Geisterfinger durch die aufgewirbelten Schwebstoffe, die nur langsam wieder absanken, um den Hang mit einer neuen Decke aus Sand, Kiesteilchen und organischen Ablagerungen zu überziehen. Das Wasser wirkte plötzlich undurchdringlich, als müssten sie durch eine mit Schlamm gefüllte Höhle tauchen.

Dunkelheit umgab sie. Die Dreckpartikel rieben wie Schmirgelpapier über ihre Schuppenhaut, doch sie mussten weiter! Vielleicht gab es dort unten jemanden, der Hilfe brauchte. Mit zu schmalen Schlitzen zusammengezogenen Augenlidern kämpften sich die beiden Hydriten voran.

Kopfüber drangen sie durch die trüben Wasserschichten. Ihre robusten Schuppen schützten sie vor der zunehmenden Kälte. Während sie sich halb blind den felsigen Hang hinab tasteten, ließen sie ihre Handlampen unablässig wandern. Die gleißenden Strahlen schufen dünne Lichttunnel, die schon nach wenigen Metern von den umher wirbelnden Partikeln verschluckt wurden. Es war, als ob man gegen ein lebendes Wesen ankämpfte, das nur vor der Helligkeit zurückwich, um das verlorene Terrain sofort zurück zu erobern.

Algen und Seefedergewächse schälten sich aus dem grünen Wirbel. Ein breiter Felsvorsprung wurde sichtbar, über den die Geröllawine hinweg gefegt war. Zwischen den Pflanzen wölbte sich etwas Langgezogenes, Dunkles, das wie der Kadaver eines toten Wals wirkte. Der Kopf des Tieres schien zerfetzt zu sein, als wäre er mit einem Sprengsatz harpuniert worden.

»Was ist das?«, rief Shog'tar verblüfft. Seine Stimme zitterte, denn er fürchtete, auf die Kriegsarche des Mar'os gestoßen zu sein. Mit diesem sagenumwobenen Gefährt, das von zwanzig Riesenhaien gezogen wurde, war der grausame Gott einst von einer Schlacht zur nächsten gefahren, um dem blutigen Treiben seiner Untertanen zuzuschauen.

Sein Bruder Dog'tar glaubte nicht an solch abergläubisches Geschwätz, trotzdem dauerte es einige Zeit, bis er den seltsamen Fund identifizieren konnte. Er hatte noch nie zuvor etwas Vergleichbares gesehen, jedenfalls nicht mit eigenen Augen. Das seltsam leblose *Ding* ähnelte aber einer menschlichen Erfindung, die er aus dem Bodenmosaik des Hydrosseums kannte. Zögernd ließ er sich tiefer sinken. Jeder Meter, der ihn näher an das Ungetüm heranbrachte, steigerte seine Gewissheit.

Kein Zweifel, vor ihnen lag ein gesunkenes U-Boot!

»Das muss hier schon Hunderte von Rotationen liegen«, mutmaßte Shog'tar aufgeregt. »Der Erdrutsch hat es jetzt vermutlich freigelegt.« Der Zorn über die verletzenden Worte seines Bruders war längst vergessen. Abenteuerlust machte sich in ihm breit. Vielleicht waren in diesem seltsamen Gefährt irgendwelche Schätze verborgen? Zumindest einige Souvenirs, mit denen sich Jon'al beeindrucken ließ! »Lass uns nachsehen, was sich darin alles finden lässt«, forderte er.

Dog'tar wog seinen Kopf unschlüssig hin und her. Das Wrack wirkte recht gut erhalten, trotzdem konnte es schnell zu einer tödlichen Falle werden. »Ich weiß nicht. Wir sollten erst mal den HydRat von Drytor benachrichtigen.«

Sein Bruder verzog unwillig das Gesicht. »Die lassen sofort das ganze Gebiet absperren und wir haben das Nachsehen. Bist du denn nicht neugierig, wie es bei den Landbewohnern aussieht?«

Dog'tar zögerte. Er war es gewohnt, sich im Meer frei zu bewegen und den Widerstand des Wassers zu spüren, wenn er auf einem Man'tan ritt. Dass die Menschen in einem rundum geschlossenen Boot reisten, konnte er nicht nachvollziehen. Nicht mal ein paar Bullaugen hatten den Insassen einen Blick nach draußen gewährt, als wäre es ein Gefängnis. Die Bauweise der Landbewohner war ihm völlig fremd, und das flößte ihm Furcht ein.

Dem Stahlkoloss haftete etwas Geheimnisvolles, Bedrohliches an, als wäre er ein von teuflischen Wesen geschaffenes Relikt, das wie eine geöffnete Riesenmuschel auf Beute wartete.

Jeder Hydrit wusste, dass die Menschheit eine verkommene Rasse war, die allen, die mit ihr in Kontakt kamen, Tod und Verderben brachte. Wäre Dog'tar alleine gewesen, hätte ihn der schauderhafte Fund wohl in die Flucht geschlagen, doch vor seinem jüngeren Bruder wollte er nicht als feiger Hering dastehen. Obwohl sein Herz bis zu den Kiemen klopfte, setzte er sich mit schnellem Flossenschlag vor Shog'tar, der bereits zu dem havarierten U-Boot herabsank.

Eingebettet ins Algendickicht, schälten sich die Konturen deutlicher aus dem Sedimentnebel. Der mit Korallen bewachsene Turm ragte wie ein Mahnmal über den maroden Rumpf auf. Vorne am Bug klaffte der Stahl weit auseinander, als wäre ein wildes Tier daraus hervor gebrochen. Dieses Leck war zweifellos die Ursache für den Untergang, doch was mochte dahinter stecken? Um einen feindlichen Torpedotreffer konnte es sich nicht handeln, die Explosion hätte sonst die Wandung nach innen gedrückt.

Dog'tar und sein Bruder spürten ein inneres Frösteln, als sie das Relikt aus der Vergangenheit umrundeten. Der Bootsname war längst überwuchert worden, doch die Hydriten hätten die kyrillischen Buchstaben sowieso nicht lesen können. Sorgfältig leuchteten sie jeden Quadratzentimeter der Außenhülle ab, konnten aber nichts Ungewöhnliches feststellen. Trotzdem ging von dem Koloss etwas Bedrohliches aus – als ob er ein schlafendes Monstrum wäre, das jederzeit erwachen und zum Angriff übergehen konnte.

Gemeinsam paddelten sie zu der einzigen Stelle, die ins Innere des Wracks führte: das riesige, mit scharfen Stahlkanten gesäumte Loch, das im Rumpf klaffte.

Um sie herum sanken die Schwebstoffe langsam zu Boden, die Sicht wurde besser. Doch selbst im Schein der Handlampen wirkte der zerfetzte Bug wie ein dunkler, alles verzehrender Schlund.

Die Brüder sahen sich fragend an. Sollten sie es wirklich wagen?

In Dog'tar rangen Abenteuerlust und Furcht vor dem Unbekannten miteinander, bis seine Neugier über die Vorsicht triumphierte. Außerdem wollte er sich nicht vor seinem kleinen Bruder blamieren.

»Soll ich vorgehen?«, fragte Shog'tar, dem es längst zu lange dauerte.

»Von wegen«, knurrte der Ältere aus tiefster Kehle. »Du bleibst schön hinter mir.«

Nun gab es kein Zurück mehr.

Die Handlampe weit vorgestreckt, lavierte Dog'tar zwischen den scharfen Stahlkanten hindurch und drang in das Wrack ein. Obwohl er wusste, dass die Boote der Menschen aus totem Material bestanden, kam es ihm vor, als würde er in das gefräßige Maul eines Killerwals schwimmen. Drinnen erwartete ihn absolute Finsternis. Hastig ließ er die Handlampe umher wandern, doch ihr schmaler Strahl konnte immer nur einen kleinen Ausschnitt beleuchten, ohne die ihn umgebende Schwärze wirklich zu erhellen. Dog'tar umklammerte seinen Schockstab fester. Er musste vorsichtig sein. Dieses dunkle und verwinkelte Loch war der ideale Nistplatz für angriffslustige Muränen.

Während er mit sanftem Flossenschlag vorwärts tauchte, blieb Shog'tar hinter ihm auf Tuchfühlung. Die Nähe seines Bruders machte ihm Mut, trotzdem verloren die ihn umgebenden Schatten nichts von ihren Schrecken. Vorsichtig schwamm er über ein Gewirr aus Stahlrohren, Regalen und schweren *Eisenwalzen* hinweg. Erst auf den zweiten Blick erkannte Dog'tar, dass es sich in Wirklichkeit um Torpedos handelte.

Wenn er sich recht erinnerte, enthielten sie Sprengköpfe, die auf andere Schiffe abgefeuert wurden. Nach der langen Zeit war der Inhalt vermutlich nicht mehr explosiv, trotzdem warnte er seinen Bruder, den gefährlichen Dingern nicht zu nahe zu kommen.

Der Lampenstrahl huschte über einen schmalen Durchgang in der Rückwand, durch den es tiefer in das Wrack hinein ging. Dog'tar hielt zielstrebig darauf zu, denn er wollte dem unheimlichen Bug so rasch wie möglich entkommen.

Mit schnellem Beinschlag schoss er durch das Schott hindurch. Auf der anderen Seite zuckte er jäh zusammen, als sich im Lichtkegel etwas Bleiches, Filigranes abzeichnete, das vor ihm im Gang schwebte. Für eine Kurskorrektur war es zu spät.

Mit der Schulter voran prallte er dagegen.

Dünne Arme schossen vor, umschlangen seinen Körper. Spitze Finger bohrten sich in seine Hüfte, um ihn aufzuspießen. Der unheimliche Angreifer besaß einen humanoiden Körperbau, doch zwischen seinen Schulterblättern, wo eigentlich sein Kopf sitzen musste, gähnte nur eine leere Stelle.

Dog'tar schlug mit der Handlampe zu. Die bizarre Gestalt trieb zur Seite, warf aber ihre Arme drohend in die Höhe. Blitzschnell stieß er mit seinem Schockstab zu, der wie eine Doppelklinge in den gegnerischen Brustkasten drang. Von Panik getrieben tippte er auf den Auslöser.

Weiße Blitze schossen aus der Waffenspitze hervor. Umtanzten die Rippen des Skeletts, das sich in den Kabeln verfangen hatte, die aus einem grauen Kasten hingen.

Dog'tar stöhnte erleichtert, als er endlich erkannte, dass er es mit einem Toten zu tun hatte. Sein Bruder lachte hinter ihm schallend auf.

Der Schockstab steckte in den abgenagten Überresten eines ehemaligen Besatzungsmitglieds. Dog'tars Magen rebellierte. Am liebsten hätte er sich übergeben. Diese Landbewohner waren wirklich die reinsten Monster! Selbst nach ihrem Tode wirkten sie noch furchteinflößend und gefährlich.

Wütend stieß er das mit Ablagerungen überzogene Skelett von sich. So heftig, dass einige Rippen aus der Wirbelsäule brachen und im Wasser umher wirbelten. Als sie zu Boden trudelten, entdeckte er auch den fehlenden Totenschädel, der schon vor langer Zeit seinen Halt verloren hatte. Ein kleiner Laternenfisch tauchte aus der linken Augenhöhle empor, um nachzusehen, was der Tumult über ihm zu bedeuten hatte.

»Hast dich ganz schön erschreckt, was?«, gluckerte Shog'tar schadenfroh.

Dog'tar unterdrückte die scharfe Erwiderung, die ihm auf den vorgestülpten Lippen lag. Wenn er jetzt zeigte, wie sehr er sich ärgerte, würde sein Bruder noch mehr feixen. Brummend setzte er den Weg fort.

Das U-Boot lag zur Bugspitze hin geneigt auf dem Felsen, sodass er ständig ausgleichen musste, um in dem engen Gang die richtigen Höhe zu halten. Vorsichtig tauchte er an einer langen Reihe grauer Kästen vorbei, durchquerte zwei weitere Schotts und erreichte den ehemaligen Wohnbereich des U-Bootes.

Er gelangte in einen großen Raum mit festgeschraubten Tischen und Bänken, bei dem es sich zweifellos um die Messe handelte. Hier lagen fünf weitere Gerippe auf dem Boden herum. Die Fische hatten die Knochengerüste sehr sauber abgenagt, sodass sie trotz der langen Zeit verhältnismäßig gut erhalten waren. Nur die Totenköpfe waren allesamt über den abschüssigen Boden gerollt. An der tiefsten Stelle des Raumes, vor dem Durchgang zur Küche, lagen sie einträchtig beisammen.

Shog'tar schoss begeistert darauf zu, hob den nächstbesten in die Höhe und ließ ihn spielerisch von einer Flossenhand in die andere fallen. »Hey, das ist genau das Richtige für Jon'al!«, freute er sich. »Ich kann aus den Dingern eine leuchtende Pyramide bauen.«

Sein Bruder verzog angewidert das Gesicht. »Kein Wunder, dass du noch keine Freundin hast, du Quallenhirn!«

Shog'tar ließ den bleichen Schädel achtlos zu Boden trudeln. »War ja bloß eine Idee.« Gleich darauf hatte er die Zurechtweisung schon wieder vergessen. Neugierig sah er sich nach weiteren Beutestücke um, die sich als Souvenir eigneten. In einem der verschlossenen Schränke musste sich doch etwas finden lassen …

Dog'tar wurde ebenfalls vom Jagdfieber gepackt, verlegte sich aber auf die Gegenstände, die während des Untergangs durch den Raum gewirbelt worden waren. Vorsichtig fächelte er mit seiner Flossenhand über den Boden, um die Schlammschicht aus abgestorbenem Plankton zu entfernen.

Schon bald wurde er fündig. Neben Essbesteck und gut erhaltenem Porzellangeschirr stieß er vor allem auf verrostete Waffen, deren Konturen er aus dem Hydrosseum kannte.

Die Menschen waren also wirklich die aggressive Rasse, vor der die Alten seit jeher warnten! Alle fünf Besatzungsmitglieder waren schwer bewaffnet gewesen.

Dog'tar tauchte durch das Schott zu seiner Rechten und überprüfte die angrenzenden Räume. Einige Drachenzahnfische kreuzten seinen Weg, ohne ihn sonderlich zu beachten. In einer kleinen Kammer fand er das Skelett eines weiteren Mannes, der zwischen Tisch und Koje auf den Bauch gesunken war. Unter seinen Rippen glänzte etwas im Lichtkegel auf. Dog'tar schwamm näher. Der Tote hatte im Sterben die Arme um seinen Leib geschlungen, um zwei stählerne Zylinder an sich zu pressen.

Sie mussten wohl sehr wertvoll sein.

Dog'tar paddelte vorsichtig näher, schob seinen Schockstab zwischen die bleichen Rippen und drückte die Wirbelsäule vorsichtig zur Seite. Seine vorsichtige Handlungsweise war umsonst – der Brustkorb klappte lautlos in sich zusammen. Die Sedimentablagerungen, die ihn bisher zusammen gehalten hatten, überstanden keine direkte Berührung. Nun trudelten die leichten Knochen im Wasser umher, worauf Dog'tar sie mit einer ärgerlichen Bewegung zur Seite schob.

Endlich konnte er die beiden armlangen Behälter näher betrachten. Sie bestanden aus einer widerstandsfähigen Legierung, die die lange Zeit im Wasser gut überstanden hatte. Natürlich waren sie mit Rost und Ablagerungen überzogen, doch die einstmals silberne Metalloberfläche glitzerte an einigen Stellen immer noch wie eine blank polierte Klinge.

Der Hydrit wedelte den Schlamm auf, bis die Zylinder völlig frei lagen. Auf einem von ihnen war eine Prägung zu erkennen: CK-512.

Was mochten diese seltsamen Zeichen bedeuten?

Dog'tar klopfte die Hüllen vorsichtig mit dem Schockstab ab. Die rechte gab einen dumpfen, irgendwie hohl klingenden Laut von sich. Als er dieselbe Prozedur mit dem linken Zylinder wiederholte, erklang erst ein stumpfer Misston, dann ein leichtes Knirschen. Das Bodenstück war stärker korrodiert, als es zuerst den Anschein gehabt hatte. Es wies ein Loch auf, obwohl der Hydrit eher verhalten zugeschlagen hatte.

Dog'tar richtete den Lichtkegel auf die ausgefranste Stelle, konnte aber außer einem rechteckigen Umriss nichts dahinter erkennen. Einen Moment lang war er versucht, den Zylinder solange zu schütteln, bis das Innenteil herausfiel, doch eine innere Stimme warnte ihn vor diesem Schritt. Er war in diesem Wrack schon über Torpedos und Schusswaffen gestolpert; möglicherweise handelte es sich bei diesem CK-512 ebenfalls um eine Waffe!

Stattdessen nahm er den intakten Behälter auf und drehte ihn vorsichtig in seinen Flossenhänden. Erst nachdem er etwas Rost abgerieben hatte, wurde der Schraubdeckel sichtbar, mit dem der Zylinder verschlossen war. Ehe Dog'tar sich durchringen konnte, das Vakuum zu öffnen, stach plötzlich ein grelles Licht in seine Augen. Einige Herzschläge lang war er geblendet. Als sich seine Sicht wieder klärte, schwebte Shog'tar vor ihm, die Handlampe schuldbewusst zur Seite gedreht.

»Tut mir Leid, ich wusste nicht, das du hier drinnen bist«, entschuldigte er sich.

Dog'tar war erleichtert, dass er nur seinem ungeschickten Bruder und nicht einem versteckten Verteidigungsmechanismus zum Opfer gefallen war.

»Was hast du da?«, erkundigte sich Shog'tar neugierig.

»Weiß ich noch nicht«, antwortete Dog'tar ehrlich. »Könnte etwas Wertvolles sein.« Gleich darauf bereute er seine Worte, denn sein Bruder stürzte sich begierig auf den anderen Zylinder. Ehe Dog'tar vor der rostzerfressenen Stelle warnen konnte, hatte er den Behälter schon in die Höhe gerissen.

Das Verhängnis nahm seinen Lauf.

Mit einem leisen Knirschen schlug ein rechteckiger Metallblock durch den Boden, gefolgt von vier runden, nach oben offenen Boxen, in denen jeweils ein weiterer Klotz schwamm. Instinktiv griff Shog'tar nach den glänzenden Kästchen. Sie mussten sehr schwer sein, denn sie sanken rasch zu Boden. Trotzdem gelang es ihm, drei von ihnen aus dem Wasser zu fischen. Den vierten fing er noch mit seiner Fußflosse ab, doch der fünfte, dessen Oberfläche bereits stark korrodiert war, trudelte in einer engen Spirale in die Tiefe. Seine Eckkante zielte wie eine Pfeilspitze auf den Boden, als er klackend auf das stählerne Bootsdeck prallte.

Die Erschütterung war nicht allzu heftig, doch sie reichte aus, um dem angegriffenen Material den Rest zu geben. Die hauchdünne Schicht, die den Inhalt noch hermetisch eingeschlossen hatte, zerbrach an ihrer schwächsten Stelle. Lautlos entwich das CK-512 durch einen dünnen Haarriss.

Molekül für Molekül drang es hervor, verband sich mit dem Wasser und verteilte sich explosionsartig im ganzen Raum. Geschmacklos. Farblos.

»Pass doch auf, du Quallenhirn«, schimpfte Dog'tar. »Du machst ja alles kaputt!« Obwohl ihm die Beschädigung verborgen blieb, ärgerte er sich über die Tollpatschigkeit seines Bruders.

»Was solls?«, gab Shog'tar zurück. »Das Ding sah sowieso schäbig aus. Die glänzenden habe ich alle erwischt.«

Dog'tar fand diese Antwort mehr als unverschämt.

Wut brodelte in ihm auf, in einer Intensität, die ihm unbekannt war. Heiß und prickelnd jagte sie durch seine Adern und überschwemmte seinen Körper wie eine glühende Lavawelle. Es war wie ein Rausch, der sein Gesichtsfeld eingrenzte. Plötzlich sah er nur noch Shog'tars höhnisches Grinsen, das ihm absolut widerwärtig erschien. Der Druck in seinem Körper erhöhte sich, suchte sich ein Ventil, damit er nicht vor Wut platzte.

»Glaubst du wirklich, diese Behälter eignen sich als Schmuckstücke für Jon'al?«, stichelte er. »Du bist wirklich noch blöder als ich dachte!«

Das saß. Er konnte es an der Art sehen, wie sein Bruder das Gesicht verzog. Ein prickelndes Gefühl hämischer Freude entfaltete sich wie die Schwingen eines Feuerrochens in Dog'tars Brust. Ganz tief in ihm drinnen raunte ihm zwar eine leise Stimme warnend zu, dass es nicht richtig war, einen anderen Hydriten so zu reizen, doch das tosende Rauschen in seinem Kopf verdrängte jeden Gedanken an Zurückhaltung. Ein neues, mächtiges Gefühl ergriff von ihm Besitz. Eine Emotion, die sein Volk eigentlich schon vor langer Zeit überwunden hatte – der unbändige Drang nach Gewalt und Zerstörung!

Alles in ihm schrie danach, um sich zu schlagen, zu verletzten, *zu töten*!

Die Hand um seinen Schockstab krampfte sich so stark zusammen, dass das Material unter dem Druck knackte. Seine Sinne schärften sich auf eine zuvor nicht vorstellbare Weise. Endlich sah er den Ozean so, wie er wirklich war.

Viel zu lange hatte er schon zurückgesteckt, hatte Shog'tars primitives Gesicht ertragen, obwohl er ihn schon Zeit seines Lebens aus vollem Herzen hasste!

Nein, nein, das ist doch nicht wahr!

Diese primitive Fresse, die ihn provozierend anstarrte, als wollte sie ihn zum Zuschlagen einladen. Das konnte der Kerl gerne haben.

Dog'tars Muskeln spannten sich. Er war bereit, ohne Vorwarnung anzugreifen. Pure Aggression hämmerte durch seine Adern. Sein Verstand wurde von einem roten Schleier umnebelt, der seine friedfertigen Eigenschaften auszufiltern schien. Wie im Rausch ließ er der dunklen Seite freien Lauf.

Er wollte vorschnellen, um seinen Bruder niederzuringen, doch der kam ihm zuvor. Er hatte die glänzenden Behälter fallen gelassen. Einige zerbrachen, als sie auf den Boden sanken.

Shog'tars Schockstab reflektierte nur kurz im Licht der Handlampe, dann bohrte sich die Spitze schon in Dog'tars Brustkorb. Ein lautes Summen ertönte. Bläulichweiße Funken zuckten über die Schuppenhaut.

Brutaler Schmerz durchzuckte Dog'tar, als ob sein Körper zerreißen würde. Trotz der Qualen blieb er bei Bewusstsein. Mit einer kräftigen Armbewegung paddelte er zurück, um dem Energiestoß zu entgehen.

Sein Bruder setzte ihm triumphierend nach, doch Dog'tar dachte gar nicht an Flucht. Der Schmerz, der in seiner Brust tobte, stachelte ihn nur noch weiter auf. Er wollte um jeden Preis kämpfen, selbst wenn es ihn das Leben kostete.

Unvermittelt machte er eine Rolle vorwärts, drehte sich in seinen Bruder hinein und trat mit aller Kraft zu. Seine Fersen hämmerten Shog'tar mitten ins Gesicht. Er konnte spüren, wie dessen linkes Jochbein unter den Hacken zerbrach.

Der Zusammenprall war so heftig, dass beide in entgegengesetzte Richtungen davon geschleudert wurden. Das Wasser in dem engen Raum wurde aufgewühlt, Schlamm wirbelte vom Boden empor, doch die Lichtfinger der Handlampen zeigten genau, wo der jeweilige Gegner zu finden war.

Knapp vor der Wand vollführte Dog'tar eine elegante Wende und jagte wieder auf seinen verhassten Bruder zu, der ihm bereits mit vorgerecktem Schockstab entgegen kam. Sofort richtete er seine Handlampe auf Shog'tars Augen und warf sich zur Seite.

Sein Bruder schoss geblendet an ihm vorbei. Dog'tar rammte ihm den Schockstab zwischen die Kiemen und drückte auf den Sensor.

Höchste Intensität.

Der Energiestoß jagte durch Shog'tars Hals, seine Atmungswege wurden umgehend paralysiert. Trotzdem wälzte er sich zur Seite und fauchte angriffslustig wie eine Muräne. Seine Bewegungen wirkten etwas fahrig, doch eigentlich hätte er völlig gelähmt sein müssen.

Dog'tar warf den Schockstab zur Seite und stürzte sich mit bloßen Flossenhänden auf seinen Gegner. Er wusste längst nicht mehr, gegen *wen* oder *warum* er eigentlich kämpfte – er wollte einfach nur noch den Rausch der Gewalt spüren, so direkt wie möglich.

Shog'tar hob abwehrend die Arme, doch seine Geschwindigkeit wurde durch die Atemprobleme gehemmt. Dog'tar durchbrach mühelos seine Deckung und packte ihn brutal an der Kehle. Ihre rudernden Beine verwirbelten das Wasser im Raum zu einem Strudel, während sie sich wie ein lebendes Knäuel im Kreise drehten. Dann gelang es Dog'tar endlich, seinen Bruder in die Ecke zu drängen. Shog'tars Kopf hämmerte mit voller Wucht gegen die Stahlwand. Ein Stöhnen drang über seine Lippen. Verzweifelt versuchte er sich aufzurichten, zur Wehr zu setzten.

Doch Dog'tar ließ ihm keine Chance.

Blind vor Wut packte er den Kopf des *Gegners* und hämmerte ihn erneut gegen den harten Stahl. Und dann wieder und wieder. Bis eine rosige Wolke in die Höhe stieg und der Körper unter ihm erschlaffte.

Dog'tar hielt inne. Er spürte eine gähnende Leere in sich aufsteigen, die nicht von Scham oder Schuldgefühlen gefüllt wurde, sondern von einem neuen, noch größeren Wutanfall. Brüllend schleuderte der Hydrit den toten Körper von sich. Trommelte mit den Flossenhänden gegen die Stahlwand, bis die filigranen Knöchel zwischen seinen Schwimmhäuten brachen. Zertrümmerte die Überreste der Schlafkoje und alle anderen Einrichtungsgegenstände des Raumes. In seinem Amoklauf spürte er nicht, wie er sich selbst verletzte, denn sein Schmerzempfinden war vollkommen ausgeschaltet. Nur einem tiefsitzenden Urinstinkt war es zu verdanken, dass er endlich der Enge des U-Bootes entfloh, die ihn in den Wahnsinn trieb.

Sinnlose Laute fauchend jagte er zum Schott hinaus. Ohne auf Skelette oder sonstige Funde zu achten tauchte er die engen Gänge entlang. Sein unkontrollierter Bewegungsdrang mündete in schnellem Flossenschlag, sodass er ohne weitere Selbstverstümmlungen den Bug des Schiffes erreichte.

Dämmriges Zwielicht fiel durch das Leck ein, wies ihm den Weg ins Freie. Triumphierend schoss er hindurch, um neue Opfer zu suchen, die er seine Macht spüren lassen konnte – doch ein dunkler Schatten, der über dem U-Boot schwebte, ließ ihn verwirrt inne halten. Da schoss der schlanke Körper auch schon herab.

Trotz seines Blutrauschs fühlte Dog'tar Furcht in sich aufsteigen, als er den Grauhai erkannte, den sie kurz zuvor verjagt hatten. Normalerweise mieden diese Meeresjäger alle Hydriten, da sie ihre Schockstäbe fürchteten – doch die blutenden Flossenhände wirkten auf den blutgierigen Räuber wie eine Einladung zum Festtagsschmaus. Drohend öffnete er sein riesiges, mit spitzen Zähnen gesäumtes Maul.

Trotz des furchteinflößenden Anblicks verspürte Dog'tar nicht die geringste Angst. Nicht einmal als er realisierte, dass er seine Waffe im Wrack verloren hatte. Statt zu fliehen suchte er den ungleichen Kampf! Fauchend warf er sich dem Hai mit bloßen Händen entgegen. Er wollte ihn packen und in Stücke reißen.

Falls der Meeresjäger über die Attacke überrascht war, so ließ er es sich nicht anmerken. Mit kräftigen Schlägen seiner Schwanzflosse schoss er heran und schnappte blitzschnell nach seiner Beute. Die scharfen Zahnreihen gruben sich tief in den Hals des Hydriten. Blut quoll hervor, doch Dog'tar ignorierte die Verletzung. Wütend prügelte er auf den Hai ein.

Bis sich der mächtige Kiefer mit einem lauten Krachen schloss. Dog'tar zuckte wie ein Zitteraal, während ihn der Hai zerfleischte. Erst als sich der Hydrit nicht mehr regte, packte ihn der Hai am Bein und zog ihn in tiefere Regionen, um ihn dort in Ruhe zu verspeisen.

Zurück blieben nur ein paar rosa Schwaden, die sich rasch verflüchtigten – genauso wie das CK-512, das aus dem Wrack der *Kiew* drang. Die hohe Konzentration des freigesetzten Kampfstoffes schuf eine gigantische Giftwolke, die langsam in die Höhe stieg.

Lautlos, geruch- und farblos breitete sie sich über ein Gebiet von zehn Kilometern aus und trieb langsam auf Drytor zu.

Eine Waffe aus der gewalttätigen Vergangenheit eines gewalttätigen Volkes.

Eine lautlose Bedrohung, vor der es kein Entrinnen gab . . .

Drytor, zwei Tage später

Die einst pulsierende Metropole am Grund des Meeres wirkte wie ausgestorben, als Bol'gar mit ruhigen Schwimmstößen näher schwamm. Schon von weitem sah er gelbe Schlieren, die gespenstisch zwischen den Kugelbauten waberten, trotzdem verzog er das Gesicht, als das Wasser plötzlich nach Verwesung schmeckte.

Die Lage in Drytor schien noch weitaus schlimmer zu sein als befürchtet.

Auf seine Tarnung vertrauend, stieg Bol'gar höher, um sich einen besseren Überblick zu verschaffen. Er konnte nirgendwo Leichen ausmachen; zumindest dieses Problem hatten die Offiziellen also in den Griff bekommen. Trotzdem verstand er nicht, warum Drytor keine Hilfe aus den anderen Städten angefordert hatte. Eine strikte Quarantäne mochte ja angebracht sein, aber das war noch lange kein Grund, jede Verbindung zur Außenwelt abzubrechen.

Eine mit Harpunen bewaffnete Doppelstreife tauchte plötzlich hinter einer Dachkuppel auf und blickte streng zu ihm hinüber. Bol'gar schrak zusammen, als würde plötzlich Eiswasser durch seine Adern pumpen. Verdammt! So ausgestorben wie er geglaubt hatte waren die Gassen also doch nicht.

Nun musste er auf sein grünes Lendentuch vertrauen und die Tatsache, das Drytor etwas zu groß war, um jedes Gesicht genau zu kennen. Äußerlich ungerührt behielt er seine Richtung bei, als ob alles in Ordnung wäre. Er zeigte weder Angst vor der Stadtwache, noch versuchte er sich bei ihnen durch ein freundliches Nicken anzubiedern. Er ignorierte sie einfach. So wie er es unter normalen Umständen auch gemacht hätte.

Die Grundregel jedes Beobachters lautete, sich stets so unauffällig wie möglich zu verhalten, doch diesmal fruchteten seine Bemühungen nicht. Die Patrouille schwenkte auf ihn ein und hielt mit raschem Flossenschlag direkt auf ihn zu.

Bol'gar ließ sich nicht anmerken, dass er sich angesprochen fühlte, obwohl Panik in ihm aufkeimte. In den vergangenen beiden Tagen waren mehrere Spähtrupps aus Hykton äußerst rüde vor den Toren Drytors abgewiesen worden. Ihm war es nun auf verschlungenen Pfaden gelungen, sich als Erster durch den äußeren Sperrgürtel zu schlängeln, da konnte er sich doch nicht gleich beim Betreten der Stadt erwischen lassen.

»Anhalten, Bürger!«, rief ihm eine der Wachen, ein klotziger Haischädel mit violettem Flossenkamm zu. »Niemand hat das Recht, während der Ausgangssperre das Haus zu verlassen!«

Na prima. Davon hatte er natürlich nichts gewusst.

Seufzend hielt Bol'gar inne. Mit leichtem Flossenschlag glich er die Strömung aus, die ihn in die Höhe und zur Seite drängen wollte, trotzdem visierte ihn die Kollegin des Haischädels mit der Harpune an, um jeden Fluchtversuch zu unterbinden. Eine etwas überzogene Drohung, nur weil jemand eine Ausgangssperre missachtet hatte, doch sie fügte sich nahtlos in das ruppige Verhalten der Drytorer ein, von dem seit Tagen berichtet wurde.

Bol'gar legte sich bereits eine halbwegs plausible Erklärung zurecht, die seinen Aufenthalt in der Stadt erklären sollte, als unter ihm lautes Wehklagen ausbrach.

»Zu Hilfe«, schallte eine weibliche Stimme empor, »mein Verbundener wurde erschlagen! Er schwamm nur kurz aus dem Haus und nun ist er tot!«

Die Doppelstreife blickte verärgert in die Tiefe, als wäre der plötzliche Ruf eine Unverschämtheit, dann wandten sich die Wachen aber doch dem wichtigeren Delikt zu. Bol'gar trat weiter auf der Stelle, um die Ursache für den Tumult auszumachen.

Allein die Anschuldigung, dass ein Hydrit einem anderen Gewalt angetan haben sollte, schien ihm völlig absurd. Doch die Weibliche, die aufgeregt vor ihrer Sphäre umher schwamm, konnte ihre Worte beweisen. Zwischen einer Kolonie Goldröhrenschwämme versunken lag der Körper eines regungslosen Hydriten, dessen Gesicht in einem unnatürlichen Winkel auf den Rücken gedreht war.

»Wer ist dafür verantwortlich?«, polterte der Haischädel los, statt der aufgelösten Witwe Trost zu spenden.

Die Hydritin ließ sich weder von ihm noch von seiner Kollegin einschüchtern, die sie mit der Harpune anvisierte. »Woher soll ich das wissen?«, knarzte sie aufgebracht. »In diesen Tagen kann es doch jeder gewesen sein! Vielleicht der Nachbar, die eigene Schwester oder ich selbst! Alles ist möglich in einer Stadt, die vom *Bösen* besessen ist!«

»Beruhigen Sie sich«, forderte Haischädel streng, doch die Hydritin steigerte sich in ihren Wutanfall hinein.

»Wir sind verdammt!«, rief sie laut aus, als wollte sie die Bewohner der umliegenden Häuser warnen. »Warum verschließt ihr nur alle die Augen vor der Wahrheit? Seht ihr denn nicht was geschieht? Wir verändern uns und werden zu ....«

Ein brutales Summen ließ sie mitten im Satz verstummen. Keuchend krümmte sie sich zusammen, während Haischädel den Schockstab erneut aktivierte. Blauweiße Flammen tanzten über ihren Rücken, bis sie das Bewusstsein verlor.

Zufrieden schob Haischädel den Schockstab zusammen. »Ich arretiere Sie wegen Insubordination«, knarzte er laut, obwohl ihn die Beschuldigte längst nicht mehr hören konnte. Dann packte er sie am Oberarm und zog sie mit sich in die Höhe. Seine Kollegin folgte ihm ohne ein Wort des Protestes.

Den Toten zwischen den Goldröhrenschwämmen ließen sie einfach zurück, als wäre sein Schicksal nicht weiter von Belang.

Bol'gar verfolgte die ganze Szene mit steigendem Entsetzen. Das brutale Vorgehen der Stadtwache war ihm völlig unbegreiflich, doch er wagte keinen Protest. Die warnenden Blicke des Haischädels signalisierten deutlich, dass es nur eines falschen Wortes bedurfte, um auch ihn einer Schockstabtherapie zu unterziehen.

Entschlossen warf sich der Beobachter herum und schwamm – zügig, aber ohne auffällige Hast – seinem Ziel entgegen, bevor noch weitere Patrouillen auftauchen konnten. Er hatte eine Aufgabe zu erfüllen, die nicht durch unbedachte Heldentaten gefährdet werden durfte.

Die restliche Strecke zu seinem Cousin erschien ihm länger als gewöhnlich, doch trotz seiner ärgsten Befürchtungen erreichte er die Sphäre im dritten Stock eines Wohnkomplexes ohne weitere Zwischenfälle. Bol'gar presste seine Flosse in die Scannermulde an der Außenschleuse und betete zu Ei'don, das Lorg'da zuhause sein möge.

Zwischen den folgenden beiden Herzschlägen schien eine Ewigkeit zu liegen, dann fuhr das Schott mit einem saugendem Geräusch in die Höhe. Bol'gar wollte in die Kuppel drängen, um aus dem Blickfeld der Patrouillen zu verschwinden, doch sein Cousin fing ihn bereits am Eingang ab.

»Bol'gar!«, rief er verblüfft. »Wie kommst du denn hierher?«

»Über die alten Schleichpfade unserer Kindheit«, grinste der Beobachter. »Ich musste diesmal ein wenig tricksen, um dich zu besuchen.«

Lorg'da nickte wissend, während er auf Bol'gars grünes Lendentuch zeigte. »Du hast gut daran getan, die Farben unserer Stadt zu tragen«, flüsterte er verschwörerisch. »In Drytor geht etwas Seltsames vor, das mit aller Gewalt geheim gehalten werden soll. Wenn die Patrouillen wüssten, dass du aus Hykton stammst, würde es dir schlecht ergehen.«

»Ich hatte bereits ein unerfreuliches Erlebnis«, bestätigte Bol'gar und berichtete, was er kurz zuvor erlebt hatte.

»Sie arretieren die Einwohner aus den nichtigsten Gründen«, schüttelte Lorg'da den Kopf. »Dem muss endlich Einhalt geboten werden.«

»Was geschieht mit den Gefangenen?«

»Ich weiß es nicht, aber ich kenne ein paar Leute, die bereits Widerstand leisten. Sie können uns sicherlich mehr erzählen. Komm mit!« Lorg'da packte seinen Cousin aufgeregt am Arm und zerrte ihn mit ins Freie.

Sich immer im Schatten der Gebäude haltend, tauchten sie durch das Gewirr der Innenstadt, bis sie den großen Platz vor dem Hydrosseum erreichten.

»Wir haben Glück«, frohlockte Lorg'da. »Meine Freunde kommen gerade von einem Ausflug zurück.«

Tatsächlich schwebte eine Formation von acht Man'tanen heran. In ihrem Schlepptau befanden sich gigantische Netzballons, in denen eine flirrende Masse um seine Freiheit rang. Bol'gar benötigte einen Moment, um zu realisieren, dass es unzählige kleine und große Fische waren, die dicht aneinander gepresst transportiert wurden.

Keuchend drückte er sich in den Schatten eines Kugelgebäudes, um nicht entdeckt zu werden. Das konnten unmöglich ihre Verbündeten sein!

Er wirbelte herum, um seinen Cousin zur Rede zu stellen, doch die Bewegung scheiterte schon im Ansatz. Lorg'da hatte unbemerkt eine dünne Tangschlinge unter seinem Bauchpanzer hervorgezogen und über Bol'gars Kopf geworfen. Nun zog er sie blitzschnell zusammen und riss ihn brutal nach hinten über.

»Schnell, hierher!«, brüllte er den Fischern zu, während er dem Beobachter die Luft abschnürte. »Ich habe einen Spion aus Hykton gefangen!«

Verzweifelt versuchte Bol'gar unter das würgende Band zu greifen, das tief in seinen Hals einschnitt, aber es gelang einfach nicht. Dann waren auch schon die ersten Fischer heran, die ihn johlend umringten.

»Da ist dir ja der größte Fang des Tages ins Netz gegangen«, lobten sie Lorg'da, der für seinen zappelnden Cousin nur noch Hohn und Spott übrig hatte.

Ehe Bol'gar richtig begriff, was eigentlich vor sich ging, schleppten ihn die Fischer bereits in die Eingangshalle des Hydrosseums. Dort warteten noch weitere Unglückliche, unter anderem die Witwe, die mit Haischädel aneinander geraten war. Ein Netz voller Fische wurde zu ihnen hinein geschafft, dann mussten die Gefangenen in die Mitte des Raumes schwimmen und vor dem Bildnis des Mar'os auf die Knie gehen.

Bol'gar wollte sich zur Wehr setzen, doch gegen die Übermacht, die ihn an Armen und Beinen hielt, hatte er keine Chance. Zwei kräftige Hydriten packten ihn zusätzlich am Kopf und zwangen seinen Kiefer auseinander. Mit offenem Mund harrte er der Dinge, die da kommen sollten.

Da tauchte Lorg'da zu ihm herab. In seiner rechten Flosse zappelte ein Zackenbarsch. »Niemand soll behaupten, dass in Drytor keine Gastfreundschaft herrscht«, verkündete der verräterische Cousin mit hohntriefender Stimme. »Nimm dieses Tier als kleine Vorspeise vor dem Hauptgericht!«

»Nein, das darfst du nicht tun!«, flehte Bol'gar. »Das verstößt gegen Ei'dons Gesetze!«

»Die haben in Drytor keine Gültigkeit mehr«, versetzte Lorg'da kalt, bevor er seinem Cousin den Barsch brutal in den Rachen stopfte.

Das zappelnde Tier versuchte sich zu befreien, doch es gelang ihm nicht. Bol'gars Peiniger rammten seinen Unterkiefer mit Gewalt in die Höhe und zwangen ihn so, den Fisch zu zerbeißen.

Blut breitete sich in seiner Mundhöhle aus und terrorisierte die Geschmacksnerven. Mit Gewalt zwang man ihn dazu, den Fisch zu zerkauen und hinunter zu schlucken. Er schmeckte fürchterlich.

Aber das würde sich bald ändern.

Und das war es, was Bol'gar am meisten fürchtete.

Hykton, 3 Tage später

Obwohl er sich schon fast zwei Wochen in der Unterwasserstadt aufhielt, fühlte sich Matthew Drax immer noch wie ein Aussätziger, wenn er zum Hydrosseum tauchte. Die Hydriten, die seinen Weg kreuzten, hatten sich zwar langsam an seinen Anblick gewöhnt, hielten aber weiter deutlich Distanz zu ihm. Sie fürchteten den *Kiemenmenschen*, der in ihr ureigenstes Territorium eingedrungen war. Dabei spielte es für sie keine Rolle, dass Matt sich nicht freiwillig auf dem Meeresgrund aufhielt und sich die größte Mühe gab, ein friedliches Bild zu vermitteln – bereits seine bloße Anwesenheit empfanden viele Hydriten als pure Provokation. Die Warnungen vor den Oberflächenbewohnern, mit denen sie seit Generationen aufwuchsen, waren tief in ihnen verwurzelt. Nur ihr friedfertiger Charakter verhinderte wohl, dass sie Matt, allen Anweisungen des Wissenschaftsrats zum Trotz, mit Gewalt aus Hykton vertrieben.

Schlimmer als die ablehnenden Blicke schmerzte den Ex-Commander jedoch, dass fast alle Hydriten einen großen Bogen um ihn schlugen, wenn sie ihm über den Dächern der Stadt begegneten. Nach anfänglichen Bemühungen, mit einzelnen Bewohnern ins Gespräch zu kommen, hatte er sich inzwischen einfach ein dickeres Fell zugelegt. Er konnte nicht für alle Missetaten gerade stehen, die die Menschheit den Hydriten einst angetan hatten – das war mehr als ein einzelner Mann auf seinen Schultern tragen konnte.

Er war nun mal kein Heiland, der die Erlösung brachte, sondern nur ein normaler Mensch, der um sein Überleben kämpfte.

Zielstrebig schwamm er über eine Reihe von Kuppelbauten hinweg auf das Hydrosseum zu. Seine Beine gingen im ruhigen Takt auf und nieder, der kräftige Schlag der Taucherflossen trieb ihn zügig seinem Ziel entgegen.

Das wissenschaftliche und politische Zentrum der Stadt besaß die Ausmaße eines Football-Stadions und überragte alle anderen Gebäude um mehrere Meter. Selbst eine Blindschleiche hätte von seiner Wohneinheit hierher gefunden.

Matt hielt einen Moment im Flossenschlag inne, um einem Sardellenschwarm auszuweichen. Zwischen den Sphären am Grunde des Meeres tummelten sich zahlreiche Fischarten, die genau wussten, dass sie von den hier lebenden Hydriten nichts zu befürchten hatten. Der seltsame Kiemenmensch passte ebenso wenig in ihr

Feindschema, deshalb strichen sie furchtlos an ihm vorüber. *Die einzigen Freunde, die ich hier habe,* dachte Matthew verbittert. Gleich darauf korrigierte er seine düstere Einschätzung. Mit Quart'ol und Bel'ar hatte er durchaus zwei Freunde unter den Hydriten, die sich mit aller Kraft für ihn einsetzten.

Selbst diese Erkenntnis konnte seine trübe Stimmung nicht sonderlich aufheitern. Mit verschlossener Miene tauchte er zum Eingang des Hydrosseums hinab und passierte die beiden Wachen, die ihm nicht mal ein müdes Runzeln ihrer Stirnschuppen gönnten. Sie hatten sich längst an seine täglichen Besuche gewöhnt.

Matt durchschwamm die riesige Empfangshalle mit dem lebenden Muschelgemälde, in dem, auf für ihn unerklärliche Weise, die gesamte Geschichte des Fischvolkes gespeichert war. Ihm stand nicht der Sinn nach weiteren Lektionen, deshalb kraulte er zu einem der runden Durchgänge empor, die in gleichmäßigen Abständen über die gewölbte Decke verteilt waren. Im oberen Stockwerk befanden sich die Forschungslabore der Stadt, in denen er bereits erwartet wurde.

Die Wächter an Matts Schleuse bleiben ebenso gelassen wie die am Hauptportal. Einer von ihnen nickte ihm sogar in routinierter Freundlichkeit zu, schien die Geste aber gleich darauf zu bereuen, als hätte er einen Fehler gemacht.

Matt fühlte einen weiteren Stich durchs Herz, obwohl er sich vorgenommen hatte, solche Vorfälle zu ignorieren. Ohne inne zu halten stieß er in den Wissenschaftstrakt vor und bog nach rechts in den Gang ein, der zu Bel'ars Labor führte. Quart'ol und die Hydritin erwarteten ihn bereits ungeduldig. Mer'ol war ebenfalls anwesend, machte aber keine Anstalten Matt zu begrüßen. Ihr Verhältnis war immer noch äußerst unterkühlt, obwohl

Mer'ol nicht mehr ganz so feindselig reagierte wie bei der Begegnung in den Straßen von Washington.

»Wir haben uns schon Sorgen gemacht«, riss ihn Bel'ar aus den Gedanken. Ihre Knacklaute hallten klar und deutlich durchs Wasser. »Wo hast du so lange gesteckt?«

»Ich habe einen kleinen Ausflug zur Oberfläche gemacht«, knurrte Matt im gleichen Idiom zurück – seitdem er Quart'ols Seele in sich getragen hatte, konnte er die Sprache der Hydriten verstehen. Auch seine Stimmbänder hatten sich längst an die ungewöhnliche Aussprache gewöhnt. »Bin etwas mit den Delfinen um die Wette geschwommen und habe mir die Sonne auf den Bauch brennen lassen. Der alten Zeiten wegen.« Er machte eine kleine Pause und wandte sich zu Quart'ol um, der langsam näher schwamm. »Flipper, du weißt schon!«

Der Wissenschaftler, der so gerne mit seinem menschlichen Wissen prahlte, das er seit der Geistesverschmelzung mit Matt besaß, schwieg betreten. Er spürte genau, was mit seinem menschlichen Freund los war. »Darf ich deinem Unmut entnehmen, dass du wirklich versucht hast, aufzutauchen?«

»Gleich in der ersten Nacht, die ich hier unten verbringen musste.«

Matt verschwieg, dass ihm der Fluchtversuch nicht sonderlich gut bekommen war, weil sich sein hydritischer Tauchanzug oberhalb einer bestimmten Wassertiefe plötzlich zusammenzog. Der Schrumpfungsprozess hatte ihm beinahe alle Knochen im Leib gebrochen, trotzdem hatte er dieses Erlebnis niemandem gegenüber erwähnt. Vor allem weil er hoffte, sich irgendwann des elenden Fluchthindernisses, das ihm wie eine zweite Haut am Körper klebte, entledigen zu können. Doch so leicht und flexibel sich das Material auch anfühlte, bisher hatte es jedem scharfkantigen Gegenstand widerstanden, den er auftreiben konnte.

»Erzählt mir bloß nicht, ihr hättet diese kleine Eskapade nicht irgendwo aufgezeichnet«, knackte Matt. Es zehrte an seinen Nerven, dass seine *Freunde* so taten, als wüssten sie von nichts.

»Geahnt haben wir es natürlich«, gestand Bel'ar, »schließlich ist uns dein Freiheitsdrang bestens bekannt. Gewusst haben wir es allerdings nicht. Deine Körperhülle ist eine autonome Einheit, die …«

»… mich einzig und allein daran hindern soll, jemals wieder ein normales Leben zu führen«, vollendete Matthew den Satz.

»Ganz so einfach ist es nicht, Maddrax«, mischte sich Mer'ol überraschend ein. »Die künstlichen Schuppen schützen dich beim Abstieg vor Temperaturverlust und gleichen den zunehmenden Wasserdruck aus, den dein Körper nicht gewohnt ist. Die damit verbundene Aufstiegssicherung ist nur ein Nebeneffekt dieser Technik.«

Matt fixierte den verschlossenen Hydriten, den er bereits von der englischen Küste kannte, mit misstrauischem Blick. »Das heißt wohl, dass ich dieses Folterinstrument Ihnen zu verdanken habe?«

Zum ersten Mal blitzte so etwas wie ein Grinsen in Mer'ols schuppigem Gesicht auf. »Allerdings«, verkündete er frohlockend, »und ich bin stolz darauf.«

Matt hätte dem arroganten Kerl am liebsten die wulstigen Fischlippen mit der Faust verschlossen, aber jeder Akt der Gewalt würde nur die Vorurteile bestätigen, die über ihn bestanden. Der feindselige Hydrit wusste natürlich um seine Zwickmühle, und es schien ihm eine klammheimliche Freude zu bereiten, Matt mit geschickten Seitenhieben zu provozieren.

»Mer'ol hat sich aber auch viel Mühe mit dem Design gegeben«, versuchte Quart'ol die Lage zu entspannen. »Ist doch wunderbar an die Tauchanzüge deiner Zeit angelehnt!«

»Du meinst wohl eher, dein *Assistent* hat die menschlichen Archive geplündert, weil es ihm an eigener Phantasie mangelte«, knarzte Matthew verächtlich. Zufrieden registrierte er, dass die grüne Pigmentierung in Mer'ols Flossenkamm anschwoll. Der eiskalte Hund war also doch verletzlich.

Matt wollte sofort mit ein paar ätzenden Bemerkungen nachsetzen, doch Bel'ar legte ihm beruhigend eine Flossenhand auf die Schulter. Er gab sich alle Mühe, nicht auf ihre wogende Oberweite zu starren, während sie mit eindringlicher Stimme sagte: »Ich spüre unterdrückte Feindseligkeiten, die dich quälen, Maddrax. Warum sprichst du nicht aus, was dich bedrückt, dann geht es dir sofort besser.«

Matt verzog die Mundwinkel, als ob er eine glibberige Qualle verschluckt hätte. *O nein, bitte nicht die Therapeutennummer*, dachte er entsetzt. Sofort kamen ihm wieder die langwierigen Sitzungen mit *Doc* Catlin in den Sinn, die er nach seiner Scheidung von Liz über sich ergehen lassen musste. Die Air Force Psychologin hatte wochenlang versucht, sein Innerstes nach außen zu kehren, um seine mentale Stabilität zu überprüfen. Da Matt sich standhaft weigerte, ihr etwas über eine unglückliche Kindheit vorzujammern, hatte es ihn schließlich ein Abendessen und eine gemeinsame Nacht in Catlins Appartement gekostet, um wieder volle Flugfähigkeit attestiert zu bekommen. Eine klassische Matthew Drax Lösung, wie er sich eingestand, und er war nicht gerade stolz darauf.

Aus den Augenwinkeln konnte er erkennen, dass

Quart'ol ebenfalls das Gesicht verzog. Der Geist des Hydriten hatte sich monatelang in seinem Körper aufgehalten, deshalb konnte er sich wohl ausmalen, was in ihm vorging. Vielleicht fühlte er in diesem Moment sogar ähnlich wie sein ehemaliger Wirt, denn der junge Klon mit der alten Seele unterschied sich deutlich von dem weisen, zurückhaltenden Wissenschaftler, den Matt aus England kannte. Der neue Körper hatte Quart'ols Wesen verändert, und vermutlich gingen auch Matts Erinnerungen nicht spurlos an seinem Charakter vorbei.

Der *neue* Quart'ol hatte bereits mehrfach bewiesen, dass er einen menschlichen Blickwinkel besaß, der ihn von den übrigen Hydriten unterschied. Wenn er nicht Acht gab, würde ihn das eines Tages zum Außenseiter innerhalb seines eigenen Volkes machen. Vielleicht entwickelte er sich aber auch zu einem wichtigen Vermittler zwischen Land- und Ozeanbewohnern, der einmal dafür sorgte, dass die so unterschiedlichen Völker in Eintracht miteinander lebten. Zuzutrauen war es Quart'ol, denn trotz seines unkonventionellen Gebarens steckte in ihm die jahrhundertelange Erfahrung eines zweimaligen Seelenwanderers.

Bel'ar erinnerte Matt mit einem lauten Knarzen daran, dass sie immer noch auf seine Lebensbeichte wartete. Der Ex-Commander wand sich unter dem fordernden Blick der Beobachterin. Es war ihm schon unangenehm, sein Gefühlsleben vor anderen Menschen auszubreiten – sich vor einigen skurrilen Fischgestalten zu offenbaren, die er um gut zwei Köpfe überragte, überstieg nun endgültig seine Fähigkeiten.

Lieber schlug er sich mit einem Dutzend Taratzen oder Haien herum.

Das summende Geräusch, mit dem sich das Laborschott öffnete, klang für Matt so erlösend wie das Trompetensignal der zur Hilfe eilenden US-Kavallerie in einem klassischen Western. Bel'ar stieß ein leises Knurren aus, bevor sie sich zu ihren ungebetenen Besuchern umdrehte. Es war eine Warnung an Matt, dass ihr Gespräch nur aufgeschoben, aber nicht vergessen war. Sekunden später glätteten sich ihre mürrisch aufgeworfenen Lippen wieder, denn es war der HÖCHSTE vom Rat der neun Städte, der sie persönlich aufsuchte.

In seiner Begleitung befanden sich ihr Kollege Bol'gar und ein Hydrit, den Matt noch nie zuvor gesehen hatte. Der Fremde besaß einen gedrungenen, aber kräftigen Körperbau. Seine Muskeln waren so deutlich ausgeprägt, dass sie fast die beiden über den Brustkorb verlaufenden Riemen sprengten, die Schulter- und Bauchpanzer hielten. Derart athletische Hydriten waren eher selten, aber nicht ungewöhnlich. Was Matt etwas stutzig machte, war sein grünes Lendentuch ... und der entschlossene Zug um seine Lippen, die gerade weit genug geöffnet waren, um die scharfen Zahnreihen zu entblößen.

Seine halbkugelförmigen Augen taxierten den Menschen kalt und abschätzend. Matt ließ sich nicht davon einschüchtern, sondern hielt dem Blick stand, ohne auch nur zu blinzeln. Er wandte dabei einen alten Kneipentrick an, den er während seiner Zeit auf der Columbia University gelernt hatte: Er sah seinem Gegenüber nicht direkt in die Augen, sondern konzentrierte sich auf einen Punkt dazwischen. In diesem Fall die Stelle, wo der weiche Flossenkamm begann, der sich über den Kopf bis zwischen die Schulterblätter des Hydriten zog.

»Verzeihen Sie die Unterbrechung, Beobachterin Bel'ar«, bat der HÖCHSTE, ohne das stumme Augenduell wahrzunehmen, »aber uns erreichten soeben beunruhigende Nachrichten aus Drytor!« Der unbekannte Hydrit war Matt inzwischen so nah auf die Pelle gerückt, dass sich dessen blonde Haare in den schwarzen Pupillen widerspiegelten. »Man sandte uns diesen Boten, weil die VIERTE aus Drytor unsere Hilfe benötigt. Genauer gesagt die Hilfe unseres Gastes – Maddrax.«

Ein spöttisches Grinsen trat auf die Lippen des Boten, bevor er den Kopf betont langsam von Matt abwandte und dem HÖCHSTEN ein zustimmendes Nicken gewährte.

»Ganz recht«, erklärte er in einem Ton, der an berstendes Metall erinnerte. »Seit einer Woche verschwinden täglich Bürger unser Stadt spurlos von der Bildfläche, und es gibt Grund zu der Annahme, dass menschliche Technik dafür verantwortlich ist.«

Quart'ols Kopf zuckte bei diesen Worten angriffslustig nach vorne. »Das ist doch Unsinn!«, empörte er sich. »Weder Maddrax noch ein anderer Landbewohner ist derzeit in der Lage, uns irgendwie zu schaden.«

»Schon gut«, beschwichtige der HÖCHSTE, »Lorg'da ist nicht gekommen, um irgendwelche Beschuldigungen gegen unseren Gast auszusprechen.«

»Im Gegenteil«, bestätigte der Drytorer. »Aber wir sind bei der Suche nach den Vermissten auf ein altes U-Boot gestoßen, das schon vor Hunderten von Rotationen gesunken sein muss. Wir konnten dort nichts Verdächtiges finden, aber unsere Kenntnisse über diese militärischen Gefährte sind begrenzt. Deshalb bitten wir die Hyktoner, uns ihren Kiemenmenschen auszuleihen, denn es handelt sich um eine Technologie seiner Epoche.«

»Sein Name ist Maddrax«, stellte Bel'ar stirnrunzelnd fest. Es war nicht zu überhören, dass sie die unsensiblen

Worte des Boten missbilligte, als sie fortfuhr: »Außerdem war mir nicht bekannt, dass der Bund der neun Städte bereits über seinen Zeitsprung unterrichtet wurde.«

Bol'gars Flossenkamm begann bei diesen Worten zu leuchten. Der kräftige Beobachter, der Matts *Entführung* aus Washington souverän geleitet hatte, sah plötzlich betreten an sich hinab. »Ich fürchte, das habe ich zu verantworten«, druckste er herum. »Bei meinem letzten Besuch habe ich Cousin Lorg'da davon berichtet.«

Bel'ars stummer Blick sprach Bände. Es war ihr unbegreiflich, wie ein Kollege einen solchen Vertrauensbruch begehen konnte – doch der HÖCHSTE wischte ihre Bedenken achtlos beiseite.

»Daran gibt es auch nichts auszusetzen«, stellte er klar. »Nach Abschluss der Untersuchungen werden unsere Ergebnisse ohnehin allen Hydriten zur Verfügung stehen. Inzwischen hat Maddrax aber die Möglichkeit, sein menschliches Wissen zum Wohle der Hydriten einzusetzen. Natürlich nur, wenn *unser Gast* die einmalige Chance nutzen möchte, seine Kooperationsbereitschaft unter Beweis zu stellen ...«

Dass sich eine Weigerung negativ auf Matts Rückkehr an die Oberfläche auswirken würde, musste er nicht extra erwähnen, das schwang auch so deutlich genug in den Worten mit. Dabei wäre diese Drohung gar nicht notwendig gewesen. Matt war heilfroh, den langweiligen Untersuchungstrott zu unterbrechen und etwas zu tun zu bekommen. Er war ein Mann der Tat, der am besten mit seinen Schwierigkeiten fertig wurde, wenn er sich in die Arbeit stürzte.

»Ich bin dabei«, stimmte er sofort zu.

»Gut«, rang sich Bel'ar zu einem Lächeln gegenüber dem HÖCHSTEN durch. »Dann setze ich meine Studien eben in einem Feldversuch fort. Das wird auch sehr interessant.«

Ihre freundliche Maske zersprang endgültig, als Kal'rag ihr widersprach.

»Sie werden hier im Labor gebraucht«, wies der HÖCHSTE sie in einem Ton an, der keinen Widerspruch duldete. »Die Vorkommnisse in Drytor geben Anlass zu äußerster Sorge. Ich wünsche, dass sie Lorg'da gründlich untersuchen und mir die Ergebnisse anschließend persönlich mitteilen.«

»Aber ich fühle mich völlig in Ordnung«, protestierte der Bote, der völlig überrascht von dieser Ankündigung war.

»Es ist zu Ihrem eigenen Besten«, beruhigte ihn Kal'rag freundlich. Doch der harte Glanz seiner Augen machte deutlich, dass es sich dabei um eine Anweisung des HÖCHSTEN und um keine Bitte handelte. »Sie können die nächsten Tage bei ihrem Cousin verbringen. Quart'ol und Mer'ol werden inzwischen Maddrax begleiten. Und nun frisch ans Werk, wir haben noch einiges vor uns.« Mit einer autoritären Geste winkte er alle außer Bel'ar und ihrem neuen Patienten aus dem Labor.

Matt war verwirrt von dem Gesprächsverlauf, denn die Hydriten bemühten sich normalerweise immer um ein Maximum an Harmonie. Dass der HÖCHSTE so harsch auftrat, ließ das Schlimmste vermuten. Matt winkte Bel'ar zum Abschied kurz zu, dann schwamm er den anderen hinterher.

Kaum hatte sich das schalldichte Laborschott hinter ihnen geschlossen, hielt Quart'ol das Schweigen nicht länger aus. »Sag mal, hat dir heute Morgen einer aufs Plankton gespuckt?«, brauste er auf. »Du bist doch sonst ein Ausbund an Diplomatie ...«

Matt wusste inzwischen, dass Quart'ol bis zur letzten Seelenwanderung der DRITTE des Sieben-Städte-Bundes war, der sich an der europäischen Atlantikküste gebildet hatte. Kal'rag war ihm noch aus dieser Zeit bekannt, deshalb durfte er sich wohl einen so flapsigen Ton erlauben.

Der HÖCHSTE sparte sich dann auch eine Maßregelung, obwohl einige in der Nähe postierten Wachen demonstrativ an ihren Schockstäben nestelten. Ein Zustand allgemeiner Gereiztheit machte sich breit, der unter Menschen normal gewesen wäre, bei den Hydriten aber unangenehm auffiel.

»Die Lage ist vermutlich weitaus ernster, als wir es im Moment absehen können«, warnte Kal'rag. »Seit Tagen erreichen uns Meldungen über chaotischen Zustände in Drytor, doch die VIERTE hat sich jede auswärtige Einmischung ausdrücklich verbeten. Ich habe natürlich trotzdem Erkundungstrupps losgeschickt, doch sie wurden auf äußerst aggressive Weise abgefangen und der Stadt verwiesen. Jene die zurückgekehrt sind, heißt das. Von einigen Aufklärern fehlt nämlich jede Spur.«

Quart'ols Schuppen verloren auf einem Schlag deutlich an Leuchtkraft, bis er am ganzen Körper fahl glänzte. »Du meine Güte, das klingt aber nach weit mehr als nur ein paar Vermissten.«

Der HÖCHSTE nickte düster. »Wenn es nach mir ginge, würde das Tribunal die VIERTE ihres Amtes entheben und ein Aufgebot nach Drytor schicken. Aber du weißt ja selbst, wie alle auf ihre Eigenständigkeit pochen. Die Mehrheit des Städtebundes will keinen Präzedenzfall schaffen, deshalb sind mir die Hände gebunden. Umso erfreuter war ich, dass Bol'gar seine guten verwandtschaftlichen Kontakte spielen ließ und die VIERTE plötzlich nach Maddrax verlangte.«

Der Beobachter nickte fast schüchtern, als sein Einsatz erwähnt wurde. Kal'rag beachtete ihn gar nicht, sondern sprach weiter eindringlich auf Quart'ol ein.

»Da Mer'ol und du nicht aus Hykton stammt, wird die VIERTE hoffentlich keinen Verdacht schöpfen, wenn ihr Maddrax begleitet. Ihr drei müsst herausfinden, was in Drytor los ist, und mir sofort Bericht erstatten. Geht aber diskret vor! Offiziell wollt ihr nur helfen, das Wrack zu überprüfen!«

»Verstehe«, nickte Quart'ol aufgeregt. »Und falls wir erwischt werden, wirst du jede Kenntnisse unserer Gruppe und unseres Auftrags abstreiten.«

»Was?« Der HÖCHSTE machte ein verständnisloses Gesicht.

»*Mission Impossible*«, erklärte Matt. »Quart'ol bedient sich gerne bei meinen Erinnerungen an alte Fernsehserien.«

Der entgleisten Mimik seines Gegenübers nach zu urteilen fragte sich der HÖCHSTE momentan, ob er wirklich die Richtigen für diese wichtige Aufgabe ausgewählt hatte; sein Seufzen ließ aber darauf schließen, dass er gar keine andere Wahl hatte. Müde winkte er eine der Wachen heran, die sich in der Nähe bereit hielten. »Holen sie diesen Männer zwei Druckschallgewehre aus der Waffenkammer und geleiten Sie sie zu Transportröhre Fünf.«

Der Uniformierte wiederholte den Befehl und schwamm eilig davon. Matt sah ihm mit gemischten Gefühlen nach.

»Darf ich fragen, wer von uns dreien auf das Gewehr verzichten muss?«, erkundigte er sich zaghaft, obwohl er die Antwort natürlich längst kannte.

»Tut mir Leid, Maddrax«, erklärte der HÖCHSTE mit einem milden Lächeln. »Wir brauchen schon einen guten

Grund dafür, zwei bewaffnete Hydriten nach Drytor zu schicken. Und was klingt da wohl einleuchtender als die Bewachung eines gefährlichen Kiemenmenschen?«

Dykan, eine verlassene Stadt in der Tiefsee-Ebene

Sterblichkeit ist ein Geschenk der Götter.

Es bedurfte vier Seelenwanderungen, bis Quan'rill zu dieser Erkenntnis gelangte – und seit jenem schmerzhaften Tag fühlte er sich auf alle Ewigkeit verdammt. Was konnte das Leben einem Mann wie ihm noch bieten? Er hatte längst alles gesehen, alles erreicht und alles wieder verloren. Was ihm am Ende noch blieb, war nur das Wissen, sein Volk ins Unglück gestürzt zu haben.

Die Gabe der Seelenwanderung – des Quan'rill, wie er es einst in einem Anfall von Anmaßung nennen ließ – hatten nach ihm noch viele Hydriten erreicht, doch längst nicht alle. Sein Volk, das Ei'dons Prüfungen stets durch gemeinsame Anstrengungen überstanden hatte, war plötzlich gespalten. In wenige, die Weisheit und Ämter in immer neuen, jungen Körpern anhäuften, und viele, die immer unzufriedener wurden, weil sie den Eindruck hatten, von einer eingeschworenen Kaste sich gottgleich fühlender Quan'rills beherrscht zu werden.

Ja, einst stand sein Name für einen neuen Schritt auf der Evolutionsleiter, die sein Volk erklimmen wollte. Doch inzwischen war es zu einem Schimpfwort verkommen, das benutzt wurde, wenn es um das Machtgeflecht der ewig Lebenden und ihrer Kiemenpicker ging.

Darum hatte sich Quan'rill in die verlassene Tiefseestadt zurückgezogen, in der er einst seine geliebte Nol'rill verloren hatte. Hier sehnte er sich nach dem langen Schlaf, der ihn von allen Sünden befreite. Hier wollte er warten, bis seine von Alter und Gram gebeugte

Hülle die Funktionen einstellte und ihm die Gnade der Sterblichkeit zuteil werden ließ. Das war weitaus mehr, als ihm der neue Klon bieten konnte, der im Hydrosseum von Hykton heranwuchs.

Doch auch hier in der finsteren Abgeschiedenheit war ihm kein Frieden vergönnt. Er waren seine mentalen Fähigkeiten, die sich in den letzten 350 Rotationen kontinuierlich weiterentwickelt hatten, die ihn nicht zur Ruhe kommen ließen. Ob er wollte oder nicht, er *spürte* die Rufe der Hydriten. Ihre Wünsche, Gefühle und Emotionen. Ein vielstimmiger Chor, der in seinem Kopf tobte, sobald er seine geistigen Fühler ausstreckte.

Doch seit einigen Tagen gab es einen dunklen Missklang, der ihm Unbehagen bereitete. Es war, als ob plötzlich ein großes Unheil im Ozean lauerte, das einem Kraken gleich die Fangarme nach dem friedliebenden Volk ausstreckte.

Schließlich hielt Quan'rill die Ungewissheit nicht mehr aus. Obwohl sein Körper kaum noch genügend Kraft besaß, um aus dem verfallenen Hydrosseum zu schwimmen, schickte er seinen Geist auf eine lange, anstrengende Reise. Er spürte den abstoßenden Schwingungen nach, die ihm auf eine merkwürdige Weise vertraut schienen. Immer weiter stieg er in die Höhe, während sein Leib in einem apathischen Zustand zurückblieb.

Es dauerte unendlich lange, bis er eine Spur fand, der er folgen konnte. Und als er endlich ans Ziel gelangte, wurden seine schlimmsten Befürchtungen noch übertroffen. Das, was er sah, war so schrecklich, das er sich wünschte, nie danach geforscht zu haben.

Das ist Ei'dons Strafe für unseren Frevel, den wir in seinen Namen begingen, durchzuckte es ihn. Einige schmerzhafte Schläge lang setzte sein Herz aus und er musste zurück in seinen Körper, der schon viel zu schwach war, um die Anstrengungen einer langen Seelenreise auf sich zu nehmen.

Keuchend krümmte sich Quan'rill zusammen, wälzte sich auf dem Lager aus Seeanemonen hin und her, kämpfte ums nackte Überleben. Er befand sich in einem Zustand äußerster Hilflosigkeit, genau zu dem Zeitpunkt, an dem das Volk der Hydriten ihn am nötigsten gebraucht hätte …

Hykton, Labor der Beobachter

Eine Armada festgesaugter Dornenfische säumte Lorg'das Schulterblätter wie ein zuckendes Geschwür, das kurz vor dem Platzen stand, während Bel'ar widerwillig die Messdaten von den farbigen Stacheln ablas. Es war nicht der lebende Buckel, der sie von ihrem Patienten abstieß, sondern sein forsches, geradezu aggressives Auftreten und die anmaßenden Blicke, die er ihr zuwarf. Die Beobachterin war es gewohnt, mit ihrer großen Oberweite für Aufsehen zu sorgen – selbst Maddrax starrte ihr öfter darauf –, doch die Art, wie Lorg'da ihren Körper fixierte, trieb ihr eisige Schauer über den Rücken.

»Und?«, fragte der Drytorer wohl schon zum zwanzigsten Mal. »Haben Sie etwas Ungewöhnliches gefunden?«

Seine zunehmende Ungeduld war ein weiterer Punkt, der Bel'ar missfiel. Nicht nur weil sie seine ständigen Fragen als unhöflich empfand, sondern weil ihr die Messfische signalisierten, dass es eine körperliche Ursache für sein nervöses Verhalten gab. Doch je länger sie Lorg'da untersuchte, desto widersprüchlicher wurden die Daten, die sie an den farbigen Dornen der Doktorfische ablesen konnte. Als ob der Patient einem rapiden Verfall ausgesetzt wäre, der seinen ganzen Organismus in Aufruhr versetzte. Eine Zeit lang glaubte Bel'ar Nahrungsmangel als Ursache lokalisiert zu haben, doch im Labor schwebte genügend Plankton, um eine ganze Beobachtergruppe satt werden zu lassen. Essstörungen ließen sich ebenfalls nicht ausmachen, und bevor sie diese absurde Idee weiter verfolgen konnte, warfen neue Messdaten ihre Theorie wieder völlig über den Haufen.

»Verdammt, jetzt reicht es mir endgültig«, begehrte Lorg'da plötzlich auf. Mit einer blitzschnellen Drehung wand er sich unter ihr fort und paddelte außer Reichweite. »Ich bin nach Hykton gekommen, um Hilfe für unsere Vermissten zu holen, und nicht, um auf alle Ewigkeit in diesem Labor festzuhängen.«

Wütend griff er in seinen Nacken und löste die Saugnäpfe der Doktorfische. Bel'ar ließ ihn gewähren. Sie hatte sich längst damit abgefunden, dass sie mit der Standardausstattung nicht weiterkam. Die heftige Reaktion ihres Patienten war dafür umso aufschlussreicher.

»Gibt es einen besonderen Grund für Ihr aggressives Verhalten?«, erkundigte sie sich in sachlichem Ton.

»Allerdings!«, fuhr Lorg'da sie an. »Drei Mitglieder meiner Familie werden vermisst! Statt sie zu suchen, muss ich mich hier wie ein Aussätziger behandeln lassen. Das gefällt mir nicht!«

Seine Antwort klang im ersten Moment überzeugend, doch Bel'ars geschulter Beobachtungsgabe entging nicht, dass ihr Lorg'da etwas verheimlichte.

»Was erwarten Sie jetzt von mir?«, fragte sie betont freundlich. »Ich habe nicht die Macht, Sie in Ihre Heimatstadt zu entlassen.«

»Ich will einfach nur raus«, forderte Lorg'da mit mühsam unterdrücktem Zorn. »Ich brauche etwas Zeit für mich allein, dann beruhigen sich meine Nerven wieder.«

»Eine kurze Pause ist vielleicht keine schlechte Idee«, stimmte Bel'ar zu. »Drehen Sie eine Runde durch unseren Korallenpark, der hat bisher noch jedem Besucher gefallen.«

Lorg'da sah die Beobachterin ungläubig an, als könnte er erst nicht fassen, dass sie ihn wirklich gehen ließ. Dann spalteten sich seine Lippen zu einem zufriedenen Lächeln. »Na also, du bist doch gar nicht so biestig, wie es die ganze Zeit den Anschein hatte.«

Ehe ihn Bel'ar vom Gegenteil überzeugen konnte, schwamm er auf das Durchgangsschott zu. Sie hielt ihn nicht auf. Eine alte Beobachterregel besagte, dass ein Objekt sich immer dann ganz natürlich verhielt, wenn es sich *nicht* beobachtet fühlte. Dies schien genau der richtige Umgang mit Lorg'da zu sein. Regungslos verharrte Bel'ar in der Mitte des Raumes, während er in den Gang hinaus schwamm. Sobald das Schott wieder geschlossen war, explodierte sie aber förmlich vor Bewegung.

Mit kräftigen Schwimmstößen jagte sie zur Ausrüstungsecke und nahm einen der Schockstäbe an sich. Normalerweise war ihr jede Bewaffnung zuwider, doch die Erfahrung lehrte, dass es besser war, sich nicht wehrlos an eine Verfolgung zu machen. Die Schalldruckgewehre, die seit Nag'ors Verschwinden zur Standardausrüstung der Beobachter gehörten, würdigte sie allerdings keines Blickes. Sie waren zweifellos zu auffällig für ihr Vorhaben.

Als sie das Labor verließ, kam ihr gerade Bol'gar entgegen. Sein leuchtender Flossenkamm signalisierte deutlich, dass er ihr etwas Wichtiges mitteilen wollte.

»Später«, fertigte Bel'ar ihn ab. Sie hatte keine Zeit für lange Erklärungen, denn ihr Zielobjekt war schon ins

Erdgeschoss verschwunden. Ohne sich um Bol'gars verwunderte Rufe zu kümmern, nahm sie die Verfolgung auf.

Lorg'da tauchte wie von Haien gehetzt durch die Eingangshalle. Die Wächter am Hauptportal sahen ihm zwar verwundert hinterher, als er grußlos an ihnen vorbei schoss und in einem eleganten Bogen hinter der Kuppel des nächsten Gebäudes verschwand, doch sie hatten keinen Grund misstrauisch zu werden. Es war ihre Aufgabe, Unbefugte am Betreten des Hydrosseums zu hindern, nicht, eilige Reisende aufzuhalten.

Lorg'da schlug einige Haken zwischen den Wohneinheiten und jagte, dicht über dem Meeresboden, aus der Stadt hinaus. In regelmäßigen Abständen kreiselte er auf den Rücken, um zu überprüfen, ob ihm jemand folgte. Er traute der verdammten Beobachterin, die ihn untersucht hatte, nicht über den Weg. Sein Blick wanderte konzentriert über die Kuppeldächer, doch er konnte Bel'ar nirgendwo entdecken.

Er hatte sie abgehängt.

Obwohl sich Erleichterung in ihm breit machte, klopfte sein Herz weiterhin bis zu den Kiemen. Die *Gier*, die in seinen Adern tobte, ließ sich nicht länger unterdrücken. Wenn Lorg'da geahnt hätte, wie schwer es war, sich auf Dauer zu verstellen, wäre er nie ins Lager des *Feindes* geschlichen. Die vorgetäuschte Gelassenheit, die nicht mehr seinem Wesen entsprach, hatte ihn fast rasend gemacht. Es war höchste Zeit gewesen, aus dem Labor zu verschwinden – bevor die Gier in ihm die Oberhand gewann. Der *Hunger* wurde zum alles beherrschenden Gefühl. Es war wie ein Rausch, der seinen klaren Verstand ausschaltete.

Eine Sucht, die gestillt werden musste.

Hunger!

Vorsichtig blickte er sich in dem Algenwald um, den er durchquerte. Zwischen dem Grün blitzte ab und zu das Kuppeldach des Hydrosseums auf, sonst war nichts mehr von Hykton zu sehen. Um ihn herum schimmerten unzählige bunte Wasserpflanzen, die das ideale Terrain für Fische aller Art bildeten.

Lorg'da verbarg sich hinter einem grau verkrusteten Felsen und beobachtete einen Goldmakrelenschwarm, der vorüber zog. Jagdfieber stieg in ihm auf, doch so nahe an der Stadt musste er sich unauffällig verhalten.

Eine der Makrelen schwamm arglos näher.

Hunger!

Ihr gelb gefärbter Bauch glänzte im Oberflächenlicht, während sie mit dem Maul gegen Lorg'das Brust stupste, um Planktonreste von seinen Schuppen zu putzen.

HUNGER!

Blitzschnell packte der Hydrit zu. Seine Flossenhände schlossen sich um die zappelnde Makrele und stopften sie ins Maul, bevor sie ihm wieder entschlüpfen konnte. Die scharfen Zahnreihen schnappten zusammen und trennten den Fischleib in zwei Hälften. Der Geschmack von Blut breitete sich auf seiner Zunge aus. Die quälende Unruhe, die in ihm tobte, wurde augenblicklich gedämpft. Dies war der schönste Augenblick, wenn sich jede Faser seines Körpers in Vorfreude des kommenden Genusses entspannte. Es war ein Moment des Rausches, nur mit dem Höhepunkt einer körperlichen Vereinigung vergleichbar.

Unwillkürlich musste Lorg'da an die riesigen *Muscheln* der Beobachterin denken. Kein Zweifel, seit er sich den Lehren des Mar'os zugewandt hatte, war seine Libido stark angestiegen.

Zufrieden schlang er die Makrele hinunter.

Nur noch die Schwanzflosse ragte aus seinem Maul, als ihn lauter Flossenschlag herumwirbeln ließ. Entsetzt starrte er auf Bel'ar, die nur wenige Körperlängen von ihm entfernt über den Algenspitzen schwebte. Mit einem saugenden Geräusch ließ er den Rest der Goldmakrele verschwinden, doch es war zu spät.

Die Beobachterin hatte längst gesehen, was vorgefallen war.

»Bei Ei'don«, keuchte sie. »Was ist nur in Sie gefahren?«

Lorg'da grinste höhnisch, obwohl er das metallische Glitzern in ihrer Linken bemerkte. Er hatte keine Angst vor dem Schockstab. Das war nur eine Waffe für schwächliche Ei'don-Jünger, doch in seinen Armen pulsierte die Kraft des Mar'os!

»Kommen Sie mit mir zurück ins Labor«, forderte die Beobachterin. »Es gibt Mittel und Wege, um Ihnen zu helfen.«

»Ach, wirklich?«, kicherte Lorg'da, ohne die geringsten Anstalten zu machen, sich von der Stelle zu rühren. »Und was ist, wenn ich mich so gut fühle wie noch nie zuvor in meinem Leben?«

Bel'ar fasste den Schockstab fester. »Notfalls wende ich Gewalt an«, drohte sie.

Lorg'da ließ sich davon nicht einschüchtern, sondern machte eine auffordernde Geste, es mit ihm aufzunehmen. Bel'ar wurde klar, dass sie um einen Kampf nicht herum kam, auch wenn das ihrem friedlichen Naturell widersprach. Die nüchterne Wissenschaftlerin in ihr erkannte jedoch die Notwendigkeit der Tat.

Kaum hatte sie ihren Entschluss gefasst, stieß sie auch schon auf den Frevler hinab. Den Schockstab weit vorgestreckt, wollte sie ihm mit einer schnellen Entladung das Bewusstsein rauben.

Auf diese Attacke hatte Lorg'da nur gewartet.

Statt auszuweichen, stieß er sich blitzschnell von dem hinter ihm liegenden Stein ab und warf sich Bel'ar kraftvoll entgegen. In einem geschmeidigen Manöver glitt er über sie hinweg und packte ihre Hand mit dem Schockstab.

Mit einem brutalen Ruck verdrehte er ihr Gelenk, um sie zu entwaffnen. Bel'ar schrie auf, ließ jedoch nicht los. Mit schnellen Flossenschlägen wirbelte sie in die Höhe, bis sie auf gleicher Höhe mit Lorg'da lag. Verbissen versuchte sie, ihn mit dem Schockstab zu berühren, doch er konnte ihren Arm immer wieder zur Seite drehen.

Blauweiße Funken tanzen vor seinem Gesicht, leckten mit den Spitzen nach Maul und Kiemen, doch es schien ihm nichts auszumachen. Furchtlos packte er Bel'ars Hals, um ihr die Luft abzuschüren. Bel'ar fing den tödlichen Griff mit der freien Flossenhand ab und stemmte sich mit aller Kraft dagegen.

Die beiden Hydriten führten einen bizarren Tanz auf, während sie heftig miteinander rangen. Der entstehende Wasserwirbel drückte die umliegenden Pflanzen zu Boden, doch es zeigte sich schnell, dass Lorg'da die Oberhand gewann. Seinen kräftigen Armen war die Hydritin nicht gewachsen und ihr Schockstab erwies sich als nutzlos. Sie musste sich schleunigst etwas anderes einfallen lassen.

Verzweifelt zog sie die Knie gegen ihren wogenden Busen und drehte sich in den Gegner hinein. Mit einem harten Tritt rammte sie ihm die Fersen in den Brustkorb und drückte ihre Beine durch.

Der Kraft ihrer Beinmuskeln hatte Lorg'da nichts entgegenzusetzen. Seine Flossenhände verloren den Halt auf ihren Schuppen und sie entglitt seinem harten Griff.

Der Schwung ihrer Attacke schleuderte Lorg'da davon, aber er trieb auch Bel'ar zur Seite und ließ sie gegen den Stein prallen. Für Sekunden war sie benommen. Als sie wieder klar sehen konnte, war Lorg'da schon wieder über ihr. Verschwommen erkannte sie, dass er unter seinen Bauchpanzer griff und einen Zwillingsdolch hervorzog.

Sie wollte den Angriff noch mit dem Schockstab abwehren, da vollführte die Klinge bereits eine blitzartige, halbkreisförmige Bewegung, schnitt in die schuppige Haut ihres Armes und hinterließ eine tiefe klaffende Wunde. Bel'ar spürte keinen Schmerz, als sie die rosa Wolke aufsteigen sah, doch der Schockstab glitt aus ihren tauben Fingern.

Der Beobachterin blieb keine Zeit, den aufsteigenden Schmerz zu spüren, denn ihr Handeln wurde nun vom nackten Überlebensinstinkt bestimmt. Ohne einen überflüssigen Gedanken an die Aussichtslosigkeit ihrer Lage zu verschwenden warf sie sich herum und schwamm davon.

Nur weg von hier!

Sie kam keine zwei Flossenschläge weit.

Mit einem animalischen Laut stürzte sich Lorg'da von hinten auf sie, packte sie am Flossenkamm und riss ihren Kopf zurück. Voller Panik wollte sie sich aus seinem Griff winden, aber er schlang bereits seine Beine von hinten um ihren Leib und ließ sich nicht mehr abschütteln. Die Fußflossen ineinander verhakt, quetschte er ihre Nieren brutal zusammen.

Bel'ar stöhnte vor Schmerz. Ihr Widerstand brach. Sie hatte nicht einmal mehr die Kraft, den Arm zu heben, als die Doppelklinge vor ihrer Kehle aufblitzte.

Sie konnte nur noch schreien . . .

Der Schall ihrer Hilferufe dröhnte nur wenige Meter

durchs Wasser, dann wurde er von einem tosenden Rauschen überdeckt, das wie Gewitterdonner zu ihnen herab rollte. Eine brodelnde Masse aus kochendem weißen Schaum jagte in einer geraden Linie auf sie zu und fegte Lorg'da von ihrem Rücken. Der punktgenaue Einschlag traf den Hydriten so hart, dass er weit zurück geschleudert wurde und mit dem Kopf hart gegen den grauen Fels prallte.

Sein Körper erschlaffte. Haltlos sank er langsam auf den Meeresgrund hinab.

Ehe Bel'ar richtig begriff, was geschehen war, tauchte Bol'gar zu ihr herab. In seinen Armen hielt er das Schalldruckgewehr, mit dem er auf seinen Cousin gefeuert hatte.

»Alles in Ordnung mit dir?«, erkundigte er sich besorgt.

Bel'ar presste die linke Handflosse auf ihre Schnittwunde. »Ist nicht so schlimm«, versicherte sie, obwohl Blutschwaden zwischen den Schwimmhäuten hervor quollen. »Du bist gerade im richtigen Moment gekommen.«

»Ich verstehe überhaupt nicht, was in meinen Cousin gefahren ist«, jammerte Bol'gar, als fühlte er sich für dessen Handlungen mit schuldig. »Er ist sonst ein friedliebender Hydrit, wie ihn sich Ei'don nur wünschen kann.«

Bel'ar wollte ihren Kollegen gerade über den frevlerischen Fischgenuss aufklären, als sein Schrei sie zusammenzucken ließ. Erst konnte sie sich Bol'gars Reaktion nicht erklären, aber als sie seinem Blick folgte, stieß sie auf den Grund des Entsetzens.

Unter ihnen trieb Lorg'da regungslos zwischen den Algen. Sein Hinterkopf wirkte seltsam deformiert, als hätte jemand ein Stück davon abgetrennt. Nicht ein Tropfen Blut sickerte hervor, trotzdem gab es keinen Zweifel – er war tot.

»Das … das darf doch nicht sein!« Bol'gar starrte entsetzt auf das Gewehr in seinen Händen. »Ich wollte doch nur verhindern, dass er dir etwas antut.«

Transportröhre 5, Hykton – Drytor

Matt vermochte nicht genau einschätzen, wie lange sie schon unter dem Meeresgrund entlang sausten, aber obwohl es ihm wie eine Ewigkeit vorkam, dass sie die Station im Hydrosseum verlassen hatten, konnten sie höchstens eine Stunde unterwegs sein. Das Gefährt, das er sich mit den Hydriten teilte, ähnelte dem, welches er schon vor der englischen Küste benutzt hatte*.

Auf dem ersten Blick wirkte die Gondel wie eine lebende Qualle, die den ganzen Durchmesser der Röhre mit ihrer fließenden Körperform ausfüllte. Im Inneren der wabbelnden Masse befand sich aber ein bequemer Hohlraum, in dem bis zu acht Passagiere Platz fanden.

Rasend schnell glitten sie durch die Röhre. Obwohl keine Beschleunigung zu spüren war, hatten sich glitschige Tentakel wie Haltegurte um ihre Leiber geschlungen, genau so, wie Matt es schon bei dem Ritt auf einem Man'tan erlebt hatte.

Die beiden Hydriten, die ihm gegenüber saßen, hielten futuristisch anmutende Sturmgewehre in den Händen. Wenn er Quart'ol richtig verstanden hatte, verschossen diese Waffen jedoch keine Projektile, sondern punktgenaue Schallwellen, die das Wasser wie eine Bugwelle vor sich her trieben und mit großer Wucht gegen das Ziel schleuderten.

Richtig eingesetzt, konnte so ein Gegner ausgeschaltet werden, ohne ihm dauerhaften Schaden zuzufügen. Eine

---

* siehe Taschenbuch 4, Roman 4 »Zug der Verlorenen«

klassische Defensivwaffe, wie sie dem friedlichen Wesen der Hydriten entsprach – bei voller Leistung konnte sie aber auch tödlich wirken. Darum wurde sie nur im Notfall eingesetzt.

Den beiden Wissenschaftlern schien ihr militärisches Auftreten überhaupt nicht zu behagen. Seit Fahrtantritt hüllten sie sich in Schweigen, als ob sie ein dunkles Geheimnis teilten, das durch eine unbedachte Äußerung ans Tageslicht geraten könnte

Matt hing ebenfalls seinen Gedanken nach, die sich immer wieder um den selben Punkt drehten. Nach sorgfältigem Abwägen brachte er endlich zur Sprache, was ihn quälte. Mer'ols Anwesenheit störte ihn zwar bei diesem privaten Thema, doch er hielt die Ungewissheit einfach nicht länger aus.

»Diese Transportröhren«, wandte er sich an Quart'ol, »verbinden doch Ost- und Westküste des Atlantiks miteinander?« Das war nur eine logische Schlussfolgerung. Anders hätte Mer'ol niemals so schnell nach Hykton gelangen können, als die hiesigen Hydriten herausfanden, dass Matt ein Seelenträger war.

»So ist es«, bestätigte Quart'ol. Sehr zum Missfallen seines Kollegen, der ihm prompt einen warnenden Blick zuwarf. Jede überflüssige Information, die ein Mensch über die Hydriten erhielt, konnte schließlich das Risiko für ihr Volk erhöhen.

Matt ignorierte Mer'ols ablehnende Haltung und fragte gerade heraus: »Gibt es eine Möglichkeit, mich in diesen Röhren zurück zur englischen Küste zu transportieren?«

Quart'ol runzelte seine schuppige Stirn. »Sicher. Ich frage mich nur, was du dort willst?«

Matt rollte mit den Augen. »Das weißt du ganz genau.«

»Aruula?«

Matt nickte traurig. »Ich frage mich jeden Tag, ob sie vielleicht noch lebt und meine Hilfe braucht. Bisher gab es keine realistische Möglichkeit, diese riesige Distanz erneut zu überwinden, außerdem musste ich mit den amerikanischen Communities Kontakt aufnehmen. Das ist jetzt erledigt und mich zieht eigentlich nichts zu General Crow und seinen Schergen zurück. Wenn ihr mir also eine Passage nach Europa gewährt, könnte ich vielleicht ...«

Matt brach ab, denn er wusste, wie vage seine Wunschvorstellungen waren. Selbst wenn er nach Plymouth zurückkehrte, tendierte die Chance, Aruula jemals wieder zu sehen, gegen Null. Trotzdem wollte er es versuchen, wenn sich ihm die Möglichkeit dazu bot. Doch dazu musste er den Hohen Rat der Hydriten erst einmal davon überzeugen, ihn *überhaupt* wieder an die Oberfläche zurückzulassen!

»Du liebst sie wohl sehr?«, riss ihn Quart'ol aus den Gedanken.

Mer'ol starrte dagegen stur auf sein Schallgewehr, als würde ihn der Gesprächsverlauf peinlich berühren. Matt ignorierte diese Reaktion.

»Ja«, gestand er ehrlich. »Auch wenn sie wahrscheinlich längst tot ist, ich liebe Aruula mehr als jede andere Frau in meinem Leben.«

Quart'ol nickte, doch seine Worte sprachen der verständnisvollen Geste Hohn. »Du hast eine sehr merkwürdige Weise, deine Liebe zu zeigen, Maddrax – selbst für einen Menschen.«

Ein eisiger Hauch fuhr durch Matts Glieder. Er wusste genau, dass der Hydrit auf seine Nächte mit Rhian und Dayna anspielte. Es war schließlich nicht seine erste Bemerkung dieser Art.

»Du hast kein Recht, so über mich zu urteilen«, begehrte er auf.

Quart'ol hob seine Hände in einer abwehrenden Geste. »Ich will dir hier keine moralischen Vorhaltungen machen«, erklärte er sachlich. »Mir geht es einzig und allein um dich, *Matthew.*« Zum ersten Mal nannte er ihn beim richtigen Vornamen. »Ich kenne dich besser als jeder menschliche Freund, den du je hattest«, fuhr der Hydrit fort. »Vielleicht sogar besser als du dich selbst. Ich kenne nicht nur deine Gefühle, sondern kann sie auch aus neutraler Sicht beurteilen.«

Der Hydrit machte eine Pause, als wollte er seinem Freund die Chance geben, das Gespräch abzubrechen. Matt schwieg, obwohl er sich vor dem fürchtete, was Quart'ol ihm sagen mochte. Andererseits wollte er nicht die Chance verpassen, zur Klärung seines Gefühlschaos beizutragen.

»Du warst schon immer eher ein Mann der Tat statt vieler Worte«, erklärte Quart'ol sanft. »Das ist gut für einen Air Force Piloten, Matt, aber schlecht für die innere Balance. Gegen ein knisterndes Abenteuer ist aus meiner Sicht nichts einzuwenden. Aber wenn du damit deine wahren Gefühle betäubst, statt sie zu verarbeiten, betrügst du dich am Ende nur selbst. Und der schale Geschmack, der danach bleibt, macht alles nur noch schlimmer.«

Matt hatte plötzlich das Gefühl, in einen Spiegel zu sehen. Dass er dort eine hässliche Fratze erblickte, lag nicht an Quart'ols Fischgesicht, sondern an seinen Worten, die genau ins Schwarze trafen. Schließlich waren es Matts eigene, innerste Gedanken, die zum ersten Mal laut ausgesprochen wurden.

»Vermutlich hast du dich deshalb so gut mit Aruula verstanden«, grinste Quart'ol plötzlich. »Sie ist ja auch nicht gerade der nachdenkliche Typ.«

»Ist sie schon«, widersprach Matt. »Sie lässt es sich bloß nicht anmerken.«

Quart'ol nickte, als ob er nichts anderes gesagt hätte. »Wieder etwas, das ihr beiden gemein habt.«

Mer'ol stieß ein unwilliges Blubbern aus. »Du meine Güte, ist die Fahrt nicht bald zu Ende?«

Zum ersten Mal konnte Matt die Gefühle des mürrischen Hydriten nachvollziehen. Psychogesülze war ihm ebenfalls ein Gräuel, doch er konnte nicht leugnen, dass Quart'ols Worte eine reinigende Wirkung auf sein inneres Chaos hatten.

»Der Transport nach Europa«, erinnerte er den Hydriten an seine ursprüngliche Frage. »Siehst du da eine Chance für mich?«

Quart'ol wiegte den Kopf, als müsse er jedes weitere Wort abwägen. »*Falls* du irgendwann an die Oberfläche zurückkehren darfst, sollte es wohl egal sein, an welcher Stelle des Meeres wir dich an Land schaffen«, erklärte er schließlich gönnerhaft.

Angesichts seiner bescheidenen Lage war das für Matt schon so etwas wie ein Silberstreif am Horizont.

Kurz darauf verringerte sich die Geschwindigkeit des Quallengeschöpfes spürbar. Es vergingen noch zwei Minuten, in denen sie kontinuierlich langsamer wurden, dann stoppten sie mit einem leichten Ruck. Die Tentakel um ihren Leib gaben sie frei. Mit einem saugendem Geräusch bildete sich in dem Quallenkörper eine kreisrunde Öffnung, durch die sie empor tauchen konnten. Kaum waren sie draußen, zog sich der *Schließmuskel* wieder zusammen und die Gondel ging in Warteposition.

Die Eingangshalle erwies sich als eine exakte Kopie des Hydrosseums von Hykton, doch die hiesigen Wachen benahmen sich wesentlich aggressiver. Innerhalb von Sekunden bildeten sie einen engen Ring um

Matt und seine Begleiter, die plötzlich in ein Dutzend Harpunenläufe blickten.

»Waffen runter, Hyktoner«, verlangte ein Hydrit mit hageren Zügen, der offensichtlich die Befehlsgewalt besaß. Neben seinem perlenbesetztem Schulterpanzer und dem grünen Lendentuch trug er einen Dolch mit Doppelklinge am Gürtel. Ein fast anachronistischer Anblick angesichts der modernen Harpune in seinen Händen.

Wie gefährlich diese primitive Waffe trotzdem war, bewies ein frisch verheilter Schnitt an seinem Oberarm. Auch die anderen Wachen trugen die eine oder andere Blessur zur Schau.

Quart'ol und Mer'ol tauschten einen kurzen aber vielsagenden Blick aus, den nur Matt registrierte. Sie schienen nicht verwundert über den harschen Empfang zu sein, trotzdem weigerten sie sich standhaft, ihre Waffen herauszugeben. Es entstand ein heftiger Disput, in dem sie darauf beharrten, ihren Gefangenen persönlich zu bewachen. Als sie sogar damit drohten, auf der Stelle heimzukehren, gaben die Drytorer schließlich nach.

Dicht umringt von den Wachen ging es in Richtung Ratssaal.

Matt fühlte ein dumpfes Pochen in der Magengegend, während er in dem Pulk mit schwamm. Es war nicht nur das aggressive Auftreten der Wachen, das bei ihm ein warnendes Kribbeln auslöste, sondern auch der seltsam öde Anblick des Hydrosseums. Es dauerte einige Zeit, bis er erkannte, was ihn schon die ganze Zeit unbewusst störte.

Im Gegensatz zu Hykton war hier nirgendwo der kleinste Fisch zu sehen! Die Eingangshalle wirkte so leergefegt wie die Innenstadt von Riverside an Thanksgiving. Nur ein paar dichte Planktonschleier zogen vorüber.

Irgendetwas stimmte hier nicht. Matt schauderte. Plötzlich hatte er das Gefühl, in eine Falle getappt zu sein.

Versammlungssaal des HydRats der Stadt Drytor

Tir'za blickte durch ein Bullauge hinaus auf die leblose Stadt. Ein Anblick, der die VIERTE erfreute. Nie zuvor hatte sie sich so klar und überlegen gefühlt. Die Zeit der Selbstzweifel war vorbei. All die Rotationen, in denen sie nach Aufstieg und Weiterentwicklung gestrebt hatte, waren genauso unbedeutend wie ihr schmähliches Scheitern!

So manche schlaflose Nacht hatte sie sich gefragt, warum ihr das Mysterium des Quan'rill verschlossen blieb, obwohl sie sich mit jeder Faser ihres Leibes darum bemühte, die neue Bewusstseinsebene zu erreichen.

Warum hat mich Ei'don nur verstoßen?, hatte sie sich immer wieder gefragt. Andere Hydriten ihres Alters waren längst in den Kreis der Privilegierten vorgestoßen, die über die Städte in Allatis, Posedis und Maaris herrschten.

Sterblich und OBERSTE im HydRat, VIERTE im Bund der Neun Städte, damit war sie fast schon ein Anachronismus. Die Seelenwanderer lauerten nur auf den Tag, an dem ihr Leib in der großen Tiefe verrottete, damit endlich einer von ihnen ihre Stelle einnehmen konnte.

Tir'za hatte sich längst mit diesem Dilemma abgefunden gehabt, als Mar'os' reinigendes Strafgericht auf Drytor niederfuhr! Innerhalb von zwei Atemzügen siechten die Alten und Schwachen danieder, während sich die ganze Stadt in eine riesige Arena verwandelte, in der die Hydriten zum Ruhme des dunklen Kriegsgottes miteinander rangen.

Die VIERTE blickte stolz auf die Blessuren, die sie selbst davon getragen hatte. Auch über sie war ohne Vorwarnung die Mordlust hereingebrochen, und sie hatte sich gut geschlagen.

Als die Überlebenden der Schlacht wieder aus ihrem Blutrausch erwachten und feststellten, dass sie das Fleisch der Verlierer gegessen hatten, gab es nicht einen von ihnen, der falsche Scham verspürte. Ihre animalischen Instinkte, die sie so lange unterdrückt hatten, bestimmten plötzlich wieder ihr Leben. So streiften sie die Fesseln der Zivilisation ab und huldigten Mar'os, der ihnen die Erleuchtung brachte.

Doch sie mussten sich vor den Hydriten der anderen Städte hüten, die sie für Frevler halten würden. Seit *Ei'dons neuem Weg* waren Mar'os' Jünger immer wieder gnadenlos verfolgt worden. Die einzige Chance, der Übermacht zu widerstehen, bestand in der Ausweitung ihres Kultes, doch bisher schienen sie die einzigen zu sein, die der Atem des alten Gottes gestreift hatte.

Dumpfer Flossenschlag riss Tir'za aus ihren Gedanken.

Es war Hauptmann Goz'anga von der Palastwache, der sich furchtlos näherte. Seine alte Unterwürfigkeit, mit der er sich früher bei ihr einschmeicheln wollte, hatte er seit seiner Veränderung abgelegt. Das gefiel ihr. Genauso wie sein muskulöser Körper und der hohe, kräftig leuchtende Flossenkamm. Aber für solche Gedanken war nicht die rechte Zeit, denn er kündigte die Abordnung aus Hykton an.

Die VIERTE entblößte ihre scharfen Zähne zu einem bizarren Grinsen. »Führt sie herein«, befahl sie erfreut.

Dieser Maddrax, von dem zurzeit alle Hydriten redeten, war der Schlüssel zum Geheimnis, dessen war sie sich gewiss. Schließlich befolgte kein anderes Volk die

Lehren des Mar'os so getreu wie die Menschen. Maddrax musste der Sendbote sein, der sie auf den rechten Weg führen sollte.

Das Bodenschott öffnete sich und spie die Besucher aus.

Der Kiemenmensch war wirklich so abstoßend hässlich, wie man ihn beschrieben hatte. Unnatürlich groß, helle schuppenlose Haut, und statt eines stolzen Flossenkamms wuchs ihm nur welkes Gestrüpp auf dem Kopf. Tir'za schauderte bei dem Anblick, doch sie unterdrückte eine sichtbare Reaktion. Äußerlich musste sie sich wie eine Jüngerin Ei'dons geben, denn noch brauchte sie die Unterstützung dieses ... Monsters.

Maddrax wurde von zwei bewaffneten Hydriten begleitet, die sich nicht mal ein Blinzeln gestatteten, aus Angst ihn aus den Augen zu verlieren. Einer von ihnen war der Klon von Quart'ol, den sie aus früheren Konferenzen der Allatis-Konförderation kannte. Ein typischer Ei'don-Jünger, der sich vor allem fürchtete, was animalisch war. Er würde den Aufbruch in die neue Zeit sicher nicht überleben.

Die VIERTE breitete ihre Arme in einer theatralischen Geste aus, um die Gäste willkommen zu heißen. »Verzeiht die große Vorsicht«, entschuldigte sie sich mit Blick auf den engen Ring, den ihre Palastwache um die Neuankömmlinge schloss. »Ein dunkler Schatten liegt über Drytor. In den letzten Tagen kam es zu Ausschreitungen, weil die Vermisstenfälle noch immer nicht geklärt sind. Wir mussten den Ausnahmezustand verhängen.«

Der Kiemenmensch, der sich Maddrax nannte, nickte verstehend. »Sie glauben, dass es mit einem Schiffswrack aus meiner Zeit zu tun hat?«, erkundigte er sich.

»Es wurde erst kurz zuvor durch einem Erdrutsch freigelegt«, antwortete die VIERTE. »Die zeitliche Übereinstimmung lässt einen Zusammenhang vermuten.« *Das Zeichen des Mar'os ist unübersehbar,* fügte sie in Gedanken hinzu. *Er hat uns eine Botschaft in Form seiner Kriegsarche geschickt, und du wirst uns helfen, sie zu entschlüsseln!* Laut erklärte sie hingegen: »Einer unserer besten Späher wird euch zu der Stelle führen. Vielleicht entdeckt ihr etwas, das unsere Wissenschaftler übersehen haben.«

Maddrax und seine Begleiter versprachen, ihr Möglichstes zu tun. Was sollten sie auch sonst antworteten? Die VIERTE entließ sie mit einem gnädigen Winken ihrer Flossen. Sie war der Komödie, die sie spielen musste, langsam müde, denn sie verspürte längst wieder bohrenden Hunger in ihren Eingeweiden. In Kürze würden die Fischer mit ihrem Fang zurückkehren, bis dahin mussten die *Gäste* verschwunden sein.

Gleich nachdem die Drei durch das Bodenschott verschwunden waren, wandte Tir'za sich an Hauptmann Goz'anga. »Bleib mit deinen besten Männern dicht an ihnen dran. Sobald sie gefunden haben, was wir suchen, müssen die beiden Hydriten aus Ost-Allatis sterben!«

Matthew fröstelte, als sie mit dem Man'tan durch Drytor schwebten. Außer einigen bewaffneten Hydriten, die über den Kuppeldächern patrouillierten, wirkte die Stadt wie ausgestorben. Nicht mal die kleinste Makrele zog ihre Bahn durch das endlose Grün des Meeres, und das konnte wohl kaum auf die Ausgangssperre zurückzuführen sein. Man musste nicht über Aruulas telepathische Begabung verfügen, um zu spüren, dass hier etwas nicht stimmte.

Matts Versuche, ihrem Führer nähere Informationen über die Vorfälle der vergangenen Tage zu entlocken, scheiterten kläglich. Ayga'da erwies sich als mürrischer Knabe, der selbst Mer'ol in Sachen Unfreundlichkeit übertraf. Aber auch Quart'ol war seit seiner Ankunft überraschend wortkarg geworden. Irgendwie schien die tote Stadt einen unheiligen Einfluss auf *alle* Hydriten auszuüben.

Einmal mehr kam sich Matt wie ein Ausgestoßener vor, der unter den Fischwesen stets ein Fremder bleiben würde. Der bloße Gedanke, den Rest seines Leben in ihrer Mitte verbringen zu müssen, schnürte ihm die Brust ein. Schweigend lehnte er sich in die Sitzschale des Man'tan zurück, der Drytor mit wuchtigen Schwingenschlägen verließ.

Das Wasser umspülte Matts Gesicht wie eine seidige, streichelnde Hand, während sie über Algen und Seeanemonen hinweg segelten. Hinter Drytor fiel der Meeresboden schlagartig um zwanzig Meter ab. Selbst bei strahlendem Sonnenschein reichte das Oberflächenlicht nur noch für eine trübe Dämmerung, in der sich unheimliche Schatten ausbreiteten. Nach einer Viertelstunde erreichten sie den Kontinentalhang, von dessen Kante es steil in die Tiefe ging. Der Man'tan segelte schnurgerade am Abgrund entlang, bis Ayga'da plötzlich die Zügeln anzog und auf einen Punkt fünfzig Meter voraus deutete.

»Dort müssen wir hinunter«, erklärte er. »Das Wrack liegt auf einem Felsvorsprung, in der Dämmerzone. Besser, wir nehmen unsere Handlampen mit.«

Dabei zeigte er auf das Knorpelgestell, das aus der Wirbelsäule des Rochens empor wuchs. Darin waren vier Handlampen eingehängt, wie Matt sie schon aus der Begegnung in Washington kannte. Er nahm eine davon an sich und suchte den Schalter, mit der sie angeknipst wurde. Es dauerte eine Weile, bis er herausfand, dass er gleichzeitig mit vier Fingern in eine rippenförmige Vertiefung am Griff drücken musste.

Inzwischen schwebte der Man'tan über der anvisierten Stelle.

»Ihr beide seht euch unten um«, ordnete Quart'ol an. »Mer'ol und ich kreisen über euch, um notfalls eingreifen zu können.«

Ein spöttischer Glanz trat in Ayga'das Augen. »Ihr braucht keine Angst vor dem Wrack zu haben. Ich war schon mal drin. Dort gibt es nichts, was uns gefährlich werden könnte.«

»Unsere Aufgabe lautet, dem *Kiemenmenschen* jede Fluchtmöglichkeit zu nehmen«, entgegnete Quart'ol hart. »Von hier oben haben wir ihn gut im Blick.«

Matt war über die Reaktion seines Freundes verblüfft. Es passte nicht im Geringsten zu Quart'ol, sich einen spannenden Ausflug in die menschliche Vergangenheit entgehen zu lassen. Dass er Angst vor dem Wrack hatte, wie es Ayga'da unterstellte, hielt Matt für zweifelhaft.

Was ging also wirklich vor?

Quart'ols Gesicht blieb so verschlossen wie das Stadttor von Washington nach Einbruch der Dunkelheit. Die Freundlichkeit und Güte, die ihn sonst prägten, wirkten plötzlich wie weggewischt. Als ob Matt es nicht mehr mit demselben Hydriten zu tun hatte, mit dem er vor zwei Stunden aus Hykton aufgebrochen war.

Er hätte seinen Freund am liebsten nach dem Grund für sein seltsames Verhalten gefragt, doch Ayga'da wartete bereits ungeduldig. Matt blieb nichts anderes übrig, als seine Pflicht zu tun. Gemeinsam mit Ayga'da umrundete er die Schwingen des Man'tan und stieß in die Tiefe vor – begleitet von dem untrüglichen Gefühl, dass sich etwas *Gefährliches* über ihm zusammenbraute.

Mit kräftigen Flossenschlägen tauchte er Ayga'da hinterher. Der Hydrit hätte sich wohl auch ohne Handlampe zurechtgefunden, denn er steuerte zielsicher auf einen Felsvorsprung zu, der sich unter ihnen aus dem Zwielicht schälte. Ein Schwarm Bonitofische stob wie auf Kommando auseinander, als er nahte. Ein äußerst ungewöhnliches Verhalten, das jedoch zu den leergefegten Gassen von Drytor passte.

Matt warf einen schnellen Blick über die Schulter.

Der Rochen hing immer noch wie ein bizarrer Ballon über dem Abgrund. Dass Quart'ol ihn von da oben aus besonders gut im Auge haben sollte, war ausgemachter Blödsinn. Entweder fürchtete er wirklich die Gefahren aus dem Wrack, oder er hatte mit Mer'ol etwas ganz anderes vor.

Kopfüber ging es für Matt weiter in die Tiefe, bis er im dunklen Wasser einen massiven Stahlrumpf ausmachen konnte, der in Geröll und Wasserpflanzen eingebettet war. Auf der zum Felshang gewandten Seite klaffte ein mannsgroßes Loch in der Bordwand, das dem U-Boot einst zum Verhängnis geworden war. Es musste eine Explosion an Bord stattgefunden haben, vermutlich im Torpedoraum.

Die scharfen Kanten, die den Rand säumten, wirkten nicht besonders einladend. Matt wandte sich erst mal dem Turm zu. Ein Blick auf die überwucherte Luke, deren kreisrunde Form nur noch zu erahnen war, ließ keinen Zweifel, dass es schon schweren Bergungsgerätes bedurfte, um durch den ursprünglichen Einstieg ins Boot zu gelangen. Vorsichtig suchte er den gesamten Rumpf nach weiteren Beschädigungen ab. Das Loch im Bug war der einzige gangbare Weg ins Innere des Wracks.

Matt war kein Marineexperte, doch er war sich ziemlich sicher, dass das kein U-Boot amerikanischer Bauart war. Er schwamm zum Turm zurück. In Ermanglung eines anderen Gegenstandes schabte er mit der Handlampe über die Ablagerungen der Luke – und legte schließlich einige kyrillische Buchstaben frei, die ins Metall gestanzt waren.

Es war Russisch.

Matt spürte ein unangenehmes Kribbeln im Bauch. Was machte dieses Wrack so nah an der amerikanischen Küste? Wann war es gesunken – vor oder nach »Christopher-Floyd«?

Aus den Augenwinkeln nahm er plötzlich eine schnelle Bewegung wahr, die ihn alarmiert herumwirbeln ließ. Im ersten Moment glaubte er, dass Ayga'da davon schwimmen würde, dann zeichnete sich der Umriss eines riesigen Grauhais im Lichtkegel ab.

Lauernd kreiste er über dem Wrack. Seine Bewegungen waren betont langsam, fast majestätisch. Als ob er den ungebetenen Eindringlingen signalisieren wollte, dass dies *sein* Revier war.

Matt nahm die Handlampe zur Seite, um das Tier nicht zu provozieren. Er wusste, dass Haie normalerweise keine Menschen angriffen; trotzdem wäre es ihm lieber gewesen, wenn Quart'ol mit dem Schallgewehr in der Nähe gewesen wäre. Der Man'tan mit den beiden Hydriten war jedoch nirgendwo zu sehen. Wusste der Teufel, wo sie sich gerade herumtrieben.

Ayga'da vollführte eine elegante Kehrtwende und tauchte zu Matt zurück. »Keine Angst, der graue Jäger traut sich nicht an uns heran«, versicherte er mit Blick auf den Hai. »Jedes Tier im Ozean weiß, dass wir Hydriten die herrschende Rasse sind.«

Diese Worte jagten Matt einen kalten Schauer über den Rücken. Sie widersprachen allem, was ihm Quart'ol über die Philosophie seines Volkes erzählt hatte. In Drytor musste wirklich etwas *Schreckliches* vorgefallen sein, das weit über einige profane Vermisstenfälle hinaus ging.

Äußerlich ungerührt tauchte Matt zum Bug des Wracks. Er wollte sich nicht anmerken lassen, dass er Verdacht geschöpft hatte. Vorsichtig schwamm er an das Leck heran und leuchtete hinein. Seine Bewegungen wirbelten eine Substanz auf, die im Inneren des U-Bootes schwebte. Prompt quoll eine gelbliche Wolke aus dem Leck hervor und verteilte sich vor ihm im Wasser.

Matt schrak zurück. Was mochte das sein? Hatten die Russen etwa chemische Kampfstoffe an Bord gehabt? Ehe er zur Flucht ansetzen konnte, stieß Ayga'da kopfüber zu ihm hinab. »Schwimm ruhig hinein. Das ist nur ein Zeichen von Verwesung!«

Matt wusste nicht, ob ihn dieser Hinweis wirklich beruhigen konnte. Vorsichtig streckte er die Handlampe durch das Leck hindurch und entdeckte einen abgerissenen Hydritenarm, der die Ursache für die Schwaden sein mochte. Die aufgequollenen Wundränder ließen nicht mehr viel erkennen, doch es musste etwas sehr Großes, Kräftiges gewesen sein, das den Arm knapp über dem Ellbogen abgetrennt hatte.

Zum Beispiel das Gebiss eines Grauhais!

Das verwesende Körperteil war kein schöner Anblick, doch Matt entsetzte viel mehr, mit welcher Gleichgültigkeit Ayga'da darauf reagierte. Offensichtlich hatte er genau gewusst, was hier verrottete, sich aber nicht sonderlich daran gestört.

War es denn nicht seine Pflicht, den Überrest würdig zur letzten Ruhe zu betten? Oder gab es bei den Hydriten keine Bestattungszeremonien?

Matt wusste es nicht, aber er war sicher, dass ein so zivilisiertes Volk seine Toten nicht einfach dort vergehen ließ, wo sie starben. *Irgendetwas* musste bei Ayga'da zu einer massiven Verhaltensänderung geführt haben – und vermutlich auch bei der restlichen Bevölkerung von Drytor.

Matt spürte plötzlich Furcht vor dem russischen U-Boot-Wrack. Wenn es dort drinnen aggressive Substanzen gab, konnten sie ihm ebenfalls gefährlich werden. Aber für diese Überlegung war es schon zu spät. Wenn er sich wirklich kontaminierte, musste er wohl oder übel auf die Wissenschaft der Hydriten vertrauen.

»Was ist?«, riss ihn Ayga'da aus den Gedanken.

Matt leuchtete mit der Lampe in das Wrack, das dunkel und bedrohlich wirkte. Der Gedanke, auch noch diesen kaltschnäuzigen Kerl im Nacken zu haben, behagte ihm gar nicht.

»Nach dir«, forderte er Ayga'da auf.

Matt leuchtete jeden Winkel des Torpedoraums aus, ohne auf etwas Verdächtiges zu stoßen. Die konventionellen Sprengköpfe waren schon vor langer Zeit unbrauchbar geworden. Trotzdem schwamm er mit äußerster Vorsicht durch das Chaos aus durcheinander gewirbelten Stahlgestellen und Torpedos. Jede unbedachte Bewegung konnte alles wie ein Mikadospiel zusammenstürzen lassen.

Als nächstes suchte Matt den Maschinenraum auf, in dem er – statt des erwarteten Atomreaktors – zwei riesige Wasserstoffzellen vorfand. Obwohl sie mit Ablagerungen überzogen waren, konnte er auf einem der Kessel die Zahl 2005 ausmachen.

»Das gibt es nicht!«, entfuhr es ihm.

»Was ist?« Ayga'da schoss neugierig heran. »Sind diese Stahlmonster gefährlich?«

Matt schüttelte heftig den Kopf. »Nein, die Meiler sind

harmlos. Aber mir scheint, ich habe gerade eines der größten Rätsel meiner Zeit gelöst. Wir befinden uns in einem U-Boot, das während seiner Jungfernfahrt spurlos verschollen ist. Es gab die abenteuerlichsten Theorien, was damals geschehen sein könnte, aber niemand wäre auf die Idee gekommen, es direkt vor der Küste der USA zu suchen. Aber es besteht kein Zweifel: Wir sind an Bord von Projekt 2005, der *Kiew.*«

Der Hydrit konnte mit Matts Angaben nicht viel anfangen. »Und?«, murrte er. »Hilft uns das irgendwie weiter?«

Matthew ignorierte die schroffe Abfuhr, denn sein Forschungsdrang war voll entflammt. In einer geschmeidigen Bewegung drehte er sich im Wasser herum und schwamm zurück zur Schiffsmitte, wo sich die Mannschafts- und Offiziersräume in den oberen Stockwerken befanden.

»Es gab die wildesten Gerüchte, wo dieses milliardenschwere Schiff abgeblieben sei«, erklärte er, während sie den ehemaligen Hilfsdiesel und die Kompressoren für die Druckluft passierten. »Vermutlich war es ein Komplott von CIA oder MBR, denn es wurde darüber verhandelt, die russische Technik in die USA zu verkaufen, was vielen Leuten nicht sonderlich in den Kram passte. Die Weltverschwörungsfraktion tippte wie immer auf eine Entführung durch Außerirdische … und dann gab es natürlich noch die Araber, die einen religiösen Feldzug gegen die westliche Welt führten. Was aber wirklich hinter dem Verschwinden steckte, konnte nie geklärt werden.«

Aufgeregt leuchtete Matt die Offiziersmesse ab, in der Hoffnung, auf etwas zu stoßen, das ihm einen Hinweis auf die Mission der Kiew gab. Doch außer der verrotteten Einrichtung und einigen menschlichen Skeletten gab es nicht viel zu sehen.

»In diesem Bereich haben wir schon alles abgesucht«, sagte Ayga'da. »Wir konnten nichts Interessantes entdecken.«

»Weil ihr nicht wusstet, worauf ihr achten müsst«, antwortete Matt, ohne in seiner Aufmerksamkeit nachzulassen. Sorgfältig arbeitete er sich von einem Raum zum nächsten vor, bis er eine kleine Offizierskabine erreichte, aus der ihm erneut gelbe Schwaden entgegen strömten. Sie stammten von einem toten Hydriten, der in der hinteren Ecke verweste.

»Was ist mit ihm geschehen?«, fragte Matt.

»Er wurde erschlagen«, antwortete Ayga'da kühl. »Vermutlich von seinem eigenen Bruder, wir wissen es nicht. Dog'tar ist einer der Vermissten, über deren Schicksal wir gerne mehr wüssten.«

Obwohl er sich vor den Verwesungsschwaden ekelte, schwamm Matt hinein. Vorsichtig ließ er den Lichtkegel durch den Raum wandern, bis er etwas im Bodenschlamm aufblitzen sah.

»Was ist das?«

»Schrott«, antwortete Ayga'da.

Matt war da nicht so sicher. Mit einem schnellen Schwimmstoß glitt er zu der Stelle hinab und wedelte den Dreck beiseite. Er legte einen etwa achtzig Zentimeter langen Metallzylinder frei, auf den eine Kombination aus Buchstaben und Zahlen geprägt war. Ein eisiger Schauer durchfuhr seinen Körper, als er mühsam die Inschrift CK-512 entzifferte. Er ging näher mit der Lampe heran und las ein zweites Mal, doch das Ergebnis war das Gleiche.

Dunkle Erinnerungen an seine Stationierung auf der Andrew Air Force Base stiegen in ihm auf. An tägliche Übungen, in denen sie auf Terroranschläge vorbereitet wurden und in denen eine Bedrohung durch CK-512 immer wieder wie ein Schreckgespenst an die Wand gemalt wurde.

Viele Piloten hatten die Existenz dieses Kampfstoffes später genauso angezweifelt wie die unterirdische Bahn, die das Pentagon angeblich mit dem Weißen Haus verband. Während seiner Jahre in Berlin hatte Matt nur noch kopfschüttelnd an die Hysterie während der Religionskriege zurückgedacht, doch jetzt erschienen ihm die Warnungen der Vorgesetzten in einem ganz neuen Licht.

»Das darf doch nicht wahr sein«, entfuhr es ihm. Konnte es wirklich sein, das sie damals nur knapp an einer Katastrophe vorbei geschlittert waren?

»Ist das Zeug gefährlich?«, fragte Ayga'da. Seine Augen glänzten begehrlich. Matt registrierte unwillig, dass die Flosse des Hydriten verdächtig nah neben dem Messergriff schwebte, der unter seinem Bauchpanzer hervor ragte.

»Möglicherweise«, schränkte Matt schnell ein. »Ich muss den Behälter genauer untersuchen, bevor ich etwas Endgültiges sagen kann.«

Der Hydrit griff unter seinen Bauchpanzer, holte aber nur einen zusammengefalteten Beutel hervor, der aus dem gleichen Stoff wie sein Lendentuch gefertigt war. »Wir nehmen den Zylinder mit«, ordnete er an. »Unsere Wissenschaftler werden schon herausfinden, was es damit auf sich hat.«

Matt lag ein Widerspruch auf der Zunge, doch er unterdrückte ihn. Dafür war jetzt keine Zeit. Während Ayga'da den Behälter einpackte, suchte er weiter im Schlamm – und wurde fündig! Der zweite Zylinder war allerdings geborsten. Sein Inhalt bestand aus fünf faustgroßen Metallblöcken, die im ganzen Raum verstreut lagen. Einer von ihnen war stark korrodiert und zerbrochen, und auch zwei weitere wiesen Risse im Material auf. Sie konnten etwas mit den seltsamen Vorgängen zu tun haben.

CK-512 galt als chemischer Kampfstoff, der das Aggressionspotential der Kontaminierten derart steigerte, dass sie sich gegenseitig an die Kehle gingen oder an Herzversagen starben. Angeblich wurde es in CIA-Laboren entwickelt, aber das wurde fast jedem Übel nachgesagt, das seine Zeit heimgesucht hatte. Im Jahre 2005 drohte jedenfalls die United Arab Association mit dem Einsatz dieser fürchterlichen Waffe. Wenn der Wirkstoff damals in die Trinkwasserversorgung einer amerikanischen Großstadt gelangt wäre, hätte die Verseuchung zu einer Katastrophe unter der Zivilbevölkerung geführt.

In den gewaltigen Wassermassen des Ozeans musste sich das Kampfmittel rasch verflüchtigen, doch offensichtlich war die Konzentration immer noch so hoch, dass die aggressive Seite der friedliebenden Hydriten zum Vorschein kam.

Matt erkundigte sich nach einem zweiten Beutel, den Ayga'da prompt unter dem Bauchpanzer hervor zog. Ohne auf die verwunderten Blicke des Hydriten zu achten, stülpte Matt sich den Stoff wie einen Handschuh über, bevor er die einzelnen Komponenten berührte. Das war nur ein minimaler Schutz vor eventuellen Resten des Kontaktgiftes, aber besser als gar nichts.

Nachdem sie alles beisammen hatten, suchten sie noch einige Kabinen und die Kommandozentrale ab, stießen aber – abgesehen von weiteren Knochenresten – auf nichts Erwähnenswertes mehr. Matt ließ seinen Begleiter die ganzen Zeit nicht aus den Augen, aus Sorge, eine Zwillingsklinge zwischen die Rippen zu bekommen.

Die meiste Zeit über hatte Ayga'da jedoch keine Hand frei, da er den Sack mit den Fundstücken wie einen

Schatz an sich presste. Hätte er nur entfernt geahnt, wie gefährlich der Kampfstoff werden konnte, wäre er wohl weniger enthusiastisch zu Werke gegangen.

Schließlich machten sie sich gemeinsam auf den Rückweg.

Matt war froh, den beengten Räumlichkeiten zu entfliehen, doch als sie durch das geborstene Loch im Bug nach draußen schwammen, wünschte er sich plötzlich, das U-Boot nie verlassen zu haben. Wie aus dem Nichts tauchte vor ihnen der Hai auf, der zuvor ums Wrack gestrichen war. Drohend riss er das riesige Maul auf und jagte auf sie zu.

Von Quart'ol war weit und breit nichts zu sehen; sie waren auf sich selbst gestellt.

»Zurück ins Wrack!«, schrie Matt seinem Begleiter zu. »Durch das enge Loch kommt das Vieh nicht dur-«

Weiter kam er nicht, denn ein Tritt in die Nieren lähmte seinen Körper. Ein dunkler Schleier strich über seine Augen, während er sich vor Schmerzen krümmte. Triumphierend tauchte Ayga'da zwischen den Stahlfetzen zurück ins Boot. Sein Rückzug wurde von Matt gedeckt, den er wie einen hilflosen Köder zurückgelassen hatte.

Da schoss der Hai auch schon heran und schnappte mit seinen mächtigen Kiefern zu. Matt schrie vor Schmerz, als er spürte, wie sich die rasiermesserscharfen Zähne in seinen rechten Unterschenkel bohrten ….

Brennendheiße Wellen jagten wie Stromstöße das Bein empor, dann spürte er nur noch einen dumpfen Druck, als würde sich ein Gummiband ins Fleisch einschnüren. Matt war fest davon überzeugt, auf einen blutenden Stumpf hinab zu blicken, doch zu seiner

Überraschung steckte die Wade immer noch im Maul der Bestie.

Nicht ein Tropfen Blut schwebte im Wasser, obwohl das monströse Gebiss wie ein Fangeisen zugeschnappt war. Die Zahnspitzen hielten ihn zwar gefangen, drangen aber nicht durch den Taucheranzug!

Der Hai glotzte ungläubig auf seine Beute und schüttelte den Kopf, um das Bein endlich abzutrennen. Matt wurde im Wasser herumgeschleudert, blieb aber unverletzt. Das druckempfindliche Material gab nicht nach.

Natürlich, das war es! Matt sah genauer hin. Dort wo der Hai zubiss, wölbte sich der Taucheranzug wie eine aufgeschäumte Masse empor, um seinen Träger vor der einwirkenden Gewalt zu schützen. Genauso wie er es gegen tonnenschweren Wasserdruck in zweitausend Metern Tiefe getan hätte.

Derselbe Mechanismus, der seine Rückkehr zur Oberfläche verhinderte, rettete ihm nun das Leben. Obwohl der Hai nachfasste und ihn erneut herumschleuderte, gelang es ihm nicht, seine Beute zu zerreißen. Matt atmete auf. Solange die Bestie nicht nach Händen oder Kopf schnappte, war er gut geschützt.

So schnell gab sich der Meeresjäger jedoch nicht geschlagen. Mit einem harten Ruck warf er sich herum und raste auf den Felshang zu. Matts Kniegelenk wurde schmerzhaft verdreht, als ihn das Fahrwasser nach hinten drückte. Fest an den grauen Leib gepresst musste er mit ansehen, wie sie auf die steinerne Wand zu rasten.

Erst im allerletzten Moment drehte der Hai zur Seite. Hätte Matt sich nicht an die Rückenflosse der Bestie geklammert, wäre er mit dem Kopf gegen die Felswand geschleudert worden. So prallte er nur mit Schulter und Hüfte auf.

Der Taucheranzug schützte ihn erneut, doch die Erschütterung jagte durch seinen ganzen Körper.

In wilder Jagd schrammten sie am Hang entlang. Der Hai steuerte immer wieder zielstrebig gegen Vorsprünge und Unebenheiten, um seine Beute durch die Aufschlagswucht zu töten. Panik stieg in Matt auf. Selbst wenn das schützende Material der Belastung noch weiter standhielt, wurde ihm früher oder später der Schädel eingeschlagen.

Er musste sich gegen die Bestie zur Wehr setzten. Aber wie? Die Hydriten hatten ihm nicht mal ein Messer zugestanden. Verzweifelt hämmerte er auf den Hairücken ein, doch die Schläge zeigten keine Wirkung.

Als ob er instinktiv spürte, wie verletzlich seine Beute im Grunde war, warf sich der Hai ruckartig von einer Seite auf die andere. Das Tier war völlig außer Kontrolle, und je weniger seine Versuche fruchteten, desto aggressiver wurde es.

Brutal krachte es wieder gegen die Felswand. Schlamm und Steine rutschten in die Tiefe. Matt wurde das Wasser aus den Lungen gedrückt und eine grüngelbe Pflanze schlug ihm ins Gesicht. Lange konnte er sich nicht mehr halten.

Da stieg das Tier plötzlich mit schnellen Schlägen seiner Schwanzflosse senkrecht in die Höhe. Indem er sich am Rücken des Hais festklammerte, schöpfte Matt neue Hoffnung. Irgendwo da oben musste Quart'ol sein, der ihm hoffentlich aus der Klemme half.

Wie von Sinnen jagte der Hai über die Kante der Kontinentalplatte hinweg, doch das war ihm längst nicht hoch genug. Auf steilem Kurs strebte er weiter der Oberfläche entgegen.

Das Entsetzen sprang Matt an wie ein wildes Tier. Wenn er eine Wassertiefe von fünfundzwanzig Metern unterschritt, schrumpfte sein Taucheranzug zusammen! Bei seinem Fluchtversuch hatte er zu spüren bekommen, wie schmerzhaft das werden konnte. Derselbe Mechanismus, der ihn vor dem Biss des Hais schützte, wurde nun zur tödlichen Gefahr!

Immer höher stieg die Bestie auf. Nur noch zehn Meter, dann würde sich das flexible Material zusammenziehen, bis sein Körper zu Mus zerquetscht wurde!

Matt stieß sich von der Rückenflosse ab, um den Wasserwiderstand zu erhöhen, doch der Hai setzte seinen Weg unbeirrt fort. Wie eine leblose Gliederpuppe unter dem grauen Leib pendelnd, war Matt den Launen des Tieres hilflos ausgeliefert. Verzweifelt hämmerte seine freie Ferse in die Unterseite der Bestie.

Diesmal reagierte der Hai. Blitzschnell riss er den Kopf nach unten, um der Beute endlich das Bein auszureißen.

Es fühlte sich an, als ob glühende Nadeln in Matts Hüfte gestoßen würden, doch er ignorierte den Schmerz. Nun, da er den Schädel der Bestie vor sich hatte, startete er die alles entscheidenden Attacke. Er versteifte Zeige- und Mittelfinger der rechten Hand und stieß sie der Bestie ins Auge.

Ein dunkles Grollen entrang sich dem Haimaul, doch trotz des Schmerzes gab ihn die Bestie nicht frei. Einem blinden Reflex folgend bäumte sie sich auf und jagte weiter der Oberfläche entgegen.

Matt stemmte sich gegen das Fahrwasser an und versuchte erneut das Auge zu attackieren, doch ehe er zum Stoß ausholen konnte, legte sich ein beklemmendes Gefühl um seinen Körper. Es war, als würde jeder einzelne Muskel eingeschnürt Plötzlich fehlte ihm die Kraft, die Bewegung zu Ende zu führen.

Keuchend sank er zurück.

Er überschritt die Zwanzig-Meter-Marke und der Druck wurde unerträglich. Es fühlte sich an, als stecke er in einem Schraubstock, der langsam zugedreht wurde. Am Hals und an den Handgelenken quoll das Fleisch unter dem Anzug hervor, die Luftröhre wurde ihm abgeschnürt. Seine Kiemenrippen begannen am Hals zu flattern, er schrie vor Schmerzen auf.

Es half nichts; der Hai stieg unerbittlich höher. Auf diese Weise hatte er sicher schon manchen Oktopus getötet, der dem niedrigen Druck der höheren Wasserschichten nicht gewachsen war. Doch anstatt wie ein Krake zu platzen, würde Matt bei lebendigem Leib zerquetscht werden.

Seine Gedanken überschlugen sich. Todesangst überschwemmte den winzigen Rest klaren Bewusstseins, der ihm noch geblieben war. Schwarze Nebel begannen vor seinen Augen zu wogen. Die Schmerzen wurden unerträglich – doch bevor er in die Ohnmacht abgleiten konnte, jagte ein schäumender Strahl an ihm vorbei. Er markierte die Bahn des komprimierten Wassers, das mit voller Wucht in die Unterseite des Hais hämmerte. Der stromlinienförmige Körper bog sich in die Höhe, als hätte ihn ein Vorschlaghammer getroffen.

Der Druck des Kiefers ließ nach. Trotz der tobenden Schmerzen zerrte Matt sein Bein frei und sank zurück in die Tiefe.

Der Hai hatte sich inzwischen wieder gefangen. Mit gierig schnappendem Maul drang er erneut auf seine Beute ein, doch diesmal visierte er den Kopf an. Matt konnte nicht einmal mehr die Arme zu Abwehr heben.

Zwei weitere Druckwellen jagten über ihn hinweg. Der Hai wurde brutal um die eigene Achse gewirbelt. Diesem Doppelschlag hatte er nichts mehr entgegen zu setzen. Auf dem Rücken treibend sank er langsam hinab.

Nur das nervöse Zucken seiner Seitenflossen zeigte an, dass er noch am Leben war.

Matt versuchte durch ein paar Flossenschläge schneller an Tiefe zu gewinnen, doch er war weiterhin wie gelähmt. Neben ihm tauchte ein flacher Schatten auf, der sich erst auf den zweiten Blick als Rochen entpuppte.

Quart'ol machte ein besorgtes Gesicht, als er Matt auf den Rücken des Man'tan zerrte. Er ging sofort in einen steilen Sinkflug. Bereits nach wenigen Metern spürte Matt, wie der Druck nachließ und sein Taucheranzug auf normale Größe anwuchs.

Endlich konnte er wieder frei durchatmen. Frisches Wasser drang in seine Kiemen, sein Pulsschlag normalisierte sich. Nun realisierte er auch, dass Mer'ol mit schussbereitem Schallgewehr neben ihm saß. *Er* hatte also den Hai im letzten Moment außer Gefecht gesetzt. Seinem mürrischem Gesicht zufolge bereute er die Tat bereits.

»Was ist passiert?«, wollte er wissen, als er Matts Blick bemerkte.

»Ayga'da«, krächzte Matt, dem noch jedes Wort schwer fiel. »Er hat mich dem Hai zum Fraß vorgeworfen.«

»Habt ihr etwas gefunden?« Immer tiefer ging es hinab, bis sie den Abhang zur Dämmerzone erreichten.

»Ja, einen chemischen Kampfstoff, der jeden zur wilden Bestie werden lässt, der sich damit infiziert. Ich fürchte, ein paar der Behälter sind kürzlich geborsten.«

Mer'ols verschlossene Züge versteinerten endgültig zu einer unbeweglichen Maske. Er nickte langsam, als hätte er eine ähnliche Antwort erwartet, bevor er sein Gewehr in Anschlag nahm.

Matt erschrak. »Verdammt, ich kann doch nichts dafür, dass es ein von Menschen geschaffenes Gift ist!«, verteidigte er sich.

Doch Mer'ol hatte bereits abgedrückt.

Die lautlose Druckwelle, die nicht größer als eine Dollarmünze war, jagte über Matts Schulter hinweg. Verblüfft sah sich der Ex-Commander um. Er konnte gerade noch sehen, wie der Schuss eine schnurgerade Bahn durchs Wasser pflügte, die zwischen Ayga'das Schulterblättern endete.

Der Hydrit, der sich im Schutze des Abhangs absetzen wollte, warf die Arme zurück und kippte vornüber. Waagerecht im Wasser schwebend, rührte er keine Flosse, bis sie mit dem Man'tan heran waren. Offensichtlich vertrug Ayga'da wesentlich weniger als der Hai.

»Sie hätten nicht ohne Vorwarnung auf ihn feuern müssen«, protestierte Matt. »Er stand unter dem Einfluss des CK-512.«

Mer'ol ruckte herum. »Dieser Frevler steht unter einem weit dunkleren Einfluss, als Sie sich überhaupt vorstellen können, Maddrax!«

Seine schwarzen Augen funkelten, als wäre die Zurechtweisung durch einen Menschen für ihn unerträglich. Ohne eine weitere Erklärung abzugeben stieß er sich von dem Man'tan ab und schwamm zu Ayga'da hinüber. Mit flinkem Griff knüpfte er den schweren Beutel los, der den Bewusstlosen in die Tiefe zu ziehen drohte, dann untersuchte er dessen Flossenhände. Er fand einen muschelähnlichen Gegenstand, den Ayga'da umklammert hielt.

»Eine Signalpatrone«, erklärte Mer'ol, während er zurückkehrte. »Hier muss irgendwo Verstärkung lauern, obwohl wir bei unserer Suche auf nichts Verdächtiges gestoßen sind.«

»Ihr habt also geahnt, dass in Drytor etwas nicht stimmt?«, fragte Matt ungläubig.

»Ja«, bestätigte Quart'ol düster, »die Zeichen waren nicht zu übersehen. Doch so schlimm wie dieses Mal war es seit über vierhundert Rotationen nicht mehr.«

»Wovon redest du eigentlich?«, stöhnte Matt, der sich nur langsam von den Nachwirkungen des Kampfes erholte. »Wenn wirklich etwas von dem CK-512 ausgetreten ist, hat es sich längst wieder verflüchtigt.«

»Das Gift war nur der Auslöser für unser Problem«, wiegelte Quart'ol ab, bevor er einen Moment inne hielt. Er schien zu überlegen, wie er seine nächsten Gedanken am besten in Worte fassen konnte. »Unser Volk war keineswegs immer so friedlich wie heute ... wie noch vor wenigen Tagen. Das hast du ja schon am Muschelgemälde erfahren. Wir tragen ein dunkles Erbe in uns, das jederzeit wieder hervorbrechen kann ...«

Hykton, Labor der Beobachter

Bel'ar deutete auf einen daumengroßen, bläulich schimmernden Bereich, der sich in Lorg'das Gehirn abzeichnete. »Seine Tantrondrüse ist zu voller Größe aufgequollen«, erklärte sie das Ergebnis ihrer Obduktion.

»Innerhalb einer Woche?«, würgte der HÖCHSTE. »Das kann doch nicht sein!« Ungläubig blickte er auf den offenen Schädel des Toten, der zwischen ihm und der Wissenschaftlerin auf einem Korallentisch lag. Der restliche Körper sah auch nicht besonders appetitlich aus. Ein langer Schnitt führte vom Hals hinunter bis zum Lendentuch; alle inneren Organe waren vollständig entnommen worden.

Seit Lorg'das Frevel dem HÖCHSTEN gemeldet worden war, ging es im Hydrosseum hektischer zu als in einem sonnigen Korallenriff. Kal'rag hatte die allgemeine Mobilmachung befohlen, denn es ließ sich nicht länger übersehen, dass sich in Drytor der Mar'os-Kult ausbreitete. Er hatte mit dem Schlimmsten gerechnet, seit die Verbindungen zur Nachbarstadt abgebrochen waren, doch jetzt, wo ihm Bel'ar den Verdacht bestätigte, wollte er die Beweise am liebsten nicht wahr haben.

»Ich habe auf seiner Haut und in den Atemwegen ein Kontaktgift gefunden, das menschlichen Ursprungs sein muss«, fuhr die Beobachterin fort. »Es stachelt zur Aggression auf, dadurch schwoll die verkümmerte Drüse um ein Vielfaches an. Nachdem der Urtrieb erst durchgebrochen war, ergab sich alles andere von allein.«

»Auf welchem Weg hat sich Lorg'da infiziert?«, hakte der HÖCHSTE nach.

»Er ist durch einen kontaminierten Bereich geschwommen. Wie groß das Wirkungsfeld ist, kann uns vermutlich nur Maddrax sagen.«

»Falls er oder Quart'ol noch Gelegenheit bekommen, uns Bericht zu erstatten«, dämpfte Kal'rag ihren Optimismus.

»Sie meinen ...« Bel'ar sah den HÖCHSTEN betroffen an.

Kal'rag nickte betreten. »Ja! Ich fürchte, unser Spähtrupp schwebt in höchster Gefahr.«

Jagd-U-Boot Kiew, Wrackstelle nahe Drytor

Matt war wie vom Donner gerührt. »Soll das heißen, ein Hydrit kann nicht mehr klar denken, wenn diese Hormondrüse anschwillt?«, fragte er verwirrt.

»Seine Intelligenz wird nicht beeinträchtigt«, berichtigte Quart'ol. »Aber der Charakter verändert sich, wird animalisch, geradezu bösartig. Ein Frevler genießt den

Rausch der Gewalt, deshalb wird er alles tun, um sich seiner Heilung zu widersetzen. Das Volk der Hydriten musste erst seinem eigenen Untergang ins Auge sehen, bevor es den Prozess der Selbstzerfleischung in grauer Vorzeit endlich stoppte. Nur Dank der von Ei'don auferlegten Askese, die jeglichen Fischverzehr unter Strafe stellt, bildete sich die Tantrondrüse über Generationen so weit zurück, dass wir ein Leben ohne Aggressionen führen konnten. In ihrer verkümmerten Form spielt die Drüse eine wichtige Rolle für unseren Hormonhaushalt, ohne uns Schaden zuzufügen. Doch das Tantron ist eine tickende Zeitbombe. Bei Missachtung von Eid'ons Gesetzen kann sie jederzeit wieder anschwellen, wie all jene feststellen mussten, die der verbotenen Jagd frönten. Der Fleischgenuss verändert unmerklich den Charakter, erhöht aber auch die Gier nach mehr Jagdbeute.«

»Gibt es ein Heilmittel?«, fragte Matt.

»Wir haben ein Medikament, das den Hormonausstoß mindert«, bestätigte Mer'ol. »Aber es kann nicht verhindern, dass sich der Frevler an das berauschende Gefühl der Macht zurückerinnert.« Seine schwarzen Pupillen blitzten bei diesen Worten gequält auf, als wüsste er ganz genau, wovon er sprach. Plötzlich erschien sein mürrisches Wesen für Matt in einem neuen Licht.

»Wir müssen die Behälter aus dem Wrack unschädlich machen, bevor sie noch mehr Unheil anrichten können«, unterbrach Quart'ol seine Gedanken. »Und zwar möglichst schnell. Wir sind nämlich nicht mehr alleine!«

Er deutete zur Schelfkante hinauf, hinter der ein halbes Dutzend Rochen zum Vorschein kam. Der weithin sichtbare Kampf mit dem Hai hatte die Verstärkung auf den Plan gerufen.

Mer'ol zerbrach die Signalpatrone mit einem heftigen Ruck entzwei. Ein dunkelblaues Sekret schoss aus dem muschelförmigen Gehäuse hervor, stieg in die Höhe, und breitete innerhalb weniger Sekunden eine undurchdringliche Wolke über ihnen aus.

Gleichzeitig trieb Quart'ol ihren Rochen zu einem Blitzstart an. Nur den Tentakeln um die Hüfte war es zu verdanken, dass Matt nicht von seinem Rücken geschleudert wurde.

Über ihnen wurden unzählige Harpunen abgefeuert, doch die *Tintenfischtaktik* zeigte Erfolg. Die Geschossbahnen woben ihr tödliches Gespinst genau an der Stelle, an der sie sich gerade noch befunden hatten. Ayga'da hatte weniger Glück. Sein Rücken wurde mit zwei Harpunen gespickt. Die Frevler nahmen keine Rücksicht auf ihre eigenen Leute, sondern gaben sich voll und ganz der Gewalt hin.

Mer'ol riss sein Schallgewehr in die Höhe und feuerte blind durch die Tintenschwaden in die Höhe.

»Lass das«, wies ihn Matt zurecht. »Damit verrätst du nur unsere Position.«

Mer'ol blubberte verächtlich, hielt aber inne. »Kennst du dich etwa mit solchen Gefechten aus?«, fragte er herausfordernd.

»Und ob«, gab Matt nicht weniger kämpferisch zurück. »Vergiss nicht, dass ich ein *Mensch* bin!« Entschlossen griff er zu Quart'ols Waffe, drehte sich in der Sitzschale nach hinten und wartete, bis die Gegner sichtbar wurden.

Da drangen auch schon die ersten Rochen durch den blauen Dunst. Harpunen wurden abgefeuert, rauschten aber links und rechts am Man'tan vorbei. Die Hydriten waren im Umgang mit ihren Waffen nicht sonderlich geübt.

Matt presste das Schallgewehr gegen seine Wange, visierte den vordersten Verfolger an und betätigte den

Abzug. Die Druckwelle jagte ohne Rückstoß aus dem Lauf. Auf den ersten Metern wurde das Meer nicht verdrängt, sondern komprimiert und dann wie von einer Welle vor sich her getragen. Die Wirkung des verdichteten Wassers ähnelte einem Gummigeschoss, als es eine Handbreit über dem Maul des Rochens einschlug.

Das Tier wurde mitten in der Bewegung gestoppt, als wäre es gegen eine unsichtbare Mauer gekracht. Zwei Hydriten stießen mit den Köpfen aneinander, zwei andere wurden davon gewirbelt. Aus den abgerissenen Tentakeln um ihre Hüften sprudelte grünliches Plasma hervor.

Mer'ol feuerte auf einen weiteren Rochen, verfehlte aber wegen Quart'ols halsbrecherischem Zickzackkurs.

Matt glich die Bewegungen dagegen routiniert aus und hämmerte vier Schüsse über dasselbe Tier hinweg. Die Salve schickte die Hydritenbesatzung nacheinander ins Land der Träume. Herrenlos geworden, stellte der Rochen die Verfolgung ein. Die nachfolgenden Tiere mussten ihre Formation auflösen, um seitlich und oberhalb des Hindernisses auszuweichen. Matt nutzte die entstehende Atempause für eine weitere Salve, die in die helle Unterseite des über ihm schwebenden Rochens hämmerte.

Gleich darauf musste er sich zur Seite werfen, um einer Harpune auszuweichen. Die beidseitig geschliffene Spitze streifte seinen Oberarm, doch das widerstandsfähige Material des Taucheranzuges schützte ihn erneut vor einer Verletzung. Wie es darunter aussah, malte er sich lieber gar nicht aus – sein Körper musste mittlerweile mit Blutergüssen übersät sein!

Drei Verfolger waren ihnen auf den Fersen, und sie schossen sich langsam ein. Immer dichter zogen die Harpunen vorbei.

Plötzlich jaulte Mer'ol vor Schmerz auf. Zwei Fingerbreit über seiner Hüfte ragte ein Stachel aus dem schuppigen Leib. Obwohl er seine Flossenhände auf die Wunde presste, zog er eine dünne Blutspur hinter sich her. Wütend zielte Matt auf den Schützen, von dem das Geschoss stammen musste. Doch ehe er abdrücken konnte, schlug dessen Rochen einen wilden Haken.

Die Reiter hatten dazugelernt. Von nun an wollten sie es dem Kiemenmenschen schwerer machen. Als Matt den nächsten Verfolger anvisierte, brach der ebenfalls zur Seite aus, während die Schützen der übrigen Rochen das Feuer eröffneten.

Eine Harpune durchschlug die linke Schwinge ihres Man'tans. Das künstliche Tier schrie gequält auf, jagte aber, grüne Plasmaschwaden hinter sich her ziehend, weiter.

»Lass dir etwas einfallen, Quart'ol«, brüllte Matt über die Schulter hinweg. »Mer'ol ist verletzt.«

Um ihnen Luft zu verschaffen, legte er auf den mittleren Rochen an, der prompt ein Ausweichmanöver vollführte. Matt achtete nicht weiter auf ihn, sondern riss das Schallgewehr herum und feuerte einen schnellen Deutschuss auf das daneben schwimmende Tier. Die Druckwelle rasierte zwar haarscharf über dessen Rücken hinweg, erwischte den Reiter aber an der Hüfte. Bis sein Nebenmann die Zügel übernommen hatte, vergingen wertvolle Sekunden, in denen der führungslose Rochen zurückfiel.

Die übrigen Verfolger intensivierten ihr Feuer.

Und sie trafen!

Matt spürte zwei dumpfe Schläge gegen die Brust. Entsetzt sah er an sich herab. Zwei fingerlange Dornen ragten nahe der Herzgegend aus seinem Taucheranzug. Der automatische Druckausgleich hatte die Einschläge abfangen, doch die Spitzen waren einige Millimeter weit ins Gewebe eingedrungen. Es fühlte sich an, als ob ihn jemand mit Nadeln pieksen wollte. Gegen eine hohe Aufschlagsgeschwindigkeit war das Material also nicht gefeit. Wenn die Hydriten noch näher kamen, würden die Dornen den Anzug vollständig durchdringen.

Inzwischen gingen die Schützen dazu über, auf Matts Kopf zu zielen. Ein ganzer Harpunenhagel jagte heran, doch Quart'ol schlug mit dem Man'tan einen weiteren Haken, sodass die Geschosse ins Leere sausten.

Matt fegte die Dornen von seinem Brustkorb und erwiderte das Feuer.

»Ich fürchte, wir sind erledigt!«, brüllte er, als sämtliche Schüsse ins Leere gingen.

Quart'ol sparte sich eine Antwort. Verzweifelt suchte er nach einem Ausweg aus der Misere. Die Rochen der Verfolger waren baugleich mit dem ihren, deshalb konnten sie ihnen nicht entkommen. Und so viele Ausweichmanöver er auch einleiten mochte, früher oder später würden die feindlichen Harpunen ihr Ziel finden. Alles was ihm blieb, war ein stilles Gebet an Ei'don ...

... das schon Sekunden später erhört wurde!

Vor ihnen knickte die Felswand im steilen Winkel nach rechts ein und mündete in eine Schlucht, die sich landeinwärts durch den Kontinentalschelf zog. Quart'ol zerrte an den Zügeln. Sofort kippte der Man'tan über die rechte Schwinge ab und jagte in einer engen Kurve um den Felsvorsprung herum.

Für einige Sekunden waren sie den Blicken und Geschossen der Gegner entzogen.

»Sehr gut!«, jubelte Matt. »Jetzt haben wir eine Chance!« Er drückte das Schallgewehr fest gegen sein Kinn und wartete geduldig auf die Verfolger. Wie erwartet jagte der erste Rochen ebenfalls haarscharf um die Ecke.

Genau in Matts Salve hinein. Der Rochen schmierte ab und prallte gegen die Felswand. In einem Regen aus Schlamm und Geröll trudelte er in die Tiefe.

Die beiden anderen mussten im großen Bogen ausweichen und verloren so wertvolle Sekunden. Der Abstand zwischen ihnen und den Verfolgern vergrößerte sich wieder.

Quart'ol lenkte den Rochen tiefer in die verwinkelte Schlucht, die zahlreiche Deckungsmöglichkeiten bot. Immer wieder konnte er hinter einem bizarren Vorsprung abtauchen, um den heranjagenden Harpunen zu entgehen. Allerdings machte sich die verletzte Schwinge ihres Man'tans langsam bemerkbar. Seine Bewegungen wurden träger und er konnte die Geschwindigkeit nicht mehr halten.

Die Verfolger holten auf.

Matt wollte den vorderen Rochen durch einen gezielten Blattschuss stoppen. Er legte seine Finger um den breiten, für Flossenhände konstruierten Abzug und krümmte sie.

Diesmal blieb die Waffe stumm. Die Druckpatrone war leer.

»Hier, nimm meins!« Mer'ol hielt ihm sein eigenes Gewehr entgegen.

Matt griff dankbar zu. Als er erneut anlegte, war der vorderste Rochen schon gefährlich nah heran. Der erste Schuss musste sitzen, sonst waren sie erledigt.

In einem halsbrecherischen Manöver zog Quart'ol um den nächsten Felsvorsprung. Der gegnerische Rochenreiter wollte ihm nicht nachstehen, deshalb jagte er genauso eng um die Kurve. Das wurde ihm zum Verhängnis!

Matt jagte eine Schallwellensalve in die darüber liegenden Felsen. Krachend stürzte die ausgelöste

Lawine herab und riss den Rochen mitsamt Reitern in die Tiefe.

Nun hatten sie es nur noch mit einem Verfolger zu tun.

»Dreh um!«, schrie Matt. »Wir brauchen ein neues Gefährt!«

Quart'ol stellte keine Fragen, sondern kam der Aufforderung nach. Er vertraute auf Matts kämpferisches Talent, das er in der Zeit in seinem Körper mehrmals hautnah hatte miterleben können. Ein wenig des menschlichen Wagemutes steckte nun auch in ihm; nie zuvor in seinen drei Leben war er so todesmutig auf einem Man'tan geritten.

Einen lauten Kampfschrei auf den Lippen trieb er das Tier zu einem Rückwärtslooping an. Ohne die Tentakelsicherung wäre Matt aus dem Sitz geglitten, als sie plötzlich über Kopf standen, doch auf dem Scheitelpunkt der Bahn drehte sich der Man'tan wieder auf den Bauch und stürzte dem herankommenden Rochen entgegen.

Die Verfolger waren von dem Manöver völlig überrascht, feuerten aber nach der ersten Schrecksekunde aus allen Rohren. Die Unterseite des Man'tan wurde mit Harpunen gespickt, trotzdem blieb er auf Kurs. Plötzlich schnellte Matt hinter der linken Schwinge hervor und feuerte im Vorbeigleiten auf die vierköpfige Besatzung. Der geballte Wasserdruck setzte sie umgehend außer Gefecht.

Führungslos geworden stoppte der Rochen, wie es in seinen Dressurcodes programmiert war.

»Na also«, frohlockte Quart'ol, »damit dürften wir es bis Hykton schaffen.«

Eilig schwammen sie hinüber und lösten die Ohnmächtigen aus den Tentakelsicherungen. Sie durften keine Zeit verlieren! Sobald sich die anderen Besatzungen von ihren Blessuren erholten, ging der ganze Ärger von vorne los. Es ließ sich jedoch kein Frevler blicken, auch nicht, als sie Mer'ol und den Leinensack nachholten.

Der Man'tan, auf dem sie bisher geritten waren, sank in einer grünlichen Plasmawolke langsam in die Tiefe, als wüsste er, dass seine Aufgabe erfüllt war. Matt spürte einen Kloß im Hals, der ihm das Schlucken schwer machte. Diese künstliche – aber gleichzeitig so lebendige – Lebensform mochte kein großes Schmerzempfinden haben, trotzdem schien es ihm falsch, sie nach ihren treuen Diensten einfach sterbend zurückzulassen.

Doch ihre Situation ließ keine Zeit für Sentimentalitäten. Sie mussten den antiken Kampfstoff umgehend nach Hykton bringen, bevor er weiteres Unheil anrichten konnte. In den Händen der Frevler wäre er eine gefährliche Waffe, die die Machtverhältnisse in den Ozeanen für alle Zeiten auf den Kopf stellte.

Quart'ol wandte sich um. Zufrieden registrierte er die Tentakelstränge um die Hüften seiner Besatzung. Mit leichtem Fersendruck ließ er den gekaperten Man'tan aufsteigen. Hinaus aus der Schlucht, Hykton entgegen.

Jagd-U-Boot Kiew, Wrackstelle nahe Drytor

Die VIERTE schwebte mit gebeugtem Rücken über Ayga'da, dem Späher, der Maddrax begleitet hatte. Rote Wolken stiegen von ihm auf. Weit mehr, als durch zwei Harpunenwunden austreten konnte.

Hauptmann Goz'anga schlug seine Fußflossen wie zufällig gegeneinander, um sein Kommen anzukündigen. Die VIERTE richtete sich betont langsam auf, um ihren Unmut zu bekunden, bevor sie über die Schulter blickte. Blut klebte an ihren Lippen, Fleischfasern ragten zwischen den gebleckten Zähnen hervor.

Als sie sah, dass es der Hauptmann war, der sie störte, wandte sie sich dennoch um. Dabei gab sie den Blick auf Ayga'das geöffneten Brustkorb frei.

Tir'za hielt die Doppelklinge, mit der sie den Schnitt ausgeführt hatte, immer noch in Händen. Es war die Klinge des Toten.

Verspeise das Herz deines Feindes, lehrte Mar'os seine Jünger. Doch Ayga'da war kein Feind gewesen, nur ein Verletzter, der seinen Wert verloren hatte. Irgendwo tief in Goz'anga flüsterte eine leise Stimme, dass diese Handlung Unrecht sei, doch er verdrängte sie sofort wieder. *Gelobt sei, was rücksichtslos und stark macht*, war seine neue Maxime, und so sollte es auch bleiben.

»Die Flüchtigen sind mit dem Geschenk, das uns Mar'os sandte, unterwegs nach Hykton«, meldete er der VIERTEN.

Ihr Titel hatte eigentlich keine Bedeutung mehr, denn bald würden alle Hydriten dieser Küste wissen, dass Drytor nicht mehr zum Bund der neun Städte gehörte. Trotzdem behielten ihn die Frevler bei, wie so viele Gewohnheiten aus ihrem früheren Leben.

Tir'zas blutige Lippen verzogen sich zu einem grausamen Lächeln. »Sehr gut«, lobte sie. »Das läuft ja besser als erwartet.«

Hauptmann Goz'anga nickte, obwohl er den Plan der VIERTEN für zu gewagt hielt. Seiner Meinung nach hätten sie längst die Entscheidung im offenen Kampf suchen sollen, anstatt mit List und Verschlagenheit gegen ihre Feinde vorzugehen. Zum ersten Mal kam ihm der Gedanke, dass er ein besserer Führer der *neuen Ordnung* wäre, und er fragte sich, wie das Herz der

VIERTEN schmecken mochte. Diesmal schwieg seine innere Stimme, als übertönte der Wunsch nach Macht den barmherzigen Reflex, der noch in ihm wohnte.

Die VIERTE musterte ihn kalt, als ob sie seine Gedanken erahnte. Das wäre nicht weiter verwunderlich, schließlich wühlte in jedem Frevler die selbe Gier. *Ein Hai reißt dem anderen keine Flosse aus*, hieß ein altes Sprichwort, das der Hauptmann im Stillen ergänzte: *solange er keinen Vorteil dadurch erlangt*.

»Wie lauteten deine Befehle, Hauptmann?«, erforderte die VIERTE seine Aufmerksamkeit.

»Ich habe unseren Kal'mar auf ihre Spur gesetzt«, antwortete Goz'anga mit vorgetäuschter Gehorsamkeit.

Die VIERTE sah ihn von oben herab an. »Gut! Aber achte darauf, dass keine Fehler geschehen. Du haftest mir persönlich für das Gelingen dieser Mission, Hauptmann. Mit deinem Kopf!«

Ohne ein weiteres Wort an den Untergebenen zu verschwenden drehte sich Tir'za wieder dem Toten zu, um ihr Mahl zu beenden. Hauptmann Goz'anga sah indes zu den Wachen auf, die in einem engen Ring über ihrer Herrin schwebten. Er kannte jeden Einzelnen von ihnen, doch sie erwiderten seine Blicke kalt und distanziert. Ihren Mienen war deutlich anzusehen, dass sie sich, wenn es die VIERTE befahl, sofort auf ihn stürzten und ihn töten würden.

So viel war sicher. Wenn er wirklich der Herrscher des neuen Reiches werden wollte, musste er sich erst Verbündete in den eigenen Reihen schaffen.

Irgendwo vor der Ostküste Nordamerikas

Der Man'tan jagte mit hoher Geschwindigkeit durch das unendliche Grün des Atlantiks. Jeder Schlag der mächtigen Schwingen brachte sie ein Stück näher ans Ziel. Nach Hykton, in die Sicherheit.

Sie waren bereits eine halbe Stunde unterwegs, aber das Meer hinter ihnen war immer noch frei von feindlichen Rochengeschwadern. Langsam keimte Hoffnung in Matthew auf. Mit etwas Glück würden sie auch den Rest des Weges unversehrt hinter sich bringen.

Nur Mer'ols Verwundung bereitete ihm zunehmend Sorge. Sie hatten den Dorn entfernt, doch die Blutung wollte einfach nicht zum Stillstand kommen. Sie mussten dringend etwas unternehmen, bevor der Blutverlust zu groß wurde ... oder sich ein Rudel Haie an ihre Fersen heftete.

»Wieso habt ihr bloß kein Verbandszeug an Bord?«, fluchte Matt schon zum zehnten Mal. »Schneidet sich bei euch nie jemand in den Finger?«

»Das schon«, antwortete Quart'ol geduldig. »Aber normalerweise haben wir es nicht weit bis zur nächsten Apotheke. Da vorne ist schon eine!«

Mit einem harten Ruck brachte er den Man'tan über dem Meeresgrund zum Halten, stieß sich von dessen Rücken ab und schwamm zu einer großen Seepflanze hinüber, deren glockenförmige Blüten an blassgelbe Osterblumen erinnerten. Am Rande des Kelchs wuchsen plötzlich scharfe Fangzähne, die wütend nach Quart'ol schnappten, als er daran ging, einige lange schmale Blätter von der Pflanze zu rupfen. Geschickt wich er den Attacken der handtellergroßen Mäuler aus und kehrte mit seiner Beute zurück.

»Die Fasern des Glockenfressers haben eine heilende Wirkung«, erklärte er. Geschickt rollte er eines der grünen Blätter zu einem dünnen Stäbchen auf, das er ohne viel Federlesens in die offene Wunde stopfte.

Mer'ol ließ die schmerzhafte Prozedur ohne einen

Klagelaut über sich ergehen, wofür ihm Matt insgeheim Bewunderung zollte. Auch sonst musste er seine Meinung über den Hydriten, der ihm in den letzten zwei Wochen das Leben schwer gemacht hatte, revidieren. Als es darauf ankam, hatte Mer'ol all seine Vorurteile beiseite geschoben und ihn mit einem sicheren Schuss aus den Fängen des Hais gerettet. Eine noble Einstellung, der Matt nicht nachstehen wollte.

»Gib her, ich mache den Rest«, forderte er Quart'ol auf.

Während der junge Klon wieder die Zügel übernahm, wickelte Matt die übrigen Blätter in einer Art Notverband um Mer'ols Hüfte, wie er es in diversen Erste-Hilfe-Kursen gelernt hatte. Das Ergebnis konnte sich sehen lassen.

»Nicht schlecht«, lobte sogar Mer'ol. »Wie es scheint, könnt ihr Menschen doch mehr als Tod und Zerstörung bringen.«

Das war wohl seine Art *Danke* zu sagen. Matt akzeptierte es mit einem freundlichen Nicken. Danach nahm er das Schallgewehr auf und suchte den hinter ihnen liegenden Horizont ab.

»Wie lange brauchen wir noch?«, wollte er wissen.

»Ich weiß nicht genau«, antwortete Quart'ol ehrlich. »Ich lebe eigentlich auf der anderen Seite des Allatis. Schon vergessen?«

Matts Augen verengten sich zu misstrauischen Schlitzen. »Aber wir bewegen uns zumindest in die richtige Richtung, oder?«

Quart'ol warf einen missbilligenden Blick über die Schulter. »Sehr witzig, *MacGyver*!« Die Fernseherinnerungen aus der Kindheit seines Seelenträgers hatten deutlich auf ihn abgefärbt, doch er riss sich zusammen und fuhr ernsthaft fort: »Als Botschafter des östlichen

Städtebundes habe ich diese Gewässer früher oft unsicher gemacht, aber das ist schon zwei Leben lang her. Da vergisst man ein paar Kleinigkeiten.«

Schweigend ging es weiter.

Nach einigen Minuten glaubte Matt einen schwachen Punkt in der Ferne ausmachen zu können, doch er verschmolz gleich darauf mit dem allumfassenden Grün des Ozeans. Trotzdem behielt er die Stelle im Auge, um zu sehen, ob es dort zu weiteren Unregelmäßigkeiten kam.

»Gibt es keine Möglichkeit, mit Hykton Kontakt aufzunehmen?«, fragte er Mer'ol, um von der eigenen Nervosität abzulenken.

Matt wusste, dass auch unter Wasser Funkverkehr möglich war. Jedes amerikanische U-Boot seines Jahrhunderts konnte während der Tauchfahrt auf der ELF-Frequenz* senden und empfangen. Die Bandbreite dieses Kanals war allerdings sehr schmal, deshalb wurden die Daten extrem langsam übermittelt. Ein einziger Buchstabe brauchte etwa dreißig Sekunden, das machte diese Übertragungsmöglichkeit nicht sonderlich attraktiv.

Die Hydriten schienen eher auf optische Signale und ihr Röhrensystem zu vertrauen, wenn sie Nachrichten mit den anderen Städten austauschen wollten. Außerdem widersprach es ihrer dezentralen Organisation, sich zu stark miteinander zu vernetzen.

»Uns stehen nur einige Signalpatronen zur Verfügung«, bestätigte Mer'ol seine Vermutungen »Und die würden eher unsere Verfolger auf uns aufmerksam machen als Hilfe aus Hykton bringen.«

Der dunkle Punkt tauchte wieder am Horizont auf. Matt hatte Recht gehabt. Es war keine optische Täu-

---

* eine Ultralangwellenfrequenz

schung, sondern ein großes Objekt, das sich in dieselbe Richtung wie sie bewegte. Diesmal verschwamm der Schatten nicht wieder mit dem Hintergrund, sondern wurde stetig größer. Was auch immer es war, es bewegte sich verdammt schnell.

Viel schneller als ein Man'tan!

Mer'ol hatte es ebenfalls ausgemacht. Unruhig richtete er sich auf und fixierte das Objekt, das zielstrebig näher kam.

»Verdammt, flüsterte er. »Das muss ihr Kal'mar sein.«

Da konnte Matt auch schon das feingliedrige Gewimmel erkennen, das den torpedoförmigen Schatten voran trieb. Rasend schnell wurde das Tier größer, bis jede Einzelheit genau auszumachen war.

Was sich ihnen da näherte, war ein über zwanzig Meter langer Riesenkalmar, wie er in den lichtlosen Ozeantiefen hauste. Zumindest in Matts Jahrhundert. Den Hydriten war es irgendwie gelungen, diesen Giganten an den niedrigen Wasserdruck der Oberflächenschichten zu gewöhnen, oder sie hatten ihn ebenso künstlich erschaffen wie die Man'tane.

Furchteinflößend war er so oder so.

Auf seinem stromlinenförmigen Körper ritten ein Dutzend Frevler, die drohend ihre Harpunen schwangen. Hinter ihnen zogen sich zehn Fangarme in einer synchronen Bewegung zusammen, streckten sich explosionsartig wieder aus und jagten das Tier bei jedem Takt weit durchs Wasser. Dieser Geschwindigkeit hatte ihr Man'tan nichts entgegenzusetzen. Es war nur eine Frage von wenigen Minuten, bis der Kal'mar den Vorsprung endgültig aufgeholt hatte.

Matt sah auf das Schallgewehr in seinen Händen, das plötzlich klein und zierlich wirkte. Er hatte arge Zweifel, ob sich das gigantische Tier damit beeindrucken ließ, aber versuchen musste er es. Es stand zu viel auf dem Spiel, um einfach kampflos aufzugeben.

Mit einem schnellen Tippen seiner Fingerkuppen signalisierte er dem Man'tan, dass er sich vom Rücken lösen wollte. Die Tentakel um seine Hüfte bildeten sich sofort zurück und er konnte sich frei bewegen.

»Was hast du vor?«, fragte Mer'ol.

»Nimm eine von deinen Signalpatronen«, ordnete Matt an. »Wenn ich dir ein Zeichen gebe, nebelst du alles hinter euch ein.«

»Du willst *kämpfen*?«, keuchte der Hydrit. »Du bist verrückt!«

»Nein«, widersprach Matt, »nur realistisch. Der Kampfstoff darf nicht in die Hände der Frevler fallen, das wäre eine Katastrophe. Also muss einer von uns für den sicheren Abtransport sorgen. Ich drängle mich nicht unbedingt darum, aber du bist verletzt und ich kann den Man'tan nicht lenken. Außerdem ist es nur gerecht, wenn ich zurück bleibe. Ohne uns Menschen würdet ihr nicht in diesem Schlamassel stecken.«

Mer'ol starrte nachdenklich auf die Signalpatrone, die er unter seinem Bauchpanzer hervorgezogen hatte. »Du bist nicht für die Fehler anderer Menschen verantwortlich«, erklärte er versöhnlich, »aber ansonsten hast du leider Recht. Wir müssen dem Kal'mar um jeden Preis entkommen.« Er stockte einen Moment, sah zu Matt auf und streckte ihm spontan die Flosse entgegen. Eine menschliche Geste. Das war wohl das größte Zugeständnis, das er seinem einstigen Widersacher machen konnte. »Ich wünsche dir viel Glück, Maddrax.«

Ohne zu zögern griff Matt zu. »Danke!«

Als sie sich die Hand reichten, war es, als ob es ein Abschied für immer wäre. Matt tröstete sich. Wenigstens war es ihm zuvor gelungen, einen Zweifler an der Menschheit zu bekehren.

Die ersten Harpunen zogen ihre Bahn, drei von ihnen schrammten nur knapp am Rochen vorbei. Der Kal'mar war fast heran, die nächsten Schüsse würden besser sitzen. Matt gab Mer'ol einen kurzen Wink und presste das Schallgewehr an die Brust.

Zischend schoss das blaue Sekret aus der Signalmuschel hervor und breitete eine dichte Tintenwolke über sie aus. Matt stieß sich vom Rücken des Man'tan ab und schwamm dem Kalmar entgegen. Der Nebel deckte ihn für einige Sekunden, dann schoss er mit wuchtigen Flossenschlägen daraus hervor.

Direkt in die Bahn des Kraken hinein.

Groß und wuchtig raste der torpedoförmige Rumpf auf ihn zu, doch als er so plötzlich aus dem Nichts auftauchte, scheute das Tier. Die beiden dreieckigen Flossen, die seine Körperspitze säumten, drückten sich instinktiv nach unten, worauf es im flachen Winkel in die Höhe schoss.

Matt nutzte die Verwirrung für eine erste Salve aus dem Schallgewehr. Das verhärtete Wasser hämmerte in drei aufeinanderfolgenden Stößen in die Unterseite des Kal'mar.

Der flexible Körper des Giganten wölbte sich unter den Treffern kurz nach innen, zeigte aber sonst keine Wirkung. Matt fluchte und schoss weiter. Alles was er damit erreichte, war es, den Zorn des Tieres zu erregen.

Mit einem dumpfen Kreischen, das an das Trompeten eines wütenden Elefanten erinnerte, riss der Krake den Unterleib herum und schlug mit seinen Fangarmen nach dem lästigen Störenfried.

Matt versuchte zur Seite auszuweichen, doch plötzlich war er von einem wahren Tentakelwald umgeben. Er drehte sich, um nach hinten auszubrechen, aber dort bot sich das gleiche Bild. Einem wahren Peitschengewitter gleich jagten die oberschenkeldicken Glieder über ihm hinweg. Das Wasser bremste ihre Geschwindigkeit, so konnte er zwei Hieben ausweichen, aber dann klatschte ein Saugnapf im Suppentellerformat gegen seinen Rücken und saugte sich mit einem grässlichen Schmatzen an ihm fest.

Matt riss die Arme in die Luft, um auf die Tentakel einzuschlagen, doch es war zu spät! In Windeseile wand sich der Fangarm um Brustkorb, Hüfte und Beine, bis nur noch die Arme und sein Kopf aus dem Fleischgewirr hervor ragten. Geschmeidig zog sich die lebende Schlinge immer enger, um dem hilflosen Opfer die Knochen im Leib zu brechen.

Wie schon bei der Haiattacke widerstand der Taucheranzug dem stetig zunehmenden Druck.

Wütend riss der Kalmar Matt empor, bis er auf gleicher Höhe mit der Besatzung schwebte. Erst jetzt konnte der Ex-Commander zweifelsfrei feststellen, dass es sich bei dem Kraken um eine bionetische Lebensform handelte, die von zwei Hydriten gelenkt wurde. Einer fungierte als Reiter, der andere war für den Kampf mit den Tentakeln zuständig.

Die übrige Besatzung starrte nur ungläubig auf den Kiemenmenschen, der es gewagt hatte, sich im Alleingang mit ihnen anzulegen. Keiner von ihnen traute sich mit der Harpune zu feuern, aus Furcht den Fangarm des Reittieres zu treffen.

Matt verspürte keine Skrupel dieser Art.

Blitzschnell fegte er eine Garbe über den Rücken des Kal'mar. Drei Besatzungsmitglieder wurden mit dem verdichtetem Wasser ins Land der Träume geschickt, doch seine Schüsse auf die Reiter sausten übers Ziel hinweg.

Eine zweite Chance gab es nicht.

Mit einem harten Ruck jagte der Fangarm in die Tiefe. Matt fühlte ein schummriges Gefühl im Magen, als würde er in einem Fahrstuhl stecken, dessen Halteseil gerissen war. Unaufhaltsam raste er dem Meeresboden entgegen. Im letzten Moment wischten die Tentakel zur Seite in dem Versuch, ihn mit dem Kopf voran in den Grund zu rammen. Matt riss die Arme vors Gesicht, um sich zu schützen, dann schlug er auf.

Der weiche Schlamm dämpfte den Aufprall, trotzdem ging ihm die Erschütterung bis ins Mark. Weitere Schläge dieser Art würde er nicht überstehen, doch der Fangarm holte bereits erneut aus. Er faltete sich wie eine Ziehharmonika zusammen, um ihn beim nächsten Mal mit noch größerer Wucht in die Tiefe zu stoßen.

In einem Akt purer Verzweiflung legte Matt auf den Tentakel an, der kurz vor dem Losschnellen stand, und feuerte das Magazin des Schallgewehrs leer. Die feste Muskelmasse konnte dem Druck kaum nachgeben, deshalb entfalteten die Treffer diesmal ihre volle Wirkung. Einem schmerzhaften Reflex folgend, entrollte sich der Fangarm auf seine volle Länge.

Matt wurde in einer wilden Drehung durchs Wasser geschleudert, bis er gegen eine Becherschwammkolonie prallte. Sein Gewehr landete zehn Meter weiter entfernt im Schlamm. Leergeschossen und unerreichbar. Alles was ihm noch blieb, war die Flucht.

Er wollte davon kraulen, doch die Tentakel schossen bereits heran. Drohend fauchten sie über ihm durchs Wasser, bereit sich um Hals und Kopf zu schlingen, um ihn zu ersticken, zu erdrosseln, ihm das Genick zu brechen!

Ein riesiger Saugnapf zielte auf Matts Gesicht – als der Fangarm unerwartet zurückzuckte. Plötzlich wurde das Wasser um ihn herum von schaumigen Geschossbahnen durchzogen, die immer wieder in das Tentakeldickicht einschlugen und die Krakenfortsätze mit brutaler Gewalt zurück trieben.

Durch einen blutigen Schleier vor den Augen sah Matt ein kreisendes Rochengeschwader, das dem Kal'mar mit unablässigen Schallsalven zu Leibe rückte. Dieser Übermacht waren die Frevler nicht gewachsen. Ihr Reiter riss den Kraken an den Zügeln herum, um in die Höhe zu entfliehen.

Die Man'tane setzten schon zur Verfolgung an, als zwischen den Fangarmen eine riesige Tintenwolke hervor schoss, die das Wasser im Umkreis von hundert Metern schwärzte. Auf einen Schlag war die Hand nicht mehr vor den Augen zu sehen; selbst das Leuchtsekret der Man'tane versagte seinen Dienst.

Matt klammerte sich an einem Becherschwamm fest und schöpfte nach Atem. Der Ausstoß des Kraken hinterließ zwar einen unangenehmen Geschmack, hatte aber keine Nebenwirkungen. Die Zeit der Finsternis kam ihm wie eine Ewigkeit vor, aber dann trieben die Schwaden auseinander, zerfaserten zu dünnen Streifen und lösten sich in rascher Geschwindigkeit auf.

Bel'ar war die Erste, die mit wuchtigen Schwimmstößen zu ihm herab tauchte. »Ei'don sei Dank«, jubelte sie, »du lebst. Wir hatten schon jede Hoffnung aufgegeben.«

»Mir gings nicht anders«, gestand Matt würgend.

Er hatte noch die eine oder andere Frage auf den Lippen, doch angesichts seiner Schmerzen verkniff er sich jedes weitere Wort. Bel'ar konnte auch so auf seinem Gesicht ablesen, was er wissen wollte.

»Wir haben herausgefunden, dass Lorg'da ein Frevler ist«, erklärte sie. »Ich habe auch die Giftreste in seinen Atemwegen analysiert. Unsere besten Bionetiker arbeiten bereits an einem Antiserum.« Sie fasste von hinten unter Matts Achseln, umschloss seinen linken Unterarm mit beiden Flossen und zog ihn fest an ihren prallen Busen. Dank dieses Rettungsgriffes konnte sie mit ihm bequem zu den wartenden Rochen aufsteigen. Unterwegs erklärte sie: »Der HÖCHSTE hat alle verfügbaren Man'tane ausgesandt, um in Drytor nach dem Rechten zu sehen. Als wir Mer'ols Signal sahen, wussten wir, das ihr in Gefahr seid.«

Sie erreichten einen Man'tan, auf dem sie bereits von zwei Hydriten erwartet wurden. Über Quart'ols Gesicht huschte ein spitzbübisches Grinsen, als er den engen Körperkontakt zwischen Matt und der Beobachterin sah. Bol'gar hatte dagegen nur Augen für den Stoffsack, der ihm von dem verletzten Mer'ol anvertraut wurde.

»Ihr müsst uns zurück nach Hykton begleiten«, sagte Matt mit letzter Kraft zu der Hydritin. »Die Behälter aus dem U-Boot ... sie dürfen nicht in falsche Hände geraten.«

Bol'gar tätschelte ihm beruhigend die Schulter. »Keine Sorge, der Rückmarsch wurde bereits befohlen. Und diesen Sack hüte ich wie meinen Augapfel.« Bei den letzten Worten verzog sich sein Gesicht zu einem hämischen Grinsen, doch da war Matt bereits in die Dunkelheit einer Ohnmacht abgetaucht.

Hykton

Die Stadt am Grunde des Meeres vibrierte förmlich vor Aufregung. Überall zwischen den Kuppelbauten eilten bewaffnete Hydriten umher, die ihre Meldeplätze suchten oder Verteidigungsmaterial transportierten. Boten wurden in die verbündeten Städte gesandt, um vom Aufflammen des Mar'os-Kultes zu berichten. Jeder bewegte sich hektisch, einige gar am Rande der Hysterie, als könnte jeden Moment Ei'dons Strafgericht über sie hereinbrechen.

Im Hydrosseum ging es nicht weniger aufgeregt zu.

Inmitten dieses brodelnden Hexenkessels wirkte Bol'gar wie eine unwirkliche Erscheinung. Mit ruhigen Schwimmstößen, die im Vergleich zu den anderen Einwohnern quälend langsam wirkten, schwebte er zur Eingangshalle hinab. Der faustgroße Metallklotz, den er unter dem Bauchpanzer verborgen hatte, brannte auf seiner schuppigen Haut wie ein glühendes Lavastück, das gerade erst aus einem unterseeischen Vulkan gespien worden war.

Obwohl in seinem Inneren die Furcht vor Entdeckung tobte, blieb er äußerlich kalt und berechnend. Eine Folge der neuen Klarheit, die ihn beherrschte, seit Lorg'da ihn zwei Tage lang mit Fisch vollgestopft hatte. Sein Leben – früher langweilig, öde und leer – erschien Bol'gar seither in einem ganz neuen Licht.

Sämtliche Sinne schienen sich verstärkt zu haben. Alles roch, schmeckte und klang viel intensiver als früher. Obwohl er wusste, dass dieser schnelle Wandel auf den Verzehr der verseuchten Fische zurückzuführen war, verspürte er keinerlei Drang, zu seiner alten Existenz zurückzukehren.

Lieber wollte er der VIERTEN dienen, die Mar'os' alte Werte predigte und *ihn* dazu auserkoren hatte, Hykton zur zweiten Hochburg ihres Glaubens zu machen. Dank Maddrax hatten sie den Ursprung ihres Erwachens gefunden, und dank Maddrax war *Mar'os Geschenk* auch direkt ins Herz ihrer Feinde gelangt.

Bol'gar passierte die Wächterin an der Bodenschleuse, die sich nicht die Zeit nahm, ihn zu grüßen. Sie war viel zu sehr damit beschäftigt, nach Feinden Ausschau zu halten, ohne zu ahnen, dass sie ihren ärgsten Widersacher gerade eingelassen hatte. Dafür würde sie sterben müssen, aber das ahnte sie natürlich ebenso wenig.

Bol'gar tastete nach dem Giftbehälter, um sicher zu gehen, dass er noch an seinem Platz war. Erst als er die raue Metalloberfläche unter seiner Flosse spürte, beruhigte sich sein Herzschlag wieder. Nun konnte nichts mehr schief gehen, obwohl sein Cousin fast alles verdorben hatte, als er seiner zügellosen Gier nachgab. Zum Glück hatte er Lorg'da zum Schweigen bringen können, bevor das Quallenhirn verhört werden konnte.

Bol'gar lächelte zufrieden, als er daran dachte, dass ihm diese Tat das völlige Vertrauen des HÖCHSTEN eingebracht hatte. Die gutmütigen Ei'don-Anhänger waren so einfach zu täuschen ...

Endlich erreichte er die Mitte der Eingangshalle, in der das Muschelmosaik den Ursprung der Hydriten zeigte. Die gute alte Zeit, in der sie noch Mar'os huldigten. Hier, im Antlitz des dunklen Gottes wollte er das Zeichen setzen, das Hykton in einen neues Zeitalter katapultieren würde.

Vorsichtig sah er sich um.

Keiner der hektischen Hydriten beachtete ihn. Die Zeit war günstig, denn Mar'os war mit jenen, die schnell und hart handelten. In einer unauffälligen Bewegung zog Bol'gar den angerosteten Metallkasten hervor, verbarg ihn aber weiter in der breiten Flossenhand. Mit der Linken griff er nach dem Vibrationsmesser an seiner Hüfte. Die summende Klinge konnte Korallenbänke in kleine Streifen schneiden, und auch der korrodierte

Behälter widerstand nur kurze Zeit. Mit einem leichten Ruck stieß die Spitze ins Innere des Blocks vor.

Zuerst war Bol'gar enttäuscht, denn er konnte nicht die geringste Veränderung im Wasser ausmachen. Dann spürte er, wie sich sein Pulsschlag rasend schnell beschleunigte. Kein Zweifel, das CK-512 wirkte.

Lautlos, geruchlos, farblos.

Unaufhaltsam.

Dykan, eine verlassene Stadt in der Tiefsee-Ebene

Quan'rill wand sich wie im Fieberwahn. Sein Herzschlag flatterte, die Organe standen kurz vor dem Versagen. Die Seelenreise kostete seine letzten Kraftreserven, doch er durfte einfach nicht zurückkehren.

Nicht solange Hykton in höchster Gefahr schwebte!

Sah denn keiner seiner alten Freunde, was wirklich vor sich ging? Sollte es Mar'os wirklich gelingen, seine dunklen Fänge um das Volk der Hydriten zu schließen?

Nein, das durfte nicht sein!

Verzweifelt irrte seine Seele durch das Hydrosseum, in der Hoffnung, eine Möglichkeit zur Kontaktaufnahme zu finden. Doch die Bevölkerung war viel zu aufgebracht, um seine Signale zu empfangen, die er immer wieder aussandte. Der nächste Weg galt dem Laboratorium, in dem die Klone heranwuchsen, doch keiner von ihnen besaß die Reife, eine kurzfristige Übernahme zu verkraften.

Ja, Quan'rill war bereit, seine eigene Existenz aufzugeben, um das Unglück zu verhindern – doch er fand einfach keinen Körper, den er übernehmen konnte.

Bis er auf den Bewusstlosen stieß, der bereits eine Hydritenseele beherbergt hatte.

Maddrax!

Der Geist des Menschen war stark, doch solange ihn die Ohnmacht schwächte, mochte das Vorhaben gelingen. Quan'rill sah zu dem Verräter hinüber, der mit Quart'ols Hilfe das Geheimnis der Metallzylinder lüftete. Eine Leistung, die dem in die Primitivität zurückgeglittenen Frevler alleine niemals gelungen wäre. Doch was er an Intelligenz eingebüßt hatte, machte Bol'gar durch Verschlagenheit wieder wett.

Kaum dass ihm Quart'ol den Rücken zuwandte, nahm der Frevler einen der kleinen Behälter an sich und verbarg ihn unter dem Bauchpanzer. Quan'rill hätte am liebsten geschrien, um die Freunde zu warnen, doch seiner körperlosen Präsenz war dieses Privileg verwehrt.

Ohne dass es die anderen Hydriten merkten, schlich sich Bol'gar aus dem Labor. Seine Absicht war klar: Er wollte Hykton dem Verderben preisgeben.

Nun gab es für Quan'rill kein Zurück mehr. Er musste handeln, und zwar schnell. Hastig zog er sich über der Stirn des Menschen zusammen, bis er eine kompakte Einheit bildete, dann drang er wie ein Blitz in das fremde Gehirn ein.

Der Weg fühlte sich vertraut an, denn ein anderer Hydrit hatte ihn schon einmal beschritten, trotzdem spürte Quan'rill den Widerstand des Mannes, den sie Maddrax nannten. Sobald er wieder zu Kräften kam, würde er seinen ungebetenen Gast verdrängen, doch das scherte den Hydriten nicht. Er ersehnte sein Ende schon weit länger herbei, als der Seelenträger an menschlichen Jahren maß. Geschickt griff Quan'rill nach dem schmalen Rest seines Geistes, der noch im eigenen Körper wurzelte. Es bedurfte eines harten Ruckes, aber dann verließ er die geschwächte Hülle, die im gleichen Herzschlag starb, als er sie unter sich in der Dunkelheit zurückließ …

Hykton, Labor der Beobachter

»Die Konstitution der Menschen ist wirklich erstaunlich«, stellte Bel'ar anerkennend fest. »Die Strapazen, die Maddrax durchmachen musste, hätten die meisten Hydriten getötet, doch sein Körper hat sich in wenigen Phasen des Schlafes fast vollständig erholt.«

Der HÖCHSTE nickte. »Zweifellos war es ein Wink Ei'dons, dass Maddrax gerade im Augenblick der höchsten Not bei uns weilte. Doch nun sollten Sie die Verteilung des Anti-Serums unterstützen, Beobachterin. Wir müssen damit rechnen, dass uns die Frevler das Gift der Menschen wieder abjagen wollen.«

Bel'ar wollte der Anordnung gerade Folge leisten, als Maddrax unkontrolliert zu zucken begann. Die Doktorfische, die an seinem Brustkorb klebten, lösten entsetzt ihre Saugnäpfe und schossen in alle Richtungen davon. Ruckartig federte sein Oberkörper in die Höhe, die Augen stierten wild umher.

Bel'ar wich zurück, denn Maddrax wirkte, als hätte er den Verstand verloren.

»Wo ist Bol'gar?«, drang es dunkel aus seinem Mund. Es klang wie eine fremde Stimme, einige Oktaven tiefer als seine eigene.

Bel'ar fing sich wieder. »Ganz ruhig«, beschwichtigte sie ihren Patienten. »Es ist alles in Ordnung.«

»Nein«, widersprach Maddrax heftig. »Ihr schwebt alle in Lebensgefahr. Bol'gar ist ein Frevler; er hat eines der Giftpakete an sich genommen. Wir müssen ihn aufhalten!«

»Das ist doch Unsinn«, protestierte Bel'ar, die nicht vergessen hatte, dass sie dem angeschuldigten Kollegen das Leben verdankte. »Sie sind einfach nur verwirrt durch ihre Ohnmacht und ...«

Der HÖCHSTE bedeutete der Beobachterin mit einer

energischen Geste zu schweigen. Sie verstummte wirklich; weniger aus Respekt vor dem Amt als vielmehr wegen seiner fahlen Gesichtsfarbe. Kal'rag wirkte plötzlich, als hätte er einen Seedämon gesehen.

»Wer bist du?«, würgte er hervor, obwohl er Maddrax bestens kannte.

»Du weißt es«, knurrte der Kiemenmensch. »Du kennst das Feuer in meiner Stimme, wenn wir gegen die Frevler ziehen. Seit wir den schreienden Dykaner sezierten, um das Geheimnis der Tantrondrüse zu lösen.«

Kal'rags Schuppen verloren erneut an Farbe. »Quan'rill«, flüsterte er bestürzt. »Ich dachte, du wärst längst tot.«

»Für Reden ist jetzt keine Zeit«, wiegelte *Maddrax* ab. »Lass lieber die Außenschotts schließen. Bol'gar darf das Hydrosseum nicht verlassen, selbst wenn es unser aller Leben kostet.«

Ohne eine weitere Erklärung schwang er sich von der Korallenliege und schwamm auf den Ausgang zu. Bel'ar und Quart'ol folgte dem Gespräch mit ungläubigem Staunen, doch der HÖCHSTE wirkte wieder so souverän wie gewohnt. In einer schnellen Bewegung, die seinem betagtem Körper nicht ohne Weiteres zuzutrauen war, wirbelte zu einer flachen Mulde an der Tür herum, in die er seine Flosse presste.

Ein Lichtstrahl fuhr über die Innenfläche. Gleich darauf erklang eine leise Stimme in seinem Kopf: *Identifikation Kal'rag, OBERSTER von Hykton, HÖCHSTER der Neun Städte.*

Das Hydrosseum versiegeln, dachte er, wohlwissend, dass es im gleichen Moment geschah. Trotzdem war es vielleicht schon zu spät. Ohne auf die Fragen seiner Beobachter zu hören, jagte er Maddrax – oder vielmehr Quan'rill – hinterher.

Auf dem Weg zum nächsten Bodenschott sah er gerade noch, wie die Taucherflossen in die Tiefe verschwanden. Kal'rag setzte sofort nach, doch er war nicht mehr der Jüngste. Als er die kreisförmigen Luke erreichte, war es schon zu spät. Aus der Eingangshalle drang ein verzerrtes Kreischen herauf, das er nur mühsam Bol'gars Kehle zuordnen konnte. Es war ein Schrei äußerster Verzweiflung, wie ihn nur jemand ausstieß, der dem Tode nahe war.

Der HÖCHSTE konnte nicht erkennen, was genau vor sich ging. Alles was er sehen konnte, war Maddrax, der auf halbem Weg in die Tiefe herumwirbelte und ihm zurief: »Es ist zu spät! Du musst die Halle versiegeln!«

Kal'rag hatte die Hand längst in der Scannermulde. Summend schob sich das kreisrunde Schott unter ihm zu, genau wie zwanzig andere Durchgänge. Der Tumult, der unter ihm losbrach, wurde augenblicklich gedämpft.

Gleich darauf spürte er einen brutalen Schmerz an der Kehle und wurde zurück geschleudert. Es dauerte einen Moment, bis er realisierte, dass Quart'ol seinen Hals umklammerte.

»Bist du völlig wahnsinnig geworden?«, brüllte der junge Klon. »Du kannst doch Maddrax nicht einfach seinem Schicksal überlassen!«

Es musste die Auswirkung des Giftes sein, die ihn zu dieser Überreaktion trieb. Kal'rag spürte selbst einen unbändigen Zorn in sich aufsteigen, doch er rang ihn nieder. Wenn sie sich gegenseitig an die Kehle gingen, hatten die Frevler gewonnen.

Noch ehe Bel'ar oder eine der Wachen eingreifen konnte, ließ Quart'ol von dem HÖCHSTEN ab. »Tut mir Leid«, entschuldigte er sich. »Ich weiß nicht, was über mich gekommen ist.«

Kal'rag winkte ab, als wenn die Angelegenheit nicht weiter wichtig wäre. Mit starrer Miene blickte er auf die transparente Luke nieder, unter der sich in der Eingangshalle eine Tragödie abspielte. Seine Entscheidung war ihm nicht leicht gefallen, aber sie musste sein.

»Sie sind alle hoffnungslos verloren«, deutete er hinab. »Und wir sind es vielleicht auch.«

Quan'rill hatte die Halle schon zur Hälfte durchquert, als er Bol'gar endlich erspähte. Im gleichen Augenblick wusste er, dass er zu spät kam.

Der Frevler, der orientierungslos über dem Bildnis des Mar'os kreiste, riss mit einem Mal die Arme in die Höhe und stieß einen irren Schrei aus. Metallblock und Vibrationsmesser entfielen seinen Händen, während er sich um die eigene Achse wälzte und an den Hals griff, als würde er ersticken. Die Giftdosis, die er selbst freigesetzt hatte, war zu viel für seinen Körper. Von Krämpfen geschüttelt sank er zu Boden.

Quan'rill warf einen Blick auf das Hauptschott, das längst geschlossen war, dann blickte er in die Höhe. Über ihm sah er seinen alten Weggefährten Kal'rag, der wusste, was er zu tun hatte. Trotzdem rief er ihm zu: »Es ist zu spät! Du musst die Halle versiegeln!«

Vielleicht würde es so Kal'rag leichter fallen. Zwei Herzschläge später waren die Schotts geschlossen. Gerade noch rechtzeitig, denn Quan'rill spürte bereits, wie sein menschlicher Körper auf den sich ausbreitenden Kampfstoff reagierte. Quan'rill machte seinen ganzen Einfluss geltend, um Maddrax' aufquellenden Triebe unter Kontrolle zu halten.

Die Wachen und Besucher, die mit ihm eingesperrt waren, genossen kein derartiges Privileg. Schreiend verfiel einer nach dem anderen in einen Tobsuchtsanfall. Die meisten schlugen auf sich selbst ein oder rammten den Kopf geben die Wände. Andere gingen sich gegenseitig an die Kehle, egal ob sie miteinander befreundet oder gar verwandt waren.

Nur Maddrax schwebte wie paralysiert inmitten der Halle. Quan'rill senkte Stoffwechsel, Herzfrequenz und Atmung seines Gastkörpers auf ein Minimum hinab, damit er so wenig Gift wie möglich aufnahm.

Das Geschrei um sie herum ebbte langsam ab, rosa Schwaden zogen durchs Wasser. Die meisten Hydriten starben an Herzversagen, doch die Jüngeren widerstanden und ließen ihren Aggressionen freien Lauf. Schlugen und stachen aufeinander ein, marterten sich mit den Schockstäben zu Tode. Maddrax ließen die meisten in Frieden, da sie ihn für tot hielten, doch einer steuerte mit gefletschten Zähnen auf den Menschen zu, um seinen Hass an ihm auszulassen. Ehe der Amokläufer zubeißen konnte, stürzte eine durchdrehende Wache in perlmuttgeschmückter Uniform heran, um mit einem zerbrochenen Schockstab auf ihn einzuschlagen.

Ineinander verkrallt wirbelte sie in die Tiefe, um sich gegenseitig den Tod zu bringen.

Der letzte Hydrit, der das Gemetzel überlebte, war zu schwach, um sich noch selbst zu verletzten. Erschöpft stieg er zu dem gläsernen Schott auf, hinter dem das Gesicht seines HÖCHSTEN zu sehen war. Mit seiner blutigen Handfläche pochte er gegen die Abtrennung, als wollte er um Hilfe bitten, doch die Wissenschaftler auf der anderen Seite konnten nichts für ihn tun.

Einen roten Schmierfilm auf dem Schott hinterlassend, sank er in die Tiefe hinab und starb.

Maddrax trieb weiter schwerelos durch die Halle, doch es fiel Quan'rill immer schwerer, seinen Gastkörper unter Kontrolle zu halten. Das Bewusstsein des Menschen kehrte langsam wieder an die Oberfläche zurück, und dem war er nicht gewachsen. Zumindest nicht wenn er gleichzeitig eine Giftaufnahme verhindern wollte. Ein innerer Zweikampf entbrannte, der einige Phasen oder eine Ewigkeit währte, bis der Seelenwanderer zunehmend an Boden verlor.

Quan'rill glaubte schon, dass alle seine Bemühungen umsonst gewesen waren, als ein Rauschen an sein Ohr drang. Erst dachte er, dass er einer Sinnestäuschung zum Opfer fiel, aber dann zogen milchigweiße Schlieren an ihm vorüber. Er gestattete dem Gastkörper einen Blick in die Tiefe, der seinen Verdacht bestätigte.

Aus den Wasserschächten, mit denen die Halle leergepumpt und wieder geflutet werden konnte, rauschte ein unablässiger Strom des weißes Mittels ein. Vermutlich diente es der Dekontamination.

Quan'rill schöpfte neuen Mut. Mit letzter Kraft gelang es ihm, den Willen seines Gastgebers zu unterdrücken, bis über ihm die Schotts geöffnet wurden und einige Beobachter herab tauchten. Der Seelenwanderer winkte ihnen schwach zu. Sofort steuerte ein ganzer Pulk Hydriten auf ihn zu. Der HÖCHSTE war ebenso dabei wie Bel'ar, Quart'ol und einige andere.

»Wie ist das möglich?«, rief Bel'ar erfreut aus. »Wir haben fast einen halben Zyklus benötigt, um genügend von dem Gegenmittel herzustellen!«

»Ein echter Seelenwanderer hat mehr Leben als die Fangarme eines Kraken«, grinste Quan'rill. »Aber jetzt wird es Zeit für mich zu gehen, endgültig. Es gibt hier einen Menschen, der seinen Körper zurückhaben möchte.«

Der HÖCHSTE packte ihn am Oberarm. »Halte noch etwas aus, wir bereiten deinen Klon im Labor vor.«

»Nein.« Quan'rill schüttelte schwach den Kopf. »Wenn ich das gewollt hätte, wäre ich schon viel früher zurückgekehrt. Ich freue mich darauf, das Geschenk der Sterblichkeit anzunehmen.«

Kal'rag sah betreten zur Seite. »Gut«, presste er schließlich hervor. »Es ist deine Entscheidung.«

Quan'rill fasste nach der Flosse an seinem Arm. Obwohl sich Mensch und Hydrit berührten, waren es doch zwei alte Freunde, die so von einander Abschied nahmen.

»Euer Kampf ist noch nicht vorbei«, erklärte Quan'rill eindringlich. »In den Korallenhügeln vor der Stadt lauern Frevler, die auf das Gelingen von Bol'gars Mission warten.« Eine Pause entstand. Doch bevor Quan'rill sich löste, sprach er noch eine Bitte aus: »Ich spüre, dass dieser Mensch ein wahrer Freund unseres Volkes ist. Ihr solltet ihn nicht länger gegen seinen Willen gefangen halten, denn es verstößt gegen Ei'dons Gesetze. Die sollten schwerer wiegen als eure Angst vor Entdeckung.«

Der innere Zweikampf, der sich daraufhin hinter Kal'rags Stirn abspielte, war deutlich in seinem Gesicht abzulesen. Es schien eine Ewigkeit zu vergehen, bevor er sagte: »Ich will sehen, was ich tun kann.«

Quan'rill nickte zufrieden. Plötzlich fiel ihm der Abschied von seinem Gastkörper seltsam schwer, denn er war größer und stärker als alles, was er bisher gekannt hatte. Doch der Hydrid wusste, dass es sein musste und dass es gut war.

Er kappte alle Verbindungen und genoss ein letztes Mal das schwerelose Gefühl der Seelenreise. Es hatte nichts Beängstigendes für ihn, als sich sein haltloses Bewusstsein langsam im Wasser verteilte. Im Gegenteil. Einen winzigen Moment lang, kurz bevor seine jetzige Daseinsform endgültig endete, bekam er einen Eindruck von der kosmischen Größe und der Unendlichkeit des Lebens. Ein warmes Gefühl nie gekannten Glücks durchströmte ihn, und er freute sich auf all die Erlebnisse, die in der neuen Welt auf ihn warteten.

Zurück blieb nur der Mensch Matthew Drax, der stöhnend mit den Augen zwinkerte, als erwachte er aus einem langen bösen Schlaf …

Die Truppen der Frevler erwiesen sich als etwas größerer Spähtrupp, der schnell die Flucht ergriff, als die Rochen aus Hykton die Korallenberge heimsuchten. Matt bildete mit Quart'ol ein eingespieltes Team, das nicht weniger als fünf Frevler ausmanövrierte und betäubte. Die Gefangenen wurden ins Hydrosseum gebracht, wo sie umgehend mit Tantron dämmenden Mitteln behandelt wurden.

Die Man'tan-Besatzungen machten sich dagegen an die Verfolgung der Flüchtigen. Unterwegs vereinigten sie sich mit weiteren Hydriten des Neuner-Bundes, doch als sie in Drytor einrückten, fanden sie nur noch eine Geisterstadt vor. Die verbliebenen Frevler hatten sich in die dunkle Unendlichkeit der Tiefebene zurückgezogen, wo man sie nur schwer aufzuspüren vermochte. So blieben sie ein Stachel im heilen Bild des friedliebenden Fischvolkes.

Als die Hydriten die Häuser von Drytor durchsuchten, stießen sie auf ein Bild des Grauens. Viele Einwohner hatten die aufputschende Kraft des Kampfmittels nicht ertragen und waren an Überlastung gestorben. Anderswo hatten sich ganze Familien gegenseitig umgebracht. Jene, die überlebten und sich der dunklen Seite ihres Volkes zuwandten, hatten schlimm gehaust.

Den schrecklichsten Fund machte Matthew jedoch im

örtlichen Hydrosseum. In der Mitte der Eingangshalle, über der Abbildung von Mar'os fanden sie die Überreste der VIERTEN. Ihr Leib war durch einen tiefen Schnitt der Länge nach geöffnet worden und man hatte ihr das Herz entnommen.

Vermutlich, um es zu essen.

Mar'os war ein grausamer Gott. Er duldete kein Versagen.

Der so sichtbar hinterlassene Fund war aber auch eine deutliche Warnung an alle Hydriten, dass der Mar'os-Kult lebte und sicher wieder von sich hören ließ.

Matt unterstützte seine Freunde so gut es ging bei den Aufräumarbeiten. Sein Einsatz im Kampf gegen die Frevler hatte sich herumgesprochen, und so begegnete man ihm überall sehr freundlich, obwohl eine menschliche Waffe das Unglück ausgelöst hatte. Es stimmte wohl doch, dass nichts die Menschen (oder Hydriten) stärker verband als eine Bedrohung von außen.

Zurück in Hykton waren die Tage mit Arbeit erfüllt, deshalb rechnete Matt mit nichts Persönlichem, als ihn der HÖCHSTE in den Tribunalsaal beorderte. Umso überraschter war der Ex-Commander, als er plötzlich den OBERSTEN der verbliebenen acht Städte gegenüber schwamm.

Kal'rag setzte ein feierliches Gesicht auf, als er verkündete: »Das Tribunal hat noch einmal deinen Fall beraten, Maddrax! Nach reiflicher Überlegung sind wir zu dem Schluss gekommen, dass es nicht mit Ei'dons Gesetzen zu vereinbaren ist, dich gegen deinen Willen festzuhalten. Selbst wenn wir uns dadurch der Gefahr aussetzen, von weiteren Menschen entdeckt zu werden.«

Einen Moment lang wusste Matt nicht, was er antworten sollte. Eine Armee widersprüchlicher Gefühle tobte in seiner Brust. Einerseits wurde seinem sehnlichsten

Wunsch entsprochen, andererseits hatte er plötzlich das bittere Gefühl, nicht mehr erwünscht zu sein. Gerade jetzt, wo er anfing sich wohl zu fühlen, wo er so etwas wie eine Aufgabe hatte.

»Aber euer Kampf gegen die Frevler«, wandte er ein.

Der HÖCHSTE lächelte stolz. »Deine Bedenken ehren dich, Maddrax, aber das ist ein Problem, das nur uns Hydriten etwas angeht. Ich bin sicher, wir können es auch alleine lösen. Wobei wir aber dringend Hilfe brauchen, ist die Suche nach Nag'or, unserem Beobachter in Washington, der immer noch spurlos verschwunden ist. Wir müssen leider davon ausgehen, dass er sich noch irgendwo an der Oberfläche befindet. Dort könntest du uns als Botschafter und Freund eine große Hilfe sein.«

»Ihr wollt, das ich zurück nach Washington gehe?« Matt bereute seine Worte, noch bevor er sie richtig ausgesprochen hatte. Schließlich wollte er nicht undankbar erscheinen.

Der HÖCHSTE blieb überraschend gelassen. »Ich hörte bereits von deinem Wunsch, auf die andere Seite des Allatis zu reisen. Falls du etwas über Na'gor herausfindest, können wir dir in diesem Punkt sicher entgegen kommen.«

Matt bedankte sich, obwohl ihm das Herz schwer wurde. Die Möglichkeit, endlich nach Aruula zu suchen, wäre wohl wirklich zu schön gewesen, um wahr zu sein. Natürlich war die Aussicht auf eine spätere Passage ein gewisser Trost, doch er wusste ganz genau, dass die Möglichkeit eines Wiedersehens mit jedem Tag sank, der ins Land zog.

Wie sollte er seine Suche beginnen, wenn er erst in einigen Monaten in Plymouth landete? *Hallo, letztes Jahr um diese Zeit ist eine Barbarin auf dem Sklavenmarkt verkauft worden. Weiß jemand, wo ich sie finden kann?*

Die Chance, in Washington etwas über Nag'or herauszufinden, war wohl ungleich größer. Und er war den Hydriten diese Hilfe schuldig.

So verabschiedete er sich unter größten Respektbekundungen und begab sich in das Labor der Beobachter, wo er mit Flossenklatschen empfangen wurde. Selbst Mer'ol schien ihm die Rückkehr zu gönnen. Sein Gesicht war zwar so verkniffen wie immer, doch er ließ es sich nicht nehmen, den Auftauchmechanismus des Anzugs persönlich außer Kraft zu setzen.

Danach ging es auf einem Man'tan zurück nach Washington. Diesmal war Matt bei Bewusstsein, als sie durch das Abwasserrohr tauchten, um zu der geheimen Beobachtungsbasis zu gelangen, die sich die Hydriten hier errichtet hatten.

Der Moment, in dem er zum ersten Mal nach über drei Wochen Luft einatmete, war die reinste Qual, und das lag nicht nur an dem Gestank, der in der Kanalisation herrschte. Matts Lungenflügel brannten wie Feuer, als er das restliche Wasser hervorwürgte, um sich von den Kiemen wieder auf die Lungenatmung umzustellen. Nachdem er fast fünf Minuten mit Husten verbracht hatte, ging es ihm endlich besser. Die natürlichen Reflexe unternahmen alles Notwendige, um ihn in seinem altangestammten Terrain am Leben zu halten.

»Wenn ihr mir die Kiemen jetzt auch noch ohne Betäubung heraus operiert, ist der Tag für mich endgültig gelaufen«, versuchte er zu scherzen.

Bel'ar und Mer'ol sahen betreten zu Boden, Quart'ol grinste ihn dagegen an, als hätte er das große Los gezogen.

»Überraschung«, verkündete er. »Du darfst sie behalten. Wie willst du sonst Kontakt mit uns aufnehmen, wenn du etwas über Na'gor erfährst?«

Matt war einen Moment lang wie vom Donner gerührt. »Soll das ein Witz sein? Wenn ich mich mit Kiemen an die Oberfläche wage, lande ich als Freak der Woche auf dem Scheiterhaufen!«

Hatte er wirklich *Oberfläche* gesagt, um die Straßen von Washington zu beschreiben? Plötzlich konnte sich Matt nicht mehr des Eindrucks erwehren, dass er schon viel zu lange unter Wasser gelebt hatte.

Bel'ar trat auf ihn zu und legte in einer fast mütterlichen Geste die Flosse um seine Schulter. »Keine Angst«, beruhigte sie ihn. »Die Kiemen schließen sich, sobald du an Land kommst. Es ist schon jetzt fast nichts mehr zu sehen.«

Um ihre Worte unter Beweis zu stellen, führte sie ihn zu einer glänzenden Fläche, die als Spiegel diente. Ungläubig tastete Matt über seine linke Halsseite, auf der nur vier rote Striemen zu sehen waren, als hätte er sich gekratzt. Trotzdem wirkte es auf ihn wie ein Stigma, dass er kein normaler Mensch mehr war, sondern ... *etwas Anderes*.

»Sieh es doch positiv«, lächelte Bel'ar, um ihm Mut zu machen. »Du hast nichts verloren, sondern eine wundervolle Fähigkeit dazu gewonnen.«

»Ja, da hast du natürlich Recht«, stimmte Matt wenig überzeugt zu.

Die Hydriten drangen nicht weiter auf ihn ein. Matt musste sich erst an den Gedanken gewöhnen, nun sowohl Lungen- als auch Kiemenatmer zu sein. Mer'ol ging zu einer Korallenbox und holte den Kampfanzug hervor, den sie hier nach Matts Entführung deponiert hatten. Endlich konnte er den Tauchanzug abstreifen, der ihn in den letzten Wochen so gequält, aber auch beschützt hatte. Es war ein seltsames Gefühl, sich von ihm zu trennen. Fast so, als würde er damit auch eine wichtige Episode aus seinem Leben ablegen.

Nachdem er sich mit einem Stofftuch abgetrocknet hatte, zog Matt seinen alten Kampfanzug und die Militärstiefel an. Die Verwandlung war komplett; nun fühlte er sich wieder.mehr als Mensch denn als Hydrit.

Seine Freunde begleiteten ihn in dem verwinkelten Kanalsystem bis zu einem Aufstieg, der in eine kleine Gasse mündete.

Nun war endgültig die Zeit des Abschieds gekommen. Matt wurde fast ein wenig wehmütig ums Herz, besonders als Bel'ar ihm eine innige Umarmung schenkte. Quart'ol beließ es dagegen bei einem Schulterklopfen, das John Wayne zur Ehre gereicht hätte, während Mer'ol sich mit einem freundlichen Kopfnicken begnügte.

Matt enterte die eisernen Stiegen und winkte ihnen ein letztes Mal zu, dann drückte er das Absperrgitter in die Höhe und kletterte ans Tageslicht.

Sonnenschein zum ersten Mal seit drei Wochen.

Der nahende Sommer ließ sich auch im kalten Washington nicht mehr verleugnen. Ein kicherndes Pärchen, das sich in die vermeintlich stille Gasse verdrückt hatte, um seinen Frühlingsgefühlen nachzukommen, staunte nicht schlecht, als Matt aus dem Kanal kletterte. Ihre Blicke verwandelten sich jedoch in pures Mitleid, als er ein paar klackende Töne aus seinem Kehlkopf hervor presste, um ihnen zu versichern, dass mit ihm alles in Ordnung sei. Sie hielten ihn für einen Stummen, der in der Kloake hauste.

Erst als ihm der junge Mann eine kleine Geldmünze zuwarf, wurde Matt klar, das er in der Sprache der Hydriten gesprochen hatte. Nach einer übertriebenen Verneigung für das Geldgeschenk machte er sich schleunigst aus dem Staub.

Es dauerte einige Straßen, bis Matt die Orientierung wiederfand, aber dann marschierte er direkt zu seiner

Wohnung. Er wollte sich erst wieder in Ruhe an das Leben an der Oberfläche gewöhnen, bevor er unter Leute ging.

Doch daraus wurde nichts.

Schon als er die Tür entriegelte, spürte er ein warnendes Kribbeln im Nacken, das er jedoch seinen überreizten Nerven zuschrieb. Arglos trat er in die Wohnung ein ... und bereute umgehend, je wieder nach Washington zurückgekehrt zu sein.

Vor ihm standen zwei grau uniformierte Kerle, denen die Bezeichnung *World Council Agent* praktisch auf die Stirn tätowiert war. Sie sagten nicht viel, doch ihre Gesichter sprachen Bände und ihre Hände ruhten nahe der Gürtelholster.

Der eine war ein Weißer von drahtiger Statur und ein wenig kleiner als Matt selbst. Der andere, ein Schwarzer, war etwa so groß wie Matt, aber wesentlich jünger.

Matt kannte ihn. Es war der junge Bursche, der Mr. White erschossen hatte: Jazz alias Lieutenant Garrett. Matt mochte ihn nicht.

»Commander Maddrax«, schnarrte der Weiße nun, »Sie werden im Pentagon erwartet.«

»Ex-Commander«, konterte Matt mit gepresster Stimme, denn er musste sich erst wieder an menschliche Töne gewöhnen. »Im übrigen nehme ich keine Befehle von Präsident Hymes mehr an.«

Die beiden Equalizer verzogen keine Miene. Sie packten ihn einfach nur links und rechts an den Schultern und zogen ihn mit sich. Matt ließ sie gewähren, obwohl er sich durchaus eine Chance gegen sie ausrechnen konnte. Doch was hätte es für einen Sinn gehabt? Dort wo die beiden herkamen, gab es noch wesentlich mehr von der Sorte.

EPILOG

Matthew Drax lief zwischen den beiden Männern den langen Gang entlang, vorbei an unzähligen Türen. Das Ende des Ganges rückte näher. Und mit ihm eine verchromte Doppeltür.

Noch immer hatte Matt keine Ahnung, warum ihn die beiden Agenten des Weltrats hierher in die unterirdischen Katakomben des Pentagons brachten.

»Wie spät ist es?«, fragte er. »Oder ist das auch ein Staatsgeheimnis?«

Garrett zog eine Taschenuhr aus der Lederjacke. »Viertel vor zwölf. Interessierst du dich auch für das Datum?«

»So redselig auf einmal?« Matt bedachte den Schwarzen mit einem verächtlichen Feixen. »Pass auf, dass du dich nicht verplapperst.«

»Ladies und Gentlemen«, sagte Garrett in gespielter Feierlichkeit. »Heute, am 10. Mai 2517 um 11 Uhr 46 melden wir uns aus dem Pentagon. Sie sehen den berühmten Matthew Drax auf dem Weg zu einer Unterredung mit dem Präsidenten des Weltrates.«

Arschloch, dachte Matt.

Sie erreichten das Ende des Ganges. Lieutenant Garrett drückte die Innenseite seines Handgelenks mit der ID-Card gegen die schwarze Fläche rechts neben der Doppeltür.

»Ja?«, ertönte eine leicht verzerrte Stimme.

»Matthew Drax, Mr. President«, sagte Garrett. Die Tür schob sich auseinander. Der Soldat grinste und wies in einen großen, hellerleuchteten Raum. »Bitte, Mr. Ex-Commander.«

Matt trat ein, die Tür schloß sich hinter ihm.

»Mr. Drax!« Präsident Victor Hymes erhob sich aus

dem Sessel hinter seinem Schreibtisch. »Endlich!« Er kam zu Matt und begrüßte ihn per Handschlag. »Ich freue mich, dass Sie bereit waren zu kommen. Es war nicht ganz einfach, Sie zu finden.«

»Ich war ... auf Reisen«, sagte Matt, ohne sich um mehr als die erforderliche Höflichkeit zu bemühen. »Was kann ich für Sie tun, Mr. President?«

Hymes betrachtete ihn mit den leuchtenden Augen eines Menschen, der eine fette Katze im Sack hatte und darauf brannte, sie endlich heraus zu lassen. »Vielleicht kann ich etwas für *Sie* tun, Commander.« Matt zog die Brauen hoch. »Wir haben einen Mann aufgegriffen, der behauptet Sie zu kennen.« Mit auf den Rücken verschränkten Armen schlenderte Hymes zurück zu seinem Schreibtisch. »Er behauptet sogar, sie in gewisser Hinsicht schon *sehr lange* zu kennen.« Er ließ sich hinter seinen Schreibtisch in den Sessel fallen.

»Wie heißt der Mann?«

»Wir haben ihn gründlich in die Mangel genommen.« Hymes überhörte Matts Frage einfach. Offensichtlich genoss er es, ihn auf die Folter zu spannen. »Unsere Sicherheitsspezialisten haben ihn tagelang verhört. Sie verstehen, dass wir vorsichtig sein müssen. Aber er sagt die Wahrheit. Es stimmt, dass er Sie kennt. Und es stimmen auch all die ungeheuerlichen Dinge, die er sonst noch zu berichten hatte.«

Der Präsident beugte sich über seinen Schreibtisch und drückte auf einen Knopf. »Matthew Drax ist jetzt bei mir. Führt unseren Gast herein.«

Eine kleine Tür an der rechten Schmalseite des Raumes schob sich auf. Zwei Sicherheitsmänner traten ein. Jeder von ihnen machte einen Schritt zur Seite, sodass sie die Tür flankierten. Der Blick auf einen dritten Mann wurde frei.

Für Augenblicke fegte eine heiße Woge Matts Hirn vollkommen leer. Sein Unterkiefer sank herab, er holte tief Luft.

Der Mann im Türrahmen trug schulterlanges Haar und eine Brille. Und die Pilotenkombi der United States Air Force!

Sie hatten sich nicht allzu gut gekannt, und es war schon eine Ewigkeit her, dass sie sich zuletzt gesehen hatten – fünfhundertvier Jahre plus fünfzehn Monate, um genau zu sein. Trotzdem begann Matts Herz vor Aufregung zu klopfen. Plötzlich war er dankbar dafür, dass man ihn hierher geschleppt hatte.

»Dave?«, flüsterte er leise, als fürchtete er, ein lautes Aussprechen des Namens würde den Mann wie eine Vision verschwinden lassen. »Dave McKenzie …?«

Er konnte nicht verhindern, dass ihm die Tränen in die Augen stiegen. Endlich fiel die Starre von ihm ab. Er stürzte zu David McKenzie und schloss ihn in die Arme. »Mensch, Dave – ich dachte, du bist tot …«

ENDE

JO ZYBELL

DER WEG NACH WESTEN

»Ich schwörs dir, Mickey – ich komm hier wieder raus.«

Graues Licht sickerte vom höchsten Punkt des Gewölbes in den ansonsten dunklen Raum. Graues Licht fiel auch durch die winzigen Lücken in den rosettenartigen Fenstern und die Ritzen der schweren hölzernen Tür.

Der Mann stemmte sich von seinem Schlaflager hoch; Stroh und trockenes Laub raschelten. Er streckte sich und gähnte, während er auf diese Weise den neuen Tag begrüßte. »Du weißt, dass ich Recht hab, Mickey – irgendwann komm ich hier wieder raus.«

So lauteten seit Monaten seine ersten Worte nach dem Aufwachen. Ein Ritual, das sich schon fast ohne sein Zutun abspielte, eine Liturgie, ein Gebet sozusagen.

Er stand auf und wickelte sich aus dem Fell, das sie ihm zum Schlafen gegeben hatten. Es fiel auf den Stroh- und Laubhaufen zu seinen Füßen. Prüfend ließ er seine linke Schulter kreisen – kein Schmerz heute Morgen. Dann beugte und streckte er den linken Arm – ebenfalls schmerzfrei. Schon einundzwanzig Tage ohne Beschwerden! Oder waren es zweiundzwanzig?

Ein wenig nur ging der Mann in die Knie – fast aus dem Stand ließ er sich auf die Hände fallen. Wieder hielt er einen Augenblick inne. Jetzt spürte er den Schmerz in Ellenbogen und Schulter. Er begann mit den Liegestützen. Auch das ein morgendliches Ritual seit so vielen Tagen.

Der Schmerz verstärkte sich – natürlich. Der Mann kümmerte sich nicht darum. Er stemmte sich hoch, ließ sich sinken, stemmte sich hoch. Sein langes fettiges Haar berührte den feuchten Boden. Er atmete prustend aus, sog die Luft ein, atmete aus, ignorierte den Schmerz.

Einunddreißig Liegestützen schaffte er. Er sprang auf, schüttelte sich aus. »Einunddreißig, Mickey – nicht schlecht was?« Als er damit angefangen hatte, war er über drei Liegestützen nicht hinausgekommen. »Ich meine, wenn man bedenkt, dass Schulter und Ellenbogen wahrscheinlich gebrochen waren? Hey, Mickey – das ist doch nicht übel, sag selbst ...«

Das graue Licht in seinem Gewölbekerker breitete sich aus. Wie zäher schmutziger Brei triefte es aus dem Zenit des Gewölbes über die morschen Sparren des Runddachs, über Spinnennetze, blinde Fenster und Gemäuer schließlich.

Die moosfreien Stellen des östlichen Rosettenfensters ließen die ersten Strahlenbalken der Morgensonne in seinen Kerker. Selten, ganz selten hatte er solche Lichtbalken zu sehen bekommen. Meistens schickte selbst ein neuer Morgen nur dämmriges Licht in seinen Kerker.

Aber heute – Strahlenbalken. »Ein gutes Omen, Mickey, was meinst du?«

Die Lichtstrahlen fielen auf die Wand über seinem Schlafplatz. Die drei Fenster hatten sie mit einem Holzlattenverschlag verbarrikadiert. Ziemlich unsinnig, wie er fand, denn die breiten Fenster waren von Metallsprossen durchzogen. Selbst wenn er einzelne Scheibchen eingeschlagen hätte – nicht einmal den Fuß hätte er durch die Öffnungen stecken können. Vielleicht sollte der Verschlag aber auch nur den Blick durch die Fenster nach draußen verhindern.

Er ging zu dem Lattenverschlag, bückte sich und griff hindurch. Seine Finger ertasteten einen Holzbalken am Boden und darauf schließlich seine Brille. Er hatte sich angewöhnt, sie dort abzulegen, an einem immer gleichen Ort, damit er nicht versehentlich auf das unersetzliche Stück trat. Oder seine Kerkermeister, wenn sie ihm Wasser und Essen oder frisches Laub und Stroh brachten.

Staubpartikel tanzten im Lichtbalken. »Wenigstens keine Dunkelhaft, Mickey, was?« Der Mann setzte die Brille auf und ging zu seinem Schlafplatz. An der Wand darüber enthüllte der wachsende Lichtstrahl jetzt Zeichen über Zeichen. Striche zum Beispiel – viele Striche in Fünferblocks zusammengefasst. »Einzelhaft, aber keine Dunkelhaft ...« Der Mann betrachtete die Zeichen.

Über dem ersten Fünferblock war mit römischen Ziffern ein Datum eingeritzt – IX/II. Der Mann ging einfach davon aus, dass sein erster Tag in diesem Kerker der 9. Februar gewesen war. Weiter nichts als eine Theorie. Er hatte keine Ahnung, wie viele Tage er bewusstlos hier gelegen hatte. Aber irgendeinen Anhaltspunkt brauchte er schließlich. Einen Anhaltspunkt, um sich wenigstens ansatzweise in der sogenannten Wirklichkeit zu orientieren.

Über der Lücke zwischen dem ersten und dem zweiten Fünferblock hatte er das Symbol eines Blitzes ins Gemäuer geritzt. Der fünfte Tag. Standen die meisten dieser Striche für Tage voller Schmerzen und Verzweiflung, der fünfte tat es in ganz besonderem Maße: An diesem Tag hatte der Mann sich seinen gebrochenen Unterarmknochen reponiert – den linken Radius.

Mit dem Schnürsenkel seines Stiefels hatte er das Handgelenk des verletzten Armes am Lattenverschlag vor einem der Fenster festgebunden. Und dann gezogen – geschrien und gezogen und den Knochen in die normale anatomische Position gedrückt. Bruchstelle auf Bruchstelle.

Ihn fröstelte, wenn er an diesen Augenblick zurück dachte. So laut und so lang hatte er geschrien, dass sie herbei gerannt kamen. Sie hatten die Kerkertür aufgerissen, diese hässlichen verwachsenen Burschen, und ihn blöde angeglotzt.

Einer – ein knorriger Kerl mit einem Buckel – hatte ihm ein ekelhaftes Gesöff gebracht, das nach Galle schmeckte. Er hatte es trotzdem getrunken, und es hatte ihm damals ein Gefühl wie von Watte in den Gliedern geschenkt. Und stundenlangen Schlaf, tief und traumlos.

Was auch immer das für eine Welt sein mochte, in der er gelandet war – wenn sie noch Rauschmittel kannte, konnte sie so ganz fremd nicht sein.

Über dem sechsten Fünferblock war ein verwackelter Halbkreis eingeritzt – am vierunddreißigsten Tag hatte der Mann mit Bewegungsübungen begonnen und zum ersten Mal wieder seinen verletzten Arm belastet. Über dem dreizehnten Fünferblock war ein L in die Wand geritzt. Nie würde er den fünfundsechzigsten Tag vergessen – der Tag seiner ersten drei Liegestützen mit beiden Armen.

Dann eine aufsteigende Zahlenkolonne über den Strich-Blöcken: 4, 6, 9, 11 und so weiter – die wachsende Anzahl von Liegestützen, die er im Laufe der Gefangenschaft seinem schmerzenden Arm abgetrotzt hatte.

Und über der zweiundzwanzigsten Fünferkolonne auffällig groß die Ziffer 36 – sein Geburtstag. Am hundertneunten Tag seiner Gefangenschaft war er sechsunddreißig Jahre alt geworden. Vorausgesetzt, er war nicht tagelang bewusstlos gewesen, musste der 29. Mai der hundertneunte Tag gewesen sein.

Der Mann kramte einen Metallknopf aus der Hosentasche. Er hatte ihn von der Brusttasche seines Pilotenanzugs abgerissen, um ihn als »Schreibwerkzeug« zu benutzen. Murmelnd zählte er die Striche. »Hundertfünfundvierzig, Mickey«, sagte er schließlich. Er ritzte einen weiteren Strich in die Wand. »Also ist heute der hundertsechsundvierzigste Tag. Ziemlich genau einundzwanzig Wochen, Mickey – dann müsste heute der vierte Juli sein.« Er ritzte das Datum in römischen Ziffern über den neuen Strich. »Noch kein halbes Jahr, Mickey – verdammte Hacke, wir schaffen das ...« Niemand antwortete ihm. Nur das vertraute, geliebte Gesicht vor seinem inneren Auge lächelte und nickte zustimmend.

Dafür erklangen Stimmen außerhalb seines Kerkergewölbes. Er lief ans Fenster und lauschte: Schritte und Stimmen, tatsächlich. »Das Frühstück, endlich«, murmelte der Mann. Er ging zurück zur Wand. Das Licht des neuen Tages enthüllte jetzt jedes einzelne Zeichen auf ihr: Strichkolonnen, Buchstaben, Zahlen, Worte, mathematische Gleichungen, Namen. Einer vollgeschriebenen Tafel glich die Kerkerwand.

Wie jeden Morgen ging er zuerst die Namen durch. Er sprach sie laut aus, während er sie las: »Mickey McKenzie. John McKenzie. Mary McKenzie. Judith McKenzie ...«

Namen von alten Freunden seiner Kindheitsjahre folgten, von Schulkameraden, Kommilitonen, Lehrern, Professoren und so weiter. Auch Namen von Städten und Universitäten waren darunter: Baltimore, Los Angeles, Berlin, California State University, Harvard University.

Zuletzt las er die Namen der Menschen, die er erst in den letzten Monaten kennengelernt hatte: Major Bellmann, Hank Williams, Irvin Chester, Jennifer Jensen, Matthew Drax und den Namen seines Chefs, Jacob Smythe.

All diese Namen waren um einen in Großbuchstaben in die Wand geritzten Namen gruppiert, um seinen eigenen Namen. Den las er zuletzt und lauter als die anderen. »Professor Doktor David McKenzie!« Jede einzelne Silbe betonte er. Als würde er den Ehrengast eines festlichen

Symposiums ankündigen, rief er seinen Namen in das Halbdunkel seines Kerkers.

Auch das ein seit über hundert Tagen geübtes Ritual. Zuerst hatte nur sein eigener Name an der Wand gestanden. Danach die Namen seiner engsten Verwandten. Und Tag für Tag hatten sich neue Namen dazu gesellt. Namen von Menschen, Städten und Orten – Punkte eines Koordinatensystems, zwischen denen sich das zerbrechliche Netz seines Lebens ausspannte.

Er tat das, um sich seiner selbst zu vergewissern. Um nicht zu vergessen, wer er war. Um nicht durchzudrehen in dieser Einsamkeit. Um nicht den Verstand zu verlieren vor Schmerzen und quälenden Fragen, die Stunde für Stunde sein Hirn überschwemmen wollten.

»Hey, Mickey, ich bin's!«, rief er laut. »Ich bin immer noch David McKenzie, und ich schwör's dir …« Er stutzte. Die Stimmen und Schritte tönten jetzt nicht mehr vor den Fenstern, sondern innerhalb des Gebäudes, in dem sich sein Kerker befand. Irgendwo unterhalb des düsteren Gewölbes.

Sein Magen knurrte. »Ich habe Hunger, also bin ich«, knurrte er. Er setzte sich im Schneidersitz auf den zerdrückten Stroh- und Laubhaufen. Erfahrungsgemäß dauerte es von Sonnenaufgang an immer ein paar Stunden, bis sie ihm Wasser und irgendwelche undefinierbaren Früchte oder miefendes Fleisch brachten. Er lehnte mit dem Rücken gegen die Wand und schloss die Augen.

Das letzte Ritual, bevor er die Stunden bis zur nächsten Nacht mit mathematischen Gleichungen und physikalischen Berechnungen verbringen würde – Hirntraining. Nicht körperlich, sondern auch geistig wollte McKenzie fit sein, wenn er diesen Kerker einst verließ. Daran, dass er ihn verlassen würde, hatte er noch keine Sekunde gezweifelt.

Er stellte sich drei runde Plattformen vor. Aus jeder ragte ein Metallstab. Auf der ersten Plattform – McKenzie nannte sie *A* – ruhte eine Pyramide aus sieben Scheiben. Durch ein Loch in ihrem Zentrum waren sie über den Metallstab gesteckt. Ganz zuunterst lag die größte Scheibe. Die Spitze der Pyramide bildete die kleinste Scheibe. Die Aufgabe bestand darin, die sieben Scheiben der Pyramide auf die leere Plattform *B* umzuschichten. Und zwar nach zwei strengen Regeln: Erstens durfte immer nur eine Scheibe bewegt werden, und zweitens durfte niemals eine größere über einer kleineren Scheibe liegen. Die dritte Plattform *C* konnte dabei als Ablagefläche benutzt werden.

»Turm von Hanoi« nannte sich dieses alte mathematische Problem. Ursprünglich war es mit vierundsechzig Scheiben beschrieben worden und nicht lösbar: Selbst bei einer Handbewegung pro Sekunde würde ein Mensch über vierhundert Milliarden Jahre brauchen, um die Aufgabe zu erfüllen. Und ein Computer, der rechnerisch eine Milliarde Scheiben pro Sekunden umsetzte, wäre vierhundert Jahre lang für keine andere Rechenoperation zu gebrauchen.

McKenzie vollzog die Übung in Gedanken, wie gesagt um seine logischen Fähigkeiten und seine Imaginationskraft zu trainieren. Und um nicht verrückt zu werden.

Mit drei Scheiben hatte er angefangen. Gleich als die Kopfschmerzen nachgelassen hatten. Über hundert Tage war das her. An seinem Geburtstag hatte er es zum ersten Mal fertig gebracht, sechs Scheiben regelkonform umzuschichten. In ungezählten Gedankenschritten. Seit fünf Tagen versuchte er sich an sieben Scheiben.

Deutlich wie wirkliche Gegenstände sah er die Plattformen, Scheiben und Stäbe vor sich. Nach etwa zehn Minuten – vierundzwanzig Mal hatte er seine Scheiben hin und her bewegt – näherten sich Schritte vor seiner Kerkertür.

Er ließ sich nicht stören. Auch nicht, als die schwere Tür sich knarrend öffnete. Erst als er weder weitere Schritte noch das typische Geräusch hörte, mit dem normalerweise Krug und Tonschüssel auf den Steinboden gesetzt wurden, brach er die Übung ab und öffnete die Augen.

Zwei von ihnen standen reglos im Halbdunkel vor der offenen Tür. Den Kleineren erkannte McKenzie sofort – der schräge Hals, die hochgezogene rechte Schulter, die unnatürlich langen Arme und das aufgedunsene Gesicht: der Bucklige, der ihm vor Monaten das betäubende Gesöff gebracht hatte.

Der Mann stützte sich auf einen Holzprügel und lugte zu McKenzie herüber. Die krummen Beine und sein kurzer Oberkörper waren in dunkle Lumpen gewickelt, die teilweise in langen Fetzen an ihm herunter hingen. Etwas wie eine geflochtene Kappe bedeckte seinen haarlosen Schädel.

Den Mann neben ihm hatte McKenzie noch nie gesehen. Jedenfalls erinnerte er sich nicht an ihn. Er war größer und dürrer als der Bucklige. Sein Körper steckte in einem sackartigen Gewand. Ausgemergelt war das lange Gesicht mit den großen, tief in den Höhlen liegenden Augen. Das Haar stand ihm in filzigen Quasten vom Schädel ab. Trotz des Dämmerlichts meinte McKenzie das Stechende seines Blicks zu sehen. Vielleicht spürte er es auch nur.

Einige Atemzüge lang starrten die Exoten an der Tür ihn nur an. Und McKenzie starrte zurück. »Und?«, fragte er schließlich. »Irgendwelche Probleme?« Seine Stimme hallte aus dem Gewölbe zurück, denn er sprach laut, um die aufsteigende Angst zu verscheuchen.

»Du gehst, du bist frei«, sagte der Bucklige. Er sprach ein verballhorntes Deutsch und rollte das R.

McKenzie konnte auf Deutsch einen Hamburger bestellen, eine Fahrkarte in einem Reisezentrum kaufen oder Passanten nach dem Weg fragen. Mit einem guten Wörterbuch konnte er wissenschaftliche Arbeiten in deutscher Sprache lesen. Kurz: Sein Deutsch war äußerst entwicklungsfähig. Von dem verwaschenen Satz des Buckligen verstand er nur ein Wort.

»Frei?« Sein Herz stolperte; etwas Heißes löste sich hinter seinem Brustbein und plumpste in seine Gedärme. »Was sagst du? Frei?«

»Bist frei.« Der Bucklige bedeutete ihm mit einer Kopfbewegung aufzustehen und den Kerker zu verlassen. »Hast fertig, komm schon.«

Dave sprang auf. Seine Knie drohten nachzugeben. Er stützte sich an der Wand ab. Glucksende Geräusche schwappten aus seinem Hals über seine Lippen. »Hey, Mickey – hast du das auch gehört?« Er kicherte wie ein Irrsinniger. »Glaub nicht, dass die uns verarschen, oder?«

Die Mienen der Männer verfinsterten sich. David McKenzie sprach Englisch und sie verstanden kein Wort. Wieder winkte der Bucklige mit einer Kopfbewegung. Ungeduldiger diesmal. Beide traten sie zur Seite, um den Eingang freizugeben.

»Hab ichs dir nicht gesagt, Mickey ...?« Dave feixte und kicherte. Die Scheiben vor seinem inneren Auge purzelten durcheinander. Alles in seinem Kopf purzelte durcheinander. Er stakste von seinem Lager aus Stroh und Laub in Richtung Tür. »Ich komm hier wieder raus – hab ichs nicht heut erst wieder gesagt ...?«

Während er kicherte, liefen ihm Tränen aus den Augen. Er konnte nichts dafür – sein Nervenkostüm war einigermaßen stabil für einen Mann, der hundertsiebenundvierzig Tage Einzelhaft im Halbdunkeln hinter sich hatte. Und dazu eine selbstbehandelte Schulter- und Unterarmfraktur. Erstaunlich stabil sogar, wirklich wahr. Aber die Plötzlichkeit der Wende hebelte ihn aus.

In der Mitte des Raumes, fünf Schritte von der Tür und den beiden Exoten entfernt blieb er stehen und drehte sich um. Seine Augen flatterten über die Wand, die ihm einundzwanzig Wochen lang als Notizblock gedient hatte. Noch einmal las er die Namen, betrachtete die Zeichen und Striche, überflog die Algorithmen und Gleichungen. Zum letzten Mal.

»Zum letzten Mal«, sagte er laut. »Zum letzten Mal, Professor Doktor David McKenzie.«

Das Durcheinander in seinem Schädel legte sich. Sein Hirn begann das neue Faktum zu akzeptieren. Von einem Moment auf den anderen arbeitete es wieder in gewohnter Kühle. Dave nahm die Brille ab und wischte sich die Augen aus. Dann drehte er sich zu den beiden Eigenartigkeiten an der Tür um. Ein scheußlicher Gedanke beschlich ihn. Was, wenn sie ihn zur Hinrichtung abführten ...?

»Äh – wohin?« Er kratzte seine Deutschkenntnisse zusammen. »Ich meine – was ihr habt vor mit mir?« Misstrauen verengte seine Augen.

»Nix.« Der Bucklige schüttelte energisch den Kopf. »Nix ham wa vor. Frei biste. Fertig haste.«

Dave nickte zufrieden. Er holte tief Luft. Mit geschwellter Brust und großen Schritten stapfte er zur Tür.

Die ausgestreckten Arme des Mannes mit den Filzquasten versperrten ihm den Weg. Abrupt blieb Dave stehen. Er blickte auf die Hände des Mannes. Lauter vertraute Gegenstände hielt er ihm unter die Nase. »Gehört dir«, schnarrte er.

»O ja«, tönte Dave. Nacheinander nahm er dem Mann die Dinge aus der Hand und versenkte sie in den vielen Taschen seines Piloten-Kombis: Notizbuch, Kompass, Stift, Brillenetui, Taschenmesser. Zuletzt nahm er seine Uhr. Genau wie die anderen Sachen schien sie unbeschädigt zu sein. Er hielt sie dicht vor seine Augen, um das Zifferblatt erkennen zu können. Halb acht zeigten die Zeiger. Und der Kalender verriet ihm das Datum: Mittwoch, 4. Juli.

»Hey, Mickey – ich kann höchstens ein paar Stunden bewusstlos gewesen sein!« Feixend schnallte er sich die Uhr ums Handgelenk. »Ich hab richtig gezählt – es ist Mittwoch, der 4. Juli 2012 ...«

Das stimmte nicht ganz ...

Ein klobiger Turm über einem grasbewachsenen Satteldach, vielleicht fünfzehn Meter hoch – so sah sein Gefängnis von außen aus. McKenzie blinzelte zu dem wuchtigen Kuppeldach hinauf. Längst verhüllte eine graue Wolkendecke die Sonne wieder, dennoch schmerzte ihn das Tageslicht auf den Netzhäuten.

An mehreren Stellen war das Kuppeldach eingebrochen. Birkenähnliche Bäumchen wucherten aus den Löchern. Fenster und Fassade des Turms bedeckte eine schmutzige Schicht aus Moos und Kletterpflanzen.

Das an den Turmbau angrenzende Gebäude war über und über von Gestrüpp bedeckt. Buschwerk hüllte die Fassade ein, Brennnesseln und Farn wucherten auf dem Dach. Nur ein paar glaslose Fensteröffnungen und ein großer bogenförmiger Eingang waren freigehalten worden.

McKenzie löste sich aus der Gruppe der Lumpengestalten, die sich um ihn geschart hatte – zehn, zwölf Männer mit Prügeln und Speeren bewaffnet. Er näherte sich dem Eingang der Ruine. Zwei Säulen, die einen Bogen trugen, flankierten ihn. Er blickte hinein.

Und sah Holzpflöcke, Kisten und schwärzliche Kunststofffässer. Improvisierte Sitzgelegenheiten, die um einen improvisierten Tisch gruppiert waren: zwei lange breite Holzbohlen auf zwei rostigen Metallböcken. Darauf standen Tonkrüge und Schüsseln.

Die dem Eingang gegenüberliegende Wand war teilweise herausgebrochen. McKenzie blickte in einen lichten Buchenwald. Ja, ein Wald; was sollte das sonst sein? Nach und nach erst erfassten seine Augen die starren Formen von Stahlträgern, Dächern und Treppengeländern inmitten des Gestrüppes. Und die Umrisse eines Waggons. Und das Schild zwischen dem Geäst einer Buche.

Ein paar Buchstaben konnte er erkennen und lesen. »Z-e-h-l-e-n-d-o-r-f«, buchstabierte er murmelnd. Er spürte fragende Blicke von rechts und links, blickte in begriffsstutzige Mienen, als er sich dem Buckligen zuwandte. »Was ist dein Name?«

»Urluk«, sagte der Mann, und McKenzie wiederholte es murmelnd. Der Bucklige wies auf die ausgemergelte Gestalt im Sackkleid, den Hohläugigen mit dem Filzschopf – ein rötlicher Filzschopf übrigens, wie das Tageslicht offenbarte. »Arlon, unser Seher«, sagte der Mann, der sich mit »Urluk« vorgestellt hatte.

Kopfschüttelnd wandte Dave sich ab. »Urluk, Arlon, Seher ...« In heiserem Gelächter machte sich seine Ratlosigkeit Luft. »Klingt wie Ullrich, Armin und Herr Pfarrer, wirklich wahr ...« Er drehte sich wieder um. Hilflos hob er beide Arme. »Mit einem Wort: Klingt beruhigend Deutsch ... Urluk und Arlon, Mister Seher ... Nennt mich Dave, okay? Spart euch den Professor Doktor und nennt mich einfach Dave ...«

Wieder wandte er sich ab. Die Hände in den Taschen seines Pilotenanzugs vergraben, schlenderte er durchs hohe Gras. Er seufzte, blickte in den Himmel, seufzte noch einmal und betrachtete den lichten Wald um das Gebäude herum: überall Ruinen, überwucherte Stahlgerüste, verbogene Laternenpfähle. Oder waren es ehemalige Ampeln? Um dieses Areal hatte sich seit Jahrzehnten keiner mehr gekümmert.

Sein Fuß stieß gegen etwas Hartes. Er ging in die Hocke und bog das Gras zur Seite. Eine verbogene Fahrradfelge schaute halb aus der Erde heraus. Und ein paar Schritte entfernt Teile eines verrosteten Rahmens.

»Hey, Mickey ...« Langsam richtete Dave sich wieder auf. Schwaden üblen Gestanks hüllten ihn ein. Er rümpfte die Nase. »Hilf mir mal auf die Sprünge.« Das vertraute Gesicht seines Bruders erschien wieder vor seinem inneren Auge. »Ich flieg mit einem Jet in die Stratosphäre, der Komet schlägt ein. Ich lande in einem zerstörten Berlin ...« Er drehte sich um sich selbst und wies dabei auf die Bäume, auf die Ruinen und auf die zerlumpten Männer. »Aber warum sind hier nirgends Brandspuren? Wieso sind die Bäume nicht entwurzelt? Wieso überragen sie Ruinen, die aussehen, als wären sie Jahrhunderte alt? Warum wächst ein Wald auf dem Bahnsteig eines Bahnhofs? Wieso ist der Himmel nicht verdunkelt vom Ruß? Warum herrscht kein atomarer Winter? Warum keine Überschwemmungen, keine Menschen in Schutzanzügen? Erklär mir das, Mickey! Es ist doch erst fünf Monate her, dass der Komet uns getroffen hat ...!«

Die merkwürdigen Männer näherten sich ihm. Einige hinkten, andere gingen seltsam verkrümmt. An ihrer Spitze Urluk.

»Wer seid ihr?!«, rief Dave ihnen entgegen. »Und

warum habt ihr mich eingesperrt da oben?« Er deutete auf das wuchtige Turmgebäude.

»Weil du mit der Königin im Feuervogel gekommen bist.«

Dave verdrehte die Augen. »Feuervogel?« Er schlug sich mit der flachen Hand an die Stirn. »Seid ihr Hillbillys? Ein Jet war das! Und die Frau war eine ganz normale Pilotin!«

Undeutlich nur erinnerte David McKenzie sich an die Landung. Zwei große Schleifen war Lieutenant Jensen über das Trümmermeer Berlins geflogen, bevor sie den zerstörten Luftwaffenstützpunkt gefunden hatte. Es war keine Landebahn mehr gewesen, auf der Jennifer Jensen die F-17 Alpha 2 aufgesetzt hatte, sondern eine Schotterpiste. Und kaum waren sie ausgestiegen, fielen diese zerlumpten Gestalten über sie her, diese buckligen Exoten, diese zahnlosen Pseudo-Neandertaler!

Kurz darauf war ihm der Film gerissen. Sie hatten auf ihn eingeprügelt, daran erinnerte er sich dunkel. Und irgendwann war er mit schmerzendem Schädel und einer Erinnerungslücke in diesem Turm aufgewacht.

Urluk, Arlon und die anderen gafften ihn blöde an. Sie konnten mit den Begriffen »Jet« und »Pilotin« offensichtlich genauso wenig anfangen wie er mit ihren Namen und ihrer ganzen Existenz. »Vergesst es.« Müde winkte Dave ab. »Was jetzt?«

»Zur Königin«, sagte Urluk. »Wir bringen dich zu ihr.«

»Zur Frau, mit der ich bin gelandet?« Dave machte ein ungläubiges Gesicht. »Ich meine – zu der Frau aus dem Feuervogel?« Ihre Mienen blieben stumpfsinnig. Aber sie nickten.

Jenny lebt? Der Gedanke elektrisierte ihn. *Wenn ich sie richtig verstanden habe, lebt Jenny ...!*

»Kapier ich nicht – erst sperrt ihr mich ein, weil ich gelandet bin mit der sogenannten Königin, und jetzt ihr wollt mich zu ihr bringen …«

»Krieg ist fertig«, sagte Urluk. »Jetzt ist Frieden mit der Königin und den Frawen.«

»Mit wem, bitte?«

»Mit den Frawen.«

Dave begriff nicht. Aber er gab es auf. »Also los«, seufzte er. »Lasst uns gehen zu … zur Königin …«

Urluk setzte sich an die Spitze der Gruppe. Zehn andere Männer eskortierten Dave. Arlon, der Seher blieb mit zwei Männern zurück.

Sie drangen in den Wald ein, stiegen über Schutthügel, ließen Ruinen rechts und links liegen. Dave kam sich vor wie in einem bösen Traum. Die frische Morgenluft belebte seine Sinne.

Auch seinen Geruchssinn. Der widerliche Gestank wollte nicht mehr aus seiner Nase weichen – es roch nach uralten Socken, Urin und Mäusekot. Irgendwann blieb er stehen und schnüffelte. »O shit«, stöhnte er: Der Gestank ging von seinem Körper aus! Seit hundertsiebenundvierzig Tagen hatte er sich nicht waschen und die Wäsche wechseln können. »Ich stinke wie ein Iltis!« Womit er dem Marder Unrecht tat.

Irgendwann stießen sie auf einen kleinen See.

»Halt!«, rief Dave. Die Lumpenmänner blieben stehen. Urluk belauerte ihn misstrauisch. Ungerührt leerte Dave seine Taschen. Er häufte alles im Gras, schnallte seine Uhr ab, legte seine Brille dazu und stieg aus seinen Stiefeln. In voller Montur stürzte er sich ins Wasser.

»Wow!« Er schrie vor Begeisterung. Im seichten Uferwasser entledigte er sich seines Pilotenanzugs und seiner Wäsche. Er scheuerte sie an einem Stein, wusch sich

Haare und Bart, schwamm weit in den See hinaus und drehte ein paar Runden.

Urluk stand am Ufer und winkte ungeduldig. »Komm!«, schrie er. »Komm! Die Königin wartet!«

»Soll sie warten!« Dave schwamm zurück ans Ufer. Zum zweiten Mal wusch er seine Kleidung aus. »Besser sie wartet ein bisschen länger, als dass sie fällt in Ohnmacht, wenn ich ihr trete gegenüber ...«

Drei oder vier Stunden später. Fünf Kilometer hatten sie inzwischen zurückgelegt, vielleicht auch sechs. Wenig für die lange Zeit, fand Dave. Doch sie mussten Ruinen und bewachsene Schutthalden übersteigen, über umgestürzte Bäume klettern, Krater umgehen und Dickichte durchdringen, in denen Dave verrostete Autowracks entdeckte. Und manchmal warfen sich die Männer blitzartig in Deckung, ohne dass er den Grund dafür entdeckt hätte.

Der warme Wind hatte die nassen Klamotten fast getrocknet. Hunger plagte Dave. Er pflückte sich Früchte, die wie riesige Pflaumen aussahen. Sie schmeckten auch so ähnlich. Aber eben nur so ähnlich. Überhaupt schien ihm die ganze Welt *nur so ähnlich* wie die Welt zu sein, die er kannte.

Der Weg zum Beispiel, auf dem Urluk die Gruppe nordöstlich führte – eine teilweise schnurgerade Lichtung von gleichbleibender Breite, nur spärlich bewachsen und durch eine in seiner Mitte verlaufenden Hecke in zwei genau gleich breite Hälften getrennt –, er erinnerte Dave an eine Stadtautobahn.

Oder die in zunehmender Zahl an den Rändern der kerzengeraden Lichtung stehenden dünnen Masten, die weiter oben gebogen waren – Ampeln?

Oder die in Laub gehüllten Bögen, die sich manchmal von einem Waldrand zum anderen über die Lichtung spannten und von denen Efeuranken herab hingen – Fußgängerbrücken?

David McKenzie hatte ziemlich konkrete Vorstellungen von einer Welt fünf Monate nach der Kollision mit einem acht Kilometer durchmessendem Kometen: Die Druckwelle und der Feuersturm müssten die Bäume entwurzelt und alles Grünzeug verbrannt haben, es müsste weltweit Dämmerlicht herrschen und in Berlin – nur hundertfünfzig Kilometer von der Ostsee entfernt – dürfte man eigentlich nicht trockenen Fußes über eine Autobahn gehen können. Dave selbst hatte an den Computersimulationen mitgearbeitet, die sein Chef dann in diversen Nachrichtensendungen und Talk-Shows verbraten hatte.

Dave, Wissenschaftler durch und durch, versuchte die Fakten so kühl wie möglich ins Auge zu fassen. Das Ergebnis seiner Analyse lag auf der Hand: Die Welt, wie sie sich ihm an diesem Tag darstellte, hatte eine Katastrophe hinter sich, ohne Zweifel. Vielleicht sogar einen Kometeneinschlag. Aber keinen, der erst fünf Monate zurücklag – völlig ausgeschlossen.

Allein der Samen einer Buche, ausgelegt in einer S-Bahnstation, brauchte mindestens achtzig bis hundert Jahre, um zu einem Baum von der Größe heranzuwachsen, wie er ihn auf dem ehemaligen Bahnsteig gesehen hatte.

Weiter kam er in seinen Schlussfolgerungen nicht. *Ich brauche Informationen*, dachte er. *Ohne weitere Informationen kann ich dieses Rätsel nicht lösen*.

»Hey, Urluk, rief er, »du hast wirklich noch nie gehört die Begriffe ›Jet‹ und ›Pilot‹?«

Der Bucklige drehte sich zu ihm um. »Was ist ›Begriff‹?«

»Ein Wort ...« Dave lief an Urluks Seite. »Der Name für ein Ding, für eine Pflanze, ein Gefühl, eine Speise ...«

Das Gespräch mit dem Anführer der kleinen Truppe erwies sich als nicht besonders ergiebig. Immerhin erfuhr Dave, dass er und sein Stamm weder Flugzeuge, noch Autos, noch Fahrräder kannten. Auch bei Worten wie »Geld«, »Regierung«, »Schutzbunker« oder »Elektrizität« schüttelte der Bucklige nur stumm den Kopf.

Dave stapfte neben ihm her und überlegte, wie er an Informationen kommen könnte. Obwohl er bereits erschöpft war vom Sprechen der ungewohnten Sprache, versuchte er es anders. »Warum ist alles kaputt hier, Urluk, kannst du erklären mir das?«, radebrechte er in Deutsch.

Urluk zuckte gleichgültig mit den Schultern. »War immer so.«

»Woher du weißt das?«

»Mein Opa sagte das.«

»Dein Großvater erzählte dir, diese Stadt sei zerstört gewesen immer schon?« Dave versuchte das Alter des Mannes zu schätzen – er legte sich auf Anfang fünfzig fest. »Wie alt bist du?«

»Zweiunddreißig Winter hab ich gesehen.«

»Wann ist gestorben dein Großvater?«

»Vor siebzehn Wintern ...«

Dave rechnete: Viel älter als vierzig, höchstens fünfzig würden diese Leute kaum werden. Wenn Urluks Großvater also fünfzig war, als er behauptete, Berlin sei schon immer zerstört gewesen, musste die Stadt sich seit mindestens siebenundsechzig Jahren in diesem Zustand befinden. Wenn man berücksichtigte, dass die Aussage von Urluks Großvater Augenzeugen ausschloss, die Berlin je anders erlebt hatten, mussten noch einmal zwei oder drei Generationen hinzu addiert werden ...

»Bullshit ...«, zischte Dave, als er merkte, dass sich die Katastrophe locker auf über hundertfünfzig Jahre zurückdatieren ließ. »Heilige Jungfrau – es ist doch nur *fünf Monate* her ...« Noch einmal nahm er Anlauf. »Aber warum, Urluk, warum ist alles kaputt? Haben eure Großeltern nie einen Grund dafür genannt?«

»*Kristofluu.*« Nur dieses eine Wort sprach Urluk aus. Er winkte die Gruppe hinter sich von der Schneise weg in den Wald hinein, weil ein hoher Trümmerhaufen den Weg versperrte.

Dave blieb stehen. *Kristofluu ...* Er ließ sich das Wort im Hirn zergehen. »Klingt ein bisschen wie ›Christopher-Floyd‹«, murmelte er. »Was meinst du, Mickey? Reiner Zufall oder nicht ...?« Er schüttelte den Kopf. »Cool bleiben, ganz cool ...«

Das Unterholz hatte die meisten der Männer längst verschluckt. Vier standen noch rechts und links von ihm und warteten darauf, dass er weiterging. Einer von ihnen übernahm die Führung. Mit seinem Holzprügel bog er das Buschwerk zur Seite. Dave bückte sich und drang in den Urwald ein. Sie kletterten durch die Trümmer eines Hauses und stiegen über das umgekippte Wrack eines Omnibusses.

Nach etwa hunderfünfzig Schritten ging es wieder zurück auf die Schneise – die zugewucherte Stadtautobahn. Im Gebüsch am Waldrand griff Dave zufällig nach einem starken moosbedeckten Ast, der sich weder nach oben noch nach unten biegen ließ. Auch fühlte er sich überraschend starr an. Dave untersuchte ihn genauer – ein schräg aus dem Waldboden ragender Metallpfosten. An seiner Spitze prangte ein armlanges Rechteck. Dave kratzte Moos und Efeuranken ab. Buchstaben wurden sichtbar – ein P, ein O, ein T, ein S ...

»Potsdamer Straße«, las Dave murmelnd. »Unglaublich ...« Er taumelte aus dem Buschwerk zurück auf die Schneise.

Vor sechs Monaten, im Januar, war er in einem Taxi über diese Schneise gefahren. Die Potsdamer Straße war keine Autobahn, es war die Bundesstraße 1. Vor sechs Monaten hatten noch Hausfassaden, Straßenlaternen, Postämter, Bushaltestellen, Kioske und Parkanlagen die B 1 im Bereich von Berlin Mitte gesäumt ...

Schwindel erfasste ihn. Wieder blieb er stehen. Er blickte sich um – Urwald und Ruinen, so weit das Auge blickte. »Gott, Mickey«, flüsterte er. »Ich wollte, du könntest das sehen ...« Plötzlich begann Dave McKenzie zu frieren. Und er wusste, dass es nicht wegen der klammen Kleider war.

Ein Schrei riss ihn aus der Erstarrung. Jemand packte ihn am Oberarm. Urluk und die Vorhut rannten etwa fünfzig Schritte von ihnen entfernt zum Waldrand. Der Bucklige brüllte, fuchtelte mit den Armen und zeigte nach oben. »Eluu! Eluu ...!«

Ein riesiger Schatten fiel auf die fliehende Gruppe. Ein Vogel, groß wie eine B-17 *Flying Fortress* schwebte heran, ein eulenartiges Vieh mit dunkelbraunen Schuppen. Ein zweiter Eulenvogel, noch über hundert Meter entfernt und mit Rot schimmerndem Schuppengefieder, folgte ihm.

»Gott ...«, stöhnte Dave. Etwas in seinem Hirn weigerte sich, die Bilder für Realität zu halten, die seine Sehnerven ihm übermittelten. »O mein Gott ...«

Jemand riss ihn am Ärmel seines Pilotenanzugs Richtung Wald. Dave stolperte hinter dem Lumpenmann her, konnte aber seinen Blick nicht von dem schuppigen Ungeheuer reißen. Ein wenig fühlte er sich wie im Kino, wo er sich mit Vorliebe den phantastischsten Computeranimationen hingab.

Doch nicht lange fühlte er sich so. Die Luft unter den Schuppenflügeln der Rieseneule rauschte, die Baumwipfel unter ihnen bogen sich, das Gebüsch am Waldrand schüttelte sich durch – und die Erde vibrierte, als das Biest mit gespreizten Flügeln und ausgestreckten Greifen auf der Schneise niederging.

Dave sah seine gelben Augen, sah gelblichen Schleim aus seinem gekrümmten Schnabel triefen – und er hörte den markerschütternden Aufschrei des Mannes, der im Zangengriff seiner tödlichen Klauen zappelte ...

Wie weggefegt der Eindruck einer gelungenen Computeranimation. Dave warf sich ins Gestrüpp des Waldrandes, rappelte sich hoch, rannte durch Farnfelder, sprang über Baumstämme, brach durch Büsche und folgte seinen panisch flüchtenden Begleitern. Kalter Schweiß stand auf seiner Stirn, Geäst peitschte ihm ins Gesicht, das Herz in seiner Brust ratterte wie eine überdrehte Turbine, die jeden Moment aus ihrer Verankerung zu springen drohte ...

Er versuchte, das Grau und Braun der Lumpen der Flüchtenden im Auge zu behalten, um den Anschluss an die Männer nicht zu verlieren. Zwanzig, dreißig Schritte vor ihm rannte der letzte der kleinen Gruppe. Anders als er selbst waren die Exoten es gewohnt, sich im Wald und zwischen Ruinen zu bewegen. Doch die Panik trieb Dave an – *auf keinen Fall zurückbleiben, auf gar keinen Fall ...*

Er spürte die Äste nicht mehr, die ihm Gesicht und Hände aufrissen, die Strünke, die gegen seine Schienbeine schlugen und kaum Waldboden und Ruinengeröll unter den Sohlen seiner Stiefel. Nur nicht allein in dieser Wildnis zurückbleiben, nur nicht den Anschluss an die Gruppe verlieren ...

Langsam holte er auf. Von fern klang noch immer das Geschrei des Sterbenden ... Wie leergefegt war Daves

Hirn plötzlich – da oben tobte nur noch Angst herum und der Fluchtimpuls füllte jede Faser seines Körpers aus …

Er war jetzt auf gleicher Höhe mit dem letzten der Flüchtenden. Das beruhigte ihn ein wenig. Doch als wenn der Wald nicht schon düster genug gewesen wäre, verfinsterte er sich auf einmal noch mehr. Ein schwarzes Tuch schien auf Bäume und Unterholz zu fallen. Und auf die rennenden Männer. Ein schwarzes Tuch, das sich rasch vergrößerte.

Instinktiv ließ Dave sich fallen. Über ihm brachen Äste, raschelte Laub – und jäh schossen ausgestreckte Krallen herab. Und dann ein Schrei, spitz und langgezogen. Daves Blut wollte gefrieren; einem verfolgten Tier gleich wühlte er sich in Gestrüpp, Moos und Buschwerk hinein.

Der Schrei riss nicht ab, schraubte sich im Gegenteil höher und höher. Durch das Geäst hindurch sah Dave, wie sich die Krallen der Bestie in den Körper des Mannes hinein bohrten. Der zappelte, wand sich und zuckte schließlich nur noch, als die Fänge der Schuppeneule ihn aus dem Unterholz hoben und aus dem Wald rissen.

Dave schloss die Augen. Er zitterte am ganzen Körper. Zusammengekauert blieb er auf dem Waldboden unter dem Gestrüpp liegen. Die Schreie verstummten. Die Schritte der Flüchtenden ebenfalls. Dave rührte sich nicht. Wie ein Tier, das sich tot stellte, lag er da. »O Gott, nein …«, stöhnte er. »Nein, nein, nein, nein …«

Irgendwann wagte er es den Kopf zu heben. Er lauschte. In der Stille des Waldes schien der Tod zu lauern. »Cool bleiben«, murmelte er. »Weg hier. Komm, steh auf, beweg dich …«

In geduckter Haltung schlich er durchs Unterholz.

Blieb alle paar Schritte stehen, lauschte sichernd um sich, schlich weiter.

»Eulenvögel, Mickey, *Strigiformes*, weltweit verbreitete Ordnung. Aber so groß . . . so groß . . .«

Der Wald lichtete sich; ungefähr zwei Kilometer von der überwucherten Bundesstraße entfernt erreichte Dave ein weites, busch- und grasbewachsenes Feld.

». . . und dann die Schuppen, Mickey, hast du die gesehen . . .?« Er spähte über das Buschland. Ein hallenartiger Ruinenkomplex erhob sich etwa dreihundert Schritte entfernt.

Dave spähte in den Grauhimmel. Nichts mehr zu sehen von den Rieseneulen. Er spähte zu den Hallen. Eine Spur zur Seite getretenen Grases zog sich vom Waldrand bis zu ihnen – der Fluchtweg der Exoten – was sonst? »Los, hinterher«, befahl er sich. »Allein bist du verloren in diesem Horror-Wald . . .« Er spurtete los.

Bald stolperte er über etwas Hartes und schlug lang hin. Er bog das Gras zur Seite. Rostige Bahngleise wurden sichtbar. Er sah zurück – über dem Wald kreiste eine der Bestien. Dave stieß einen Fluch aus, sprang auf und rannte weiter. Immer wieder stolperte er über im Gras verborgene Gleise.

Ein Güterbahnhof, schoss es ihm durch den Kopf.

Er passierte riesige Büsche; manche standen in langen Hecken zusammen. Dave begriff, dass es zugewachsene Waggons und ganze Güterzüge sein mussten. »Mein Gott . . . wann hört dieser Albtraum auf . . .?«

Nur noch zweihundert Schritte bis zur ersten der Hallenruinen! Dave sah eine menschliche Gestalt zwischen den Birken vor der Halle – sie ruderte mit beiden Armen, um ihn auf sich aufmerksam zu machen.

Dave sah sich um – die Eulenbestie flog heran. »O verdammt . . .!« Er keuchte wie ein hechelnder Hund, rannte wie ein Besessener, sprang über Gleise, Weichen und Gesteinstrümmer, stolperte, schlug hin, sprang auf, rannte weiter.

Endlich erreichte er die erste der Hallen. Der winkende Mann war der bucklige Urluk. Er packte ihn am Handgelenk und zerrte ihn hinter sich her durch eine Öffnung im Gestrüpp, das um die Halle herum wucherte. Drinnen, im Halbdunkeln ließ Dave sich einfach auf den Boden fallen – ein harter rissiger Steinboden voller Dreck. Hinter sich hörte er, wie eine Metalltür quietschte und zugeschlagen wurde.

Sein Herzschlag beruhigte sich langsam. Klare Gedanken formten sich wieder in seinem Kopf. Dave richtete sich auf. Die Kombi klebte ihm am Körper vor Schweiß. Seine Brille war beschlagen von seiner feuchten Atemluft. Er zog sie ab und wischte sie am Stoff seines Pilotenanzugs ab. Und verschmierte das Glas nur. Er strich sich das Haar aus dem Gesicht und blinzelte um sich.

Urluk und seine Männer waren auf einen länglichen, von Grünzeug überwucherten Block geklettert, der an der Wand neben der Tür stand. Von dort aus konnten sie durch die Fenster unter der Decke der nicht allzu hohen Halle blicken. Sechs Lumpenmänner waren es.

»Wo sind die anderen?«, fragte Dave. Keiner antwortete ihm.

McKenzie ärgerte sich wegen seiner törichten Frage. Er wusste doch ganz genau, wo die anderen drei geblieben waren.

»Was waren das für Vögel?«, fragte er.

»Eluus«, sagte Urluk. Seine Stimme hallte aus dem großen Raum zurück.

»Was sind Eluus?« Dave stand auf.

»Eluus sind Eluus.«

Die lapidare Antwort Urluks nahm Dave jeden Mut, weitere Fragen zu stellen. Er trat an den Block heran, um ebenfalls hinauf zu klettern. Als er ihn näher betrachtete, merkte er, dass er eine alte Dampflokomotive vor sich hatte. Rost und Moos überzogen sie vollkommen. Und auf zwei Seiten eine dichte Matte aus Efeu. Der Boden um sie herum war feucht und über ihr im Dach klaffte ein Loch. Das alte Ding stand gewissermaßen im Regen – darum gediehen Flora und Rost besonders gut.

Dave drehte sich um. Die ganze Halle war voller Lokomotiven. Er vergaß die Männer unter dem Fenster und die Bestien draußen am Himmel. Staunend schritt er in die Halle hinein.

Nicht nur Lokomotiven sah er – auch viele andere Fortbewegungsmittel: Kutschen, Waggons, Löschzüge, Draisinen, Straßenbahnen. Alle stammten sie aus dem letzten oder gar vorletzten Jahrhundert. Staub, Schmutz und Spinnweben bedeckten sie größtenteils. Die Fahrzeuge, die unter beschädigten Dachabschnitten standen, waren von Rost zerfressen und von Moos und Grünzeug eingehüllt.

»Wir warten, bis die Eluus weg sind«, rief Urluk von der Dampflok herunter. »Dann weiter.«

Dave kümmerte sich nicht um ihn. Er begriff, dass sie in einem Museum Zuflucht gesucht hatten. *Das Museum für Verkehr und Technik*, fiel es ihm ein. Irgendwann im letzten September, kurz nach seiner Ankunft in Berlin, hatte er von dem Museum gelesen. Und sich vorgenommen, es zu besuchen. Natürlich war er nie dazu gekommen. Durch so vieles, was Menschen im Herbst des vergangenen Jahres geplant hatten, hatte »Christopher-Floyd« einen Strich gemacht . . .

Er gelangte in die nächste Halle. Durch knöchelhohen

Dreck watete er an Automobilen aller Jahrzehnte der Autogeschichte vorbei. Eine weitere Halle schloss sich an, wesentlich größer und fast drei Mal so hoch die beiden vorangegangenen. Im Durchgang blieb Dave stehen. Er hielt den Atem an.

»Flugzeuge …!« Seine Stimme hallte durch den riesigen Raum.

Gleich am Eingang stand eine *Junkers Ju 88* aus dem Jahr 1939, fast fünfzehn Meter lang und mit einer Spannweite von zwanzig Metern. Ein schmutzbeladenes Aluminiumtreppchen führte zum Cockpit hinauf. Dave ging daran vorbei. Langsam schritt er durch die Halle.

Dicht an dicht standen die alten Maschinen aus dem zweiten Weltkrieg. Trotz der Schmutzschichten konnte er jedes Modell identifizieren: die schnelle *Focke-Wulf 190*, die haifischartige *Messerschmitt Me 262* mit ihren beiden Turbinentriebwerken, den englischen Bomber *Avro Lancaster* und ein ganzes Rudel japanischer *Zero*-Kampfflugzeuge.

Andächtig blieb er vor den kleinen Japanern stehen, die der amerikanischen Luftwaffe einst solch unerhörten Schaden zugefügt hatten. Bilder seiner Kindheit dämmerten herauf – er sah sich mit seinem Vater auf dem Balkon über dem Hinterhof sitzen und Modellflugzeuge genau diesen Typs zusammenbauen. Er fühlte die Gänsehaut, die ihn damals, Anfang der achtziger Jahre befiel, wenn sein Dad von den Luftschlachten des zweiten Weltkriegs und von der Katastrophe erzählte, die unter dem Namen *Pearl Harbor* in die amerikanische Militärgeschichte eingegangen war.

Für Minuten trat der Albdruck der bizarren Welt, in die Dave gestolpert war, seit seine Kerkertür sich heute Morgen geöffnet hatte, in den Hintergrund. Nostalgische Gefühle strömten durch seine Brust – etwas

Wehmut, etwas Heimweh und auch ein wenig kindliche Freude.

Er ging weiter. Etwas schneller jetzt, denn er hielt Ausschau nach dem Lieblingsflugzeug seiner Kindheit.

Bald fand er die ersten amerikanischen Jäger: die kleine *Bell P-39*, die *Curtiss P-40* mit dem am Bug aufgemalten Haifisch-Gebiss, die klobige *Grumman TBM Avenger*, mit der die Air Force praktisch den Sieg im Pazifik errungen hatte, und schließlich die kraftstrotzende, von Japanern und Deutschen gleichermaßen gefürchtete *Douglas SBD-5 Dauntless*.

In der Mitte der Halle waren Teile der Decke auf die Museumstücke gestürzt. Durch Schlingpflanzen und rostige Stahlträger hindurch sah Dave ein Stück des grauen Himmels. Einen Moment erschrak er – doch die Löcher in der Decke waren zu klein, als dass die monströsen Eulenvögel hindurch gepasst hätten.

Im Bereich der zerstörten Decke fand er in erster Linie Flugzeugtrümmer, eingesponnen in Rankengewächse und von Moos überzogen. Trümmerstücke schwerer Bomber vor allem.

Eine Tragfläche der *Boeing B 25*, Cockpit und Bug einer fliegenden Festung und Propellertriebwerke und Rumpfteile der gewaltigen *B-29 Superfortress*. Aber nirgends eine Spur des Engländers, den er so liebte und von dem sein Vater wahre Wundergeschichten erzählt hatte.

Dave blickte zur Hallendecke und wieder zurück auf die Flugzeugwracks. Schnell wurde ihm deutlich, was hier geschehen war. Die großen Bomber hatten an der Decke befestigt über den anderen Flugzeugen gehangen. Die Druckwelle nach dem Kometeneinschlag musste die Halterungen zerstört und die Maschinen abgerissen haben.

Er wühlte in den Trümmerstücken, ging um den Schutthaufen herum, bückte sich nach Propellern, Leitwerken und Bordkanonen – und endlich fand er sie: Die *Supermarine Spitfire* – der ganze Stolz der Royal Air Force zwischen 1938 und 1954 …

Sie war zertrümmert, genau wie die schweren Bomber. Mit einem Ausdruck des Bedauern betrachtete Dave den hinter dem Cockpit auseinander gebrochenen Rumpf. Auch beide Tragflächen waren beim Sturz vom Hallendach abgebrochen. Durch die Flugzeugtrümmer arbeitete er sich zu der Maschine durch. Fast andächtig blieb er vor dem Wrack stehen.

Unzählige Male hatte er sie als Modell zusammengebaut. Anfangs mit seinem Dad und nach dessen Tod 1985 mit seinem großen Bruder Mickey. Jede der neunundzwanzig Hauptversionen kannte er. Er kannte die Maße, kannte die technischen Daten und die Leistung, konnte die Länder aufzählen, über denen sie zum Einsatz gekommen war und konnte das Rolls-Royce-Triebwerk aus dem Gedächtnis skizzieren.

Ein paar Jahre lang hatte während seiner Jugend sogar eins ihrer 7,7-Millimeter-Maschinengewehre unter der Decke seines Zimmers gehangen.

Minutenlang stand er so da, versuchte die blasse Erinnerung an seinen Vater festzuhalten und das wesentlich deutlichere Bild seines Bruders. Und dachte an den Tag, als er selbst den Jugendtraum seines Vater zu träumen begann. Es war eine der letzten klaren Erinnerungen an seinen Dad.

Sie hatten an der Werkbank in der Garage gestanden und bastelten ein Spitfire-Modell zusammen. Sein Vater erzählte, wie er als junger Mann den Flugschein für Segelflugzeuge gemacht hatte, wie er sich vergeblich bei der US Air Force beworben und aus Enttäuschung und wirtschaftlicher Not das College abgebrochen hatte, um als Hafenarbeiter in Baltimore den Unterhalt für seine junge Familie zu verdienen.

In der schlaflosen Nacht nach jenem Tag hatte Dave sich vorgenommen, eines Tages nicht nur Pilot, sondern Astronaut zu werden. Damals war er neun Jahre alt gewesen. Zwölf Jahre später, während seines Astronomiestudiums in Los Angeles machte er seinen Pilotenschein auf einer Sportmaschine. Und fünfundzwanzig Jahre später – als Professor der Astrophysik – ging er nach Cape Canaveral, um sich zum Astronauten ausbilden zu lassen. Vor zwei Jahren war das gewesen ...

Zärtlich strich Dave über die Motorhaube und den Propeller der Spitfire. Dann drehte er sich um und stelzte aus dem dreckigen Trümmerhaufen.

So sehr war er in Gedanken versunken, dass er die Frau zunächst nicht bemerkte. Und als er sie dann sah, stellten sich seine Nackenhaare auf. Reglos stand sie zwischen der Douglas SBD-5 und der Grumman TBM Avenger.

Sie trug kniehohe Stiefel, ein rotes, seitlich geschlitztes, rockartiges Teil und ein Oberteil der gleichen Farbe, das ihre rechte Schulter und die Brüste bedeckte, den Bauch jedoch freiließ. Ein dicker rotblonder Zopf hing ihr in den Nacken. Aus grünen Augen musterte sie ihn. Eine Narbe zog sich von ihrem Kiefergelenk über den Hals fast bis zu ihrem Schlüsselbein. In der Rechten hielt sie eine Waffe, die Dave an eine Armbrust erinnerte. Wie eine Erscheinung stand sie da – eine Amazone zwischen Kriegsgeräten des letzten Jahrhunderts.

Dave glaubte zu träumen. Er kniff die Augen zusammen. Die Frau stand immer noch da und beobachtete ihn. Und jetzt sah er auch die anderen – zehn, zwölf, fünfzehn Frauen standen zwischen den Flugzeugen, alle in Wildlederstiefeln, alle mehr oder weniger spärlich mit rotem Tuch bekleidet, manche behelmt, manche barbusig. Einige trugen Schwerter, andere Speere, Bögen oder Armbrüste. Keine sprach ein Wort und alle fixierten ihn.

»Ich werd wahnsinnig«, murmelte Dave. »Ich werde komplett verrückt ...« Und dann schrie er laut: »Urluk! Wo steckst du?! Komm her!«

Urluk und seine Mannen hatten es nicht eilig. Dave hörte ihre Schritte in der benachbarten Automobilhalle. Langsame Schritte. So lief niemand, der einem anderen zu Hilfe eilte. Aber auch niemand, der eine Bedrohung witterte und Geräusche vermeiden wollte. Dave registrierte das mit wachen Sinnen.

Noch immer regte sich keine der Frauen. Die ihm am nächsten stand – die Rotblonde mit dem Zopf und der Narbe – neigte nur ein wenig den Kopf. Als wäre *er* der Exot und nicht sie, so neugierig betrachtete sie ihn. Und endlich sagte sie etwas.

Sie sagte: »Professor Doktor David McKenzie?« Und sie sagte es sehr langsam, als hätte sie es vorher geübt. Genau wie Urluks Leute rollte sie das R.

»Kennen wir die Lady, Mickey? Nein, kennen wir nicht«, murmelte Dave auf Englisch. Er runzelte die Stirn und nickte. »Woher weißt du das?«, fragte er die Frau auf Deutsch. »Woher kennst du meinen Namen?«

»Von der Königin.« Ihre Stimme klang warm und tief, tiefer als er es von einer zierlichen Frau erwartet hätte. »Daanah ist mein Name. Die Königin erwartet dich, ich bringe dich zu ihr.«

»Aha ...« Mehr fiel Dave nicht ein. Er kletterte über die letzten Trümmer, dann stand er vor ihr. Das Grün ihrer Augen leuchtete wie ein Smaragd in der Sonne. Hellwach waren sie, diese Augen. Und auf ihrem feinen Gesicht lag ein energischer Zug. Ein Zug, der Dave gefiel.

Die Narbe zwischen Kieferknochen und Kehlkopf war quastig und rot. Eine tiefe, entzündete Wunde musste sie verursacht haben.

Der Eindruck des Zierlichen trat etwas in den Hintergrund, als Dave die Frau namens Daanah aus der Nähe anschauen konnte – sie hatte kräftige Unterarme und eine ausgeprägte Oberarm- und Beinmuskulatur.

Sie ist schön, dachte Dave, *sie ist* ... Er wusste nicht was, und er fragte sich, was das für ein fremdartiges Gefühl war, das ihm in diesem Augenblick über das Zwerchfell perlte. Und er hoffte, dass er seine Sachen gründlich genug gewaschen hatte.

Die Frau namens Daanah blickte an ihm vorbei Richtung Nachbarhalle. Dave drehte sich um – Urluk und die anderen fünf standen unter dem Durchgang. Urluk löste sich aus der Gruppe und kam näher. Ein wenig zögernd, wie Dave fand.

»Das ist er«, sagte der Bucklige, als er noch zehn Schritte entfernt war. Er deutete auf den langhaarigen, hochgewachsenen Mann mit der Brille. »Wir geben ihn zurück. Er gehört der Königin.«

Die Frau deutete ein Nicken an, sagte aber nichts

»Ein Eluu-Paar hat uns überfallen«, fuhr Urluk fort. »Drei Menen starben; es ist ein Jammer ...«

Zum ersten Mal nahm Dave so etwas wie Gefühle an dem Buckligen wahr – ein Schleier der Trauer zog durch seine Miene, und genau so klang auch seine Stimme – heiser und bedrückt.

Menen ... Dave vermutete, dass Urluks Stamm sich so nannte. Vielleicht war es auch der verballhornte Begriff für »Männer«.

»Tut mir Leid«, sagte Daanah knapp. Allzu große Sympathie schien nicht zu herrschen zwischen ihr und dem Buckligen. Die Erkenntnis machte Dave neugierig. »Sobald die Eluus abgezogen sind, brechen wir auf.«

»Gut«, brummte Urluk. »Und wir kehren zurück in unsere Siedlung.«

»Euer Häuptling will euch wiedersehen.«

»Hat Gorkan das gesagt?«

Die Frau nickte. »Viele von euch leben jetzt bei uns im inneren Kreis von *Beelinn*. Dort stehen ein paar Ruinen, die *Kristofluu* nicht vollständig zerstören konnte. Gemeinsam wollen wir sie wieder aufbauen.«

Dave verstand den Wortwechsel zwar akustisch, aber er begriff nicht, was genau sich zwischen der schönen Daanah und Urluk abspielte. Schweigend starrte der Bucklige sie aus seinem aufgeschwemmten fahlen Gesicht an. Schließlich nickte er grimmig. »Der Häuptling hat uns weggeschickt, um den Gefangenen zu holen – wir sind gegangen. Der Häuptling ruft uns zu sich zurück – wir folgen seinem Ruf.« Dave staunte. Er hätte jede Wette gehalten, dass Urluk nicht mehr als kurze Sätze mit höchstens fünf Worten zustande brächte.

Zwei Stunden später brachen sie auf. Fünf der Frauen bildeten die Spitze – Speerträgerinnen. Hinter ihnen liefen David McKenzie und Daanah. Sie war die Anführerin der kleinen Gruppe von Kriegerinnen.

»Frawen« nannten sie sich – Dave hörte den Anklang an das deutsche Wort für »Frauen« heraus. Demnach war wohl auch der Begriff »Menen« eher die Bezeichnung für das Geschlecht von Urluks Leuten und kein Stammesname. Oder beides?

Urluk marschierte mit seinen fünf Männern hinter

Dave und Daanah. Je drei Schwertträgerinnen flankierten sie, und vier Bogenschützinnen bildeten die Nachhut.

Sie überquerten das fast baumlose Gelände des ehemaligen Güterbahnhofs Richtung Norden, steuerten also das Zentrum der Stadt an. Am Rande des Geländes, kurz bevor der Wald begann und sich wieder Ruinen und Schuttberge erhoben, wucherte hüfthohes Unkraut – Brennesseln, Disteln und Löwenzahn. Rostige, vermooste Autodächer ragten aus dem Gestrüpp. Unter den Stiefelsohlen spürte Dave Geröll. Er nahm an, dass sie den ehemaligen Parkplatz für die Museumsbesucher überquerten.

Verstohlen beobachtete er die Frau neben sich aus den Augenwinkeln. Sie war einen halben Kopf kleiner als er selbst. Mit kraftvollen elastischen Schritten lief sie durch das Gestrüpp. Manchmal kam es ihm vor, als würde sie rasch den Blick von ihm abwenden, wenn er sie von der Seite beäugte.

»Ihr nennt euch ›Frawen‹, und die da hinten –« Mit dem Daumen deutete Dave über die Schulter »– die nennen sich Menen. Ich habe keine Frauen gesehen bei ihnen, und unter euch sind keine Männer. Hat das zu bedeuten irgendwas?«

Sie antwortete nicht sofort. Und als sie es endlich tat, hatte sie ihre Stimme deutlich gesenkt. »Viele Winter lang haben sie sich bekriegt – die Frawen und die Menen. Vor allem wir, die Frawen, haben die Menen verfolgt und bekämpft.«

Dave nickte. Dass diese Männer hier den Frauen unterlegen waren, sah ein Seniler. »Warum?«, wollte Dave wissen.

Sie schüttelte abwehrend den Kopf. »Eine lange Geschichte.« Eine Geschichte, über die Daanah nicht reden *wollte*, wie er schnell merkte. Dave bohrte nicht weiter. Er war schon immer ein taktvoller Mensch gewesen.

Die Kriegerinnen der Vorhut senkten die Speere und drangen ins Unterholz ein. Daanah und Dave folgten ihnen, und so auch die anderen. »Jetzt ist Frieden«, sagte Daanah. »Menen und Frawen sind wieder *ein* Volk. Jedenfalls versuchen sie ein Volk zu sein …«

Wieder erreichten sie eine dieser Schneisen. Diesmal erkannte Dave sofort, dass es sich um einen Straßenzug handelte. Schwarze Fassaden ausgebrannter Häuser säumten die Seite, von der aus sie die Schneise betraten. Verbogene Schilder und Laternenpfähle, von grünen Ranken völlig eingesponnen, standen hier und da. Aus hüfthohem Gras und Unkraut erhob sich inmitten kleinerer Büsche eine lange Reihe von Autowracks – rostige Kisten, löchrig und zerbeult. Überall lagen Steine, verformte Felgen und brüchige Karosserieteile herum. Sie überquerten das, was einmal eine Straße gewesen war.

»Frieden …« Dave lauschte dem Klang des schönen Wortes nach und seufzte. »Frieden ist gut. Und wie kam es dazu?«

»Die Königin und ihr Freund haben Frieden gestiftet.«

Hoppla, dachte Dave, *Jenny hat einen Freund?* Er wusste, dass Lieutenant Jensen verheiratet war. »Was für ein Freund?«, erkundigte er sich.

»Ein Fremder – gelbes Haar und ein …« Daanah suchte nach einem passenden Wort. »… und ein Kleid wie du.« Sie berührte Daves Pilotendress. Eine heiße Woge flutete durch seinen Bauch. »Er heißt Maddrax.«

Dave blieb stehen. »Was sagst du da?« Ungläubig sah er sie an. »Maddrax …? Matt Drax? Er ist hier?! Matthew Drax ist hier?!«

»Er *war* hier.« Daanah ging weiter. »Vor drei Sonnenuntergängen ist er weggeflogen.«

»*Geflogen*?« Dave rang um seine Fassung. Er rannte der Frau hinterher. »Sagtest du *geflogen*?!«

Daanah nickte ungerührt. »Mit dem Feuervogel der Königin.«

»Wohin ist er denn geflogen, bei allen Heiligen?!«

»Die Königin wird dir alles berichten.« Und mehr war von ihr nicht zu erfahren. Sie antwortete einfach nicht mehr auf seine stürmischen Fragen, zuckte allenfalls ab und zu mit den Schultern. Dave war völlig aus dem Häuschen. Nur beiläufig nahm er noch wahr, was um ihn herum geschah.

Daanah schickte die Bogenschützinnen über die Straße. Sie grenzte an einen Fluß, nicht sehr breit, höchstens zwanzig oder dreißig Meter. Am anderen Ufer war wieder eine Straße und hinter ihr schwärzliche Fassaden, halb zerbrochen und voller Efeuranken. Birken wuchsen aus den Dächern.

Die Bogenschützinnen suchten das Ufer nach Gefahren ab. Offenbar entdeckten sie nichts Bedrohliches. Sie winkten den Haupttrupp hinter sich her.

Eine Zeitlang ging es am Ufer des Flusses entlang. Dave fiel der Name nicht ein – er wusste nur, dass es nicht die Spree sein konnte. Die war breiter und nicht annähernd so gerade. Schnell erreichten sie eine halb zerfallene Brücke. Ungehobelte Baumstämme überbrückten Risse und Spalten. Sie balancierten auf die andere Flussseite.

Dort steckte Daanah zwei Finger zwischen die Zähne. Ein gellender Pfiff schwirrte über Ruinen und Gebüsch. Dave merkte, wie Urluks Leute unruhig wurden und zusammenrückten. Plötzlich krachten Äste, Laub raschelte – und dann ging es schneller als Dave gucken konnte.

Zuerst glaubte er, es seien Pferde, die hundert oder zweihundert Schritte entfernt aus den Ruinen und dem Gestrüpp sprangen. Doch sie bewegten sich schneller und graziöser als Pferde. Die Läufe der Tiere schienen kaum den Boden zu berühren, so leichtfüßig sprangen sie der Brücke entgegen.

Katzen, erkannte Dave endlich, *bei allen Heiligen, es sind* Katzen*! Aber was für Katzen ...*

So groß wie Ponys waren sie, diese Katzen, und sie trugen rauhaarige Felle zwischen sandfarben und rotbraun. Aus ihren Oberkiefern ragten handlange Reißzähne über ihre Lefzen. Fünfzehn Tiere waren es; ohne sein Zutun hatte Daves Hirn sie gezählt.

Stocksteif stand er da, kniff die Augen zusammen, als er Zaumzeug in den Rachen und an den Hälsen der Biester erkannte. Und er schwankte zwischen Entsetzen und galliger Erheiterung, als die Riesenkatzen vor den martialischen Frauen anhielten, ihre feuchten Schnauzen in deren Halsbeugen bohrten und sich Lefzen und Kehlen kraulen ließen.

»Mein Gott, Mickey«, flüsterte Dave. »Das darf ich dir niemals erzählen – du wirst mich für verrückt erklären ...«

Daanah runzelte die Stirn. Fragend sah sie ihn an. Dave deutete auf die Bestien und suchte nach einem deutschen Wort. Ihm fiel keines ein.

»Sebezaan«, sagte sie trocken. Dave sperrte Mund und Augen auf, und die Frau lächelte. Seine Fassungslosigkeit machte ihr Spaß.

Sebezaan ... Auch so eine Verballhornung ... Natürlich dachte Dave sofort an Säbelzahntiger. Kopfschüttelnd trottete er hinter Urluk und seinen Männern her zu den Riesenkatzen. Einige Kriegerinnen schwangen sich eben auf deren Rücken.

Sebezaan … warum nicht? Warum soll es in einer Welt, in der es B-17-große Eulen, Wälder auf Bahnsteigen und bucklige Männer namens Urluk und Arlon gibt, nicht auch Säbelzahntiger oder -löwen geben …? Eigentlich bin ich *das einzige Phänomen, das es in dieser Welt* nicht *geben dürfte …*

Plötzlich kam er sich irgendwie verloren vor. Und reichlich fehl am Platz.

Sein Blick fiel auf Daanahs Gesäßbacken. Straff wölbten sie sich unter dem roten Stoff ihres Rocks, oder wie immer man das Kleidungsstück auch bezeichnen mochte. Dave sah die Muskelstränge auf und ab tanzen. Sie schwang ihre Hüften, wie Frauen in jener Welt es zu tun pflegten, aus der Dave stammte.

»Siehst du, McKenzie?«, seufzte er in sich hinein. »Nicht alles ist fremd hier …« Er blieb stehen und versank in den Anblick.

Als hätte sie seinen Blick gespürt, drehte Daanah sich um. Ihre Augen funkelten spöttisch. Sie winkte ihn zu einem der Tiere. »Aufsteigen. Ich helf dir.«

Er atmete tief durch. Dann nahm er allen Mut zusammen und langte mit gespreizten Fingern zum Rücken der Katze hinauf. Und ehe er sich versah, packten kräftige Hände seinen Oberschenkel und stemmten ihn auf den Rücken des Tieres.

Er drückte die verrutschte Brille gegen seinen Nasenrücken. Mit süßsäuerlichem Grinsen blickte er zu Daanah hinab. Die strahlte ihn an und schien ihre helle Freude an seiner Verwirrung zu haben. Sie schnallte sich ihre Armbrust auf den Rücken. Mit einem Satz schwang sie sich hinter ihn. Ihre Rechte tastete nach dem Zügel, die Linke legte sich von hinten um Daves Bauch. Ihm wurde heiß und kalt zugleich.

Gott, dachte er, als das Tier sich in Bewegung setzte, *das glaubst du mir niemals, Mickey …*

In weiten Sätzen sprangen die Riesenkatzen über Schutthügel, Mauerreste und Gräben. Dave hatte Mühe, sich den Bewegungen der graziösen Tiere anzupassen. Er klammerte sich im Rückenfell fest. Von hinten stützte und hielt ihn Daanah.

Die immer gleiche Szenerie glitt rechts und links an ihm vorbei: Fassaden voller Efeu, schwärzliche Ruinen hinter Buschwerk, Bäumen und Gestrüpp, zerfallene Autowracks in Hecken und Grashainen, zerklüftete Straßen und über allem der unveränderlich graue Himmel. Fast war es ihm schon vertraut, dieses gespenstische Bild.

Bald bogen die exotischen Reittiere in eine breite Schneise ein und liefen nordwärts. Längst mussten sie das Zentrum der Hauptstadt erreicht haben.

Streckenweise war der Straßenzug von relativ unbeschädigten Häusern gesäumt. Einige kamen Dave bekannt vor. Ein Gebäude links konnte er trotz des ihn umgebenden Birkenwäldchens identifizieren. Ein Museum. In ihm hatte Dave eine Ausstellung über Terrorismus besucht. Anfang September letzten Jahres war das gewesen, gleich an seinem zweiten oder dritten Tag in Deutschland. Später war kaum noch Zeit für solche Ausflüge geblieben.

Anfang September letzten Jahres ... dachte er und schüttelte ratlos den Kopf. *Bist du sicher, dass es im letzten Jahr war?*

Und kurz darauf wieder ein nur wenig zerstörtes Gebäude, an das er sich erinnerte. Der Sitz des Deutschen Bundesrates. Ein Taxifahrer, der ihn zum Brandenburger Tor gebracht hatte, hatte ihn darauf aufmerksam gemacht. Auch das musste im vergangenen September gewesen sein. Zwei gewaltige Eichen streckten ihre Kronen durch das teilweise eingestürzte Dach. Und jetzt fiel ihm auch der Name der von der Natur zurückeroberten Straße ein: Wilhelmstraße.

Wenig später tauchte ein Stück Berlin vor ihnen auf, das man selbst dann kannte, wenn man die Stadt nie besucht hatte: Der Pariser Platz und das Brandenburger Tor. Über den von niedrigen Büschen, kniehohem Gras und zahllosen kleinen Kratern übersäten Platz ritten sie auf das monumentale Bauwerk zu.

»Halt die Katze einen Augenblick an«, bat Dave.

Daanah tat ihm den Gefallen. Etwa zweihundert Meter vor der Toranlage blieben sie stehen. Schweigend betrachtete Dave die Ruine.

Der linke der beiden Flügelbauten war vollständig zusammengebrochen. Die vier Säulen der Frontseite standen noch und trugen zerbröckelte Überreste des Architravs und des Kranzgesimses. Aus den Trümmern dahinter ragten Birken und eine Pappel. Der rechte Flügelbau war zwar fast vollständig erhalten. Allerdings war eine Mittelsäule der Längsseite eingeknickt. Teile des Architraven und des Gesimses lagen kreuz und quer unter den Säulen.

Das eigentliche Tor wirkte zwar reichlich verwittert, aber nur das ganz rechte der sechs Säulenpaare und die von ihm einst eingefasste Querwand häuften sich als bewachsene Schutthalde am Boden. Darüber war an dieser Stelle natürlich auch das Gebälk und die Attika auf einer Länge von etwa drei Metern eingestürzt. Vor allem aber fehlte der Streitwagen mit den sechs Pferden und der Siegesgöttin.

Bäume wuchsen hinter dem Tor in den Himmel. Gebüsch und Gestrüpp füllten die einst durchgängigen Säulenzwischenräume aus. Ein großer Vogel saß an der Stelle, an der vor fünf Monaten noch die Wagenlenkerin gestanden hatte.

Dave fröstelte. Er hatte nicht allzu viel Ahnung von deutscher Geschichte. Aber dass dieses Wahrzeichen noch im vorletzten Jahrhundert als Symbol preußischer Staats- und Militärmacht galt, das wusste er. Auch von Napoleons Triumphzug durch dieses Tor wusste er und vom Ritt Bismarcks und des deutschen Kaisers an der Spitze einer Truppenparade durchs Brandenburger Tor anlässlich der Reichsgründung 1871.

»Wir reiten weiter.« Daanah lenkte die Riesenkatze nach links. Sie winkte die anderen Reiterinnen hinter sich her. Kaum hatten sie den Pariser Platz verlassen, ritten sie schon wieder durch eine zerklüftete Ruinenlandschaft.

Die Bäume standen dichter, ein ausgedehntes Waldgebiet schien zu beginnen. Nur wenige Minuten später erkannte Dave Lehmhütten zwischen den Bäumen. Frauen, mit irgendwelchen Arbeiten beschäftigt, hockten davor. Vereinzelt sah Dave auch Männer. Holzkäfige hingen aus dem Geäst der Bäume zwischen den Hütten. Groß genug, um einen Menschen darin einzusperren. Die meisten waren leer. In einigen konnte Dave Viehzeug erkennen. Tiere, die ihm ähnlich exotisch vorkamen wie die Amazonen, wie Urluk und seine Lumpenmänner, wie die ganze zerstörte Dschungelstadt.

Die Menschen riefen sich unverständliche Worte zu. Immer mehr Frauen traten aus den Hütten ins Freie.

Dave klammerte sich fest, als die Riesenkatze ein paar Stufen hinauf sprang. Das Tier trug sie zwischen den Lehmhütten hindurch. Kinder liefen jubelnd neben der Katze her. Dave sah sich um – die anderen Reittiere hatten längst angehalten. Die Kriegerinnen und Urluk und seine Männer stiegen eben ab.

»Wohin bringst du mich?«

»Zur Königin.«

In der Peripherie seines Blickfeldes stimmte etwas nicht. Dave nahm eine Form wahr, die ihm irgendwie nicht zu den Hütten und Bäumen zu passen schien. Aufmerksamer betrachtete er jetzt die Räume zwischen den Bäumen.

Hohe Mauerkronen erkannte er dort, halb zerbrochene Durchgänge, die nirgendwo hin als wieder in den Wald führten. Und dann sah er plötzlich gebogene Metallstreben. Sie überragten die Baumwipfel und strebten dem Himmel entgegen. Er blickte zu ihren Spitzen hinauf – etwas teilweise Dunkles, vielfach Durchbrochenes wölbte sich zwischen ihnen. An manchen Stellen sah es milchig und trübe aus, dieses Etwas.

Dave musste lange und konzentriert hinschauen, bis er endlich begriff. Er stöhnte auf. »Das gibt es nicht«, krächzte er in seiner Muttersprache. »Ich ... ich glaub, ich bin im Deutschen Reichstag ...«

So oft sein Blick den von Schlingpflanzen verhüllten Streben auch folgte – es blieb dabei: Sie trugen die jämmerlichen Reste der Glaskuppel, die sich einst über das deutsche Parlament gewölbt hatte. Die überfallsartige Einsicht raubte Dave für Sekunden die Sprache.

Das Tier trottete einen Pfad entlang, dann kamen wieder Lehmhütten, schließlich eine größere Behausung aus unbearbeiteten Baumstämmen. Nach ihr verbreiterte sich der Pfad und mündete in einen größeren freien Platz.

Und mitten auf dem Platz stand die Siegesgöttin im Streitwagen mit dem Vierergespann. Zwei Pferdeköpfe fehlten und ebenso der rechte Arm der Wagenlenkerin. Aber sonst war sie leidlich erhalten, die Frau, die einst die Attika des Brandenburger Tors krönte. Um die Statue herum lagen Früchte, Blumen und andere Dinge; offenbar Opfergaben.

Daanah lenkte das Tier um die Quadriga herum. Hinter ihr wurde eine zeltartige Holz- und Fellkonstruktion sichtbar, vor deren Eingang zwei Speerträgerinnen standen. Eine eilte sofort ins Innere des Gebäudes. Daanah hielt das Tier an und stieg ab. »Wir sind da.« Sie wies auf das gewaltige Zelt. »Das Haus der Königin.«

Seite an Seite gingen sie dem Eingang entgegen. Noch bevor sie ihn erreichten, stürzte eine blonde Frau in dunkelgrünem Pilotenoverall heraus.

Jennifer Jensen.

»Dave!«, rief sie. Sie stürzte auf ihn zu. »Dem Himmel sei Dank!« Sie umarmte David und drückte ihn an sich. Auch ihn überwältigte das Wiedersehen mit seiner ehemaligen Pilotin. Er küsste sie auf beide Wangen.

Jenny war außer sich vor Freude. Sie machte sich von ihm los, packte ihn bei den Schultern und lehnte sich zurück. »Professor Doktor Dave McKenzie ...! Sie strahlte ihn an. »Ich wusste nicht, dass du noch lebst ... ich hab es erst vor zwei Tagen erfahren!«

»... wie Tiere haben sie in jener Zeit ihre Frauen gehalten. Sie haben sie geschlagen und drohten denen den Tod an, die ein missgebildetes Kind zur Welt brachten ...«

David McKenzie und Jennifer Jensen saßen auf einem Podest im Inneren des zeltartigen Gebäudes. Hinter ihnen stand ein wuchtiger Lehnstuhl, ein Gestell aus Holz und Knochen, über das man Felle gespannt hatte. Glassplitter schimmerte in dem dunklen Fell. Der Stuhl erinnerte Dave an einen Thron. Neben dem Podest, auf einer Art Sitzpolster hockte eine uralte Frau. Ein unheimliches Ambiente; es passte zu Jennys verrückten Schilderungen. Dave fühlte sich mehr als nur beklommen.

»Eines Nachts lagerte der Stamm vor der Ruine des Brandenburger Tors. Die Siegesgöttin stürzte vom Tor und erschlug den Häuptling …«

Bevor sie mit knappen Worten die Historie der Menen und Frawen erzählte, hatte Jenny berichtet, was sie in den vergangenen fünf Monaten erlebt hatte.* Eine haarsträubende Geschichte. Dave hatte sie wohl vernommen, aber er war nicht in der Lage gewesen, sie so aufzunehmen, wie man reale Ereignisse aufnimmt. Seine Fantasie war schlicht überfordert.

»Seitdem verehren sie die Statue als Göttin«, fuhr Jenny fort. »In jener Nacht wurde *sie* geboren.« Mit einer Kopfbewegung deutete sie auf die Alte. »Sie wird von allen nur ›Mutter‹ genannt …« Die alte Dame hob den Blick, als merkte sie, dass man über sie sprach. Dave schätzte sie auf mindestens achtzig Jahre. Möglich, dass sie ähnlich wie Urluk viel älter aussah, als sie war.

»Sie war es auch, die mich zur Königin machte«, fuhr Jenny mit Blick auf die Alte fort. »Als ich ohne Gedächtnis und Vergangenheit zu ihr gebracht wurde, sah sie das hier.« Jenny deutete auf das Air-Force-Emblem auf Daves Oberarm. »Die Frawen beten wie gesagt die Wagenlenkerin an, weil sie den Häuptling erschlagen hat. Und die Flügel auf unserem Abzeichen brachten sie auf die Idee, ich wäre eine Abgesandte der Göttin …«

Dave nickte, als würde er verstehen, und schwieg. Sein Hals war wie zugeschnürt. Jennys Schilderungen verschlugen ihm schlicht die Sprache. Ein weiblicher Luftwaffen-Lieutenant als Königin einer Amazonenhorde – wessen Vorstellungskraft würde das nicht übersteigen? Die Alte auf dem Sitzpolster sah von dem

---

* siehe Taschenbuch 3, Roman 1 »Die Amazonen von Berlin«

Ledergurt auf, den sie bestickte. Sie gönnte Dave ein zahnloses Lächeln.

»Die Frauen flohen, organisierten sich und wurden die erbittertsten Feinde der Männer. Und dass sie ihnen haushoch überlegen sind, siehst du ja selbst ...«

Dave erfuhr von den vielen Krankheiten und Behinderungen, die unter den Männern grassierten, von ihrer nahezu vollständigen Unfruchtbarkeit und dem Hass zwischen den beiden Geschlechtern. Und dann endlich erzählte Jenny von dem Tag, als der Commander auftauchte. »Matt war nicht allein. Eine junge Frau begleitete ihn, eine Barbarin. Er hoffte jemanden aus der Staffel hier zu finden. Nun ja, mich hat er ja gefunden. Von dir konnte ich ihm nichts Gutes berichten – ich hielt dich für tot. Auch Smythe kam ums Leben, erzählte Matt, nachdem er seinen Verstand verloren hatte. Und Lieutenant Chester ist ebenfalls tot. Matt fand ihn in Rom – man hatte ihn mit Drogen vollgepumpt und gezwungen, als Gladiator zu kämpfen ...«

»Gott im Himmel!« Jetzt platzte Dave der Kragen. »Bitte, Jenny!« Er nahm ihr Gesicht zwischen seine Hände. »Du erzählst mir von Barbaren, Amazonen und Gladiatoren, als würdest du mir aus der New York Times vorlesen ...!«

Die Alte sah auf und runzelte missbilligend die Stirn.

Dave senkte seine Stimme. »Aber das alles kann nicht sein! Wir sind am achten Februar von Köpenick aus gestartet und am selben Nachmittag wieder gelandet! Fünf Monate ist das her, Jenny! Wie können innerhalb von *fünf Monaten* Rieseneulen, Säbelzahntiger, Gladiatoren und Amazonen wie aus dem Nichts auftauchen? Wie kann sich die Welt in so kurzer Zeit derart verändert haben?«

Erschrocken und traurig zugleich blickte sie ihn an. »Nicht fünf Monate, Dave.« Sie zog seine Hände von ihrem Gesicht auf ihre Schultern hinunter und schüttelte den Kopf. »Mein Gott, ich dachte, du wüsstest es längst ... Es waren nicht fünf Monate, Dave. Es waren fünfhundertvier Jahre ...«

Drei Uhr zeigte seine Armbanduhr. Drei Uhr nachts. Dave starrte den Kalender auf dem Zifferblatt an. »Fünfter Juli«, murmelte er, »fünfter Juli 2516 ...« Die Jahreszahl wollte ihm kaum über die Lippen.

Er stand am glaslosen Fenster des Raumes, den Jenny ihm zur Verfügung gestellt hatte. Ein Raum in der Blockhütte, die er bei seiner Ankunft gesehen hatte. Als Gefängnis für Männer habe sie gedient, hatte Jenny erzählt, als die kriegerischen Amazonen noch gegen die Menen gekämpft hatten.

Draußen brannten Fackeln an Lehmhütten und Baumstämmen. Frauen in roten Gewändern und mit Speeren in den Händen schlenderten hin und her. Wachen.

»Fünfter Juli 2516 ...« Dave schüttelte sich, als würde er frösteln. »... das kann nicht wahr sein, Mickey, oder?«

Er wandte sich vom Fenster ab und blickte in den kleinen Raum. Fünf Schritte lang, drei Schritte breit. Auf einem Holzpflock brannte eine Öllampe. Ihr Schein fiel auf ein zerwühltes Lager aus Fellen und Decken. Schlaflos hatte Dave sich hin und her gewälzt. Irgendwann hatte er es aufgegeben.

Seit zwei Stunden tigerte er in seiner Schlafkammer herum. Fünf Schritte vor, fünf Schritte zurück. Wie ein gefangenes Tier. Gefangen von den ungeheuerlichen

Geschichten, die Jennifer Jensen ihm erzählt hatte. An Schlaf war nicht zu denken.

»Ein Zeitriss ... Gott, Mickey – wenn du bloß hier wärst ... ich werde noch verrückt ...«

Sein Verstand glich einem Computer, auf dessen Festplatte man das Betriebssystem gelöscht hatte. Einer Sinuskurve, deren Schnittpunkten man das Koordinatensystem weggenommen hatte.

Wie schon während seiner Gefangenschaft suchte er Zuflucht im Gespräch mit dem Menschen, der ihm am nächsten stand. Mit seinem älteren Bruder. Oder genauer – mit der Fiction seines älteren Bruders.

»2516, Mickey – das würde bedeuten, dass wir uns nie wiedersehen könnten ...« Er seufzte tief, faltete die Hände über seinem Hinterkopf und schloss die Augen. Der Boden unter seinen Füßen schien zu wippen, der Raum sich zu drehen. Schnell öffnete er die Augen wieder. »Ein Zeitriss, sagt der Commander ...«

So viel hatte Jenny erzählt – *zu* viel für knapp vierzehnhundert Gramm Menschenhirn. Zu viel, um es zu fassen, zu viel erst recht, um es zu verarbeiten. Zu viel selbst für ein promoviertes und habilitiertes Hirn, wie David McKenzie eines mit sich herumtrug.

»Mutierte Tiere und Pflanzen, degenerierte Menschen an der Erdoberfläche ...« Kopfschüttelnd begann Dave wieder in seinem Schlafraum herumzutigern. »... dazu angeblich Bunkerzivilisationen mit hochentwickelten Albinos, zu denen der Commander unterwegs ist ...«

Dave kannte Matthew Drax noch nicht lange. Erst seit Anfang September letzten Jahres.

»Falsch, McKenzie«, murmelte er. »Nicht seit Anfang September *letzten* Jahres – seit *fünfhundertvier* Jahren. Gewöhn dich dran ...«

Wenn seine bescheidene Menschenkenntnis ihn

während der Monate mit Matthew Drax nicht total im Stich gelassen hatte, war der blonde Staffelführer ein nüchterner Mann. Kein Wissenschaftler, aber ein abgebrühter Bursche, der ungewöhnliche Phänomene zweimal und von mindestens vier Seiten betrachtete, bevor er sie als gegeben akzeptierte. Ein nachdenklicher Mensch außerdem – einer, der sich lieber auf die Zunge biss, als leichtfertig irgendwelchen Schwachsinn hinaus zu posaunen.

»Ich kenn ihn kaum, du hast Recht, Mickey!« Immer schneller wurde sein Schritt. Er schlug sich mit der geballten Faust in die Handfläche. »Aber so habe ich den Commander erlebt, und so schätzt auch Jenny ihn ein, und sie scheint ihm jedes Wort abgenommen zu haben, jedes Wort …«

Wieder und wieder zogen ihm die Geschichten durch den Schädel, die Jennifer Jensen über Matthew Drax' Erlebnisse erzählt hatte. Vor allem das, was der Commander über seine Begegnungen in Leipzig berichtet hatte, ging Dave nicht aus dem Kopf.

Einer Albino-Frau sei er dort begegnet, der Kommandantin einer wissenschaftlichen Expedition. Einer britischen Expedition, unterwegs in einer Art Luftkissenpanzer, um östliche Bunkerzivilisationen zu suchen und um das Einschlagsgebiet des Kometen zu erforschen. Von dieser Frau, so erzählte Jenny, wusste Matthew Drax, dass genau fünfhundertvier Jahre seit der Kollision mit »Christopher-Floyd« vergangen waren.

»Fünfhundertvier Jahre …! Jesus, Maria und Josef!« Dave schlug sich mit den Fäusten gegen den Schädel – als wollte er diese Zahl in sich hinein prügeln. »Kann das sein, Mickey?! Kann das wirklich sein …?!«

Nach Jennys Worten – und so sehr Dave sich auch anstrengte, er fand keinen Grund ihr *nicht* zu glauben – war diese Eve Carlyle in den Armen des Commanders gestorben. An einer lächerlichen Infektion, die sie sich zugezogen hatte, weil man ihren Schutzanzug beschädigt hatte.

»Eine ganze Gesellschaft ohne Immunsystem – das muss man sich mal vorstellen!«

Mit Jennys F-17 war der Commander Richtung London gestartet, um die Bunkerzivilisation der verstorbenen Kommandantin zu suchen. *Community* hatte Jenny sie genannt. Zusammen mit dieser ominösen Barbarin war Drax losgeflogen. Wie hieß sie gleich? Dave hatte es vergessen.

Neben dem Fenster blieb er stehen, verschränkte die Arme vor der Brust und starrte auf die von Fackelschein erleuchtete Bronzezeitsiedlung. »Verdammt, warum hat er nicht noch ein paar Tage warten können? Ich hätte so viele Fragen an ihn gehabt ...«

Stunde um Stunde lief Dave hin und her. Fünf Schritte zur Tür, fünf Schritte zur Wand, hin und her, und grübelte sich schier das Hirn aus dem Kopf. Die Bilder des vergangenen Tages rauschten an ihm vorbei – das zerstörte Berlin, der wilde Wald, die Lumpenmänner, die Rieseneulen, die Amazonen, die Riesenkatzen ...

Jennys Worte gellten ihm in den Ohren, die Berichte aus zweiter Hand über Commander Drax' Erlebnisse, die angeblichen Bunkerzivilisationen in Großbritannien, und immer wieder der Zeitriss, dieser wissenschaftlich unmögliche Zeitriss ...

Dave stellte Wahrscheinlichkeitsrechnungen an und kam zu dem Schluss, dass keine seiner Wahrnehmungen real sein konnte.

Er überprüfte seine Beobachtungen, analysierte sämtliche Verhaltensweisen Jennifer Jensen und kam zu dem Schluss, dass sie mindestens so glaubwürdig war wie seine Sinne.

Und er ging alle kosmologischen, mathematischen und philosophischen Theorien über die Möglichkeit und Unmöglichkeit von Zeitreisen durch, die seit Albert Einsteins Relativitätstheorie auf dem Wissenschaftsmarkt grassierten.

Gegen Morgen stand er vor dem kleinen Fenster und blickte hinaus in die Waldsiedlung der Amazonen. Noch immer patrouillierten bewaffnete Wachen. Auch die Fackeln brannten noch. Über den Baumwipfeln – zwischen den Überbleibseln der Glaskuppel, die einst das deutsche Parlament vom Himmel trennte – dämmerte ein neuer Tag herauf.

Das war der Augenblick, in dem Professor Dr. David McKenzie resignierte. Oder soll man sagen: der Augenblick, in dem er eine Entscheidung traf? Jedenfalls blickte er auf seine Armbanduhr und murmelte: »Viertel vor sechs. Der fünfte Juli 2516, viertel vor sechs.« Die Zahl kam ihm jetzt leichter über die Lippen.

Eine bleierne Müdigkeit überfiel Dave. Er schlurfte zu seinem Lager. Von einer Minute zur anderen war sein Kopf vollkommen klar. Er wusste genau, was er zu tun hatte.

Als er sich in seine Felle gewickelt hatte, verschwendete er keinen Gedanken mehr an Amazonen, Riesenkatzen, Zeitrisse und die Bunkerzivilisationen des Commanders. Er dachte an Daanah. An ihre grünen Augen, an ihr Lachen, an ihren knackigen Hintern. Mit einem seligen Lächeln auf den Lippen schlief er ein . . .

»Das ist Gorkan, der Häuptling der Menen«, erklärte Jenny. Sie saß auf dem skurrilen Fellthron an diesem Morgen, und der Mann, den sie Dave vorstellte, hockte auf einem Sitzpolster neben ihr. Er stützte sein Kinn auf einen Holzprügel, eine Art Keule, und er musterte Dave mit einer Mischung aus Neugierde und Respekt.

David McKenzie stieg das Podest hinauf. »Ich bin Dave.« Er streckte dem Mann die Hand entgegen. Gorkan – er trug einen erdfarbenen Umhang, den er sich über seine grauen Locken gezogen hatte – starrte erst die Hand und dann Dave selbst ratlos an. Dave lächelte und wartete geduldig, bis der Häuptling zugriff. Sein Händedruck war kräftig, so kräftig, dass es weh tat.

Gorkan schien nicht besonders groß zu sein, so weit Dave das beurteilen konnte – der Mann saß ja neben Jenny und machte auch während der Begrüßung keine Anstalten aufzustehen. Zahllose Falten durchzogen sein Gesicht. Ein hohlwangiges Gesicht von gelblicher Färbung. Die Augen wirkten matt und die trockenen Lippen farblos.

Das Gesicht eines Kranken, dachte Dave. Ein Eindruck, der sich später, als Lieutenant Jensen und Gorkan Seite an Seite Jennys königliche Residenz verließen, bestätigte. Dave ging hinter ihnen und merkte, dass Gorkan hinkte.

Die beiden trafen sich auf dem Dorfplatz vor der Statue der Wagenlenkerin mit den Ältesten der Männer und Frauen. Vermutlich eine Art Kabinettssitzung. Von Jenny wusste Dave, dass sie gemeinsam mit Gorkan und den Ältesten versuchte, vernünftige Regeln und Formen des Zusammenlebens der ehemals verfeindeten Stämme zu finden.

Auch die Alte, die Jenny »Mutter« nannte, sah Dave unter der Ratsversammlung. Wie es schien, galt sie als eine Art Orakel unter den Frauen. Oder zumindest als Weise. Urluk, der Bucklige hockte ebenfalls dort unter den Männern und Frauen. Und Daanah. Ihre Blicke begegneten sich. Sie lächelte und Dave lächelte zurück.

Etwas abseits vom Kultplatz, zwischen den Lehmhütten brieten ein paar Frawen Fleisch über einem offenen Feuer. Irgendein Tier, das Dave nicht identifizieren konnte. Sie schnitten ihm ein großzügiges Stück des Bratens herunter. Heißhungrig verschlang er das Fleisch. Es schmeckte fantastisch. Er kam gar nicht auf die Idee, eine der Frauen zu fragen, was er da eben gegessen hatte.

Nach dem Frühstück zog er sich in den Wald zurück. Er wollte allein sein, noch einmal über alles nachdenken, seine Entscheidung reifen lassen.

Die Frauen schickten ihm vier Kriegerinnen hinterher. Auf ihren Riesenkatzen folgten sie ihm im Abstand von fünfzig bis hundert Schritten. Weit genug, um sich dennoch allein fühlen zu können.

Stundenlang hockte Dave an diesem Tag im hohen Gras vor dem Brandenburger Tor. Sein Geleitschutz – so jedenfalls verstand er die Aufgabe der vier Katzenreiterinnen – hatte sich hinter ihm niedergelassen. Einen Steinwurf weit entfernt und außerhalb seines Blickfeldes. Manchmal hörte Dave sie plappern, manchmal lachten sie. Es störte ihn nicht.

Er versank in seinen Gedanken, versank im Anblick der Ruine. Im Geist sah er Napoleons Armeen durch das Tor ziehen, den deutschen Kaiser und die vielen Menschen an jenem Tag, als die Mauer fiel. Vier Jahre nach dem Verkehrsunfall, bei dem sein Vater gestorben war. CNN hatte damals *non stop* berichtet und die Bilder in jedes amerikanische Wohnzimmer gesendet. Damals, vor dreiundzwanzig Jahren.

Vor fünfhundertsiebenundzwanzig Jahren, korrigierte er sich.

Im Geist sah er sich im Flugsimulator auf der Luftwaffenbasis, sah sich hinter Lieutenant Jensen in der F-17 sitzen und über sich Commander Drax' Maschine während einer Luftkampfübung, und er sah sich neben Professor Smythe, seinem letzten Chef, im Kontrollzentrum des Observatoriums auf dem *Apache Point* stehen, wie sie die glitzernde Faust auf dem Bildschirm anstarrten – »Christopher-Floyd«, den heranrasenden Kometen.

Viele andere Bilder zogen vor seinem inneren Auge vorüber: Seine Mutter in schwarzen Trauerkleidern, wie sie ihn zum Altar der St. Luke Church von Baltimore zur Erstkommunion begleitete, seine Schwester Judith, wie er sie im Hinterhof mit einem Joint erwischte, seinen Bruder Michael, wie er in seiner Autowerkstatt vergammelte Oldtimer aufmöbelte.

Der Gedanke an seinen Bruder machte ihn wehmütig. Nach Dads Tod hatte Mickey weitgehend seine Erziehung übernommen. Mickey war sechs Jahre älter als Dave. Sein halbes Studium hatte Dave sich in Mickeys Autowerkstatt erarbeitet. Und den Sportpilotenschein.

Auch die Eindrücke der vergangenen Monate zogen an ihm vorbei. Seine lange Gefangenschaft und sein hartnäckiger Kampf gegen die Schmerzen und die Einsamkeit. Und vor allem die erschütternden Erlebnisse seit seiner Freilassung ...

In den letzten Wochen vor dem Kometeneinschlag hatte Dave sich wie der kleine Vogel gefühlt, der vom stechenden Blick der Schlange gelähmt darauf wartet, verschlungen zu werden. Alle Welt hatte sich so gefühlt.

Erst während der Gefangenschaft hatte er wieder angefangen an eine Zukunft zu glauben und sein Leben selbst in die Hand zu nehmen. Vielleicht waren es die Schmerzen, die die Knochenbrüche verursachten, vielleicht das Staunen, überhaupt noch am Leben zu sein. Und jetzt – das fühlte er deutlich – stand er an einem Wendepunkt seines Lebens. Und keine fremde Macht wie etwa ein Komet entschied, wie es weiterging, sondern er ganz allein, er, David McKenzie.

»Alles ist kaputt, Mickey«, murmelte er irgendwann, »sogar die Zeit ist kaputt. Aber ich atme noch – was will ich mehr? Ich werde es tun, Mickey, ich werde es tun, und du an meiner Stelle würdest es auch tun ...«

Gegen Abend hörte er Schritte hinter sich. Er drehte sich um – Daanah stand hinter ihm. Sie lächelte und setzte sich neben ihn, einfach so, ohne ein Wort zu verlieren. Sie lehnte den Kopf gegen seine Schulter, und es war furchtbar aufregend für Dave. Irgendwann traute er sich, seinen Arm um ihre Schulter zu legen.

So saßen sie bis zum Sonnenuntergang – schweigend. Jeder hing seinen Gedanken nach, jeder lauschte dem Herzschlag und den Atemzügen des anderen.

In dieser Nacht schlief Dave tief und traumlos.

Früh am nächsten Morgen suchte er Jenny in ihrer exotischen Residenz auf. Er fand sie allein im Mittelraum – im »Thronsaal«, wie Dave den Raum ironisch nannte. Sie war gerade mit ihrer Morgengymnastik beschäftigt.

»Jenny?« Sie unterbrach ihre Seilsprungübungen und sah ihm mit hochgezogenen Brauen entgegen. »Ich hab gründlich nachgedacht, Jenny. Ich werde nach England gehen und Matt suchen.«

Eine Zeitlang musterte sie ihn aufmerksam. Dann schlenderte sie zum Podest, stieg hinauf und ließ sich auf ihren »Thron« fallen. »London ist weit, Dave. Du machst dir keine Vorstellungen von der Fremdartigkeit dieser zerstörten Welt. Veränderte Topographie, veränderte Geographie, und überall Gefahren, von denen du keine Ahnung hast – London ist weiter weg als zur Zeit der iroschottischen Mönche ...«

»Ich werde nach London gehen und Matt suchen, Jenny«, wiederholte Dave. »Ich hab auch eine Idee, wie ich es schaffen könnte. Du musst mir helfen ...«

Drei Wochen lang blieb Dave noch in der Siedlung der Frawen. Einige kleinere Gruppen von Männern tauchten in dieser Zeit in der Ruine des Reichstages auf, um sich dort niederzulassen. Dave wurde Zeuge, wie Jenny und Gorkan sich bemühten. das Misstrauen zwischen den beiden Stämmen zu überwinden. Die Frauen halfen den Männern bei Bau von Holzhütten. Schon nach wenigen Tagen sah man die ehemaligen Todfeinde bei gemeinsamen Mahlzeiten an den Feuern sitzen.

Dave genoss die wiedergewonnene Freiheit. Er pflegte seinen Körper, aß viel Fleisch und legte ein paar Pfund zu. Die zarten Bande der Freundschaft zwischen ihm und Daanah wuchsen von Tag zu Tag. Schnell lernte er, sich mit ihr zu verständigen.

Sie brachte ihm das verballhornte Deutsch bei, das man in den beiden Stämmen sprach – oder, um genau zu sein: in dem wiedervereinigten Stamm. Dave vermittelte ihr ein paar englische Grundkenntnisse und sie zeigte ihm, wie man mit einer Armbrust und einem Schwert umging. Er erklärte ihr die Grundlagen der Mathematik und sie stutzte seinen struppigen Vollbart. Auch das Haar ließ er sich von ihr bis auf Schulterlänge kürzen.

Es war ein Geben und Nehmen. Die meisten Männer und Frauen des Stammes beobachteten den ungezwungenen Umgang der beiden mit Staunen, Jenny mit unverhohlenem Wohlgefallen. »Du blühst auf«, sagte sie eines Abends zu Dave. »Kann es sein, dass du verliebt bist?« Sie schmunzelte.

»Quatsch«, sagte Dave.

Eines Morgens Anfang August brachen Männer und Frauen zu einer Jagdexpedition auf. Es war die erste gemeinsame Jagd nach drei Generationen unversöhnlicher Feindschaft. Jenny war glücklich. Urluk und eine Frau namens Barah führten den Jagdzug an. Jubelnd und winkend verabschiedeten Männer und Frauen die vierzehn Jäger und Jägerinnen.

Gorkan, der Häuptling blieb in der Siedlung. Von Jenny wusste Dave, dass er unter einem schmerzhaften Rheumaschub litt. Ein paar Tage zuvor hatte Dave ihm in zähen Verhandlungen drei junge Burschen abgetrotzt, die er für seine eigenen Pläne brauchte. Ursprünglich wollte er sechs starke Männer in die Ruine des technischen Museums mitnehmen.

Gorkan, ein sturer Knochen, beharrte darauf, dass er jeden halbwegs gesunden Mann für den Jagdzug brauchte. Durch Jennys Vermittlung ließ er sich überreden, Dave wenigstens drei kräftige Männer zu überlassen – Dolfar, Viktan und Kurtun. Alle drei höchstens Anfang zwanzig; so genau wussten sie es selbst nicht. Vor allem Dolfar suchte auffallend häufig Daves Nähe. Der Junge verehrte ihn.

An dem Morgen, als sie zwei Riesenkatzen mit Waffen und Proviant beluden, zeigte der Kalender auf Daves Armbanduhr den 2. August an. Auch Werkzeug, das Jenny aus den unterirdischen Gewölben des Reichstagsbunkers geborgen hatte, packten die jungen Burschen auf die Sebezaan.

Jenny wählte sechs Frauen aus, die Dave begleiten sollten. Wie selbstverständlich schloss sich ihm auch Daanah an. Keiner verlor ein Wort darüber, auch Jenny nicht.

Zu elft also brachen sie mit sechs Sebezaan auf. Die drei jungen Burschen weigerten sich auf den Tieren zu reiten. Also gingen sie zu Fuß.

Dave verabschiedete sich von Jenny. »In ein, zwei Wochen hörst du von mir«, sagte er. »Ich muss mir erst einmal einen Überblick verschaffen.«

Jenny machte eine skeptische Miene. »Ein Flugzeug bauen … ich weiß nicht, Dave …« Von Anfang an war sie Daves Plänen gegenüber voller Zweifel gewesen. Und hatte nie ein Geheimnis daraus gemacht. »Das klingt ziemlich verrückt.«

»Ohne einen Schuss Verrücktheit werden wir in dieser verrückten Welt kaum zurecht kommen«, grinste Dave. »Ich krieg das hin – ich weiß noch nicht wie, aber ich krieg es hin.« Er umarmte Jenny zum Abschied. »Sobald ich sicher bin, dass ich den Vogel bauen kann, komme ich zurück. Dann durchforsten wir die Bunkeranlage des Reichstags nach brauchbarem Material.«

Dave stieg hinter Daanah auf deren Sebezaan. Jenny und drei Dutzend Männer, Frauen und Kinder geleiteten sie bis zur Ruine des Brandenburger Tors. Von dort aus ließen sie David McKenzie und seine Gefährten allein weiterziehen.

»Viel Glück!«, rief Jenny ihm hinterher. Sie winkte, bis die Gruppe zwischen Ruinen und Bäumen verschwunden war …

Sie erreichten die Museumsruine gegen Mittag. Sorgfältig hatten sie den Himmel nach Eluus abgesucht, bevor sie sich auf das baumfreie Gelände wagten. Die Bestien waren nirgends zu sehen, doch Dave wusste, dass sie auf der Hut sein mussten: Der Horst des Eluupaars lag nur wenige Kilometer entfernt am Südrand der Ruinenstadt. Das jedenfalls erzählte Daanah.

Dolfar, Viktan und Kurtun entluden die Sebezaan. Auf dem Weg durch die Ruinen hatten sie sich doch noch zu einem Ritt auf den Tieren entschlossen. Das hatte ihnen die Furcht genommen.

Daanah und die Frauen schickten die Tiere in den Wald. Die halbwilden Katzen würden sich ihr Futter selbst jagen. Dave führte die sieben Frauen und die drei jungen Burschen in die Halle mit den Flugzeugwracks. Dort bestaunten sie die verrosteten und verdreckten Flugmaschinen. Die wenigsten von ihnen hatten die Museumsruine je betreten.

»Mit diesen Geräten kann man fliegen«, erklärte Dave. Die Männer und Frauen machten große Augen. »Jedenfalls konnte man das früher.« Der Unglaube stand den meisten seiner Gefährten in den Gesichtern geschrieben. Fragend blickten sie Daanah an. »Fliegen«, wiederholte Dave. »Fliegen wie die Eluus – erklär ihnen das.«

Wortreich übersetzte Daanah ins Deutsche. Der Unglaube auf den Mienen verwandelte sich in Fassungslosigkeit. »Es ist so, wie ich sage«, seufzte Dave. »Glaubt mir einfach.«

»Unmöglich . . .« Juna, die Älteste unter den Frawen, grauhaarig und von drahtiger Statur, schüttelte den Kopf. »Das kann nicht sein . . .«

»Kamen die Königin und McKenzie nicht auch mit einem solchen Gerät?« Daanah war es, die diese Frage in die Runde warf.

»Die hat Quadra, unsere Göttin geschickt«, widersprach eine der jüngeren Frauen. Sie hieß Frike und hatte Haare wie ein Schleier – schwarz und hüftlang.

»Aber wenn die Göttin ihn geschickt hat, dann hat sie ihm vielleicht auch die Macht verliehen, solche Fluggeräte zu bauen«, gab eine ziemlich korpulente Walküre namens Suzeel zu bedenken. Sie hatte flammend rote Locken.

»So ist es!« Dave schlug sich mit der Faust in die

Handfläche. »Und ich werde euch beweisen, dass es so ist.«

Dave hatte lange und gründlich nachgedacht. Der Bau eines funktionstüchtigen Flugzeugs musste bis in jede Einzelheit organisiert werden und erforderte ein eingespieltes Team. Also hatte er die sieben Frauen und drei Männer in der Halle mit dem Luftfahrtmuseum versammelt.

Zu allererst mussten sie erfahren, was genau er vorhatte. Und dazu war es nötig, sich über grundlegende Begriffe zu verständigen.

»Das ist eine Tragfläche.« Dave stand vor einer Douglas SBD-5 Dauntless. »Denkt an die Flügel eines Eluu. Das hier nennt man Propeller.« Er versuchte die Luftschraube zu drehen, doch sie war eingerostet. »Dahinter steckt das Triebwerk, nennen wir es einfach ›Motor‹. Der gibt dem Gerät die Kraft, die ein Eluu mit seinen Brustmuskeln erzeugt. Und das ist ein Cockpit.«

Dave benutzte das Kampfflugzeug als Anschauungsobjekt für seinen kleinen technischen Sprachkurs. Er zählte die wichtigsten Einzelteile auf, versuchte ihre Funktion in einfachen Worten zu erklären und ließ die Männer und Frauen die Begriffe wiederholen. Er verzichtete auf komplizierte Zusammenhänge; die Behauptung, man könne mit solchen leblosen Kästen fliegen, verwirrte die Männer und Frauen schon genug.

Bis zum frühen Abend nahm Dave sich Zeit, ihnen die wesentlichen Bestandteile eines Flugzeugs zu zeigen und wenigstens ansatzweise zu erklären. Daanah, die schneller begriff als die anderen, übersetzte häufig. Die vielen gemeinsamen Stunden, die sie und Dave verbracht hatten, zahlten sich aus.

»Morgen werden wir die Flugzeuge zur Seite schieben – wir brauchen Platz zum Bauen. Danach werden wir brauchbare Einzelteile aus den Wracks bergen. Und jetzt richten wir uns erst einmal häuslich ein. Bis zum Herbst müssen wir sicher hier wohnen.«

Gemeinsam schritten sie die Hallen ab, untersuchten alte Fahrzeuge, Waggons, Dampflocks, Straßenbahnen, Busse und Kutschen. Gegen Abend wählten sich die drei Männer einen Magirus-Deutz Lieferwagen aus den vierziger Jahren des 20. Jahrhunderts als Unterschlupf aus. Sie trugen ihre Felle, Waffen und Proviant hinein und bauten sich ihre Schlaflager.

In der ersten Halle fanden die Frauen einen Pullman-Waggon der Reichsbahn, einen ehemaligen Schlafwagen. Die Liegepolster waren zwar – wie auch die Sitzpolster in den meisten Fahrzeugen – vollständig zerfallen. Aber ansonsten erwies sich der ehemalige Luxuswaggon als relativ gut erhalten. Und er bot reichlich Platz für alle sieben Frauen.

Dave hatte sich in den Kopf gesetzt, sein Lager in der Flugzeughalle aufzuschlagen. Er guckte sich eine *Douglas DC-3* aus, die ganz am Ende des alten Luftfahrtmuseums stand. Ein zwölfsitziger Maschinentyp, wie er im zweiten Weltkrieg massenhaft produziert und in den fünfziger Jahren von einigen amerikanischen Fluggesellschaften benutzt worden war.

Den Abend verbrachte er damit, Schmutz, Schutt und verrostete Sitzgestelle aus dem Flugzeug zu werfen. Danach brachte er das Werkzeug aus dem Reichstagsbunker und ein paar Felle hinein. »Hättest du gedacht, dass ich je in einer alten DC-3 wohnen würde, Mickey?«, murmelte er, während er sich häuslich einrichtete.

Später stand er mit einer Öllampe in der Hand vor dem Trümmerberg unter dem eingestürzten Teil des Dachs. Über ihm färbte die Dämmerung den Himmel schwarz. Die Nacht brach an.

Er betrachtete die Rumpfteile seines heimlichen Favoriten unter den Wracks – die Supermarine Spitfire. Moos bedeckte das Cockpit und aus dem Kühlergrill spross Unkraut.

Schritte näherten sich von der Automobilhalle her. Bald schälten sich die Umrisse einer Frau aus dem Dämmerlicht – Daanah. Sie trat neben ihn. »Erklär mir eins«, sagte sie. »Hier stehen so viele Flugmaschinen – du könntest eine von ihnen heil machen und benutzen, um zu Maddrax zu fliegen. Warum also willst du eine neue Flugmaschine bauen?«

Dave lachte trocken. »Ich werde ja Teile von ihnen benutzen, aber sie sind alt, Daanah. Viele hundert Jahre haben an ihren Körpern genagt. Die Schweißnähte sind brüchig, Fahrgestelle und Motoren eingerostet, elektrische Leitungen verrottet.« Wahrscheinlich verstand sie nicht einmal die Hälfte von dem, was er sagte. Trotzdem nickte sie. »Wenn ich mein Leben einer solchen Flugmaschine anvertraue, muss ich sicher sein, dass ich mich auf sie verlassen kann. Dazu muss ich auch das kleinste Teil in der Hand gehabt haben, bevor ich es mit den anderen zusammenfüge.«

Er zuckte mit den Schultern. Das Bild seines Vaters tauchte auf seinem inneren Auge auf. Für Sekunden fühlte er sich in seine Kindheit zurückversetzt. Auf den Balkon des Mietshauses in Baltimore. Er sah das Gesicht seines Vaters, sah die leidenschaftlichen Gesten, mit denen er Flugbahnen imaginärer Kampfflugzeuge in der Luft nachzeichnete und hörte ihn von Pearl Harbor und den Luftschlachten über dem Pazifik erzählen.

»Und außerdem ...«, mit einer Kopfbewegung deutete er auf die traurigen Überreste der Supermarine Spitfire, »... außerdem will ich diese dort bauen ...«

Sie zogen dem Sonnenaufgang entgegen – vierzehn Jäger und Jägerinnen auf vierzehn Riesenkatzen, Barah und der bucklige Urluk an der Spitze.

Zwei Tage brauchten sie, bis die letzten Ausläufer der Ruinenstadt hinter ihnen lagen. Am Waldrand, an einem See, den die Frawen »Miegelsee« nannten, machten sie drei Tage lang Rast. Mit Speeren und Pfeilen erlegten sie Fische, nahmen sie aus, trockneten sie an Ort und Stelle und luden sie in Ledersäcken auf die Riesenkatzen.

Am fünften Tag gab Barah den Befehl, das Lager abzubrechen. Der Jagdzug setzte seinen Marsch Richtung Sonnenaufgang fort. Gegen Abend erreichten sie eine jener fast speergeraden Waldschneisen, die von den wandernden Völkern *Otowajiis* genannt wurden. Dort stießen sie auf Spuren einer großen Wisaau-Herde*.

Sie schlugen das Nachtlager auf. Am nächsten Morgen folgten sie der Fährte. Und am Abend desselben Tages stießen sie auf sieben tote Wisaaun.

Barah und Urluk untersuchten die Tiere. Keines war angefressen oder sonst irgendwie verstümmelt. »Wer tötet Wisaaun und verschmäht dann das Fleisch?«, brummte Urluk nachdenklich.

Barah entdeckte die Wunden in den Kadavern zuerst – blutverkrustete Schnittwunden im Hals. Und bei den meisten Tieren fanden sie kleine Löcher im Schädel oder im Bauch. »Pfeile«, sagte sie. »Fremde Jäger sind in der Gegend unterwegs.«

Urluk schüttelte den Kopf. »Kein Jäger erlegt eine Wisaau und lässt das Fleisch liegen.«

»Vielleicht wollten sie den Rest der Herde verfolgen«, gab Barah zu bedenken. »Wahrscheinlich kommen sie zurück, um ihre Beute abzuholen.«

---

* Wisaau = schweineähnliches Säugetier mit riesigen Hauern

»Vielleicht«, knurrte Urluk.

Sie luden die Tiere auf die Katzen und zogen sich ein Stück in den Wald zurück, um dort ihr Nachtlager aufzuschlagen. Auf diese Weise hoffte Barah, den fremden Jägern aus dem Weg zu gehen. Sie war überzeugt davon, dass sie vor Anbruch der Dunkelheit zurückkehren würden, um ihre Beute zu holen. Urluk ließ zwei Späher im Dickicht neben der *Otowajii* zurück.

Im Wald stießen sie auf weitere Spuren. Aber keine Fährten von Wisaaun. Niedergewalzte Büsche, plattgedrücktes Gestrüpp und umgeknickte Bäumchen auf einer Breite von drei oder vier Speerlängen. Kein Tier hinterließ solche Spuren. Tief eingegrabene Furchen zogen sich durch den Waldboden, so tief, dass man den Arm fast bis zum Ellenbogen hineinstecken konnte. Und am Rand dieser Furchen häufte sich die aufgewühlte Erde annähernd kniehoch.

Schweigend standen sie in der Schneise, die die Spur durch den Wald zog. Barah spürte, wie sich ihre Nackenhaare aufrichteten. »Lasst uns das Lager aufschlagen«, sagte sie mit seltsam hohler Stimme. »Wir stellen Wachen auf.«

Die Späher warteten vergeblich: Niemand tauchte auf, um die erlegten Tiere zu holen. Am Abend nicht und auch am nächsten Morgen nicht.

Tage harter Arbeit vergingen. Sie schoben die Flugzeuge an der Hallenwand zusammen. Manche zerbrachen, so morsch waren sie. Ein etwa achtzig Quadratmeter großer freier Platz entstand.

Einen ganzen Tag lang trugen sie den Trümmerhaufen unter dem Loch in der Hallendecke ab. Dave ließ die Einzelteile der Spitfire auf den freigeräumten Bauplatz schaffen. So viele Originalteile wie möglich wollte er verwenden.

Enttäuscht musste er feststellen, dass große Teile der Karosserie durchgerostet und der Rolls-Royce Merlin Reihenmotor vollkommen unbrauchbar waren. Natürlich hingen an den Felgen des Fahrgestells nur noch spröde Fetzen, denen man ihre ursprüngliche Reifenform kaum noch ansah.

Zwei weitere Tage verbrachte Dave damit, jede einzelne Maschine, jedes Wrackteil, jedes Triebwerk unter die Lupe zu nehmen und noch brauchbare Einzelteile ausfindig zu machen.

Am fünften Tag begannen sie die Museumsstücke auszuschlachten. Am Rande des Bauplatzes häuften sich Tragflächen, Cockpit-Kuppeln, Seitenruder, Propeller, Schrauben, Zündkerzen, Karosserieteile und so weiter.

Am Abend dieses Tages begriff Dave, wie hoch und steil der Berg war, den zu besteigen er sich vorgenommen hatte. Es würde Mitte Oktober werden, bis er sich das Flugzeug zusammengebaut hatte, das ihm vorschwebte. Vielleicht sogar Anfang November.

»Egal«, murmelte er, während er die kleine Gangway seiner DC-3 hinauf stieg. »Scheißegal, was Mickey? Wir packen das. Solange wir noch atmen können, packen wir's, oder?« Er bückte sich und schlüpfte durch die Einstiegsluke in den Passagierraum.

Als wäre er gegen eine unsichtbare Trennscheibe gelaufen, blieb er stehen. Da saß jemand in den Fellen seines Lagers. Dave drückte die Brille gegen den Nasenrücken, kniff die Augen zusammen und spähte ins Halbdunkel. Daanah hockte auf seiner Schlafstelle.

»Mit wem redest du?«, wollte sie wissen.

Dave räusperte sich. »Mit meinem großen Bruder.«

»Du hast einen Bruder?«

»Einen Bruder und eine Schwester.« Langsam näherte er sich der Frau. Die Situation verunsicherte ihn ein wenig. Sie verstanden sich prächtig, sie vertrauten sich und manchmal – die Initiative ging meist von ihr aus – umarmten sie sich. Doch viel mehr war bisher nicht geschehen. Dave seufzte. »Mickey fehlt mir. Ohne ihn hätte ich den Tod meines Vaters nicht verkraftet.« Er ging vor Daanah in die Hocke.

»Du redest mit ihm, obwohl er nicht hier ist?«

»Tja – was soll ich sagen, Daanah? Er ist ja da. Ein Teil von ihm ist immer da, weißt du?« Sie hörte ihm aufmerksam zu. »Als mich die Menen gefangen hielten – ich weiß gar nicht, wie ich das ohne die Gespräche mit Mickey überlebt hätte. Ich rede oft mit ihm – in brenzligen Situationen vor allem. Während meiner ersten Luftkampfübungen. Oder während meiner Astronautenausbildung im Flugsimulator …«

»Luft-kampf …?« Verständnislos blickte sie ihn an. »Astro-nau-ten …? Si-mu-mu …?«

»Vergiss es.« Dave winkte ab. »Du musst dir Mickey wie einen guten Geist vorstellen. Ich spüre ihn, verstehst du? Und dann sage ich ihm, was ich gerade denke.«

Daanah nickte langsam. Dann klopfte sie mit der flachen Hand auf die Felle neben sich. »Komm zu mir.« Zögernd rutschte Dave näher. Er setzte sich neben sie. Daanah kramte unter ihrem Oberteil herum und zauberte schließlich zwei Früchte hervor. »Da, iss.« Dave nahm ihr die faustgroße Frucht ab und biss hinein. Sie war ziemlich weich und schmeckte wie eine Mischung aus Pfirsich und Apfel.

Daanah schmatzte genüsslich, während sie die Frucht verspeiste. Sie schob sich an Dave heran und lehnte sich gegen ihn. Er spürte die Hitze ihres Körpers. Ein ganzer

Vogelschwarm begann unter seinem Zwerchfell mit den Flügeln zu schlagen.

Eine Zeitlang saßen sie so aneinander gelehnt, aßen und schwiegen. Dave betrachtete die nackten Sesselrahmen an der gegenüberliegenden Seite des Passagierraums. Modrige Fetzen hingen zwischen den rostigen Spiralfedern, darüber die blinden Fenster. Und über ihnen die stumpfe Metallwand mit ihren Nieten, ihrer zerbröselnden Verkleidung und ihren herabhängenden Kabelsträngen. *Das war mal ein Flugzeug*, dachte er, *und jetzt ist es ein Schlafzimmer ...*

Plötzlich meinte er den Atem der unvorstellbar langen Zeit zu spüren, die über dieses Flugzeug hinweg gezogen war, die vielen Jahrhunderte, deren Spuren sich in dem Wrack eingenistet hatten. Und gleichzeitig hörte er Daanah schmatzen, spürte die Wärme aus ihren Schultern, ihren Schenkeln und ihren Knien in seinen Körper strömen.

Und er roch ihren Duft – ein Duft nach feuchter Kiefernrinde und überreifem Pfirsich –, und alles, was er in den vergangenen Wochen in ihrer Nähe empfunden hatte und was tief in seiner Brust vor sich hin glühte, explodierte und erfüllte ihn mit Leichtigkeit und Wärme.

Ein selten empfundenes Gefühl strömte durch seine Glieder und füllte seine Brust und sein Hirn – Glück. Nicht einmal an dem Tag, als sein Traum wahr wurde und er in Cape Canaveral zur Astronautenausbildung antrat, hatte er es so intensiv empfunden.

McKenzie neben einer Frau in einem Flugzeugwrack, dachte er, *McKenzie im Wunderland ...*

»Mein Herz brennt für dich.« Daanah warf den Fruchtkern in das Halbdunkel des Passagierraums.

Dave musste schlucken. »Wie bitte?«

»Es brennt für dich, seit es dich dort unten zwischen

den Fluggeräten zum ersten Mal sah.« Sie wischte sich die Hände an ihrem roten Oberteil ab. »Es will nicht länger warten.«

Dave legte den Arm um sie. Er wusste wirklich nicht, was er sagen sollte. Am liebsten hätte er sie geküsst.

Daanah nahm seinen Arm von ihrer Schulter. »Du bist nicht schön, McKenzie, aber du hast einen starken Geist.« Sie drehte sich um und setzte sich so, dass sie ihm ins Gesicht blicken konnte. »Obwohl du ein Mann bist. Dein Geist macht sich ein Bild, und dann lässt er das Bild Wirklichkeit werden. Und nichts kann ihn aufhalten. Was du dir vornimmst, gelingt dir.«

»Ich ...« Sein Mund wurde trocken. Er versuchte zu lächeln. »Danke ...«

»Mein Herz brennt für dich, McKenzie.« Daanah richtete sich auf den Knien auf. »Hast du verstanden?« Sie nahm ihm die Reste der Frucht aus der Hand und warf sie in den Heckteil des Flugzeugs. »Das habe ich noch niemandem gesagt.« Mit beiden Händen fasste sie seinen Kopf. »Ich küsse dich jetzt.« Einen Augenblick zögerte sie. Doch als Dave nicht widersprach – selbst wenn er es gewollt hätte, ihm fehlte einfach der Atem, um irgendetwas zu sagen –, drückte sie ihren Mund auf seinen. Behutsam tastete ihre Zunge seine Lippen ab, dann drang sie in ihn ein und tanzte um seine Zunge.

David McKenzie war kein Mick Jagger. Er kannte sich mit Neutronensternen aus, mit Quasaren, schwarzen Löchern, Quantenthermodynamik und Superstring-Theorien, aber nicht mit Frauen. Auch nicht mit dem Körper einer Frau – gab es überhaupt ein rätselhafteres Universum?

Sicher, da hatte es das eine oder andere flüchtige Abenteuer in seiner Jugend gegeben. Sogar eine monatelange Beziehung während seiner Studienzeit. Aber die

Frau hatte ihn verlassen, weil er sich einzig und allein für seine Wissenschaft interessierte. Er hatte sie ohne Bedauern ziehen lassen. Und jetzt das.

Cool bleiben, sagte er sich, aber er blieb nicht cool, natürlich nicht. Dave fürchtete sich. Ja, tatsächlich: Daanahs hitzige Leidenschaft und das Gefühlschaos in seinem Hirn versetzten ihn in Angst und Schrecken.

Atemlos machte er sich von ihr los. »Ich … ich glaube, ich liebe dich …« Sie streichelte seine Wangen, seine Brust, sie öffnete das Oberteil seines Pilotenoveralls und begann seine Haut zu küssen. »Aber ich glaube …« Stammelnd suchte er nach Worten. »Ich weiß nicht, wie ich … o Gott …«

»Du musst nichts wissen«, flüsterte Daanah. »Gar nichts musst du wissen.« Mit zwei flinken Handgriffen riss sie sich das rote Tuch vom Leib. Sie nahm Dave die Brille ab und drückte seinen Kopf zwischen ihre Brüste. »Lass dich fallen, David McKenzie …«

Auf ihrem warmen Busen ruhend schaffte er es irgendwie, seinen Verstand auszuschalten. Er tastete über die Haut ihres Rückens, die Bögen ihrer Hüften und die Wölbungen ihres herrlichen Hinterns und überließ sich ihrer Leidenschaft und seinem eigenen Verlangen.

Später konnte er nie sagen, wie es genau geschah – aber irgendwann lag er nackt unter ihr. Mit sicherem Instinkt lotste sie ihn in das Labyrinth des Liebesrausches. Die Zeit blieb stehen …

Urluk und Barah berieten sich. Schließlich kamen sie überein, vier Jägerinnen und vier Katzen zurückzulassen. Sie sollten die sieben toten Wisaaun schlachten und das Fleisch trocknen. Andernfalls würde es verderben, bevor man nach Beelinn zurückgekehrt war.

Urluk und Barah führten die restlichen acht Jäger und Jägerinnen weiter. Die Fährte der Wisaau-Herde verhieß eine Beute von noch mindestens neunundzwanzig Tieren. Selbst wenn man nur die Hälfte davon erlegte, bräuchte man vor dem Winter nur noch einmal auf einen Jagdzug zu gehen. Die Verlockung war also groß.

Sie ließen die vier Jägerinnen hinter sich und zogen weiter die *Otowajii* entlang. Die Spuren der Wisaaun im weichen Waldboden waren gut zu lesen. Am frühen Nachmittag bog die Fährte in den Wald ab. Urluk und Barah und ihre Jäger folgten ihr ins Unterholz. Jetzt kamen sie nur noch langsam voran.

Gegen Abend führte die Fährte einer Lichtung entgegen. Die Jäger und Jägerinnen spähten durch das Gebüsch des Waldrandes. Hohes Schilfgras wucherte drei Speerwürfe entfernt. Dahinter lag ein See. »Sie sind an der Tränke«, flüsterte Barah. Sie stiegen von den Riesenkatzen.

Barah kannte den See – *Raangtor-See* nannte man ihn bei den Frawen. Schon früher hatte sie auf einigen Jagdzügen an seinen Ufern gelagert.

Mit Bogen und Speeren bewaffnet schoben sie sich aus dem Waldrand. Lautlos pirschten sie durch das hohe Gras der Lichtung. Die sechs Speerträger bildeten die Vorhut, je zwei Bogenschützen die Flanken. Speerlänge für Speerlänge schlichen sie dem Seeufer entgegen.

Irgendwann merkte Barah, dass sich dort keine Tiere aufhalten konnten. Kein Laut war zu hören – kein Grunzen, kein Stampfen, kein Geplätscher von Wasser. Sie erhob sich und lief ohne Deckung zum Ufer. Nach und nach tauchten auch die anderen aus dem Gras auf.

Im seichten Uferwasser lagen zwölf tote Wisaaun. An den Kadavern einiger Tiere sah Barah die Wunden sofort – blutverkrustete kleine Stellen am Hals. Dazu bei einigen Tieren wieder die Löcher von Pfeilen, in den Flanken oder im Schädel.

Urluk trat neben sie. »Wer tut so etwas?«

»Ich weiß es nicht, Urluk ...« Barah glaubte nun selbst nicht mehr an fremde Jäger.

Ihre eigenen Leute begannen aufgeregt miteinander zu palavern. Deutlich spürte Barah die Furcht in ihren Stimmen.

»Was ist das?« Urluk stand wie erstarrt. Aus zusammengekniffenen Lidern spähte er um sich. Mit auf die Schulter geneigtem Kopf lauschte er.

Jetzt spürte es auch Barah – der Boden vibrierte. Und von fern drang ein dumpfes Grollen wie von einem heraufziehenden Gewitter. Sie blickten sich an. Barah sah die Farbe aus den Gesichtern ihrer Gefährtinnen und Gefährten weichen.

Rückwärts wichen sie vom Seeufer zurück. Alle blickten um sich und lauschten dabei. Unmöglich zu sagen, aus welcher Richtung genau das Grollen kam. Es schwoll an, der Boden vibrierte heftiger.

»Bei Wudan«, flüsterte Urluk. »Was ist das ...?«

Barah blickte in den Himmel. Grau wie meist war er. Nirgends eine schwarze Wolke. Nein, ein Gewitter zog nicht heran.

Dumpfes Stampfen mischte sich in das Grollen. Oder nein, nicht mehr wie Donnergrollen klang es jetzt, sondern wie das langanhaltende Gebrüll eines ganzen Sebezaan-Rudels. Oder wie das nicht enden wollende Zusammenstürzen einer großen Ruine. Und jetzt konnte man auch das Brechen von Ästen hören.

»Es kommt von dort ...« Ramaah, einer der Jäger, deutete in den Wald hinein. »Von der *Otowajii* ...«

Barah legte Daumen und Zeigefinger ihrer Rechten zusammen und steckte sie in den Mund. Ein Pfiff ertönte;

kaum konnte man ihn noch von dem donnernden Gebrüll unterscheiden. Noch einmal musste sie pfeifen. Kurz darauf schlichen die Riesenkatzen aus dem Wald – sie sprangen nicht, sie schlichen. Ihre Nackenfelle waren gesträubt und alle zehn hatten ihre Schweife zwischen die Hinterläufe gekrümmt. Jetzt erst bekam es auch Barah mit der Angst zu tun.

Die Erde vibrierte heftiger. Zwei von Urluks Jägern rannten den Sebezaan entgegen. Drei Jägerinnen folgten ihnen in wilder Flucht. Die anderen standen wie festgewachsen.

Barah spähte zum Waldrand. Ohrenbetäubendes Gebrüll donnerte jetzt über Lichtung und See. Wer immer da brüllte – er brüllte ohne Luft zu holen, und er brüllte aus einer Kehle, die aus Eisen zu bestehen schien. Holz splitterte, zwei Birken brachen aus dem Waldrand in die Lichtung hinein, Büsche bogen sich auseinander – und dann schob sich etwas Grünes, Fleckiges auf die Lichtung, starr und groß wie eine Hütte …

»Orguudoos Todesbote!«, brüllte Urluk. Barah spürte seinen eisernen Griff um ihren Unterarm. Er riss sie mit sich fort zu den Sebezaan. Die Tiere regten sich nicht mehr. Tief ins Gras geduckt lauerten sie dem Ungetüm am Waldrand entgegen. Sie fauchten. Barah sah es an ihren weit aufgerissenen Rachen und ihrem entblößtem Gebiss – hören konnte sie es nicht. Das dröhnende Gedonner des Ungetüms übertönte jedes Geräusch.

Sie hetzten durchs Gras. Rechts und links rannten drei Jägerinnen. Die anderen und Urluks Jäger hatten sich schon auf die Katzen geschwungen. Barah sah sich um; sie musste es einfach tun. Das fleckige grüne Ungeheuer kroch über die Lichtung. Ein wandförmiges Schild mit riesigen Zähnen am unteren Rand trug es vor sich her.

Aus seiner klobigen Schnauze ragte ein starrer Schaft, aus dem Dampf quoll.

Urluks Schrei gellte ihr im Ohr: *Orguudoos Todesbote!* Sollte der Bucklige Recht haben ...?

Noch zehn Schritte bis zu den lauernden Katzen. Barah hörte Urluk keuchen. Noch einmal sah sie sich um. Das Ungeheuer kroch über die Lichtung. Erde spritzte rechts und links von ihm hoch. Und hinter ihm brachen schon wieder Bäume in die Lichtung hinein. Ein zweites Ungetüm walzte über Büsche und Gestrüpp, ebenfalls grün, aber ohne Schild. Es zog eine Hütte hinter sich her ...

Kurze abgehackte Donnerschläge peitschten über die Lichtung. Barah sah eine der Kriegerinnen rechts von sich die Arme hochreißen, den Kopf in den Nacken werfen, und bäuchlings ins Gras stürzen ...

Die folgenden Tage waren ein Spaziergang. Wie von selbst ging Dave die Arbeit von der Hand. Stark wie ein Riese fühlte er sich, als könnte er Bäume ausreißen. Daanah wich nicht mehr von seiner Seite. Kurzerhand quartierte sie sich bei ihm in der DC-3 ein. Wenn man Dave gefragt hätte, was er davon hielt, hätte er geantwortet: »Etwas Schöneres wird mir mein ganzes Leben lang nicht mehr passieren.«

Sie waren so verliebt, dass sich flüchtige Küsse und zärtliche Berührungen während der Arbeit nicht vermeiden ließen. Und so merkten die anderen schnell, was mit ihnen los war. Sie reagierten zwiespältig. Am Anfang beargwöhnten die meisten Frauen das Paar misstrauisch.

So etwas wie Liebe kannte man nicht, weder bei den Menen und schon gar nicht bei den Frawen. Von den

Müttern und Großmüttern hatten sie gelernt, dass man sich einen Geschlechtspartner unter Gefangenen aussucht. Und zwar ausschließlich nach körperlichen Gesichtspunkten – nur gesunde und kräftige Männer versprachen gesunde und kräftige Töchter zu zeugen. Und nach der Paarung, wenn die monatliche Blutung ausblieb und man einigermaßen sicher war, schwanger zu sein, wurde der betreffende Mann in der Regel getötet.

Mit der Zeit aber gewöhnten sich die anderen Frauen an das Bild des turtelnden Liebespaares. Die jüngeren, vor allem Frike und Juna, kicherten und tuschelten, wenn sie Dave und Daanah bei Zärtlichkeiten ertappten. Und die drei jungen Männer beobachtete Dave immer häufiger dabei, wie sie die eine oder andere Frau verstohlen und mit schmachtenden Blicken betrachteten.

Nach gut einer Woche hatte David sämtliche Maschinen und Wrackteile gesichtet. Rund um den Bauplatz stapelten sich brauchbare Flugzeugteile. In mühsamer Kleinarbeit wurden sie gereinigt.

Zwei Triebwerke hatte Dave ausgebaut: einen Packard Merlin V-1650-7-Motor mit 1612 PS aus einer amerikanischen *P-51 Mustang* Baujahr 1942 und einen Rolls-Royce Merlin Mk.III-Kolbenmotor mit etwas mehr als 1000 PS aus einer britischen Hawker Hurricane Baujahr 1937.

Er tendierte zu dem Motor des englischen Jagdflugzeugs, weil auch seine geliebte Spitfire mit einem Rolls-Royce Motor ausgestattet war. Allerdings mit einem wesentlich leistungsfähigeren. Andererseits wusste er, dass man dieser Maschine, je nach Gewicht, eine Reichweite von höchstens 800 km zugeschrieben hatte. Und die Entfernung Berlin-London betrug mehr als 900 km. Der amerikanische Abfangjäger dagegen hatte – auch das wusste Dave noch aus Kindheitstagen – eine Reichweite von über 3000 km.

Er ließ die Entscheidung offen. Vorerst genügte es ihm zu wissen, dass zwei Triebwerke zur Verfügung standen, die er mit ein bisschen Glück zum Laufen bringen würde.

Von Dreck und Rost gereinigt stand schließlich das tragende Gerippe der Spitfire auf dem Fahrgestell eines Mercedes-Benz, den sie erstaunlich gut erhalten in der Autohalle entdeckt und von seiner Karosserie befreit hatten. Zufrieden inspizierte Dave es von allen Seiten. Der Anfang war gemacht.

Sorgfältig ging er das am Rande des Bauplatzes gelagerte Material durch und machte sich klar, was ihm noch an Einzelteilen und Werkzeugen fehlte. Jetzt wurde es Zeit die Schächte und Räume des Reichstagsbunkers zu durchstöbern.

Am nächsten Morgen – es war der 13. August – ritt er mit Daanah, Dolfar und Frike zurück zu den Ruinen des Reichstags.

Barah hatte jedes Zeitgefühl verloren. Wie lange verkrochen sie und Urluk sich jetzt schon im Unterholz des Waldes?

Sie wagten sich kaum aus ihrem Versteck. Immer wieder hörten sie das Gebrüll der monströsen Ungetüme durch den Wald dröhnen, mal näher, mal weiter entfernt. Und manchmal diese hohen, abgehackten Donnerschläge von irgendwo her.

In wilder Flucht waren die Jägerinnen und Jäger in alle Himmelsrichtungen davon geprescht. Barah und Urluk hatten den Kontakt mit ihnen verloren.

Sie wussten, dass die Ungeheuer Jagd auf sie machten.

Auf sie und die versprengten Jäger und Jägerinnen. In der Nacht hatten sie sich aus dem Unterholz gewagt und waren zum Wurzelloch eines umgestürzten Baumes geschlichen. Dreckiges Wasser stand darin, an dem die ihren Durst stillten.

Am Morgen leckten sie den Tau vom Laub der Büsche und gruben Wurzeln, Larven und Würmer aus, um bei Kräften zu bleiben.

So harrten sie bis zum späten Nachmittag des nächsten Tages aus. Erst nachdem sie einige Stunden lang weder das unheimliche Gebrüll noch die peitschenden Schläge mehr gehört hatten, krochen sie aus den Mulden, die sie in den Waldboden gewühlt hatten. Sie klammerten sich im Rückenfell ihrer Riesenkatzen fest, packten ihre Waffen und ließen sich behutsam und nach allen Seiten sichernd durch den Wald tragen.

Keine zehn Speerwürfe von ihrem Versteck entfernt fanden sie einen toten Sebezaan. Seine gebrochenen Augen starrten ins Unterholz, seine raue Zunge hing zwischen den Reißzähnen. In seinem Hals klaffte eine fingerlange Schnittwunde. In seinem Schädel entdeckten sie mehrere kleine Löcher. Von seinem Reiter oder seiner Reiterin fehlte jede Spur.

Ihre Katzen fauchten und sträubten die Nackenfelle. »Weg hier«, zischte Barah, und Urluk nickte stumm.

Tief über die Hälse der Tiere geduckt ritten sie weiter. *Was sind das für unheimliche Mächte, die einen schnellen starken Sebezaan besiegen können?*, dachte Barah.

Sie lenkten die Sebezaan auf die *Otowajii.* Schnell kamen sie voran. Als sie in die Nähe des Lagers gelangten, an dem sie vor zwei Tagen die vier Jägerinnen mit der Beute zurückgelassen hatten, gerieten sie in Streit. Urluk wollte auf dem schnellsten Weg zu Gorkan und der Königin. »Wir müssen unsere Stämme warnen«, sagte er. Barah aber bestand darauf, dass sie zuerst zu den vier Frauen ritten. Sie stellte es dem Buckligen frei, sich von ihr zu trennen.

Er blieb bei ihr, und Barah rechnete ihm das hoch an.

Kurz vor Sonnenaufgang erreichten sie das Lager, wo sie die vier Jägerinnen zurück gelassen hatten. Schon von fern hörten sie Schreie.

Sie hielten die Tiere an und lauschten. Es waren Schreie aus Frauenkehlen, ohne Zweifel. Barah stieg vom Sebezaan und zog ihr Schwert aus der Scheide. Auch Urluk rutschte vom Rücken seines Reittiers. Er packte seine Streitaxt. Hinter Barah her schlich er ins Unterholz.

Schritt für Schritt pirschten sie sich an die Stelle heran, von der die Schreie kamen. Jetzt hörten sie auch Stimmen. Männerstimmen. Je weiter sie kamen, desto deutlicher hob sich eine Stimme ab – eine hohe, krächzende. Und immer wieder übertönten die schrillen Schreie die Männerstimmen.

Kurz darauf sahen sie Menschen. In einem Farnfeld duckten sie sich hinter einen Busch. Vorsichtig bog Barah die Zweige ein wenig zur Seite. Was sie sehen musste, trieb ihr das Blut aus dem Gesicht.

Überall hielten sich fremde Männer zwischen den Bäumen und Büschen auf, zwanzig und mehr. Dürre hochgewachsene Männer in schwarzen Kleidern, die ihre Beine, Oberkörper und Arme bedeckten. Kapuzen verhüllten die Köpfe einiger. Andere jedoch trugen die Kapuzen zurückgeschlagen und der Anblick ihrer Schädel und Gesichter traf Barah wie ein Keulenschlag: Spitze, eingefallene Gesichter waren es, die aschgraue Haut wie die getrockneter Früchte, tief in riesigen Höhlen liegende Augen und sich überdeutlich abzeichnende Kiefer, Wangenknochen und Brauenwülste. Wie Totenschädel sahen sie aus, und fast so kahl waren sie. Barah schwindelte; ihr stockte der Atem. Urluks Hand schloss sich schmerzhaft um ihren Oberarm. Sie spürte, wie ihr Gefährte zitterte.

Jeweils zwei bis drei der Männer hielten die vier Jägerinnen fest. Die Frauen wanden sich in ihren Händen, strampelten und schrien. Eine von ihnen wurde keine zwanzig Schritte von Barahs und Urluks Deckung entfernt zu Boden gestoßen. Drei der Unheimlichen warfen sich auf sie und hielten sie fest. Ein vierter beugte sich über die Schreiende. In seiner Rechten sah Barah ein Messer. Er stieß zu, traf sie am Hals und schloss seinen fahlen knochigen Mund über der Wunde. Das Geschrei der Jägerin ging in jammerndes Röcheln über und verstummte schließlich ganz.

Sie saufen ihr Blut ... dachte etwas in Barahs Kopf. *Bei Quadra und Wudan – es kann nicht sein, aber ich sehe es: Sie saufen ihr Blut ...*

Den anderen Jägerinnen erging es nicht besser. Zwei oder drei der Unheimlichen drückten sie ins Unterholz, ein weiterer trieb seine Klinge ins Fleisch ihres Halses und stülpte den Mund über die sprudelnde Wunde. Die fahlen Totenschädel wechselten sich ab an den sterbenden Jägerinnen. Bald erfüllte ihr Schmatzen den Ort des Grauens.

Es sind Jäger, dachte Barah, *aber es sind verfluchte Jäger aus Orguudoos finsterer Tiefe...* Kalter Schweiß trat auf ihre Stirn. Sie wollte ihren Blick losreißen, doch es gelang ihr nicht. Als hätte das Böse sie hypnotisiert, musste sie die Gräuelszenen zwischen den Bäumen im Unterholz anstarren.

Und während Geschrei und Geröchel der armen Jägerinnen nach und nach erstarben, hob sich auch die andere Stimme wieder deutlicher aus dem Tumult ab – jene bellende, krächzende. Hinter den Mördern der Jägerinnen, einen Speerwurf weit tiefer im Wald schritt er auf und ab, der Mann, dem sie gehörte.

Auch dort hielten sich viele der Blutsäufer auf. Er schien ihr König zu sein, denn er fuchtelte mit beiden Armen, schrie die anderen an, scheuchte sie hierhin und dorthin. Sie trugen Schläuche und kleine Säcke hin und her – rote Säcke, so groß wie zwei Abdrücke von Barahs Füßen …

Zunächst glaubte sie, es sei ein Sandhaufen, an dem sich die Unheimlichen dort hinten im Wald zu schaffen machten. Dann aber musste sie erkennen, dass es ein Sebezaan war. Noch schien Leben in ihm zu sein, denn sein Bauchfell zitterte und Barah glaubte seine hechelnden Atemzügen zu hören.

Die verfluchten Mörder schienen die Schläuche in das Halsfell der Riesenkatze zu stecken. Und schlagartig begriff Barah, dass die kleinen Säcke in ihren knochigen Händen nicht rot, sondern durchsichtig waren. Rot aber war die Flüssigkeit in ihnen – das Blut des Sebezaan …

Der Mann mit der krächzenden Stimme ging um das sterbende Tier herum und schrie seine Befehle. Anders als die Blutsäufer hatte er viele Haare auf dem Kopf – gelbe, zu einem Schwanz zusammengebundene Haare. Und anders als die dunklen Gestalten trug er Kleider von einem Grün, das Barah an frisch ausgeschlagene Fichtennadeln erinnerte.

Sie riss die Augen auf, sah genauer hin und weigerte sich doch, ihren Sinnen zu trauen: Der krächzende Mann mit dem gelben Haarschwanz trug den gleichen Anzug wie die Königin!

Jenny und der hinkende Gorkan führten sie durch das Bunkersystem. Vier Kriegerinnen begleiteten sie. Sie gingen über lange Korridore, untersuchten Schlafräume, den Klinikbereich, die Operationssäle, die Kommandozentralen, die Vorratsräume und vor allem die technischen Bereiche des Reichstagsbunkers.

Bis auf ein paar Skelette in der Bunker-Kapelle fanden sie keine Spuren menschlichen Lebens. »Der Bunker wurde nie benutzt«, erklärte Jenny. »Einer der Wachmänner drehte durch, erschoss seine Kollegen und versperrte die Zugänge.«

»Fürchterliche Vorstellung ...« Dave musste an die Tausende von Menschen denken, die vergeblich vor dem Bunkereingang gewartet hatten und die Feuerfaust des Kometen über sich hinweg fauchen sahen ...

Erstaunlicherweise funktionierte das Licht. Sogar die Leuchtdioden in den Aufzügen. Und die Aufzüge selbst. Wahrscheinlich hatten die Architekten des Bunkersystems die Anlage mit einem Langzeit-Energiespeicher versehen – mit einem Trilithiumkristall zum Beispiel. Anders konnte Dave sich das nicht erklären. Am liebsten hätte er sich ein paar Wochen Zeit genommen, um jeden Winkel des Bunkers zu durchsuchen.

Doch er hatte sich eindeutige Prioritäten gesetzt: Der Bau eines Flugzeugs und der Flug nach London gingen vor. Und Dave gehörte zu den Leuten, die sich so hartnäckig in ein einmal formuliertes Ziel verbissen, bis sie es erreicht hatten. Oder bis es sich als unerreichbar erwies. Anders hätte er es weder zum Professor der Astrophysik noch zum Wissenschaftsastronauten der NASA gebracht.

In den Lagerräumen fanden sie einen Gabelstapler. Jenny blieb neben ihm stehen und deutete wortlos auf die intakt scheinenden Räder. Dave ging davor in die

Hocke und untersuchte sie. »Plastiflex«, sagte er. Der neuartige Kunststoff hatte die Jahrhunderte ohne nennenswerte Zerfallsspuren überstanden.

Jenny kletterte hinter das Steuer und betätigte den Zündknopf. Womit sie nie gerechnet hatte, geschah: Der Motor sprang sofort an. Gorkan, Dolfar, Daanah und die anderen Frauen sprangen erschrocken zurück. »Ein Elektromotor. Hat wahrscheinlich eine Trilithiumzelle.« Jenny stellte den Motor wieder ab. »Muss eine haben, sonst würde der Motor nicht laufen.«

Die Pilotin sprang vom Gabelstapler und Daves Blick blieb am Sitz hängen – er war vollständig erhalten. Kein Leder und kein Stoff also. Prüfend ließ er seine Hand über Sitzfläche und -lehne gleiten. Irgendein Kunststoff, ein wenig brüchig zwar, aber noch gut zu gebrauchen. »Schaut euch auch nach Sitzschalen aus Kunststoff um«, instruierte er Jenny und die Frauen. Sie verschwanden in einem der vielen Lagerräume.

Dave legte ein paar Stahlrohre vor die breite Eingangstür des Lagerraums, das dickste direkt vor den Rahmen, die dünneren davor, sodass eine Art Rampe aus Rohren entstand. Er hatte sie und einen Werkzeugkasten in einem Materialraum gefunden.

Mit Gorkans und Dolfars Hilfe gelang es ihm, den Gabelstapler über die Rohre zu fahren, so weit, bis Gabeln, Hubvorrichtung und die großen Vorderräder in den Korridor vor dem Raum hinein ragten. Mit einem lauten Schlag setzte der Unterboden des Gabelstaplers auf dem letzten Rohr auf.

Zufrieden stellte Dave fest, das die Plastiflex-Räder zwei Finger hoch über dem Boden schwebten. Er kniete neben dem Gabelstapler nieder und zog den Werkzeugkasten heran. Nacheinander lockerte er die Muttern und schraubte das erste Rad ab.

Dolfar konnte seine gute Beobachtungsgabe unter Beweis stellen – selbstständig schraubte er das zweite Rad ab. Gorkan beobachtete ihn mit einer Mischung aus Bewunderung und Skepsis.

Die Frauen schoben zwei große Wagen mit stumpfer Aluminiumverkleidung heran. Daves Blick fiel sofort auf die kleinen Kunststoffräder – er dachte an das hintere Fahrgestell, das er für seinen Eigenbau brauchen würde.

Es waren ehemalige Wäschewagen. Der Stoff zerfiel Jenny und Daanah zwischen den Fingern, als sie die Wäsche ausladen wollten. Sie mussten die Wagen umkippen, um sie leeren zu können.

Nach den Rädern bauten Jenny und Dave die Trilithiumbatterie aus dem Gabelstapler aus. Daanah, Dolfar und die Frauen versuchten sich an dessen Sitz. Die Beutestücke landeten im ersten Wäschewagen. Genau wie etliche Kabelrollen jeder Stärke, Schrauben, Muttern, Decken, Feuerzeuge, Kupferdrahtspulen und so weiter.

Den Nachmittag brachten sie mit der Plünderung des Klinikbereiches zu. Vor allem der Operationsbereich barg wertvolle Schätze – jedenfalls für den, der einen Blick dafür hatte. Und den hatte Dave. Er fand eine Laserknochensäge, ein Laserskalpell und – welch Glück! – eine wiederaufladbare Energieeinheit, die nicht größer als ein Schuhkarton war und an die sich die chirurgischen Hochleistungsgeräte anschließen ließen.

Neben diesen Schätzen fand sich im Klinikbereich des Bunkers auch sonst noch allerhand Verwertbares: Bettenräder, Leuchtdioden, Lautsprecher und Mikros von Gegensprechanlagen, Glühbirnen, Sicherungen, Kanülen, Kunststoffspritzen, zwei volle Sauerstoffflaschen und manches mehr.

Sie arbeiteten bis in die Nacht hinein. Zurück an der Erdoberfläche hockten sie vor Jennys Zeltbau und aßen gebratenes Fleisch. Diesmal erkundigte Dave sich nach dem Tier.

»Wisaau-Fleisch«, knurrte der sonst eher schweigsame Gorkan.

»Wisaau?« Fragend blickte Dave seine ehemalige Pilotin an.

»Wildschweine«, grinste sie. »Oder besser – Nachfahren unserer Wildschweine. Davon wimmelt es auch heute noch in den Wäldern von Berlin. Und in den Ruinen.«

Das Fleisch schmeckte fantastisch. Dave schlug sich den Bauch voll. Gorkan brummte unverständliche Dinge in seinen grauen Bart, unverständlich jedenfalls für Dave. Er machte ein sorgenvolles Gesicht dabei. Jenny schien ihn gut zu verstehen. Beide unterhielten sie sich auf Deutsch.

»Was sagt er?«, mampfte Dave.

»Er macht sich Sorgen wegen der Jagdexpedition. Barah und Urluk wollten nicht länger als anderthalb Wochen unterwegs sein.«

»Werden bald zurückkommen.« Daanah war zuversichtlich. »Barah ist eine kluge und erfahrene Jägerin.« Gorkan kommentierte die Bemerkung mit einem missbilligenden Knurren. Vermutlich verstand er sie so, dass Daanah Urluk und seine Männer, die ja auch an dem Jagdzug teilnahmen, weder für klug noch für erfahren hielt.

Todmüde verzogen sich die Männer und Frauen nach dem Essen zu ihren Schlafplätzen. Getuschel erhob sich, als sie beobachten, wie Dave und Daanah gemeinsam in Daanahs Lehmhütte krochen. Viele Augenpaare richteten sich auf die Königin – an ihrer Miene wollte man ablesen, was sie von dem Verhalten des Paares hielt. Jenny schien es gutzuheißen, sich sogar darüber zu freuen, denn sie lächelte.

»Wischt euch gefälligst eure Rosinengesichter ab!«, bellte der Mann in dem Pilotenanzug der US Air Force die Nosfera an. »Schlimm genug zu wissen, dass ihr Blut gesoffen habt – ich will es nicht auch noch sehen müssen!«

Er stand vor der offenen Ladefläche des Anhängers. Ein paar seiner Nosfera reichten die Beutel mit dem Blut der Riesenkatzen hinauf. Andere nahmen es an und verstauten es in den Kühltruhen auf dem Anhänger. Vorrat genug für Wochen.

Der hagere Mann mit dem knochigen Gesicht und dem blonden Zopf trieb die ausgemergelten Gestalten zur Eile an. Nicht dass er unter Zeitdruck stand – aber irgendwie hatte er es immer eilig. Nichts konnte ihm schnell genug gehen.

Er nestelte einen in Staniolpapier verpackten Riegel aus der Brusttasche seines Air Force Kombis. Über der Brusttasche war ein Namensschild angenäht: *Prof. Dr. Jacob Smythe*.

Er riss die Schutzfolie von dem dunklen Riegel ab, biss hinein und kaute schmatzend. Hochkalorische Trockennahrung. Er hatte das Zeug kistenweise im Bunker einer ehemaligen Bundeswehrkaserne im ehemaligen Süddeutschland gefunden.

»*Ehemalig*«, krächzte er vor sich hin. »Alles ist ehemalig – nur ich nicht. Nein, ich bin *ein*malig!« Er stieß ein heiseres Lachen aus.

Die Nosfera sprangen von der Ladefläche und schlossen die Heckklappe. »Allmählich kriegt ihr wieder Farbe«, krächzte Smythe. Seine Handlanger wären ihm fast gestorben auf dem Weg nach Norden. Nosfera verfügten kaum über eigene rote Blutkörperchen. Ohne regelmäßige Blutzufuhr waren sie zum Tode verurteilt. Smythe kannte sich aus in diesen Dingen – er war nicht nur Astrophysiker, sondern auch Mediziner.

»Regelmäßige Blutzufuhr«, krächzte er verächtlich, »klingt eleganter als *Blutsaufen* ...« Schaudernd dachte er an die letzten Tage zurück, an denen die Nosfera frisches Blut im Überfluss getrunken hatten. Dank dieser Wilden und ihrer großen Katzen. Er schüttelte sich, während er zu seinem Fahrzeug stapfte. Doch so sehr ihn die Essgewohnheiten der Rosinengesichter anwiderten, so sehr war er auf die gespenstischen Männer angewiesen. Sie waren ihm treu ergeben und fraßen ihm gewissermaßen aus der Hand.

»Los! Einsteigen! Weiter zur alten Autobahn! Und dann nach Berlin!« Er schwang sich auf die Maschine – ein geländegängiges Military-Trike. Zwei große Hinterräder aus Kunststoff mit tiefen Profilen und vorn eine breite Laufkette über drei Rollen. Und ein kräftiger Motor unter dem Sattel.

Auch das Trike hatte er in der Kasernenruine gefunden und repariert. Genau wie die olivgrünen Militärfahrzeuge, in die seine Nosfera nach und nach kletterten: ein schwerer Traktor mit Anhänger, eine Planierraupe und ein Truppentransporter. Zusätzlich verfügte die kleine Truppe über ein halbes Dutzend einigermaßen funktionstüchtige Gewehre. Nichts Besonderes, aber sie hatten ausgereicht, um ein paar der Wilden und vor allem ihre Riesenkatzen zu erschießen.

Smythe schwang sich auf seine Maschine und warf sie an. »Los gehts!« Er drehte sich nach den Fahrzeugen um und winkte mit einem Arm. »Schauen wir uns an, wie eine US-Luftwaffenbasis ein paar hundert Jahre nach ›Christopher-Floyd‹ aussieht!«

Nacheinander sprangen die schweren Motoren an. Die Planierraupe walzte an Smythe vorbei und setzte sich an die Spitze der Kolonne ...

Am Morgen des nächsten Tages ging es noch einmal in den Bunker hinunter. Und endlich entdeckte Dave, wonach er insgeheim gesucht hatte: einen Kombibrenner zum Schweißen und Schneiden. Dazu sechs Gasflaschen mit Acetylen und zwei weitere Sauerstoffflaschen.

Und gegen Abend die Krönung: Am Westende des ausgedehnten Bunkersystems stießen sie auf einen kleinen Fuhrpark – einen großen Bus, zwei Jeeps und einen Schützen-Räumpanzer. Sie standen hintereinander in einer schmalen langen Halle vor einem Aufzug. Dessen Türen ließen sich allerdings nicht mehr öffnen. Sein Ausgang, der einst ins Freie geführt haben mochte, war wohl verschüttet.

Die Fahrzeuge ruhten auf den Felgen, waren also zu ihren besten Zeiten noch auf normalen Gummireifen gerollt, die inzwischen verrottet waren. Auch die Sitze waren zerfallen. Doch die Elektronik und die Armaturen boten brauchbare Einzelteile für Daves kühnes Projekt. Und vor allem die Schmierstoffe und das Motorenöl.

Dass die Entdeckung des Fuhrparks David McKenzie derart elektrisierte, hatte aber noch einen weiteren Grund: Wenn der Bunker mit einsatzbereiten Fahrzeugen ausrüstet worden war, musste irgendwo auch ein Treibstofflager existieren.

Sie fanden es noch am selben Abend: Zwei in die Erde versenkte Tanks voller Dieselkraftstoff. Dave stieß einen Triumphschrei aus, packte Daanah, hob sie hoch und drehte sich mit ihr um die eigene Achse, bis ihnen schwindlig wurde.

Die Frauen beobachteten es mit Befremden, das aber schnell kichernder Heiterkeit Platz machte. Selbst Gorkan verlor einen Augenblick die Kontrolle über sich und verzerrte sein zerfurchtes Gesicht zu einer Art Grinsen.

In dieser Nacht zogen sich nicht nur Dave und Daanah in eine gemeinsame Hütte zurück, sondern auch Frike und Dolfar.

Drei Tage brauchte Dave, um die Fahrzeuge auszuschlachten. Am meisten Zeit kostete es, den Diesel aufzubereiten, die Motoren auseinanderzunehmen und Öl und Schmierstoffe zu gewinnen. Daanah, Frike und Dolfar erwiesen sich als geschickte Assistenten.

Nach drei Tagen sahen sie aus wie Köhler auf alten Fotografien: schwarze Hände, schwarze Arme, schwarze Gesichter.

Gorkans Miene wurde von Tag zu Tag finsterer. Er machte sich große Sorgen um die Jagdexpedition. Jenny ließ sich von seinen Befürchtungen anstecken. Sie spielte mit dem Gedanken, einen Suchtrupp auszuschicken.

Dave registrierte ihre Sorgen nur beiläufig. Er brannte darauf, in die Museumsruine zurückzukehren und endlich, endlich mit dem Bau des Flugzeugs zu beginnen.

Der Kalender seiner Armbanduhr zeigte den 20. August an, als sie kurz nach Sonnenaufgang die Schätze aus dem Bunker in den Aluminiumwagen verstauten und auf die Rücken zweier Sebezaan banden. Nur den Treibstoff ließen sie hier. Dave beobachtete an diesem Morgen, wie aus mindestens drei Lehmhütten Paare ins Freie schlüpften, manche sogar Arm in Arm. Er grinste in sich hinein.

Hey, Mickey, dachte er, *jetzt bin ich sogar schon Professor für Paarungsverhalten geworden – was sagst du dazu?*

Nach einer kräftigen Mahlzeit verabschiedeten sie sich von Jenny, Gorkan und den Männern und Frauen des Stammes. Dann brachen sie auf.

Als sie Stunden später den Waldrand und das Gelände des ehemaligen Güterbahnhofs erreichten, sahen sie zwei riesige Schatten über den zugewucherten Hallen kreisen – das Eluu-Paar. Bis zum Sonnenuntergang mussten sie sich im Dickicht zwischen den Ruinen verstecken. Dann erst segelten die monströsen Eulenvögel nach Süden ab und sie konnten es wagen, das baumfreie Gelände zu überqueren.

Am nächsten Tag begann Dave mit dem Bau seiner Supermarine Spitfire ...

Von Gestrüpp und Büschen zugewucherte Pisten, ausgebrannte Hangars, Mauerreste ehemaliger Hallen und Verwaltungsgebäude, Flugzeugwracks, die kaum noch als solche zu erkennen waren – und alles umrankt und verhüllt von Laub, Gras und Klettergewächsen. Mehr war nicht übrig von der Luftwaffenbasis in Berlin Köpenick.

Drei Tage hatte Smythe gebraucht, um die Ruinen der Basis zu finden. »Das war einmal der Stützpunkt der US Air Force!« Begleitet von einigen seiner Nosfera streifte Professor Dr. Smythe durch die Ruinen. Er suchte nach einem unterirdischen Treibstofflager. Sein Fuhrpark lief teilweise schon auf Reserve. »Der Luftwaffenstützpunkt der ruhmreichen Vereinigten Staaten – begreift ihr das, ihr Mumiengesichter? Die *ruhmreichen Vereinigten Staaten*!« Er kicherte. Wie meist erging er sich in lautstarken Monologen. »Und was ist jetzt davon übrig?!« Mit vergnügter Miene deutete er auf die Trümmer zwischen Gestrüpp und Gras. »Dreck und Schutt! Weiter nichts als Dreck und Schutt! Und die Natur ruht sich aus von der glorreichen westlichen Zivilisation ...!«

Zwei Nosfera hieben mit säbelartigen Klingen eine Bresche ins Gestrüpp. Smythe ließ sich einen Weg zu einem der Hangars bahnen. Er erinnerte sich dunkel, dass dort ein Treibstofflager war.

»Aber wir werden sie schon wieder aufscheuchen,

nicht wahr? Wir werden Mutter Natur bald ein bisschen zähmen! Wenn der Herr der Welt sein Reich errichtet, müssen wir ihr ein wenig die Krallen stutzen, schätze ich ...«

Außer schwarzen Metallrippen und ein paar löchrigen Blechwänden fanden sie nichts Nennenswertes im Gestrüpp. Abgesehen von einem tiefen Krater an der Stelle, wo Smythe das Treibstofflager vermutet hatte.

»Mist, verfluchter! Mist, Mist, Mist!« In einem der üblichen Tobsuchtsanfälle tänzelte er am Kraterrand entlang. »Was glotzt ihr? Was steht ihr hier dumm herum?« Er scheuchte die Nosfera ins Dickicht. »Los! Sucht das Gelände nach Treibstofftanks ab!«

Die Nosfera spritzten auseinander. Natürlich war es Unsinn, sie nach Sprit suchen zu lassen. Smythe wusste jetzt, dass hier einst alles in Flammen gestanden hatte. Jeder Tank war explodiert. Aber er brauchte seine Handlanger, um sich abzureagieren.

Später, als seine Wut sich gelegt hatte, versammelten sich die Nosfera bei der Fahrzeugkolonne um ihren Meister. Er deutete nach Westen. »Wir dringen in die Ruinen vor! Irgendwo hält das Schicksal Treibstoff für mich bereit; ich weiß es! Wir suchen solange, bis wir ihn gefunden haben!«

Rauch, Dieselgestank und Geknatter erfüllten die Halle: Probelauf des Packard Merlin V-1650-7-Motor. »Chanel No. 5 ...« Dave sog den Dieselgestank ein, als würde er eine Duftessenz schnuppern. Und das Gebrüll des Motors kam ihm vor wie der Walzer aus der ersten Mahler-Sinfonie.

Ein paar Tage lang hatte er die Einzelteile des Motors und den Block in Maschinenöl gelegt und anschließend

Stück für Stück gereinigt und schadhafte Teile ausgesondert. Die Propellerwelle hatte er durch die einer *Douglas SBD-5 Dauntless* austauschen und zwei Zylinderschwimmer aus einer *Curtiss P-40* ausbauen müssen, und einen ganzen Tag lang hatte er nach einem Flansch für einen Auspuffkrümmer gesucht, bis er ihn im Wrack einer *P-51 Mustang* fand.

Bevor er sich an die mühevolle Arbeit machte, den Leib der Spitfire zu bauen, wollte er sicher sein, dass ihr Herz schlagen würde.

Es schlug. Andächtig betrachtete er den qualmenden, knatternden und vibrierenden Motor. *Hey Mickey, du darfst deinem kleinen Bruder mal wieder gratulieren …*

Zögernd näherten sich seine Helfer. Sie hatten sich zwischen den zusammengeschobenen Maschinen versteckt, als Dave Anstalten machte, den Motor zu starten. Frike, Suzeel und ein paar andere Frauen waren sogar in die Nachbarhalle geflüchtet.

»Dieses stinkende Ding wird den Vogel zum Fliegen bringen?!« Daanahs schrie, um den Motor zu übertönen. Ihre Miene war mehr als skeptisch.

»Ja.« Dave nickte. »Zum Fliegen.« Er war glücklich.

Dolfar und Viktan wagten sich nahe an den Motor heran. Sie umkreisten ihn neugierig. »Wie kann sich der Stab hier von allein drehen?!« Dolfar deutete auf die rotierende Propellerwelle.

Dave schaltete den Motor aus. »Ich versuchs dir zu erklären …«

Am Abend desselben Tages begann er mit den Arbeiten am Cockpit. Seine Assistenten schleppten die Einzelteile aus dem improvisierten Lager herbei. Dave stand vor dem Grundgerippe der Maschine. Im Geist sah er die fertige Spitfire schon vor sich.

Ein Problem bereitete ihm aber gewaltige Bauchschmerzen. Kein technisches, ein menschliches Problem …

Daanah breitete eine Decke neben dem Fahrgestell des Mercedes-Benz aus. Auf ihr begann sie Leuchtdioden, Drahtspulen, Schrauben und so weiter zu sortieren. Sie sah Dave an. Ihre Stirn runzelte sich. »Was machst du für ein finsteres Gesicht, Dave?«

»Nun … die Spitfire ist ein einsitziges Flugzeug.« Er steckte die Hände in die Hosentaschen und betrachtete die Spitzen seiner Stiefel. »Wenn ich zwei Sitze einbauen will, müsste ich das jetzt planen.«

»Natürlich baust du zwei Sitze ein.« Daanah wandte sich wieder ihrer Arbeit zu. »Oder willst du etwa ohne mich fliegen?«

»Nein.« Dave kniete sich zu ihr auf die Decke. »Nein, seit ich dich kenne grüble ich herum, wie ich den zweiten Sitz ins Cockpit bekomme …« Er nahm ihr Gesicht zwischen seine Hände. Zärtlich küsste er sie.

Wie ausgehungerte Tiere machten Urluk und Barah sich über das gebratene Fleisch her. Jenny, Gorkan und die Ältesten hatten sich um sie versammelt. Alle standen oder saßen sie vor Barahs Lehmhütte um die beiden Heimkehrer herum. Die Hände des Buckligen zitterten, während er sich das Fleisch in den Mund stopfte.

Mit knappen Worten hatte Barah vom Tod ihrer zwölf Gefährten erzählt. Die Nachricht hatte den ganzen Stamm in einen Schockzustand versetzt.

Auch Jenny fühlte sich wie benommen. Schweigend warteten sie, bis die beiden Jäger ihren Hunger gestillt hatten. Danach erst begann Barah Einzelheiten zu erzählen.

Mit tonloser Stimme berichtete sie. Dabei rieb sie sich ununterbrochen die Hände, als wollte sie sie waschen. Urluk stierte mit ausdruckslosem Gesicht durch sie hindurch. Alles was sie erlebt hatten, sah er vor sich, während Barah erzählte, jede einzelne Szene.

Auf den Gesichtern der Ältesten spiegelte sich Entsetzen wider. Gorkan stieß wilde Flüche aus. Jennifer Jensen schloss die Augen und presste die Hände auf den Mund. Kalte Schauer rieselten durch ihren Körper. Die Schilderung der bluttrinkenden Mörder raubte ihr die Fassung.

Zum ersten Mal ergriff auch Urluk das Wort: »Orguudoo selbst ist aus seiner finsteren Tiefe gestiegen. In seinen Todeswagen fährt er umher und sucht Opfer, um sie zu verschlingen ...«

»Sie sind in ihre eisernen Ungetüme geklettert und in Richtung Beelinn gezogen«, beendete Barah ihren Bericht. »Wir haben unsere Tiere fast zu Tode gehetzt, um vor ihnen hier zu sein.«

So erschreckend Barahs Bericht auch war, am meisten verwirrte Jennifer Jensen die Erwähnung des blonden Mannes in einem angeblichen Pilotendress. Wer konnte das nur sein? Smythe war blond gewesen, doch Matt hatte berichtet, der Professor sei tot. Vielleicht hatte ein Barbar seine Leiche geplündert und die Uniform an sich genommen ...

»Ich schicke meine Späher aus«, krächzte Gorkan. Sein zerfurchtes Gesicht hatte die Farbe faulenden Fleisches angenommen; in seinen Augen loderte Hass. »Sie sollen nach den Ungeheuern Ausschau halten.«

»Ich werde die Späher anführen«, sagte der bucklige Urluk heiser.

Jenny nickte. »Wir stellen Wachen auf. Außerdem müssen unsere sämtlichen Spuren in der näheren Umgebung verwischt werden. Und jemand muss Daanah und McKenzie warnen …«

Es war zu spät. Noch am gleichen Abend erfüllte Motorenlärm den Wald um die Reichstagsruine. Urluk und die Späher waren noch nicht einmal drei Stunden unterwegs.

Zweiundvierzig Bogen- und Armbrustschützinnen verbargen sich im Unterholz und zwischen den Trümmern rund um das Lager. Mit siebenundfünfzig Kriegerinnen schlich Jenny den Maschinen entgegen. Gorkan führte dreiundsiebzig mit Keulen und Schwertern bewaffnete Menen in den Kampf. Nicht Wenigen schlotterten die Knie, als der unheimliche Lärm näher rückte.

Jenny kletterte mit Barah und einigen Speerträgerinnen auf die Ruine eines mehrstöckigen Hauses. Von dort aus konnte sie den Pariser Platz und das Brandenburger Tor überblicken. Armeefahrzeuge rollten zwischen den zugewucherten Trümmern über jene Straße, die in den Zeiten vor »Christopher-Floyd« einmal »Unter den Linden« geheißen hatte.

Die schwere Planierraupe an der Spitze schob Steine und entwurzelte Büsche und Bäume vor sich her. Ihr folgte ein Motorrad mit einer zweirädrigen Hinterachse. Und auf ihm thronte ein Mann im Pilotendress und mit blondem Pferdeschwanz. Jenny erkannte ihn sofort.

»Smythe …«, flüsterte sie. »Professor Doktor Jacob Smythe. Also lebt er doch noch …«

Der Tross rollte auf den Pariser Platz. Etwa hundertfünfzig Meter vor dem Brandenburger Tor stoppte er. Die Türen der Fahrzeuge öffneten sich. Schwarzgekleidete Gestalten stiegen aus. Viele von ihnen trugen Kapuzen.

Die Blutsäufer, von denen Matt erzählt hat! dachte Jenny. *Was für eine Gesellschaft für einen Wissenschaftler ...* Verschiedene Andeutungen Matts gingen ihr durch den Kopf. Er hatte behauptet, Smythe sei tot. Das stimmte definitiv nicht. Und er hatte gesagt, der Professor sei übergeschnappt. Das musste sich klären lassen. Das Gemetzel an dem Jagdtrupp sprach dafür ...

Jenny wurde bewusst, dass es nur ein Chance gab, einen Kampf zwischen den Nosfera und ihren Leuten zu verhindern. Sie musste mit Smythe reden.

Allein und unbewaffnet trat sie ein paar Minuten später aus dem Dickicht zwischen den Ruinen, die den Pariser Platz umgaben. Langsam ging sie auf die Fahrzeugkolonne zu. Einige Kapuzenmänner entdeckten sie. Einer legte mit einem Ding auf sie an, das an ein Gewehr erinnerte. »Professor!«, rief Jenny. »Professor Jacob Smythe!«

Jetzt entdeckte sie auch der Wissenschaftler. Er schnauzte den Nosfera mit dem Gewehr an und pfiff ein paar Männer zurück, die sich schon aufgemacht hatten, um Jenny entgegen zu gehen. Dann löste er sich aus der unheimlichen Gesellschaft und kam auf Jennifer zu. »Das kann kein Zufall sein!«, krähte er schon von weitem. »Weiß Gott! Das nenne ich eine saubere Organisation der Vorsehung ...!« Jetzt stand er vor ihr. »Hat es Sie also auch quer durch die Jahrhunderte gefegt!« Er streckte ihr die Hand entgegen. »Schön Sie zu sehen, Lieutenant Jensen! Wirklich schön!«

Jennys Miene blieb kühl. »Das kann ich leider nicht bestätigen, Professor.« Sie musste sich zwingen, ihm die Hand zu drücken. »Sie und Ihre ...«, mit einer Kopfbewegung deutete sie auf die Kapuzenmänner, »... Ihre Begleiter haben einige meiner Freunde getötet ...«

Das Lächeln in Smythes knochigem Gesicht gefror für

einen Moment, seine Glubschaugen erstarrten. »Freunde? Welche Freunde, Lieutenant?«

»Frauen und Männer, derer ich mich angenommen habe, seit ich hier gelandet bin. Sie waren mit ihren Riesenkatzen auf der Jagd.«

Smythe riss den Mund auf und lachte meckernd. »Diese Barbaren waren Ihre Freunde? O Gott, das ... das tut mir Leid. Wir fühlten uns von ihnen bedroht, und meine Nosfera sind ... nun, ein wenig unbeherrscht und schnell mit der Waffe zur Hand.« Bedauernd breitete er die Arme aus. »Es war ein Versehen Lieutenant. Es tut mir ehrlich Leid ...«

»Ich habe Augenzeugen gehört!«, entgegnete Jenny scharf. »Sie sprachen von zielstrebigen Tötungen ...«, sie deutete auf die schwarzen Begleiter Smythes, »... und von einer Art Kannibalismus! Selbst wenn ich Ihnen glaube, Professor – das hier lebende Volk wird sich nicht von Ihrer Version überzeugen lassen. Es wird das Beste sein, wenn Sie schnellstmöglich umkehren.«

»Oh, oh!« Smythe schnalzte mit der Zunge, als wollte er sie tadeln. Dabei funkelten seine Augen spöttisch. So nah trat er an Jenny heran, dass sie den säuerlichen Gestank roch, der von ihm ausging. »Wie streng sie ist, unsere hübsche kleine Air Force Pilotin ...« Er drehte sich um und gab seinen Leuten ein Handzeichen. Zwei von ihnen verschwanden im Truppentransporter.

»Ich habe kein Interesse, mich länger als nötig bei Ihnen aufzuhalten, Jensen«, wandte Smythe sich erneut an Jenny, und diesmal klirrte seine Stimme vor Kälte. Unwillkürlich trat Jennifer einen Schritt zurück. »Aber vorher will ich drei Dinge von Ihnen.« Sie zerrten einen gefesselten Mann aus dem Transporter. Jenny erkannte Ramaah, einen der Jäger. Er blutete aus vielen Wunden. Sie hatten ihn misshandelt.

»Erstens: Was ist mit ihrem Kopiloten, meinem Stellvertreter?«

»McKenzie ist tot. Barbaren haben ihn nach der Landung erschlagen.«

Smythe neigte den Kopf, ein irres Grinsen auf seinem Gesicht. »Was für ein schreckliches Ende!«, höhnte er. Aber er schien die Lüge zu schlucken. »Zweitens: Ich brauche Sprit für meinen Fuhrpark.«

An Smythe vorbei blickte Jenny zu den beiden Nosfera, die Ramaah hielten. Eine Frostschicht wuchs über ihr Zwerchfell, als sie die Gesichter der Blutsäufer sah: tote Fratzen, wie verwesende Schädel, die kurz vor der Skelettierung standen.

»Was ist los, Lieutenant?!«, schrie Smythe plötzlich. »Ich – brauche – Treibstoff! Ist das bei Ihnen angekommen?!«

Jenny zögerte. Smythe war ohne Zweifel wahnsinnig – aber mehr noch: Er war gefährlich. Je schneller sie ihn los wurde, umso besser. Jenny hob die Rechte. Irritiert blickte Smythe sich um. »Ich kann Ihnen Treibstoff besorgen, Professor«, sagte sie. »Gedulden Sie sich bis morgen früh.«

»Na, prächtig – wir werden uns ja gleich einig!« Mit einer Kopfbewegung wies er auf den gefangenen Jäger. Die Totenschädel warfen ihn neben Smythe auf den geborstenen Asphalt. Ramaah stöhnte. »War doch eine gute Idee von mir, wenigstens einen der Barbaren am Leben zu lassen«, feixte Smythe und bleckte die Zähne. »Der Mohr hat seine Schuldigkeit getan, der Mohr kann gehen ...« Sein Blick wurde wieder stechend. »Das heißt – sobald Sie mir auch die dritte Frage zu meiner Zufriedenheit beantwortet ...«

Er stockte mitten im Satz und blickte sich um. Bewaffnete schoben sich nach und nach aus Ruinen und

Büschen. Rund um den Pariser Platz standen sie – Männer und Frauen mit Armbrüsten, Speeren, Keulen und Schwertern, fast hundertdreißig Menschen.

»Oh, wie bedrohlich!« Smythe lachte meckernd. »Ich bekomme ja richtig Angst! Ganz schreckliche Angst!« Einige seiner Handlanger legten Schusswaffen an. Zehn oder zwölf Gewehre zählte Jenny. Auch einer der beiden Nosfera, die den geschundenen Jäger herbei geschleppt hatten, zog eine Waffe von der Schulter – ein karbonfarbenes Rohr, das Jenny an eine Pumpgun erinnerte.

»Ich weiß nicht, wie Ihre sogenannten Freunde darüber denken«, krächzte Smythe. »Meine jedenfalls haben eine Schwäche für Blutbäder ...« Übergangslos versteinerte sein Gesicht wieder. »Also noch mal – drittens: Ich suche Commander Drax. Wo steckt er?«

Jennys atmete tief durch. Ihr Herz trommelte wild gegen ihren Brustkorb. Äußerlich blieb sie kühl und ruhig. Sie wusste, dass der Pariser Platz zu einem Pulverfass geworden war. Die Lunte brannte bereits. Sie durfte sich keinen Fehler erlauben, wollte sie sie noch austreten.

»Matthew Drax war hier.«

»Natürlich war er hier!«, zischte Smythe. »Schließlich ist er Soldat. Ein Soldat braucht Befehle, sonst weiß er ja nicht, was er zu tun hat. Und wo kriegt ein Soldat Befehle? Auf seiner Basis. Also war er hier.« Wieder dieses hämische Kichern. Jenny hätte ihm gern ins Gesicht gespuckt. »Aber wo ist er *jetzt*, Lieutenant Jensen? Das interessiert mich! Wo steckt Commander Matthew Drax jetzt – los, raus mit der Sprache!«

Jennys Gedanken rasten. Dann hatte sie eine logische Erklärung gefunden. »Er wollte nach Osten, um den Einschlagskrater des Kometen zu untersuchen. Ende Juni ist er mit meinem Jet gestartet.«

Smythe begann Jenny zu umkreisen. Lauernd fixierte er sie. Jennifer merkte, dass sich die Nosfera in ihre Fahrzeuge zurückzogen. Fenster wurden herunter gezogen, Gewehrläufe richteten sich auf die Männer und Frauen am Rande des Pariser Platzes.

»Nette Idee«, kicherte er. »Ein stupider Soldat entwickelt plötzlich unstillbaren Forscherdrang. Hat keinen Befehl dazu, will aber den Einschlagskrater erforschen – wirklich reizend.« Er blieb neben ihr stehen, fasste ihren Kopf und zog ihn nahe an seinen Mund. »Du lügst, Schlampe«, flüsterte er ihr ins Ohr. »Noch einmal: Wo ist Drax ...?«

Bewegung kam in die Reihen der Männer und Frauen am Rand des Platzes. Ein paar Schwertträgerinnen machten Anstalten, ihrer Königin zu Hilfe zu eilen. Jenny hob die Hand. Die Kriegerinnen blieben stehen. »Es ist, wie ich sage – Matt flog Ende Juni nach Osten ...«

Smythe deutete auf den Gefangenen. »Tötet den verlausten Kerl!«, schrie er. Blitzschnell riss einer der Nosfera ein Messer hervor. Er kniete sich auf Ramaahs Brust und bog ihm den Kopf zurück.

»Nein!«, rief Jenny. »Nicht!«

»Dann sag die Wahrheit, Schlampe! Die Wahrheit! Die Wahrheit!«

»Er wollte ... nach England ....«

»Was zum Teufel sucht Drax in England?!« Smythe nestelte an der Brusttasche seines Kombis herum.

»Er hat von Leuten erfahren, die dort in Bunkern leben – Leute, die eine Menge Technologie über die Jahrhunderte gerettet haben ...«

»Hört, hört!« Smythe riss das Papier von einem Riegel Trockennahrung. Er gab dem Kapuzenmann auf Ramaah einen Wink. Der stand auf und steckte das Messer weg. Jennys Blick traf sich mit dem des geschundenen Jägers – der leere Blick eines Menschen, der mit seinem Leben abgeschlossen hatte. Ihr Herz krampfte sich zusammen. Sie hoffte inständig, dass Ramaah dem Professor nichts von McKenzie erzählt hatte.

»Ist er allein gestartet?« Smythe biss in seinen Riegel. Keinen Moment löste sich sein lauernder Blick von Jenny.

»Nein, eine Frau begleitet ihn, eine Barbarin ...«

»Das kann ich sogar bestätigen«, kicherte Smythe. »Na prächtig – warum nicht gleich so, Lieutenant? Und jetzt würde ich gern den Treibstoff sehen ...« Er blickte sich um. Bogenschützen und Schwertträgerinnen warteten zwischen Büschen und Ruinen auf Jennys Befehl zum Angriff. Die Gewehre aus dem Transporter und den schweren Maschinen zielten auf sie. »Aber vielleicht haben Sie ja auch Lust auf einen kleinen Krieg ...?« Vergnügt mampfte Smythe seine hochkalorische Trockennahrung. Er deutete auf den Nosfera mit der Pumpgun. »Leider würden Sie nicht viel davon mitbekommen, Lieutenant.« Der Totenschädel richtete das Gewehr auf Jenny ...

Zischen erfüllte die Flugzeughalle. Funken spritzten neben dem Rumpf der Spitfire – Dave verschweißte die zweite Tragfläche.

Gemeinsam hatten sie ein altes Feuerwehrauto aus der Automobilhalle auf den Bauplatz geschoben, ein Leiterwagen von General Motors, Baujahr 1949. Dave war es gelungen die Leiter ein Stück heraus zu kurbeln und zu drehen. So konnte er sie als Flaschenzug benutzen. Mit starken Kabeln aus dem Reichstagsbunker hatte er die Tragfläche an ihr befestigt und das schwebende Teil so in Position gebracht, dass er es vernieten und verschweißen konnte.

McKenzie stellte die Gaszufuhr ab; die Flamme des Schweißgerätes erlosch. Er nahm die alte Rennfahrerbrille ab, die er, mit Ruß getönt, als Schutzbrille benutzte. Dolfar und Daanah bestaunten den jetzt mit zwei Tragflächen versehenen Flieger von allen Seiten.

»Noch zehn oder zwölf Tage«, sagte Dave zufrieden, »dann bauen wir den Motor ein.« Ende September, spätestens aber in der zweiten Oktoberwoche wollte er einen Probestart versuchen.

Der Rumpfteil hinter dem Cockpit war so gut wie fertig, Höhen- und Seitenruder montiert. Und nicht nur montiert – Dave hatte die Drahtzüge verlegt, die sie mit den Pedalen im Fußraum des Cockpits verbanden, und siehe da: Die Mechanik funktionierte einwandfrei. Nichts konnte David McKenzies Zuversicht bremsen. Oder *fast* nichts.

»Boten aus der Siedlung«, sagte Dolfar plötzlich. Am Durchgang zur Automobilhalle sah Dave ein, zwei Frawen, die nicht zu seinem Bauteam gehörten. Eine von ihnen kannte er flüchtig: die Jägerin, die vor fast zwei Monaten mit dem buckligen Urluk zum Jagdzug aufgebrochen war – Barah. Sie palaverte mit Daanah und Frike. Irgendetwas schien sie zu erregen, denn sie gestikulierte wild mit beiden Händen.

Dave und Dolfar gingen zu ihnen hinüber.

»Schlimme Neuigkeiten, Dave.« Daanah sprach alarmierend heiser und leise. »Fremde mit brüllenden Fahrzeugen und Feuerwaffen sind aufgetaucht.« Sie deutete auf die Jägerin. Barah wirkte blass und kränklich. »Sie sagt, du würdest einen von ihnen kennen ...«

Dave ließ sich berichten, was geschehen war. Barah schilderte den Schrecken des gescheiterten Jagdzugs und die Vorgänge beim Brandenbuger Tor mit solcher Eindringlichkeit, dass ihnen der Atem stockte. Danach waren betroffene Mienen um Dave herum, doch er selbst war am tiefsten bestürzt. Professor Smythe, sein ehemaliger Chef bei der ADUSAF* sollte noch leben und eine Horde blutsaugender Kreaturen befehligen?

»Die Königin lässt dir ausrichten, du sollst dich verstecken«, sagte Barah. »Der Herr der Blutsauger verlangt die Nahrung für deine fliegende Maschine.«

»Meinen Sprit will er? Und ich soll mich in der Zwischenzeit verkriechen?« Dave schlug die Hände über dem Kopf zusammen. »Das kommt gar nicht infrage!« Er tigerte zwischen dem Bauplatz und der Gruppe hin und her. Ein Karussell von Gedanken rotierte in seinem Hirn. Nicht nur dass Jenny in akuter Gefahr war – seine ganze Mission drohte zu scheitern, wenn Smythe ihm den im Bunker gelagerten Treibstoff für seine Spitfire wegnahm.

Daanah tauchte an seiner Seite auf – und bewies, dass sie sich ganz ähnliche Gedanken machte. »Wenn wir uns verstecken, war unsere Arbeit umsonst«, sagte sie. Sie legte ihre Hände auf seine Schultern. »Wir bereiten uns auf den Kampf vor und beten zu Wudan, dass er nicht stattfindet.« Ihre Miene sprach Bände – Daves Geliebte war zum Äußersten entschlossen.

Er nickte. »Recht hast du.« Und an die anderen gewandt: »Verbarrikadiert alle Eingänge. Und sucht alles zusammen, was sich als Waffen eignet ...«

Seit den Morgenstunden regnete es. Ein Sturm heulte in den Ruinen und schüttelte die Bäume rund um das Lager durch.

Unerträgliche Spannung lag über den Lehmhütten. Jenny wich nicht von Smythes Seite. Sie standen vor dem

---

* Astronomical Division of the United States Air Force

Eingang zum Bunkersystem. Die Nosfera schleppten den Treibstoff kanisterweise heraus. Gleich nach Sonnenaufgang war der Wahnsinnige an der Spitze seines Mordgesindels ins Lager gekommen. Jenny hatte nicht verhindern können, dass er persönlich in das Bunkersystem eindrang, um sich das Treibstofflager zeigen zu lassen.

Die Frawen und Menen lauerten schwer bewaffnet zwischen Bäumen, Hütten und Ruinen – die meisten hatten die ganze Nacht gewacht. Argwöhnisch beobachteten sie das Treiben der Blutsäufer und ihres Meisters – ja, so nannten die Mumiengesichter den Professor: Meister. Nur dass es aus ihren Totenkopfmäulern wie »Masta« klang.

Elf von ihnen – also etwa die Hälfte – flankierten den Weg vom Bunkereingang bis zum Pfad zwischen Reichstagsruine und Pariser Platz mit Schusswaffen. Jenny schloss daraus, dass Smythe nur über elf Gewehre verfügte. Das erklärte ihr auch seine vergleichsweise moderate Strategie: Elf Gewehre – vermutlich würden im Falle eines Kampfes dreißig oder vierzig Kriegerinnen und Krieger ihr Leben verlieren. Und mit gleich hoher Wahrscheinlichkeit würde der Rest des Stammes danach die Nosfera besiegen.

Doch Jenny wollte Blutvergießen um jeden Preis vermeiden. Und Smythe schien das ebenso zu wollen. Bei den Kapuzenmännern war sich Jenny da nicht sicher: Unablässig streiften ihre gierigen Blicke über die angegriffsbereiten Krieger und Kriegerinnen.

»Tja, Lieutenant Jensen«, sagte Smythe, als der vierundzwanzigste Fünfzig-Liter-Kanister an ihnen vorbei getragen wurde. »Das wars dann. Da Sie so kooperativ waren, hab ich Ihnen einen kleinen Vorrat übrig gelassen – vielleicht haben Sie ja mal Verwendung dafür.«

Jenny atmete auf. McKenzies Projekt war also noch nicht gescheitert! Sie begleitete Smythe aus der Siedlung. Eine geschlossene Angriffsphalanx ihrer Krieger und Kriegerinnen folgte ihnen.

»Leben und leben lassen, was, Lieutenant?« Auf der obersten Stufe des ehemaligen Reichstagsportals blieben sie stehen. »Ich werde Ihre Gastfreundschaft nicht länger in Anspruch nehmen. In drei oder vier Monaten treffe ich Drax. Soll ich ihn von Ihnen grüßen?« Er feixte spöttisch.

»Was wollen Sie von Matthew Drax, Professor?«, erkundigte Jenny sich kühl.

»Ihn bestrafen natürlich, Lieutenant.« Smythes Augäpfel schienen noch weiter aus den Höhlen zu treten. »Er hat mir den Gehorsam verweigert!« Der Wahnsinn verzerrte seine Miene zu einer Maske des Hasses. »Er hat mir meine mühsam aufgebaute Basis zerstört! Töten wollte er mich«, zischte Smythe. »Aber die Vorsehung hat ihm einen Strich durch die Rechnung gemacht!«

Gott, stöhnte Jenny innerlich, *er ist ja vollkommen übergeschnappt.* Sie biss sich auf die Zunge, damit ihr ja keine weitere Frage entschlüpfte. Doch der Wissenschaftler hatte sich bereits in Rage geredet.

»Er hat es abgelehnt, die rechte Hand des Herrn der Welt zu werden!« Er fuchtelte mit beiden Armen. »Und wer nicht für mich ist, ist gegen mich!« Speichel spritzte Jenny ins Gesicht. Sie zuckte zurück. »Wer den bekämpft, den das Schicksal zum Machthaber der Neuen Zeit auserkoren hat, hat sich die Folgen selbst zuzuschreiben! Er wollte nicht mit mir herrschen, also soll er verrecken!«

Entsetzen griff nach Jenny; nur noch Satzfetzen von Smythes Tiraden drangen an ihr Ohr. *Er ist gefährlich … er ist brandgefährlich …*, dachte sie.

»Und du, Jenny?« Von einem Augenblick auf dem nächsten war der Tobsuchtsanfall vorbei. Ganz ruhig sprach der Professor jetzt, fast sanft klang seine Stimme. »Erkennst *du* die Zeichen der Zeit?« Er schob sich näher an Jenny heran. »Willst *du* mit mir herrschen? Noch hast du Zeit, dich zu entscheiden ...«

»Verschwinden Sie, Smythe«, fauchte Jenny.

Er packte sie, riss sie an sich und drückte ihr einen Kuss auf die Lippen. »Was denn? Du willst tatsächlich dein Leben auf diesem Schutthaufen einer untergegangenen Stadt fristen?« Er stierte an ihr vorbei zu den geduckt hinter ihr stehenden Schwert- und Speerträgern. »Bei diesem Menschenmüll?«

»Verschwinden Sie endlich!«, schrie Jenny. Sie stemmte ihre Fäuste gegen seine Brust. Die übermenschliche Kraft, mit der er sie festhielt, jagte ihr die Panik ein.

»Schade, Lieutenant, wirklich schade.« Er seufzte. »Also leben Sie wohl. Ich hätte mir ...« Er hielt inne, schob sie von sich und blickte auf ihren Bauch. »Ich hatte gar nicht bemerkt, dass Sie zugenommen ...« Er stutzte. Plötzlich wurden seine Augen starr und sein Mund verzog sich. »Oder sollte etwa mehr dahinter stecken – im wahrsten Sinn des Wortes?« Er betastete ihren Bauch.

Jenny stieß ihn von sich und sprang zurück. »Nehmen Sie ihre ungewaschenen Pfoten weg und verschwinden Sie, Smythe!« Einige Bogenschützen spannten die Sehnen.

»Bin schon weg!«, kicherte Smythe. »Aber keine Sorge; ich bin mir fast sicher, dass wir uns wiedersehen werden – irgendwann. Dann werde ich Ihnen von Commander Drax' unerfreulichem Abgang berichten.« Er winkte und verschwand zwischen Baumstämmen und Mauerresten.

Jenny ließ sich auf die Stufen sinken. Sie zitterte am

ganzen Körper. »Hinterher«, flüsterte sie. »Verfolgt sie, bis sie die Ruinen Beelinns verlassen haben, aber greift sie nicht an.«

Dutzende von Menen und Frawen huschten an ihr vorbei und schlichen dem Wahnsinnigen hinterher.

Jenny schlug die Hände vors Gesicht und ließ ihren Tränen freien Lauf. Die Anspannung der letzten Tage löste sich.

Minuten später dröhnte Motorengebrüll von der Ruine des Brandenburger Tors her. Es entfernte sich. Jenny atmete auf und strich über ihren Bauch. Klein war er noch, kaum sichtbar. Smythe musste ihn während der erzwungenen Umarmung gespürt haben.

Eine Kriegerin sprang aus den Büschen. »Sie ziehen nach Süden«, keuchte sie. »Zu der Halle mit den Flugmaschinen ...«

Von den blinden Fenstern unter der Hallendecke aus spähten sie auf das Gelände des ehemaligen Güterbahnhofs hinaus.

»Sie kommen«, flüsterte Daanah. Eine schmutziggrüne Planierraupe walzte durch das Gebüsch des knapp vierhundert Meter entfernten nördlichen Waldrands, hinter ihr ein Military-Trike, dann ein Traktor und ein Truppentransporter.

»Heilige Jungfrau, steh uns bei ...!«, stöhnte Dave.

»Was sagst du?« Unverständnis stand in Daanahs Miene; Dave hatte sein Stoßgebet auf Englisch geflüstert.

»Nichts«, sagte er. »Wir kämpfen. Wir verteidigen diese Halle bis zum letzten Blutstropfen.« Er kannte sich selbst nicht mehr.

Die Kolonne schob sich näher. Ohrenbetäubendes

Motorengebrüll erfüllte das Gelände und ließ die alten Fenster vibrieren. Zwischen dem Hallenkomplex und den gegenüberliegenden Ruinen der Bahnschuppen blieben die schweren Maschinen stehen.

»Er ist es«, murmelte Dave. »Er ist es tatsächlich!« Kein Zweifel – der Mann, der sich da keine hundert Meter entfernt von dem Kettenmotorrad schwang, war niemand anderer als sein ehemaliger Chef.

Die Türen der Fahrzeuge öffneten sich. Schwarzverhüllte Gestalten ergossen sich in das Gras- und Buschland. Über zwanzig mochten es sein. Sie versammelten sich um Smythe. Der redete gestenreich auf sie ein. Dann zogen die meisten der Halle entgegen. Smythe an ihrer Spitze.

»Was tun wir?«, flüsterte Dolfar.

»Abwarten«, schlug Daanah vor. »Vielleicht ziehen sie ab, wenn es ihnen zu anstrengend wird, die Barrikaden wegzuräumen.« Dave, Dolfar und Viktan hatten die Hallentore verkeilt und vernagelt. Und danach hatten sie Trümmer und Wrackteile davor aufgeschichtet. Die ganze Nacht lang. »Wenn nicht ...« Daanah blickte vielsagend zur Seite. Neben ihnen, auf dem Gerüst aus Zugdächern und Brettern häuften sich Steine und schwere Maschinenteile.

Eine knappe halbe Stunde lang lauschten sie dem Gehämmer und Gepolter unten an den Toren. Smythes meckernde Stimme flatterte über dem Lärm. Wie gut Dave sie kannte ...

Ein paar der Nosfera kehrten schließlich zu den Fahrzeugen zurück. »Was haben sie vor?«, flüsterte Daanah.

»Sie holen ihre verdammte Planierraupe und rammen das Tor ein!« David ballte die Fäuste.

Plötzlich schrie jemand auf dort unten vor der Halle. Einige der Nosfera deuteten in den Himmel, andere rannten im Zickzack davon. Ein Schatten legte sich über die Horde. Und gleich darauf ein zweiter.

»Die Eluus«, zischte Dolfar. »Die Eluus greifen sie an . . .!«

Smythe und seine Meute stoben in alle Richtungen auseinander. Die meisten versuchten die Fahrzeuge zu erreichen. Die Eluus fuhren unter sie. Der rötlich gefärbte – das Weibchen, wie Dave inzwischen erfahren hatte – krallte sich gleich zwei der Kapuzenmänner und schraubte sich mit seiner Beute in die Luft. Der zweite, etwas kleinere Eluu packte einen Mann und trug ihn davon. Innerhalb weniger Minuten war alles vorbei.

Ein paar Schüsse krachten aus den Fenstern des Truppentransporters. Aber die Eluus waren schon zu weit entfernt. Einige Minuten vergingen. Dann öffnete sich die vordere Tür. Ein paar Kapuzenmänner sprangen ins Freie. Zwei rannten zum Traktor, zwei zur Planierraupe. Smythe hatte offenbar einen Nosfera abkommandiert, das Trike zu fahren – kein Wunder, war es doch oben offen. Die Motoren sprangen an, die Kolonne setzte sich in Bewegung. Kurz darauf brachen die Maschinen durch den südlichen Waldrand.

»Sie fliehen – ich werd verrückt, sie hauen tatsächlich ab!« Jubelgeschrei erhob sich. Die Gefährten fielen sich in die Arme. »Smythe hat die Hosen gestrichen voll!«, schrie Dave begeistert.

Doch zwei Sorgen quälten ihn noch – Jennys Schicksal und der Verbleib des Treibstoffs. Er seilte sich durch eines der Fenster ab und holte einen Sebezaan aus dem Schuppen, den sie zum Raubtiergehege umfunktioniert hatten. Mittlerweile konnte er ganz gut mit den Tieren umgehen. Die große Raubkatze trug ihn nach Beelinn hinein und zur Reichstagsruine . . .

Smythes Maschinenkolonne hatte eine breite Schneise durch den Wald und die zugewucherten Straßenzüge gewalzt. In nicht einmal vierzig Minuten erreichte Dave das Lager des Stammes. Und zehn Minuten später kniete er am Westende des Bunkersystems vor der Öffnung zu den in den Boden eingelassenen Treibstofftanks. Einer war leer, der zweite jedoch noch zu zwei Dritteln gefüllt.

»Gott sei Dank!«, seufzte Dave mit geschlossenen Augen. Das reichte. Er würde sich mit den Testflügen einschränken müssen, aber für die Reise nach London genügte der Sprit.

»Schau dir das an, Dave!« Jenny stand hinter ihm. »O Gott, ist das ...« Sie wagte es nicht auszusprechen.

Daves Blick folgte ihrem ausgestreckten Arm. Er riss die Augen auf. Ein wenig unter den Betonboden geschoben lag ein schwarzer Kasten auf dem gefüllten Tank, die Hülle einer Fahrzeugbatterie. Aber es war keine Batterie. Dagegen sprach die Uhr, die auf seiner Oberfläche befestigt war.

»Du Schwein«, flüsterte Dave. »Smythe, du verfluchtes Schwein!«

»Sein letzter Gruß an mich«, flüsterte Jenny.

Dave streckte sich aus, zog den Kasten zu sich – schwer war er, als würde Blei ihn ausfüllen. Drähte bogen sich aus der einfachen mechanischen Uhr und verschwanden im Inneren der Batteriehülle. Daves Nackenhaare richteten sich auf.

»Sechs Minuten«, krächzte er nach einem Blick auf das Zifferblatt. »Gott im Himmel ...« Er untersuchte das Uhrengehäuse. Der Stellring für die Uhrzeit fehlte. Keine Chance, den Countdown zu stoppen ... »Jenny, gibts einen Notausstieg in der Nähe?«

Wortlos winkte sie ihn hinter sich her. Dave riss den schweren Kasten hoch und drückte ihn an seine Brust.

Er war wirklich unglaublich schwer. Hinter Jenny her wankte er durch einen Korridor und zwei kleine Schlafräume bis zur Kapelle des Bunkers. Dort eilte sie hinter die am Altar aufgestapelten Bänke und zog die Tür zur Sakristei auf. »Hier lang.« Jenny war aschfahl.

Dave schob sich an ihr vorbei in den kleinen Raum. Der Zeiger der kleinen Uhr stand auf drei Minuten vor zwölf. Jenny öffnete eine Metalltür, hetzte ihm voran eine Wendeltreppe hinauf, dann durch zwei Türen, eine Schleuse und ein Rolltor. Endlich Tageslicht.

Eine Minute zehn! Über Trümmer und Gestrüpp stolperte Dave ausgetretene Stufen hinauf und fand sich schließlich in einem von Gebüsch zugewucherten, hallenartigen Raum wieder. *Eine U-Bahnstation*, schoss es ihm durch den Kopf. Er taumelte durch die Büsche, die Arme wurden ihm lahm. Er fand den Gleisschacht, stieg hinein und legte die Bombe ab. Dreißig Sekunden …

Atemlos hetzte er zurück zum Bunkereingang. Jenny schlug die Tür hinter ihnen zu.

Sie kamen bis zur Schleuse. Dann dröhnte der Donner des Explosionslärms. Erde und Wände vibrierten. Sie warfen sich auf den Boden.

Minutenlang lagen sie so. Staub senkte sich auf sie herab. Irgendwann erhob Jenny sich ächzend. Auf den Knien rutschte sie an die Wand und übergab sich …

Smythe kam nicht wieder. Doch er ließ eine verwundete Gesellschaft zurück. Wochenlang trauerte der Stamm um die Ermordeten. Smythe war nicht mehr da – aber wie ein unsichtbarer Schatten schien seine Aura über den Lehmhütten und Jennys Königszelt zu hängen. Und nachts regierten Albträume und Schlaflosigkeit. Langsam nur, ganz langsam fanden Menen und Frawen zu ihrem gewohnten Alltag zurück.

Dave und sein Team betäubten sich mit Arbeit. Ende September setzten sie den Motor ein. Dann begann eine zweiwöchige Phase konzentrierter Tüftelei: Die Treibstoffleitungen zwischen Motor und Tank mussten verlegt werden, ebenso die elektrischen Leitungen für die Instrumente und die Beleuchtung. Aus den verschiedensten Einzelteilen, die er sich in den alten Maschinen zusammengesucht hatte, baute Dave sich die nötigsten Instrumente zusammen: einen Wendezeiger, der den Neigungswinkel der Maschine angab, einen Höhenmesser, einen künstlichen Horizont, einen Geschwindigkeitsmesser und so weiter. Viele Tage sorgfältigster Arbeit investierte er in diese Basteleien. Auch der Einbau des Fahrgestells erwies sich als zeitraubender als angenommen.

In der zweiten Oktoberwoche begannen die Männer und Frauen unter Jennys Leitung den Pariser Platz von Gestrüpp, Buschwerk und Trümmern zu befreien. Löcher wurden ausgefüllt, Schutthalden abgetragen, Gesteinsbrocken aus dem Weg geräumt. Zweihundert Meter weit reichte die fertige Startpiste schließlich in die Straße »Unter den Linden« hinein.

In der dritten Oktoberwoche schoben Dave und sein Team das Mercedes-Fahrgestell mit dem fertigen Flugzeug aus der Halle. Dave wollte zu einem Testflug starten. Zwei Sebezaan zogen es vom alten Güterbahnhof durch Wald und Ruinen bis zum Brandenburger Tor.

»Glückwunsch«, flüsterte Jenny. Sie standen vor der Maschine und betrachteten sie. Beide waren sie ergriffen. »Sieht einer Spitfire zum Verwechseln ähnlich.« Dave brachte vor Rührung kein Wort heraus. Die Bilder der vergangenen Monate zogen an ihm vorbei. Die Gesichter seines Vaters und seines älteren Bruders lächelten in seiner Erinnerung.

»Komm, Dave.« Daanah packte ihn am Arm und zog ihn zu der Maschine. Wortlos kletterte sie auf die linke Tragfläche und von dort aus ins Cockpit. Sie zwängte sich auf den hinteren Sitz.

»Glaubst du wirklich, das Ding fliegt?« Jenny hatte sich die ganzen Monate über redlich Mühe gegeben, ihre Zweifel vor David McKenzie zu verbergen. Angesichts der startbereiten Maschine gelang es ihr nicht mehr, zu groß war die Sorge um ihren Freund.

»Es ist kein *Ding*«, sagte Dave. »Es ist eine Supermarine Spitfire. Und ob sie fliegt, werden wir jetzt sehen.«

Er stieg in den Pilotensitz und zog die Cockpit-Kuppel über sich zu. Der Motor sprang an. Erschrocken wichen die Menen und Frawen zurück. Einige flohen bis in den Wald zwischen den Ruinen. Das Flugzeug rollte los, gewann an Geschwindigkeit und raste über den Pariser Platz. Zwischen den Ruinen »Unter den Linden« hob es ab.

Dave ließ die Maschine auf eine Flughöhe von neunhundert Fuß ansteigen. »Gott, Mickey, sie fliegt ...« Er flog eine Schleife über dem Pariser Platz. »Sie fliegt!«, brüllte er mit Tränen in den Augen. Er zog den Steuerknüppel zu sich heran und stieg auf über sechstausend Fuß. Bald lag weiter nichts als ein undurchdringlicher Urwald unter ihnen. Kaum noch Ruinen waren auszumachen. Dave beschleunigte bis auf dreihundertfünfzig Stundenkilometer. Der Motor lief ruhig und rund.

Dave drehte sich zu Daanah um. Die Arme vor der Brust verschränkt hockte sie steif und kerzengrade auf ihrem Sitz. Sie hatte den Kopf in den Nacken gelegt und starrte durch das Kuppeldach in den grauen Himmel.

»Wird schon, Liebste!«, schrie Dave. »Du wirst dich daran gewöhnen, glaub mir!« Er lachte laut. »Noch ein paar Tage, dann fliegen wir nach England – und in ein neues Leben! Wir beide …!«

Die Tage wurden kürzer, das Wetter unfreundlicher. Dave verpasste seinem Prachtstück den letzten Schliff. Das Fahrgestell hatte sich bei der Landung als wacklig erwiesen. Er montierte es auseinander und baute es noch einmal neu ein.

In die linke Tragfläche integrierte er nachträglich ein 7,7-mm-Maschinengewehr. Er hatte es im Fuhrpark des Bunkersystems gefunden. Zusammen mit einer Kiste luftdicht verpackter Munition. Es funktionierte nicht hundertprozentig – etwa jedes vierte oder fünfte Geschoss zündete nicht.

Das Kalenderfenster auf seiner Armbanduhr zeigte den vierten November an, als sie morgens das Flugzeug mit Proviant und Gerät bepackten. Dave verstaute Werkzeug und ein paar kleinere Ersatzteile. Auch den Schweißbrenner nahm er mit.

Der ganze Stamm hatte sich zum Abschied vor dem Brandenburger Tor versammelt. Ausgelassene Stimmung herrschte, bei den meisten jedenfalls.

Jenny sah der Trennung von Dave mit sehr gemischten Gefühlen entgegen. Immerhin ging mit ihm auch ein Stück ihrer vertrauten Welt.

Dave bekämpfte seine Aufregung mit hektischer Arbeit. Er sprach nicht viel, sondern konzentrierte sich darauf, das Gepäck zu verstauen und die Maschine startklar zu machen. Danach versenkte er sich in eine alte Karte, die er im Bunker unter der Reichstagsruine gefunden hatte.

Und Daanah hatte feuchte Augen. Das Glück, den Mann ihres Lebens getroffen zu haben, trat vor dem Abschiedsschmerz und der kreatürlichen Angst vor dem Fliegen in den Hintergrund. Verwandte und Freundinnen umgaben sie. Man küsste sich, man umarmte sich, man sagte sich so viele Dinge, die einem meist nur an sehr bewegenden Wendepunkten des Lebens einzufallen pflegen.

Irgendwann faltete Dave seine Karte zusammen. Er ging zu Jenny. Und reichte ihr die Hand. »Es ist soweit ...«

Sie fiel ihm um den Hals und klammerte sich an ihm fest. »Ich wäre gern mitgeflogen, Dave«, sagte sie mit erstickter Stimme. »Aber ich muss hier bleiben. Sie sind wie Kinder; sie brauchen mich ...«

Er küsste sie auf die Wange. »Jeder geht den Weg, den er gehen muss ...«

Ein Aufschrei lief plötzlich durch die Menge. Und sofort spritzten alle auseinander und flohen dem Dickicht zwischen den Ruinen entgegen. »Eluu! Eluu!«

Dave und Jenny fuhren auseinander. Über dem Brandenburger Tor tauchten sie auf. Die rötliche Bestie schoss zuerst heran. Sie schnitt den Flüchtenden den Weg ab und griff sich einen von Gorkans Männern.

Der zweite Eluu griff die Menge um das Flugzeug herum an. »Speere hoch!«, brüllte Jenny. »Bogenschützen in Stellung!« Daanah, Frike und Juna knieten nieder und legten ihre Armbrüste an. Andere Kriegerinnen spannten die Bögen. Die Speerträgerinnen rissen die Speere hoch.

Wie eine Windhose fuhr der schuppige Riesenvogel unter die Frauen. Der Pfeilhagel prasselte größtenteils an seinem Schuppenpanzer ab. Nur ein Speer blieb unter seinem rechten Flügel hängen.

Mit einer Kriegerin in den Klauen wollte sich der Vogel in die Luft erheben.

Dave stockte der Atem – es war Daanah! Sie zappelte zwischen den mächtigen Krallen und schrie.

Der Speer in seinem Leib beeinträchtigte das monströse Eulenbiest. Es ging nieder, flatterte mit seinen gewaltigen Schwingen, erhob sich erneut in die Luft, landete noch einmal auf dem Platz. Frike und Juna schossen einen Pfeil nach dem anderen aus ihren Armbrüsten ab. Die meisten prallten wirkungslos ab. Einer aber traf ein Auge der Bestie.

Vier Kriegerinnen, unter ihnen Barah, rannten los, die Speere über die Köpfe erhoben.

»Daanah!«, schrie Dave. »Daanah!« Er riss einer Kriegerin, die sich stöhnend auf dem Boden wälzte, den Speer aus der Hand. Er brüllte wie von Sinnen und spurtete Barah und den Speerträgerinnen hinterher. Die Bestie hockte auf ihrer Beute, fauchte und schlug mit den Flügeln. Drei Speerträgerinnen fegte sie weg wie trockenes Laub.

Nur Barah stand zuletzt vor ihr, hob den Speer und schrie ihre Angst hinaus. Dave schlug einen Bogen um den Eluu, den Speer mit beiden Händen vor sich haltend. Entsetzen lähmte ihn, als er den blutenden, leblosen Körper seiner Geliebten am Boden unter den Klauen des Eulenvogels sah. Barah schrie noch immer. Und endlich wagte sie es – sie schleuderte der Bestie ihren Speer entgegen.

Die Spitze fuhr unterhalb des gekrümmten Schnabels in die Schuppen des Vogels. Das Biest stieß einen entsetzlichen Schrei aus. Und wieder schlug es mit den Schwingen, hob ab und prallte dreißig Schritte weiter auf den Boden. Es fiel zur Seite und stützte sich mit dem linken Flügel ab.

Schmerz und ohnmächtige Wut betäubten Dave. Er spürte kaum den Boden unter den Stiefeln, fühlte auch nicht den Schaft des Speeres in seinen Händen. »Lass sie los!«, schrie er. »Lass sie los!«

Sein Verstand setzte aus. Er stürzte sich auf den Eluu. Mit schier übermenschlicher Kraft rammte er ihm den Speer tief in den Hals. Die Schwinge traf ihn hart. Wie eine Strohpuppe wirbelte er durch die Luft und schlug auf dem Boden auf. Die Welt um ihn herum versank in finstere Nacht.

Als er wieder zu sich kam, war der Eluu tot. Barah, Jenny und Frike standen um Daanahs leblosen Körper. Sie weinten laut ...

Sie wickelten Daanahs Leichnam in eine Lederdecke und legten ihn zwischen die mittleren Säulen des Brandenburger Tors. Dann schichteten sie Steine über ihm auf. Schwerer als der trübe Herbsthimmel lastete die Trauer auf ihnen. Jenny sprach ein Gebet. Dave hörte es kaum. Er fühlte sich leer, weiter nichts – es war, als hätte man ihm das Herz aus dem Leib gerissen.

Danach zog er sich in die Museumsruine zurück. Fast sechs Wochen lang haderte er mit Gott, sprach mit seinem Bruder, weinte um die Geliebte. Die Zukunft schien ihm vorüber zu sein. Die Spitfire, die auf dem Pariser Platz auf ihn wartete, blendete er einfach aus.

Es war der Morgen des 20. Dezember, als Jenny durch die Luke der alten Maschine in seine Behausung kletterte. Sie brachte Früchte, kaltes Fleisch und frisches Wasser, wie sie es all die Zeit über getan hatte. Das Erste, was er wahrnahm, war nicht ihr besorgtes Gesicht, sondern der Bauch, der sich unter ihrer Kleidung wölbte.

»Du bist schwanger.« Es war keine überraschte Frage,

es war eine einfache Feststellung. Jenny nickte stumm. »So ist das«, sagte Dave, »die einen gehen, die anderen kommen.« Jenny ließ sich neben ihm nieder. Eine Zeitlang schwiegen sie.

»Wann fliegst du?«, fragte sie irgendwann.

»Wohin sollte ich noch fliegen?«

»Nach London. Zu Matt Drax.«

»Wozu?«

»Du darfst jetzt nicht resignieren, Dave.« Jenny legte den Arm um seine Schulter.

»Wer sagt das?«

»Ich. Und Daanah würde es auch sagen. Du darfst nicht aufgeben. Du musst fliegen.«

Er antwortete nicht, sondern nahm seine Brille ab und begann sie mit dem Kragen seines Overalls zu putzen.

»Diese Welt ist so anders als die, die wir kennen, Dave«, fuhr Jenny fort. »Der Tod ist allgegenwärtig in ihr, das Leben eine ständig dem Sturm ausgesetzte Kerzenflamme. Man muss froh sein um jeden Monat, den man überlebt.«

»Warum sagst du mir das?«

»Mehr als vier Monate habt ihr gehabt, Daanah und du. Vier glückliche Monate habt ihr für ein gemeinsames Ziel gearbeitet.«

»Sie ist nicht mehr da.«

»Das Ziel gibt es noch.«

»Ich bin ein Anderer seit ihrem Tod.«

»Dave ...« Jenny zog seinen Kopf auf ihre Schulter und streichelte ihn. »Trauere, so lange du trauern musst, aber fang wieder zu leben an. Das Leben ist zu kurz, um auch nur einen Tag zu verschwenden. Das würde Daanah genauso sehen; ich hab sie gut gekannt. Du hast ›Christopher-Floyd‹ überlebt, du hast den Überfall der Menen vor neun Monaten überlebt, du hast die Gefangenschaft überlebt und ein Flugzeug gebaut. Das Leben hat irgendetwas vor mit dir.«

Vier Tage später, am 24. Dezember kehrte Dave ins Leben und zu seiner Spitfire zurück. Ein kalter Heiliger Abend. Und ein trauriger. Wieder hatte sich der ganze Stamm am Brandenburger Tor versammelt. Aber diesmal war da keine Spur von ausgelassener Freude. Ein schweigsamer Abschied war es.

Sie zogen die Schutzplane von der Spitfire, die Jennifer Jensen am Tag nach Daves Rückzug hatte darüber legen lassen, um das Flugzeug vor Regen und Schnee zu schützen.

»Viel Glück«, sagte Jenny, bevor er die Cockpit-Kuppel über sich schloss.

Der Motor sprang an, die Maschine rollte über den Pariser Platz und hob ab. Dave drehte noch eine Runde über dem Brandenburger Tor, über Daanahs Grab, dann nahm er Kurs Richtung Westen …

Er flog nicht höher als sechstausend Fuß, obwohl die Spitfire locker auf über dreißigtausend Fuß steigen konnte. Aber er wollte das Land unter sich sehen.

Viel sah er nicht. Fast nur Wald, hin und wieder ein paar Ruinen, aber nicht viele. Die Natur hatte Deutschland zurück erobert.

Er flog nicht schneller als dreihundert Stundenkilometer. Die Original-Spitfire machte fast sechshundert Stundenkilometer, aber das wollte Dave nicht ausreizen. Er wusste nicht, ob sein Eigenbau der Belastung standhalten würde. Und er wollte es auch nicht wissen. Anderthalb oder drei Stunden bis nach London – oder was von der britischen Metropole noch übrig sein mochte –, was machte das für einen Unterschied? Zu Fuß oder auf einem Sebezaan hätte er Monate gebraucht.

Nach etwa anderthalb Stunden veränderte sich die Landschaft unter ihm. Der Wald wurde lichter, Dave sah zerstörte Autobahnbrücken, ganz von Kletterpflanzen eingesponnene Strommasten und Hochhausruinen, die aus dem grünen Teppich ragten.

Er drückte die Maschine hinunter bis auf tausend Fuß und verringerte die Geschwindigkeit. Zwischen Sitz und Tür steckte die Karte. Er fingerte sie heraus und breitete sie auf seinem Schoß aus. »Das Ruhrgebiet«, murmelte er. »Das muss das Ruhrgebiet sein ...« Er kreiste ein Weilchen über der ausgedehnten Ruinenfläche. Hier und da nahm er Rauchsäulen wahr. Menschen lebten dort unten.

Eine halbe Stunde und länger flog er über Dortmund oder Essen oder Bochum – so genau konnte er das nicht bestimmen. Dann zog er die Maschine wieder hoch und beschleunigte. Während er eine Schleife drehte, um das Flugzeug erneut auf Westkurs zu bringen, fiel ihm ein dunkler Fleck am Horizont auf. Er vergrößerte sich rasch ...

Vielleicht wäre alles anders gekommen, wäre David McKenzie nicht so ein neugieriger Mensch gewesen. Vielleicht wäre er an diesem kalten aber trockenen Dezembertag doch noch bis nach London geflogen. Aber er war Wissenschaftler, und die Neugierde konnte man getrost als eine von Professor Dr. David McKenzies Haupttugenden betrachten.

Jedenfalls wich er vom Kurs ab, um den eigenartigen Fleck zu beobachten. Er flog ihm sogar ein Stück entgegen. Die Sache war nämlich die: Der Fleck bewegte sich ganz offensichtlich nicht auf dem Boden, sondern befand sich in der Luft. Ein Flugobjekt also. »Hey, Mickey, was ist das? Ich dachte, hier leben nur noch Barbaren …? Irgendjemand baut trotzdem noch Flugzeuge.«

Ein Irrtum.

Als er den Eluu erkannte, war es zu spät. Das Biest schwebte hoch über ihm und stürzte wie ein Pfeil auf ihn herab. Dave begriff nicht gleich, an welcher Stelle es die *Spitfire* erwischte – er hörte es nur krachen und spürte, wie sein Schädel gegen die Cockpit-Kuppel prallte und die Maschine zu trudeln begann.

Der Boden unter ihm wurde zum Karussell. Dave riss am Steuerknüppel, trat auf die Pedale fürs Höhenruder und schaffte es, die Spitfire zweihundert Fuß über den Ruinen abzufangen. Wieder befand sich das verdammte Eulenbiest über ihm, und wieder setzte es zum Sturzflug an. Es war ein rötlich gefärbtes Tier.

»Es … es ist mir gefolgt! Es will seinen Gefährten rächen!« Dave ließ die Maschine zur Seite wegkippen, ging in einen steilen Steigflug, flog einen Looping und drei enge Schleifen – dann war er über dem Eluu. Aber er merkte auch, dass die Maschine nicht mehr hundertprozentig gehorchte. Sie beschleunigte nur noch zögernd. »Verdammt!« Er versuchte sich zu orientieren.

Stoff ohne Ende gab er, doch die Nadel des Geschwindigkeitsmesser zittert beharrlich zwischen 180 und 200 Stundenkilometern. Dave blickte aus dem Cockpit – nach hinten, nach links, nach rechts. Das rechte Höhenruder war zerbrochen, und Querruder und Bremsklappe an der linken Tragfläche hingen nach unten. Die Mechanik reagierte nicht mehr.

»Shit!« Die Wut trieb ihm die Tränen in die Augen. In einem flachen Winkel stieg die Rieseneule nach oben. Über kurz oder lang würde sie seinen Kurs kreuzen. Das Vieh wollte ihn vom Himmel holen, daran gab es nichts zu deuten.

Dave versuchte ebenfalls zu steigen. Er gewann an Höhe und Geschwindigkeit, aber der Eluu hielt mit. »Wie schnell fliegst du denn, du Miststück?!« Es gelang ihm, über den Vogel wegzuziehen, bevor der sich vor ihn setzen konnte. Die Spitfire beschleunigte auf über zweihundert Stundenkilometer.

Daves Jubel hielt sich in Grenzen – auf diese Weise würde er seinen unheimlichen Verfolger zwar loswerden, doch die beschädigte Maschine noch über den Ärmelkanal bis nach London zu steuern, erschien ihm ausgeschlossen. Wenn er aber eine Landung versuchte, würde das Biest ihn krallen, ohne Zweifel, das würde es.

Fast zehn Minuten flog er auf westlichem Kurs in über fünftausend Fuß Höhe. Am Horizont, zwischen den Bäumen schimmerte ein silbrig-graues Band. *Ein Fluss!* Dave spähte auf die Karte. *Das muss der Rhein sein ...*

Der Riesenvogel hinter ihm schrumpfte wieder zu einem kleinen Fleck zusammen. Dave schöpfte Hoffnung. Dann verlor die Maschine erneut an Geschwindigkeit; der Fleck hinter ihm wurde wieder größer.

»Okay«, zischte Dave, »du hast es nicht anders gewollt.« Er drückte die Spitfire nach unten, flog eine weite Schleife und ging auf östlichen Kurs. Bald raste er dem Eluu entgegen. Die Maschine noch tiefer nach unten zu drücken konnte er nicht wagen, er war schon auf 1800 Fuß und wusste nicht, ob er sie mit dem beschädigen Leitwerk noch einmal zu einem Angriff nach oben ziehen konnte. Also steuerte er sie in einem nicht allzu spitzen Winkel der Flugebene seines Gegners entgegen.

Der Fleck wuchs rasant. Bald konnte er die größeren Schuppen und die Augen im rötlichen Einerlei unterscheiden. Er legte den Daumen auf den Auslöser des Maschinengewehrs und wartete, bis die Silhouette des

Biests das Fadenkreuz seiner Zieloptik ausfüllte. Dann drückte er ab.

Drei oder vier Sekunden lang spuckte das Maschinengewehr in einigermaßen regelmäßigem Rhythmus seine Geschosse aus. Dann war das Tier so nah, dass Dave die Maschine nach unten drücken musste. Ein Schlag schüttelte die Spitfire durch, irgendwas scheuerte über das Heck, der Steuerknüppel vibrierte. Die Maschine verlor an Höhe.

Dave sah den Eluu durch die Luft wirbeln. Wie ein Stein stürzte der große Körper – der Kadaver! – dem Boden entgegen und verschwand zwischen den Bäumen. Grimmige Genugtuung erfüllte Dave für Augenblicke.

Doch viel Zeit blieb ihm nicht, um sich zu freuen. Höhen- und Seitenruder der Maschine reagierten kaum noch. Der getroffene Körper des Riesenvogels musste das Seitenruder oder die Seitenflosse gestreift haben. Rasch verlor die Spitfire jetzt an Geschwindigkeit und Höhe. Das silbrig-graue Band des Rheins wurde größer. Dave brüllte seine Enttäuschung heraus.

»Cool bleiben, ganz cool …« Er bekam sich unter Kontrolle, das Gefühlschaos legte sich, sein Hirn begann wieder glasklar zu arbeiten. »Du musst runter, das ist klar, du musst runter …«

Er blickte nach unten. Überall Wälder. Kein Platz zum Landen. Und plötzlich war der Fluss unter ihm. Zwei, drei Kilometer entfernt sah er die Ruinen einer Stadt. Ein hohes Gebäude ragte dort in den Himmel. Dave registrierte es nur beiläufig. Der Wille zu überleben nahm jetzt alle seine Sinne in Anspruch.

Er traf die Entscheidung blitzschnell: Die Chance bei den Ruinen am Horizont einen Landeplatz zu finden war lächerlich gering. Also der Fluss. »Du musst den Vogel notwassern, du musst es versuchen …«

Ein paar Minuten lang flog er flussabwärts nach Norden. Tiefer und tiefer drückte er die Maschine. »Nicht zu schnell, bloß nicht zu schnell ...« Er drosselte die Geschwindigkeit, fuhr die noch funktionierenden Bremsklappen aus. »Du schaffst es ...«

Die Nadel des Geschwindigkeitsmessers tanzte irgendwo zwischen neunzig und hundertzehn Stundenkilometer herum. »Du schaffst es, McKenzie ...!«

Das Wasser fiel ihm entgegen. Die Nadel rutschte unter achtzig Stundenkilometer, kroch weiter und weiter nach links. Kaum noch zehn Meter trennten ihn von der Wasseroberfläche.

»Ich schaffe es, das schwör ich dir, Mickey ...«

Die Maschine prallte aufs Wasser, machte einen Satz zurück in die Luft, setzte wieder auf.

Gischtfontänen spritzen rechts und links auf. Und dann pflügte die Nase der Spitfire durch die Fluten. Der Rumpf hob sich, die Maschine drohte sich für eine Sekunde zu überschlagen – und klatschte aufs Wasser zurück.

Und wieder breitete sich Schweigen über den Fluss ...

ENDE

JO ZYBELL

WETTLAUF GEGEN DIE ZEIT

Die Spitfire pflügte durch den Fluss. Metall kreischte. Wasserfontänen bäumten sich vor Propeller und Bug auf, klatschten gegen das Cockpit und strömten über das Glas.

Die Maschine bremste abrupt, als ihre Nase unter den Wasserspiegel tauchte. Ein letzter nasser Vorhang rauschte gegen das Cockpit. Dann fiel das Flugzeug zurück und kam zur Ruhe.

Durch einen trüben Vorhang sah David McKenzie die Umrisse kahler Bäume zu beiden Seiten des Ufers. Am linken ragten die verschwommenen Konturen eines hohen Gebäudes in den Himmel.

Dave sank auf seinem Pilotensitz zusammen und stöhnte laut. »Ich hab's geschafft, ich bin unten.« Seine Knie zitterten; schweißnass klebte ihm die Pilotenkombi an Oberschenkeln, Brust und Rücken. »Verdammt noch mal, ich habs tatsächlich geschafft ...«

Die Erschöpfung strömte wie flüssiges Blei durch seine Glieder. In beiden Schläfen dröhnten Pauken – sein Herzschlag. Ihr Echo antwortete aus seinem Bauch. Herzschlag, Atmen, Schwitzen, Rumoren in den Gedärmen – viel mehr nahm sein Bewusstsein in diesen Sekunden kaum wahr. Vielleicht beiläufig noch das herabströmende Wasser auf der Cockpit-Kuppel der *Supermarine Spitfire*.

Die verschwommene Uferkulisse stand fast still, drehte sich behäbig. Das Flugzeug wurde nur noch von der Strömung getragen.

Dann neigte es sich zur linken Seite.

»Jesus ...« Und schon wieder fiel Daves Herz in rasenden Galopp. Er presste die Stirn links gegen die Cockpit-Kuppel: Die Spitze der linken Tragfläche war schon im Wasser versunken. Er blickte nach rechts: Die Spitze der rechten Tragfläche schwebte eine Handbreite über der Wasseroberfläche.

»Sie kippt um!« Dave stieß die Kuppel auf. »Wenn ich nicht aufpasse, kentert sie!«

Er stemmte sich aus dem Cockpit. Eine Armeslänge trennte die Spitze des rechten Flügels bereits von den Wellen. Dave tat einen Schritt auf die Tragfläche hinaus, während er sich am Rand des Cockpits festhielt. Eiskalt war der Rhein; rauer Wind zerzauste Daves langes Haar. Wassertropfen spritzten gegen seine Brillengläser. Er spürte, wie die Neigung des Flugzeugs sich verlangsamte.

»Du gehst mir nicht unter!«, brüllte er. »Nicht nachdem wir so weit gekommen sind!« Er wusste, dass die Außenhülle der Spitfire dicht sein musste. Er hatte sie schließlich selbst zusammengebaut.

Zentimeter um Zentimeter schob er seine Füße weiter auf die Tragfläche hinaus. Endlich begann die rechte Tragfläche sich dem Wasser entgegen zu neigen.

Dave richtete sich im gleichen Maße wieder auf und stand schließlich aufrecht dicht am Rumpf. Mit der Rechten hielt er sich am Cockpit-Rahmen fest, mit der Linken zog er die Brille von der Nase und wischte sie am Brustteil seines Kombis ab. Als er sie wieder aufsetzte, sah er Gebäude am linken Ufer vorbeiziehen.

Verwundert betrachtete er die mittelalterlich anmutenden Bauwerke. Keine Ruinen, richtige Gebäude – windschief zum Teil und mit maroden Dächern, aber bewohnte Gebäude. Über einigen sah er Rauchsäulen, die der Wind von den Dächern riss. Und mitten drin ein alles überragendes schwarzes Bauwerk mit zwei gotischen Türmen.

»Das glaubst du nicht, Mickey …!«, flüsterte Dave seinem imaginären Bruder zu, mit dem er sich unterhielt, wenn er alleine war. »Das ist der Kölner Dom! Er steht noch … ich glaub's nicht …!«

Ungläubig betrachtete er den schwarzen Doppelturm der uralten Kathedrale. Im zerstörten Berlin hatte er keine einzige Ruine solcher Höhe gesehen. Der himmelstürmenden Architektur waren die Gipfel gestutzt worden – durch den Glutorkan, den der Komet vor über fünfhundert Jahren entfacht hatte.

Auch aus dem Wirrwarr von Dächern, Giebeln, Türmchen und Laubkronen rund um die Kathedrale am linken Rheinufers ragte kein Bauwerk von nennenswerter Höhe, keine Kirchenruine, kein Turm – nur der alte Dom. Er allein schien, wenngleich stark beschädigt, der Apokalypse standgehalten zu haben.

David McKenzie, vom amerikanischen Ostküsten-Katholizismus geprägt, erfüllte diese Einsicht mit einem Anflug von Ehrfurcht.

Die Ansammlung von Häusern glitt langsam vorbei. Eine knapp fünf Meter hohe Mauer grenzte sie vom Fluss ab. Eine breite Mauer, die kaum Zerfallsspuren aufwies – in Köln schienen Leute zu leben, die Wert auf ihre Instandhaltung legten. Hinter ihr verlief wohl ein unbebauter Streifen, zwanzig oder dreißig Meter breit, bevor die Fassaden der Stadt begannen. Oder die Fassaden dessen, was der Komet und die Jahrhunderte von ihr übrig gelassen hatten.

Die Spitfire lag jetzt flach auf dem Strom. Dave ging in die Hocke, streckte ein Bein ins Cockpit und setzte sich auf dessen Rahmen. Die Maschine kippte nicht ab. Trotzdem wagte er nicht, die Tragfläche zu verlassen.

Der Dom rückte näher. Und mit ihm ein bizarres Gebilde aus drei grünen Bögen. Misteln, Efeu und Weinranken sponnen es vollkommen ein und hingen von ihm herab wie eine Zottelmähne. Eine Brücke – langsam trieb die Spitfire unter ihr durch.

David McKenzie, erst seit September 2012 in Deutschland, war nie in Köln gewesen. Den Dom kannte er von Postkarten, aus Geschichtsbüchern, aus Filmen. Die Hohenzollern-Brücke nicht.

Sie blieb zurück, und Dave erkannte ein paar Gestalten an der Stelle, wo sie ans stadtseitigen Ufer führte.

»Hey!« Er winkte, das Flugzeug schwankte. »Habt ihr ein Boot?!« Die Gestalten – es waren drei oder vier – reagierten nicht. »Einen Kahn!« Dave schrie so laut er konnte. »Hilfe! Holt mich hier runter!« Keine Reaktion. Sie beobachteten ihn reglos. »Verdammt ...«

Die Brücke blieb zurück, die Stadtmauer endete, eine zweite Brücke schob sich über ihn hinweg, nicht ganz so grün verhüllt wie die erste. Bald sah Dave keine Dächer mehr; nur noch der Dom ragte im Süden aus dem Wald.

Die Strömung trug die Spitfire an der Ruine einer dritten Brücke vorbei. Etwa dreißig Meter weit ragte ein Bruchstück von der rechten Uferseite auf den Rhein hinaus. Dann beschrieb der Fluss eine Biegung nach links; die Maschine näherte sich dem rechten Ufer.

Dave blickte sich um. Das Heck der Spitfire war eingedrückt, direkt hinter dem Cockpit. Das Seitenleitwerk bestand nur noch aus ein paar Splittern, das rechte Höhenruder war zerbrochen. Auch Querruder und Bremsklappe an der linken Tragfläche hatten den Angriff der Rieseneule nicht unbeschadet überstanden.

Der Gedanke an den Luftkampf gegen die Schuppenbestie – die Eingeborenen in den Ruinen Berlins hatten sie »Eluu« genannt – jagte ihm einen kalten Schauer über den Rücken. Dave schüttelte sich.

»Das Biest hat mich verfolgt«, murmelte er, während er das näher rückende Ufer im Auge behielt. Frost überzog gelbliches Gras und die kahlen Zweige niedriger Büsche. »Von Berlin aus hat es mich verfolgt … nur um Rache zu nehmen für seinen toten Gefährten. Irre!«

Er beglückwünschte sich zu dem Entschluss, ein altes 7,7-mm-Maschinengewehr nachträglich in den linken Flügel einzubauen. In seinem Feuer war der Eluu vom Himmel gestürzt.

Die Spitfire schaukelte heftiger in der Strömung, ihre Schnauze drehte plötzlich ab, das Ufer entfernt sich wieder. »Mist, verdammter«, knurrte Dave.

Er dachte daran, in den Fluss zu springen und das Ufer schwimmend zu erreichen. Prüfend steckte er die Hand ins Wasser – eiskalt. Er stellte sich vor, wie sein Luftwaffen-Overall sich mit dem kalten Wasser voll sog. »Du säufst ab«, murmelte er. »Und selbst wenn du das Ufer erreichst – bis du dich zu den Leuten am Dom durchgeschlagen hast, holst du dir den Tod …

Dave verabschiedete sich von der Idee. Er würde sich nicht nur den Tod holen – er würde vor allem die Spitfire verlieren. Mitsamt ihrer Fracht – Werkzeug, Ersatzteile, Schweißbrenner. Nein – sich von der Maschine zu trennen hieße sich auch von seinem Ziel zu trennen: nach London zu fliegen und Commander Matthew Drax zu suchen. Fast fünf Monate hatte er für dieses Ziel gearbeitet. »Kommt nicht infrage«, knurrte er. »Ich werde nach England fliegen …«

Bald trieb die Maschine wieder in der Mitte des Stroms flussabwärts. Kahle Laubwälder zogen an beiden Ufern vorbei, hin und wieder ausgedehnte Ruinenkomplexe – zerstörte Fabriken, Hafenanlagen, Brückenpfeiler und so weiter. Alles von Gestrüpp und Gebüsch und auch Frost überzogen. Überresten verlassener Dschungelstätten gleich, wie man sie in den Zeiten, aus denen David McKenzie stammte, nur in archäologischen Dokumentarfilmen zu sehen bekommen hatte.

Dave wartete. Irgendwann würde der Strom wieder eine Biegung machen – vielleicht schaffte er es dann, das Flugzeug ans Ufer zu bringen.

Grübelnd lehnte er sich, auf der Tragfläche stehend, an das Cockpit. Ein Blick auf die Uhr – der Kalender am unteren Rand des Zifferblatts zeigte den 24. Dezember. 2516, nicht 2012. Daran hatte er sich noch immer nicht gewöhnen können. Es war zwanzig vor zehn. Vor etwas mehr als zweieinhalb Stunden war er in Berlin gestartet. Auf dem Pariser Platz vor dem Brandenburger Tor.

»Fröhliche Weihnachten«, murmelte er. Sein schmales Gesicht verzog sich zu einem bitteren Grinsen. Er dachte an Jennifer Jensen und an Daanahs Grab. Beide hatte er in Berlin zurückgelassen.

Der Gedanke an die Ruinen des Reichstags erfüllte ihn mit Wehmut. Sogar mit Trauer. Ursprünglich hatte er schon vor Wochen zum Flug nach England starten wollen. Zusammen mit Daanah.

Die schrecklichen Bilder jenes Morgens schienen Daves Brust mit kaltem Gestein zu füllen. Das Eluu-Paar hatte sie kurz vor dem Start angegriffen. Daanah schrie, als das Biest sie packte. Zusammen mit den Amazonen von Berlin hatte Dave die Rieseneule töten können – aber Daanah mussten sie begraben ...

Dave verscheuchte die schrecklichen Erinnerungen. »Nicht an Daanah denken«, sagte er laut zu sich selbst. Diese Selbstgespräche und auch die Monologe an seinen Bruder Mickey waren ein Resultat der monatelangen Gefangenschaft beim Volk der Menen. »Nicht an den Tod denken. Denk ans Leben. Du wirst leben. Wer einen Kometeneinschlag, einen Zeitsprung und fünf Monate Einzelhaft überlebt hat, der überlebt auch das hier. Ich schwörs dir, Mickey ...«

Etwas mehr als eine dreiviertel Stunde später näherte

er sich einer scharfen Linksbiegung. Dave spähte aufmerksam zu der Stelle, wo der Flusslauf aus seinem Blickfeld verschwand und nur noch Uferwald zu sehen war. Auffällig lichter Uferwald.

Plötzlich stutzte er. »Ist das eine Fata Morgana, oder sehe ich da einen Landungssteg …?«

Je näher er mit der Maschine der Flussbiegung entgegen trieb, desto sicherer war sich Dave: Das Gestell aus Baumstämmen, das dort mitten in der Biegung in den Rhein ragte, war ein Anlegesteg. Und auch Gebäude konnte er erkennen – lange Flachbauten aus Holz und in Ufernähe viele Hütten auf Pfählen.

»Eine Ufersiedlung, na prächtig«, freute sich Dave. »Hoffentlich keine Barbaren vom Schlage der Berliner Menen …«

Er dachte an die zerlumpte Horde, die bei der Landung in Berlin über ihn und Jenny hergefallen war. Fast zehn Monate war das jetzt her. Sie hatten ihm übel mitgespielt anfangs – hatten ihm fast den Schädel eingeschlagen, den Unterarm gebrochen und ihn in einen finsteren Kerker gesperrt. Eine Erfahrung, die Dave nicht unbedingt wiederholen musste.

Noch siebenhundert, achthundert Meter war die Anlegestelle jetzt entfernt. Das Flussknie begann, die Spitfire näherte allmählich wieder dem Ufer.

Ein klobiges Steinhaus schob sich in Daves Blickfeld, darüber erhob sich eine Art Turm. Vielleicht zwanzig oder dreißig Meter hoch – schwer zu schätzen auf die Entfernung –, und während der Strom Dave und sein Flugzeug näher und näher heran trug, sah er die Fahne auf der Turmspitze: eine Flagge in den Farben Grün und Schwarz.

Das machte einen kriegerischen Eindruck auf David McKenzie, und ein mulmiges Gefühl beschlich ihn.

Indessen trieb die Strömung die Spitfire bis auf acht oder zehn Meter ans Ufer heran.

»Weiter, weiter«, murmelte Dave. »Komm schon, komm ...« Ein ausgedehnter Schilfstreifen säumte das Ufer der äußeren Flussbiegung. Frost klebte an den bräunlichen Rohren. Das Wasser musste seicht sein an dieser Stelle.

Und plötzlich sah er ihn: Schlank, spitz und von metallenem Blau ruhte er vor einem großen Steingebäude auf einem Holzpodest. Dave sperrte Augen und Mund auf.

»Das ... das ist ...«, stammelte er in grenzenloser Verblüffung, »... das ist doch eine F-17 ...!« Wie ein Denkmal stand der Jet etwa zweihundert Meter entfernt auf dem Holzgerüst. »Das gibts ja gar nicht ...«

Drei Meter etwa trennten ihn jetzt nur noch vom Schilf. Der Anlegesteg war knapp hundertfünfzig Meter entfernt. Dave riss sich vom Anblick des Jets los und beugte sich ins Cockpit hinein. Nacheinander zog er die Kunststoffkästen mit dem Werkzeug aus dem Stauraum hinter dem Pilotensitz. Er wartete, bis ihn nur noch ein Schritt vom Schilf trennte, dann warf er die Kästen hinein. Genauso verfuhr er mit den Ledersäcken, in denen die Ersatzteile steckten. Zuletzt warf er die verrosteten Metallflaschen mit dem Sauerstoff und dem Acetylen und schließlich den Schweißbrenner aus dem Flugzeug. Dann erst wagte er selbst den Sprung.

Das Wasser war so kalt, dass es weh tat. Doch glücklicherweise reichte es ihm nur bis knapp über die Knie an dieser Stelle. Er watete bis zur Spitze der rechten Tragfläche. Rasch wurde das Ufer flacher. Dave packte die Tragfläche, um die Maschine ins Schilf zu ziehen. »Raus mit dir, Lady Spitfire, beweg dich ...«

Und gleichzeitig geschah es – viel zu schnell, als dass

Daves Hirn die vielen Sinneseindrücke verarbeiten konnte: Das Schilfrohr raschelte wie von den Schritten eines schweren Mannes, etwas klatschte wenige Schritte neben Dave in den Fluss, dann eine Wasserfontäne, ein Schatten flog auf die Maschine zu und prallte dumpf und hart auf Bug und Cockpit auf ...

Die Tragfläche entglitt Daves Händen. Er stand wie festgefroren und starrte auf das Vieh, das seine Spitfire langsam vom Ufer wegtrug: ein massiger Körper, Schmutziggrün und über und über mit schuppigen Noppen besetzt. Ein breites Maul und riesige gelangweilte Augen. Muskulöse und ungeheuer lange Oberschenkel. Zwischen den fast menschlich anmutenden Fingern spannten sich Schwimmhäute.

»Jesus ...«, stöhnte Dave. Es war eine Art Kröte, fast so groß wie David McKenzie selbst!

Sie öffnete nicht einmal das Maul – das feuchte rote Ding schoss einfach durch ihre zusammengelegten Lippenwülste auf Dave zu und schlang sich um seinen Hals ...

»... er trieb den Fluss hinunter«, sagte einer der Bewaffneten. »Auf einem schwimmenden Feuervogel.«

Der greise Kanzler und Juppis, sein nicht wesentlich jüngerer Stellvertreter, betrachteten die vier Männer in den braunen Lederschuppenpanzern nachdenklich. Sie gehörten zu der Wachmannschaft an der Brücke. Aufgeregt waren sie in Attenaus Haus gestürmt.

Was sie zu berichten hatten, hätte zu anderen Zeiten wie ein Märchen geklungen. Doch seit vor etwas mehr als vier Monden der Mann namens Maddrax in einem Feuervogel vom Himmel gefallen war, hielt man in Coellen vieles für möglich.

»Wie sah der Feuervogel aus?«, wollte Juppis wissen. Hellwach blitzten seine grauen Augen aus seinem zerknitterten Gesicht. Er trug Hosenkleider und eine Jacke aus schwarzem Wildleder, darüber eine rötlich gefärbte Wolldecke. Sein weißes Haar hing ihm als langer dicker Zopf tief in den Rücken. Auch sein Vollbart war weiß. Manche der älteren Coelleni wollten wissen, dass er mehr als siebzig Winter gesehen hätte.

»Anders als der von Maddrax«, sagte der Anführer der Wächter, ein junger rotblonder Bursche namens Tones. »Kleiner, bräunlich, und die Flügel bildeten ein Kreuz mit dem Körper des Vogels. An seiner Spitze wirbelte ein ...« Ratlos blickte der Mann seine Gefährten an, aber auch die konnten ihm das Wort nicht nennen, das er suchte. »... ein Stern.«

»Er machte großen Lärm, der Vogel«, ergänzte einer der anderen Wächter. »Brummte wie eine wildgewordene Androne. Er schlug auf dem Wasser auf, sprang wieder hoch, schlug noch mal auf, sprang wieder hoch ... dann erst landete er. Fast wäre er versunken.«

»Und der Mann darin, der Feuervogelreiter?«, erkundigte sich Juppis, »beschreibt ihn mir.«

»Dünn und hoch«, sagte Tones. »Braunes Haar, bis hier her.« Er deutete auf seine Schulter. »Nur wenig Bart, zwei Gläser vor den Augen. Und er trug das gleiche Kleid, wie Maddrax es trug.«

»Das gleiche Kleid wie Maddrax«, murmelte Juppis. Er blickte den Kanzler an. »Was sagst du dazu, Jannes Attenau?«

Der Greis wiegte seinen kahlen Kopf hin und her und zog die buschigen Brauen hoch. »Der Große Fluss ist schon sehr kalt um diese Zeit. Es wird dem Fremden nicht bekommen, wenn er hinein fällt.«

»Vielleicht fällt er auch gar nicht in den Fluss«, knurrte

Juppis. »Vielleicht fällt er in die Hände der Dysdoorer – wird ihm auch nicht bekommen.«

»Ein Feuervogel fiel vom Himmel und hat Maddrax und seine Frau zu uns gebracht.« Der Kanzler raffte seinen hellbraunen Fellmantel zusammen und stand auf. »Und mit ihnen Freiheit und Frieden für unser geliebtes Coellen. Wir wissen nicht, was *dieser* Feuervogel und sein Reiter uns bringen, aber wir sind es Wudan schuldig, uns seiner anzunehmen.«

Mit einer Kopfbewegungen wies er die Wachen zur Tür seines Hauses. »Sorg dafür, dass der Bürgerrat in mein Haus kommt, Tones. Und geh zu Honnes. Berichte ihm, was geschehen ist. Er soll an der Ratsversammlung teilnehmen. Wir müssen rasch entscheiden, was zu tun ist ...«

Eiskaltes Wasser strömte ihm in Mund und Nase. Sein Anzug sog sich voll damit. Der Schock verscheuchte auch den letzten klaren Gedanken aus Daves Hirn. Er tauchte wieder auf, versank erneut in den Fluten, wurde wieder hoch gerissen. Mit der Linken hielt er seine Brille fest, mit der Rechten umklammerte er das raue glitschige Ding an seinem Hals – die Zunge der Krötenkreatur. Sie zerrte ihn durchs Wasser zum Rumpf der Maschine. Vergeblich rang Dave nach Luft.

Und wieder flog ein Schatten an ihm vorbei, und wieder prallte ein massiger Krötenleib auf die Spitfire, diesmal knapp hinter dem Cockpit – die Maschine wurde noch weiter vom Ufer weg gedrückt. Dave wollte schreien, doch kein Laut löste sich aus seiner zugeschnürten Kehle. Seine Füße verloren den Halt, eisige Wogen schwappten über ihm zusammen. Für Sekunden umgab ihn schwarzgrüne Finsternis.

Etwas klammerte sich um seinen rechten Oberarm. Jäh wurde er aus dem Wasser gerissen. Sein Körper scheuerte über den Rumpf des Flugzeugs. Er starrte in kalte, halb geschlossene Augen, sah ein breites schwärzlich-grünes Maul mit wulstigen Lippen, und als das Maul sich schmatzend öffnete, sah er daumenlange spitze Zähne darin.

Was dann geschah, nahm nur ein kleiner Rest seines von Panik überfluteten Hirns wahr: Etwas pfiff durch die Luft, etwas zitterte plötzlich im Augapfel der Ekelbestie, das Auge zerplatzte, der Griff um seinen Arm lockerte sich und das Biest kippte ins Wasser.

Ein Pfeil, schoss es Dave durch den Kopf. *Jemand steht dir bei …* Verzweifelte Hoffnung erfüllte ihn. Er riss an der Zunge um seinen Hals. Dann der lange Schatten eines Speers, Fleisch zerriss, die Zunge löste sich von ihm, schnellte zurück ins Maul der zweiten Riesenkröte – mit einem Speerschaft in der Flanke rutschte sie über die Tragfläche in den Rhein.

Dave sog die kalte Luft ein. Er röchelte. Das Schilf, die drei oder vier Kröten im Fluss, heranschwirrende Pfeile, die menschlichen Gestalten im Schilf – alles verschwamm in einem roten Nebel. Etwas klatschte gegen Daves Brust und fiel vor ihm ins Cockpit – ein grobes Seil. »Festhalten!«, brüllte eine Bassstimme. Reflexartig schlossen seine Hände sich um das Seil.

Mit jedem Atemzug wurde seine Wahrnehmung klarer. Er riss die Augen auf. Zwischen dem Flugzeug und dem mittlerweile gut zehn Meter entfernten Schilf schaukelten vier Krötenkadaver rücklings in den Wogen. Aus den hellen Bäuchen einiger ragten Pfeile, aus einem anderen ein Speer. Vor dem Schilf, im knietiefen Wasser, standen Bogenschützen, sieben oder acht. Sie trugen dunkelgraue Mäntel über gelblichen Kleidern.

Ein Ruck ging durch den Flugzeugrumpf. Auf der dem Ufer abgewandten Tragfläche lagen vier schwarzgrüne Klauen mit Schwimmhäuten zwischen den langen Fingern. Krötenköpfe und -augen tauchten aus dem Fluten auf.

»Festhalten!« Wieder der Bass, hart und heiser. Und schlagartig straffte sich das Seil – Dave wurde vom Flugzeugrumpf in den Rhein gerissen. An den Krötenkadavern vorbei und durch Blutschlieren hindurch zogen sie ihn ins Schilf.

Dave verlor die Kontrolle über seine Kiefer; seine Zähne schlugen gegeneinander. Kälte und Panik füllten jede Faser seines Körpers aus, jede Hirnwindung. »Jesus Christus«, krächzte er. »Jesus Christus ...«

Als kräftige Hände ihn packten und hochhoben, erhaschte er einen letzten Blick auf sein Flugzeug. Schon fast auf der Flussmitte angelangt, bewegte es sich nach Norden in die Biegung hinein.

»Haste Glück gehabt«, knurrte der Bass. »Haste verfluchtes Scheißglück gehabt ...«

Dave blickte in ein schwarz verschmiertes, breites Gesicht. Kleine Augen schielten an ihm vorbei. Gesicht und Schielaugen schienen zu grinsen – ganz genau war das Mienenspiel nicht zu deuten. »Jesus Christus ...«, krächzte Dave, »ich danke dir ...«

Fünfzehn Augenpaare richteten sich auf den dürren kahlköpfigen Mann mit den Wulstlippen und dem zerknautschten Gesicht. Er trug einen ähnlichen Anzug aus braunen Lederschuppen wie Tones, der in der Mitte des kleinen Raumes stand. Und darüber einen braunen Wollmantel.

Kurz und bündig war die Schilderung des jungen

Tones gewesen. Schweigend hatte Honnes ihm zugehört. Hinter seiner zerfurchten Stirn arbeitete es.

»Was sagst du dazu, Honnes?«, sprach Juppis ihn an.

Dicht gedrängt standen sie in der Küche des Kanzlers. Nur der greise Jannes Attenau selbst hockte in einem Lehnstuhl. Im Kamin knisterte ein Feuer. Juppis, der Kanzler und die zwölf Männer des Bürgerrates warteten geduldig.

Sie kannten den alten Streiter Honnes gut. Wie die meisten Männer, die in diesen Tagen Verantwortung in Coellen trugen, hatte sich auch Honnes einen Namen im Kampf gegen die »Bruderschaft der Scheußlichen Drei« gemacht.* Honnes pflegte nicht zu reden, wenn er nichts zu sagen hatte. Und deswegen dachte er gründlich nach, bevor er den Mund aufmachte.

Seit er vor nicht ganz einem halben Mond nach Coellen zurückgekehrt war, erlebten ihn die einstigen Streitgenossen noch schweigsamer als zuvor. Man munkelte von schrecklichen Dingen, die Honnes in Britana erlebt hatte – von unvorstellbaren Kriegen, von Folter, vom Verlust guter Freunde. Erlebnisse, die seine Seele und seinen Körper gezeichnet hatten.

»Maddrax kam aus einer anderen Zeit zu uns«, sagte Honnes schließlich. »Aus der Zeit vor *Kristofluu*. Vielleicht stammt der Eisenvogelreiter, den Tones gesehen hat, ebenfalls aus dieser Zeit. Wir müssen ihm helfen.«

»Mein Herz will dir glauben, Honnes«, sagte der Kanzler. »Allein, mein Kopf sträubt sich gegen deine Worte. Wie kann jemand von einer Zeit in eine andere fliegen?«

---

* siehe Taschenbuch 3, Roman 2 »Die Sekte des Lichts«

»Keine Ahnung, Jannes. Was ich euch sage, weiß ich von Rulfan. Maddrax kommt aus der Zeit der Alten, hat Rulfan gesagt.«

Die Räte blickten sich ratlos an. Der greise Jannes nickte langsam. »Von Rulfan also ...«

Der weißhäutige Rulfan genoss höchstes Ansehen in Coellen. Über viele Winter hatte er den Widerstandskampf gegen die Bruderschaft angeführt. Rulfan wusste und verstand Dinge, die sonst niemand wusste und verstand.

Vor fast sechs Monden waren einige Coelleni gemeinsam mit ihm nach Britana aufgebrochen. Einzig Honnes war zurückgekommen. Mit schlimmen Nachrichten. Nur er und Rulfan hatten die Kämpfe mit den Nordmännern überlebt.*

»Gebt mir Tones und elf weitere Streiter mit«, sagte Honnes. »Ich segle den Großen Fluss hinunter. Die Dysdoorer werden den Eisenvogel und seinen Reiter nicht an Dysdoor vorbeitreiben lassen. Entweder wir finden ihn zwischen Coellen und Dysdoor, oder wir finden ihn im Haus des Dysdoorer Hauptmanns.«

»Einverstanden«, sagte der Kanzler. Er blickte sich unter dem Bürgerrat um. Nacheinander nickten die Männer.

»Verlieren wir nicht noch mehr Zeit«, sagte Juppis.

Wenig später lief Honnes an der Spitze von zwölf Streitern über die schmale hölzerne Landungsbrücke auf seinen Segler. Alle trugen sie die Lederschuppenrüstungen der Streiter Coellens. Und darüber die dicken braunen Wollmäntel, wie man sie sich im Winter über die Schultern zu werfen pflegte.

Auf dem Segler war Honnes von Britana zurück nach

---

* siehe Taschenbuch 4, Romane 2 und 3

Coellen gefahren. Wilde ruppige Kerle aus den Ruinen Landáns hatten ihm das Schiff gebaut. Kerle, die sich »Lords« nannten und in Honnes' Augen weiter nichts als Räuber waren. Schlitzohren, denen man nicht über den Weg trauen konnte. Dennoch hatten sie ihm den Segler gebaut.

Sie legten ab und ruderten das Schiff aus dem kleinen Hafen. Auf der Mitte des Großen Flusses hissten sie das Segel. Rasch schob der Wind sie flussabwärts.

Die Männer standen an der Reling und beobachteten die Ufer. Honnes, am Bug des Schiffes, war in Grübeleien versunken. Die Nachricht von dem Eisenvogel und dem Mann, der angeblich wie Maddrax gekleidet sein sollte, hatten ihn heftiger aufgewühlt, als er es sich anmerken ließ.

So vieles hatte er sehen müssen in den letzten Monden – die Freunde Rulfans, die in Bunkern unter der Erde lebten, ihre ganz und gar unbegreiflichen Waffen, Anzüge und Fahrzeuge, die blutgierigen Nordmänner, die fremdartige Welt jenseits des Meeres in Britana – mehr als das Herz eines Mannes fassen konnte, hatte Honnes gesehen. Und nun schon wieder ein Eisenvogel. Und mit ihm schon wieder ein Mann aus der Vergangenheit?

Die Rätsel nahmen kein Ende . . .

»Bringt ihr mir einen Mann! Bringt ihr mir einen zitternden Fremden mit Gläsern auf der Nase!« Der Kerl fuchtelte mit den Armen und machte eine weinerliche Miene. »Und seinen Eisenvogel lasst ihr den Kwötschis!« Sein kurzer fassartiger Körper tänzelte um Daves Gepäck herum. Schweißbrenner, Ersatzteile und Werkzeuge lagen in der Mitte des Raumes. Eine Pfütze breitete sich um Ledersäcke, Kisten und Gasflaschen aus. Daves Retter hatten das Zeug aus dem Schilf geborgen.

»Lasst einfach den Eisenvogel davon schwimmen! Das schmerzt den guten Haynz, wahrhaftig, das schmerzt ihn!«

Dave beobachtete den seltsamen Burschen aufmerksam. Der Mann faszinierte ihn geradezu – die melodiöse Stimme, das zwischen Zorn und Weinerlichkeit pendelnde Mienenspiel, der große kahle Schädel und der kurze breite Körper. Fassartig, wie gesagt.

»Jawoll, das schmerzt den Haynz! Ganz arg schmerzt ihn das!«

Dave saß neben einer Art Schacht an der Stirnwand des großen quadratischen Raumes. Ein Feuer brannte in dem Schacht. Sie hatten ihm ein paar Felle und Decken überlassen, die er sich um seinen nackten Körper gewickelt hatte. Seine nassen Kleider hingen über einem Holzbock neben dem Feuerschacht. Dave zitterte noch immer.

An den kahlen Wänden aus grob behauenem braunem Sandstein waren Speere, Äxte und Keulen befestigt. Und eine grün und schwarz gestreifte Fahne, wie Dave sie vom Fluss aus über dem Turm hatte wehen sehen. An der Wand gegenüber der Fensterseite stand ein wuchtiger Lehnstuhl aus Holz. Er erinnerte Dave an einen Thron.

»Schleppt mir den nassen Zitterich mit seinem Weiberhaar und seinen lächerlichen Augengläsern herbei und lasst den Eisenvogel davon schwimmen!«

Der zeternde Bursche hatte seinen kahlen Kopf und sein Gesicht nicht wie die anderen mit Ruß geschwärzt. Seine Gesichtshaut war teigig und blass und manchmal lief sie für kurze Zeit rot an. Anders als seine Männer trug er nicht diese schmutziggelben Klamotten, sondern grüne Hosen und eine grüne Jacke. Er schien der Chef hier zu sein, ganz eindeutig.

Jetzt blieb er vor dem Schieläugigen mit dem schwarzgefärbten Gesicht stehen. »Wo ihr doch wisst, dass euer Hauptmann Feuervögel sammelt, wo ihr das doch ganz genau wisst!« Er seufzte, und es klang, als hätte er quälende Zahnschmerzen. Dann packte er den Schieläugigen bei den Schultern und rüttelte ihn. »Du dummer kleiner Bruder, du!« Er ließ den Mann los und tänzelte dicht an den anderen vorbei. »Ihr hohlen Wakudaschädel, ihr!« Er schüttelte seine geballten Fäuste unter ihren Nasen.

Die Männer, die diese entsetzlichen Riesenkröten – »Kwötschis« nannte der kleine Dicke namens Haynz sie – vertrieben oder getötet hatten, standen mit gesenkten Häuptern rechts und links der großen Tür. Ergeben und mit betretenen Gesichtern ließen sie das Gezeter über sich ergehen. Und das, obwohl die meisten von ihnen ein ganzes Stück größer als der Grüngekleidete waren.

Der kleine Dicke drehte sich von Schielauge weg und deutete auf den Schweißbrenner und die offenen Werkzeugkisten in der Mitte des Raums. »Was ist das? Ist das zum Totmachen? Sind das Waffen? Was ist das, frag ich!«

»Werkzeuge«, sagte Dave. Er verstand längst nicht alles, was der Bursche in seinem verwaschenen und hektisch herausgespuckten Deutsch von sich gab. Aber das Wesentliche bekam er mit. »Damit habe ich mein Flugzeug gebaut.« Das war natürlich übertrieben. Aber was sollte er mit seinem lückenhaften Deutsch zu weitschweifigen Erklärungen ausholen?

»Flugzeug gebaut?« Der Dicke machte eine begriffsstutzige Miene. »Was ist ›Flugzeug‹?«

»Er meint'n Eisenvogel«, sagte der Anführer der

Truppe, der Schieler also, in unterwürfigem Tonfall. Der Chef hatte ihn anfangs mit Gleemenz angesprochen. Erst durch frischgeputzte Brillengläser hindurch hatte Dave das Schnurrbärtchen über seiner kurzen Oberlippe entdeckt. »De Eisenvogel hatta mit'm Zeug jebaut«, wiederholte er, als Haynz für überraschend viele Augenblicke die Luft anhielt. »Eisenvogel is Fluchzeug ...«

»Klar ist Eisenvogel ›Flugzeug‹, weiß ich selbst! Eisenvogel ist ›Flugzeug‹, was sonst! Muss der Gleemenz dem guten Haynz nicht erklären, weiß er selbst ...« Er stutzte, deutete wieder auf das Material. »Damit kann man Eisenvögel bauen ...?« Verblüffung verscheuchte den beleidigten Ausdruck von seinen Gesichtszügen.

»Ja.« Dave nickte. »Damit könnte ich sogar den Feuervogel in deinem Garten reparieren.«

Viel hatte Dave nicht mitbekommen, als sie ihn durch den Hof an vielen kleineren Steinhäusern vorbei zur Residenz ihres Chefs geführt hatten. Der Schock und vor allem die viehische Kälte hatten ihn halb betäubt. Aber den Stratosphärenjet auf dem Holzgerüst vor der zweigeschossigen Residenz des kleinen Dicken, den hatte er wahrgenommen. Das linke Fahrwerk fehlte.

»Das kannst du? Das kannst du?« Haynz' Äuglein funkelten plötzlich, seine Miene hellte sich schlagartig auf. »Das ist schön, sag ich, schön ist das!« Er rieb sich die Hände. »Wie prächtig, dass ihr den armen Mann vor den Kwötschis gerettet habt, den guten Mann mit den Augengläsern«, wandte er sich an seine Leute. »Gut gemacht, wirklich gut, mein kluger kleiner Bruder!« Er schlug Gleemenz auf die Schulter. »Stolz ist euer Hauptmann auf euch, ganz arg stolz!«

Schielauge und seine Truppe entspannten sich sichtlich.

»Wann fängst du an?«, wandte Haynz sich wieder an Dave. Er strahlte.

»Sobald meine Kleider trocken sind. Nur ...« Dave zuckte mit den Schultern. Seine Gedanken kreisten um die Spitfire – die wieder in die Luft zu bringen traute er sich zu. Aber woher sollte er wissen, ob mit der F-17 noch etwas anzufangen war? »... nur ist mein Eisenvogel viel besser als der Feuervogel dort draußen ...«

»Ha ...!« Der Dicke schlug sich mit der Faust gegen die Brust. »Ha, ha ...! Dein Eisenvogel besser als mein Feuervogel?! Da muss der gute Haynz aber lachen! Warum ist er dann vom Himmel gefallen, sag mir das! Warum, warum?«

Die Spitfire musste geborgen werden, koste es, was es wollte. *Ohne die Maschine brauche ich Wochen bis nach London*, dachte Dave.

Er versuchte dem Hauptmann der glatzköpfigen Exoten seine Spitfire schmackhaft zu machen, erzählte, wie einfach sie zu fliegen sei, dass ihr Fahrwerk intakt und vor allem der Tank fast voll sei. Der Dicke war ernsthaft beleidigt – er schien den Jet draußen im Hof nicht nur als sein Eigentum, sondern als eine Art Statussymbol zu betrachten. Schließlich blitzte Dave der entscheidende Einfall durch den Kopf.

»Du hast ja Recht, Hauptmann«, sagte er. »Es gibt kaum einen schöneren Feuervogel als deine F-17 da draußen ...«

»F-17?« Haynz machte ein verdutztes Gesicht. »Was ist das, ›F-17‹?«

»So heißt dein toller Feuervogel – F-17 Alpha 2 ...«

Haynz scheuchte zwei seiner Männer davon, zwei junge Kerle namens Ärwyn und Krautz. Sie kehrten mit einem hellen gegerbten Leder und einem Stück halb verbranntes Holz zurück. Dave musste Buchstaben und Zahlen der Typenbezeichnung aufmalen.

Anschließend betrachtete Haynz das Leder. »F-17 Alpha 2 ...«, flüsterte er. Er war wirklich ergriffen. Dave rutschte auf seinem nackten Hintern hin und her. Vor seinem inneren Auge trieb die Spitfire weiß Gott wohin. *Mach, dass sie nicht versinkt*, betete er in Gedanken.

»In Stein muss das gehauen werden, jawoll, in Stein.« Haynz rollte das Leder zusammen und drückte es Gleemenz in die Hand. »Und den Stein stellen wir unter meinen Feuervogel, unter die schöne F-17 Alpha 2, da stellen wir ihn hin ...« Gesten- und wortreich wies er Schielauge an, wie groß und von welcher Beschaffenheit der Stein zu sein hatte. Dave dachte an seine Spitfire.

»Was ich noch sagen wollte«, unterbrach er den Hauptmann. »Mit meinem Eisenvogel kann man auch schießen.«

»Wie, ›schießen‹? Mit Speeren, mit Pfeilen?« Die begriffsstutzige Miene des Dicken begann Dave zu amüsieren. »Wie, ›schießen‹?« Erklär mir das!«

»Totmachen«, sagte Dave, »ratatata ...! Das Rohr zum Schießen steckt im linken Flügel. Du drückst auf den Knopf oben am Steuerknüppel, und dann – ratatata! So hab ich einen Eluu vom Himmel geholt, eine Rieseneule, kapiert? Ratatata ...!«

»Bei Wudan! Das ist wahr? Das ist wirklich wahr?!« Der Blick des Dicken flog zwischen seinen Männern und Dave hin und her. Seine Gesichtshaut rötete sich, abwechselnd rieb er sich Kinn, Hände und Schädel.

»Wenn ichs dir sage!« Dave konnte beobachten, wie der Bursche aus dem Häuschen geriet. Er schöpfte Hoffnung für seine Spitfire. »Nicht mit Speeren schießt mein Eisenvogel, nicht mit Pfeilen oder Steinen – mit kleinen Eisenbolzen, so schnell, dass du sie nicht einmal fliegen siehst – ratatata ...! Wenn du so ein Schießgerät hast, bist du der Größte!« In leuchtendsten Farben schilderte das 7,7-mm-Maschinengewehr. »Ich würde es ausbauen und dir schenken, wenn du mir meinen Eisenvogel zurückbringst.«

»Gut! Gut, gut, gut!« Jetzt rieb sich der Hauptmann nur noch die Hände. »Du wirst mir das Schießgerät ausbauen!« Er wandte sich an seine Männern. »Ärwyn, Krautz! Vierzig Männer zusammenrufen! Sollen sich bewaffnen! Fünf Flöße fertigmachen! Los, los!« Die Angesprochen trollten sich.

Dave atmete auf. Dieser drollige Exot hatte angebissen. Die Chancen für die Spitfire stiegen.

Schon redete Haynz auf seinen nächsten Untergebenen ein, auf Gleemenz. »Du hilfst unserem Gast die F-17 Alpha 2 vom Gerüst zu holen.« Er sprach die Typenbezeichnung fehlerlos aus. »Du bist mein Stellvertreter, solange ich unterwegs bin. Pass auf meine Frauen auf und gib unserem Gast, was er verlangt. – Und du, Heapert«, wandte er sich an den nächsten Kahlkopf, »du sorgst dafür, dass ein zweites Gerüst gebaut wird, ein schönes Gerüst für meinen schönen neuen Eisenvogel ...«

»Moment mal!« Dave glaubte nicht recht zu hören. »Der Vogel gehört mir! Ich hab dir nur versprochen die Waffe auszubauen!«

»Das darfst du doch!« Haynz hastete zu seinem Thron, über dem ein dunkelroter Wollmantel lag. »Doch, doch, das darfst du! Aber den Eisenvogel kann der gute Haynz dir nicht geben, nein, nein – das kann er nicht!« Er zog sich den Mantel über seinen grünen Anzug und nahm einen Bogen von der Wand. »Ich sammle Eisenvögel, das weißt du doch. Du darfst mir aber das Fliegen beibringen, das darfst du tun ...« Er huschte aus der Tür.

Dave ballte die Fäuste. »Mist!« Er hätte sich in den Hintern beißen können. »Elender Mist ...!«

Tones ließ den Segler am Landungssteg festmachen. Auf dem Turm über Haynz' Palast flatterte die schwarzgrüne Fahne im Wind. »Palast« – so nannte der Hauptmann von Dysdoor den klobigen Steinklotz, von dem aus er seit wenigen Wintern über die Pfahlhütten der nicht ganz fünfhundert Dysdoorer regierte.

Honnes stand an der Reling. Im Norden sah er eine Reihe von Flößen hinter der Biegung des Großen Flusses verschwinden. Führte der Hauptmann von Dysdoor seine Männer zu einem Jagdzug? Oder zu einer Prügelei mit einem der Stämme, die weiter nördlich in den Ruinen am Flussufer hausten?

Seit Frieden herrschte zwischen Coellen und Dysdoor, zettelte Haynz mit jedem Streit an, der ihm einen Grund dafür lieferte. Ohne Prügeleien hielten es die Dysdoorer nicht aus. Ihr Hauptmann, Haynz von Dysdoor, nannte es nicht »Prügeleien«, er nannte es »Heldentaten vollbringen«.

Niemand im Bürgerrat machte sich diesbezüglich etwas vor: Der Friede mit Haynz und seinen Dysdoorern war ein brüchiger Friede. Irgendwann würde der verschrobene Hauptmann einen Anlass erfinden, sich erneut mit den Coelleni zu befehden. Die Coelleni waren die Lieblingsfeinde der Dysdoorer, schon seit Generationen. Selbst Honnes Großvater hatte sich nicht erinnern können, dass es je anders gewesen war.

Eine Abteilung Dysdoorer Krieger stapfte über den Landungssteg heran. »Was sagen wir ihnen?«, wollte Tones wissen.

Honnes und seine kleine Truppe hatten den Eisenvogel nirgends gesehen. Nichts sprach dafür, ihn hier in Dysdoor zu finden. »Das Fluggerät kann unmöglich an Haynz' Palast vorbei getrieben sein, ohne dass die Dysdoorer es bemerkt haben«, gab Honnes Antwort. Er fragte sich, ob die Floßflotte womöglich ausgefahren war, um den Eisenvogel und den Fremden zu verfolgen. »Lass mich mit ihnen reden.«

Sechs Dysdoorer waren es, die sich dem Schiff näherten. Der hölzerne Anlegesteg erzitterte unter ihren Schritten. Honnes lehnte sich über die Brüstung und blickte ihnen entgegen.

Wie er selbst hatten sie Kahlköpfe. Allerdings nicht weil sie wie Honnes schon in ihrer Jugend unter Haarausfall litten – alle Dysdoorer Männer pflegten sich ihre Kopfhaut mit scharfen Messern zu rasieren.

Die Frauen von Dysdoor dagegen ließen sich ihr Haar bis zu den Kniekehlen wachsen. Jedenfalls behaupteten das einige ältere Coelleni. Man bekam sie selten zu sehen, die Frauen von Dysdoor. Sie verließen ihre Hütten kaum, und wenn, banden sie sich die Haare mit bunten Tüchern hoch. Jeder Dysdoorer besaß mindestens zwei Frauen. Der Hauptmann sogar über zwanzig.

Die Dysdoorer Abteilung machte vor dem Schiff halt. »Heapert von Dysdoor grüßt Honnes von Coellen!«, rief einer der sechs gelbgewandeten Krieger zur Reling hinauf. Alle sechs hatten schwarze Farbe auf Gesichtern und Schädel aufgetragen. Ein Zeichen, dass die Dysdoorer mal wieder damit beschäftigt waren, irgendjemandem ihre »Heldentaten« aufzuzwingen. »Was wollt ihr hier?«

»Auch ich grüße dich, mein Freund.« Nacheinander musterte Honnes die rußgeschwärzten Gesichter. »Und euch ebenso, ihr Dysdoorer Krieger.« Lauter junge Burschen waren es, die dort unten auf dem Landungssteg standen. »Wir kommen zu Ehren Wudans, des Höchsten der Götter«, fuhr Honnes fort. »Er hat einen Boten geschickt. Sein Eisenvogel ruhte sich auf dem Großen Fluss aus. Ihr habt ihn nicht zufällig gesehen?«

Die Männer machten erschrockene Gesichter. Ratlos sahen sie Heapert, ihren Anführer an. Dem stand der Mund offen. »Einen Boten geschickt?«, sagte er endlich. »Der Weiberkopf mit den Augengläsern …?« Er schluckte. »Ein Bote Wudans …?«

»Ihr habt ihm also Gastfreundschaft gewährt.« Honnes lächelte. »Wudan segne euch dafür. Bitte bringt uns zu ihm.«

»Was? Zu ihm …? Warum? Ich meine …« Heapert wirkte ziemlich ratlos. Wahrscheinlich merkte er jetzt erst, dass er sich verplappert hatte.

»Wir wollen ihm danken, weil Wudan uns durch Maddrax' Hilfe von der Herrschaft der Scheußlichen Drei und der Bruderschaft befreit hat«, sagte Honnes.

»Ach so …« Heapert blickte unsicher zum Ufer. Zwischen den Bäumen konnte Honnes das offene Tor im Steinwall um den Hauptmannspalast sehen. Im Hof, unter dem Gerüst mit dem Feuervogel hielten sich viele Dysdoorer auf. Auch Frauen und Kinder waren dabei. »Ich muss erst Gleemenz fragen.« Heapert und seine Begleiter liefen über den Bootssteg zum Ufer zurück.

»Du bist ein Fuchs, Honnes.« Voller Bewunderung sah Tones den Älteren an. »Ein listiger Fuchs. Jetzt wissen wir, was wir wissen wollten: Der Eisenvogel-Reiter ist hier. Warum aber haben wir seinen Vogel nirgends gesehen?«

»Entweder sie haben ihn längst ans Ufer gezogen und versteckt, oder er treibt flussabwärts und Haynz verfolgt ihn bereits.« Honnes neigte zur zweiten Möglichkeit. Wenn Heapert die Bitte der Coelleni nicht dem Hauptmann persönlich, sondern seinem Stellvertreter und jüngerem Bruder vortrug, ließ das nur einen Schluss zu: Haynz hielt sich nicht in Dysdoor auf. »Wenn Haynz unterwegs ist, erleichtert das vieles«, sagte Honnes.

An der Spitze von zehn Kriegern stapfte schließlich Gleemenz über den Steg. Noch einmal die kurze Begrüßungszeremonie, noch einmal die Befragung, und noch einmal Honnes Lügengeschichte. Gleemenz kaute auf seiner kleinen Unterlippe herum. Sein Schielen schien sich noch zu verstärken. Die Neuigkeiten machten ihn ziemlich nervös. Selbst in Dysdoor beherbergte man nicht jeden Tag einen Götterboten.

Schließlich winkte er Honnes und seine zwölf Begleiter vom Schiff auf den Landungssteg herunter. Ihnen voran eilte er zurück in den Burghof. Etwa hundertzwanzig Menschen tummelten sich dort, größtenteils Frauen und Kinder. Die Frauen trugen bunte weite Kleider, die bis auf den Boden reichten – rote, gelbe, blaue und grüne. Ihre Köpfe waren bis auf Augen und Nase in Tücher gehüllt.

Honnes beobachtete, wie etwa drei Dutzend Dysdoorer Männer Holzstämme herbei schleppten und vor dem Gerüst mit dem Feuervogel auf den Boden warfen. »Ihr baut eine neue Hütte?«, erkundigte er sich.

»Nix Hütte«, brummte Gleemenz mit seinem harschen Bass. »Rampe bau'nwa. Feuervogel muss runter, wird janz jemacht.«

Er führte sie zum Eingang des großen zweistöckigen Hauses in der Hofmitte. Dort blieb er stehen und drehte sich um. »Bisse sicher?« Er deutete nach oben. »De mitte Augegläser – 'n Götterbote? Bisse janz sicher?«

Honnes nickte stumm. Es fiel ihm nicht schwer, todernst zu bleiben.

»Was fürn Glück wa ham.« Gleemenz' tiefe Stimme klang auf einmal heiser. »Was fürn verfluchtes Scheißglück ...«

Er wandte sich ab und hastete eine Treppe hinauf. Honnes, Tones und die anderen Streiter folgten ihm.

Oben, gleich neben dem Treppenabsatz zog Gleemenz eine schwere Tür auf. Er blinzelte in den Raum hinein, deutete ein paar Verbeugungen an, sagte aber kein Wort. Stattdessen trat er beiseite, um Honnes und seine Coelleni-Gesandtschaft in den Raum zu lassen.

Honnes trat ein. Er kannte den Raum, in dem Haynz seine wirren Pläne auszutüfteln und seine Gäste zu empfangen pflegte. Vor fünf Monden etwa hatte er ihn zum ersten Mal betreten. Damals hatte er hier zusammen mit Rulfan und den Ältesten von Coellen einen neuen Bündnisvertrag mit Haynz ausgehandelt. An der Wand gegenüber der Fensterseite stand eines der vielen Geschenke, die Haynz ihnen im Laufe der Verhandlungen abgeschwatzt hatte: Ein dunkler wuchtiger Lehnstuhl auf einem Podest. Der Thron des hingerichteten Kaadinarls. Der Thron Joosev des XVII.

Und neben dem Feuerschacht saß der Fremde, in Felle und Decken gehüllt. Und tatsächlich: Er hatte langes Haar und trug ein merkwürdiges Gestell mit zwei Gläsern vor den Augen.

Ihre Blicke begegneten sich. Honnes blieb stehen und musterte den Mann. Wie ein Götterbote sah er wahrhaftig nicht aus. Blass war er, und er zitterte. Auf der anderen Seite des Feuerschachtes hingen Kleider über einen Holzbock. Kleider, die Honnes bekannt vorkamen. Auch Maddrax hatte solche dunkelgrünen Kleider getragen.

»Ich bin Honnes von Coellen«, sagte Honnes. »Wer bist du?«

»David McKenzie«, antwortete der Mann. »Coellen? Gehörst du nicht zu diesen Typen hier?«

Seine Zunge tat sich schwer, die Sprache zu sprechen, die man an den Ufern des Großen Flusses gemeinhin sprach. Die Art, wie er es trotzdem versuchte, erinnerte

Honnes an Maddrax' Art zu sprechen. »Wo kommst du her?«, fragte er den Mann.

»Berlin, falls dir das was sagt.«

Berlin – auch Maddrax hatte von einer Stadt gesprochen, deren Namen so ähnlich geklungen hatte. »Kennst du Maddrax?«

Plötzlich wurden die Augen des Fremden schmal. Sein Körper versteifte sich, er richtete sich auf. »Maddrax? Bei allen Heiligen – Matt Drax?! Weiß Gott, ja – den kenn ich nicht nur, den suche ich auch ...«

»Weiter, immer weiter!« Haynz stand auf dem vorderen Floß. Er ruderte mit den Armen und bedeutete seinen Männern auf den vier Fahrzeugen hinter ihm, ihre Langpaddel kräftiger in die Fluten zu stoßen. »Schneller! Vorwärts! Immer weiter!«

Auf jedem der fünf Flöße standen acht Dysdoorer, je drei an den Seiten, der Floßführer vorn und hinten an der Rudervorrichtung der Steuermann. Haynz hatte befohlen, dass die Männer auf den linken Seiten der Flöße das linke Ufer im Auge behalten sollten, und die auf den rechten Seiten das rechte.

»Muss doch irgendwo sein, der Eisenvogel!« Fast ununterbrochen machte Haynz seiner Ungeduld Luft. »So viele Biegungen, eine Schlange ist der Große Fluss hier! Muss er doch irgendwo hängenbleiben!«

Kahle Wälder zogen an ihnen vorbei, Brückenreste, ausgedehnte Flussauen voller gelblichen Grases, auf denen kleine Wakudaherden unter der Frostdecke nach genießbaren Halmen und Kräutern stöberten, und immer wieder Ruinen, Ruinen, Ruinen.

Längst hatten sie die Trümmerwälder von *Crevelt* erreicht. Die Crevelts waren ein friedliebender Stamm, der in losen Horden in unterirdischen Löchern hauste. Primitives Volk in Haynz' Augen und langweilig dazu – sie mieden den Fluss, sie mieden die Dysdoorer, sie mieden alles, was ihre träge Ruhe stören konnte. Es lohnte sich nicht, mit ihnen einen Streit anzufangen.

Bald veränderte sich die Uferkulisse. Immer häufiger spannten sich unzerstörte Brücken über den Großen Fluss, Brücken aus braunem Eisen. Zwischen ihren Bögen wucherte Gestrüpp; teilweise hing es bis zur Wasseroberfläche herab. Wie einen Vorhang mussten die Dysdoorer Floßführer die Ranken beiseite schieben, um unter den Brücken hindurch fahren zu können.

Aus den kahlen Uferwäldern ragten Ruinen, zerklüftete häufig, manchmal auch gut erhaltene. Die kugelförmigen Gebäude zum Beispiel, deren Sinn für Haynz und seine Dysdoorer im Dunkeln lag. Gewisse Überlieferungen wollten wissen, dass die Alten in ihnen Luft aufbewahrt hatten. Nach allem aber, was Haynz über die Alten gehört hatte, konnten sie niemals dumm genug gewesen sein, sich riesige Behälter für weiter nichts als Luft zu bauen.

Auch Eisenskelette hoher Häuser säumten das Ufer manchmal über viele Speerwürfe weit. Häuser, in denen vormals die Alten wohnten, wie die Legenden zu berichten wussten. Und immer wieder sah man diese hohen dünnen Türme, teilweise abgebrochen, teilweise verbogen. Angeblich hätten die Alten unter ihnen sehr hartes Eisen gekocht und geformt, wenn man den Legenden glauben wollte. Auch in diesem Falle glaubte Haynz ihnen nicht.

Die kleine Flotte erreichte die Grenzen der riesigen Ruinenstadt *Ruupod*. So groß war Ruupod, dass man Monde brauchte, um durch die Stadt zu streifen. Die unterschiedlichsten Stämme hausten in ihr.

Hier an den Ufern des Großen Flusses hausten die verschiedenen Clane der *Ruurys*. Ein zahlreicher Stamm – weit über tausend waffenfähige Männer. Doch das konnte Haynz nicht davon abhalten, seit dem Friedensschluss mit Coellen regelmäßig Patrouillen, Außenposten und Grenzdörfer der Ruurys zu überfallen. Einfach deswegen nicht, weil die Ruurys selbst untereinander im Dauerstreit lagen. Sie gliederten sich nämlich in verschiedene Clane, die seit Generationen miteinander rivalisierten. Die beiden größten waren die *Tysburks* und die *Türks*.

Die Tysburks konnten einen Saft herstellen, der dem Coelsch ähnlich war, das der Bürgerrat jetzt in Coellen verboten hatte. Und die Türks hatten Wakudas gezähmt und sperrten sie hinter hohen Palisaden ein. Ein wildes Völkchen, diese Türks, und ziemlich rauflustig. Haynz griff sie nur an, wenn sie in der Unterzahl waren.

Weit in Richtung Sonnenaufgang, über einen Mondmarsch entfernt, hausten die *Poruzzen*. Ein großer Stamm, der angeblich bis in die Wälder des Nordens hinein Handel trieb und der sich auf das Schmieden von Eisen verstand. Alle drei Winter schickte der jeweilige Hauptmann von Dysdoor eine Gesandtschaft nach Poruzzia, um Waffen einzutauschen.

»Da!«, schrie Krautz plötzlich. Er befehligte das Floß neben Haynz. »Da! Kwötschis!« Er deutete in die Böschung des rechten Ufers. Und tatsächlich sah man dort die hellen Bäuche dreier Kwötschis. Die Kadaver der Riesenkröten schaukelten im seichten Uferwasser hin und her.

»Wer die abgemurkst hat, der hat auch den Eisenvogel geklaut!«, rief Haynz. »Ist doch klar, ganz klar ist das!« Er drehte sich zu den anderen Flößen um und begann wilder mit den Armen zu rudern. »Schneller! Schneller, sag ich!«

Der Große Fluss machte eine langgezogene Biegung nach links, und dann wieder nach rechts. Zu beiden Seiten des Stromes schoben sich jetzt Trümmerhalden und Ruinen nah ans Ufer heran. Durch die winterlich kahlen Büsche und Bäume sah man die uralten Gemäuer deutlicher als zu anderen Jahreszeiten. Nur Moos, bräunlicher Farn und hier und da Misteln oder Efeu bedeckten sie.

Plötzlich streckte Haynz beide Arme seitlich von sich. Er beugte sich ein wenig nach vorn, drehte den Kopf zur Seite und lauschte mit halb offenem Mund. »Was ist das?«, fragte er. »Hört ihr das? Hört ihr das auch?« Ein dumpfes Grollen lag in der Luft, ein Geräusch, wie es keiner der vierzig Dysdoorer je zuvor gehört hatte. Kein Tier kannten sie, das solche Töne von sich gab.

»Ein Orkan«, rief Krautz, »ein schlimmer Orkan! Oder ein Gewitter?!«

»Blödsinn!« Haynz winkte ab. »Was für einen Blödsinn du redest, du leerer Wakudaschädel!« Aufmerksam lauschte er. »Vielleicht neuartige Kriegstrommeln der Türks?«

»Der Eisenvogel!«, rief Ärwyn vom hinteren Floß. »Vielleicht veranstaltet der Eisenvogel so ein Gebrüll!«

»Das ist es!« Haynz ballte die Fäuste. »Kluger Ärwyn! Das wird es sein!« Er klatschte in die Hände. »Los! Schneller! Weiter! Los! Los!«

Die Paddel stachen in die Fluten. Die Dysdoorer Flößer keuchten und schwitzen. Das fremdartige Geräusch schwoll an, rückte näher und näher.

Nach der nächsten Flussbiegung weitete sich eine Lichtung am Ufer, langgezogen und breiter als der Große Fluss. Sie grenzte an einen Waldrand. Dort, halb zwischen den kahlen Bäumen versteckt, drängte sich eine Wakudaherde. Und auf der Lichtung, mit der Schnauze zum Waldrand, stand der Eisenvogel. Er brüllte in höchsten Tönen. Dampf stieg von ihm auf.

Männer in grauen und schwarzen Mänteln umringten ihn. Sie hatten lange schwarze Bärte und schwarze Locken, die wirr von den Schädeln abstanden. Einige liefen aufgeregt hin und her, manche standen reglos da und hielten sich die Ohren zu, drei hockten auf dem Eisenvogel. Es waren Türks, ganz eindeutig.

In der Uferböschung und teilweise auch auf der Lichtung standen sechs breite Holzkähne mit geschwungenem und spitz auslaufendem Kiel.

»Mein Eisenvogel!«, brüllte Haynz. »Mein schönes Schieß-Ding! Weg da, sag ich, weg da! Das ist mein Ratatata!«

Die Männer auf der Lichtung hörten sein Geschrei nicht. Viel zu laut dröhnte das Geräusch, das der Eisenvogel veranstaltete.

Erst als die Dysdoorer Flöße das Ufer ansteuerten, wurden die Türks aufmerksam. Einer nach dem anderen drehte sich um. Das Gebrüll des Eisenvogels verstummte schlagartig. Die schwarzhaarigen Männer in oder auf dem Eisenvogel sprangen ins Gras.

Die Türks rückten zu einer Linie zusammen. Einige zogen kurze dicke Lanzen aus ihren Rückenscheiden, andere hievten schwere Stachelkeulen auf die Schultern. Abwartend standen sie da und beobachteten, wie Haynz und seine Dysdoorer ans Ufer kletterten und ihre Flöße aus dem Wasser zogen ...

Die Dysdoorer scharten sich um ihren Hauptmann. »Wie viele sind es?«, sagte Haynz. »Wie viele? Hast du gezählt?«

»Dreißig.« Krautz zerrte an der kleinen Streitaxt herum, die seitlich in einer Lederschlaufe von seiner Hüfte hing.

»Zweiundzwanzig«, widersprach Ärwyn, »es sind genau zweiundzwanzig.«

»Prächtig, zweiundzwanzig, ganz prächtig.« Haynz streifte den Bogen von der Schulter. »Ihr seid vierzig, fast fünfzig, wenn man euren guten Hauptmann mitrechnet.« Er streckte die Hand aus, einer seiner Männer legte ihm ein paar Pfeile hinein. »Also hauen wir ihnen jetzt aufs Maul, alles klar? Aufs Maul hauen wir ihnen.« Schaukelnd setzte er sich in Bewegung. Sein Männer folgten ihm zögernd. Jeder wusste, dass mit den Türks nicht zu spaßen war.

Haynz blieb stehen und drehte sich um. Er deutete auf Krautz, Ärwyn und zwei weitere Männer. »Ihr seid die Angriffsspitze, unsere unbesiegbare Angriffsspitze.« Die vier Angesprochenen schoben sich an ihm vorbei. »Wer kneift, dem geb ich Wakudascheiße zu fressen, bis er platzt«, sagte Haynz. »Und dann versenk ich ihn persönlich im Großen Fluss ...«

»Britana? Du warst in England?« David McKenzie zog Decken und Felle um seine Schultern zusammen. Das dürre kahlköpfige Männlein, das da mit gekreuzten Beinen vor ihm neben dem Feuer saß, kam ihm vor wie eine Traumgestalt. Er rückte näher an ihn heran. »Du hast Commander Drax in England gesehen?«

»In Britana«, sagte Honnes, »England kenn ich nicht. In Britana hab ich Maddrax wiedergetroffen. Ihn und sein Weib. Sie waren hier bei uns in Coellen, fünf Monde ist es her, fast sechs ...«

Er erzählte von seiner Begegnung mit Maddrax, von den Kämpfen mit der Bruderschaft, von den Scheußlichen Drei, von Rulfan, von den unterirdischen Städten, den Menschen darin und von den schrecklichen Kriegen gegen die Nordmänner.

An der Tür standen die jungen Streiter, die der Bürgerrat ihm zur Seite gestellt hatte. Tonis plauderte mit Gleemenz. Der Bruder des Hauptmanns spähte immer wieder zu Honnes und Dave hinüber. Er spitzte die Ohren und machte große Augen. Gern hätte er gehört, was Honnes mit dem Wudan-Boten zu besprechen hatte. Doch Honnes und David McKenzie redeten leise und die Streiter aus Coelleni verwickelten den stellvertretenden Hauptmann in lautes, harmloses Getratsche.

Wie gebannt hing Dave an den Lippen des alten Mannes mit dem Kahlkopf und dem Lederschuppenanzug unter dem dunklen Wollmantel. Sein Gesicht wirkte wie altes zerknittertes Leder. Viele Worte machte er nicht. Seine Schilderungen klangen nüchtern, glaubhaft nüchtern und schlicht. Manchmal, bei besonders abscheulichen Erlebnissen reduzierten sie sich auf wenige Stichworte.

So viel hatte die Wirklichkeit Daves skeptischem Verstand in den letzten Monaten zugemutet – es erschreckte ihn nicht, von kriegerischen Seefahrern, von blutsaufenden Mumien und von Albinos, die in unterirdischen Bunkern lebten, zu hören.

Der eigentliche Schreck fuhr ihm erst am Ende von Honnes' Bericht in die Glieder: »Und dann ist Maddrax auf einem Schiff nach Meeraka aufgebrochen.«

»Was sagst du da? Er ist nicht mehr in Eng … äh, Britana?«

Honnes nickte.

»Wo liegt dieses Meeraka?«

»Weit im Westen, sehr weit«, sagte Honnes. »So weit, dass viele es für ein Märchenland halten.«

Eine Zeitlang fehlten Dave die Worte. Er starrte ins Feuer und überlegte. *Meeraka … sehr weit im Westen … Sollte der Commander versucht haben, die Vereinigten Staaten zu erreichen? Oder das, was von ihnen übrig geblieben ist …?*

Von sich aus begann Honnes wieder zu erzählen. »Die Menschen in den Bunkern – ›Technos‹ haben Maddrax und Rulfan sie genannt – wollen herausfinden, ob es in Meeraka noch andere Menschen mit Maschinen, Feuerwaffen und Städten unter der Erde gibt. Maddrax ist ihr Bote.«

Er berichtete von den Technos. Mit manchmal hilflosen Worten und vielen Bildern aus seiner eigenen Erfahrungswelt versuchte er die Waffen, Fahrzeuge und Kleider dieser Menschen zu beschreiben. Dave verstand immerhin so viel, dass es sich bei den Technos um eine Kleinzivilisation handeln musste, deren technischer Entwicklungsstand dem des 21. Jahrhunderts teilweise überlegen war. Er begriff, warum der Commander so scharf darauf war, Kontakt mit diesen Leuten aufzunehmen.

»… Maddrax und sein Weib wurden Sklaven. Kurz bevor ich zurück nach Euree segelte, hat ein Seefahrer Maddrax gekauft. Was aus seinem Weib geworden ist, weiß ich nicht …«

»Als Schiffssklave ist er in die Vereinigten Staaten aufgebrochen …?« Die Ungeheuerlichkeit dieser Vorstellung raubte Dave den Atem.

»Nicht nach Staaten«, sagte Honnes, »nach Meeraka …«

Dave antwortete nicht. Honnes' kurze Bemerkung wirkte wie ein Schlag auf seinen Hinterkopf. *Was ist das für eine Welt*, dachte er, *in der ein geläufiger Begriff wie* Vereinigte Staaten *nichts als Unverständnis auslöst …* Dave wandte sich von Honnes ab. Grübelnd starrte er in die Flammen. *Der Commander hält sich nicht mehr in London auf, Mickey – was soll ich also noch nach England fliegen …?*

Um diese Bunkertypen zu treffen? Nicht sehr effektiv, was meinst du …?

Er versuchte sich in Matthew Drax hineinzuversetzen. Besonders gut kannte er ihn nicht. *Wie hat der Commander sich verhalten seit dem Kometeneinschlag? Seit der Landung in der Zukunft? Ziemlich straight nach allem, was ich von Jenny weiß. Er macht sich auf die Suche nach den Kameraden, schlägt sich bis nach Berlin durch, weil sein Verstand ihm sagt, dass dies der logische Treffpunkt für die Überlebenden seiner Crew ist …*

Ein logisch denkender Mann … Dave fragte sich, welchen Ort ein solcher Mann aufsuchen würde, wenn er es tatsächlich schaffte, die Vereinigten Staaten zu erreichen.

»Washington«, murmelte er. »Matthew Drax würde sich zum Regierungsbunker in Washington D.C. durchschlagen. Oder zu dem, was davon noch übrig ist …«

»Ich verstehe nicht«, sagte Honnes. Dave hatte sein Selbstgespräch auf Englisch geführt. Er blickte in das zerknautschte Ledergesicht. Kleine hellwache Augen musterten ihn. An der Tür palaverten die Begleiter von Honnes mit Gleemenz. Der schielte zu Dave und Honnes herüber. Eine Mischung aus Neugier und Ehrfurcht lag auf seiner Miene. »Was ist, McKenzie? Was hast du gesagt?«, bohrte Honnes.

Statt zu antworten, stieß Dave ein bitteres Lachen aus. Meeraka also. Die Vereinigten Staaten. Seine Reiseroute erweiterte sich rasant. Er würde sich also von Europa verabschieden müssen. Von Jennifer Jensen. Und Daanahs Grab.

Lass fahren dahin, dachte er fatalistisch, *deine untergegangene Welt. Daanah, Jenny, England – lass alles los. Auch dein schönes Flugzeug. Über den Atlantik kann dich Lady Spitfire sowieso nicht tragen …*

Er kratzte ein paar deutsche Worte zusammen und sagte: »Ich muss nach Washington fliegen.«

»Wohin?« Honnes begriff nicht.

»Nach Meeraka, wie ihr das nennt.« Er fasste Honnes' Arm. »Dazu brauch ich den Jet dort unten im Hof.«

»Den Feuervogel?«

Dave nickte. »Außerdem benötige ich eine Startbahn. Wahrscheinlich auch Sprit. Und alles muss sehr schnell gehen. Denn wenn dieser schräge Haynz zurückkommt, wird er den Jet mit Klauen und Zähnen verteidigen.«

Honnes schwieg einen Augenblick. Dann beugte er sich an Daves Ohr. »Auch jetzt sind gut sechzig Dysdoorer Kämpfer im Dorf«, sagte er mit gesenkter Stimme.

Dave hielt ihn fest und sah ihn an. »Ich *muss* nach Meeraka«, flüsterte er. »Ich brauche den Jet. Siehst du einen Weg?«

Diesmal schwieg Honnes länger als nur einen Augenblick. Als würde er die Antwort im Tanz der Flammen suchen, starrte er ins Feuer. So verstrichen ein paar Minuten.

»Ja«, sagte Honnes endlich. »Ich seh einen Weg.« Er löste seinen Blick von den Flammen und sah Dave wieder an. »Du bekommst deinen Feuervogel. Lass mich nur machen ...«

»Adeshlu oynomamalijiz!« Einer der Türks packte seine Stachelkeule mit beiden Händen und trat einen Schritt vor. »Adeshlu oynamamalijiz! Adeshlu! Adeshlu!«

»Was sagt er?«, fragte Krautz.

Haynz hinter ihm schob ihn, Ärwyn und die anderen beiden Schritt für Schritt den wartenden Türks entgegen. »Wie soll ichs wissen?«, sagte er. »Wer versteht das Kauderwelsch? Verstehts einer von euch?« Je näher sie den

Türks kamen, desto bedrohlicher wurde deren Haltung. Einige hoben ihre kurzen Lanzen über die Schultern, andere legten Pfeile in die Bogensehnen.

»Wir sollen verschwinden, ist doch klar«, sagte Ärwyn.

»Ha! Verschwinden! Da muss der gute Haynz aber gleich furchtbar lachen!« Er schob Ärwyn und Krautz auseinander. »*Ihr* verschwindet!«, brüllte er. »Los! Abhauen! Das ist *mein* Eisenvogel!«

»Adrisch kawirlere kardschi bish yardim!«, schrie der bärtige Türk zurück. »Kardschi, kardschi!« Er schüttelte die Keule über dem schwarzen Lockenkopf. Seine Krieger hinter ihm fielen teilweise in das Geschrei ein und deuteten auf den Fluss.

»Könnt ihr nicht reden wie unsereins?! Könnt ihr das nicht, he?!« Haynz schob sich zwischen Krautz und Ärwyn und trat einen Schritt nach vorn.

Die Türks waren der einzige Stamm weit und breit, mit dem man sich nicht verständigen konnte. Niemand konnte das, nicht einmal die Poruzzen, so weit Haynz wusste.

»Mein Ratatata! Kapiert? Meins! Meins! Verschwinden oder Prügel, kapiert?!« Er legte einen Pfeil in die Bogensehne. »Abhauen oder aufs Maul – kapiert, Türk?!«

Der Anführer der Türks drehte sich zu seinen Leuten um. »Amu koruschmak da lazim!«, schrie er, oder jedenfalls etwas, das so ähnlich klang.

»Mein Ratatata! Abhauen oder aufs Maul!«, brüllte Haynz, und der Türk brüllte: »Amu koruschmak da lazim!« So ging das ein paar Mal hin und her. Drei Speerwürfe entfernt drängten sich die Wakudas zwischen den kahlen Büschen und Bäumen, hinter den Türks lag der Eisenvogel im Gras und der Türkhauptmann schrie:

»Amu koruschmak da lazim!«, und Haynz schrie zurück »Mein Ratatata!«, und: »Abhaun oder aufs Maul!«

Immer mehr Dysdoorer fielen in Haynz' Drohung ein und immer mehr Türks in das Gebrüll ihres Anführers. Irgendwann schüttelten alle Männer – Dysdoorer und Türks – Fäuste, Keulen, Äxte und Lanzen. Und alle brüllten im Chor. Die Wakudas zogen sich tiefer und tiefer in den Wald zurück.

So lange ging das, bis Ärwyn sich endlich an seinem Hauptmann vorbei drängte und sagte: »Tun wirs doch einfach ...«

Er stürmte auf die Türks los. Johlend spurteten die Dysdoorer hinterher, Haynz mittendrin. Pfeile schwirrten den Türks entgegen, Speere rauschten durch die Luft, einige trafen den Eisenvogel hinter den Türks.

Wie ein Mann machten die kehrt und rannten ans Flussufer zu ihren Kähnen. »Sie hauen ab!«, schrie Krautz. »Sie hauen tatsächlich ab!«

»Sicher hauen die ab! Sicher doch!«, krähte Haynz. »Was hast du erwartet?! Dass sie sich freiwillig mit dem schrecklichen Haynz prügeln?! Schickt ihnen ein paar Grüße hinterher!«

Während seine vierzig Dysdoorer einen Pfeilhagel auf die Türks regnen ließen oder auch nur die Fäuste hinter ihnen her schüttelten und während die Türks ihre Kähne ins Wasser schoben, schaukelte Haynz zum Eisenvogel. »O große Freude!« Entzücken verwandelte sein teigiges Gesicht in das eines gestillten Säuglings. Er streichelte Rumpf und Tragfläche der Maschine. »O große, große Freude! Mein schöner Eisenvogel! Mein wunderschönes Ratatata!«

Hinter ihm wurde es plötzlich eigenartig still. Er drehte sich um. Seine Bogenschützen schossen noch immer auf die Türks. Die hatten sich in ihren Kähnen längst außer Schussweite gebracht. Doch statt davon zu rudern, standen sie einfach nur in den Wasserfahrzeugen – reglos, als würden sie auf etwas warten.

»Hört auf!«, befahl Haynz seinen Kämpfern. »Verschwendung von Pfeilen ist das! Aufhörn, sag ich!« Die Dysdoorer Bogenschützen ließen ihre Waffen sinken.

»Na los!«, brüllte der Hauptmann dann in Richtung der Türks. »Worauf noch warten?! Abhaun! Abhaun!« Er fuchtelte mit der Linken und deutete mit der Rechten flussabwärts. »Abhaun, sag ich! Macht schon! Verschwindet!«

Die struppigen Männer in den Kähnen reagierten überhaupt nicht. »Wir müssen ihnen noch einen Schwarm Pfeile verpassen«, sagte Krautz.

Haynz stemmte die Fäuste in die Hüften und streckte seine tonnenartige Brust heraus. »Also, gut – wie ihr wollt!«, schrie er. »Dann gibts eben aufs Maul!« Er hob den rechten Arm, um seinen Kämpfern das Zeichen zum Angriff zu geben. In diesem Moment steckte der Anführer der Türks dort unten in seinem Kahn zwei Finger zwischen die Zähne. Ein schriller Pfiff gellte über die Lichtung.

Haynz stutzte. Weit hinter sich hörte er plötzlich Äste und Zweige brechen. Der Boden zitterte unter dem Hufschlag schwerer Tiere. Haynz fuhr herum. Über die Flügel des Eisenvogels hinweg sah er, wie sich viele Wakudas aus dem Waldrand lösten, viel mehr als Haynz zuvor dort gesehen hatte. Angeführt von einem riesigen Zottelbullen tobte die Herde dem Eisenvogel und den Dysdoorern entgegen …

»Wiederhole«, flüsterte Honnes.

»Hört den Willen Wudans, Dysdoorer.« Dave sprach leise und sehr langsam. Jede einzelne Silbe betonte er. »Dieser hier soll künftig euer Hauptmann sein.«

»Gut.« Honnes nickte zufrieden. »Den Rest überlass mir. Zieh dich jetzt an.« Er stand auf und ging zur Tür. Gleemenz sah ihm neugierig entgegen. »Wudan meint es gut mit dir.« Honnes verneigte sich vor ihm. »Ich wünsch dir Glück und Segen, Hauptmann. Möge die Zeit deiner Regierung eine Zeit des Friedens und des wachsenden Wohlstands aller Dysdoorer sein.«

Gleemenz kleiner Mund öffnete sich langsam. Er schielte haarscharf an Honnes vorbei. »Wassis?«

»Wudan hat dich zum neuen Hauptmann von Dysdoor auserwählt.«

»Hauptmann ...? Ich ...?« Gleemenz schielte zu Dave hinüber. Der wickelte sich aus seinen Decken. »Das hatta jesagt? De mitte Gläser?«

»Ja, Hauptmann Gleemenz, das hat der Götterbote McKenzie mir eben verraten. Wudan hat ihn geschickt, um deinen Bruder Haynz zu prüfen. Der hat die Prüfung nicht bestanden. Sein Herz ist habgierig, alle beide Eisenvögel wollte er sich unter den Nagel reißen. Unwürdig ist er, noch länger Hauptmann von Dysdoor zu sein. Dich aber hat Wudan für würdig befunden.«

»Das hatta ehrlich jesagt?« Gleemenz deutete auf Dave und konnte es nicht fassen.

Honnes nickte. »Er schenkt dir den Eisenvogel, der schießen kann. Den anderen will Wudan zurück haben. Und er schenkt dir eine feuerspeiende Waffe.«

Gleemenz faltete die Hände vor der Brust. Andächtige Ergriffenheit verwandelte seine Züge für Augenblicke in die eines kleinen schielenden Jungen. »De Schießdings-Vogel? Ehrlich?«

»So ist es, Hauptmann.«

»Ich'n Hauptmann ...« Mit beiden Händen versuchte Gleemenz vergeblich, sich den kleinen Schnauzer zu zerwühlen. Immerhin riss er sich ein paar Haare heraus. »Aba ...« Gleemenz schielte zwischen Honnes und Dave hin und her. Der streifte sich eben seinen noch klammen Pilotenanzug über. »Aba de Haynz wird bös ... de wird mir aufs Maul hau'n ...«

»Fürchte dich nicht«, sagte Honnes. »Wudan ist auf deiner Seite. Wer könnte dir schaden?« Er klopfte dem schnurrbärtigen Kahlkopf auf die Schulter. »Wir rollen jetzt den Feuervogel vom Gerüst. Der Götterbote will ihn ganz machen. Komm.«

Tones und die jungen Streiter aus Coellen blickten sich untereinander und ihren Anführer Honnes unsicher an. Doch keiner sagte ein Wort. Nur Gleemenz stammelte seine Fassungslosigkeit heraus. »Ich'n Hauptmann... was'n Glück ... 'n Götterbote, was'n Scheißglück ...«

Dave drückte einem der jungen Coelleni das Schweißgerät in die Hände, einem zweiten die Gasflaschen. Er selbst schnappte sich seinen Werkzeugkoffer.

Gleemenz wusste kaum wohin mit seinen Händen. Er lächelte und schielte Dave an. »Ich'n Hauptmann? Wudan hattas echt jesagt?«

»Ja«, sagte Dave.

»Unnich krich de Eisenvogel, de Ratatata ...?«

»Ja.«

»Unnes Feuerdingens?«

Dave nickte. Gemeinsam gingen sie die Treppe hinunter, Honnes voraus. Er griff hinter sich und zog einen der jungen Streiter an seine Seite. »Lasst das Beiboot zu Wasser. Rudert zu viert nach Coellen. Erzählt Juppis und dem Kanzler, was geschehen ist. Der Bürgerrat soll dafür sorgen, dass der Schwebende Pfad an der Zoobrück von Büschen, Trümmern und Gestrüpp befreit wird.«

»Der Weg, auf dem Maddrax gelandet ist?«, flüsterte der junge Mann.

Honnes nickte. »Er muss so glatt und frei sein, dass der Feuervogel mit großer Geschwindigkeit darauf fahren kann.« Unter der Eingangstür blieb er stehen. »Hört zu, ihr Dysdoorer!«, erhob er seine Stimme. »Hört zu, was Wudans Bote euch zu sagen hat!«

Die Dysdoorer rund um das Gerüst mit dem Jet verstummten. Neugierig blickten sie erst Honnes, dann den langhaarigen Mann mit der Brille und dem Pilotenkombi und schließlich Gleemenz an.

Dave trat neben Gleemenz, fasste dessen rechtes Handgelenk und hob seinen Arm. »Hört den Willen Wudans, Dysdoorer!« Unwillkürlich verfiel er in den pathetischen Tonfall des Reverends der St. Luke Church in Baltimore. Jahrelang hatte er Sonntag für Sonntag die Predigten des Priesters gehört. »Dieser hier soll künftig euer Hauptmann sein!«

Die Männer, Frauen und Kinder von Dysdoor kamen näher. Verblüffung lag auf vielen Gesichtern, auf einigen auch Unglaube.

»Wudan hat den fetten Haynz lange erduldet und geprüft. Jetzt ist seine Geduld am Ende . . .!« Honnes ließ ihnen keine Zeit zum Nachdenken. Er kannte die schwachen Seiten des Dysdoorer Hauptmanns – seine Habgier, seine Geilheit, seine weibische Launenhaftigkeit und seine Neigung, andere die Drecksarbeit für sich erledigen zu lassen. Er zählte alles auf, belegte es mit ein paar Beispielen, übertrieb, streute Gerüchte und behauptete, Wudan hätte die Nase voll von all dem.

Inzwischen drehte Dave die Sauerstoff- und Acetylenflasche auf und drückte Gleemenz den Schweißbrenner in die Hand. Er drehte Brenngas- und Sauerstoffdüse so klein wie möglich. Dann hielt er den Brennerzünder vor das Schweißmundstück und schlug ein paar Funken. Gleemenz zuckte erschrocken zusammen, als die Flamme wie aus dem Nichts aufzischte. Dave führte ihn über den Hof bis zum Gerüst. Tones und ein zweiter Coelleni trugen Gasflaschen und Schläuche hinter ihnen her.

»Das ist das Geschenk, das der Götterbote eurem neuen Hauptmann macht!«, verkündete Honnes mit krächzender Stimme. »Zeichen seiner Macht soll es künftig sein! Außerdem bekommt er den Eisenvogel, mit dem der Götterbote McKenzie auf dem Großen Fluss gelandet ist! Haynz will ihn rauben, aber Wudan legt euch die Pflicht auf, ihn für euren rechtmäßigen Hauptmann zu erobern!«

Kurz vor dem Gerüst mit dem Jet blieben Gleemenz, Dave und die Gasflaschenträger stehen. Stolz reckte Gleemenz den Schweißbrenner in die Höhe. Dave drehte die Brenngasdüse ein wenig stärker auf. Die Flamme wurde länger. Erschrocken wichen die Dysdoorer zurück.

»Hoch lebe Gleemenz, euer neuer Hauptmann!«, schrie Honnes.

»Hoch lebe Gleemenz, unser neuer Hauptmann!« Nur einzelne Stimmen erhoben sich. Am lautesten schrien Tones, die Coelleni und die Dysdoorer Kinder.

»Wudan segne euren neuen Hauptmann!«, rief Honnes.

»Wudan segne unsern neuen Hauptmann!« Schon kräftiger klang der Chor der Dysdoorer jetzt. Honnes wiederholte die Proklamationen, fügte noch ein paar andere an, und bald jubelten alle Dysdoorer ihrem neuen Hauptmann zu. Oder fast alle.

Dave atmete auf. Er hatte nicht geglaubt, dass es so

einfach gehen würde. »Du kennst die Dysdoorer nicht.« Mit diesen Worten hatte Honnes seinen anfänglichen Zweifel vom Tisch gewischt.

Kaum jemand achtete auf die vier Coelleni, die das Beiboot des Seglers zu Wasser ließen. Sie brachen nach Coellen auf.

Die Rampe war fertig. Zwanzig Dysdoorer kletterten zu dem Jet hinauf und befestigten ihn an Seilen. Dann schoben sie ihn auf die Rampe und ließen ihn langsam herunter.

Gleemenz persönlich holte das abgebrochene Fahrgestell aus den Schatzkammern seines Vorgängers. Daves sorgenvolles Gesicht glättete sich schnell, als er das Teil begutachtete – ein paar improvisierte Schellen, ein paar Verstrebungen, ein paar Schweißnähte und es würde halten. Sicher – zehn Starts und Landungen konnte man danach nicht mehr von ihm erwarten. Aber David McKenzie wollte ja auch nur noch einmal starten und nur noch einmal landen.

Gleemenz und die Dysdoorer schleppten Steine und Holzböcke herbei. Fünfundzwanzig Männer stemmten die Maschine hoch und bockten sie auf.

Danach kletterte Dave ins Cockpit. Er begutachtete die Instrumentenkonsole, überprüfte die Steuerungs- und Navigationselektronik. Alles machte den Eindruck, in Ordnung zu sein. Selbst der Autopilot schien noch zu funktionieren.

»Ich kanns kaum glauben, Mickey«, murmelte er, »aber wie es aussieht, sitze ich in einer flugtauglichen F-17 Alpha 2 . . .«

Seine Finger flogen über Tastaturen, Schalter und Kontrollinstrumente. »Warum auch nicht? Ist schließlich erst vor elf Monaten gewartet worden, oder?« Er stutzte. Die Treibstoffwarnung blinkte. »Shit! Die Tanks sind leer,

Mickey.« Er kletterte aus dem Cockpit. »Nun weiß ich wenigstens, warum Matt Drax hier notgelandet ist ...« Dave verdrängte das Problem. *Eins nach dem anderen*, sagte er sich.

Er setzte die alte Rennfahrerbrille auf, die er in der Museumsruine in Berlin gefunden hatte. »Du darfst nie ohne Schutz in die göttliche Flamme schauen, hörst du?« Gleemenz schnitt eine ehrfürchtige Miene und nickte gehorsam. »Das würde deinen Augen den Rest geben.« Dave hatte das Plexiglas mit Ruß getönt. »Ich zeig dir jetzt, wie man mit dem Feuerspucker umgeht«, sagte er. »Pass gut auf ...«

Dave wollte zuerst die Schweißarbeiten erledigen. So schnell wie möglich musste Gleemenz seinem Bruder und Vorgänger entgegen ziehen. Und seine neue Waffe wollte er verständlicherweise mit in den Kampf nehmen.

Selbst Honnes wagte nicht vorauszusagen, wie lange Gleemenz den Hauptmann aufhalten konnte. Dave betete, der fette Haynz möge Dysdoor nicht betreten, bevor sie den Jet in Coellen abgeladen und Sprit gefunden hatten.

»Nicht an den Sprit denken«, murmelte er, während er die erste Schweißnaht setzte. »Jetzt nicht an den Sprit denken ... immer eins nach dem anderen, Professor ...«

Wie erstarrt standen sie, die vierzig Dysdoorer. Der gefrorene Grasboden bebte unter den Hufen der Wakudaherde. Haynz blieb der Atem weg. Ein Speerwurf weit entfernt tobte der riesige Leitbulle heran.

»Heilige Taratzenscheiße!«, schrie Ärwyn hinter ihm. »Sie werden uns überrennen! Sie werden uns in Grund und Boden stampfen!«

Haynz drehte sich um. Ebenfalls einen Speerwurf weit entfernt standen die Türks in ihren Kähnen. Sie grinsten. »Mein Eisenvogel«, murmelte er. »Meines schönes Ratatata …«

»Zu den Flößen!«, schrie Krautz. In wilder Flucht rannten die Männer dem Ufer und den Flößen entgegen. Und den Lanzenträgern der Türks.

Haynz stieß einen Schrei aus. Blitzartig setzte sich sein kugeliger Körper in Bewegung. Er sprang auf den Flügel des Eisenvogels und zwängte sich in den Sattel unter der aufgeklappten Glaskuppel. Dreißig, vierzig Schritte – mehr trennten ihn und die heran stampfende Wakudaherde nicht mehr.

Haynz' Blick irrte über das Chaos von Schaltern und Hebeln auf dem Armaturenbrett. Wie hatte der Fremde mit den Gläsern vor den Augen gesagt? *Das Rohr zum Schießen steckt im linken Flügel. Du drückst auf den Knopf oben am Steuerknüppel, und dann – ratatata …!*

»Was für ein Knüppel?!«, schrie Haynz. Zwanzig Schritte vor ihm senkte der Wakudabulle den gehörten Schädel. Dreck und Gras spritzten hinter ihm auf. »Knüppel, Knüppel! Wo bist du verdammter Knüppel!« Haynz packte das einzige Ding in seiner Nähe, das ihn entfernt an einen Knüppel erinnerte. Irgendwie erwischte er den Knopf am oberen Ende und drückte darauf. Und dann – *ratatata …. ratatatata … ratatata ….*

Der Bulle knickte in den Vorderbeinen ein, überschlug sich und scheuerte über die Frostdecke durch das spärliche Gras. Kurz vor dem Eisenvogel blieb er liegen. Haynz ließ den Knopf auf dem Knüppel nicht mehr los.

Ratatata … ratatata … ratatata …

Vier, fünf Wakudas brachen zusammen; ihre schweren

zotteligen Leiber schlugen auf dem Boden auf, rollten durchs Gras.

»Ratatata!«, schrie Haynz. *Ratatata,* machte das todspeiende Ding im linken Flügel des Eisenvogels. Wieder stürzten Tiere getroffen zu Boden. *Ratatatata,* donnerte der Eisenvogel. »Ratatata!«, schrie Haynz.

Die Tiere spritzten auseinander. In panischer Flucht jagten sie in alle Richtungen davon – zum Waldrand die meisten, einige zum Ufer des Großen Flusses. Pfeile und Speere der Dysdoorer streckten sie nieder. Drei erreichten die Uferböschung und stürzten sich ins Wasser.

Haynz stemmte seinen massigen Körper ein wenig aus dem Eisenvogel heraus und sah sich nach seinen Leuten um. Sie schossen mit Pfeilen auf die Tiere, griffen sie mit Speeren an oder versuchten sich vor ihnen in Sicherheit zu bringen. Die Türks standen wie Ruinenreste in ihren Kähnen. Sie grinsten nicht mehr.

»Umdrehen!«, brüllte Haynz. »Her mit euch! Dreht den Eisenvogel um! Umdrehen, sag ich!«

Krautz fasste sich ein Herz. An der Spitze von zwölf oder dreizehn Dysdoorer Kämpfern rannte er zu seinem Hauptmann. Die Männer packten den Schwanz des Eisenvogel und hoben ihn an.

»Umdrehen! Umdrehen!« Haynz ruderte mit den Armen. »Umdrehen, sag ich! Den Schnabel zum Ufer!«

Endlich zeigte die Spitze des Fluggeräts zum Fluss. Haynz ließ sich wieder in den Sattel sinken. Er packte den Knüppel und drückte auf den Knopf.

Ratatatata ... ratatata ... ratatata ...

Wasserfontänen spritzten rechts und links der Türkkähne auf, vor und hinter ihnen. In einen der Kähne schlugen Geschosse ein. Holz splitterte, zwei Männer rissen die Arme hoch und stürzten in den Fluss. Die anderen begannen wild durcheinander zu schreien. Sie packten ihre Paddel, stießen sie ins Wasser und trieben die Boote vom Ufer weg und flussabwärts nach Norden.

Haynz ließ den Knopf nicht los, obwohl er nur noch ins Wasser schoss – die Lichtung war leicht abschüssig zum Ufer hin. *Ratatatata . . . ratatata . . .*. machte der Eisenvogel, und der Dysdoorer Hauptmann schrie vor Vergnügen und Genugtuung. »Ratatatata!«

Endlich ließ er den Auslöser los und der donnernde Lärm verstummte. Haynz kletterte aus dem Eisenvogel. Liebevoll täschelte er Rumpf und Tragfläche. Dann schaukelte er zum Ufer hinunter.

Dort hatten sich seine Leute versammelt. Sie schossen den Türks Pfeile hinterher und schrien Beleidigungen und Flüche heraus.

»War das nicht prächtig?!« Haynz schlug sich an die Brust. »War das nicht prächtig, prächtig, prächtig?!« Sein Gesicht glühte, seine Leute blickten ihn voller Respekt an.

»Das war ganz prächtig«, strahlte Krautz, »ganz arg prächtig!«

»Nur ein bisschen laut«, meinte Ärwyn.

»Was du redest!« Sofort wurde Haynz wieder unwirsch. »Was für einen Quatsch du redest! Das war prächtig, sag ich! Und das war prächtig laut! Prächtig laut, jawoll, Und ich bin der Größte mit meinen Schießgerät-Ratatata!«

Er wandte sich vom Ufer ab und ließ seinen Blick über die Lichtung schweifen. Elf tote Wakudas lagen im Gras. »Die nehmen wir mit, ist doch klar«, sagte Haynz. Und dann deutete er auf den Eisenvogel. »Auf ein Floß mit dem schönen Eisenvogel!«

Es dämmerte bereits, als Gleemenz den Schweißbrenner zum Anlegesteg hinunter schleppte. Dave hoffte, er würde nicht allzu viel Unheil damit anrichten. Die Manometer der Gasflaschen waren defekt; er hatte keine Ahnung, wie viel Acetylen sich noch in der Flasche befand.

Seite an Seite mit Honnes und Tones stand er vor dem Jet. Sie blickten Gleemenz und seinen Dysdoorern hinterher. Über sechzig Männer schlossen sich ihm an. Sie stiegen auf sechs Flöße und stießen vom Ufer ab.

»Er wird umfallen«, sagte Honnes. »Er ist einfach zu dumm, um sich gegen seinen Bruder durchzusetzen. Früher oder später wird er umfallen.«

»Spätestens wenn ihm das Brenngas ausgeht.« Dave zog sich die beschlagene Brille von der Nase und putzte sie an der Brusttaschenlasche seines Kombis ab. Er war schweißnass. Stunden konzentrierter Arbeit lagen hinter ihm.

»Gleichgültig«, sagte Tones. »Selbst wenn Haynz sich behauptet – in dieser Nacht haben wir ganz gewiss keinen Angriff mehr zu befürchten.«

Dave drehte sich nach dem Jet um. Das Fahrwerk war festgeschweißt. Das Drehgelenk des Federbeins und der Zusatzstoßdämpfer mussten noch sorgfältig verschraubt werden. Möglichst vor Einbruch der Dunkelheit. Aber das Wichtigste war getan. Nur der Sprit, der verdammte Sprit ...

Dave verdrängte den Gedanken. »Wir sollten von hier verschwinden«, sagte er. »Ich arbeite unterwegs weiter.«

An Seilen zogen sie den Jet zum Ufer. Dort schoben sie ihn auf das Floß, das Gleemenz ihnen überlassen hatte. Das Floß vertäuten sie am Heck des Seglers.

Honnes ließ den Anker lichten. Seine Streiter ruderten das Schiff in die Flussmitte. Dave blieb auf dem Floß bei der F-17. Er wollte die ein oder zwei Stunden bis zum Anbruch der Nacht nutzen, um die Reparaturarbeiten zu Ende zu bringen.

Die Siedlung der Dysdoorer blieb zurück. Am Anlegesteg standen bunt gekleidete Gestalten und winkten ihnen hinterher. Meist Frauen und Kinder. Die Männer waren ja zum größten Teil auf dem Rhein unterwegs. Vierzig mit Haynz, um die Spitfire zu suchen, und sechzig mit Gleemenz, um sie Haynz abzujagen.

Dave winkte zurück. Ein Gänsehaut rieselte ihm über Nacken und Rücken, als sie das schilfbewachsene Uferstück passierten, an dem ihm fünf oder sechs Stunden zuvor die Riesenkröten fast das Lebenslicht ausgeblasen hatten. »Fröhliche Weihnachten«, sagte er zu sich selbst.

Er drehte sich zum Schiff um. Zu beiden Seiten pflügten je vier Ruder durchs Wasser. Gegen die Strömung und mit der Last würden sie Stunden bis nach Köln brauchen.

Dave sah auf die Uhr. Kurz vor fünf. Vierundzwanzigster Dezember, kurz vor fünf – die Zeit, in der er früher der Bescherung entgegen gefiebert hatte. Früher in Baltimore, als er noch ein kleiner Junge war.

Er zog eine Karte aus der Beintasche seines Pilotenkombi. Eine Deutschland-Karte aus dem Jahre 2010 – sämtliche Militärflughäfen waren darauf eingezeichnet. Dave hatte sie im Cockpit der F-17 gefunden. Er entfaltete sie und suchte Köln.

»Wer sagts denn, Mickey? Auf mein Gedächtnis kann ich mich verlassen.« Dunkel hatte er sich an einen deutschen Luftwaffenstützpunkt im Kölner Raum erinnert. Jetzt sah er ihn auf der Landkarte – den Bundesluftwaffenstützpunkt Köln-Wahn. Der einzige Ort, an dem David McKenzie darauf hoffen konnte, ein Treibstofflager zu finden.

»Mist ...!« Dave faltete die Karte zusammen. Wenn »Christopher-Floyd« von Köln ähnlich viel übrig gelassen hatte wie von Düsseldorf – und es sah ganz danach aus –, dann würde Köln-Wahn aus kaum mehr als ein paar mit Dreck ausgefüllten Kellergrundrissen und dem einen oder anderen Schutthaufen bestehen.

»Kennst du Köln-Wahn?«, rief er zum Heck des Seglers hinauf, wo Honnes über die Reling lehnte. Der kahle Mann mit dem zerknautschten Gesicht schüttelte den Kopf.

»Gibts vielleicht irgendwelche Legenden bei euch, die von einem Ort berichten, auf dem in alten Zeiten Feuervögel starteten und landeten?«

Honnes schüttelte den Kopf.

»Schade ...« Wieder studierte Dave die Karte. Der deutsche Luftwaffenstützpunkt lag ziemlich weit im Süden und auf der anderen Seite des Rheins. Eigentlich schon außerhalb des eigentlichen Stadtgebietes von Köln. Erneut blickte er zu Honnes hinauf. »Vermutlich Unsinn, dich nach Pferden und Wagen zu fragen. Oder benutzt ihr so was zufällig?«

»Nein.«

»Dacht' ich mir. Dann muss ich wohl einen Tagesmarsch hinlegen, wenn ich Sprit für meinen Vogel suchen will.« Dave schabte sich den kurzen Vollbart. »Verdammt, was das an Zeit kostet ...«

»Wir haben Frekkeuscher und Andronen«, sagte Honnes.

»Was für Dinger bitte?« Dave runzelte die Stirn.

»Frekkeuscher und Andronen. Auf ihnen kann man reiten. Sogar fliegen kann man auf ihnen.«

»Frekkeuscher und Andronen ...«, wiederholte Dave leise. Er dachte an die Rieseneule und an Nils Holgerson. »Lassen wir uns überraschen, was das nun wieder für

Viecher sind ...« Er seufzte und drehte sich zu dem Düsenjäger um.

»Ans Werk, Dave«, sagte er zu sich selbst. »Heute bereitest du dir selbst eine Bescherung. Heute schenkst du dir einen flugfähigen Jet.«

Bis in die Abenddämmerung hinein mühten sie sich ab, die toten Wakudas auf die Flöße zu schaffen. Die Wasserfahrzeuge der Dysdoorer waren nicht gerade klein, aber am Ende mussten sie doch drei Tiere zurücklassen. Es stellte sich heraus, dass sie nur je zwei Kadaver auf einem Floß unterbringen konnten. Und das fünfte Floß musste den Eisenvogel tragen.

Der Tag neigte sich, als Haynz und seine Dysdoorer endlich die vollbeladenen Flöße vom Ufer der Lichtung abstoßen konnten. Das Floß des Hauptmanns übernahm die Spitze der Flotte. Haynz thronte in seinem Eisenvogel. Vom Cockpit aus trieb er seine Männer zur Eile an. »Vorwärts, Dysdoorer! Schwingt die Paddel! Ich hab keine Lust, die Nacht auf dem Fluss zu verbringen! Nicht die geringste Lust!« Er blickte prüfend in den dunkelgrauen Himmel. »Außerdem wirds bald schneien, ich spürs in allen Knochen! In allen Knochen spürts der arme Haynz!«

So wild er auch fuchtelte, so laut er auch herum kommandierte – die kleine Flotte kam nur langsam voran. Es war etwas anderes, fünf leere Flöße flussabwärts zu steuern als fünf vollbeladene Flöße gegen die Strömung flussaufwärts zu bewegen.

Nach der scharfen Biegung, die der Große Fluss in der Gegend von Crevelt machte, kam ihnen ein Kleinfloß entgegen. Drei Menschen standen darauf. Zwei waren ohne Zweifel Frauen – Haynz erkannte sie an ihren verhüllten Köpfen. Eine verbarg einen unglaublich massigen Körper unter ihren bunten Tüchern und die andere überragte sogar den Mann um einen Kopf, der das Floß steuerte. Und noch etwas erkannte Haynz – es waren zwei seiner eigenen Frauen. Allein die Frauen des Dysdoorer Hauptmanns trugen grüne Kopftücher.

»Was ist das?« Er kletterte aus dem Eisenvogel und stellte sich neben Ärwyn an den Bug. »Frauen auf einem Floß? Meine Frauen? Was soll es bedeuten, frag ich?«

Der Mann auf dem Kleinfloß winkte. Etwas schien ihn sehr zu erregen. Es war Heapert, den Haynz als rechte Hand seines etwas unterbelichteten Bruders Gleemenz in Dysdoor zurückgelassen hatte. Er rief laut.

»Was sagt er?« Haynz legte die Handflächen hinter die Ohren. Kannst dus verstehen?«

»'Verrat' schreit er«, sagte Ärwyn.

»Verrat? Wie Verrat? Wieso Verrat?!«

Das Kleinfloß näherte sich bis auf Rufweite, Heapert hörte auf zu paddeln. »Dein Bruder ist Hauptmann! Er zieht dir mit sechzig Bewaffneten entgegen …!«

Haynz stand zunächst wie vom Donner gerührt. Krebsrot lief er an, seine Augen rollten in den Höhlen. »Was für Unsinn! Was du redest! Quatsch! Quatsch! Quatsch!«

Das Hauptmannsfloß mit dem Eisenvogel erreichte das Kleinfloß. Sie schoben es vor sich her, und Heapert wechselte auf das große Floß. Atemlos schilderte er, was in Dysdoor geschehen war. »… der Götterbote hat Gleemenz diesen Eisenvogel geschenkt«, schloss er. »Und einen Feuerprügel. Gleemenz fährt uns entgegen …«

»Taratzenschwänziges Schielauge!«, tobte Haynz los. »Löchriger Wakudaschädel! Fischmaul! Wisaau-Rüssel!« Er schüttelte die Fäuste über dem Kopf, tanzte um seinen Eisenvogel herum, spuckte Gift und Galle. »Ich werd ihn rösten! Ich werd ihn aufschlitzen! Ich werd seine Eier meinen Andronen zu fressen geben! Ich werd …!«

An der Vorderseite des Floßes blieb er schließlich zwischen Heapert und Ärwyn stehen. Und starrte die beiden Frauen an. Sie waren die einzigen aus dem Erbe seines Vaters, die noch nicht gestorben waren.

»Mein eigener Bruder«, flüsterte Haynz. »Mein kleiner Bruder, den ich huckepack auf die Jagd getragen hab, mein kleiner Bruder, an dem mein Herz hängt … wie schrecklich ist das, wie schrecklich …«

Plötzlich schlang er dem größeren Ärwyn beide Arme um den Hals, legte seinen Kopf auf dessen Schultern und heulte laut. »Mein eigener Bruder, mein kleiner Bruder … sag selbst, guter Ärwyn, ist das nicht ganz arg schrecklich …?«

Dave saß an einem großen ovalen Tisch – ein schwarzer Tisch voller Scharten, Flecken und Kerben. Hätte ihm jemand gesagt, der Tisch stamme aus den Büroräumen des letzten Kölner Oberbürgermeisters – Dave hätte es geglaubt. Aber er fragte nicht nach, und niemand sagte etwas in der Art – wahrscheinlich wusste auch keiner der fünfzehn Männer, die mit ihm am Tisch saßen, was ein Oberbürgermeister war.

»Wir haben sechsunddreißig unserer Streiter zum Schwebenden Pfad geschickt«, sagte ein uralter Mann, den Honnes als Kanzler Jannes Attenau vorgestellt hatte. »Sie werden ihn von Gestein und Gestrüpp befreien, damit du dich von ihm aus mit deinem Feuervogel in den Himmel schwingen kannst.«

Dave hatte die Überreste der alten Stadtautobahn

gesehen, die sie hier »Schwebender Pfad« nannten. Sie ruhte hoch über dem Rhein auf Betonsäulen und hatte einst über eine Brücke geführt, die »Zoobrück«.

»Und wie schaffen wir den Feuervogel auf den Schwebenden Pfad?«, wollte Honnes wissen.

»Unsere Männer werden morgen eine Rampe bauen«, sagte Jannes Attenau. »Die Bäume dafür sind schon gefällt.«

Ein Feuer brannte in einer Art offenem Herd. Der Rauch zog nur widerwillig durch den Kaminschacht ab und die Luft im Raum reizte zum Husten. Dafür roch es nach gebratenem Fleisch. Daves Magen knurrte.

»Ich danke euch«, sagte er. Er hatte den Männern des Bürgerrats von seinen Erlebnissen in Berlin, von seinem Start dort und von der Notlandung auf dem Rhein erzählt. Auch dass er aus einer anderen Zeit stammte, hatte er angedeutet. Er glaubte nicht, dass sie es begriffen hatten.

»Maddrax' Freunde sind auch unsere Freunde«, sagte der Stellvertreter des Kanzlers, ein Mann mit weißem geflochtenen Haar namens Juppis. »Wir haben ihm viel zu verdanken. Rulfan, ihm und seinem Weib. Für ihn setzen wir auch den neuen Bündnisvertrag mit den Dysdoorern aufs Spiel.«

»Ich hab schon in Berlin davon gehört, dass der Commander … dass *Maddrax* mit einer Frau unterwegs ist. Kennt ihr ihren Namen?«

»Aber ja«, schaltete sich Honnes ein. »Aruula – eine schöne, eine tapfere Frau. Wudan hat es gut mit Maddrax gemeint.«

Dave blickte in die Runde und sah lauter Männer, die Honnes' überraschend leidenschaftliches Statement mit heftigem Kopfnicken bekräftigten. *Muss ja ein tolles Weib sein, Mickey, was?*, dachte er. Den Gedanken an Daanah vermied er. Er breitete die Karte auf dem Tisch aus. »Ich muss dorthin.« Dave deutete auf Wahn.

Bis auf Honnes und Juppis konnten die Männer wenig mit der Landkarte anfangen. Dave musste ihnen erklären, dass sie das Köln vor etwas mehr als fünfhundert Jahren darstellte. »Der rote Punkt mit dem Kreuz soll den Dom darstellen und das blaue Band hier den Fluss. Die Linie markiert die Grenzen der ehemaligen Stadt, und ich muss hierhin, wenn ich Sprit finden will ...« Er deutete in das Wirrwarr von Autobahnen, Symbolen und Namen.

»Sprit?«, fragte Juppis.

»Äh ... Nahrung für den Feuervogel. Ohne sie fliegt er nicht.«

Die Männer machten große Augen, aber sie begriffen. »Wir werden mit Frekkeuschern dorthin reiten.«

Wieder diese Frekkeuscher – diesmal hörte es sich an, als wären es keine Vögel sondern Reittiere. Dave fragte nicht nach. *Lass dich überraschen, Professor, eins nach dem andern ...*

»Ich brauche Behälter, um den Sprit zu transportieren«, sagte er. »Kanister, Tanks, Schläuche, irgendwas.«

Wieder begriffsstutzige Mienen um ihn herum. »Wir haben Fässer«, sagte Juppis schließlich. »Leere Coelsch-Fässer. Die können wir auf den Frekkeuschern festbinden.«

»Gut. Dann lasst uns eine Kleinigkeit essen und dann aufbrechen.«

Attenau runzelte die Stirn. »Es ist schon spät, McKenzie.« Skeptisch wiegte er den Kopf hin und her.

Honnes trat ans Fenster. Hinter den Fenstern des gegenüberliegenden Hauses sah man Fackeln brennen. Das Grau der Abenddämmerung verwischte schon die

Konturen von Gemäuern, Dachfirsten und Türrahmen.

»Die Nacht bricht bald an«, sagte Honnes. »Und es beginnt zu schneien.« Dave sprang auf und lief ebenfalls zum Fenster. Tatsächlich – einzelne Schneeflocken schwebten aus dem dunkelgrauen Himmel in die schmale Gasse. »Wir sollten bis Sonnenaufgang warten.«

»Aber dieser Haynz!«, begehrte Dave auf. »Wenn sein Bruder ihn nicht aufhalten kann, wird er morgen Vormittag mit seinen Flößen den Rhein herauf kommen ...!«

»Lass das unsere Sorge sein, McKenzie«, lächelte Juppis. »Wir kennen Haynz und die Dysdoorer gut. Wir wissen, wie wir mit ihnen umzugehen haben.«

Dave gab nach. Seine Intuition sagte ihm, dass er diesen Männern vertrauen konnte. Auch wenn sie ihm manchmal erschienen wie sesshaft gewordene Germanen, die irgendein kosmologisches Phänomen aus dem frühen Mittelalter in die Zukunft gespült hatte. Dabei war *er* der Zeitvagabund. Das musste er sich ständig in Erinnerung rufen.

Jannes' Schwiegertochter Gittis Attenau trug Wakudabraten und Getreidefladen auf. Ihr sechzehnjähriger Sohn Schoosch half ihr dabei. Die Frau trug schwarze Kleider und Dave fielen ihre verhärmten Gesichtszüge auf. Später erfuhr er, dass ihre neunzehnjährige Tochter vor wenigen Monaten den sogenannten »Scheußlichen Drei« zum Opfer gefallen war. Das letzte Opfer der Monster, die Jahrhunderte lang in der Schwarzen Kathedrale gehaust hatten. Danach wurden sie selbst Opfer – Commander Drax hatte sie besiegt, wenn Dave alles richtig verstand, was Honnes ihm erzählt hatte.

Man wies Dave McKenzie eine kleine Schlafkammer unter dem Dach des Hauses zu. Stundenlang lag er wach. Seine Gedanken kreisten um den Sprit, den er brauchte, um die F-17 zu starten und den Atlantik zu überqueren. Er dachte an die Maschine – sie stand am Rheinufer unter der Brückenruine, vor der die alte Stadtautobahn endete. Ein Dutzend bewaffneter Männer bewachten sie. Die Bilder der Riesenkröten zogen ihm durchs Hirn, die drolligen Dysdoorer und die unkomplizierten Männer des Bürgerrats von Coellen. Und schließlich landeten seine Gedanken dort, wo sie in so vielen schlaflosen Nächten der letzten Wochen gelandet waren – bei Daanah.

Er hörte ihre raue Stimme, sah ihre grünen Augen, streichelte in Gedanken ihr rotblondes Haar. Einem Film gleich begannen die vielen gemeinsamen Stunden, die sie an der Spitfire gearbeitet hatten, an ihm vorbeizuziehen, die vertrauten Stunden, in denen einer dem anderen sein Herz geöffnet hatte, die Stunden, in denen sie sich im Passagierraum der alten DC-3 geliebt hatten.

Und wie immer, wenn die Erinnerung ihn überwältigte, stiegen ihm irgendwann die Tränen in die Augen ...

Schluss jetzt, es hat keinen Sinn, hör auf damit ... Er hielt den inneren Film mit Gewalt an und zwang sich, an etwas anderes zu denken.

Eine Zeitlang gab er sich der Erinnerung an seine Astronautenausbildung in Cape Canaveral hin, und schließlich saß er in Gedanken im Cockpit der F-17 und simulierte einen Start. Der gelang ihm perfekt.

Danach legte sich seine innere Unruhe endlich. Bleierne Müdigkeit zog ihn zur Grenze in das Land der Träume. Sein letzter bewusster Gedanke vor dem erlösenden Schlaf war eine Frage: »Was um alles in der Welt mag bloß ein 'Frekkeuscher' sein, Mickey ...?«

Die anbrechende Nacht verwandelte die Uferkulisse nach und nach in eine dunkle zerklüftete Wand. Die Konturen sich im Wind wiegender Äste und verfallener Ruinen waren nur noch undeutlich auszumachen. Haynz hockte schweigend in seinem Eisenvogel. Der anfänglichen Wut und der Trauer danach war dumpfe Schwermut gefolgt. Um ihn herum und auf den vier Flößen hinter ihm stöhnten und ächzten seine Männer. Mit ihren Paddeln kämpften sie gegen die Strömung an.

Lichter tauchten vor ihm aus dem Dämmerlicht auf. Fackeln – langsam schoben sie sich näher. »Sie kommen«, sagte Ärwyn.

Haynz riss die Augen auf. Flammen flackerten im Wind und spiegelten sich im Wasser, etwa drei Speerwürfe weit entfernt. Zwölf Fackelträger zählte Haynz. Daraus schloss er, dass sein Bruder ihm mit sechs Flößen entgegen kam. Normalerweise besetzten die Dysdoorer bei Nachtfahrten jedes Floß mit zwei Fackelträgern.

»Es sind mehr als wir!«, rief Krautz aus der Dunkelheit hinter dem Leitfloß.

»Alle in Dysdoor zurückgebliebenen Männer haben Gleemenz als neuem Hauptmann gehuldigt«, sagte Heapert. »Gleemenz hat also mindestens sechzig Kämpfer bei sich …«

»Ruhe!«, zischte Haynz. »Ruhe, sag ich, keiner redet einen Ton …« Er drehte sich nach den Paddlern um. »Keiner, hab ich gesagt.« Das Stöhnen und Ächzen verstummte.

Bewusst hatte Haynz verboten, Fackeln anzuzünden. Dass Gleemenz es anders hielt, zeigte in Haynz' Augen einmal mehr, wie dämlich er war. Er jedenfalls wollte das Überraschungsmoment auf seiner Seite haben.

Die Fackeln rückten näher. Bald sah man die Umrisse

von Menschen auf den heran treibenden Flößen und die Schatten ihrer Mäntel, die im Wind flatterten. Und man sah im Lichtdunst der Fackeln, was Haynz und seine Männer lediglich auf Haut und Köpfen spüren konnten: Schneeflocken.

Und endlich erkannte Haynz auf dem vorderen Floß die gedrungene Gestalt seines jüngeren Bruders. Die Schwermut wich wieder dem Zorn. Er gab ein Geräusch von sich, das wie das Knurren eines angriffslustigen Tieres klang. Gleichzeitig umfasste er den Steuerknüppel seines Eisenvogels. Er legte den Daumen auf den Auslöser für das Schießgerät in der linken Tragfläche. Noch einen Speerwurf weit entfernt war die Flotte seines Bruders jetzt. Jeden Moment würden sie die entgegenkommenden Flöße entdecken.

Er wollte Gleemenz zuvorkommen und rief laut ins Halbdunkel hinein: »Wie schön, dass ihr eurem Hauptmann entgegen gefahren seid, um ihn zurück nach Dysdoor zu geleiten!«

Das Plätschern der Paddelschläge auf den entgegenkommenden Flößen verstummte. Haynz konnte sehen, wie Gleemenz und seine Anhänger stocksteif auf den zusammengebundenen Stämmen standen und in die Dunkelheit lauschten. So still war es ein paar Atemzüge lang, dass Haynz meinte, das Schweben der Schneeflocken zu hören.

»Das wollt ihr doch, nicht wahr?!«, rief Haynz. »Die schlimme Geschichte ist sicher eine Lüge, die ganz arg schlimme Geschichte, in Dysdoor würde man einem neuen Hauptmann gehorchen! Eine Lüge ist die Geschichte, sagt es selbst!«

Irgendjemand räusperte sich etwa einen halben Speerwurf weit entfernt. »Also, Haynz, hömazu ...«, dröhnte Gleemenz' Bass aus der Dunkelheit. »Wudan meint, ich bin jetzt'n Hauptmann, weil du so ... weil du halt ... na ja ...« Wieder räusperte Gleemenz sich. »Jedenfalls rückste jetz den Vogel raus un dann isses jut ...«

»Was willst du?! Den Eisenvogel willst du?! Hat der gute Haynz da auch richtig verstanden?! Mein kleiner Bruder will den Eisenvogel des Hauptmanns von Dysdoor?!« Seine Stimme hallte von den Ruinen und dem nächtlichen Wald am Ufer zurück. Keiner der anderen Männer sprach ein Wort, auf Gleemenz' Flößen nicht und auf Haynz' Seite nicht.

»Na ja, is meiner, weißte? Wudan hatt'n mir halt jeschenkt, beziehungsmäßig sein Bote, de mitte Augegläser ... Komm, lass jut sein, Haynzie, rück de Eisenvogel raus ...«

»Verräter!«, brüllte Haynz. Er drückte auf den Auslöser.

Ratatatata ... Das Eisengewitter dröhnte über den nächtlichen Fluss.

»Hier kriegst du schon mal einen Vorschuss! Ratatatata!«

Schatten glitten von den nur noch zwanzig, dreißig Speerlängen entfernten Flößen. Schlagartig erloschen dort sämtliche Fackeln. Gleemenz' Anhänger hatten sich in die eiskalten Fluten gestürzt. Überall Geplätscher, überall Schreie. Haynz' Daumen verkrampfte sich geradezu über dem Feuerknopf. *Ratatatata* ...

Er hatte keine Ahnung, wohin er schoss, was oder wen er traf – allein dieses *Ratatatata* zu hören erleichterte seine angestaute Wut. Nacheinander flammten Fackeln auf, erst auf Haynz' Floß, dann auf denen hinter ihm. Endlich ließ Haynz den Auslöseknopf für das Schießgerät los. »Prächtig, nicht wahr, kleiner Bruder?«, höhnte er. »Du willst doch nicht noch mehr von dem Eisenvogel? Noch mehr willst du doch etwa nicht ...?«

Gleemenz lag bäuchlings auf den Holzbohlen. Nur noch fünfzehn Schritte entfernt trieb er auf Haynz' Floß zu. Man konnte gut erkennen, dass sein Brustkorb sich sehr rasch ausdehnte und zusammenzog – der Schrecken musste ihm wohl in alle Glieder gefahren sein. Haynz aber krähte vor Vergnügen. Auch seine Männer schlugen sich auf die Schenkel und lachten laut.

Langsam richtete Gleemenz sich auf. Er blieb zunächst in der Hocke und griff hinter sich. Dort lag etwas, das Haynz nicht erkennen konnte. Gleemenz zog sich ein seltsames Ding über den Kahlschädel und bis zu den Augen hinunter – es erinnerte an die Gläser des angeblichen Götterboten, nur war es viel größer und dunkel.

»Was hast du da, Gleemenz, du lascher Frekkeuscher-Pimmel?!«, fragte Haynz misstrauisch. »Was du da hast, will dein großer Bruder wissen!«

Ein metallenes Geräusch erklang, ein Klicken, und dann richtete Gleemenz sich auf und hielt eine große Flamme vor seiner Brust. Sie zischte bissig und war so hell, dass Haynz geblendet die Augen schloss. Seine Getreuen aber schrien entsetzt auf und flüchteten sich auf die Nachbarflöße oder sprangen einfach ins Wasser. Panik schnürte Haynz den Hals zu, und presste jeden Rest von Verstand aus seinem Schädel. Er drückte einfach auf den Knopf.

Ratatata …

Gleemenz zuckte zwar zusammen, streckte aber beharrlich dem Eisenvogel die gleißende Flamme entgegen, als wäre sie ein Speer, ein Schwert oder Weiß-Wudan-was. Vermutlich hatte er längst gemerkt, dass die Geschosse weit an ihm vorbei pfiffen.

»Dreht das Floß!«, kreischte Haynz. »Das Floß drehen, sag ich, sonst treff ich ihn nicht!«

Ein Ruck ging durch den Eisenvogel, ein hölzerner Schlag aus der Dunkelheit – die beiden Flöße waren zusammengestoßen. Haynz sah seinen Bruder mit der stechenden Flamme in der Hand direkt vor der Schnauze des Eisenvogels. Seine Hand am Steuerknüppel zitterte.

Ratatatata ...

»Stirb, Bastard! Stirb und fahr zu Orguudoo ...!«

Ratatacktickikikik ... klick ... klick ...

Kein Schuss löste sich mehr aus dem linken Flügel.

»Was ist das?«, flüsterte Haynz. »Mein liebes Schießding, warum sagst du nichts mehr ...«

»Scheißpech, wa? Vafluchtes Scheißpech.« Gleemenz ging mit seiner scheußlichen Flamme um die rechte Tragfläche herum. »Siehstema, wie Wudan mich gern hat.«

Haynz fing am ganzen Körper zu zittern an. Schützend hielt er die Hände vor die Augen. Die grelle Flamme warf Gleemenz' Schatten riesengroß auf das Floß.

»Wenn du Hauptmann werden willst – von mir aus!«, krächzte Haynz. »Wenn du unbedingt willst, nix dagegen, sag ich, nix dagegen, ehrlich ...«

Rechts und links aus der Dunkelheit hörte man ein Floß nach dem anderen zusammenstoßen. Männer stemmten sich aus dem Wasser, andere wurden von ihren Stammesgenossen herausgezogen.

»Machwers kurz un schmerzlos«, sagte Gleemenz. Er fummelte an dem Rohr herum, aus dem die scheußliche Flamme stach. Unheimlich sah er aus mit seiner schwarzen Brille.

Plötzlich schoss die Flamme riesengroß hervor. Die Hitzewelle traf Haynz wie ein Faustschlag. Er presste die Fäuste vor die Augen, kauerte sich tief in den Eisenvogel hinein und brüllte. Ein Aufschrei aus Dutzenden von Kehlen gellte durch die Nacht.

Und dann – nichts mehr.

Dunkel war es auf einmal. Das Zischen der gleißenden Flamme war verstummt. Haynz riss die Augen auf. Unter sich, neben dem Rumpf des Eisenvogel fummelte Gleemenz an dem Feuerrohr herum. »Wasn Scheißding …!« Er verbrannte sich die Finger. »Autsch!« Das Gerät krachte auf den rechten Flügel des Eisenvogel und polterte von dort auf das Floß hinab.

Haynz stemmte sich aus seinem Eisenvogel.

»Is gut, Haynzie, kannst'n behalten.« Gleemenz wich bis an die äußerste Kante des Floßes zurück. »Wollt dir nur'n bisschen Angst machen, ehrlich …« Haynz sprang auf das Floß hinunter. »Nich schlagen, Haynzie, nich schlagen …«

»Taratzenarsch«, zischte Haynz. »Dämlicher, löchriger, schielender Wakudaschädel!« Mit beiden Fäusten packte er Gleemenz' Mantel und riss seinen Bruder zu sich heran. »Warum muss ich so ein Krüppelhirn zum Bruder haben, o Wudan, warum, frag ich, warum?!« Er schüttelte den anderen. »Fast hättest du mir meinen schönen Eisenvogel angeflammt!«

Er ließ Gleemenz los, holte aus und klatschte ihm seine flache Rechte ins Gesicht. Gleemenz torkelte nach hinten und fiel ins Wasser. Haynz bückte sich nach dem Feuerrohr, nach den Schläuchen und den Eisenflaschen, an denen sie hingen und warf alles in den Fluss, seinem Bruder hinterher.

Danach stellte er sich an die Vorderkante des Floßes. »Wer ist der Hauptmann von Dysdoor?!«, brüllte er in die Dunkelheit.

»Haynz«, kam es zurück, allerdings nur vereinzelt und nicht besonders laut.

»Mir ist, als hätte ich was gehört, ganz sicher ist er aber nicht, der gute Haynz!« Er legte beide Hände an die

Ohren. »Wer ist für alle Zeiten der Hauptmann von Dysdoor?!«

»Haynz!«, scholl es ihm jetzt von allen Seiten entgegen. »Der gute Haynz! Wudan segne unseren guten Hauptmann Haynz!«

Heuschrecken …! Dave blieb am Treppenaufgang der riesigen Stallung stehen. Wieder und wieder kniff er die Augen zusammen, doch die sechs Rieseninsekten zwanzig Schritte vor ihm auf dem ehemaligen Bahnsteig dachten nicht daran, sich in Nichts aufzulösen. *Gott im Himmel … Frekkeuscher sind Riesenheuschrecken!*

So groß wie Pferde, ja wie Kamele hockten sie auf ihren sechs abgeknickten Beinen und ließen sich willig Fässer und sattelähnliche Gestelle auf den Rücken binden.

»Komm.« Honnes fasste Dave am Arm und zog ihn von der Treppe weg zu den Rieseninsekten. »Wir haben keine Zeit zu verlieren.«

Wie in Trance wankte Dave ihm nach. Der Anblick der Heuschrecken hatte sein noch schlaftrunkenes Hirn überfallen, wie einen manchmal ein Albtraum kurz vor dem Aufwachen überfällt. Die Biester, die Honnes in aller Selbstverständlichkeit »Frekkeuscher« nannte, hatten kurze pelzige Fühler. Ihre Schädel waren lang und eiförmig und bis auf die Gebisszangen und die Facettenaugen ebenfalls mit einem kurzen grünen Pelz überzogen.

Dave drückte Honnes den Ledersack mit einigen Ersatzteilen und einen Werkzeugkoffer in die Hand. »Und auf denen reitet ihr?«, flüsterte er.

»Auf den Frekkeuscher reiten und fliegen wir.« Honnes befestigte das Material im Gurtsystem des Doppelsattels.

Dave kam sich vor wie ein Neandertaler, dem man, verwundert über sein Unwissen, die Funktion eines Staubsaugers erklärt. »Seit wann gibts die?«

Honnes blieb stehen und musterte ihn mit hochgezogenen Brauen. »Schon immer«, sagte er. »Ich helf dir jetzt in den Sattel.«

Dave setzte seinen Stiefel in den hölzernen Steigbügel. Honnes packte ihn an den Hüften und schob ihn nach oben. Dann stieg er hinter ihm in den zweiten Sattel.

Man traute ihm nicht zu, allein einen Frekkeuscher zu lenken, und Dave fand dieses Misstrauen mehr als vernünftig. Rechts und links schwangen sich Tones und Juppis auf ihre Tiere. Den vierten Frekkeuscher bestiegen Harris Attenau, der Sohn des Kanzlers, und dessen halbwüchsiger Sohn Schoosch. Vater und Sohn kannten die Wälder in der Gegend, die Dave ihnen auf der Karte gezeigt hatte. Sie hatten einige Jagdzüge dort unternommen.

Die beiden anderen Frekkeuscher blieben ungesattelt. Sie dienten als reine Lasttiere und trugen die leeren Fässer.

Honnes gab das Zeichen. In großen Sprüngen setzten die Frekkeuscher ostwärts aus der Bahnhofsruine. Dass es sich um einen ehemaligen Bahnhof handeln musste, hatte Dave sofort begriffen. Die gebogenen Eisenträger im schwärzlich grünen Gestrüpp, das blinde Glasgewölbe, die Schienenschächte, die man zu Stallungen für Frekkeuscher und andere Fluginsekten umfunktioniert hatte – es konnte nur der ehemalige Hauptbahnhof von Köln sein.

Eine Schneedecke hüllte Häuser, Ruinen und Wald außerhalb der alten Bahnhofshalle ein. Es hatte die ganze Nacht geschneit. Im grauen Winterhimmel hing der verwaschene Fleck der Sonne. Nur vereinzelt tanzten

Schneeflocken in der kalten Luft. Dave hüllte sich in das dicke Fell ein, das Honnes ihm besorgt hatte.

Zunächst trugen die Frekkeuscher sie am Rheinufer entlang nach Süden. Krampfhaft klammerte Dave sich an den Sattelriemen fest. Die Rieseninsekten krochen entweder oder bewegten sich in großen Sprüngen fort, je nach den kurzen Ausrufen, mit denen ihre Reiter sie lenkten. Brechreiz würgte Dave. Er fühlte sich wie in einer besonders üblen Achterbahn.

Bald erreichten sie ein undurchdringliches Waldstück, schneebedeckt und gespickt von Ruinen und Schutthalden. Honnes schnalzte zweimal mit der Zunge. »Halt dich fest, McKenzie!« Die Warnung kam keinen Augenblick zu früh: Dave kippte fast aus dem Sattel, als das Vieh plötzlich abhob, die Flügel abspreizte und über den Winterwald schwirrte. Daves Magen wurde zum Pingpong-Ball, der irgendwo zwischen seinen Kniekehlen und seinem Bauchnabel auf und ab hüpfte.

Der Flug dauerte nicht allzu lang – eine Viertelstunde vielleicht –, dann setzten die Rieseninsekten in einer verschneiten Waldschneise auf. Eine fast kerzengerade Schneise. Dave begriff, dass die Reise nun auf einer alten Autobahn weiterging. »Nennt ihr das auch *Otowajii*?«, wollte er wissen.

»Ja«, sagte Honnes, »wie nennst du es denn?« Dave verriet ihm, wie die Hauptverkehrsadern in den Zeiten hießen, als die Natur sie noch nicht zurückerobert hatte.

Etwa eine Stunde lang trugen die Frekkeuscher sie in einem weiten Bogen nach Osten. Irgendwann setzten sich Harris Attenau und sein Sohn an die Spitze. Die Otowajii verlief jetzt schnurgerade nach Süden.

Kurz darauf hörte Dave wieder das Schnalzen hinter sich. Und erneut hoben die Insekten ab. Über weiße

Wälder flogen sie ein Stück nach Westen. In der Ferne meinte Dave das graue Band des Stromes zu sehen.

Attenau landete sein Tier auf einer weitgehend baumfreien Fläche. Sie war so eben, dass Dave an ein Reißbrett denken musste. Nur vereinzelt erhoben sich Büsche und Hecken. Das Gras drückte die Schneedecke nieder. »Hier irgendwo muss es sein!«, rief Harris Attenau.

Dave sah sich um. Am Rand der Ebene erhoben sich skurrile Schneeformationen – manche hoch und ausgefranst wie Stalagmiten, andere flach und von fast geometrisch regelmäßiger Quaderform, und davor wieder andere, die wie unförmige Hügel wirkten. »Sieh dir das an«, murmelte Dave auf Englisch. »Sieh dir das an, Mickey, und sag mir, an was dich das erinnert ...«

Honnes stellte keine überflüssigen Fragen. Langsam gewöhnte er sich an die Selbstgespräche dieses Mannes aus einer anderen Zeit. »Dorthin.« Dave deutete auf die Schneeformationen.

Sie entpuppten sich als genau das, was Dave unter ihnen gesehen hatte – als eine Ansammlung von Hangars, zerstörten Verwaltunggebäuden und umgekippten oder zertrümmerten Jets. Daves Herz schlug schneller. *Jesus Christus, betete er im Stillen, wenn du mich hier Sprit finden lässt, werde ich ... werde ich ...*

Er dachte kurz daran, eine Kerze vor dem Marienbild in St. Luke anzuzünden, machte sich aber schnell klar, dass in dieser Welt vermutlich weder der römisch-katholische Glaube noch der Kirchenbetrieb überlebt hatte.

Mit Speeren, vereisten Trümmerteilen und Schwertklingen schabten die Coelleni den Schnee von den Ruinenfassaden, bis sie die Eingänge fanden. Jedes noch so zerstörte Gebäude untersuchte Dave. Er fand nur wenige Spuren eines Brandes oder gar einer Explosion. Viele Hangars schienen ihm ziemlich unbeschädigt.

Trotz des Dschungels, der in ihnen wucherte. Warum sollten dann nicht auch die Treibstofflager den Kometeneinschlag und die Jahrhunderte danach überstanden haben? Immerhin waren sie so konstruiert, dass sie einem Erdbeben standhalten konnten.

Bis in die Mittagsstunden suchten sie den Ruinen nach Tanköffnungen – nichts. Mit Schwertern und Speeren arbeiteten sie sich durch das Gestrüpp in den Hangars – nichts. Lediglich auf ein paar Flugzeugwracks stießen sie.

Irgendwann kam Dave zu dem Schluss, dass die Treibstofftanks unter den schneebedeckten Ruinen der wenigen zusammengebrochenen Hallen liegen mussten. Um den Schutt abzutragen, hätte er schwere Baumaschinen benötigt. »Die hast du nicht, Professor«, sagte er sich. »Lass dir also etwas Anderes einfallen.«

Sie gingen zurück auf das ehemalige Flugfeld. Mit einem Speer stach Juppis dort in einen der vielen Schneehügel. Zuerst knirschte es, dann hörte man Äste brechen, und schließlich stieß die Speerspitze gegen Metall. »Ein Flugzeug«, sagte Dave. »Weg mit dem Schnee.«

Unter der Schneedecke kam ein Gebüsch zum Vorschein, und in dem Gebüsch ein Jet. Ein Tornado F-2, ein alter Langstrecken-Abfangjäger, wie ihn die deutsche Luftwaffe noch zu Beginn des 21. Jahrhunderts benutzt hatte. *Vor über fünfhundert Jahren,* fügte Dave in Gedanken hinzu.

Honnes schlug ihm eine Schneise in das Gebüsch, sodass Dave bis zum Rumpf vordringen konnte. Es reizte ihn, sich die Maschine genauer anzusehen. Doch er verzichtete darauf, das Cockpit zu öffnen. *Sprit, Professor, es geht um Sprit und um weiter nichts ...*

Grübelnd stand er vor dem rostigen und von gelblichem Moos überzogenen Rumpf des Tornados. Sein

Blick glitt vom abgebrochenen Steigrohr der Maschine über den Rumpf bis zum Heck. *Wo ist der Tank, Mickey?* Und dann fiel es ihm ein. *In der Heckflosse, natürlich!*

Sofort waren die Informationen über die Tornado-Modelle wieder präsent. Die Flosse diente als integrierter Tank, und wenn Dave sich recht erinnerte, hatten die Konstrukteure der F-2 keine abmontierbare Luftbetankungssonde verpasst wie dem Vorgängermodell, sondern eine interne, hydraulisch ausfahrbare Sonde an der linken Vorderrumpfseite.

Dave überlegte nicht lange. Er kroch aus dem Gebüsch. Gespannte Erwartung stand in den Gesichtern seiner Begleiter.

»Wir brauchen die Fässer«, sagte Dave. Gemeinsam stapften sie durch den Schnee zurück zu den Frekkeuschern. Honnes, Juppis und die beiden Attenaus luden die vier großen Fässer ab und rollten sie zu dem Wrack. Dave holte einen langen Kunststoffschlauch aus seinem kleinen Ersatzteillager. Mit ihm und dem Werkzeugkoffer bewaffnet folgte er den anderen.

Er wusste genau, was er zu tun hatte. Natürlich hätte er versuchen können, das Cockpit zu öffnen und die hydraulische Tanksonde auszufahren. Aber die Chance, dass die hierfür notwendige Elektronik dem Zahn der Zeit widerstanden hatte, war gleich Null. Also versuchte er es gar nicht erst.

Er klopfte das Heck unter der Leitwerksflosse ab, um die Lage des Tanks zu bestimmen, dann setzte er einen Metallbohrer weit oben an der Flosse an, bohrte ein Loch in die vom Rost brüchige Außenwand und schob den Kunststoffschlauch hinein. Auch ihn hatten die Jahrhunderte reichlich porös werden lassen, aber er war durchgängig und noch hinreichend biegsam dazu.

Honnes und der junge Schoosch schoben das Fass unter das Heck der Tornado und öffneten es. Dave saugte das Kerosin an und kurz darauf plätscherte ein dünnes Rinnsal in das Fass.

Auf diese Weise leerten sie im Laufe des Nachmittags drei Tanks. Sieben Schneehügel mussten sie untersuchen, bevor sie noch ein halbwegs als solchen erkennbaren Tornado F-2 und einen Eurofighter fanden.

Der Abend dämmerte herauf, als sie mit vollen Fässern den Rückweg nach Köln antraten. An Fliegen war nicht zu denken; die Last der vollen Fässer war zu schwer für die Frekkeuscher.

Sie kamen nur langsam voran. Es wurde dunkel, noch bevor sie das Rheinufer erreichten. Honnes wunderte sich, weil der Mann vor ihm im Doppelsattel unverständliche Worte vor sich hin murmelte.

»Was ist mit dir, McKenzie?«, fragte er.

»Ich bete. Ich danke Gott für den Sprit.«

Die Antwort erstaunte Honnes. Weder bei Maddrax noch bei Rulfan hatte er je erlebt, dass sie beteten. Allenfalls bei Aruula, ja – die hatte hin und wieder Wudan angerufen, erinnerte er sich.

»Es ist gut, wenn du Wudan dankst«, sagte er schließlich, und er sagte es reichlich trocken. »Aber du solltest ihn vor allem um Hilfe anflehen, denn wir kommen sehr spät und wissen nicht, was Haynz inzwischen ausgebrütet oder angestellt hat…«

Erst im Morgengrauen waren sie nach Dysdoor zurückgekehrt – nass, erschöpft, steif gefroren. Haynz hatte seine ganze Autorität aufbieten müssen, um seine Männer dazu zu bewegen, den Eisenvogel vom Floß zu ziehen und wenigstens in den Hof zu schieben. Danach war jeder in seine Hütte gewankt und hatte sich in seine Decken und Felle eingewickelt.

Haynz und sein Bruder Gleemenz waren die Einzigen, die an diesem Tag nicht schliefen. Gleemenz fror im Kellergewölbe der Hauptmannresidenz, und Haynz brütete auf seinem Thron finster vor sich hin. Von seinen beiden Frauen und Heapert ließ er sich genau erzählen, was vorgefallen war, während er den Eisenvogel gesucht und sich mit den Türks geprügelt hatte.

Ihr Bericht fachte seine Wut aufs Neue an. »Honnes ist an allem Schuld, jawoll, Honnes, diese Schlange, diese Missgeburt einer Taratze!«, rief er aus.

Vor den Fenstern seines Thronzimmers wurde es schon wieder dunkel. Im Feuerschacht knisterte das brennende Holz, und Haynz, den es vor Zorn nicht länger auf seinem Thron hielt, sprang auf und schaukelte an den beiden Frauen und Heapert vorbei zwischen Feuer und Thron hin und her.

»Honnes und dieser haarige Mistkerl mit den Augengläsern! Den armen Haynz so hereinzulegen! Dem armen Haynz einfach seinen Feuervogel wegzunehmen!« Er blieb stehen und ballte die Fäuste. »Ihr hättet ihn den Kwötschis überlassen sollen! Jawoll, den Kwötschis! Gefressen hätten sie ihn, und der gute Haynz könnte noch voller Stolz aus dem Fenster auf seinen Feuervogel herab blicken!« Er stürmte zum Fenster und schaute in die Dämmerung. »Und jetzt muss ich so einen Eisenvogel sehen, der nicht mal mehr schießen kann ...!«

Mit zusammengekniffenen Lippen und verbitterten Mienen schüttelten die beiden Frauen die Köpfe, und Heapert schmatzte vor Erschütterung, während er sich den Dreck aus den Fingernägeln kratzte.

Haynz reckte die geballten Fäuste über den Kopf. »Hilf mir, o allgütiger Wudan!«, brüllte er die Decke an.

»Wenn du ein Herz im Leib hast, dann lass Honnes, dieser Schlange, und dem haarigen Gläsermann einen Stern auf die Köpfe fallen. Und dann schick ihnen eine Horde gefräßiger Taratzen, die sie ganz langsam verspeisen und ihnen die Eier abknabbern ...«

Seine Stimme erstickte in Tränen. Er warf sich gegen die Wand, barg das Gesicht in den Armen und heulte jämmerlich. Heapert blickte betreten zu den beiden Frauen auf. Eine von ihnen, die lange Dürre, erhob sich und stelzte am Thron vorbei zum Fenster. Dort legte sie Haynz die knochige Hand auf den Kahlkopf. »Nicht weinen, mein kleiner Hauptmann. Es gibt Gerechtigkeit auf Wudans Welt, es gibt sie, glaub es mir ...«

»Wirklich? Meinst du wirklich?«, schluchzte Haynz. »Mein schöner Feuervogel! Orguudoo soll sie holen und braten ...!«

»Wudan wird dir den Feuervogel zurückgeben«, sagte die zweitälteste Frau aus dem ungefähr zwanzigköpfigen Harem des Hauptmanns, ein Erbstück seines Vaters, wie gesagt. »Du musst nur fest daran glauben, und du musst dafür kämpfen, Haynzie.« Hingebungsvoll streichelte sie seine Glatze. »Und vor allem musst du die Schuldigen bestrafen: Gleemenz und deine achtzehn Frauen, die von dir abfielen und deinen nichtsnutzigen Bruder als Hauptmann feierten ...«

»Schlampen! Miststücke!« Haynz stieß sich von der Wand ab und stach fäusteschüttelnd zum Feuer. »Giftspritzen! Taratzentitten!« Er fuhr herum und blitzte seine älteste Frau an. »Du hast Recht! Strafe und Verderben über sie! Ich werde sie im Großen Fluss versenken!« Wieder drehte er seine Runden zwischen Feuer und Thron. »Oder nein – ich werde sie den Türks verkaufen, ha! Den Türks, genau, das ist gut! Oder noch besser ...« Er blieb stehen und fixierte erst seine geballte Faust und dann Heapert. »Ich werde sie unter meinen Getreuen verteilen! Den ungehobeltsten, versoffensten, geilsten, jähzornigsten Burschen werd ich sie schenken! Jawoll, das wird der gute Haynz tun!«

Aus aufgeblasenen Backen blies er die Luft aus, ließ die Fäuste sinken, reckte sein Kinn in die Höhe und straffte sich. »Besser fühl ich mich, viel besser ...! Dann stürmte er zur Tür. »Und kämpfen werde ich auch ...!«

Die erste Hälfte der Nacht verbrachte er damit, von Hütte zu Hütte zu eilen, um seine waffenfähigen Männer zusammen zu trommeln. Etwas mehr als neunzig waren ihm geblieben nach der Schießerei auf dem Großen Fluss. Zehn oder elf waren ertrunken, dem Eisenvogel zum Opfer gefallen oder auf der Heimfahrt erfroren.

Die meisten seiner Dysdoorer Kämpfer musste er wecken. Und selbst wenn er das schaffte, gaben sich viele nicht einmal Mühe so zu tun, als würden sie ihm zuhören. Sie lallten entweder im Fieberwahn dummes Zeug vor sich hin, oder sie wurden von Hustenanfällen geschüttelt, oder sie waren die ganze Zeit damit beschäftigt ihre Rotznasen auszublasen. Manche stellten sich auch einfach schlafend.

Wutschnaubend stürmte Haynz durch den Schnee in den Hof seines Palastes zurück. »Gleemenz! Du Bastard!« Er stürzte ins Kellergewölbe, schloss die Kerkertür auf und riss eine der Fackeln von der Wand. »Wach auf, Unwürdiger!«

Gleemenz hatte nicht geschlafen. Er stand in der Mitte des Kerkers, schlug sich die Arme gegen die Seiten, stampfte auf den Boden auf und klapperte mit den Zähnen. Ängstlich schielte er seinem älteren Bruder entgegen.

»Mein Feuervogel ist weg!« Breitbeinig stand Haynz vor ihm. Er fuchtelte dem Frierenden mit der Fackel vor dem Gesicht herum. »Mein Ratatata funktioniert nicht mehr! Meine Frauen sind mir untreu geworden! Und meine Kämpfer sind krank! Und wer ist Schuld? Wer ist Schuld?! Du! Du! Du ...!« Im Takt seiner herausgebellten Worte schlug er mit der freien Hand auf den Jüngeren ein.

Der duckte sich und zog den Kopf ein. »Kannix für, Haynz ...«, stammelte er. »Ehrlich nich ... de mitte Augegläser hat mich jelinkt ... de mitte Gläser und Honnes von Coellen ...« Mehr brachte er zu seiner Verteidigung nicht hervor.

»Morgen um diese Zeit steht der Feuervogel wieder auf seinem Gerüst!«, schrie Haynz. »Morgen Abend! Und wenn nicht ...« Er packte Gleemenz an der Nase. Die fühlte sich an wie ein Eiszapfen. Langsam zog er ihn zu sich. »Und wenn nicht, werd ich dir den Kopf abschneiden.« Leise sprach er jetzt, so leise, dass Gleemenz es mit der Angst zu tun bekam. »Deinen hohlen, schielenden, leeren Schädel werd ich dir absäbeln, so wahr es noch Gerechtigkeit am Großen Fluss gibt.«

Er schaukelte aus dem Kerker, warf die Tür hinter sich zu und schloss ab. Am Treppenabsatz blieb er stehen. Seine achtzehn treulosen Frauen fielen ihm ein. Ein Gedanke schlich durch seine Hirnwindungen, ein Gedanke, der ihm gefiel. »Gute Idee, kluger Haynz, prächtige Idee ...«

Er rannte die Treppe hinauf und lief in den Gebäudeflügel, wo die Schlafräume seiner Frauen lagen. Er hatte die achtzehn, die nicht mit Heapert aus Dysdoor geflohen waren, um ihn vor Gleemenz zu warnen, in einem einzigen kleinen Zimmer eingepfercht.

Haynz schloss die Tür auf und leuchtete mit der Fackel in den Raum. Eng aneinander gekuschelt und in

Decken gehüllt lagen die meist jungen Frauen kreuz und quer auf dem Boden.

»Aufstehen!«, brüllte Haynz. Erschrocken fuhren die Frauen aus dem Schlaf hoch. »Anziehen! Mitkommen! Schnell! Los! Schnell, schnell!« Die Frauen wussten nicht, wie ihnen geschah. Ein Auge immer auf den zeternden Hauptmann unter dem Türrahmen gerichtet, schlüpften sie hastig in ihre Kleider und hüllten sich in Decken und Felle ein.

Kurz darauf folgten sie Haynz aus dem Palasteingang in den nächtlichen Hof hinaus. Keine wusste, was sie erwartete. Die meisten wussten nicht einmal, warum Haynz sie in dieser Nacht eingesperrt hatte. Gleemenz' kurze Rebellion war entweder an ihnen vorbei gegangen oder sie hatten gar nicht bemerkt, dass Heapert und die beiden ältesten Frauen sich mit einem Floß auf den Weg zum Hauptmann gemacht hatten.

Haynz stapfte durch den Schnee. Er ließ Hoftor und Mauer hinter sich und steuerte die Pfahlhüttensiedlung am Flussufer an. An der ersten Hütte blieb er stehen. Krautz Hütte. Mit der stumpfen Seite seiner Axtscheide schlug er gegen die Wand. »Komm raus, Krautz! Dein Hauptmann muss mit dir reden! Komm raus!«

Gemurmel wurde hinter den Hüttenwänden laut, ein Kind fing an zu weinen, ein Mann würgte und hustete, dann hörte man Schritte und schließlich öffnete sich die Tür. Mit einer Fackel in der Rechten erschien Krautz im Eingang. Er hatte sich in seinen Mantel gehüllt. Husten schüttelte seinen Körper durch.

Haynz reckte ihm den ausgestreckten Zeigefinger entgegen. »Hör zu, was dein Hauptmann dir zu sagen hat, hör gut zu!« Zwei Frauengesichter erschienen rechts und links hinter Krautz' Schultern. Neugierig blickten sie auf Haynz herab. »Wenn du morgen bei Sonnenaufgang mit mir nach Coellen in den Kampf ziehst -« Haynz drehte sich langsam um und richtete seinen Zeigefinger auf die eng aneinander gedrängte Schar seiner Frauen, »- darfst du dir eine aussuchen.«

Augenblicklich hörte Krautz auf zu husten. Sein Unterkiefer sank hinunter, er machte ein ungläubiges Gesicht. »Wirklich wahr?«

»Wirklich wahr ich Haynz, der Hauptmann von Dysdoor bin!«

Krautz strahlte. »Doll.« Die Frauengesichter hinter ihm verschwanden in der Dunkelheit der Hütte. »Dann nehm ich die ...«

Den Rest der Nacht schlug sich Haynz damit um die Ohren, den stolzesten Teil seines Harems von Hütte zu Hütte zu schleppen und den fiebernden, hustenden und rotzenden Männern sein Angebot zu unterbreiten. Und von Hütte zu Hütte verbesserte sich unerklärlicherweise die Stimmung in seinem Harem. Der schrumpfte schnell und im Morgengrauen hatte Haynz achtzehn Frauen weniger.

Kurz nach Sonnenaufgang versammelten sich achtzehn Dysdoorer in Haynz' Burghof neben dem Eisenvogel, der nicht mehr schießen konnte. Haynz ließ den frierenden Gleemenz aus dem Kerker holen. Er wurde nicht gefragt, ob er mit in den Kampf ziehen wollte oder nicht. Er musste – sein Leben hing davon ab.

Auch Heapert schloss sich der Truppe an. Haynz hatte ihm seine beiden restlichen Frauen angeboten. Doch Heapert lehnte ab und sagte, es sei ihm eine selbstverständliche Ehre, seinem Hauptmann zu folgen, wo auch immer hin.

An der Spitze von zwanzig Bewaffneten also zog

Haynz von Dysdoor an jenem Morgen in den Uferwald des Großen Flusses, um seinen Feuervogel zurück zu erobern. Er verzichtete bewusst darauf, mit den Flößen nach Coellen zu fahren. Zum einen hätten sie gegen die Strömung flussaufwärts paddeln müssen. Vor allem aber wollte Haynz vermeiden, dass die Coelleni sie frühzeitig entdeckten. Es sollte ein Überraschungsangriff werden.

Als sie etwa zehn Speerwürfe zurückgelegt hatten, setzte dichter Schneefall ein ...

Langsam kroch die F-17 die Rampe hinauf. Dave stand mit sechzig Männern am Rand jener alten Stadtautobahn, die sie hier im Köln fünfhundertvier Jahre nach »Christopher-Floyd« den »Schwebenden Pfad« nannten. Die sechzig Männer hatten sich in zwei Gruppen zu je dreißig geteilt. An dicken Lederseilen zogen sie den Jet Meter um Meter der Straße entgegen.

»Eins – und zwei! Und eins – und zwei!« Honnes stand zwischen den beiden Gruppen und gab den Rhythmus vor, in dem sie sich gegen die straff gespannten Ledertaue stemmten. »Eins – und zwei – und eins – und zwei – und eins ...«

Die Leute von Köln hatten ganze Arbeit geleistet. In nur zwei Tagen hatten sie aus ungezählten Baumstämmen die steile Rampe zusammen gezimmert, über die nun der Jet vom Rheinufer auf die alte Stadtautobahn hoch gezogen wurde. Über eine Strecke von fast zwei Meilen hatten sie die Piste von Geröll, Büschen und Bruchholz befreit. Dave hielt sie keineswegs für eine ideale Startbahn, aber mit ein bisschen Glück würden das Fahrwerk und die Plastiflexreifen durchhalten.

Der Schneefall während der letzten dreißig Stunden erwies sich als Vorteil: Ein pfiffiger Kölner war gestern auf die Idee gekommen, die größten Löcher in der auf Betonsäulen ruhenden Autobahn mit Schnee zu stopfen. Über Nacht war der festgestampfte Schnee gefroren. Trotzdem sah Dave dem Start mit sehr gemischten Gefühlen entgegen.

»... und eins – und zwei – und eins – und zwei ...«

Dave stemmte sich mit den anderen gegen das Lederseil, ließ sich zurückfallen, setzte die Rechte vor die Linke, die Linke wieder vor die Rechte, stemmte sich gegen den Zug des tonnenschweren Geräts, ließ sich erneut zurückfallen.

Unten auf der Rampe drückten vierzig Coelleni den Jet nach oben – zwölf hinter der rechten, zwölf hinter der linken Tragfläche, je fünf auf beiden Seiten des Hecks hinter dem Höhenleitwerk und der Rest am Fahrwerk und am Rumpf. Ihnen machte der Schneefall eher zu schaffen – ständig glitten sie auf dem nassen Holz aus.

Mit dem ersten Morgengrauen war Dave aufgestanden und hatte Proviant, Decken und Werkzeug zusammen gepackt. Seit Sonnenaufgang, seit anderthalb Stunden also rackerten sie sich hier am »Schwebenden Pfad« mit dem Flugzeug ab. Daves Gepäck und die Fässer mit dem Sprit warteten fünfzig Schritte weiter am Rand der alten Stadtautobahn. Nicht weit von der Stelle entfernt, wo sie über dem Fluss eingebrochen war.

Endlich schob sich das Steigrohr des Jets über die Ebene der Piste. Das nahe Ende der Schufterei spornte die Männer an. Auch Dave glühte vor Aufregung.

»Und eins – und zwei – und eins – und zwei ...« Honnes beschleunigte den Rhythmus. Ruckartig und langsam wie eine Schnecke kroch der Bug der F-17 über den Rand der Bahn und neigte sich auf die Piste. Und dann war die Maschine oben. Alle brachen in lauten Jubel aus.

»Yeah! Yeah!« Dave ballte die Fäuste, schüttelte sie über den Schultern und stampfte in den Schnee. »Washington, ich komme!«

Sie schoben den Jet bis an den äußersten Rand der Stadtautobahn und rollten nacheinander die Fässer unter die Tragflächen, bockten sie auf ein Holzgestell auf und öffneten sie. Dave begann das Flugzeug zu betanken. Er hängte die Ansaugsonden in die Fässer und steuerte den Vorgang mit der Bordelektronik. Das dauerte, aber dafür, dass er noch nie zuvor einen solchen Job hatte erledigen müssen, klappte es wie am Schnürchen.

Etwa dreihundert Männer und Frauen aus Coellen standen um den Jet herum. Etwas weniger als die Hälfte der gesamten Einwohnerschaft. Viele Schaulustige waren gekommen und der Bürgerrat natürlich. Die Männer, die geholfen hatten, das Flugzeug vom Floß auf die Piste zu befördern, hatten sich bewaffnet und waren flussabwärts gezogen. Dort wollten sie ihre zwanzig oder dreißig Mitstreiter unterstützen, die sich einen Kilometer weiter in der Böschung verborgen hielten, um den Flößen der Dysdoorer einen gebührenden Empfang zu bereiten.

Honnes und Juppis hatten sich gewundert, dass Haynz nicht gestern schon angegriffen hatte. Sie waren sicher, dass er das heute nachholen würde. Und Dave glaubte ihnen.

Der Tank wurde voll. Eines der Fässer musste nicht einmal völlig geleert werden. Dave atmete auf. »Es geht voran«, seufzte er und kletterte aus dem Jet.

Der Schnee fiel dichter inzwischen. »Wird Zeit, dass du hier wegkommst«, sagte Honnes.

Dave blickte in den weißen Vorhang, der vom Himmel herabfiel, und nickte. Tones und ein paar junge Männer halfen ihm, sein Gepäck zu verstauen. Nur wenig nahm er mit – Proviant, einen Fellmantel, zwei Decken und ein Fell, das ihm Gittis Attenau aufgedrängt hatte, und ein paar Werkzeuge, die ihm unentbehrlich erschienen.

Dann kam der Augenblick des Abschieds. Dave blickte auf seine Uhr. Den 26. Dezember zeigte der Kalender, viertel vor zehn. *Zweiter Weihnachtsfeiertag*, dachte Dave, *und ungefähr die gleiche Zeit, zu der ich vorgestern notlanden musste*. David McKenzie war nicht abergläubisch, deswegen hielt er das weder für ein gutes, noch für ein schlechtes Omen.

»Zeit zu gehen.« Er streckte Honnes die Hand entgegen. »Ich bin froh, dass sich unsere Wege gekreuzt haben. Gott segne dich. Ich schätze, wir sehen uns das letzte Mal.«

Honnes drückte ihm die Hand. In seinem zerfurchten Gesicht zuckte kein Muskel. Ernst sah er den Jüngeren an. »Vielleicht«, sagte er. »Vielleicht auch nicht.«

»Wir sind glücklich, Maddrax' Freund geholfen zu haben«, sagte Juppis. Schneeflocken klebten an seinem weißen Zopf. »Solltest du ihn tatsächlich treffen, dann grüße ihn und berichte ihm von uns.« Etwas in seiner alten Stimme ließ Dave aufhorchen. Juppis schien daran zu zweifeln, dass er das sagenhafte Meeraka je erreichen würde.

Nacheinander verabschiedete Dave sich von der Familie des Kanzlers, von Tones und den vielen jungen Streitern, die ihm die Piste bearbeitet und den Jet hinaufgezogen hatten. Jeder wollte ihm die Hand drücken.

Ohne sich noch einmal umzudrehen, schritt Dave dann zur Maschine. Ein Nebel aus Schneeflocken hüllte sie ein. Unter dem Cockpit blieb er stehen. Er schloss die Augen. »Washington ruft«, murmelte er. »Und Gott steh mir bei.« Er bekreuzigte sich und kletterte ins Cockpit.

Genau in diesem Augenblick schrie jemand unter der alten Autobahn vom Flussufer aus. Alle lauschten. »Die Dysdoorer!« Mehrere Männerstimmen riefen durcheinander. »Sie kommen durch den Wald!«

Honnes gab Dave ein Handzeichen. »Fort mit dir!«

Dave zog die Cockpit-Kuppel zu. Die Triebwerke sprangen an. Zwischen den Bäumen des Waldes, hinter einem Vorhang aus Schnee tauchten dunkelgraue Schatten auf. Erst drei, dann fünf, dann immer mehr. Honnes erkannte die kurze fassartige Gestalt des Dysdoorer Hauptmanns. Die Triebwerke heulten auf.

Honnes zog sein Schwert aus der Scheide, winkte seine Streiter hinter sich her und rannte am Bug des anfahrenden Jets vorbei. Vierzig Streiter folgten ihm. Sie bildeten eine lebende Mauer zwischen dem davon rollenden Flugzeug und dem Waldrand.

Rasch zählte Honnes die Dysdoorer zwischen den Bäumen durch. Es waren kaum mehr als zwanzig. Und sie standen dreihundert Coelleni gegenüber. Honnes ließ sein Schwert sinken.

Für Augenblicke standen die Dysdoorer wie erstarrt. Als würde das Röhren der Triebwerke sie erschrecken. Oder die große Zahl der Coelleni. Dann kam Bewegung in ihre Reihen.

Zuerst spurtete Haynz aus dem Wald – mit einer Wendigkeit und Geschwindigkeit, die ihm nur einer zutraute, der schon gegen ihn kämpfen musste. Einer wie Honnes.

Aus den Augenwinkeln sah Honnes den Feuervogel hinter sich vorbei rollen. Der Lärm, den er veranstaltete, schmerzte ihn in den Ohren.

Nach und nach folgten die Dysdoorer ihrem Hauptmann auf die Piste hinaus. Haynz kam als erster bei den Coelleni an. Dicht vor Honnes blieb er stehen. Er hielt sich die Ohren zu. »Du durchtriebener Taratzenbastard!« Er schrie nicht, er kreischte. Aus Wut und um das Geheule des Flugzeugs zu übertönen. »Mein Feuervogel! Sag ihm, er soll anhalten! Sag ihm, er soll aussteigen! Ich will meinen Feuervogel zurück!«

Honnes deutete seelenruhig nach rechts, wo man die beiden Triebwerke im Schneevorhang glühen sah. »Sags ihm selbst.«

Haynz stieß einen Wutschrei aus. »Wir rechnen ab! Du kahlköpfige Schlange du, wir rechnen ab, jawoll!« Er winkte seinen Männern zu und rannte dem Jet hinterher. Mit wehenden Mänteln stürmten die Dysdoorer ihrem Hauptmann hinterher.

Honnes, Juppis und die Coelleni sahen ihnen nach. Das Heulen des Feuervogels entfernte sich langsam, die Glutaugen seiner Triebwerke verschwammen, und bald verschluckte der dichte Vorhang aus Schneeflocken auch die Dysdoorer.

Honnes steckte sein Schwert zurück in die Scheide. Er zog sich seinen Umhang und den Fellmantel über den Kahlkopf. Mit vor der Brust verschränkten Armen blickte er in den Himmel. Noch immer war das Röhren des Feuervogels allgegenwärtig. Juppis und der Kanzler tauchten neben ihm auf. Auch sie blickten in den schneeverhangenen Himmel. Alle taten das, die sich in diesen Minuten auf dem »Schwebenden Pfad« aufhielten.

Das Röhren und Heulen entfernte sich, erst langsam, dann schneller, erstarb schließlich. »McKenzie hat es geschafft«, murmelte Honnes. »Wudans Streiter mögen ihn begleiten ...«

Kurz darauf schwoll das Dröhnen im Schneehimmel wieder an. Ein dunkler schlanker Schatten schob sich einige Speerwürfe hoch über sie hinweg. Ein Jubelschrei aus über dreihundert Kehlen begrüßte ihn – und verabschiedeten ihn zugleich: Schneefall verhüllte den Schatten, sein Getöse verklang. Diesmal rascher und ohne noch einmal anzuschwellen.

Palavernd zogen die Coelleni zurück zur Hozollerbrück, dem einzigen Zugang, der von der rechten Seite des Großen Flusses aus in ihre Siedlung hineinführte. Honnes, Juppis und der Kanzler gingen an der Spitze ihrer Mitbürger.

»Ich habe viele Winter gesehen«, sagte der greise Attenau, »aber nie ist so viel Neues geschehen wie seit meinem letzten Winter.«

Nachdenklich starrte Honnes ins Schneetreiben. Der Kanzler hatte Recht – seit Maddrax mit seinem Feuervogel hier auf dem »Schwebenden Pfad« niederging, war nichts mehr wie früher – die Stadt nicht und er selbst auch nicht.

»Etwas verändert sich, glaubt mir«, sagte Jannes Attenau. »Mit jeder Ankunft eines Götterboten hat unser Coellen sich verändert.« Er schüttelte den Kopf, als könnte er es nicht fassen. »Erst Maddrax ... und jetzt schon wieder ein Mann in einem Feuervogel! Das ist ein Zeichen Wudans, glaubt mir – die Welt verändert sich ...«

Honnes wischte sich den Schnee aus dem Stoppelbart. »Ja«, sagte er. Weiter nichts.

»Die Dysdoorer!«, rief irgendjemand neben ihm. Er sah auf. Die Gestalten von Haynz und seinen Leuten schälten sich aus dem Schneetreiben. Das Gesicht des Dysdoorer Hauptmanns sprach Bände: Er stand kurz davor zu platzen – vor Wut. Die Fäuste schüttelnd stampfte er Honnes, Juppis und dem Kanzler entgegen.

»Das werdet ihr mir bezahlen!«, sagte er leise. Er war blass und seine Augen glänzten feucht und rötlich. »Das könnt ihr gar nicht bezahlen! Niemals könnt ihr mir meinen Feuervogel bezahlen!«

Honnes hegte keinen Zweifel daran, dass Haynz seine Leute ohne Zögern zum Angriff kommandiert hätte, würde er nicht einer mehr als zehnfachen Überzahl gegenüberstehen.

»Besonders du!« Haynz stach mit dem Finger nach Honnes. »Besonders du wirst bezahlen! Den Haynz von Dysdoor so zu belügen und betrügen!« Er stampfte in den Schnee. »Hiermit kündige ich das Bündnis zwischen Coellen und Dysdoor!« Er blitzte Juppis und Attenau an. »Jawoll, ich kündige! Vorbei! Vorbei! Vorbei für alle Zeit und Ewigkeit!«

Er drehte sich nach seinen Leuten um, deutete auf den Wald und stapfte davon.

»Haynz!«, rief Juppis ihm hinterher. Der wandte den Kopf und blieb stehen. »Nicht so schnell! Du bekommst deinen Feuervogel!« Haynz runzelte die Stirn. »Nicht nur einen – zwei oder drei geben wir dir als Ersatz!«, fügte Juppis an.

Die grimmige Miene des Hauptmanns glättete sich ein wenig. »Wollt ihr den Hauptmann von Dysdoor verarschen? Wollt ihr das?«

»McKenzie hat uns an einen Ort geführt, an dem es viele Feuervögel gibt«, sagte Honnes.

»Er hat uns gebeten, dir einige zu schenken«, sagte der Kanzler. »Als Dank und Gruß an den edlen Haynz von Dysdoor.«

Man sah Haynz die Verwirrung an. Hin und her gerissen zwischen Verblüffung, Zorn und Begeisterung flog sein Blick zwischen den Männern hin und her.

»Du kannst deinen ganzen Hof damit vollstellen, wenn du willst«, sagte Juppis. »Das ganze Ufer von Dysdoor kannst du damit schmücken ...«

Ärwyn, Krautz und Gleemenz schoben sich neben Haynz. Sie machten große Augen. Haynz schluckte ein paar Mal. »Ist das wirklich wahr …?« Heiser klang seine Stimme jetzt; die Rührung erstickte sie fast. »Ist das wirklich, wirklich wahr …?«

Außerhalb des Cockpits war nichts als weißes Geflirre. Direkt vor sich konnte Dave den kobaltblauen Bug sehen und rechts und links die Tragflächen seiner Maschine, doch der Rest der Welt war weiß, vollkommen weiß. Und mit steigender Geschwindigkeit verwandelte sich das Geflirre des Schneegestöbers in einen dichten weißen Schleier. Einzelne Schneeflocken konnte Dave bald nicht mehr unterscheiden.

Er beschleunigte den Jet so sanft wie nur irgend möglich. In kontinuierlichem Steigflug wollte er die Wolkendecke durchstoßen und dann rasch in die Tropopause vorstoßen, die Grenzschicht zwischen Troposphäre und Stratosphäre. Dort oben, in etwa 11.000 Metern Höhe, herrschte im Allgemeinen das günstigste Verhältnis zwischen Schubkraft und Luftwiderstand. Dave hoffte in dieser Höhe Überschallgeschwindigkeit zu erreichen, ohne den Nachbrenner benutzen zu müssen. Denn das kostete eine Menge Sprit, und genau darum ging es ihm: Er saß zwar in der modernsten Version der F-17 Alpha 2, aber auch deren Reichweite war begrenzt. Viel mehr als 9000 Kilometer konnte er mit vollem Tank nicht bewältigen. Und selbst wenn er alles richtig machte, lagen bis nach Washington D.C. ziemlich genau 8.800 Kilometer vor ihm.

Behutsam zog er den Steuerknüppel Stück für Stück zu sich. Seine Augen wanderten über die Instrumentenkonsole zwischen seinen Beinen und die Armaturenplattform unter der Frontkuppel. Der Leuchtbalken des digitalen Höhenmessers stieg langsam der 5000-Fuß-Marke entgegen, die Geschwindigkeit zeigte 295 Knoten an, also nicht ganz Mach 0,5 in dieser Höhe. Bald würde die F-17 in die Wolkenschichten vorstoßen, aus denen diese unglaublichen Schneemassen der Erde entgegen fielen.

In immer gleichem Takt wanderte eine Grün leuchtende Gerade über das Head-up-Display im oberen Viertel der Frontkuppel. Abgesehen von ihr war der Radarschirm leer. *Wer sollte in dieser postapokalyptischen Welt auch in der Gegend herumfliegen?*, dachte Dave. *Außer ein paar monströsen Eulenvögeln vielleicht …*

Ihretwegen hauptsächlich ließ Dave den Radar eingeschaltet. Kaum anzunehmen, dass die Schuppenbestien bei einem solchen Wetter auf die Jagd gingen – aber konnte man es wissen?

26. 12. 2012, 9:58 Uhr, zeigte die Zeitangabe am unteren Rand des Head-up-Displays. »Zweitausendzwölf …« Dave schüttelte den Kopf. Er musste grinsen. »Zweitausendzwölf plus fünfhundertvier …« Ihm ging durch den Kopf, dass es in Washington jetzt fünf Uhr morgens war. »Erinnere mich daran, die Uhr zurückzustellen, Mickey …«

320 Knoten zeigte der Geschwindigkeitsmesser inzwischen an. Der Leuchtbalken des Höhenmessers überschritt eben die 5800-Fuß-Marke. Es wurde dunkler über der Cockpit-Kuppel. Dave tastete nach der Sauerstoffmaske auf seiner Brust. Sie und den Schlauch hatte er im Cockpit gefunden. Auch den zusammengeknüllten Bremsfallschirm hatten Haynz und Genossen in den hinteren Teil des Cockpits gestopft – Dave hatte ihn fachmännisch zusammengelegt und wieder ins Heck der Maschine verfrachtet. Nur der Helm war nirgends aufzutreiben gewesen.

Dave schnallte sich die Maske vor Mund und Nase. Die Sauerstoffzufuhr stellte er noch nicht an. Das digitale Manometer auf der Instrumentenkonsole behauptete, dass der Sauerstoffvorrat für die Atemluft bis auf 53 Prozent erschöpft war. Auf keinen Fall wollte Dave in einer Höhe fliegen müssen, die ihm zwar erlaubte, auf Sauerstoffzufuhr zu verzichten, dafür aber Geschwindigkeit und Sprit kosten würde.

Der Höhenmesser ließ die 6000-Fuß-Marke hinter sich. Mit einer Geschwindigkeit von 395 Knoten stieg die Maschine der Wolkenschicht entgegen.

Ein paar Minuten später verwandelte sich der weiße Schleier außerhalb des Cockpits schlagartig in eine dunkelgraue Wand. Finster wurde es, nur das Head-up-Display und die zahllosen LEDs auf der Instrumentenkonsole sorgen für schummriges Licht im Cockpit. 6600 Fuß zeigte der Höhenmesser an. Die Geschwindigkeit blieb jetzt bei knapp über 400 Knoten relativ stabil.

Dave ließ die Maschine noch immer im selben flachen Winkel ansteigen; zwei oder drei Minuten lang durchquerte er die schwarzgraue Wolkendecke. Flüssigkeit strömte von außen über die Cockpit-Kuppel.

Und dann, von einer Sekunde auf die andere wurde es hell – eine schwarze Wand sackte unter dem Jet weg. Dave drehte sich um. Rotglühend stand die Sonne über dem dunklen Wolkenmeer. Er wunderte sich, weil ihr Licht ihn nicht zwang, die Augen zu schließen. Nicht das gleißende, blendende Licht strahlte sie aus, das ihn bei früheren Flügen oberhalb der Wolkendecke empfangen hatte, sondern ein trübes, rötliches Leuchten.

Logisch, Professor, dachte er, *der Kometeneinschlag ist erst fünfhundertvier Jahre her – die Atmosphäre hängt noch voller Staubpartikel …*

Er erhöhte die Schubkraft. Die Maschine kletterte

rasch bis auf über 10.000 Fuß hinauf; mit 485 Knoten stieg sie der Topopause entgegen. Dave widerstand dem Impuls, die Beschleunigung zu erhöhen. *Denk an den Sprit*, dachte er, *denk immer an den Sprit ...*

Minuten krochen dahin, summierten sich zu Viertelstunden. Langsam aber stetig gewann die F-17 an Höhe. Der Luftwiderstand nahm ab, und der Sauerstoffgehalt der Luft auch. Dave stellte die Sauerstoffzufuhr an.

10:47 Uhr zeigte das Head-up-Display an, als der Höhenmesser die 20.000-Fuß-Marke überschritt. Und noch einmal eine halbe Stunde später erreichte die F-17 die Topopause. In einer Höhe von knapp 31.000 Fuß ließ Dave den Steigungswinkel langsam abflachen – bis er einen horizontalen Kurs erreichte.

Die Geschwindigkeit stieg auf über 573 Knoten – ein Wert, der oberhalb der Topopause der Schallgeschwindigkeit entspricht. Trotzdem stand das Machmeter noch immer knapp unter Mach 1. Dave schloss daraus, dass der Luftwiderstand höher war als vor fünfhundertvier Jahren. Er ging bis auf 34.000 Fuß hoch, und endlich zeigte das Machmeter die Überschreitung der Schallgeschwindigkeit an.

Dave holte sich die Grafik des Navigations-Computers auf das Head-up-Display. Die topografischen und geografischen Umrisse Europas erschienen im oberen Viertel der Frontkuppel. Des Europas, wie es vor fünfhundertvier Jahren ausgesehen hatte. Doch Dave ging davon aus, dass die Katastrophe die Küstenstreifen nicht gravierend verändert hatte. Was blieb ihm anderes übrig?

Rechts unten konnte er die Umrisse der englischen Südwestküste erkennen. Der grüne Punkt, der die Position des Jets anzeigte, befand sich schon ein gutes

Stück westlich davon. Nicht nur das Festland lag also bereits hinter ihm – das hatte er erwartet –, sondern auch die britischen Inseln. Die F-17 flog in über zehn Kilometer Höhe auf den offenen Atlantik hinaus. Noch immer lagen knapp achttausend Kilometer vor David McKenzie.

Ein Blick auf die Zeitangabe: Es war *11:13 Uhr.*

Dave ließ den Kurs nach Washington D.C. ausrechnen, gab ihn in den Navigations-Computer ein und überließ die Maschine dem Autopiloten. Dann lehnte er sich zurück und erhöhte die Schubkraft. Die Geschwindigkeit stieg – aber langsamer als Dave erwartet hatte. So viel Stoff er den beiden Triebwerken auch gab – ab 710 Knoten reagierten sie nur noch träge. Um 11:32 Uhr überschritt der Geschwindigkeitsmesser endlich 800 Knoten; bis zur 900-Knoten-Marke vergingen noch einmal fast zehn Minuten.

Normalerweise hätte die Maschine ohne Nachbrenner in einer Minute um vierhundert Knoten beschleunigen müssen. Etwas stimmte nicht. »Mist«, murmelte Dave, »ich hab etwas übersehen, Mickey ...«

Entweder hatte der Jet die Notlandung des Commanders nicht unbeschadet überstanden oder die Wilden aus der Pfahlhüttensiedlung hatten sie beschädigt.

Kurz nach zwölf erst erreichte der Jet eine Geschwindigkeit von über tausend Knoten. Dave hatte nie vorgehabt, die gesamte Power des Geräts auszureizen – in 36.000 Fuß müsste es eine Geschwindigkeit von über Mach 5 erreichen, also um die dreitausend Knoten –, aber mit dreifacher Schallgeschwindigkeit wäre er schon gern geflogen. Viel länger als zweieinhalb Stunden hätte er auf diese Weise nicht gebraucht bis an die amerikanische Ostküste. Von diesem Gedanken musste er sich jetzt verabschieden.

Ich kann froh sein, wenn der Vogel nicht schlapp macht … Der Gedanke trieb ihm kalten Schweiß auf die Stirn …

Eine Stunde später – 13:06 Uhr zeigte das Head-up-Display an – flog der Jet mit 1060 Knoten – nicht ganz 2000 km/h – durch die Topopause. *Ob zweieinhalb oder viereinhalb Stunden*, dachte Dave, *Hauptsache ich komme heil an …* Er glaubte inzwischen, dass die verzögerte Beschleunigung mit dem alten Sprit zusammenhing. Wahrscheinlich hatte das Kerosin aus grobe Schmutzpartikel enthalten. Fünfhundert Jahre in den Tanks von Flugzeugwracks waren dem Treibstoff gewiss nicht zuträglich gewesen.

Dave stellte die Uhr um fünf Stunden zurück – 8:07 Uhr war es nun auf der Digitalanzeige des Displays. Auch seine Armbanduhr stellte er auf US-Ostküstenzeit ein.

Seine Augen wurden müde. LED-Leuchten, Balken, Zeiger und Knöpfe auf der Konsole zwischen seinen Beinen verschwammen. Die Erschöpfung der vergangenen zwei Tage kroch ihm in die Knochen. Warm und schwer lauerte der Schlaf vor den Pforten seines Bewusstseins.

»Du bleibst wach, Professor, alles klar …?« Dave versuchte es mit Atemübungen, streckte sich, verschränkte die Arme hinter dem Kopf und starrte in den rötlichen Dunst über der Cockpit-Kuppel … aber man kann sich nicht pausenlos bewegen; schon gar nicht wenn man im Cockpit eines Stratosphären-Jets eingezwängt ist. Und kaum saß Dave wieder still und atmete normal, schwappte der Schlaf in sein Hirn und seine Augen fielen ihm zu.

Er drehte die Heizung herunter, versuchte in Gedanken sechs Scheiben des »Turms von Hanoi« zu versetzen, ohne zwei Scheiben auf einmal zu bewegen und ohne eine größere über eine kleinere Scheibe zu schichten.

Doch was er während seiner Gefangenschaft bei den Menen locker geschafft hatte, verursachte ihm jetzt Knoten im Kopf und er scheiterte bereits bei der dritten Scheibe.

Instrumentenkontrolle, Atemübungen, der Blick auf den Radarschirm und wieder Atemübungen. *9:23 Uhr* zeigte das Head-up-Display. Die Minuten wälzten sich dahin wie eiskalte Quecksilbertropfen.

Dave begann zu frieren. Der schwere heiße Teer in seinem Hirn zog sich zurück. Er versuchte die Wurzel aus 249 im Kopf bis auf fünf Kommastellen auszurechnen. Er schaffte es bis auf vier. Er war jetzt zwar einigermaßen wach, aber es wurde eiskalt im Cockpit. Also hoch mit der Heizung, nur ein paar Grad wenigstens. 9:57 Uhr ...

Aus irgendeinem Grund fiel ihm der Kredit von 15.000 Dollar ein, den er im Juni 2011 für einen neuen Wagen aufgenommen hatte – einen Geländewagen von General Motors. Er rechnete aus, wie hoch seine Bankschulden heute, fünfhundertvier Jahre und sechs Monate später, theoretisch sein müssten, und kam auf eine Summe von weit über eine Million Dollar. »Eine Million Dollar – ich bin bankrott ...« Er lachte laut. 10:34 Uhr ...

Es wurde wärmer im Cockpit, Dave sah den Höhenmesser – 34.000 Fuß – und den Geschwindigkeitsmesser – 1063 Knoten – doppelt. Das warme weiche Gefühl breitete sich in seinem Hirn aus. Er drehte sich um – zerklüftete Wolkenformationen verdeckten den wabernden Glutball der Sonne halb. Er blickte nach vorn – aus dem schwarzen Wolkenmeer unter ihm ragten pilzartige Gebilde, Türme und Hörner herauf, teilweise bis knapp unter seine Flugebene. Sie erinnerten Dave an den schwarzen Doppelturm des Kölner Doms und einige auch an Ruinenformationen, wie er sie in Berlin gesehen hatte. Und plötzlich begannen sie sich zu bewegen, tanzten auf und ab, rissen Mäuler und Augen auf, wurden zu gigantischen Walen, Elefanten, Drachen und Eulen. Und dann verschluckte der Schlaf Daves Bewusstsein …

Als er die Augen wieder aufriss und aufs Head-up-Display blickte, war es 11:27 Uhr. Ein Adrenalinstoß trieb seinen Herzschlag in den roten Bereich. »Shit …!« Hektik überfiel ihn, seine Finger flogen über Instrumente und Kontrollanzeigen. Höhe und Geschwindigkeit war konstant geblieben, auch sonst nichts Auffälliges. Dave seufzte laut und fiel zurück in die Sitzschale. »Gott im Himmel sei Dank …«

Er holte den Radar auf das Display – nichts zu sehen. Dann die Grafik des Navigations-Computers – unter der Wolkendecke noch immer die Weiten des Atlantiks. Die nordamerikanische Ostküste war noch genau 1134 Kilometer entfernt. Ein Blick auf die Tankkontrolle – 16 Prozent. *Das reicht …* Daves Pulsschlag verlangsamte sich. *Das müsste reichen …*

Der Schock über sein Nickerchen war ihm mächtig in die Glieder gefahren; hellwach war er jetzt. Seine Finger flogen über die Tastatur des Navigationsrechners. Er wollte wissen, wie lange er bei gleichbleibender Geschwindigkeit noch brauchen würde, bis er die Küste erreichte. Achtunddreißig Minuten, behauptete der Rechner. Dave blickte auf die Zeitangabe – 11:32 Uhr.

Die Erregung, die Dave jetzt ergriff, hatte nichts Schockartiges mehr. Eine Mischung aus Lampenfieber, Neugier und Furcht war es. Er fieberte dem Augenblick entgegen, in dem er die Wolkendecke durchstoßen und die Ostküste seiner Heimat sehen würde.

Fünfundzwanzig Minuten später war es so weit. Er stellte den Autopiloten aus und drückte den Jet nach unten. Noch ein Blick zurück auf den Sonnenball im Osten. »Wer weiß, wann wir das gute Stück wiedersehen, Mickey …«

Dann drosselte er die Geschwindigkeit bis auf unter 700 Knoten; der Leuchtbalken des Höhenmessers sackte auf 11.000 Fuß ab. Bald tauchte die Maschine in die Wolkenbank ein. Eine dunkelgraue Waschküche dampfte außerhalb der Cockpit-Kuppel. Daves Hände schwitzten, sein Atem flog.

Und dann wurde es hell – zweieinhalb Kilometer unter ihm breitete sich die blaugraue Fläche des Atlantiks aus, und vor ihm, vielleicht zehn oder fünfzehn Kilometer entfernt, erstreckte sich die Küste.

»Sweet home …!« Dave lachte befreit auf. »Sweet home America …!« Er schaltete den Radar ein und nahm das Tempo weiter zurück, bis auf 400 Knoten.

Es schneite nicht. Doch die Küste, die er Minuten später erreichte, war weiß. Auch hier herrschte Winter – Dave hatte es nicht anders erwartet. Er ging bis auf 300 Fuß hinunter.

Durch die Frontkuppel sah er eine Stadt, vier oder fünf Kilometer entfernt. »Washington! Jesus Christus! Das ist Washington D.C.!« Er blickte nach unten. Alles weiß – verschneite Wälder, verschneite Ruinen und dazwischen ein breiter weißer Streifen. »Der Potomac! Zugefroren!«

Dave drückte die Maschine auf 160 Fuß hinunter. Mit 140 Knoten raste sie über die breite Eisfläche. »Ich setz auf dem Eis auf!« Dave merkte nicht, dass er schrie. »Auf dem Eis, Mickey, was meinst du?!«

Die weiße Fläche fiel ihm entgegen. »Runter mit den Bremsklappen! Raus mit dem Fahrwerk!« Seine Finger flogen über die Instrumentenkonsole. Ein Ruck ging durch die Maschine. Die Geschwindigkeit sank rapide bis unter 80 Knoten. Dave behielt den Höhenmesser im Auge: 90 Fuß ... 80 ... 60 ... 30 Fuß ...

Die Druckwelle des Jets wirbelte den Schnee unter ihm auf. Bei 20 Fuß hüllte ihn eine weiße Fontäne ein, Schnee fegte über die Tragflächen, klatschte gegen die Frontkuppel. Mit knapp 30 Knoten, nicht ganz 60 km/h also, setzte der Jet auf. Das Eis hielt! Dave löste den Bremsfallschirm aus. Im nächsten Moment stürzte er in die Gurte.

Er sah weiter nichts als Schnee, kniff die Augen zusammen, hielt den Steuerknüppel fest, stemmte seine Beine in den Fußraum. Die Maschine verlor schlingernd an Geschwindigkeit, blieb aber auf Kurs, wurde langsamer und langsamer ... und dann stand sie still. Schnee rutschte vom Glas des Cockpits.

Dave atmete ein paar Mal tief durch; er keuchte wie ein Gewichtheber, der gerade dreihundert Kilo gerissen hatte. »Das hast du ... ganz prima ... hingekriegt ... Professor ... ganz prima ...«

Er blickte nach links. Eine Insel wölbte sich aus der Eisfläche. »*Roosevelt Island*, ich glaubs nicht ...« Er blickte nach rechts – eine hohe Steinmauer erhob sich nahe am Ufer. Dave fühlte sich an eine mittelalterliche Stadtmauer erinnert. »Was ist aus dir geworden, Washington ...?«

Dann klappte er die Cockpit-Kuppel auf. Er stellte sich auf den Pilotensitz und sah sich um. Hinter dem Jet klaffte eine tiefe Furche im Schnee, gut zehn Meter breit. Und rechts diese Stadtmauer. Dave erkannte zugespitzte Pfähle auf ihrer Krone. Er schüttelte den Kopf. »Verschanzen müsst ihr euch also«, murmelte er, »verschanzen wie in Bürgerkriegszeiten ...?« Unbehagen beschlich ihn, eine beklemmende Vorahnung.

Er putzte seine beschlagene Brille. Danach kramte er

Fellmantel, Deckenbündel und Proviant aus dem Fußraum des hinteren Sitzes. Den Mantel streifte er über; es war lausig kalt am Potomac, kälter als am Rhein. Den Sack mit dem Proviant und das Deckenbündel warf er sich über die Schultern. Dann kletterte er aus dem Jet.

Bis zu den Knien versank er im Schnee. Er stellte sich auf die Zehenspitzen, um die Kuppel zu schließen. Dann stapfte er am Heck des Jets vorbei in Richtung Stadtmauer ...

Er hatte noch keine hundert Meter zurückgelegt, als sich plötzlich vier Männer aus dem Schatten der Mauer lösten. Zwei kletterten das Steilufer hinunter und sprangen aufs Eis. Die Schöße ihrer schwarzen Ledermäntel flatterten. Als wäre jemand hinter ihnen her, pflügten sie durch den Schnee. Es war aber niemand hinter ihnen her. Dave blieb stehen. Misstrauen beschlich ihn. Aus schmalen Augen spähte er den beiden Männern entgegen. Sie wollten ihm nicht gefallen.

»Kommen Sie, kommen Sie!« Einer der beiden winkte hastig. »Beeilung, Mann! Bewegen Sie sich!« Sein Amerikanisch klang einigermaßen vertraut.

Einer der Männer sprang an ihm vorbei, der andere packte ihn am Arm. »Kommen Sie schon! Sie sind in Gefahr!«

Mehr reflexartig hetzte Dave hinter ihm her. Wer flieht nicht, wenn jemand lautstark und mit der nötigen Angst in der Miene Gefahr beschwört?

Im Laufen blickte Dave sich kurz um. Der zweite Mann hatte die Cockpit-Kuppel geöffnet und legte etwas hinein.

Sie erreichten das Ufer. Die beiden zurückgebliebenen Männer – junge schwarze Burschen in Lederjacken –

streckten die Hände nach ihm aus und zogen ihn die steile Böschung hinauf. »Zur Mauer«, sagte einer und rannte auch schon los.

Dave fühlte sich nicht wohl bei all dem, weiß Gott nicht, aber er hatte keinen Plan. Und die Männer fühlten sich bedroht – Dave hörte es ihren heiseren Stimmen an, sah es an ihrer Haltung, ihren Mienen. Also folgte er ihnen.

Die Mauer war nur zehn, zwanzig Schritte entfernt. Einer der Schwarzen warf einen Widerhaken an einem Seil auf die Krone, zog es straff und kletterte hinauf. »Hinterher!« Jemand verpasste Dave einen Stoß in den Rücken. Er packte das Seil und kletterte hoch.

Auf der Mauerkrone, während die anderen drei sich am Seil hoch hangelten, sah Dave zurück auf die F-17. Dunkle Gestalten liefen dreihundert Meter flussabwärts über den vereisten Fluss. Dort unten sah die Mauer breiter aus als hier. Türme überragten sie. *Ein Tor,* dachte Dave. Die Gestalten auf dem Eis steuerten den Jet an. *Scheiße ...*

Der letzte Mann zog sich auf die Mauerkrone und drängte sich zwischen den Spitzhölzern hindurch. »Runter mit Ihnen!« Er warf das Seil auf die andere Seite. Der erste Mann kletterte auf eine Art breiten Grenzstreifen hinab. Dahinter, etwa fünfzig Meter entfernt, sah Dave Dächer, niedrige Türme, kahle Bäume – alles winterlich weiß. »Jesus«, murmelte er, »eine mittelalterliche Stadt im Winter ...«

»Quatsch nicht! Runter mit dir!« Einer der Schwarzen packte ihn und deutete auf das Seil. Dave kletterte hinunter. Einer nach dem anderen folgte. Die Burschen sahen ganz und gar nicht mittelalterlich aus.

Eine Detonation ließ den Boden vibrieren. Dave hielt den Atem an und blickte zurück. Menschen schrien irgendwo dort draußen auf dem Fluss, dumpfe Schläge prasselten jenseits der Mauer aufs Eis. *Trümmerstücke*, schoss es Dave durch den Kopf. Ein Rauchpilz erschien in Daves Blickfeld; er quoll in den Winterhimmel hinauf.

»Mein Jet!«, brüllte Dave. »Seid ihr übergeschnappt?! Seid ihr vollkomm-?!« Ein Faustschlag riss ihm das Wort aus dem Mund. Rücklings prallte er in den Schnee.

Einer der Schwarzen beugte sich über ihn. Etwas Kaltes, Hartes drückte sich in Daves Stirn. Es sah aus wie ein Revolver. »Wir durften nicht zulassen, dass er dem Weltrat in die Hände fällt«, zischte der Kerl. »Du tust, was wir sagen. Wenn du weiter so einen Lärm veranstaltest, bist ein toter Mann ...!«

»David McKenzie ...« Der Mann sprach den Namen gedehnt und langsam aus, als würde er jede einzelne Silbe auf der Zunge prüfen. »Professor Doktor David McKenzie ...« Die körperliche Präsenz des Mannes war so groß, dass sie den grell erleuchteten Raum auszufüllen schien. Dave vergaß die vier anderen Burschen. Sie lehnten an den kahlen Betonwänden und belauerten ihn.

»Hören Sie zu, Mac ...«, sagte der Mann. Breitbeinig stellte er sich vor dem Stuhl auf, an den sie Dave gefesselt hatten. Er musterte ihn mit fast steinerner Miene. »... ich glaub Ihnen kein Wort.«

Der Mann war groß und gebaut wie ein Schwerathlet. Pralle Muskelpakete strafften den dunklen Stoff seines Kombis. Der Anzug – er hatte Ähnlichkeit mit Daves Pilotenoverall – passte zu der ganzen martialischen Ausstrahlung des Mannes, zu seinem kantigen Gesicht, seinen graublauen Augen, zu seiner grimmigen Miene.

Der Mann erinnerte Dave an jemanden. Um es rundheraus zu sagen: Er erinnerte ihn an Arnold Schwarzenegger, den Präsidenten der Vereinigten Staaten von Amerika. Aber was heißt »erinnern« – der Mann war Daves oberstem Chef wie aus dem Gesicht geschnitten! Abgesehen von der Kleinigkeit, dass der Kerl, der hier breitbeinig vor ihm stand, höchstens Anfang dreißig war. Dave begriff die Welt nicht mehr.

»Hören Sie, ich weiß nicht, wer Sie sind«, sagte er wider besseren Wissens, »und was Sie von mir wollen. Ich weiß nur eines ganz genau: Meine Story ist wahr. Jedes einzelne Wort davon.«

Der Mann, der aussah wie eine aufgefrischte Ausgabe des Präsidenten, neigte den Kopf. »Mein Name ist Black«, stellte er sich vor, »und ich bin nicht Ihr Feind, *Mac*. Was jetzt kommt, ist notwendig und nicht zu ändern. Danach sehen wir alle klarer ...« Er drehte sich um und gab einem der jungen Burschen hinter sich einen Wink. Der ging zu einem verchromten Metallschrank und öffnete ihn. Die beiden Schwarzen kamen zu Daves Stuhl. Sie banden seinen linken Arm los, krempelten den Ärmel des Kombis bis über den Ellenbogen hoch und schnürten ihm den Oberarm mit der Fessel ab. Daves Ellenbeugen-Vene staute sich.

»Hey, was soll das?«, entfuhr es Dave. Er ahnte es – und wurde kreidebleich.

»Wir wollen Ihre Story nur noch einmal hören«, sagte der Mann, der sich selbst Black nannte. »Diesmal die Originalversion.«

Der dritte Mann, ein Weißer mit einer dunklen Bürstenfrisur auf dem Schädel, brachte ein Fläschchen mit Gummipfropfen aus dem verchromten Schrank. Und eine Spritze samt Kanüle.

»O nein ...« Dave stöhnte. »Macht keinen Blödsinn, ich hab euch alles gesagt!«

Durch einen weitläufigen Park hatten sie ihn zu einer Ruine geführt. Dave hatte den leerstehenden und halb zerstörten Gebäudekomplex erkannt – das ehemalige *John F. Kennedy Center for the Performing Arts*. Durch ein Labyrinth von zerfallenen Räumen und Gängen voller Trümmer und Gerümpel waren sie schließlich zu einem Liftschacht gekommen und hinein geklettert. Und dann durch eine getarnte Tür in diese unterirdischen Gewölbe gelangt. Seit fast zwei Stunden saß Dave jetzt gefesselt auf dem Stuhl und beantwortete jede Frage des Schwarzenegger-Doubles. Aber der Mann glaubte ihm nicht. Was, wenn Dave es nüchtern betrachtete, auch kein Wunder war. Er selbst hätte die Story aus dem Mund eines Fremden vermutlich auch nicht geglaubt.

Der mit dem Bürstenschnitt hatte inzwischen die ölige Flüssigkeit aus der Stechampulle in die Spritze gezogen. »O Scheiße . . .!« Dave wand sich auf seinem Stuhl. Einer der Schwarzen packte ihn an der Schulter und hielt ihn fest. Die Kanüle bohrte sich in Daves Vene. »Ich reiß mir den Arsch auf, um nach Washington zu kommen, und ihr Idioten habt nichts Besseres zu tun, als meine F-17 in die Luft zu jagen und mich festzusetzen . . .«

Mr. Black musterte ihn schweigend und schüttelte leicht den Kopf; er schien mit Daves Ausdrucksweise nicht einverstanden. Der vierte seiner Handlanger setzte einen kleinen dunklen Kasten neben David McKenzie auf dem Tisch ab. Dave sah ein Kabel, und etwas, das ihn an ein Mikrofon erinnerte. Die Kanüle wurde aus seiner Ellenbeuge gezogen. Einer der Männer drückte die Einstichstelle mit einem Stofffetzen ab.

». . . und jetzt gebt ihr mir auch noch einen verdammten Schuss!«

Daves Kopf füllte sich mit heißer Watte. Etwas summte durch seine Hirnwindungen. Blacks Bild verschwamm vor seinen Augen; alles verschwamm vor seinen Augen – der Tisch, der schwarze Kasten darauf, der verchromte Schrank, die vier Männer.

»Und nun noch einmal …« Blacks Stimme schien aus einer anderen Dimension an Daves Ohr zu dringen. »Wer sind Sie? Wer schickt Sie? Und wie lautet Ihr Auftrag?«

»McKenzie.« Daves Zunge bewegte sich wie von selbst. »Professor Doktor David McKenzie. Stellvertretender Leiter der Astronomischen Division der US Air Force …« Wie von selbst purzelten ihm die Worte über die Lippen.

»Am Nachmittag des achten Februar 2012 bin ich mit einem Geschwader unter dem Kommando von Commander Matthew Drax vom Luftwaffenstützpunkt Berlin Köpenick gestartet, um den Beschuss des Kometen ›Christopher-Floyd‹ zu beobachten. Ich flog mit Lieutenant Jennifer Jensen. Commander Drax hatte meinen Chef an Bord, Professor Doktor Jacob Smythe …«

Dave erzählte alles. Manchmal wurde es ihm bewusst. Zum Beispiel, als er davon berichtete, wie er im Kerker der Menen seinen verletzten Arm durch Liegestützen trainierte. Oder als er plötzlich über das mathematische Problem des »Turms von Hanoi« zu schwadronieren begann und über die erfolgreichen Versuche, seine grauen Zellen auf diese Weise fit zu halten.

Manchmal war es ihm, als würde er neben sich stehen und sich selbst zuhören. Manchmal hörte er sich lachen – zum Beispiel, als er von seiner Begegnung mit Haynz und dessen Bruder berichtete. Und manchmal spürte er, wie ihm die Tränen über die Wangen liefen – zum Beispiel, als er von Daanahs Beerdigung unter dem Brandenbuger Tor erzählte.

»… und jetzt bin ich hier«, endete er schließlich,

»... jetzt bin ich in Washington D.C. und suche den Commander. Matthew Drax heißt der Mann. Bringt mich zu ihm, bitte ...«

Er spürte kaum, wie sie ihn losbanden. Jemand stellte eine Trage neben ihm ab. Sie legten ihn darauf und trugen ihn weg ...

Eine Lampe unter der Betondecke verbreitete schummriges Licht. Eine Pritsche stand an der Wand, gegenüber ein Waschbecken aus verchromtem Metall, daneben ein Kunststofftisch und ein Stuhl und in der Ecke ein Loch für die menschlichsten aller Bedürfnisse.

Die Metalltür wurde alle sieben Stunden aufgeschlossen und schweigsame Männer stellten ihm eine Kanne Wasser, Fleisch und Getreidebrei auf den Tisch. Ohne seine Uhr hätte Dave nicht gewusst, wie viele Tage er schon hier in der Zelle verbracht hatte.

Genau sechs waren es, als sie ihn abholten. Der Kalender seiner Armbanduhr zeigte den 1. Januar 2517 an. Es war halb zwölf Uhr mittags, und Dave hätte es sicher amüsiert, wenn ihm jemand gesagt hätte, dass jenseits des Atlantiks Haynz zur gleichen Zeit Freudentänze in den Ruinen der ehemaligen deutschen Luftwaffenbasis Köln-Wahn aufführte, weil Juppis und Honnes ihm die Flugzeugwracks dort gezeigt hatten. Aber das wusste Dave natürlich nicht.

Es war nicht so, dass David McKenzie sich besonders ausgelassen fühlte, weiß Gott nicht. Während der ersten beiden Tage nach dem Verhör hatten ihn die Nachwirkungen der Droge fast ununterbrochen an die Pritsche gefesselt. Am dritten Tag haderte er mit Gott und sich selbst. Und seit drei Tagen machte er wieder Liegestützen und Bauchmuskeltraining und löste mathematische Aufgaben im Kopf. David McKenzie dachte nicht daran aufzugeben.

Die Zellentür wurde aufgeschlossen, drei Männer betraten den Raum. Zwei junge Kerle in schmutzigen Hosen und Lederjacken und ein Mann Anfang fünfzig mit ungesunder Gesichtsfarbe und schütterem grauen Haarkranz. Er trug einen grünen Mantel über einem dunklen Overall. Der Mantel erinnerte Dave an die chirurgische Abteilung einer Klinik.

Der Mann rümpfte die Nase. »Stinkt ja tierisch bei Ihnen, Mac. Ich bin Dr. Ryan. Kommen Sie.« Er trat zur Seite und bedeutete Dave mit einer Kopfbewegung die Zelle zu verlassen.

»Wohin gehts?«, fragte Dave.

»Irgendwo hin, wo es besser riecht. Nun machen Sie schon.«

Einer der Lederjacken fesselte ihn mit einer Handschelle an sich. Sie führten ihn durch das Kellerlabyrinth. Keiner sprach ein Wort. Daves anfängliche Fragen blieben unbeantwortet, also schwieg er auch.

Nach etwa zehn Minuten ging es durch einen engen Durchschlupf in einen finsteren Schacht. Dave musste an eine Kanalisation denken. Aber nur so lange, bis an der Decke Glühlampen aufflackerten und er ein kleines Schienenfahrzeug erkannte.

Sie fuhren in der elektrisch angetriebenen Draisine einige Minuten lang den Tunnel entlang, bis sie, wiederum durch einen perfekt getarnten Verschlag, in das nächste Labyrinth einstiegen. Wieder Gänge, wieder kahle Räume. Und dann eine Metalltür. Der Mann namens Ryan öffnete sie und winkte Dave hindurch.

Der Raum dahinter sah aus wie ein Laboratorium. Mit einem Blick erfasste Dave Mikroskope, Reagenzglasgestelle, Stehkolben, Schlangenkühler und eine Unzahl elektronischer Geräte.

Mitten im Raum standen zwei große Glasröhren, mehr als mannshoch und mit einem Durchmesser von gut einem Meter. Eine gelbliche Flüssigkeit füllte die eine. In der anderen schwebte ein bläulicher Körper. Ein Fisch, eine Riesenkröte, ein überdimensionaler Leguan – ganz genau konnte Dave es nicht erkennen. Eine Frostschicht zog sich über seine Kopfhaut bis in den Nacken hinunter.

Vier Männer standen neben den Glastanks, oder wie auch immer man die Röhren bezeichnen wollte. Einen kannte Dave. »Hallo Black, und ein glückliches neues Jahr.« Er sagte es bissiger als er wollte. »Und? Glaubst du mir inzwischen?«

»Setzen Sie sich, Mac.« Der Mann, der dem jungen Schwarzenegger so verteufelt ähnlich sah, aber es natürlich nicht sein konnte, deutete auf einen Stuhl. Dave folgte der Aufforderung, und man nahm die Handschelle ab. »Wir wollen Sie jemandem vorstellen.«

Dave sah sich die Männer rechts und links von ihm an. Ein Schwarzer, der ihn gleichgültig musterte. Ein Latino, kleingewachsen und mit vernarbtem Gesicht, der die Zähne so heftig zusammen biss, dass seine Kaumuskulatur pulsierte. Beide Anfang zwanzig.

Und dann war da noch ein Weißer mit braunem Haar und schmalem Gesicht von etwa dreißig Jahren. Fast so groß wie Dave selbst und genauso schlacksig. Er trug einen dunkelroten Overall und schien eine wichtige Rolle zu spielen unter diesen rätselhaften Kellerkindern. Er trat an Daves Stuhl und umkreiste ihn langsam. Auf seiner Miene spiegelte sich eine Mischung aus Furcht und Entschlossenheit. Dave konnte sich keinen Reim darauf machen.

»Wem wollen Sie mich vorstellen, Black – dem hier?« Dave deutete auf den Mann im roten Overall.

»Ihm auch, später. Vor allem aber *ihm.*« Black drehte sich zu den Glastanks um. »Holt ihn raus.«

Ein Metallgestell auf Rädern wurde an den linken Glasbehälter geschoben, eine Art hydraulischer Minikran. Doc Ryan und der Latino kletterten auf die Leitern. Sie zogen Plastikgurte aus dem Querarm des Hydrauliklifters, senkten sie in die gelbe Flüssigkeit und befestigten sie an dem Körper, der darin schwamm. Ryan drückte einen Knopf auf der Steuerkonsole des Lifters. Summend hob die Hydraulikvorrichtung den Körper aus dem Glastank.

Die Flüssigkeit tropfte auf den Boden; schlaff hing das blaue Wesen in den Gurten. Der Schwarze rollte einen wuchtigen, mit Plastikfolie bezogenen Lehnsessel heran. Dort hinein manövrierten sie das Wesen.

»Jesus …«, entfuhr es Dave. *Ich sehe was, das du nicht siehst, Mickey, und das ist blaugrau und sieht aus wie ein Fisch …*

Der Körper des Wesens war nicht viel größer als ein Meter dreißig. Ein Flossenkamm stand aufrecht von seinem Scheitel ab, Flossen auch an seinen Arm- und Beingelenken. Zwischen den langen Zehen und Fingern spannten sich Schwimmhäute.

Sie ließen das Wesen in den Sessel sinken und schnallten es von den Riemen los.

Dave vergaß zu atmen. Er hatte viel gesehen in den letzten Monaten, manchmal mehr als sein Hirn verarbeiten konnte. Aber das hier übertraf alles. »Was ist das?«, flüsterte er.

»Ein Fishmanta'kan«, sagte Ryan gleichgültig. Doch Dave bemerkte die interessierten Blicke der Männer. Sie wanderten zwischen ihm und dem Wesen hin und her.

»So jedenfalls lautet der geläufige Name. Sie selbst nennen sich Hydriten. Wie er selbst heißt, will er uns nicht sagen.«

Die kleinen Augen des Wesens fixierten ihn ruhig. Dave sah, wie sich an den Seiten seines schuppigen Kopfes etwas rhythmisch aufblähte und zusammenzog. Er hörte Atemgeräusche. *Kiemen*, dachte Dave. *Das ist wirklich und wahrhaftig ein Fischmensch ...*

»Das ist der andere«, sagte Black an das fremdartige Wesen gewandt. Mit einer Kopfbewegung deutete er auf Dave. »Wenn du es tust, bist du frei.«

Das Wesen starrte Dave an. Eine Gänsehaut rieselte Dave über den Rücken. *Welcher andere?*, dachte er, *und was soll er tun ...?*

»Also? Arbeitest du mit uns zusammen?« Keine Gefühlsregung schwang in Blacks Stimme, keine Ungeduld, keine Anspannung.

Das Wesen machte eine Bewegung mit seiner Handflosse. Die beiden jungen Burschen, die Dave mit Doc Ryan zusammen aus der Zelle geholt hatten, fassten Dave unter die Achseln, zogen ihn hoch und führten ihn zu dem Fischwesen. Dave trat in die Pfütze, die sich um den Sessel des Wesens gebildet hatte. Dessen Handflosse schloss sich kalt und glitschig um Daves Rechte.

Die Blicke des Menschen David McKenzie und des Hydriten trafen sich. So fremdartig diese Fischaugen waren – Dave erkannte die Intelligenz, die aus ihnen sprach. Und noch etwas erkannte er – sein Gehirn sträubte sich, dieses Etwas mit dem Begriff zu benennen, mit dem man es zu benennen pflegte, wenn man es in menschlichen Augen entdeckte: Erbarmen. Ja – Erbarmen war es, was Dave in diesen fremdartigen Augen lesen konnte.

Und plötzlich veränderte sich die kalte Flossenhand

des Hydriten. Sie wurde heiß, schloss sich fester um Daves Hand. Die Hitze schien durch seinen Arm zu strömen, und eine tiefe Ruhe erfüllte plötzlich seinen Brustkorb.

Sein Kopf wurde warm, doch es war nicht die schwere Wärme, mit der ihn der Schlaf während des Fluges übermannt hatte, auch nicht die klebrige Wärme, mit der die Droge seinen Willen entmachtet hatte – es war eine Wärme, die seine Gedanken stillte und in einem glasklaren Strom dahin fließen ließ. Dave fühlte sich, als würde ihn jemand im Geist umarmen ...

Das Wesen ließ ihn los, die Männer führten ihn zurück zu seinem Stuhl. Unter seinen Stiefelsohlen klebte die Flüssigkeit aus dem Glastank. »Nun?« Wieder Blacks tonlose Stimme. »Tust du es oder nicht?«

Noch immer waren die Augen des Wesens auf David McKenzie gerichtet. Der saß vollkommen entspannt auf seinem Stuhl. Die unerklärliche Gewissheit, dass alles gut werden würde, erfüllte ihn.

»Was soll er tun?«, fragte Dave. Niemand beachtete ihn.

Das Wesen nickte. »Ja, ich tue es.« Seine Stimme war von Klacklauten durchzogen und kaum zu verstehen, aber er bediente sich tatsächlich des Englischen. Dave blieb der Mund offen stehen. »Wird uns viel Kraft kosten. Ihn und mich und den anderen. Sehr viel Kraft. Vorbereitungen sind nötig.«

»Das wissen wir«, sagte Doc Ryan.

»Müsst den Sauerstoff in meiner Nährflüssigkeit erhöhen. Geht bis an die Grenze, zwei oder besser drei Mondzyklen lang. Und reichert das Plasma mit Eiweiß und Elektrolyten an ...«

Dave traute seinen Ohren nicht. Kerzengerade hockte er auf der Stuhlkante. Wie ein Chefarzt bei der Visite auf einer Intensivstation hörte das Wesen sich an. »Was soll er tun?«, fragte Dave ruhig noch einmal.

»Und ihn –« Der Hydrit hob seine rechte Handflosse und richtete sie auf Dave, »– behandelt sehr sorgfältig. Reduziert seinen Stoffwechsel auf das Nötigste. Viel Zucker braucht sein Hirn in der Vorbereitungsphase …«

Aus schmalen Lidern spähte Dave an dem Fischwesen vorbei zu den Tanks. Plötzlich füllte sich sein Schädel mit dem Bild des leeren Tanks … »Was soll er tun …?«, flüsterte er. Und als ihm noch immer keiner antwortete, brüllte er es hinaus: »Verdammt, *was soll er tun?!*« Er sprang auf, doch die Wächter drückten ihn zurück auf den Stuhl. Handschellen schlossen sich um seine Handgelenke und Knöchel.

»Etwas, das für unsere Sache von unschätzbarer Bedeutung sein wird«, sagte Black. Er winkte Ryan heran und zeigte auf den Mann im dunkelroten Overall, der noch immer neben Dave stand und ihn unverwandt beobachtete. »Das ist Philipp Hollyday, Doc. Meinen Sie, Sie könnten es schaffen?«

Ryan stellte sich vor Hollyday. Prüfend musterte er dessen Gesicht. Hin und wieder wandte er den Kopf, um David McKenzie zu fixieren. Er tastete die Nase des Mannes namens Hollyday ab, strich über die Wangenknochen und befühlte die Ohren. Und immer wieder der Seitenblick auf Dave.

»Was habt ihr vor?« Dave schluckte. Wie fortgeblasen waren die Ruhe und Zuversicht, die ihn eben noch erfüllt hatten. »Was habt ihr vor, ihr Teufel?!«

»Reißen Sie sich zusammen, Mac«, sagte Black. Fragend blickte er den Arzt an.

»Ich sehe keine größeren Schwierigkeiten. Allerdings – zwei, drei Monate werde ich schon brauchen. Aber das kommt unserem Gast ja entgegen.« An Black vorbei warf er einen Blick auf das Fischwesen. »Philipp muss sich die Haare wachsen lassen; außerdem sollten wir ihm eine Brille besorgen.«

»Okay«, sagte Black. Dann eine Handbewegung, und der Latino drückte Dr. Ryan eine Spritze in die Hand. Die Wächter krempelten Daves Ärmel hoch und hielten ihn fest.

»Zum Teufel mit euch!«, brüllte Dave. »Was habt ihr vor, verdammt noch mal?!«

»Sorry, Mac.« Black zuckte mit den Schultern. »Sie sind ein netter Kerl. Aber wir brauchen Sie, und freiwillig würden Sie sich wohl kaum drauf einlassen ...«

»Worauf? Sagt mir doch wenigstens ...«

»Später. Wenn Sie wieder wach sind.« Die Nadel fuhr in Daves Arm. Nicht ganz fünf Sekunden später wurde es schwarz um ihn ...

Dumpfes Pochen – langsam, rhythmisch; es war allgegenwärtig, dieses Pochen. Seine Lungen blähten sich auf, ohne dass er Atem holen musste. Lichtreflexe, Stimmen, Pochen, Sprudeln, manchmal perlten Bläschen über seinen nackten Körper, streiften sein Wangen oder seine Stirn. Manchmal glaubte er langes braunes Gras vor seinen Augen schweben zu sehen. Manchmal begriff er, dass es sein Haar war.

Die Zeit stand still. Oder sie strömte an ihm vorbei und vergaß ihn mitzunehmen. Sein Hirn war nicht in der Lage, das zu beurteilen. Es schwebte zwischen Nacht und Dämmer auf und ab. Es tauchte auf, es tauchte unter, manchmal in warmes gelbliches Licht, manchmal in Dunkelheit. Und immer das Pochen – wie beruhigend, wie einfach.

Hin und wieder formten sich Gesichter aus dem

Nichts. Das geschah, wenn sein Hirn auftauchte. Es waren gute Gesichter. Und wenn sie ihre Münder bewegten, kamen schöne Stimmen heraus. Schöne Worte.

»Mein Davy«, sagte das Gesicht seiner Mutter. »Mein süßer kleiner Davy ...«

»Dave«, sagte Daanahs Gesicht. »Mein wilder starker Dave ...«

Auch seinen Bruder Mickey sah er, ganz klar sah er ihn, und ganz deutlich hörte er seine Stimme: »Du wirst deinen Weg machen, David McKenzie«, sagte Mickeys Stimme. »Du wirst deinen Weg machen, ich schwörs dir ...«

Es war so gut. Und das allgegenwärtige Pochen ließ die warme Flüssigkeit um ihn herum pulsieren. Es war das Leben, was da pulsierte. Er tauchte gern aus dem Nichts auf, er tauchte gern in das Nichts unter. Alles war so einfach.

Verschwommen sah er manchmal menschliche Gestalten durch das gelbliche Licht hindurch. Nicht Daanah, nicht Mickey, auch nicht Ma. Er kannte sie nicht, und trotzdem versuchte er ihnen zuzulächeln.

Und einmal war eine Gestalt dabei, die trug etwas Weißes um den Kopf, vielleicht einen Turban, vielleicht einen Verband. Es interessierte ihn nicht. Lange stand die Gestalt jenseits des warmen gelben Lichtes. *Wer bist du?*, dachte etwas in seinem Hirn, *bist du's, Mickey ...?*

Auftauchen, untertauchen. Pochen, Pulsieren, Glucksen.

Einmal war er mit seinem Vater auf dem Balkon ihrer Wohnung in Baltimore. Unten auf dem Hinterhof spielte seine Schwester Judith mit anderen Mädchen. Dad hob ein Modellflugzeug hoch, eine Supermarine Spitfire, und sagte: »Das war der Stolz der Royal Air Force zwischen 1936 und 1954.«

Und ein andermal stand er als Zwölfjähriger am Grab seines Vaters. Eine Hand schloss sich um seine, und als er aufblickte, sah er Dads geliebte Züge im gelben Licht leuchten. Er strich ihm durchs Haar und sagte: »Ich glaube an dich, Davy.« Und er sagte: »Alles was du festhältst, verlierst du, und alles was du loslässt, behältst du ...«

Auftauchen, untertauchen. Stimmen, Bilder. Gelbliches Licht, nichts, gelbliches Licht. Wunderbarer Wechsel, stiller Puls des Lebens. Die Zeit stand, die Zeit strömte vorbei, die Zeit vergaß ihn ...

Und eines Tages tauchte er auf und nicht mehr unter. Verschwommene menschliche Gestalten versammelten sich vor der durchsichtigen Wand jenseits des gelben Lichtes. Etwas straffte sich unter seinen Achseln, eine Kraft zog ihn hoch. Er wollte sie abschütteln, wollte wieder untertauchen. Die Kraft ließ ihn nicht los. Sie zog ihn einfach aus dem gelben Licht. Er fühlte Wut auf die unnachgiebige Kraft.

Das Pochen hörte auf, Wasser plätscherte, etwas wurde aus seinem Hals gezogen. Er hustete, sog die Luft ein – zum ersten Mal seit so langer Zeit. Er riss die Augen weit auf. Männer waren um ihn herum. Auf einem Sessel saß das blaugraue Wesen, ernst und mit stillem Erbarmen in den fremdartigen Augen.

Die Zeit strömte nicht mehr an Dave McKenzie vorbei. Sie packte ihn und zerrte ihn wieder mit sich ...

Willenlos ließ Dave sich abtrocknen und sich seine Kleider überstreifen. Jemand schnürte ihm die Stiefel zu, jemand schnallte ihm die Uhr um das Handgelenk, jemand setzte ihm die Brille auf.

Sie verfrachteten ihn in einen Sessel. Als sie ihn losließen, sank sein Kopf in den Nacken bis auf die Kante der

Sessellehne. Tief atmete er durch. Er spürte seinen Körper kaum. Den Arm zu heben und sich das Haar aus dem Gesicht zu streichen kostete Kraft. Viel zu viel Kraft.

»Die Muskeln haben ein bisschen nachgelassen, Mac«, sagte eine tonlose Stimme. Dave zwang sich den Kopf von der Sessellehne zu heben. Black stand vor ihm. »Nicht weiter schlimm – das gibt sich mit der Zeit.«

Langsam, ganz langsam drehte Dave den Kopf ein wenig. Neben Black stand der Mann in dem roten Overall. Er war nervös, trat von einem Bein auf das andere, nagte auf seiner Unterlippe herum. Er trug eine Brille ...

Dave kniff die Augen zusammen und riss sie wieder auf. Tatsächlich – der Mann trug eine Brille, eine Brille wie seine. Auch langes Haar trug der Mann. Gestern waren seine Haare noch kürzer gewesen, ganz bestimmt. Oder vorgestern ... oder vor drei Wochen ... oder vor zwei Jahren?

Dave drückte Daumen und Zeigefinger gegen seine Augäpfel und sah noch einmal hin. Langes Haar, Brille – ohne Zweifel, so war es. Und dann musste Dave lachen. »Der sieht ja aus wie ich«, keuchte er. »Das ... das bin ja ich ...«

Das Lachen strengte ihn an. Und der Mann, der nicht nur seine Haare und seine Brille, sondern auch seine Gesichtszüge trug, lachte nicht. Vorwurfsvoll blickte er auf seinen Doppelgänger hinunter. Dave störte es nicht, ihm war alles gleichgültig.

Viele Sinneseindrücke, viele Gedanken perlten durch sein Hirn, aber keiner blieb irgendwo haften. Sein Schädel fühlte sich nicht an, als würde ein 1400 Gramm schweres Organ darin schwimmen. Er fühlte sich an, als würde eine kühle Lösung mit ein paar Eiweißmolekülen darin hin und her schwappen.

»Glückwunsch, Doc«, sagte Black. »Sieht so aus, als hätten Sie gute Arbeit geleistet.«

Ein Mann trat neben das Double in dem dunkelroten Overall; ein Schwarzer Anfang dreißig, den Dave bisher noch nicht hier gesehen hatte. »Es ist *perfekt*.« Er schmunzelte. »Wenn sogar Mac sich wiedererkennt ...«

»Sie sagen es, Mr. White«, ließ sich Black vernehmen. Dave musste wider Willen kichern: ein Weißer, der »Schwarz« hieß, und ein Schwarzer mit Namen »Weiß«. *Wirklich witzig ...*

»Kommen Sie, Mr. Hollyday, es ist so weit.« Black fasste den Mann mit Daves Gesichtszügen am Arm. Neben Dave stand ein hochlehniger Lehnsessel. So dicht, dass die Armlehnen sich berührten. An ihm vorbei führte Black den Mann mit Daves Gesicht zu einem dritten Sessel. Der stand auf der anderen Seite des leeren Lehnsessels, ebenfalls Armlehne an Armlehne. Black drückte den Mann hinein.

Ein paar Sekunden blieb er schweigend vor ihm stehen. »Danke, Mr. Hollyday«, sagte er schließlich. »Nicht jeder würde für unsere Sache solch eine Veränderung auf sich nehmen. Die Running Men sind Ihnen zu tiefem Dank verpflichtet ...«

Dave hörte die Worte, aber er begriff sie nicht. Und sie interessierten ihn auch nicht weiter.

»Schon gut, Mr. Black«, sagte der Mann mit Daves Gesicht. »Wir wollen es hinter uns bringen ...«

Dave hatte keine Ahnung, was er hinter sich bringen wollte.

Sie schoben den hydraulischen Lifter durch den Raum. Daves Blick blieb an seiner Uhr hängen. *Oh, eine Uhr*, dachte er, *sogar meine eigene ...*

Es war so mühsam, den Arm zu heben und das Handgelenk zu drehen. Aber er schaffte es schließlich. Es war halb fünf. Morgens oder abends, das wusste Dave nicht. Aber war das wichtig?

Die Zahlen und Buchstaben unten auf dem Zifferblatt schoben sich in sein Bewusstsein, das Datum auf der Kalenderanzeige. Der sanfte Strom in seinem Hirn nahm sie mit sich, spülte sie weg. Dave zwinkerte, blickte wieder auf diese Ansammlung von Buchstaben und Ziffern, blickte so lange hin, bis sie sich ein paar Sekunden lang in seinem Hirn hielten - *April 14th, 2517 ...*

»14. April 2517«, wiederholte er. »14. April 2517 ...« Etwas an den Ziffern und Buchstaben war nicht so, wie es sein sollte. »14. April 2517 ...« Langsam hob er den Kopf und blickte auf den leeren Glastank mit der gelben Flüssigkeit. *Ist es nicht erst Januar?*, dachte er.

Bilder tauchten aus dem ruhigen kühlen Strom in seinem Kopf auf, um gleich wieder darin zu versinken. Er sah einen vom Leben gezeichneten Mann mit zerknautschtem Gesicht, den Doppelturm einer gotischen Kathedrale, er sah eine Horde kahlköpfiger Gestalten in dichtem Schneetreiben aus einem Wald stürmen, und er sah die Instrumentenkonsole eines Jets.

Aus dem Nachbartank hievten sie eben das blaugraue Fischwesen. Flüssigkeit spritzte Dave ins Gesicht. Das Wesen schwebte neben ihm, sank in den Sessel zwischen seinem und dem jenes Mannes, der seine Gesichtszüge trug.

So anstrengend war das alles, und Dave fühlte sich so kraftlos. Wieder sank sein Kopf zurück auf die Sessellehne. Er schloss die Augen. Um ihn herum hörte er Stimmen. Er beachtete sie kaum, so müde fühlte er sich, so unendlich müde. Und vor kurzem noch war alles so einfach gewesen. Er öffnete die Augen blickte sehnsüchtig auf den rechten der beiden Glastanks ...

»Ist Wanda so weit?« Blacks Stimme scheuchte Dave

aus seiner Lethargie. *Wanda?* Offensichtlich hatte der Hydrit in der Zwischenzeit einen Namen bekommen. Wieder musste Dave kichern. *Ein Fischmensch namens Wanda ... das wird ja immer lustiger hier.*

Er sah nach links. Der Hydrit hing mit geschlossenen Augen in seinem Sessel. An der Art, wie er beide Arme hob, merkte Dave, dass er genauso erschöpft war wie er selbst.

Die linke Handflosse streifte Daves Gesicht; Flüssigkeit tropfte auf seine Kleider, auf seine Wange. Er sah, wie die rechte Handflosse des Hydriten sich auf den Kopf des Mannes legte, der seine Gesichtszüge, seine Brille und seine Frisur trug. Der Mann stöhnte und sank in seinem Sessel zusammen. Und dann spürte Dave das Gewicht der Handflosse auch auf seinem Kopf. Schwer, kühl und nass lastete sie auf seinem Scheitel. Er ließ den Kopf zurück auf die Sessellehne sinken.

Die Hand wurde warm, wurde wärmer und schwerer, die Hand wurde heiß. Daves Lider schlossen sich. Ein pulsierender Hitzestrom schuf sich Bahn durch seinen Kopf. Bald erfüllte er jede Hirnwindung. Stille und Klarheit gingen von ihm aus.

Daves Hände spürten nicht mehr die Armlehnen, auf denen sie ruhten, seine Fußsohlen nicht mehr den Boden. Er konnte seine Lage im Raum nicht mehr bestimmen. Lag er, saß er, stand er auf den Füßen oder auf dem Kopf? Kein Licht fiel durch seinen Lider, keine Geräusche drangen an sein Ohr – es war, als würde sein Körper sich mit allen Sinnen nach innen umstülpen und in seinem Hirn verschwinden.

Fürchte dich nicht, raunte etwas, das eine Stimme hätte sein können. Vor was hätte er sich fürchten sollen? Vielleicht vor dem wirbelnden Nebel, den er plötzlich zu sehen meinte, der in seinem Kopf rotierte?

Der Nebel verfärbte sich, begann zu leuchten, erst Rötlich, dann Ockerfarben, dann Violett und zuletzt Blau – ein Blau so klar wie ein tiefer See, in dem die Morgensonne ertrinkt.

Immer schneller rotierte der blaue Nebel, Fetzen lösten sich von ihm, nahmen Konturen an, wurden zu Bildern. In Menschen verwandelten sich die Bilder, in Gesichter. Seine Eltern, sein Bruder, seine Großmutter, seine jüngere Schwester, sie nahmen Gestalt an.

Der Nebel rotierte jetzt so schnell, dass er unzählige blaue Tropfen versprühte. Und alle wurden sie zu Gesichtern – Dave sah den Reverend, der ihm Kommunionsunterricht erteilt und seinen Dad beerdigt hatte, er sah Schulfreunde und -feinde, Lehrer, Nachbarn aus Baltimore, den Kioskbesitzer, bei dem er Comics und sein erstes Playboy-Magazin erstanden hatte, er sah Kollegen aus Mickeys Werkstatt, Kommilitonen aus allen Universitäten, in denen er studiert hatte, sah Professoren, seinen ersten Fluglehrer, seinen Doktorvater, seine erste Freundin, Menschen, Gesichter, Menschen, mehr und mehr.

Dave versuchte sie zu rufen, doch es waren zu viele. Seine Stimme – oder waren es seine Gedanken? – verlor sich in der Unendlichkeit der Gesichter, die dem Meer blauer Farbtupfer entstiegen.

Aber nicht nur in Gesichter verwandelte sich der Sprühregen, auch in Orte, in Zahlen, in Automarken, chemische Formeln, Duschgelflaschen, physikalische Formeln, Biersorten, Filme, die er gesehen hatte, in die Namen von Quasaren, Sternnebeln, kosmischen Gaswolken, schwarzen Löchern ...

Auch »Christopher-Floyd« löste sich aus dem blauen Spiralnebel, auch der Kölner Dom, die Amazonen von Berlin, Hauptmann Haynz ... und schließlich war es

Dave, als würde sein gesamtes Leben um den blauen Nebel rotieren, alle Menschen, die er je gekannt, alle Informationen, die er je verarbeitet, alle Gedanken, die er je gedacht hatte, und alle Orte, an denen er je gewesen war.

Wie Puzzleteile fügten sich die Elemente seines Lebens zusammen, wurden zu einer rotierenden Einheit. Und erst jetzt sah Dave, dass da noch ein zweiter blauer Wirbel war, der langsam näher driftete, mit dem seinen kollidierte ... nein, sich hinein schob.

Hey, sagte eine Stimme in ihm – wahrscheinlich seine eigene – *wer bist du?*

Professor Doktor David McKenzie, raunte eine zweite Stimme – etwa auch seine eigene? Nein, sie kam aus dem zweiten Nebel.

Etwas in Dave begehrte auf. *Ich bin David McKenzie,* rief eine Stimme in ihm. Seine eigene.

Schon möglich, echote die zweite Stimme, *aber ich bin es auch ...*

Und plötzlich schwoll ein Schmerz in dem ersten Nebel an. Leise und kaum spürbar erst, dann heftiger, stechend und scharf. Etwas in ihm schrie laut, eine Glocke dröhnte, ihr Gebrüll füllte den Raum mit den beiden Nebeln aus – dann zerriss etwas in Daves Kopf und der andere blaue Nebel verschwand, löste sich auf ...

Dave schrie, als er die Augen aufriss. Neben ihm röchelte das Fischwesen. Und im Sessel daneben wand sich der Mann mit seinen Gesichtszügen. Er brüllte ebenfalls.

Dave spürte, wie ihm Schweiß und Tränen über das Gesicht liefen. Er hörte sein eigenes Geschrei erst heiser, dann brüchig werden und schließlich verstummen. Sein Herz raste, trommelte gegen Brustbein, Kehle und Schläfen, und seine Knie schlugen gegeneinander.

Er bekam nicht mit, wie sie das Fischwesen zurück in seinen Glastank hievten. Er registrierte kaum, dass sie ihn selbst in die Tragegurte hängten und in den zweiten Tank hinab senkten. Und nur wie durch einen Gazeschleier nahm er sein Ebenbild wahr, den Mann mit seinem Gesicht – *und mit seiner Erinnerung!* –, der vor dem Tank stand und ihn ein letztes Mal betrachtete, bevor er sich abwandte und ging. Er trug David McKenzies Uniform …

EPILOG

Matthew Drax lief zwischen den beiden Männern den langen Gang entlang, an unzähligen Türen vorüber. Das Ende des Ganges rückte näher. Und eine verchromte Doppeltür.

Die Männer neben ihm schwiegen. Der eine war ein Weißer von drahtiger Statur und ein wenig kleiner als Matt selbst. Der andere, ein Schwarzer, war etwa so groß wie Matt, aber wesentlich jünger.

Matt kannte ihn. Er hatte ihn gleich in seiner Wohnung in Washington, von wo sie ihn abgeholt hatten, erkannt. Es war der junge Bursche, der Mr. White erschossen hatte: Jazz. Oder vielmehr Lieutenant Garrett.

Noch zwanzig Schritte bis zur Doppeltür. Matt hatte keine Ahnung, warum ihn die beiden Agenten des Weltrats hierher in die unterirdischen Katakomben des Pentagons brachten. Der Präsident wolle ihn sprechen, hatten sie gesagt; mehr war nicht aus ihnen herauszubekommen.

»Wie spät ist es?«, fragte Matt. »Oder ist das auch ein Staatsgeheimnis?«

Garrett zog eine Taschenuhr aus der Lederjacke.

»Viertel vor drei. Interessierst du dich auch für das Datum?«

»So redselig auf einmal?« Er bedachte Whites Mörder mit einem verächtlichen Feixen. Gott, wie er den Mann verabscheute! »Pass auf, dass du dich nicht verplapperst.«

»Ladies und Gentlemen«, sagte Lieutenant Garrett in gespielter Feierlichkeit. »Heute, am 10. Mai 2517 um 11 Uhr 46 melden wir uns aus dem Pentagon. Sie sehen den berühmten Matthew Drax auf dem Weg zu einer Unterredung mit dem Präsidenten des Weltrates.«

Arschloch, dachte Matt.

Sie erreichten das Ende des Gangs. Garrett drückte die Innenseite seines Handgelenks mit der ID-Card gegen die schwarze Fläche rechts neben der Doppeltür. »Ja?«, ertönte eine leicht verzerrte Stimme.

»Matthew Drax, Mr. President«, sagte Lieutenant Garrett. Die Tür schob sich auseinander. Garrett grinste und wies in einen großen, hellerleuchteten Raum. »Bitte, Mr. Ex-Commander.«

Matt trat ein, die Tür schloß sich hinter ihm.

»Mr. Drax!« Präsident Victor Hymes erhob sich aus dem Sessel hinter seinem Schreibtisch. »Endlich!« Er kam zu Matt an die Tür und begrüßte ihn per Handschlag. »Ich freue mich, dass Sie bereit waren zu kommen. Es war nicht ganz einfach, Sie zu finden.«

»Ich war auf Reisen«, sagte Matt, ohne sich um mehr als die erforderliche Höflichkeit zu bemühen. »Was kann ich für Sie tun, Mr. President?«

Hymes betrachtete ihn mit den leuchtenden Augen eines Menschen, der eine fette Katze im Sack hatte und darauf brannte, sie endlich herauszulassen. »Vielleicht kann ich etwas für *Sie* tun, Commander.« Matt zog die Brauen hoch, weiter nichts. »Wir haben einen Mann aufgegriffen, der behauptet Sie zu kennen.« Mit auf den Rücken verschränkten Armen schlenderte Hymes zurück zu seinem Schreibtisch. »Er behauptet sogar, sie in gewisser Hinsicht schon *sehr lange* zu kennen.« Er ließ sich hinter seinen Schreibtisch in den Sessel fallen.

»Wie heißt der Mann?«

»Wir haben ihn gründlich in die Mangel genommen.« Hymes überhörte Matts Frage einfach. Offensichtlich genoss er es, ihn auf die Folter zu spannen. »Unsere Sicherheitsspezialisten haben ihn tagelang verhört. Sie verstehen, dass wir vorsichtig sein müssen. Aber er sagt die Wahrheit. Es stimmt, dass er Sie kennt. Und es stimmen auch all die ungeheuerlichen Dinge, die er sonst noch zu berichten hatte.« Der Präsident beugte sich über seinen Schreibtisch und drückte auf einen Knopf. »Matthew Drax ist jetzt bei mir. Führt unseren Gast herein.«

Eine kleine Tür an der rechten Schmalseite des Raumes schob sich auseinander. Zwei Sicherheitsmänner traten ein. Jeder von ihnen machte einen Schritt zur Seite, sodass sie die Tür flankierten. Der Blick auf einen dritten Mann wurde frei.

Für Augenblicke fegte eine heiße Woge Matts Hirn vollkommen leer. Sein Unterkiefer sank nach unten, er holte tief Luft.

Der Mann im Türrahmen trug langes Haar und eine Brille. Und die Pilotenkombi der United States Air Force!

»Dave?«, flüsterte Matt. »Dave McKenzie ...?« Er konnte nicht verhindern, dass ihm die Tränen in die Augen stiegen. Endlich fiel die Starre von ihm ab. Er stürzte zu David McKenzie und schloss ihn in die Arme. »Mensch, Dave – ich dachte, du bist tot ...«

ENDE

MICHAEL J. PARRISH

DIE SÖHNE DES HIMMELS

Zwei Stimmen, die sich in gedämpftem Tonfall miteinander unterhielten. Stimmen der Macht. Stimmen der Verschwörung ...

»Die Gelegenheit ist günstig.« Präsident Hymes' kantige Züge verzogen sich um keinen Millimeter. Die Feststellung klang kühl und gelassen aus seinem Mund – wenngleich sowohl ihm als auch seinem Gegenüber klar war, was sie bedeuten konnte.

»Wenn Sie Recht haben, dürfen wir nicht länger zögern, Sir«, beschied General Crow mit entschlossener Miene. »Wir müssen handeln. Noch ehe *sie* es tun können ...«

»Ich *habe* Recht«, versicherte Hymes. »Nie zuvor hatten wir eine Chance wie diese. Nutzen wir sie!« Sein Blick schien in weite Ferne zu reichen. »Wir werden den Weg der Alten gehen, General. Wir werden die Grenze überschreiten. Die Grenze zu den Sternen ...«

Für Matthew Drax war die Welt in Ordnung.

So weit sie das sein konnte.

In einer gefahrvollen Überfahrt hatte er den Weg von Europa nach Amerika geschafft, das jetzt *Meeraka* genannt wurde – und er hatte feststellen müssen, dass der Einschlag des Kometen »Christopher-Floyd« vor über fünfhundert Jahren auch an seinem Heimatland nicht spurlos vorüber gegangen war.

Er hatte das im Eis eingeschlossene New York City gesehen und war nur mit knapper Not tödlichen Gefahren entronnen, ehe er weiter nach Süden gezogen war, jener Stadt entgegen, die er als Washington D.C. kannte, Hauptstadt des Landes, in dem er geboren und aufgewachsen war.

Die Stadt gab es noch immer. Nur dass sie jetzt

»Waashton« hieß und nur mehr ein matter Abglanz jenes Zentrums von Macht und Größe war, als das er sie einst gekannt hatte.

Immerhin war sie noch immer Sitz einer Regierung – des »Weltrats« unter der Führung von Präsident Victor Hymes. So erfreut Matt darüber gewesen war, dass sich inmitten all des Chaos und der Zerstörung eine Zivilisation erhalten hatte, so enttäuscht war er darüber, dass ihn die Regierung des »neuen« Amerika offenbar nicht als heimgekehrten Sohn akzeptierte. Um seine Loyalität zu prüfen, hatten Hymes und seine rechte Hand General Crow ihn in eine virtuelle Realität versetzen lassen, in der Matt um ein Haar den Verstand verloren hätte.

Keine Frage – die neue Regierung der Vereinigten Staaten verfügte über vielfältige, zum Teil geradezu erstaunliche Möglichkeiten, und auch wenn sich Hymes und Crow alle Mühe gegeben hatten, ihr Vorgehen zu rechtfertigen, so war doch ein schaler Nachtgeschmack geblieben. So glücklich Matt anfangs darüber gewesen war, in seine Heimat zurückgekehrt zu sein – sehr heimisch hatte er sich bislang nicht gefühlt.

Nun jedoch hatte sich dies geändert.

Denn mit Professor Dr. David McKenzie war ein Stück von jener alten, längst vergangenen Welt zurückgekehrt, an der Matts Herz noch immer hing.

Zusammen mit McKenzie war Matt auf jener verhängnisvollen Mission gewesen, die schließlich dazu führte, dass er sich fünfhundertvier Jahre in der Zukunft wiedergefunden hatte: In ihren Stratosphären-Jets hatten sie das Herannahen des Kometen »Christopher-Floyd« und dessen Beschuss mit Interkontinental-Raketen beobachten sollen. Dave war neben seinem Chef Professor Dr. Jacob Smythe der zweite wissenschaftliche Begleiter der Mission gewesen.

Durch ein Phänomen, das er noch immer nicht begriffen hatte, war Matts Staffel in die Zukunft geschleudert worden. Einsam und allein war Matthew Drax in einer barbarischen Welt gestrandet, in der die Tier- und Pflanzenwelt mutiert und die Menschheit auf mysteriöse Weise verdummt war. Einigen seiner fünf Kameraden war er später wieder begegnet – und drei von ihnen hatten ihr Leben gelassen.

Irvin Chester im blutigen Sand der Arena von Rom.

Hank Williams in den Fängen eines Monstervogels.

Professor Dr. Smythe durch eine riesenhafte Schnecke in der Kanalisation von Mailand.

Dass Dave McKenzie nun wieder aufgetaucht war, grenzte für Matt an ein Wunder. Jennifer Jensen, eine Pilotin ihrer Staffel, die in Berlin bei einem Amazonenstamm lebte, hatte Matt vor Monaten berichtet, Dave McKenzie sei tot. Bei der Landung war eine Horde verwahrloster Männer über die beiden hergefallen, und bevor Jenny von den Amazonen gerettet wurde, hatte sie gesehen, wie man Dave den Schädel einschlug.

Zumindest schien es so. In Wahrheit war Dave schwer verletzt in einen Kerker geworfen und erst im Zuge der Friedensverhandlungen zwischen Frauen und Männern wieder freigelassen worden. Er und Matt hatten sich in Berlin nur um wenige Tage verpasst.

Irgendwie hatte es der NASA-Pilot und Experte für Astrophysik dann geschafft, sich aus altem Flugzeugschrott eine Spitfire zusammen zu bauen und damit bis nach Köln zu kommen. Dort war auch Matt auf seiner Reise nach London notgelandet. Von dem Coelleni Honnes hatte Dave erfahren, dass Matt inzwischen nach Amerika unterwegs war. Er hatte dessen Jet wieder instand gesetzt und den Atlantik überquert. So war er nach Washington gekommen und vor den Stadttoren aufgegriffen worden. Weil er wie Matthew Drax gekleidet war, hatten ihn die Wachen gleich zu den Agenten des Weltrats gebracht. Und nun war er hier, im Pentagon …

David McKenzie wieder zu sehen, hatte Erinnerungen in Matthew geweckt. Erinnerungen an eine Welt, die lange zurück lag. An Freunde, die er verloren hatte.

Trotzdem tat es gut, ihn zu sehen. Verdammt gut …

Viel Zeit, sich mit Dave zu unterhalten, blieb Matt allerdings nicht. Vom ersten Tag an, an dem der Astrophysiker zurückgekehrt war, hatte ihn der Weltrat in Beschlag genommen. Sie hatten ihn von früh bis spät befragt, aber zumindest nach den negativen Erfahrungen mit Matthew darauf verzichtet, auch Dave der Qual einer falschen virtuellen Realität auszusetzen.

Erst dann hatte man Agenten ausgeschickt, die Ex-Commander Matthew Drax, der Weltrat und Armee verlassen hatte, in Washington suchen und zum Pentagon bringen sollten.

Sie kamen keine Stunde zu früh. Matt war eben erst von einem Trip in den küstennahen Atlantik zurückgekehrt, wohin die Hydriten ihn verschleppt hatten – eine Rasse von Fischmenschen, die schon länger auf dem Grund des Meeres lebten als es Menschen gab. Ohne es zu wissen hatte Matt den Geist des alten Wissenschaftlers Quart'ol in sich getragen. Bei seiner Ankunft in Washington D.C. hatten die Hydriten die Präsenz von Quart'ols Seele registriert und Matt kurzerhand in die Tiefe des Ozeans entführt, wo der Geist des weisen Hydriten auf einen jungen Klon übertragen wurde.

Danach wollten die Fischmenschen Matt zunächst nicht gehen lassen, doch als er ihnen selbstlos gegen ein tödliches Giftgas half, setzte man ihn schließlich wieder an Land.

Dort wurde er schon von zwei WCA-Agenten erwartet. Sie hatten Matt bis ins Pentagon eskortiert. Mehrmals wurde er auf Waffen durchsucht, ehe man ihn zum Präsidenten vorließ, und jedes Mal befürchtete er, die Wachen würden die schmalen Schlitze an den Seiten seines Halses bemerken. Sie sahen im geschlossenen Zustand aus wie Kratzer, aber es waren Kiemen!

Matt hatte sie unfreiwillig von den Hydriten erhalten, damit er sich ohne Hilfsmittel in deren Lebensraum bewegen konnte, und er hatte sie behalten dürfen, als sie ihn zurück brachten. Vielleicht würden sie sich ja noch als nützlich erweisen. Der Weltrat durfte nicht von den Hydriten erfahren; erstens weil Matt sein Versprechen gegeben hatte, zweitens weil ihm die Ziele der WCA noch immer nicht klar waren.

Dann hatte er in Hymes' Büro plötzlich und unvermittelt Dave McKenzie gegenüber gestanden.

Die Wiedersehensfreude war kaum zu beschreiben gewesen. Es tat so gut, einen Vertrauten aus seiner eigenen fernen Zeit um sich zu haben. Deshalb war es für Matt keine Frage gewesen, im Pentagon zu bleiben – McKenzies Anwesenheit wog die Abneigung gegen den Weltrat mehr als auf ...

Heute, nur drei Tage nach dem Wiedersehen mit Dave, wurde Matt erneut zu Präsident Hymes bestellt. Es ginge, so wurde ihm gesagt, um eine streng vertrauliche Angelegenheit, bei der auch David McKenzie eine Rolle spielte ...

»Folgen Sie mir«, forderte einer der Posten – ein schlanker junger Mann, dessen Rangabzeichen ihn als Offizier auswiesen – Matt auf und führte ihn den schmalen Gang hinab, den er schon etliche Male durchschritten hatte und dessen Ende eine verchromte Doppeltür bildete.

Geräuschlos schwang sie nach innen auf und gab den Blick auf das Arbeitszimmer des Präsidenten frei. Die Möbel darin waren neu, in ihrem Stil jedoch der alten Zeit nachempfunden – jener Zeit, der Matt entstammte. Die Luft war regelrecht von Macht durchsetzt, und Matt konnte nicht anders als zu schaudern, als er den Mann gewahrte, der hinter dem mächtigen Schreibtisch saß und dessen Züge vom Licht einer Stehlampe beleuchtet wurden. Die Präsenz von Präsident Victor Hymes war beinahe körperlich spürbar.

»Seien Sie gegrüßt, Mr. Drax«, sagte der Präsident mit sonorer Stimme. »Damit wären wir also vollzählig.«

Matt registrierte, dass Hymes und er nicht die einzigen Personen im Raum waren.

Mit einiger Erleichterung erkannte er Dave, dem es gut zu gehen schien – der Wissenschaftler hatte sich von seinen Verletzungen, die er sich in Berlin zugezogen hatte, gut erholt und wirkte gelassen und ruhig. Neben ihm stand General Arthur Crow, Hymes' rechte Hand und Chef des Geheimdienstes.

Ehemaliger Chef, wenn es stimmte, was Hymes Matt versichert hatte: dass er Crow nach dessen eigenmächtigem Vorgehen, das zum Massaker unter Waashtoner Jugendgangs führte, strafversetzt hatte.* Wie immer vermochte Matt nicht zu sagen, was hinter der unbewegten, steinernen Miene des Offiziers vor sich ging.

Bei Crow war noch ein weiterer Mann, den Matt noch nie gesehen hatte – er war von kleinem Wuchs, dennoch aber sehnig und muskulös. Seine eng beieinander stehenden Augen blickten mit äußerster Entschlossenheit und ließen ihn nicht gerade sympathisch wirken.

---

* siehe Taschenbuch 6, Roman 5 »Weltfeind Nr. 1«

»General Crow kennen Sie ja bereits«, erklärte Hymes ohne Umschweife. »Dieser Gentleman hier ist Techniker Rorke, einer der zuverlässigsten Mitarbeiter von General Crows neuer Abteilung.«

Matt horchte auf. Hatte Hymes seine rechte Hand tatsächlich versetzt? »Welche Abteilung ist das, wenn ich fragen darf?«, hakte er nach.

Crow übernahm es selbst zu antworten. »Aber gerne, *Mr.* Drax.« Wie er das »Mister« betonte, klang es fast verächtlich. Kein Wunder – Matt hatte seinen Abschied vom Militär genommen, und das musste ihm ein alter Komisskopp wie Crow natürlich übel nehmen. Wahrscheinlich kam es in seiner Liste von Verbrechen gleich nach Landesverrat und Desertion. »Ich bin mit dem Aufbau einer Einheit beschäftigt, die sich der Artefakte der Alten annimmt und sie auf ihre Tauglichkeit hin überprüft.«

Forschung also? Matt zweifelte daran. Wahrscheinlich waren diese »Artefakte« der früheren Zivilisation hauptsächlich militärischen Ursprungs.

»Was wollen Sie von mir?«, erkundigte sich Matt direkt. Er hatte es satt, um den heißen Brei herum zu reden.

»Wir brauchen Ihre Hilfe«, eröffnete Hymes rundheraus, und ein joviales Lächeln umspielte dabei seine Züge.

»Sie? Meine Hilfe?«

»Nun, offen gestanden bin ich mir nicht sicher, ob Sie für diese Mission wirklich der richtige Mann sind«, räumte Hymes ein, »aber mit Ihren Kenntnissen über die Alte Zeit sind Sie für uns von unschätzbarem Wert.«

»Danke«, erwiderte Matt trocken. »Was ist das für eine Mission?«

»General«, sagte Hymes nur, und Crow trat vor, sein Gesicht eine zu Stein erstarrte Maske.

»Was sagen Ihnen die Buchstaben ISS?«, fragte der General ohne Umschweife und blickte Matt dabei fest in die Augen.

»ISS?« Matt brauchte nicht lange zu überlegen. Die Tatsache, dass mit Dave McKenzie ein promovierter Astrophysiker im Raum war, machte das Rätsel nicht besonders schwer. »Sie sprechen von der Internationalen Raumstation ...?«

»ISS«, wiederholte Crow mit der Präzision eines Automaten. »International Space Station. Gemeinschaftsprojekt mehrerer Nationen, unter anderem der Vereinigten Staaten von Amerika, Russlands, Japans sowie der Europäischen Union. In Dienst genommen im Jahr 2001 nach der Zerstörung der Raumstation MIR ...«

»Ich kenne die Fakten«, versicherte Matt.

»Und Sie wissen auch, von wo aus die Raumfahrer gestartet sind?«

»Cape Canaveral, Florida«, erwiderte Matt. »Mit dem Space Shuttle. Auch das ist kein Geheimnis. Warum fragen Sie?«

Er merkte, wie Crow und Hymes einen vielsagenden Blick tauschten, und für einen kurzen Moment glaubte Matt etwas wie Triumph in den Augen des Präsidenten aufflackern zu sehen.

»Es geht uns darum, alles über dieses Projekt in Erfahrung zu bringen«, erläuterte der Präsident. »Unsere Aufzeichnungen darüber sind sehr ungenügend. Weder wissen wir, ob die technischen Einrichtungen von damals noch vorhanden sind, noch ...«

Der Präsident unterbrach sich und überließ es Matt, sich seinen Teil zu denken. Der begriff sofort, worauf Hymes hinaus wollte – und merkte, wie sich seine Nackenhaare unwillkürlich sträubten.

»Sie meinen, ob ... ob die Station noch da oben ist?«,

fragte er mit heiserer Stimme. »Ob sich die ISS noch immer im Orbit befindet?«

»Sie sagen es«, erwiderte Hymes nur.

»Aber nach fünfhundert Jahren ... Das ist doch nicht möglich, oder?«, erkundigte sich Matt an Dave gewandt. »Ich meine, sie wird doch längst in der Atmosphäre verglüht sein, oder nicht?«

»Die Wahrscheinlichkeit dafür ist groß«, bestätigte Dave, »Allerdings verfügte die Station zum Zeitpunkt des Kometeneinschlags über eine Trilithium-gestützte Energieversorgung, die eine automatische Kurskorrektur über all die Zeit durchaus denkbar erscheinen ...«

»Wenn das der Fall ist«, fiel General Crow ihm ins Wort, »ist es überaus wichtig, dass wir Kenntnis über diese Station erlangen. Was wir vor allem brauchen, ist Klarheit. Nur so können wir eine Entscheidung treffen.«

»Eine Entscheidung?« Matt hob die Brauen. »Worüber denn?«

»Wir müssen wissen, ob die technischen Apparaturen in Cape Canaveral noch funktionstüchtig sind«, fuhr Crow unbeirrt fort, »beziehungsweise was nötig wäre, um sie instand zu setzen. Sie und Dr. McKenzie sind nach unserem Kenntnisstand die Einzigen, die das können.«

»Schön und gut«, meinte Matt. »Aber wozu das alles? Was versprechen Sie sich davon?«

»Aber verstehst du denn nicht, Matt?«, fragte Dave einigermaßen überrascht. »Verstehst du es denn wirklich nicht? Das könnte der erste Schritt sein, herauszufinden, was *wirklich* mit der Erde passiert ist in den fünf Jahrhunderten! Die Raumüberwachung der Station müsste alle Veränderungen aufgezeichnet haben!«

Urplötzlich begriff Matthew Drax – und bekam eine

Gänsehaut. »Das ist es also?«, fragte er verblüfft. »Ihr wollt *hinauf fliegen* zur ISS?«

»Das ist eine Option, die wir in Erwägung ziehen«, räumte Hymes ein. »Aber dazu brauchen wir Informationen. Wissen, das Sie uns beschaffen sollen – indem Sie zu einer Expedition in den Süden aufbrechen.«

»Eine Expedition? Aber das ist doch Makulatur!« Matt konnte nicht recht glauben, was er da hörte. »Dass sich die ISS noch im Orbit befinden soll, ist schon ziemlich unwahrscheinlich. Wie in aller Welt sollte es denn gelingen, eine Mannschaft dort hinauf zu schicken?«

»Das herauszufinden wird das Ziel Ihrer Mission sein«, erklärte Hymes mit selbstverständlichem Lächeln. »General Crow wird für Ihre Ausrüstung sorgen und Ihnen alle näheren Instruktionen erteilen.«

»Einen Augenblick!« Energisch trat Matt auf Dave zu und packte ihn am Arm, zog ihn ein Stück beiseite. »Was soll das?«, flüsterte er ihm im Verschwörerton zu. »Sind diese Kerle übergeschnappt?«

»Ich weiß nicht.« Dave zuckte mit den Schultern. »Für mich hört es sich ganz vernünftig an, was sie sagen.«

»Aber ...«

»Hör zu, Matt.« McKenzie packte seinen früheren Fliegerkameraden bei den Schultern und blickte ihn durch die Gläser seiner Brille durchdringend an. »Ich weiß, dass du gewisse Vorbehalte gegen diese Leute hast, und vielleicht hast du ja sogar Recht damit. Aber sie bieten uns eine Chance, in die Vergangenheit einzudringen. In *unsere* Vergangenheit, verstehst du? Sie wissen von der ISS und werden danach suchen – mit oder ohne uns. Und ich weiß nicht, wie es dir geht – aber ich würde lieber dabei sein, wenn sie gefunden wird. Das ist unsere Chance, Matt! Unsere Chance, etwas über das Phänomen herauszufinden, das uns hierher gebracht hat ...«

Matt hörte Daves Worten aufmerksam zu – und sie trafen ihn bis ins Mark. Wie Dave brannte auch er darauf, endlich die Ursache für all den Wahnsinn der letzten anderthalb Jahre zu erfahren – und vielleicht war dies der Schlüssel dazu.

Matt fühlte, wie sein innerer Widerstand erlahmte.

Zwar war ihm nicht besonders wohl bei dem Gedanken, dass Hymes und Crow ihre Finger jetzt nach dem Erdorbit ausstreckten, doch war es immerhin auch für ihn und Dave eine nicht zu unterschätzende Chance. Und vor allem: Wenn der Weltrat vorhatte, die ISS für verwerfliche Ziele zu nutzen, war es besser, in das Projekt involviert zu sein. Nur so würde er einen Missbrauch verhindern können.

»Also gut«, erklärte er leise. »Ich bin dabei.«

»Sehr gut.« Hymes nickte. »Dann sind Sie jetzt zu dritt.«

»Zu dritt?« Matt hob die Brauen. »Ich dachte, McKenzie und ich ...«

»Zur Verstärkung werde ich Ihnen einen meiner besten und fähigsten Männer zur Seite stellen«, erklärte Crow ruhig. »Mr. Rorke.«

»Zur Verstärkung?«, erkundigte sich Matt spitz. »Oder zur *Bewachung*?«

»Mr. Rorke ist ein fähiger Techniker, der Sie in Cape Canaveral tatkräftig unterstützen kann«, warf Präsident Hymes ein. Es klang beinahe entrüstet. »Außerdem kennt er die Verhältnisse in Florida. Sie sollten dankbar sein, ihn beim Team zu haben!«

»Okay«, knurrte Matt. »Aber Sie gestatten doch, dass er sich unser Vertrauen erst verdienen muss ...?«

»Wenn Sie das so sehen ...«, meinte der Präsident. Er

erhob sich von seinem Sitz, um Matt die Hand zu reichen. »Auf alle Fälle möchte ich Ihnen und Ihren Begleitern alles Gute wünschen auf Ihrer Mission.«

»Danke«, sagte Matt nur.

Er sah die Entschlossenheit in Rorkes kleinen Augen, die Erwartung in Dave McKenzies Zügen.

Und ihm entging nicht das dünne Lächeln, das die harten Züge von General Crow umspielte.

Präsident Hymes wartete, bis Matthew Drax und David McKenzie sein Arbeitszimmer verlassen hatten. Erst als ihre Schritte den Korridor hinab verklungen waren, sandte er General Crow einen fragenden Blick. »Hätten wir es ihnen sagen sollen?«, fragte er leise.

»Dazu besteht kein Grund, Sir.« Crow schüttelte entschlossen den Kopf. »Drax und McKenzie brauchen nicht über alles Bescheid zu wissen.«

»Es könnte aber gefährlich werden ...«

»Mr. Rorke ist über alle Umstände der Expedition in Kenntnis gesetzt worden«, erwiderte Crow und bedachte seinen Untergebenen mit einem stolzen Blick. »Er kennt die Gefahren, die unterwegs lauern.«

»Von den fünf Expeditionen, die wir bisher nach Florida geschickt haben, ist keine zurückgekehrt«, erinnerte ihn Hymes. »Alles was wir haben, sind Gerüchte. Andeutungen. Schauermärchen, die man sich über ein kriegerisches Volk erzählt, das unten im Süden wohnen soll ...«

»Wenn eine Mission jemals Aussicht auf Erfolg hatte, dann ist es diese«, gab Crow zu bedenken. »Drax und McKenzie stammen aus der alten Zeit, Sir. Sie kennen sich dort unten besser aus als jeder andere. McKenzie ist früher dort gewesen. Mit ihren Kenntnissen sind die beiden für uns von unschätzbarem Nutzen.«

»Und – wenn auch sie scheitern?«

»Keiner der beiden ist unentbehrlich, Sir«, sagte Crow, und in seinen Augen funkelte es. »Wenn Sie nicht für uns arbeiten, sind sie nutzlos für uns. Wir brauchen diese Informationen, Sir. Wir brauchen Sie unbedingt. Sie wissen, dass wir Feinde haben …«

»Ich weiß, General«, versicherte Victor Hymes. »Und dennoch frage ich mich, ob es immer das Wohl unseres Landes ist, das Ihre Beweggründe lenkt.«

»Wovon sprechen Sie, Sir?«

»Ich spreche davon, dass Sie in Drax' Gegenwart wie ein Zerrbild Ihrer selbst wirken, General. Obwohl Sie sich alle Mühe geben, Ihre Gefühle zu verbergen, kann ich deutlich sehen, was sie ihm gegenüber empfinden. Sie misstrauen ihm. Und in einer gewissen Hinsicht *beneiden* sie ihn auch …«

»Er ist ein Risiko, Sir, das brauche ich Ihnen nicht zu sagen«, bestätigte Crow. »Mit seinen Kenntnissen und seinen Kontakten zu den europäischen Bunkerzivilisationen könnte er unser mächtigster Gegner werden …«

»… oder unser wertvollster Verbündeter«, wandte Hymes ein.

»Neid hat in meinen Erwägungen keinen Platz, Mr. President«, sagte Crow ohne mit der Wimper zu zucken. »Mein Streben gilt einzig und allein dem Wohl dieses Landes. Dem Wohl des Weltrats. Diesem Bestreben ist alles unterzuordnen – auch das Leben von Drax und McKenzie. Wenn sie ihren Auftrag erfüllen – gut. Wenn nicht …«

»… ist unser Land um eine Bedrohung ärmer«, brachte Hymes den Satz zu Ende. »Ich verstehe, was Sie meinen.«

»Die Anweisungen, die Agent Rorke bekommen hat,

sind eindeutig«, erwiderte Crow kalt. »McKenzie ist mit seinen raumfahrttechnischen Kenntnissen für uns von großem Nutzen. Sollte es zu einer bewaffneten Auseinandersetzung kommen, hat sein Überleben Priorität. Drax hingegen ...«

»... ist entbehrlich«, vervollständigte der Präsident wieder. »Sie sind ein kluger Mann, General. Ich würde Sie nicht zum Feind haben wollen.«

»Und du denkst wirklich, dass dort unten am Cape auch nur ein Stein noch auf dem anderen steht?« In Matthew Drax' Zügen war Skepsis zu lesen. »Nach allem was ich bisher gesehen habe, habe ich daran starke Zweifel. Auch daran, dass die ISS noch im Orbit sein könnte. Selbst wenn, ist sie doch nur eine Ladung Schrott, der um den Erdball kreist!«

»Mag sein«, räumte Dave McKenzie ein, während sie auf die große Lagerhalle zugingen, die ihnen als Treffpunkt für den Ausgang der Expedition genannt worden war. »Aber wir müssen es doch wenigstens versuchen!«

Matt erwiderte nichts.

Er wollte Dave seine Illusionen nicht rauben – aber tatsächlich bezweifelte er ernstlich den Sinn dieser Expedition. Außerdem hatte er einfach kein gutes Gefühl dabei. Zu viele Ungereimtheiten gab es, Fragen, zu denen ihm einfach keine plausiblen Antworten einfielen.

Wieso hatten Hymes und Crow so lange damit gewartet, eine Expedition nach Süden zu schicken? Offenbar wussten sie ja schon länger von der Existenz des früheren Raumfahrtzentrums.

Und warum schickten sie Dave und ihn gemeinsam los? Bislang war nicht allzu viel geschehen, was den

Weltrat dazu bewegen könnte, großes Vertrauen in Matt zu setzen. Warum also betrauten sie ihn mit einer derart heiklen und wichtigen Mission?

Sie erreichten die große Halle, in der sie mit Ausrüstung versorgt werden sollten. Bewaffnete Posten standen vor dem Tor und überprüften Matt und Dave, ehe sie sie passieren ließen.

Als sie das Innere der großen Halle betraten und sich unvermittelt dem Vehikel gegenüber sahen, das sie nach Crows Willen nach Florida bringen sollte, blieben sie unwillkürlich stehen.

Das Fahrzeug war ein wahrer Monstertruck.

Ein dreiachsiger Militärlaster war zu einem gepanzerten Ungetüm umgebaut worden: Das Führerhaus war durch mehrfach aufgeschweißte Eisenplatten verstärkt worden, von der Windschutzscheibe war nur ein schmaler Sehschlitz geblieben, die dem Fahrer wie bei einem Panzer kaum Sichtfreiheit ließ. Über die Pritsche des Lasters, die mit Proviant- und Ausrüstungskisten und Reservekanistern beladen war, wurde gerade eine tarnfarbene Plane gezogen. Die Bordwände waren mit Ersatzrädern behängt – das Ganze sah ziemlich abenteuerlich aus.

»Mann«, entfuhr es Matt. »Und mit diesem Ding sollen wir losziehen?«

»Haargenau«, drang eine heisere Stimme aus dem Führerhaus. Die Dachluke öffnete sich und Rorkes gedrungene Gestalt kam zum Vorschein. »Das ist ein 3-MAT, ein dreiachsiger gepanzerter Militärtransporter. General Crow hat ihn eigens für Einsätze wie diesen entwickeln lassen.«

»Entwickeln ist zu viel gesagt, fürchte ich«, murmelte Matt. »Das Ding ist aus lauter Schrott zusammengeschraubt.«

»Möchten Sie lieber zu Fuß gehen?«, fragte Rorke einigermaßen spöttisch. »Das Gelände Richtung Süden ist unwegsam und gefährlich. Wir können von Glück sagen, wenn wir die Sümpfe mit dem 3-MAT erreichen. Danach werden wir das Fahrzeug ohnehin zurück lassen müssen.«

»Sümpfe?«, fragte Matt verblüfft. »Trotz dieser kühlen Witterung?«

»Sie werden von unterirdischen heißen Quellen gespeist, die bei der Kometenkatastrophe aufgebrochen sind«, erklärte Rorke.

»Wunderbar«, meinte Matt und schnitt eine Grimasse. »Und Sie sind sicher, dass das Ding fährt, Rorke?«

»Schnell genug«, gab der Techniker bissig zurück. »Und ich weiß nicht nur, *dass* es fährt, sondern auch, *wie* man es fährt.«

»Da fühle ich mich doch gleich viel besser.« Matt nickte, konnte sich aber des miesen Gefühls nicht erwehren, das sich in seinem Magen zusammenbraute.

Dave McKenzie reagierte weniger distanziert als er auf das abenteuerliche Gefährt. Tatsächlich glaubte Matt in seinen Zügen einige Bewunderung für den Truck zu entdecken. Staunend befühlte der Astrophysiker die Panzerung des Führerhauses.

Matt bedachte ihn mit einem verwunderten Blick. »Hey, Dave, das ist ein *Schrottkasten*!«, meinte er. »Du tust je gerade so, als sei er die neueste Errungenschaft der Technik.«

McKenzie nahm die Hände vom Truck, als hätte er sich die Finger verbrannt. »Was?« Er schien abwesend. »Ach Unsinn – ich hab nur immer schon für Monstertrucks geschwärmt. Und das hier ist der Frankenstein unter ihnen.«

Matt musste grinsen. »Genau. Mich würde nicht wundern, wenn man einen Blitz bräuchte, um ihn zum Leben zu erwecken ...«

Ahnte er etwas? Hatte er einen Verdacht?

Nein.

Dave McKenzie entschied für sich, dass Matthew Drax nichts von ihm wissen konnte. Von seiner *wahren* Existenz. Von dem Mann, der er in *Wirklichkeit* war ...

Die Wahrheit war so einfach wie bestürzend.

Der Mann, der wie David McKenzie aussah, der so sprach wie er und über sein gesamtes Wissen verfügte, war nicht wirklich David McKenzie.

Er war ein Doppelgänger. Eingeschleust von den *Running Men*, jener Gruppe von Widerstandskämpfern, die dem Weltrat seit Jahren einen erbitterten Guerilla-Krieg lieferten. Sein Name war Philipp Hollyday.

Der echte David McKenzie lebte.

Er hatte es tatsächlich geschafft, mit einem instand gesetzten Jet den Atlantik zu überwinden – die Erinnerungen, die dem Doppelgänger implantiert worden waren, zeugten davon, wie beschwerlich die Reise gewesen war.

Kurz nach seiner Ankunft in der neuen Welt jedoch war Dave McKenzie in die Hände der Running Men gefallen. Die Widerstandskämpfer hatten einen ihrer Agenten mittels plastischer Chirurgie so verändert, dass er dem echten Dave McKenzie äußerlich glich – und dann hatte man mit Hilfe eines gefangen gehaltenen Hydriten das gesamte Wissen und die Erinnerung des Astrophysikers auf seinen Doppelgänger übertragen.

Anfangs war den Running Men nicht bewusst gewesen, welch dicker Fisch ihnen da ins Netz gegangen war – doch je mehr sie über Dave McKenzie herausgefunden hatten, desto klarer war ihnen geworden, dass er der Schlüssel war.

Der Schlüssel, um Zugang zum Weltrat zu erhalten.

Zu Präsident Hymes.

Zu General Crow.

Zu den Plänen, die innerhalb des Pentagons geschmiedet wurden …

Hollyday war klar, dass er sich vorsehen musste. Aus seinen implantierten Erinnerungen wusste er, dass sich McKenzie und Matt Drax früher gekannt hatten. Und wenn Drax den echten David McKenzie auch erst wenige Wochen vor dem verhängnisvollen Einsatz kennen gelernt hatte, so war er doch der Einzige, der die perfekte Tarnung auffliegen lassen konnte.

Ihre bevorstehende Mission nach Florida war von immenser Wichtigkeit. Vielleicht würden die Running Men auf diese Weise endlich erfahren, was Crow und Hymes im Schilde führten. Was hatte der Weltrat mit der ISS vor? Der falsche Dave McKenzie war überzeugt davon, dass die Station als Plattform genutzt werden sollte, aus dem Orbit die Macht des Weltrats zu festigen und über die Grenzen von Meeraka hinweg auszudehnen.

Drax schien in Sachen Weltrat ein Verbündeter zu sein; Hollyday spürte deutlich dessen Abneigung vor allem gegen Crow. Er schien der Regierung nicht zu trauen, ahnte, dass er aufs Kreuz gelegt werden sollte. Vermutlich wusste Drax nicht einmal, weshalb man sie mit einem so stark gepanzerten Fahrzeug nach Süden schickte – der falsche Dave McKenzie hingegen wusste es nur zu gut.

Und es machte ihm Angst …

Der Aufbruch erfolgte am frühen Morgen des 14. Mai 2517.

Die Sonne hatte gerade ihre ersten Strahlen über das fünfeckige Regierungsgebäude gewoben, als ein durchdringendes Röhren aus einem geöffneten Tor an der Westseite drang.

Rorke, der eine Lederhaube und eine Staubbrille trug, gab Gas und ließ den Motor mehrmals laut aufheulen, ehe er den ersten Gang einlegte und sich das schwere Gefährt rumpelnd und knirschend in Bewegung setzte.

Da das gepanzerte Führerhaus nur Platz für den Fahrer und einen Kopiloten bot, kauerten Matt und Dave auf der Pritsche des Wagens, die noch während der Nacht vollständig beladen und aufgeplant worden war. Das Heck der Plane, die sich wie ein halbrunder Tunnel über der Ladefläche spannte, war offen. Matt und Dave blickten hinaus und sahen, wie das Pentagon hinter ihnen kleiner wurde.

Schon kurze Zeit später waren sie von Wildnis umfangen.

Der brüchige Asphalt der Straße hatte sich in hügeliger Landschaft verloren, deren Flechten und Sumpfgras das Terrain, das ihnen schnurgerade Highways und sechsspurige Interstates einst abgetrotzt hatten, im Lauf von Jahrhunderten wieder zurückerobert hatten.

Nur hin und wieder gab es Straßenabschnitte, die sich befahren ließen – dann wieder rumpelte der 3-MAT über Stock und Stein, sodass Matt und Dave auf ihren Sitzen gehörig durchgeschüttelt wurden.

Je weiter sie nach Süden kamen, desto dichter und üppiger wurde die Vegetation – und desto feuchter wurde die Luft. Die Temperaturen stiegen langsam an, als die Kältezone, die Waashton trotz der fortgeschrittenen Jahreszeit noch immer Schnee und Frost bescherte, allmählich hinter ihnen zurück blieb.

Es dauerte trotzdem noch einige hundert Kilometer, bis Matt und Dave die Ärmel ihrer Fliegerkombis aufkrempelten. Sie hätten sie längst gegen neue Uniformen eintauschen können, aber sie hingen beide an den guten alten Stücken, die, wie sie selbst, Relikte einer vergangenen Zeit waren. Sofern man davon absah, dass Matt bereits eine Replik trug, die man ihm in London angefertigt hatte. Seine alte Kombi hatten nach der Odyssee durch Westeuropa zum Schluss nur mehr Flicken und Reißverschlüsse zusammengehalten.

Gegen Nachmittag des ersten Tages erfuhren sie die Nachteile des wärmeren Klimas, als sie die Westgrenze eines ausgedehnten Sumpfgebiets passierten und sich dunkle Wolken von Moskitos zu ihnen gesellten. Und kurz vor Einbruch der Dunkelheit – Matt war gerade dabei gewesen, sich vom monotonen Rumpeln des Trucks in unruhigen Schlaf wiegen zu lassen – gab es noch eine weitere unangenehme Überraschung.

Es war ein leises Zischen, das plötzlich in der Luft lag – dicht gefolgt von einem schneidenden Geräusch. Im nächsten Moment gab es einen harten Schlag – und in einer der hölzernen Proviantkisten, die auf der Pritsche gestapelt waren, stak ein Pfeil!

»Verdammt, was ...?«

Noch ehe Matt reagieren konnte, erklang abermals das hässliche Geräusch – und ein zweiter gefiederter Schaft durchschlug die tarnfarbene Plane und bohrte sich dicht neben dem ersten Pfeil ins Holz des Containers.

»Ein Angriff!«, entfuhr es Dave. »Wir werden angegriffen ...!«

Wie um seine Worte zu bestätigen, prasselte ein wahrer Schwarm von Pfeilen auf den 3-MAT herab. Einige der Geschosse prallten von der gepanzerten Konstruktion des Führerhauses ab, andere durchschlugen die Plane, wieder andere durchbohrten den Canvas und blieben darin hängen.

»In Deckung!«, rief Matt seinem Freund zu und warf sich auf den Boden der Pritsche, geradewegs zwischen die aufgetürmten Kisten.

Dave tat es ihm gleich, und über die rumpelnde und schwankende Ladefläche arbeiteten sie sich auf das Heck des Fahrzeugs zu, wo die Plane offen war.

Von draußen drang jetzt heiseres, wildes Geschrei herein, dazu war trommelnder Hufschlag zu hören und immer wieder das Sirren von Pfeilen.

Endlich erreichte Matt das Heck des Trucks und zückte den Driller, den er als Handfeuerwaffe bei sich trug. Und dann endlich sah er die geheimnisvollen Angreifer ...

Es waren viele.

Verdammt viele.

Auf schlanken Tieren, die Matt wie eine Kreuzung aus Pferd und Hyäne erschienen, preschten sie heran, saßen in gebückter Haltung auf den schmalen Rücken ihrer Reittiere. Es waren hagere, teils hünenhafte Männer, die derbe Lederkleidung trugen.

Obwohl sie längst nicht so grobschlächtig aussahen wie die Angehörigen der Barbarenstämme, denen Matt in den europäischen Alpen begegnet war, war ihnen doch anzusehen, dass sie ein karges, entbehrungsreiches Leben in der Wildnis führten. Die Reiter hatten fahle, ausgemergelte Gesichter. Stechende Augenpaare lugten unter wilden Haarschöpfen hervor, aufgerissene Münder klafften inmitten von wuchernden Bärten.

In zwei Gruppen griffen sie an – geübte Jäger, die

offenbar nur darauf gewartet hatten, dass ihnen etwas in die Falle ging.

Oder *jemand* ...

Der karge Boden schien unter den donnernden Hufschlägen zu erbeben, während die Kerle johlend und grölend heranstürmten. Die Senke, durch die der 3-MAT gerade fuhr, verhinderte, dass das Fahrzeug zur Seite hin ausbrechen konnte. Der schwere Truck war auf der Talsohle festgenagelt, während die beiden Reiterhorden ausholten und in weitem Bogen angriffen.

Eine klassische Falle.

»Verdammt«, knurrte Matt. »Ich komme mir vor wie in einem Western ...«

Rorke, der am Steuer des Fahrzeugs saß, drückte das Gaspedal durch. Der Motor des 3-MAT heulte auf, und mit metallischem Rasseln beschleunigte die Maschine.

Matt wurde allmählich klar, warum der 3-MAT so schwer gepanzert war – Crow hatte wohl gewusst, dass ihre Reise nach Süden nicht ohne Zwischenfälle verlaufen würde ...

Die Reiter sprengten heran. Die schlanken Beine ihrer Reittiere schienen förmlich über den Boden zu fliegen – sie hatten keine Mühe, den schwerfälligen Truck einzuholen. Matt und Dave duckten sich hinter die Bordwand, hörten, wie die Pfeile dumpf davon abprallten – und erwiderten im nächsten Moment das Feuer.

Matt war es zuwider, jemanden töten zu müssen. Er hasste es und war doch in den letzten sechzehn Monaten viel zu oft gezwungen gewesen, es zu tun.

Der Driller in seiner Rechten machte *Pitsch!* – und der Kerl, der an der Spitze des linken Pulks ritt, riss getroffen die Arme hoch. Der Bogen entglitt seinem Griff und der Mann kippte rücklings vom Rücken seines Reittiers. Die Art, wie er auf dem harten Boden aufschlug und liegen blieb, verriet, dass er sich bei dem Sturz das Genick gebrochen haben musste.

Die anderen Reiter begannen darauf nur noch lauter zu schreien, schienen wie von Sinnen vor Blutdurst. Auch Dave feuerte, sein Schuss ging jedoch fehl. Als Mann der Wissenschaft war er kein sehr guter Schütze ...

Mit Höchstgeschwindigkeit jagte der Truck durch die Senke und zog eine Wolke von Staub hinter sich her, aus der immer wieder Pfeile zuckten – die Verfolger waren ihnen dicht auf den Fersen.

Entsetzt sah Matt, wie einer der Pfeile in einen der gestapelten Kanister schlug und ihn durchbohrte. Benzin sickerte daraus hervor ...

Die beiden Reiterpulks vereinigten sich. Jetzt sprengten die Kerle in breiter Front heran. Ein weiterer Pfeil bohrte sich dicht neben Dave in eine der Kisten. Eine Flüssigkeit netzte das Holz.

»Gift«, stellte der Astrophysiker fest, nachdem er den Pfeil herausgezogen und die Spitze in Augenschein genommen hatte. »Die Pfeile sind in Gift getränkt ...«

Matt erwiderte nichts – er reagierte lieber mit einem neuen Schuss aus seinem Driller. Das Projektil, nur so groß wie eine Kugelschreiberspitze, aber mit einer Sprengladung versehen, jagte mit leisem Geräusch aus dem Lauf und holte einen weiteren der Angreifer aus dem Sattel. Doch noch immer waren es viele, zwanzig, vielleicht dreißig – und sie holten weiter auf!

Rorke riss am Steuer, ließ den Laster hin und her pendeln, als könne er so dem Hagel von Pfeilen einging, der auf das Fahrzeug herab prasselte.

»Verdammt«, zischte Matt, »was macht der Idiot da? Wir verlieren nur an Tempo ...«

»Ich werde nach vorn klettern und sehen, ob ich etwas tun kann«, meinte Dave. »Kommst du hier allein zurecht?«

»Klar«, erwiderte Matt mit Blick auf die johlenden Angreifer. »Die nächsten zwei Minuten bestimmt. Was dann kommt …«

Dave nickte ihm zu, schien zu verstehen, was er meinte.

Während sich McKenzie in Richtung Führerhaus zurück zog, blieb Matt am Heck des Fahrzeugs zurück und gab immer wieder vereinzelte Schüsse ab. Lange nicht jeder davon traf – doch die Projektile hielten die Angreifer einigermaßen auf Distanz. Was geschehen würde, wenn das Magazin der Waffe leer war, daran mochte Matt lieber nicht denken.

Mit atemberaubendem Tempo wischte der karge Boden unter dem Fahrzeug hinweg. Die Angreifer auf ihren Reittieren holten auf – um dann abrupt wieder zurück zu fallen. Offenbar konnten es die Tiere doch nicht mit den Pferdestärken der Maschine aufnehmen. Oder sie hatten ihre Kraftreserven verbraucht.

Die Verfolger ließen sich etwas anderes einfallen, um den Truck zu stoppen – etwas, das Matt ganz und gar nicht gefiel. Denn im nächsten Moment hörte er erneut das dumpfe Sirren und den Einschlag eines Pfeils. Doch statt den dicken tarnfarbenen Canvas zu durchschlagen, blieb das Geschoss diesmal darin hängen – und setzte ihn in Brand.

Brandpfeile! schoss es Matt durch den Kopf, während er bereits vier weitere Geschosse sah, die ihre Bahn über den grauen Himmel zogen, dabei eine dunkle Spur von Rauch nach sich ziehend. Nacheinander schlugen sie ein – und von einem Augenblick zum anderen brannte die Plane des Transporters lichterloh.

»Mist!«, ächzte Matt und musste an den leck geschossenen Kanister denken.

Nur ein Funke genügte, und er saß mitten in einer

Feuerhölle! Dann würden er und Dave ihre Reise zu den Sternen ganz anders antreten, als sie es sich erhofften ...

Mit einer fließenden Bewegung riss Matt das Messer hervor, das in seinem Gürtel steckte, und durchschnitt kurzerhand die Riemen, mit denen der Canvas am Gestänge befestigt war. Er konnte nicht einmal Rücksicht nehmen auf die weiteren Pfeile, die heran sausten. Jetzt kam er sich erst recht vor wie in einem Wildwestfilm.

»Verdammte Scheiße!«, fluchte er hemmungslos, während er mit der Kraft der Verzweiflung an der Plane riss und die brennenden Fetzen über Bord beförderte. »Wo bleibt die Kavallerie? Wenn man sie braucht, ist sie nicht da ...«

Urplötzlich setzte der Beschuss durch die Pfeile aus – doch nicht etwa, weil die Angreifer ihren Plan, den 3-MAT einzuholen, aufgegeben hatten.

Matt sah zu spät den Reiter, der seitlich heran preschte und sich zum Sprung fertig machte.

Sich herumwerfen und den Driller hochreißen war eins.

Trotzdem reagierte er zu langsam.

»Iyaaah!« Der Wilde sprang, setzte mit einem halsbrecherischen Sprung vom Rücken seines Tieres auf die Ladefläche des Lasters! Matt wurde zur Seite gestoßen und verlor den Driller. Er blickte in hassverzerrte Züge und vor Morddurst blitzende Augen.

Der Angreifer schwang etwas, das wie ein Eispickel aussah. Matthew sah das spitze Ding durch die Luft sausen, geradewegs auf seine Schulter zu. Instinktiv drehte er sich zur Seite – der Pickel verfehlte ihn um Haaresbreite.

Dafür schoss im nächsten Moment Matts Faust vor,

erwischte den hageren Kerl mit dem wirr gelockten Haar in der Magengrube.

Der Angreifer keuchte – um schon im nächsten Moment zu einem neuen Angriff auszuholen. Mit einer geübten Bewegung wirbelte er um seine Achse, bereit, die Spitze des Eispickels in Matts Brust zu rammen. Der entging der Attacke nur mit knapper Not. Wie ein Boxer zuckte er zurück und pendelte den Hieb aus.

Der Hagere hatte den Angriff mit solcher Kraft ausgeführt, dass er aus dem Gleichgewicht kam, als der Schlag ins Leere ging.

Matt nutzte seine Chance. Blitzschnell setzte er nach und beförderte den Angreifer mit einem kräftigen Fußtritt über die Bordwand. Mit heiserem Geschrei verschwand der Kerl jenseits der Ladepritsche.

Doch Matt blieb keine Zeit aufzuatmen, denn schon setzte der nächste Angreifer vom Rücken seines Pferdes herüber, um sich wie ein Raubtier auf Matt zu stürzen. Die Wucht des Aufpralls riss beide Männer von den Beinen. Sie landeten inmitten einiger Kisten, die prompt unter ihrem Gewicht zerbarsten.

Matt wehrte sich nach Kräften – vergeblich. Er spürte, wie etwas hammerhart auf seine beiden Oberarme drosch und ihm alles Gefühl in den Armen raubte. Im nächsten Moment legte sich etwas wie eine Schraubzwinge um seinen Hals.

Er schnappte nach Luft – doch alles was er zustande brachte, war ein heiseres Röcheln.

Weit riss er die Augen auf.

Über sich sah er den knochigen Hünen mit dem wilden schwarzen Bart, der seine hageren Züge verunzierte. Die pfannengroßen Hände des Wilden lagen wie eiserne Fesseln um seinen Hals und schienen jedes Leben aus ihm heraus pressen zu wollen.

Matt rang nach Atem, zuckte wie ein Fisch auf dem Trockenen, während er bereits spürte, wie seine Sinne schwanden. Er bekam keine Luft, sah dunkle Flecken vor seinen Augen auf und ab tanzen.

»Dammya, dammya«, knurrte der Hüne, und es klang wie eine Verwünschung.

Matt merkte, wie sich alles um ihn herum einzutrüben begann. Nur noch wie von fern drangen das Röhren des Motors und das Geschrei der Angreifer an seine Ohren.

Da krachte ein Schuss.

Das lederne Wams des Wilden über ihm explodierte plötzlich in grellem Rot. Blutüberströmt torkelte der Mann nach hinten und kippte rücklings von der Ladefläche.

Matt schaute benommen auf und sah Rorke in der offenen Dachluke des Führerhauses stehen, ein kurzes Gewehr im Anschlag.

»Danke«, würgte er heiser hervor und konnte nicht glauben, dass ihm ein Bediensteter des Weltrats soeben das Leben gerettet hatte.

Rorke verzog keine Miene. Stattdessen legte er erneut an und gab mehrere Schüsse auf die Verfolger ab. Im nächsten Moment hatte der Truck das Ende der Senke erreicht – und Dave McKenzie, der jetzt am Steuer saß, lenkte das schwere Gefährt geradewegs zwischen die hoch aufragenden Stämme der Bäume, die sich jenseits des Erdwalls erstreckten.

Äste knackten und Holz zerbrach berstend, als sich der 3-MAT mit Wucht ins Dickicht bohrte. Knorrige Eichenstämme und riesige schlanke Schachtelhalme umgaben das Fahrzeug schlagartig zu allen Seiten, bildeten einen schützenden Wall, der es den Blicken der Verfolger entzog.

Matt musste sich festhalten, um nicht von den Beinen geworfen zu werden, als der 3-MAT durchs Unterholz rumpelte. Schlagartig wurde es dämmrig, nur vereinzelt drangen noch Schäfte von fahlem Sonnenlicht durch das dickte Blätterdach. Das Geschrei der Verfolger war nicht mehr zu hören; selbst das Knurren des Motors klang plötzlich dumpf und leise.

Die Luft war schwer und feucht geworden, von modrigem Geruch durchsetzt – und die Moskitos, die der Besatzung des 3-MAT zuvor nur noch vereinzelt zugesetzt hatten, waren jetzt wieder in Schwärmen unterwegs. Die unentwegt summenden, stechenden Biester waren jedoch die geringste Sorge der drei Männer – sie waren nur froh, ihren Verfolgern entkommen zu sein.

Wenigstens fürs Erste.

Denn keiner von ihnen hegte echten Zweifel daran, dass die Angreifer zurückkehren würden. Die Wegelagerer hatten bereits zu hohen Blutzoll entrichtet, um jetzt einfach von ihren Gegnern abzulassen.

Die dunkle beruhigende Stille, die sie umgab, war nur die Ruhe vor dem Sturm ...

»Was waren das für Kerle?«

Matt und Dave saßen auf der kleinen Lichtung, die sie als Nachtlager ausgewählt hatten. Zu einer Seite hin wurde das provisorische Lager von den klobigen Formen des Trucks begrenzt, zur anderen von dem kleinen Zelt, das sie in aller Eile aufgebaut hatten, um sich abwechselnd ein paar Stunden Schlaf zu gönnen – sie ahnten, dass sie ihn brauchen würden ...

»Wer weiß?« Dave zuckte mit den Schultern. »Wahrscheinlich irgendwelche Nomaden, die hier oben hausen. Räuber. Ein Kriegerstamm. Was weiß ich? Rorke wollte nichts darüber sagen ...«

Der Astrophysiker fröstelte und zog die Decke, die er sich umgehängt hatte, enger um seine Schultern. Ein Feuer zu entfachen wagten die Männer nicht aus Sorge, von ihren Verfolgern entdeckt zu werden.

»Es ist fast zum Lachen«, meinte Matt. »In unserer Zeit waren die Menschen in diesem Land so stolz auf das, was sie errungen hatten. Sie hatten das Land gezähmt, hatten es der Zivilisation unterworfen – und was ist nun? Sie leben wieder wie Wilde.«

»Tja«, meinte Dave nur und starrte nachdenklich vor sich hin.

»Denkst du manchmal zurück?«, fragte Matt. »Ich meine, an früher?«

Dave blickte auf, schaute ihn durchdringend an. »Nein«, erwiderte er mit fester Stimme. »Denn es würde nichts nützen, oder? An sie zu denken, bringt die Vergangenheit nicht zurück.«

»Das nicht«, räumte Matt ein. »Aber es hilft mir, mit dieser Gegenwart hier fertig zu werden. Ich meine, wenn ich mir vorstelle, wie dieses Land einst war, habe ich die Hoffnung, dass es wieder so werden könnte.«

»Na, ich weiß nicht«, schnaubte Dave. »So toll war Meera ... waren die USA nun auch wieder nicht. Umweltverschmutzung. Kriminalität. Überbevölkerung in den großen Städten, Paranoia allenthalben. Das Bild wird in unserer Erinnerung verklärt.«

»Natürlich war früher nicht alles wunderbar«, gab Matt zu. »Aber würdest du nicht auch manchmal gerne in die Bar an der Ecke gehen und ein Bud trinken? Dir ein Baseballspiel anschauen? Mit deiner Familie nach Disneyland fahren?«

Der Blick, mit dem Dave Matt bedachte, enthielt vieles.

Unverständnis. Zweifel. Vielleicht sogar einen stillen Vorwurf.

Aber kein Bedauern.

»Natürlich«, sagte er trotzdem. »Das wäre schön. Aber es ist nicht möglich. Wir müssen uns arrangieren, Matt. Mit der Zeit und Welt, in der wir leben. Eine andere Wahl haben wir nicht.«

»Ich weiß«, sagte Matt – und einmal mehr fragte er sich, was seinen Freund so bitter und hart gemacht haben mochte. Der Dave McKenzie, den er früher kennen gelernt hatte, war anders gewesen. Ein herzlicher Mensch, dem seine Freunde und seine Familie viel bedeutet hatten, ein gläubiger Katholik und ein loyaler Bürger seines Landes.

Was immer nach dem Absturz der Maschine geschehen war, in der Dave McKenzie und Jenny Jensen gesessen hatten – es musste den Astrophysiker mehr verändert haben, als dieser zugeben wollte.

Matt beschloss nicht danach zu fragen – irgendwann würde Dave ihm vielleicht von selbst davon erzählen ...

Auch er schlug den Kragen seines Overalls hoch. So schwül und warm es den Tag über war – nachts purzelten die Grade immer noch auf empfindliche Temperaturen, und klamme Kälte sickerte durch die Kleidung, legte sich wie ein eisiger Film auf die Haut.

Matt wusste, dass ihnen dieses Problem schon in ein paar Tagen nicht mehr zu schaffen machen würde. Weiter südlich herrschten tags wie nachts schwülwarme Temperaturen – und die Moskitos arbeiteten in 24-Stunden-Schichten.

Er griff nach seiner Feldflasche, öffnete sie und benetzte die »Kratzer« an seinem Hals, die in Wahrheit Kiemenschlitze waren, mit Wasser. Sie juckten leicht. Es war vielleicht doch keine so gute Idee gewesen, sie zu behalten ...

David hatte er nichts von dem »Geschenk« der Hydriten erzählt; ja nicht einmal, dass es dieses Volk, das schon länger auf der Erde war als die Menschen, überhaupt gab. Er stand zu seinem Wort, Stillschweigen zu bewahren, auch seinen Freunden gegenüber.

»Du denkst zu viel nach, Matt«, stellte Dave plötzlich fest und setzte ein sympathisches Lächeln auf. »Rorkes Schicht ist gleich zu Ende. Leg dich ein wenig aufs Ohr – als nächstes werde ich das Lager bewachen.«

»Bist du sicher?«, fragte Matt. Er war müde und konnte tatsächlich eine Mütze voll Schlaf gebrauchen – aber nicht auf Kosten seiner Kameraden.

»Absolut. Ich wecke dich in drei Stunden.«

»Einverstanden.« Matt schlug die Plane des Zeltes beiseite, kroch hinein und griff sich eine der Decken, die dort lagen. Schon wenige Minuten, nachdem er sich unter den feuchtklammen Stoff gewühlt hatte, fiel er in leichten, unruhigen Schlaf, in dem er von Albträumen heimgesucht wurde.

Albträume, in denen er selbst eine Rolle spielte.

Und die Hydriten.

Und der Weltrat.

Und Dave McKenzie.

Die Gestalt, die auf leisen Sohlen durch das Dickicht pirschte, war furchterregend anzusehen. Sie trug derbe, grob geschneiderte Lederkleidung – ein enges, ärmelloses Wams, weite Hosen und einfache Schuhe. Die Nähte waren mit Strähnen von dunklem Haar verziert. Menschlichem Haar, an dem noch das Blut seines früheren Besitzers klebte ...

Die Haut des Mannes war trotz seines Lebens im Freien seltsam blass, seine Züge karg und ausgemergelt. Auf seinem Kopf wucherte wirres schwarzes Haar.

Aufmerksam schaute er sich im Halbdunkel um, während er weiter schlich. Der Spur des großen Eisenmonstrums zu folgen war nicht weiter schwierig.

Zwar hatte sich die Besatzung des Fahrzeugs Mühe gegeben, ihre Fährte immer wieder zu verwischen, doch brauchte man nur ein wenig weiter zu suchen, um erneut auf eine jener breiten Schneisen zu stoßen, die der Wagen ins Unterholz gerissen hatte.

Das Gefährt hatte widerrechtlich das Territorium der Pales durchfahren – dafür musste die Besatzung sterben. Schon mehrmals hatten die Pales den Leuten in der Stadt klar gemacht, dass sie es nicht dulden würden, wenn man die Grenzen ihres Gebiets verletzte – doch immer wieder kamen sie, mit ihren todbringenden Waffen und den dröhnenden Motoren.

Die Pales mochten nicht über Maschinen verfügen – aber sie waren tapferer und mutiger als die Stadtmenschen. Und sie würden es nicht hinnehmen, dass man ihre Grenzen missachtete …

Der Mann, der mit geschmeidigen Bewegungen durch das Unterholz schlich und der Spur des Eisenmonstrums folgte, war ein Späher. Man hatte ihn ausgesandt, herauszufinden, wo der Feind sein Nachtlager bezogen hatte. Bei Tagesanbruch würden die Pales dann angreifen – und diesmal würde es für den Feind kein Entrinnen geben …

Der Späher gelangte an einen liegenden Baum, der offensichtlich von dem Fahrzeug niedergewalzt worden war. Er befühlte die Stelle, wo der Stamm gebrochen war, und stellte fest, dass das Harz noch dünnflüssig und klebrig war. Das konnte nur eines bedeuten – der Truck war erst vor kurzer Zeit hier durchgekommen.

Der Feind musste ganz in der Nähe sein …

Wieder blickte sich der Späher um, ehe er lautlos weiter huschte, der Schneise folgte, die sich im dunklen Wald abzeichnete.

Plötzlich hörte er ein Geräusch.

Es war ein leises Rascheln, dazu der dumpfe Tritt von Schritten auf dem feuchten Waldboden. Das Gehör eines gewöhnlichen Menschen hätte es vermutlich gar nicht wahrgenommen – aber die Sinne der Pales waren geschärft und geschult für das Überleben in der Wildnis …

Mit einem Satz sprang der Späher hinter einen Baumstamm und verharrte reglos, lauschte weiter in das Halbdunkel, das ihn umgab.

Wieder raschelte es – und der dumpfe Tritt der Schritte kam näher.

Verstohlen blickte der Späher hinter dem knorrigen Eichenstamm hervor. Er hielt den Atem an, als sich etwas im Dickicht vor ihm bewegte. Der Farn raschelte, und mit einer blitzschnellen Bewegung griff der Späher an seinen Gürtel und zückte die spitze Klinge, deren Griff mit Menschenhaar umwickelt war.

Im nächsten Moment teilte sich der Farn und eine menschliche Gestalt trat daraus hervor. Ein einzelner Mann, der schlank war und die Kleidung der Städter trug. Er hatte Gläser im Gesicht, durch die er sich vorsichtig umblickte.

Der Späher biss die Zähne zusammen; seine Mundwinkel glitten nach unten.

Der Fremde würde sterben …

Mit einem Satz sprang der Krieger hinter dem Eichenstamm hervor, das Messer zum Stoß erhoben. Weich und geschmeidig landete er vor dem Fremden, bereit, ihm die Klinge bis zum Heft ins Herz zu rammen. Doch vorher wollte er noch die Furcht und das Entsetzen in den Augen des anderen sehen.

Der Fremde reagierte völlig anders als erwartet. Er blieb ruhig und blickte dem Späher gelassen ins Gesicht.

»Hallo Dwarc«, sagte er dann. »Lange nicht gesehen ...«

Im Osten dämmerte der Morgen herauf.

Matthew Drax, der die letzte Wachschicht hatte, spürte die Anspannung in sich wachsen. Er rechnete damit, dass die Angreifer vom Vortag das Licht des neuen Tages nutzen würden, um einen weiteren Angriff zu beginnen.

Wachsam spähte Matt in das grüne Dickicht, das die Lichtung umgab, lauschte aufmerksam auf jedes Geräusch, das aus der Wildnis drang. Doch da waren nur die Schreie der Tiere und die Geräusche des Waldes, der allmählich aus dem Schlaf erwachte.

Von Angreifern keine Spur.

Matt blieb dennoch skeptisch. Er war sicher, dass die räuberischen Nomaden die Nacht genutzt hatten, um ihre Feinde zu verfolgen und ausfindig zu machen. Doch er spähte vergeblich ins Dickicht, um dort wirre Haarschöpfe und blitzende Augenpaare zu entdecken. Nichts deutete darauf hin, dass die kriegerischen Fremden noch in der Nähe waren. Hatten sie ihr Vorhaben, den Truck zu erobern, am Ende aufgegeben?

Matt weckte seine Kameraden, die auf die neue Entwicklung sehr unterschiedlich reagierten. Während sich Dave hocherfreut darüber zeigte, dass die Reise nach Süden nun ungestört weiter gehen konnte, schien sich Rorkes Freude darüber in Grenzen zu halten.

»Seltsam ...«, meinte der Weltrat-Techniker nur.

»Was?«, fragte Matt.

»Die Pales«, sagte Rorke. »Ich hatte fest damit gerechnet, dass sie bei Tagesanbruch wieder angreifen würden ...«

»Pales?«

»So nennen wir sie wegen ihrer bleichen Haut«, erwiderte Rorke schulterzuckend. »Scheint ein genetischer Defekt zu sein. Keine Ahnung, seit wann sie sich schon hier draußen rumtreiben. Die Regierung hat sie zu Gesetzlosen erklärt.«

Matt konnte nicht anders als schief zu grinsen. In diesem neuen Amerika stand manches auf dem Kopf – hier waren die Bleichgesichter die Wilden! Er fragte sich, ob sich die Menschen dieser Zeit der bitteren Ironie dieses Umstands bewusst waren ...

»Ist doch großartig«, meinte Dave, der wild entschlossen zu sein schien, von allem nur das Beste mitzunehmen. »Wenn diese Pales uns nicht mehr angreifen, umso besser.«

»Ich denke nicht«, meinte Rorke. »Wenn sie das vorgehabt hätten, würden sie es hier und jetzt tun. Es ist nicht ihre Art, sich lange zu verstecken. Es ist nur ...«

»Was?«, wollte Matt wissen.

»Nun – für gewöhnlich unterhalten die Pales einen strengen Ehrenkodex. Wenn Stammesangehörige getötet wurden, sind die Überlebenden verpflichtet, so lange weiter zu kämpfen, bis die Toten entweder gerächt sind oder kein Angehöriger des Kriegstrupps mehr am Leben ist.«

»Also haben sie sich vielleicht doch nicht zurückgezogen«, mutmaßte Matt. »Vielleicht lauern sie noch irgendwo und haben einen Hinterhalt vorbereitet.«

»Nein.« Rorke schüttelte den Kopf. »Ich habe lange

genug gegen diese Bastarde gekämpft, um sie genau zu kennen. Ich kann diese elenden Kreaturen riechen. Glauben Sie mir – keine von ihnen ist in der Nähe. Die Frage ist nur, wieso …«

»Hm.« Matt verzog das Gesicht. »Ich frage mich momentan noch etwas anderes, Rorke«, sagte er. »Sie haben gegen die Pales gekämpft? Als einfacher Techniker?«

Wenn er Rorke mit der Frage überrumpelt hatte, ließ dieser es sich nicht anmerken. »Ich war nicht immer im technischen Dienst«, erklärte er. »Zuvor war ich Soldat. Ein Verletzung zwang mich, das Fach zu wechseln.«

»Ah. Und Sie waren nicht zufällig in Crows Truppe?«, hakte Matt nach, in dem schon lange der Verdacht keimte, dass dieser Techniker mehr war als ein Techniker.

»Sie meinen, beim Geheimdienst?« Rorke schüttelte den Kopf. »Nein, ich war im Norden Waashtons stationiert. Bei der Wachmannschaft am Mount Vernon Tor.«

»Müssen wir uns darüber jetzt wirklich den Kopf zerbrechen?«, warf Dave ein. »Wir sollten schleunigst aufbrechen. Über alles andere können wir später noch reden.«

»Du hast Recht«, pflichtete Matt ihm bei. »Sehen wir zu, dass wir von hier verschwinden, ehe diese Kerle es sich anders überlegen.«

In aller Eile brachen sie das Lager ab und packten ihre Sachen zusammen. Es gab ein karges Frühstück aus gedörrtem Fleisch, danach setzte der 3-MAT seinen Weg durch die unwegsame Wildnis fort.

Während Rorke und Dave im Führerhaus Platz nahmen, blieb Matt hinten auf der Ladefläche, um die Umgebung im Auge zu behalten. Obgleich er Rorkes Vermutung, dass die Pales längst über alle Berge waren, nur zu gerne Glauben schenkte, setzte er doch lieber auf Nummer sicher. Das kurzläufige Gewehr im Anschlag, kauerte er auf der Pritsche des Wagens, während sich der Truck wieder in Bewegung setzte und durch das dichte Grün walzte.

Minuten vergingen – und wurden zu Stunden.

Es war eine lange, endlos scheinende Fahrt durch unwegsames Gelände. Die Pales blieben verschwunden und griffen nicht wieder an – und jeder der drei Männer an Bord des Trucks hatte seine eigene Meinung dazu.

Rorke fand es höchst verdächtig, dass sich die Gesetzlosen so unvermittelt zurückgezogen hatten, und weil er sich keinen Reim darauf machen konnte, hatte er kein gutes Gefühl dabei.

Matt Drax war es im Grunde gleichgültig, welche Umstände dazu geführt hatten, dass die Pales von dem Truck abgelassen hatten – Hauptsache die Fahrt nach Süden konnte unbehelligt weiter gehen.

Nur ein Mann an Bord wusste genau, weshalb die Pales entgegen ihrer sonstigen Gewohnheit und ihres Kodex den Rückzug angetreten hatten.

Philipp Hollyday.

Denn lange bevor er ein Mitglied der Running Men geworden und in Dave McKenzie verwandelt worden war, war er einer von ihnen gewesen. Ein Pale.

Letzte Nacht während seiner Wachschicht hatte er sich vom Lager entfernt und Kontakt zu seinen ehemaligen Brüdern und Schwestern aufgenommen. Er hatte sich ihnen zu erkennen gegeben, und sie hatten seinem Wunsch entsprochen. Nur deshalb waren Matt Drax und Rorke noch am Leben ...

Je weiter sie nach Süden vordrangen, desto üppiger und grüner wurde die Vegetation – und desto feuchter wurden die Luft und der Boden.

Für Matt hatte die zunehmend höhere Luftfeuchtigkeit den Nebeneffekt, dass das unangenehme Jucken in seinen Kiemen ein wenig nachließ – dennoch musste er noch immer wertvolles Trinkwasser dafür verschwenden, die ungewohnten Atmungsorgane von Zeit zu Zeit zu benetzen.

Für das Vorankommen allerdings brachte der immer weicher werdende Erdboden erhebliche Probleme mit sich. Waren es zunächst nur ein paar morastige Stellen gewesen, die sich noch leicht hatten umfahren lassen, wurden nun in zunehmendem Maß Sumpflöcher daraus, in denen schwarzbrackiges Wasser schwappte. Matt prüfte es mit der Hand – es fühlte sich warm an. Eine Folge der heißen Quellen, die das ganze Gebiet wie ein Aderwerk durchzogen.

Schließlich veränderte sich die Vegetation. Gewaltige Zypressen und Mangroven, die sich aus den sumpfigen Gewässern erhoben, lösten die Eichen ab. Unwillkürlich fragte sich Matt, ob diese Bäume schon zu seiner Zeit so groß gewesen waren oder ob auch sie im Verlauf der Jahrhunderte eine Mutation durchlaufen hatten.

Es waren gewaltige, turmhohe Pflanzen, die sich rings um sie erhoben und deren Kronen das Sonnenlicht filterten. In schmalen Streifen sickerte es hindurch und ließ die Farne und Halme in tausend verschiedenen Grüntönen schimmern. Eine geheimnisvoll dunkle Welt war es, durch die sich der 3-MAT kämpfte, und das Geräusch des Motors war der einzige Hinweis auf Zivilisation inmitten von urwüchsiger Wildnis.

Waren die Sümpfe des Südens zu Matts Zeit bedrohte Naturschutzgebiete gewesen, hatten sie sich nun wieder alles zurückerobert, was ihnen von der Zivilisation genommen worden war. Von dem, was einst der Bundesstaat Georgia gewesen war, bis hinunter nach Florida schien sich ein einziges ausgedehntes Sumpfland zu erstrecken.

Vielfältige Geräusche erfüllten die schwüle, nach Moder riechende Luft – das Kreischen von Vögeln, aber auch von anderen Kreaturen, die Matt nie zuvor gehört hatte, der ewige Gesang vom Fressen und Gefressenwerden …

Die Nacht verbrachten sie auf einer Hügelkuppe, die sich inmitten der Sumpflöcher erhob und groß genug war, um Platz für den Truck und das Zelt zu bieten. Die Männer wechselten sich erneut darin ab, Wache zu halten, und bis zum Morgen gab es keine weiteren Zwischenfälle.

Der nächste Tag bescherte der Expedition noch mehr Sumpf, noch mehr Hitze und noch mehr Moskitos – Matt und seine Begleiter wurden kaum mehr damit fertig, nach den unentwegt summenden, vielbeinigen Biestern zu schlagen, und er hätte viel darum gegeben, ein Fläschchen Insektenspray in der Tasche zu haben.

Wie Matt feststellen musste, wurden auch die Moskitos größer, je weiter sie nach Süden kamen – das Biest, das ihn am Abend des dritten Tages stach, war so groß wie eine Fleischfliege, und ihr Biss schmerzte höllisch. Als ein neuerliches Insekt sein Glück versuchte, endete es als hässlicher Fleck auf Matts Uniform.

Am darauf folgenden Tag gab es zwei Neuigkeiten zu vermelden: Die Moskitos wurden nicht mehr größer – dafür erreichte der Sumpf seine bislang größte Ausdehnung. Nicht mehr einzelne Sumpflöcher erhoben sich aus dem morastig weichen Boden, sondern nur mehr ein schmales Band von Land zog sich durch eine dunkle

Fläche aus matt schimmerndem, dunkelgrünen Wasser, aus dem sich gewaltige Mangroven und Zypressen erhoben.

Irgendwie gelang es Dave und Rorke, die sich darin abwechselten, das klobige Gefährt zu steuern, einen Weg durch den Sumpf zu finden – doch immer tiefer sanken die Reifen des 3-MAT ein, immer schwerer wurde das Vorankommen.

Einmal blieb das schwere Fahrzeug um ein Haar in einer der Morastgruben stecken, die sich unerwartet unter ihm auftaten. Mit Glück und Hilfe der Seilwinde, die an der Front des Transporters montiert war, gelang es den drei Männern zu verhindern, dass das Fahrzeug vom Sumpf verschlungen wurde – doch danach war ihnen allen klar, dass sie den 3-MAT bald würden zurücklassen müssen.

Auf einem Stück Land, das sich sanft aus dem sumpfigen Gelände erhob und fest genug zu sein schien, stellten sie das gepanzerte Fahrzeug ab. Mangroven, die rings aus dem dunklen Wasser ragten, bildeten einen natürlichen Hain, der den 3-MAT vor unerwünschten Blicken schützen würde; ein Tarnnetz, das Matt und seine Leute über das Fahrzeug warfen, besorgte den Rest.

In die Tornister, die zu ihrer Ausrüstung gehörten, packten sie alles, was sie für die nächsten Tage brauchen würden: Proviant und Wasser, dazu Waffen, Werkzeug und Munition. Jeder der Männer schulterte eine der voll gepackten Tragetaschen. Sie markierten die Stelle, an der sie den 3-MAT versteckt hatten, und brachen auf. Und was bis jetzt eine beschwerliche Fahrt durch den Sumpf gewesen war, wurde nun ein anstrengender, kräftezehrender *Fußmarsch* …

Der Marsch durch den Sumpf erwies sich als Vorhof zur Hölle.

Unwillkürlich fühlte sich Matt an seine Wanderschaft entlang der britischen Küste in der Gewalt des Sklavenhalters Emroc erinnert. Doch gegen diese Sümpfe war der Wald, der sich entlang der Südküste Englands erstreckte, ein reiner Kinderspielplatz ...

Solange Matt und seine Begleiter noch einigermaßen festen Boden unter den Füßen hatten, war alles in bester Ordnung. Sie konnten zügig marschieren und kamen trotz des schweren Gepäcks, das sie trugen, noch rasch voran.

Irgendwann jedoch endete der trockene Pfad und ihnen blieb nichts übrig als den Sumpf zu durchwaten, dessen stinkendes Wasser ihnen bis an die Knie reichte. Wenigstens war es angenehm warm.

Schon die erste Durchquerung eines Sumpfarmes brachte eine böse Überraschung. Kaum war Matt aus der dunklen Brühe gestiegen und hatte wieder festen Tritt gefasst, spürte er ein eigenartiges Brennen an seinem rechten Bein, das sich binnen weniger Sekunden so verstärkte, dass er nicht mehr gehen konnte.

»Wartet einen Augenblick«, rief er seinen Begleitern zu. Während Rorke mit erhobener Waffe Wache hielt und nach allen Seiten sicherte, gesellte sich Dave zu Matt und erkundigte sich mit besorgtem Blick nach dessen Befinden.

»Ich weiß nicht«, erwiderte Matt und legte seinen Tornister ab, krempelte das rechte Hosenbein auf. »Fühlt sich an, als hätte mich etwas ...«

Er sprach nicht weiter, als er die etwa fingerlange, schleimige Kreatur sah, die sich an seiner Wade festgesaugt hatte. Lilafarbene Adern mäanderten über ihren grünen, schneckenähnlichen Leib.

»Blutegel«, stellte Dave angewidert fest. »Diese Biester gibt es also immer noch.«

»Sieht ganz so aus«, knurrte Matt und zückte sein Messer, um den ungebetenen Gast loszuwerden. Das kleine Tier fiel sich windend zu Boden; zurück blieb eine blutende Wunde.

»Sie hatten Glück, Drax«, stellte Rorke ungerührt fest. »In diesen Sümpfen gibt es zwei Sorten von diesen Biestern. Die eine ist ungiftig. Die andere lässt einen langsam den Verstand verlieren, wenn sie zubeißt.«

»Großartig.« Matt rollte mit den Augen. »Dieser kleine Ausflug gefällt mir immer besser.«

Rorke erwiderte nichts, und auch Dave ließ sich von ein paar Giftegeln nicht davon abhalten, Cape Canaveral aufzusuchen – oder besser das, was noch davon übrig war. Matts Begeisterung, an dieser Expedition teilzunehmen, war ohnehin nie sehr groß gewesen – und sie schwand zusätzlich mit jedem Meter, den sie weiter nach Süden gingen.

Rorke hatte die Führung des Trupps übernommen. Matt vermutete, dass der Weltrat-Mann in seiner Zeit als Soldat des öfteren in diesen Sümpfen unterwegs gewesen war. Dass er nichts mit Crow zu tun hatte, glaubte er ihm immer weniger. Wahrscheinlich hatte ihn der General nur deswegen für diese Mission ausgewählt, weil er über Rorkes Vorzüge und seine Erfahrung genauestens Bescheid wusste.

Dave und Matt wechselten sich darin ab, die Nachhut des kleinen Trupps zu übernehmen. Obwohl sie von ihren Verfolgern schon lange nichts mehr gehört hatten, waren sie dennoch stets auf der Hut, um für alle Eventualitäten gewappnet zu sein. Und vielleicht waren die Pales ja nicht die einzige Gefahr, die in diesem unwegsamen Gelände lauerte …

Immer wieder spähte Matt in das ungewisse grüne Dunkel, das sie umgab. Mehrmals glaubte er zwischen den dunklen Stämmen der Zypressen eine Bewegung wahrzunehmen oder zu sehen, wie sich das Wasser unweit von ihnen kräuselte – doch jedesmal war er nur einer Täuschung aufgesessen, wie er Augenblicke später feststellte.

Als sich der Tag schließlich dem Ende neigte und das wenige Licht, das durch die hohen Kronen der Bäume sickerte, eine gelbe Färbung annahm, atmete Matt innerlich auf. Er war erschöpft. Seine Glieder schmerzten und seine Kiemen brannten wie Feuer, trotz der feuchten Luft. Er hatte damit aufgehört, sie zu benetzen, um Trinkwasser zu sparen – die Folgen waren schmerzhaft.

Auch an Rorke und Dave war der lange Marsch nicht spurlos vorüber gegangen. Der Weltrat-Techniker wirkte erschöpft und müde, und selbst Dave, dessen Entschlossenheit, das Ziel der Expedition zu erreichen, offenbar keine Grenzen kannte, schien am Ende seiner Kräfte.

»Wir werden uns einen trockenen Flecken Erde suchen und Nachtquartier beziehen«, stellte Rorke sachlich fest.

»Nichts dagegen einzuwenden«, erwiderte Matt, obgleich ihm der Befehlston, mit dem der Techniker agierte, nicht gefiel. Er passte besser zu einem von Crows Agenten. »Dave?«

»Von mir aus.« Dave McKenzie nickte. »Bei Dunkelheit weiter zu gehen wäre Unsinn – der Sumpf würde uns verschlingen. Suchen wir uns also einen friedlichen Flecken, solange wir noch Tageslicht haben.«

»Meine Rede«, pflichtete Matt ihm grinsend bei, und sie folgten Rorke in Richtung einer kleinen Erhebung, die im Schutz einer großen Mangrove lag und gerade groß genug zu sein schien, dass sie das Zelt darauf errichten konnten.

Unterwegs stellten sie jedoch fest, dass der Sumpf an dieser Stelle tiefer war. Das schmutzig dunkle Wasser, dessen Grund sie nicht sehen konnten, reichte ihnen zunächst nur bis an die Knie, dann bis an die Hüften – und schließlich mussten sie ihre Tornister abnehmen und hoch über den Köpfen tragen, als die klebrig kalte Brühe ihnen bis zur Brust empor stieg.

Dem kleinwüchsigen Rorke stand das Wasser buchstäblich schon bis zum Hals, während sie weiter auf die Erhebung zu hielten. Was der Weltrat-Techniker über giftige Blutegel gesagt hatte, die in diesen Gewässern hausten, darüber mochte Matt gar nicht nachdenken. Er biss die Zähne zusammen und zwang sich, einen Fuß vor den anderen zu setzen, was auf dem schlammigen Grund alles andere als einfach war.

»Matt?«, fragte Dave, der hinter ihm ging.

»Yep?«

»Weißt du noch, was ich über die Welt von damals sagte? Dass ich nichts davon wirklich vermisse?«

»Ich erinnere mich.«

»Alles Blödsinn. Ich würde mein verdammtes Diplom verkaufen für ein heißes Bad und einen kühlen Drink ...«

»... und reizende weibliche Gesellschaft«, fügte Matt grinsend hinzu.

»Ich hatte eher an ein gutes Buch gedacht«, wandte Dave ein. »Ein anständiger Krimi oder etwas in der Art.«

»Ein anständiger Krimi?« Matt schnitt eine Grimasse. Er hatte sich geirrt. Dave McKenzie war noch immer ganz der Alte. »Sag bloß, das alles hier ist dir noch nicht aufregend genug?«, fragte er scherzhaft. »Wie wärs mit ein wenig Science-fiction?«

»Danke«, knurrte Dave, »aber davon habe ich hier mehr als gen-« Der Astrophysiker unterbrach sich plötzlich und sog scharf nach Luft, um im nächsten Moment einen grellen Warnruf auszustoßen. »Rorke – *Vorsicht*!«

Matt, der sich halb zu seinem Freund umgewandt hatte, fuhr herum und schaute nach dem Weltrat-Techniker, der an der Spitze des kleinen Trupps ging.

Rorke hatte bereits den Hügel erreicht, auf dem sie ihr Nachtquartier beziehen wollten, und war dabei ihn zu erklimmen – als dieser plötzlich zum Leben erwachte!

Entsetzt stellte Matt fest, dass die vermeintliche Erhebung gar kein Hügel war, sondern eine Kreatur, eine Art Schildkröte, die reglos im Wasser gelegen hatte.

Ihr halbrunder Panzer war von Moos und Flechten bedeckt, sodass er wie fester Boden ausgesehen hatte. Erst jetzt, als sich die Kreatur zur Seite drehte, konnte man deutlich sehen, dass es keine Insel war, die sich dort aus der dunklen Brühe erhob, sondern ein Wesen aus Fleisch und Blut.

Wenn es tatsächlich ein Nachkomme jener Schildkröten war, die Matt gekannt hatte, so hatte sich die Spezies sehr verändert – alles was Matt sah, waren fleischige grau-grüne Tentakel, die plötzlich aus dem schäumenden Wasser schossen und wild durcheinander zuckten.

Rorke, der völlig überrascht worden war, stand einen Augenblick lang wie gelähmt. Dann stieß er einen Schrei aus und wollte die Flucht ergreifen – doch es war zu spät.

Wie eine Giftschlange schoss einer der Tentakel auf ihn zu und packte ihn, wand sich binnen Augenblicken um seinen gedrungenen Leib und zog ihn mit Macht unter Wasser.

»Nein!«, brüllte Matt entsetzt, während er seine Waffe

heraus riss – doch schon einen Herzschlag später gab es nichts mehr, worauf er zielen konnte.

Die Insel war verschwunden. Die Kreatur war untergetaucht, hatte Rorke mit sich auf den Grund des Sumpfes gezogen.

Ein paar blubbernde Blasen stiegen im brackigen Wasser auf, dann kehrte Stille ein.

Atemlose, tödliche Stille. Die Geräusche des Sumpfes waren nur mehr wie aus weiter Ferne zu hören.

Ruhig und dunkel lag das Wasser vor ihnen, gefleckt von den Schatten, die die Mangroven gegen das Licht der untergehenden Sonne warfen.

Matt hörte das Keuchen seines eigenen Atems, den Schlag seines Herzens. Gehetzt blickte er sich um, hatte zu verdauen, was gerade geschehen war. Noch immer konnte er es nicht recht glauben, obwohl er es mit eigenen Augen beobachtet hatte.

»W-was war das …?«, war alles, was er stammelnd hervor brachte. Sein Kollege Dave McKenzie war nicht in der Lage zu antworten.

Augenblicke lang standen sie reglos im Wasser, dann zogen sie sich eilig in den seichteren Bereich zurück. Der Schrecken saß ihnen tief in den Gliedern, und obwohl Matt Rorke nicht besonders gemocht hatte, empfand er Trauer über das schreckliche Ende, das der Techniker genommen hatte. Immerhin hatte Rorke ihm das Leben gerettet – außerdem hatte es kein Mensch verdient, auf diese Weise zu sterben …

Vorsichtig zogen sie sich zurück, in der Erwartung, jenen Augenblick selbst die Tentakel zu fühlen, die sie auf den Grund des Sumpfes ziehen würden. Das Wasser um sie herum wurde seichter, reichte ihnen nur mehr bis an die Hüften – als Dave plötzlich erneut einen Schrei ausstieß.

»Da! Dort drüben! Sieh nur ...!«

Matt fuhr herum – und sah, wie das Wasser im Schatten der großen Zypresse Wellen warf. Im nächsten Moment stiegen wieder einige Luftblasen auf – und das Wasser begann zu schäumen und zu gischten.

»Verdammt!«, stieß Matt hervor und riss seinen Driller in Anschlag. Im nächsten Moment schossen vier, fünf gewaltige Tentakel aus dem dunklen Wasser und zuckten umher. Ein Stück des Panzers der Kreatur wurde sichtbar, und plötzlich war auch Rorke wieder zu sehen, noch immer umschlungen von einem der Greifarme, blassgesichtig und halb tot. Aber noch lebte er, schlug kraftlos mit den Armen um sich ...

Auch Dave riss seine Waffe in Anschlag und wollte kurzerhand feuern, doch Matt hielt ihn zurück. »Nicht schießen! Du könntest Rorke treffen!«

Noch ehe Dave den Abzug betätigen konnte, stürzte Matt bereits durch das stinkende schäumende Wasser auf die Kreatur zu, die sich wütend hin und her warf. Noch im Laufen steckte er den Driller zurück ins Holster und zog stattdessen die Machete blank, mit der er sich den Tag über durch dichten Farn geschlagen hatte.

Stampfend kämpfte er sich durch das Wasser, legte die sieben, acht Meter zurück, die ihn von der Kreatur trennten.

Kaum näherte er sich dem Biest, zuckte schon einer der Tentakel heran. Matt duckte sich, als der schleimige Arm von der Dicke seines Oberschenkels auf ihn zu schoss. Das mit Saugnäpfen bewehrte Ding glitt ins Leere, und Matt legte den restlichen Weg zu Rorke zurück.

Der Weltrat-Techniker war nicht mehr in der Lage zu schreien. Die Kreatur hatte ihm die Luftzufuhr abgeschnitten. Mit weit aufgerissenen Augen starrte er Matt an, der die Machete hob – und mit aller Kraft zuschlug.

Die scharfe Klinge fuhr herab und durchtrennte den Tentakel, der Rorke umfangen hielt. Rotes Blut und grüner Schleim spritzten, besudelten Matts Gesicht und seine Uniform – und die Kreatur verfiel in heiseres Zischen. Der Rest des bizarren Geschöpfs erhob sich aus dem dunklen Wasser des Sumpfs, und jetzt erst sah Matt, wie groß die Bestie wirklich war!

Allein ihr Panzer mochte zweieinhalb Meter Durchmesser besitzen. Jeder der zahlreichen Tentakel, die aus ihrem grotesken Körper ragten, war an die drei, vier Meter lang. In blinder Wut schlug die Sumpfkreatur um sich, während der blutige Stumpf, aus dem unaufhörlich dunkles Blut pulsierte, hilflos hin und her zuckte.

Matts Machete ging ein zweites und ein drittes Mal auf den abgetrennten Tentakel nieder, der Rorkes Körper noch immer umschlungen hielt. Der Techniker ächzte, als er endlich wieder frei atmen konnte. Er schnappte nach Luft und fiel vornüber auf die Knie. Er wäre versunken, wenn Matt ihn nicht aufgefangen hätte.

Kurzerhand legte Matthew Rorkes Arm um seine Schultern und wollte den Techniker davon schleppen – als er hinter sich ein entsetzliches Gurgeln und Spucken vernahm.

Er warf einen Blick zurück und sah, wie sich die riesenhafte Kreatur aus dem Wasser erhob und ihre Tentakel dazu benutzte, sich wie auf Spinnenbeinen fortzubewegen – ein unförmiges Gebilde mit halbrundem Panzer und schleimigen Armen und Beinen.

Vor Entsetzen war Matt für Augenblicke wie gelähmt, als die Sumpfbestie vor ihm in die Höhe wuchs. Instinktiv wusste er, dass er ihr nicht entkommen konnte.

Da krachten plötzlich zwei, drei Schüsse.

Projektile fegten durch die Luft und durchschlugen

den Panzer der Kreatur. Gelbe Flüssigkeit spritzte aus den Einschusslöchern. Die Bestie wankte.

»Hast du immer noch nicht genug?!«, brüllte Dave McKenzie. Zwei weitere Kugeln jagten aus dem kurzen Lauf des Gewehrs, durchlöcherten einen der Tentakel. Das Monster verfiel in dumpfes Kreischen.

Matt überlegte nicht lange. Er nutzte die Gunst der Stunde, um sich mit Rorke in Sicherheit zu bringen. Eilig schleppte er den stöhnenden Techniker durch das immer seichter werdende Wasser und packte ihn auf einen abgestorbenen Mangrovenstumpf, der aus dem Sumpf ragte, während er hinter sich immer noch Schusslärm und wütende Flüche Dave McKenzies hörte.

»Hast du noch nicht genug, du elendes Scheusal? Da! Friss Blei, du verdammte Missgeburt ...«

Dave feuerte, und wieder durchschlugen zwei Projektile die Panzerung der Kreatur. Im nächsten Augenblick brach das Tier kreischend zusammen. Es hatte offensichtlich genug, ruderte hilflos mit seinen langen Tentakeln – doch Dave McKenzie war nicht gewillt, von ihm abzulassen. Der Astrophysiker steckte sein Gewehr weg, zückte die Machete – und stürmte mit wildem Kampfgeschrei auf die verletzte Kreatur zu.

Die Klinge blitzte in der Abendsonne – um einen Herzschlag später mit furchtbarer Wucht niederzufahren, wieder und wieder.

Einige der Tentakel der Sumpfkreatur wurden durchtrennt, Blut und Schleim spritzten nach allen Seiten. Das Wasser gischtete und sprudelte und verfärbte sich rot, während Dave wieder und wieder zuschlug, sich in einen regelrechten Rausch steigerte.

»Da! Nimm das! Und das! Und das ...!«

Die Bewegungen der Kreatur wurden unkontrolliert, sie begann an ihrem ganzen grotesken Leib zu zucken, bäumte sich auf, um aus der Gefahrenzone zu kommen – und stürzte auf den Rücken. Wie eine Nussschale schwamm das Ding auf dem schäumenden Wasser, gefüllt mit grau-grünem Fleisch, das hektisch pulsierte.

Die wenigen Tentakel, die der Kreatur noch geblieben waren, teilten sich – und endlich sah Matt das Maul. Es war eine kreisrunde Öffnung in der Mitte, so groß, dass sie problemlos einen Basketball hätte verschlingen können, und ringsum mit Zähnen bewehrt. Das Maul schnappte unaufhörlich auf und zu – wo sich die Augen oder andere Sinnesorgane befanden, vermochte Matt nicht festzustellen.

Mit einem Triumphschrei stürzte sich Dave auf die waidwunde Kreatur und rammte ihr die Klinge der Machete tief in den Schlund.

Eine Fontäne gelber Flüssigkeit schoss hervor und besudelte ihn, bespritzte sein Gesicht und die Gläser seiner Brille. Schwer atmend hielt er inne. Das Adrenalin, das in Unmengen durch seine Adern pumpte, ließ seine schlanken Glieder zittern. Er brauchte einige Augenblicke, um sich zu fassen.

Das Wesen unter ihm rührte sich nicht mehr.

Dave steckte die Machete zurück an seinen Gürtel, wandte sich von den blutigen Stücken ab, die rings um ihn im Wasser schwammen. Er bemerkte, dass Matt ihn anstarrte, und warf ihm einen zornigen Blick zu.

»Was ist?«, wollte er wissen. Seine Stimme bebte.

»Nichts«, sagte Matt nur. So froh er darüber war, dass Rorke mit dem Leben davongekommen und die Bestie tot war, so groß war das Entsetzen, das er empfand.

Niemals zuvor hatte er David McKenzie auch nur annähernd so erlebt.

Der Dave McKenzie, den er kennen gelernt hatte, war ein Menschenfreund gewesen, ein Wissenschaftler *par excellence*, der keiner Fliege etwas zu Leide tat, am allerwenigsten einer Lebensform, die er noch nie gesehen hatte und deren bloße Existenz eine wissenschaftliche Sensation darstellte.

Nun jedoch ...

Es war schrecklich gewesen, Dave zuzusehen. Wie ein Berserker hatte der Astrophysiker gewütet, hatte sich in einen regelrechten Blutrausch gesteigert. Was war es nur gewesen, das ihn so in Rage gebracht hatte?

»Was ist?«, erkundigte sich Dave noch einmal, schon bedeutend ruhiger diesmal.

»Nichts«, meinte Matt leise. »Es ist nur ... Du hast dich verändert.«

»Wir haben uns alle verändert«, gab Dave zurück. »Die Welt um uns hat sich verändert. Und sie hat *uns* verändert.«

»Sieht so aus«, räumte Matt ernüchtert ein, während er sich eingestehen musste, dass er sich etwas vorgemacht hatte, was David McKenzie betraf. Offenbar war sein Kollege aus alten Tagen doch nicht mehr der, als den er ihn einst kennengelernt hatte. Seine lange Gefangenschaft und die Odyssee durch Europa hatten eine Seite zum Vorschein gebracht, die Matt zuvor nicht an ihm gekannt hatte. »Sieht ganz so aus ...«

Die Nacht verbrachten sie in der Krone einer abgestorbenen Mangrove, deren ausladende Äste ihnen ein zwar nicht bequemes, dafür aber trockenes Lager boten. Auch war es einigermaßen sicher – bis hier herauf reichten die Tentakel der Kreaturen nicht, von denen bestimmt noch weitere das dunkle Wasser des Sumpfes bevölkerten ...

Rorke erholte sich schnell von den Strapazen des Tages. Der Weltrat-Techniker hatte keine äußeren Verletzungen davongetragen, war mit dem Schrecken davon gekommen. Er erklärte sich sogar bereit, eine der Wachschichten zu übernehmen, sodass Matt und Dave ein wenig Schlaf bekamen (wenn man den Dämmerzustand, der sie umfing, während sie auf den knorrigen, moosbehangenen Ästen kauerten und sich davor hüten mussten, herunterzufallen, überhaupt so nennen konnte).

Die Nacht war kurz und unruhig, durchjagt von Geräuschen, deren Ursprünge Matt und seine Begleiter nur erahnen konnten. Der modrige Geruch des Sumpfs erfüllte die Luft. Die Kleidung der Männer war von Feuchtigkeit durchtränkt.

Sie kamen sich vor wie Verstoßene, die man in diese grüne Hölle fern jeglicher Zivilisation verbannt hatte. Schwer vorstellbar, dass es jenseits davon noch etwas anderes geben sollte ...

Als die Sonne ihre ersten Strahlen über den Horizont schickte und die Sümpfe in kitschigem Zartrosa beleuchtete, hielt die Drei nichts mehr auf ihrem Baum. Sie brachen auf – und diesmal übernahm Matt die Führung des Trupps. Ihm folgte Dave, das Schlusslicht bildete Rorke.

Mit Hilfe des Kompasses, dessen Zifferblatt dem Umstand angepasst war, dass sich die Erdachse beim Aufschlag des Kometen verschoben hatte, drangen die Männer weiter nach Süden vor.

Unbeirrt überquerten sie Landzungen und schlugen sich durch dichte Vegetation, wateten durch Sumpfgebiete, die mit grünem Gras überzogen waren. Mehrmals mussten sie sogar schwimmen, wenn das Wasser zu tief wurde. Eine weitere Begegnung mit den gepanzerten Kreaturen, die Rorke »Swampas« nannte, blieb ihnen zum Glück erspart.

Nachdem sie zwei Tage lang weiter nach Süden marschiert waren, schlugen sie eine südöstliche Richtung ein, bewegten sich jetzt laut der Skizze, die sich Matt nach aktuellen Karten und aus seiner Erinnerung angefertigt hatte, auf die Küste zu.

Noch immer umgab sie ein dichter, schier undurchdringlicher Urwald aus Mangroven und Zypressen, deren Wurzeln bisweilen so weit aus dem Wasser ragten, dass man darunter durch gehen konnte. Der Sumpf hatte hier eine beinahe schwarze Färbung, und das wenige Sonnenlicht, das durch die dichten Blätterkronen drang, verstärkte diesen Eindruck noch. Es war schwül und drückend still; nur hin und wieder war das Kreischen eines Vogels zu hören oder ein leises Plätschern im Wasser.

So, dachte Matt bei sich, musste Florida vor Millionen von Jahren ausgesehen haben, ehe der Mensch seinen Fuß auf die Erde gesetzt und begonnen hatte, ihr Antlitz nach seinem Willen zu verändern. Keine Straßen, die quer durch die Sümpfe verliefen, keine Ansiedlungen, die auf trocken gelegtem Grund existierten. Die Natur hatte zurückgeschlagen, der Urzustand war wiederhergestellt.

Gegen Mittag stießen sie auf die Ruinen von etwas, das einst eine kleine Stadt gewesen sein musste. Von den Gebäuden, aus Holz errichtet, waren nur mehr die Fundamente übrig, die von Sumpfgras und Flechten überwuchert wurden. Straßenschilder waren völlig verrostet und von Schlingpflanzen bedeckt, ebenso wie einige Autowracks, die auf den völlig zerstörten, von Moos bewachsenen Straßen standen.

Rorke ging an den Relikten aus der Alten Zeit achtlos vorüber – für ihn waren sie nicht mehr als antike Fundstücke, für die er sich nur dann interessiert hätte, wenn sie seinen Auftrag betroffen hätten. Auch Dave schien beim Anblick der Hinterlassenschaften aus der Zeit vor der großen Katastrophe nicht allzu viel zu empfinden – anders als Matt.

Im Lauf der rund eineinhalb Jahre, die er nun in dieser fremden Welt verbrachte, war er nur zu oft mit den Ruinen jener Welt konfrontiert worden, die einst sein Zuhause gewesen und nun Geschichte war. Genügend Zeit, um sich daran zu gewöhnen, sollte man meinen – doch noch immer versetzte der Anblick solcher Funde Matt einen herben Stich ins Herz.

Vielleicht hatte Dave Recht.

Vielleicht hielt er tatsächlich zu sehr an den alten Tagen fest, musste sich zusammennehmen und mehr nach vorne blicken – aber waren die Gefühle, die er empfand, nicht völlig normal?

Anders als sein Fliegerkamerad Hank Williams, der in den Ruinen von Paris gestorben war, ohne jemals auch nur versucht zu haben, sich mit dieser neuen Zeit zu identifizieren, hatte Matt sehr wohl den Versuch unternommen, sich ihr anzupassen.

Teilweise war es ihm auch gelungen – aber er würde wohl immer auch ein Kind seiner Zeit bleiben, ein Relikt der Vergangenheit, ebenso wie diese Ruinen und Autowracks, die ihn umgaben. Mit einem Mal fühlte Matt eine seltsame Trauer in sich – auch die Anwesenheit Dave McKenzies vermochte daran nichts zu ändern.

Jenseits der Stadt veränderte sich schlagartig die Vegetation. Mangroven und Zypressen wurden seltener, wichen immer mehr den Flüssen aus grünem Gras, die den Sumpf durchzogen und sich von Horizont zu Horizont zu erstrecken schienen.

Entsprechend gab es weniger Schatten; die Sonne brannte unbarmherzig auf die drei Wanderer herab. Der Marsch wurde noch anstrengender und beschwerlicher.

Was sie trotzdem dazu veranlasste, immer weiter zu gehen, war die Aussicht, bald am Ziel ihrer langen Wanderschaft zu sein ...

Je weiter sie sich der Küste näherten, desto vereinzelter wurden die Bäume – dennoch marschierten Matt und seine Begleiter immer weiter, dem fernen Horizont entgegen, der in grauen Dunst gehüllt war.

Obwohl sie streng rationiert waren und jedem der Männer pro Tag nur eine Feldflasche zur Verfügung stand, wurden die Wasservorräte allmählich knapp. Matt konnte nur hoffen, dass sie bald das Ziel ihrer Reise erreichen würden – denn ohne Wasser stand ihnen inmitten dieser erbarmungslosen Wildnis das sichere Ende bevor ...

Am Vormittag des nächsten Tages wurden seine Hoffnungen erfüllt.

Als Matt wieder einmal stehen blieb, um Umschau zu halten und sich zu orientieren, fiel ihm auf, dass der dunstige Horizont sich graublau verfärbt hatte.

»Was ist das?«, fragte Rorke, der es ebenfalls bemerkte.

»Was soll es schon sein?«, fragte Dave unwirsch zurück. »Das Meer natürlich. Wir sind bald am Ziel.«

»Bist du sicher?«, fragte Matt dagegen. »Nach meiner Skizze müsste es noch ein ganzes Stück entfernt sein.«

»Es *ist* das Meer«, beharrte Dave. »Der Atlantik. Los, weiter, Leute – wir haben es fast geschafft ...«

Unermüdlich beschleunigte der Astrophysiker seinen Schritt, sodass Matt und Rorke fast Mühe hatten, ihm zu folgen. Anfangs hatte Matt noch ernste Zweifel an Daves Behauptung – doch mit jeder Meile, die sie sich dem graublauen Band am Horizont näherten, wuchs seine Erkenntnis, dass er Recht haben musste.

Dies war tatsächlich der Atlantik.

Sie waren kurz vor dem Ziel!

Matts Pulsschlag beschleunigte sich vor Erleichterung, machte seine Füße und den Tornister gleich um ein paar Kilo leichter. Während sie schweigend ihren Marsch fortsetzen, suchte er nach einer Erklärung dafür, dass sie den Ozean schon einen Tag früher als berechnet erreichten.

Waren Sie schneller vorangekommen? Wohl kaum.

Eine Abkürzung? Unsinn – die Entfernungen mussten überbrückt werden, da gab es nichts abzukürzen.

Die einzig plausible Möglichkeit war, dass sie nicht dem Meer näher gekommen waren, sondern *das Meer ihnen*. Offenbar hatte sich die Küstenlinie Floridas in den letzten Jahrhunderten so verschoben, dass der Atlantik nun ein ganzes Stück weiter landeinwärts lag – und der Sumpf ging nahtlos in seine endlos blaue Fläche über.

Schon wenig später gewahrten sie Möwen, die über ihnen kreisten – riesenhafte Exemplare ihrer Art, die kreischende Schreie ausstießen. Die Luft wurde salzig, und eine kühle Brise wehte ihnen entgegen, die die schwüle Hitze vertrieb und den modrigen Geruch der Sümpfe aus ihren Lungen blies.

Gegen Nachmittag schließlich erreichten sie das Ende der Sümpfe – und wie Matt vermutet hatte, gingen sie tatsächlich nahtlos ins Meer über. Nur ein paar flache Sandbänke, die sich aus der Brandung erhoben, markierten das Ende des Kontinents – auf der einen Seite verlor sich der grüne Fluss aus Gras im schäumenden Salzwasser, von der anderen Seite rollten gischtende Wellen heran, um sich sprudelnd im Sumpfgras zu verlieren.

Nur wenige Bäume säumten das Ufer, an denen sich Treibholz gefangen hatte. Selbst der Himmel schien zweigeteilt zu sein: Über dem Land zogen sich dunkle

Wolken zu einem Gewitter zusammen, während sich über der See eine stahlblaue Kuppel spannte.

Sie hatten es tatsächlich geschafft.

Die Männer brachen nicht in Jubel aus. Der Triumph, den sie empfanden, war mehr stiller Natur – schon deswegen, weil sie genau wussten, dass der schwierigste Teil ihres Auftrags erst noch vor ihnen lag: Die Überreste des einstigen Raumfahrtzentrums von Cape Canaveral zu finden und zu untersuchen – und zumindest Rorke wusste aus dem Bericht einer früheren gescheiterten Expedition, dass dort eine weitere Gefahr lauerte, von der weder Matthew Drax noch Dave McKenzie etwas ahnten …

»Schön«, stieß Matt hervor, nachdem er sich einen Augenblick an der endlosen Weite der blauen See geweidet hatte. »Und wie geht es weiter?«

»Ich weiß nicht.« Dave blickte sich aufmerksam um. »Ich bin sicher, dass wir uns ganz in der Nähe unseres Ziels befinden, wenngleich ich nicht genau sagen kann, wo wir …« Er unterbrach sich, sandte Matt ein schiefes Grinsen. »Ist 'ne ganze Weile her, weißt du?«

»Ich weiß«, gab Matt vielsagend zurück.

Dave schirmte seinen Blick vor dem gleißenden Licht der Sonne ab, ging dann einige Schritte und betrat eine der Sandbänke, die die Uferlinie säumten. Aufmerksam nahm er die Küste Richtung Süden in Augenschein – um plötzlich einen triumphierenden Ruf auszustoßen.

»Dort!«

»Was ist?«, fragte Matt.

»Da draußen! Die Insel!«, rief Dave und deutete hinaus auf die blaue See, wo sich in einiger Entfernung ein flacher dunkler Fleck abzeichnete.

»Welche Insel?«, fragte Rorke.

»Dort draußen, seht ihr sie denn nicht? Das muss es sein!«

»Von einer Insel steht nichts in unseren Dossiers.« Rorke schüttelte beharrlich den Kopf. »General Crow hätte mich darüber in Kenntnis gesetzt.«

»Nein«, meinte Matt, »Dave hat Recht. Das Cape lag früher auf einer schmalen Landzunge, die der Küste vorgelagert war. Angenommen, das Landesinnere wurde überschwemmt – dann müsste es jetzt tatsächlich eine Insel sein, die draußen im Ozean liegt.«

»Ohne jeden Zweifel«, bestätigte Dave, und in seinen Zügen lag wieder jenes erwartungsvolle jungenhafte Lächeln, das Matt hoffen ließ, dass nicht alles von jenem alten Dave McKenzie verschwunden war.

»Wir müssen ein Floß bauen«, regte Dave an, auf das Treibholz deutend, das überall herum lag. »Wir müssen einen Weg finden, zur Insel überzusetzen.«

»Einverstanden«, meinte Matt und lud seinen Tornister ab. »Worauf warten wir noch ...?«

Der Bau des Floßes ging zügig voran – dennoch dauerte er bis spät in die Nacht.

Im Licht einiger Fackeln stellten Matt, Dave und Rorke das abenteuerliche Gefährt schließlich fertig, das aus wenig mehr als ein paar zusammen gebundenen Baumstämmen bestand, die mittels eines Steuerruders und kurzer Paddel manövriert werden sollten.

Auf einer der Sandbänke, die auch bei Flut aus dem Wasser ragten, bezogen die Männer anschließend ihr Nachtquartier – nicht ohne sich vorher noch ein kurzes Bad im Ozean zu gönnen.

Die rauschende Gischt spülte den Schweiß und den Dreck der letzten Tage ab, zudem erwies sich das Salzwasser als äußerst heilsam gegen die unzähligen Moskitostiche, die sie davongetragen hatten. Matt genoss das Bad ganz besonders – nun, da sie endlich wieder ihrer natürlichen Bestimmung nachkommen durften, schmerzten seine implantierten Kiemen nicht mehr.

Danach legten sie sich schlafen, hielten bis zum Morgengrauen abwechselnd Wache. Mehrmals glaubten sie verdächtige Geräusche zu hören, platschende Tritte im seichten Wasser – oder war es nur das Rauschen der Brandung ...?

Bis zum Morgengrauen gab es keine weitere Zwischenfälle, und als die Sonne im Südosten über den Horizont stieg und das Meer in gleißendem Schein glitzern ließ, waren die drei Männer bereits wieder bei der Arbeit.

In aller Eile brachen sie ihr Lager ab, verstauten die Tornister auf dem Floß und zurrten sie fest, damit sie nicht von einer Woge über Bord gespült wurden. Dann schoben sie das Gefährt, das etwa drei mal drei Meter maß, hinaus in die Brandung.

Schon bei der ersten großen Welle, die rauschend landeinwärts rollte, stellte sich das Fluß fast senkrecht auf und Matt fürchtete, es könnte umkippen – doch die abenteuerliche Konstruktion hielt sich tapfer, schwamm wie ein Korken auf den Wellen, sodass die Männer nacheinander aufsteigen konnten und sich mit kurzen kontrollierten Ruderstößen hinaus aufs Meer brachten.

Die Insel, die in der Dämmerung des Vortags kaum auszumachen gewesen war, lag jetzt deutlich erkennbar vor ihnen – ein flacher Landrücken, die sich einsam aus der glitzernd blauen Fläche erhob.

»Das ist es«, sagte Dave immer wieder, und seine Stimme klang dabei fast andächtig. »Das muss es sein ...«

Jeweils zwei von ihnen paddelten, während der Dritte

am Steuer stand und die Richtung vorgab, in die das Floß fuhr.

Die erste Schicht am Ruder übernahm Rorke, danach kam Matt an die Reihe. Dave, der als Einziger von ihnen schon einmal in Cape Canaveral gewesen war, sollte die letzte Ruderschicht übernehmen und nach einer geeigneten Anlegestelle für das Floß suchen.

Die Überfahrt war lang und kräftezehrend.

Vom Ufer hatte es so ausgesehen, als wäre die Insel nur ein kurzes Stück vom Festland entfernt – nun, als die Männer das schaukelnde Floß durch die Brandung steuerten und es jeden Meter mit Muskelkraft vorantreiben mussten, zeigte sich, dass die Entfernung doch beträchtlich war.

Dave und Rorke paddelten, während sich Matt bemühte, das Floß so zur Dünung zu lenken, dass es den Wellen möglichst wenig Widerstand bot.

Als er das Steuer erneut betätigen wollte, merkte er plötzlich, dass es sich nicht bewegen ließ. Er zog heftig daran, spürte, dass es sperrte – gerade so, als ob etwas unter Wasser mit aller Kraft daran zerrte.

Matt stieß eine Verwünschung aus. Seine Muskeln spannten sich, und mit aller Kraft stemmte er sich gegen das blockierende Ruder – als ihm plötzlich die Dreiecksflosse auffiel, die unweit vom Floß aus dem Wasser ragte.

Ein Hai!

»Verflucht!«, rief Matt aus und ließ instinktiv das Ruder los. Schon im nächsten Augenblick schoss unmittelbar unter der Wasseroberfläche ein blaugrüner Schatten heran, geradewegs auf das Floß zu.

»Was …?«, fragte Dave McKenzie, der die Bewegung aus dem Augenwinkel heraus wahrgenommen hatte – und im nächsten Moment geschah es.

Unmittelbar neben dem Floß teilte sich gischtend das Wasser – und wie ein Torpedo schoss der Hai aus der dunklen Flut, das Maul mit den messerscharfen Zähnen weit aufgerissen.

Noch ehe auch nur einer der Männer etwas dagegen unternehmen konnte, landete der monströse Fisch, dessen Leib an die drei Meter lang sein mochte, mit der vorderen Hälfte auf dem Floß, das unter seinem Gewicht kippte.

Das riesige, lang gezogene Maul mit den Zähnen schnappte auf und zu. Als es nichts zu fassen bekam, schleppte sich der Hai weiter aus dem Wasser, schickte sich unter heftigen Schlägen seiner Schwanzflosse an, das Floß zu erklimmen ...

Entsetzt erkannte Matt, dass es kein gewöhnlicher Hai war, der das Floß attackierte! Sein Maul war länger und voller spitzer ungleicher Zähne und in seinem Kopf prangten kalte Reptilienaugen. Am erschreckendsten jedoch waren die kurzen, mit Krallen und Schwimmhäuten versehenen Beine, die aus dem langen torpedoförmigen Leib der Kreatur ragten und die nur einen Schluss zuließen: Dieses Tier war eine Mutation, ein Experiment der Evolution, das die beiden schlimmsten Räuber der Sümpfe und des Ozeans zu einer neuen schrecklichen Kreatur verbunden hatte: den Blauhai und den Alligator ...

Augenblicke lang war Matt buchstäblich gelähmt vor Überraschung, während er auf den blaugrünen, an einigen Stellen von Hornplatten besetzten Körper des Reptilienfischs starrte. Dann, als das mörderische Maul der Kreatur erneut zuschnappte, fasste er sich ein Herz und zückte seinen Driller.

Rorke und Dave hatten ihre Ruder im Stich gelassen und sich an den äußersten Rand des Floßes zurückgezogen. Hastig griffen sie ebenfalls nach ihren Waffen – und im nächsten Augenblick brandete dem Angreifer aus der Tiefe des Meeres ein verderbliches Bleigewitter entgegen.

Einige der Kugeln fanden ihr Ziel, schlugen in den massigen Leib der Kreatur. Sie bäumte sich auf, dass das Floß erneut ins Wanken geriet, und stieß sich ab, ließ sich zurück ins Wasser gleiten. Augenblicke später war sie wieder in der dunklen Tiefe verschwunden.

»Verdammt«, stieß Matt schwer atmend hervor. »Was in aller Welt war das?«

»Ein Shargator«, sagte Rorke nur. »Ich habe Schauermärchen über sie gehört, aber ich wusste nicht, dass es sie wirklich gibt.«

»Jetzt wissen wirs«, versetzte Dave trocken. »Und es ist kein Einzelexemplar ...«

Etwas an der Stimme seines Freundes gefiel Matt ganz und gar nicht. Er schreckte hoch und blickte sich um – und zu seinem Entsetzen musste er feststellen, dass rings um das Boot weitere Dreiecksflossen aus dem Wasser ragten – noch mehr Shargatoren, die von ihrem Artgenossen angelockt worden waren und Blut gewittert hatten ...

»Nichts wie weg hier!«, zischte Matt. »An die Ruder, Leute, schnell!«

Das brauchte er den beiden anderen nicht zweimal zu sagen. Rasch steckten sie ihre Waffen weg, griffen nach den Paddeln und begannen mit aller Kraft zu rudern. Mit kräftigen Schlägen brachten sie das Floß schnell voran – doch die gefräßigen Räuber ließen sich dadurch nicht abhängen.

Matt musste hart schlucken.

Wenn bereits *ein* Shargator das Floß ohne Zögern attackiert und beinahe auseinander genommen hatte – was würde ein ganzer *Schwarm* anrichten?

Er bekam die Antwort eher als ihm lieb sein konnte.

Urplötzlich schoss zur Rechten des Floßes etwas aus dem Wasser – und alles was Matt sah, war ein weit aufgerissenes Maul, waren Reihen mörderischer Zähne, die auf ihn zu schossen.

Er ließ das Ruder los und riss erneut seinen Driller in Anschlag, gab hastig zwei Schüsse ab.

Sie gingen fehl.

Einen Lidschlag später krachte die Kreatur mit dem vollen Gewicht ihres massigen Körpers auf das Deck des Floßes. Das Gefährt kippte in einem steilen Winkel aus dem Wasser.

Mit Mühe gelang es Matt, sich festzuhalten und zu verhindern, dass er über Bord ging. Rorke schaffte es ebenfalls – nur Dave hatte weniger Glück. Sein Paddel noch in den Händen, rutschte der Astrophysiker quer über das Deck, dem aufgerissenen Schlund der Bestie entgegen –

- als Matt ausholte und sein Ruder warf!

Reflexartig schnappte der Reptilienfisch danach, als es dicht an seinem Kopf vorbei wirbelte. Dave nutzte die Chance und versetzte dem Biest einen Fußtritt vor die Schnauze, der es von Bord beförderte.

Zum Aufatmen blieb jedoch keine Zeit – denn schon schossen zwei weitere gefräßige Mäuler aus der Tiefe empor und setzten in hohem Bogen auf das Floß zu.

Schüsse krachten, als Rorke mit dem Gewehr feuerte.

Eines der beiden Projektile traf das rechte Tier und pflückte es förmlich aus der Luft. Der andere Shargator landete mit solcher Wucht auf dem Deck des Floßes, dass die Seile, die die Stämme hielten, bedenklich knirschten.

Die messerscharfen Zähne der Kreatur pflügten durch die Luft, verfehlten Matt und Dave nur um Haaresbreite.

Die mörderische Schnauze der Bestie schnappte erneut auf und zuckte heran. Dave stieß einen entsetzten Schrei aus, handelte aber beherzt: Er stieß sein Ruder, das er noch immer in der Hand hielt, der Bestie tief in den Schlund.

Ein dumpfes, mehr unwilliges als schmerzerfülltes Grollen drang aus dem Rachen des Shargators. Im nächsten Augenblick rutschte er vom Floß und verschwand, den Kopf wild hin und her werfend, im dunklen Wasser.

Rorke gab noch einige Schüsse auf weitere Shargatoren ab, die unmittelbar neben dem Floß durch das Wasser pflügten. Dann zeigte eine rot gefärbte Fontäne, die unweit des Gefährts aus dem Wasser spritzte, dass die Raubtiere ihre verwundeten Artgenossen als leichtere Beute ausgemacht hatten. In ganzen Rudeln fielen sie über ihresgleichen her, steigerten sich in einen regelrechten Blutrausch, während sie ihre Artgenossen in Fetzen rissen. Rings um das Floß verfärbte sich das Wasser blutig rot …

»Los, weg hier, bevor sie es sich anders überlegen«, meinte Matt. In aller Eile half er Dave auf die Beine, löste den Steuerholm vom Floß und benutzte ihn als Ersatzruder. Mit kräftigen Schlägen trieben die drei Männer ihr Gefährt auf die Insel zu. Die Furcht, von den Shargatoren eingeholt zu werden, beflügelte sie, verlieh ihnen ungeahnte Kräfte.

Obwohl das Floß bei jeder Welle knarzte und sie fürchten mussten, dass ihr Gefährt auseinanderbrechen würde, ließen sie nicht nach und ruderten, was das Zeug hielt – keiner von ihnen hatte Lust, im Magen eines gefräßigen Reptilienfischs zu landen.

Das Eiland war bedeutend größer als Matt angenommen hatte. Hohes Gras säumte den Strand und wog sich im Wind. Unweit vom Ufer gewahrte Matt einige brüchige Betonpfeiler, die aus dem Wasser ragten.

»Ich erinnere mich«, meinte Dave. »Hier gab es früher eine Brücke, die die Hauptzufahrt zum Cape darstellte. Jenseits davon teilte sich die Straße Richtung Besucher- und Raumfahrtzentrum. Am besten, wir gehen irgendwo in der Nähe an Land.«

»Einverstanden«, meinte Matt – und ihm entging nicht, dass Rorke ein seltsames Gesicht dabei machte.

Natürlich konnte es auch an dem eben erst überstandenen Angriff der Shargatoren liegen – aber Matt glaubte einen Anflug von Furcht in den Zügen des Weltrat-Technikers zu erkennen, zumindest von äußerster Anspannung.

»Alles in Ordnung, Rorke?«, fragte er.

»Natürlich, was soll schon sein?«

»Wir sind fast am Ziel – aber Sie sehen nicht sehr glücklich aus.«

»Ich kann Shargatoren nicht leiden, das ist alles«, erwiderte Crows Mitarbeiter barsch. »Und hören Sie auf, mir dämliche Fragen zu stellen.«

»Schön, wie Sie wollen.« Matt nickte bitter. »Also kein Smalltalk mehr. Ganz wie der Herr belieben . . .«

Schweigend lenkten die drei Männer das Floß auf die Insel zu. Kein Wort wurde mehr gesprochen. Die Erschöpfung und die Anspannung der letzten Tage und Stunden hatten zu einer gewissen Gereiztheit geführt, sodass jeder dankbar war, eine Weile mit sich allein zu sein.

Die Shargatoren griffen nicht mehr an, und unbehelligt erreichte das Floß endlich die Insel. Als die Stämme das Ufer berührten und auf den sandigen Grund aufliefen, brachen die Männer ihr Schweigen, erleichtert und froh darüber, am Ziel ihrer Reise angelangt zu sein. Nur

Rorke mochte sich noch immer nicht recht darüber freuen.

Der Weltrat-Techniker hatte seine Gründe dafür, auch wenn er zu diesem Zeitpunkt noch nicht wusste, dass die drei ungebetenen Besucher längst schon entdeckt worden waren …

»Iuusten, wir haben ein Problem! Dort sind Fremde. Gib mir das Teleskop.«

»Bestätige.«

Die eine der beiden Gestalten, die bäuchlings im Sand lagen und durch das Gras der Uferböschung spähten, reichte der anderen den Feldstecher, den sie in einer Tasche bei sich trug.

»Es sind drei«, stellte der erste der beiden Männer fest. »Drei Fremde. Einer trägt die gleiche Uniform wie jene, die vor ihnen kamen.«

»Spione«, sagte der andere voller Abscheu. »Sie kommen immer wieder – wie ein stellares Phänomen.«

»Das können wir nicht wissen«, hielt sein Kumpan dagegen – und erntete einen fragenden Blick.

»Du meinst …?«

»Die Möglichkeiten des Kosmos sind unbegrenzt. Wir können nicht wissen, was Eisas uns vorherbestimmt hat.«

»Komanda wird es wissen. Er wird uns sagen, was zu tun ist. Er kennt den Willen der Sterne. Den Willen von Eisas.«

»Wir werden ihm übermitteln, was wir observiert haben.«

»Bestätige«, sagte sein Begleiter. »Iuusten Ende.«

»Das ist es!«, erklärte Dave begeistert, als sie den sanften Hügel erklommen, der sich jenseits des schmalen Strandes erhob. »Ich erinnere mich genau! Hier bin ich schon einmal gewesen, vor vielen Jahren …«

»Vor *sehr* vielen Jahren«, gab Matt zu bedenken. »Kannst du dich tatsächlich an Einzelheiten erinnern?«

»Aber ja! Dort drüben stand früher das Brückenhaus. Dort wurden alle Fahrzeuge kontrolliert, die ins Raumfahrtzentrum wollten. Und hier verlief einst die Straße …«

Matt blickte von dem Hügel herab, konnte zwischen Grashalmen und Sanddünen aber wenig mehr erkennen als ein paar Brocken von dunklem Asphalt. Offensichtlich hatte Dave Recht …

»In Ordnung«, meinte er. »Wenn wir der Straße folgen, müsste sie uns eigentlich direkt ans Ziel unserer Expedition bringen, oder nicht?«

»Das wäre nicht klug«, gab Rorke zu bedenken. »Dort unten können wir von überall gesehen werden.«

»Und?« Matt schaute ihn erwartungsvoll an. »Diese Insel ist doch unbewohnt … oder nicht?«

Rorke hielt seinem Blick stand – aber eine Antwort blieb er schuldig.

»Warum nur habe ich das Gefühl, dass Sie uns etwas verheimlichen?«, fragte Matt spitz. »Schon die ganze Zeit über glaube ich, dass Sie mehr über diese Sache wissen als uns erzählt wurde. Also los, Rorke, raus damit – was ist es?«

»Nichts«, erklärte der Techniker störrisch. »Es ist nichts.«

»Reden Sie keinen Blödsinn, Mann«, sprang Dave Matt bei. »Man kann sehen, dass Sie die Hosen gestrichen voll haben. Also sagen Sie uns verdammt noch mal, was hier los ist!«

»Nichts«, versicherte Rorke noch einmal. »Aber es wäre möglich, dass ... dass ...«

»Ja?«, hakte Matt nach.

»... dass wir nicht allein auf dieser Insel sind«, rückte Rorke schließlich heraus. »Es ist nicht auszuschließen, dass es Eingeborene gibt, die uns feindlich gesonnen sind.«

»Das ist alles?« Dave schüttelte unwillig den Kopf. »Also, so weit es mich betrifft, habe ich nicht vor, mich von ein paar Eingeborenen einschüchtern zu lassen.«

»Es wäre möglich, dass sie gefährlich sind«, fügte Rorke hinzu, worauf sein Mund zuschnappte, als hätte er etwas zu Heißes gegessen. Mehr schien er auf keinen Fall herausrücken zu wollen.

Matt ließ es dabei bewenden. Fürs Erste war er zufrieden mit dem, was er erfahren hatte. Wenn Rorke Recht hatte, mussten sie von dem Hügel verschwinden. Alles weitere konnten sie später klären.

»Also schön«, meinte er. »Halten wir uns also im Schutz der Dünen, für alle Fälle. Dave?«

»Ja?«

»Du kennst dich hier aus, also übernimm die Führung. Wir folgen dir und halten dir den Rücken frei.«

Der Mann, den sie ehrfürchtig »Komanda« nannten, war schlank und groß gewachsen. Er trug das weite wallende Gewand des Hohepriesters und auf seiner Brust prangte das *Zeichen*. Das heilige Zeichen des Gottes Eisas, der im Himmel wohnte und versprochen hatte, seine Söhne zu sich zu holen. Wenn die Zeit dafür reif sein würde ...

»Eindringlinge, sagt ihr?« Der Komanda senkte seine Stimme und blickte die beiden Späher, die sich ehrfürchtig vor ihm verneigt hatten, fragend an.

»Ja, Komanda. Sie sind an Land gegangen, wo der Polarstern steht …«

»Bestätigte.« Der Komanda nickte und legte seine hohe Stirn in Falten.

Je älter er wurde und je länger er das Amt des Komanda bekleidete, desto schwerer wurde es für ihn, Eisas Willen zu durchschauen. Als junger Mann hatte er genau gewusst, was er zu tun hatte, hatte er den Weg seines Handelns mit der Klarheit der Sterne vor sich gesehen. Doch in den letzten Jahren war alles komplizierter geworden, *das Universum ein Konstrukt aus komplexen Beziehungen von Massen und Körpern, deren theoretische Korrelationen sich anhand exakter mathematischer Formeln berechnen, aber nur selten durch den menschlichen Geist erfassen lassen.*

So stand es geschrieben.

Lange Zeit hatte der Komanda den Sinn der heiligen Worte nicht erfasst. Jetzt war er ihm offensichtlicher als je zuvor.

Weshalb beschritt Eisas solch verworrene Wege? Warum offenbarte er sich ihnen auf so seltsame Art und Weise? Wollte er sie prüfen?

Schon mehrmals hatte er ihnen Fremde auf die Insel geschickt, und jedes Mal hatten sie die Anführer der Eindringlinge der Testreihe unterzogen, die Eisas ihnen befohlen hatte – doch keiner der Fremden hatte sie bestanden, hatte die heilige Frage beantworten können und somit sein Leben und das seiner Gefolgsleute verwirkt.

Die Enttäuschung, die seine Jünger jedes Mal befallen hatte, war grenzenlos gewesen, ein Schwarzes Loch der Trauer und der Verzweiflung. Doch immer wieder unterzog Eisas sie dieser grausamen Prüfung, schickte er Fremde an die Gestade der Insel Canaral …

Der Komanda schüttelte resignierend den Kopf. Wer war er, dass es ihm zustand, Fragen zu stellen? Wer war er, dass es ihm zukam, Eisas Willen anzuzweifeln?

Fremde hatten die Insel betreten, und nach dem Gesetz gab es nur eine Möglichkeit: Auch sie mussten den Prüfungen unterzogen werden. Nur so ließ sich Eisas' Wille erforschen.

»Ich will, dass ihr die Fremden ergreift«, wies er seine Untergebenen an. »Fasst sie und bringt sie zu mir; sie sollen nach Eisas Willen der Testreihe unterzogen werden.«

»Ja, Komanda«, bestätigten die beiden Männer ohne Zögern. »Verstanden, Iuusten.«

Sie hielten sich nicht entlang der alten Straße, die quer über die Insel zu verlaufen schien, sondern gingen querfeldein.

Immer wieder fand Dave Relikte aus alter Zeit, anhand derer er sich orientierte und an die er sich tatsächlich zu erinnern schien: Hinweisschilder aus Metall, die längst unleserlich und von dickem Rost überzogen waren, die Überreste von Straßen und Zufahrten, die Ruinen von Gebäuden.

Wachsam hielten die drei Männer Umschau, vergewisserten sich, dass ihnen niemand folgte.

Es blieb ruhig – obwohl Matt das dumpfe Gefühl nicht los wurde, dass sie beobachtet wurden, schon die ganze Zeit über ...

Sie marschierten im Schutz einer großen Düne auf eine Ansammlung verfallener Gebäude zu. Das Meer lag jetzt etwas über einen Kilometer hinter ihnen.

»Wo sind wir hier?«, erkundigte sich Matt, als sie die Ruinen eines größeren Gebäudekomplexes passierten.

Entlang der Mauern hatte sich Sand aufgehäuft, den der beständig wehende Wind vom Ufer heran getragen hatte. Die rostigen Schilder, die hier und dort im Schutt lagen, waren längst nicht mehr zu entziffern.

»Ich weiß nicht.« Dave schüttelte den Kopf. »Hier bin ich nie gewesen. Oder ich kann mich nicht mehr daran erinnern ...«

Die Waffen im Anschlag und sich gegenseitig sichernd durchwanderten die Männer das Ruinengelände.

Plötzlich glaubte Matt hinter einer der brüchigen Mauern eine Bewegung wahrzunehmen. Blitzschnell wirbelte er herum, den Driller im Anschlag.

Eine Möwe, die kreischend hinter der Mauer hoch flatterte, ließ ihn aufatmen – doch Matt blieb weiter wachsam. Was immer Crow und seine Leute auf dieser Insel vermuteten – es war gefährlich. Anders ließ sich das verkniffene Gesicht, das Rorke machte, nicht erklären ...

Jenseits der Ruinen lag eine weite Senke, die von fast mannshohem Schilf bewachsen war. In leicht gebückter Haltung bahnten sich die drei Männer mit ihren Macheten einen Weg durch das Feld. Immer wieder hörten sie es ringsum leise rascheln, wussten aber nicht zu sagen, ob es ihre eigenen Geräusche waren oder ob ihnen jemand folgte.

Plötzlich blieb Dave, der an der Spitze ging, stehen.

Unvermittelt waren sie auf eine Lichtung gestoßen, auf der eine gewaltige Steinplatte aus dunklem Marmor lag. Mehrere Risse durchliefen den Stein, in denen Gras und Flechten gediehen, doch noch immer waren die eingravierten Namen und Zahlen gut zu entziffern.

»Den Opfern der Challenger-Kastastrophe«, las Matt vor und merkte, wie sich ein Kloß in seinem Hals bildete. »28. Januar 1986.«

»Gus Grissom, Ed White und Roger Chaffee, 27. Januar 1967«, entzifferte Dave eine andere Inschrift.

»Was ist das?«, wollte Rorke wissen.

»Das ist ein Monument«, gab Matt zur Antwort. »Ein Denkmal für all jene Raumfahrer, die in Ausübung ihrer Pflicht ums Leben gekommen sind.«

»D-dann ist es also wahr?«, erkundigte sich der Techniker einigermaßen verblüfft. »Es waren Menschen dort oben? Bei den Sternen?«

Der Blick, den Matt ihm schenkte, war einigermaßen überrascht. »Sie haben das nicht gewusst?«, fragte er.

»Nun, es gibt Gerüchte ... und es soll Berichte aus alter Zeit darüber geben. Aber es gibt niemanden, der tatsächlich dort oben war.«

»Ich hätte dabei sein können«, sagte Dave leise, während er mit gesenktem Haupt vor der Tafel stand. »Ich hätte dabei sein *sollen* ...«

»Es ist anders gekommen«, meinte Matt. »Hat keinen Sinn, sich darüber noch den Kopf zu zerbrechen.«

»All diese Leute«, hauchte Dave und deutete auf die Tafel. »Sie sind alle im Dienst der Wissenschaft gestorben. Sie haben ihr Leben für einen Traum gegeben, an den sie unerschütterlich geglaubt haben. Sie haben daran geglaubt, dass es für die Menschheit ein Morgen gibt, draußen im Weltraum ...«

Matt konnte sehen, dass es in Daves Augenwinkeln feucht blitzte. Nach so langer Zeit wieder hier zu sein, schien dem Astrophysiker nahe zu gehen. Wie Matt den »neuen« Dave kennengelernt hatte, war er kein Mann großer Worte – aber hier, auf jenem historischen Grund, von dem aus sich die Menschheit einst angeschickt hatte, zaghaft ihre Fühler in den Weltraum zu strecken, schienen ihn die Gefühle zu übermannen.

»Wir müssen weiter machen«, flüsterte Dave leise,

mehr an sich selbst gewandt als an die beiden anderen. »Wir müssen ihre Arbeit fortsetzen. Wir müssen einen Weg finden. Das sind wir diesen Männern und Frauen schuldig.«

»Alles in Ordnung, Dave?«, erkundigte sich Matt, als er seinen Freund gebeugten Hauptes vor der Gedenktafel stehen sah.

Dave wandte sich zu ihm um – und mit einem Mal waren die Tränen verschwunden. In den Augen des Astrophysikers war wieder jener kalte, abgeklärte Blick, den Matt früher nie an ihm gekannt hatte, und auch Daves Stimme hatte wieder einen anderen Ton. »Wir gehen weiter«, erklärte er. »Dieser Gedenktafel zufolge befinden wir uns auf dem Gelände zwischen dem Besucherzentrum und dem früheren Sperrgebiet. Wir ...«

Weiter kam Dave nicht – denn in diesem Augenblick teilte sich der dichte Schilf, der die Lichtung umgab, und einige Männer und Frauen sprangen daraus hervor, die weite weiße Gewänder trugen und Dolche und Sicheln aus rostigem Metall über ihren Köpfen schwangen.

Erst schienen es nur wenige zu sein – doch ihre Zahl wuchs und wuchs. Immer mehr Gestalten quollen aus dem Schilf hervor, bis es schließlich mehr als drei Dutzend waren.

Rorke schien mit dem Überfall gerechnet zu haben. Der Weltrat-Techniker wirbelte herum und gab mehrere Schüsse in Richtung der Angreifer ab, die zwar nicht trafen, die Fremden aber dazu zwangen, sich in Deckung zu werfen – wertvolle Sekunden, die Matt und seine Begleiter nutzten, um sich abzusetzen.

Mit fliegenden Schritten setzten die Männer durch das fast mannshohe Schilfgras, rannten um ihr Leben. Zwar waren sie mit ihren Schusswaffen den Angreifern überlegen, zahlenmäßig hatten sie den Kuttenträgern jedoch nichts entgegen zu setzen!

Im Laufen gab Matt, der das Schlusslicht bildete, einige Schüsse über die Schulter ab, nur um die Verfolger auf Distanz zu halten.

Wer waren diese Kerle? Waren sie die »Eingeborenen«, von denen Rorke gesprochen hatte...?

Die Männer rannten weiter, bis sie das Ende der Senke erreichten. Unmittelbar vor ihnen ragte eine sandbedeckte Anhöhe auf, auf der die Ruine eines kleinen Gebäudes stand. Den rostigen Überresten von Maschendraht nach zu urteilen, die links und rechts davon aus dem Sand ragten, handelte es sich um die Überreste eines ehemaligen Wachlokals.

Matt und seine Begleiter stürmten den flachen Hang hinauf und hatten dabei das Gefühl, im fließenden Sand zwei Schritte vorwärts und einen zurück zu machen. Quälend langsam kamen sie voran, während hinter ihnen das wütende Geschrei ihrer Verfolger aus dem Schilf drang.

Dann, endlich, hatten sie die Hügelkuppe erreicht. Hastig verschanzten sie sich hinter den niederen Mauern, gingen mit ihren Schusswaffen in Stellung. Sobald sich der erste der Angreifer zeigte, empfingen sie ihn mit wohlgezielten Schüssen.

Einer der Kuttenträger wurde verwundet. Rotes Blut tränkte das Laken, das er trug. Eingeschüchtert zogen sich die übrigen Männer und Frauen zurück, zerrten ihren verletzten Kumpan mit sich in den Schutz des Dickichts.

»Verdammt«, knurrte Matt, »und was jetzt? Wer zum Henker sind diese Kerle?«

»Frag nicht mich«, meinte Dave achselzuckend, »frag lieber Crows Musterschüler!«

Matt schaute Rorke an. Die Entschlossenheit in seinen Zügen verriet deutlich, dass er sich nicht länger mit Ausreden und Halbwahrheiten abspeisen lassen würde.

»Ich weiß nicht, wer die sind«, versuchte der Techniker es trotzdem. »Ehrlich, ich ...«

»Halten Sie uns nicht für blöd, Rorke«, unterbrach ihn Matt barsch. »Ich glaube Ihnen kein Wort! Seit wir auf dieser Insel sind, leiden Sie unter akuter Paranoia – und diese Leute sind der Grund dafür, richtig?«

»Nein, ich ...«

»Keine Lügen mehr, Rorke«, forderte auch Dave, »oder wir werden uns freikaufen, indem wir Sie diesen Kerlen ausliefern!«

»Nein, nicht! Bitte, ich ...« In den Augen des Technikers blitzte es furchtsam, und unwillkürlich fragte sich Matt, ob Dave seine Drohung ernst gemeint hatte.

»Also gut«, erklärte Rorke zerknirscht. »Wir wissen nicht genau, wer diese Leute sind. Sie selbst nennen sich die ›Söhne des Himmels‹.«

»Die Söhne des Himmels?«, wiederholte Matt verblüfft, während er weiter den Rand des Schilffeldes im Auge behielt. Noch ließ sich keiner von den Kuttenträgern sehen.

»Wir wissen nicht, woher sie kommen, aber sie leben hier, so weit unsere Aufzeichnungen zurück reichen. Und sie sind äußerst feindselig ...«

»Was Sie nicht sagen«, versetzte Dave trocken.

»Wir sind bereits die vierte Expedition dieser Art, die nach Süden geschickt wurde«, eröffnete Rorke niedergeschlagen.

»Die vierte«, schnaubte Matt. »Was ist mit den anderen dreien passiert?«, erkundigte er sich der Form halber, obwohl er sich die Antwort bereits denken konnte.

»Man hat nie wieder etwas von ihnen gehört. Nur ein

Mann hat es zurück geschafft. Er war schwer verletzt und starb wenige Tage nach seiner Ankunft in Waashton. Er berichtete von einem geheimnisvollen Stamm, der die Ruinen des Raumfahrtzentrums bewacht. Den ›Söhnen des Himmels‹. Er beschrieb sie als grausame, blutrünstige Bestien, die seine Begleiter allesamt ermordet hätten.«

»Wunderbar«, versetzte Matt. »Und warum hat uns Crow darüber nicht in Kenntnis gesetzt?«

»Warum wohl?«, fragte Dave dagegen. »Der gute General fürchtete wohl, wir könnten einen Rückzieher machen. Wie sagten wir früher doch so schön? ›Was man nicht weiß, macht einen nicht heiß‹.«

»Dieser verfluchte ...« Matt spürte, wie sich in seinem Inneren blanker Zorn wie ein Unwetter zusammen ballte. All die schlechten Erfahrungen, die er mit dem Weltrat gemacht hatte, die Verdächtigungen, die er hegte, die Erinnerung an sein Martyrium im Cyberspace – all das stieg wie Sodbrennen in ihm empor und verursachte ihm Übelkeit. Er ballte die Fäuste und war drauf und dran, sich auf Rorke zu stürzen – stellvertretend für das System, für das er arbeitete.

»Komm schon, Matt«, raunte Dave ihm zu, der in Anbetracht der jüngsten Enthüllungen erstaunlich ruhig blieb – gerade so, als hätte er schon die ganze Zeit über geahnt, was sie hier auf der Insel erwartete. »Schlucks runter, okay? Auszurasten bringt nichts; wir brauchen jetzt jede Schusshand. Du kannst dich später bei Rorke und Crow bedanken. Nicht jetzt, hörst du ...?«

Die Stimme der Vernunft drang zunächst nur wie aus weiter Ferne an Matts Bewusstsein. Je länger und eindringlicher Dave jedoch sprach, desto klarer wurde Matt, dass sein Weggefährte Recht hatte.

Er durfte jetzt nicht die Nerven verlieren, durfte sich

nicht von Gefühlen und Erinnerungen überwältigen lassen. Hier und jetzt zählte nur das Überleben. Wenn sie den Kuttenträgern in die Hände fielen, spielte alles andere keine Rolle mehr ...

»Also schön«, meinte Matt und nickte grimmig. »Wir reden später drüber. Was sollen wir tun?«

»Ich schlage vor, wir verschwinden«, regte Dave an. »Jenseits dieses Zauns befindet sich das alte Forschungsgelände. Das Space Center ist dort drüben; man kann es sogar von hier aus sehen ...«

Matt wandte sich um, schaute in die Richtung, in die Dave deutete – und konnte in einiger Entfernung eine Ruine mit gewaltigen Abmessungen erkennen. Das alte Raumfahrtzentrum von Cape Canaveral. So greifbar nah – und doch noch so weit entfernt ...

Matt blickte hinab auf das Gelände, das jenseits des Maschenzauns lag. Eine weitere Senke, in der es jedoch nur Gras und vereinzelte Büsche gab. Nichts hinter dem man sich verschanzen konnte ...

»Wenn wir hier bleiben, sind wir auf jeden Fall erledigt«, gab Dave zu bedenken. »Die werden uns einkreisen und von allen Seiten angreifen. Und unsere Munition geht allmählich auch zur Neige.«

Matt nickte. Dave hatte Recht. So sicher sie hier im Augenblick waren – sie konnten nicht ewig in dem alten Wachhaus bleiben. Sie mussten weg, so schnell wie möglich.

»Irgendwelche anderen Vorschläge, Rorke?«

»Nein.« Der Weltrat-Techniker schüttelte den Kopf.

»Na dann los. Die werden nicht lange brauchen, um spitz zu kriegen, dass wir uns verkrümelt haben«, meinte Matt. »Je schneller wir sind, umso besser.«

»Vorwärts«, stimmte Dave zu – und im nächsten Moment verließen die drei Männer die Sicherheit ihrer

Deckung und stürmten die rückwärtige Seite des Hügelkamms hinab. Im Laufschritt durchquerten sie die Senke, direkt auf die gewaltige Ruine zu.

Sie waren noch nicht allzu weit gekommen, als von jenseits des Hügels ohrenbetäubendes Geschrei ertönte. Die Kuttenträger hatten sich erneut aus dem Schilfwald gewagt und verblüfft festgestellt, dass ihre Gegner nicht mehr da waren.

Wütend stürmten sie den Hang hinauf, die Zähne gefletscht und ihre aus Schrottteilen gefertigten Waffen schwingend. Schon konnte Matt den ersten von ihnen auf dem Hügelkamm sehen. Er beschleunigte seinen Schritt, um möglichst viel Distanz zwischen sich und die Verfolger zu bringen.

Auch Dave und Rorke liefen so schnell, wie ihre von den Strapazen der Vortage geschwächten Muskeln es zuließen. Schon nach zweihundert Metern machten sich jedoch erste Ermüdungserscheinungen bemerkbar. Ihre Beine wurden schwer und die Tornister drückten auf ihre Schultern. Das Vorankommen auf dem sandigen Boden geriet zum Willenskampf.

»Weiter«, zischte Matt, während er aus dem Augenwinkel heraus sah, wie ihre Verfolger den Hang herab stürmten und sich an ihre Fersen hefteten. Ohne Gepäck und frisch ausgeruht würden sie Matt und seine Begleiter rasch eingeholt haben. Was dann geschah, wollte sich Matthew lieber nicht ausmalen ...

Dave gab ein, zwei Schüsse über die Schulter ab, die jedoch zu ungenau gezielt waren, als dass sie die Verfolger eingeschüchtert hätten. Matt sparte seine Munition lieber auf. Wenn ihnen die Kuttenträger zu Leibe rückten, würde er sie noch dringend brauchen ...

Rorke rannte, so schnell er konnte – der gehetzten

Miene des Technikers war zu entnehmen, dass er echte Todesangst empfand. Crow hatte seine Männer gedrillt, hatte dafür gesorgt, dass sie jeden seiner Befehle ohne Widerspruch akzeptierten – doch gegen die irrationalen Ängste, die aus dem Unterbewusstsein geradewegs ins Hirn stiegen, versagten auch seine Methoden.

Matt sah etwas in der Sonne blitzen – einen Herzschlag später gewahrte er etwas Langes, Spitzes, das sich unmittelbar neben ihm in den Boden bohrte.

Ein Speer! Im Laufen schleuderten die Verfolger die Wurfgeschosse, die sie bei sich trugen!

»Vorsicht!«, konnte Matt gerade noch brüllen, als ein neues Geschoss herab sauste – und Dave, der instinktiv zur Seite sprang, nur um Haaresbreite verfehlte. Nicht viel hätte gefehlt und die messerscharfe Spitze des Speers hätte ihn ins Bein getroffen.

»Ihr verdammten Säcke!«, brüllte Rorke hasserfüllt. »Da habt ihr ...!«

Im Laufen wirbelte der Techniker herum, stolperte rückwärts weiter und gab zwei Schüsse ab, die keinen Vorteil brachten, ihn im Gegenteil aber ein Stück hinter Matt und Dave zurück fallen ließen. Als er seinen Fehler erkannte, fuhr er erneut herum und rannte seinen Kameraden hinterher. »Hey!«, rief er laut. »Wartet auf mich ...!«

Gleichzeitig merkte der Weltrat-Techniker, wie seine eigenen Füße schwer und schwerer wurden. Wie Bleigewichte hingen sie an ihm, schienen ihn geradewegs in den weichen Boden zu ziehen.

Die beiden anderen erreichten eine Ruine, die sie vor den Wurfgeschossen der Verfolger schützte – Rorke hingegen war noch ungeschützt auf freiem Feld.

Lähmende Angst, gegen die er nichts unternehmen konnte, schoss ihm in die Glieder. Er war Soldat, war dazu ausgebildet worden, nichts zu fürchten und gegen alles zu kämpfen, was sich ihm in den Weg stellte.

Aber dieser Gegner war anders.

Rorke erinnerte sich an die Dinge, die man sich über das Volk erzählte. Dass es keine richtigen Menschen waren, sondern Geister aus einer anderen Welt. Dass sie Eindringlingen aus purem Vergnügen Gift verabreichten und dabei zusahen, wie sie qualvoll starben ...

Rorke rannte um sein Leben, während er die johlenden Schreie der Verfolger hinter sich hörte. Gehetzt blickte er sich um und sah sie aufholen.

Mit letzter Kraft beschleunigte er seinen Schritt, holte alles aus seinem geschundenen Körper heraus –

- als ihn plötzlich etwas heiß und scharf in sein linkes Bein biss.

Rorke registrierte, wie sich die Spitze eines Speers neben ihm in den Sand bohrte. Einen Sekundenbruchteil lang war er froh darüber, dass ihn das Geschoss verfehlt hatte.

Erst einen Lidschlag später registrierte er den Schmerz und stellte er fest, dass ihn das verdammte Ding gestreift hatte!

Der Weltrat-Techniker stieß einen gurgelnden Schrei aus – und brach auf seinem verletzten Bein ein. Panisch riss er die Hände hoch und ließ seine Waffe fallen, schlug der Länge nach auf den sandigen Boden.

»Drax!«, brüllte er mit heiserer Stimme. »McKenzie! Hilfe!«

Matt registrierte, wie sein Name gerufen wurde.

Abrupt hielt er inne und wandte sich um, sah zu seinem Entsetzen Rorke am Boden liegen. Das linke Hosenbein des Technikers war blutig gefärbt; offenbar war er von einem Speer getroffen worden. Jetzt lag er im Sand, wälzte sich und schrie vor Angst – während die Verfolger heranstürmten.

»Hilfe!«, brüllte Rorke. »Helft mir doch …!«

»Shit«, stieß Matt hervor – und schickte sich an, seinen Tornister abzulegen. Das schwere Ding würde ihm nur hinderlich sein, wenn er Rorke zur Hilfe kam.

Matt mochte den Weltrat-Mann nicht besonders, und er verübelte ihm, dass er ihn und Dave über die wahren Umstände dieser Expedition im Unklaren gelassen hatte. Aber er hatte ihm das Leben gerettet, und er gehörte nun einmal zu diesem Team. Dass man seinen Flügelmann nicht im Stich ließ, war ein alter Grundsatz unter Kampffliegern. Matthew Drax hatte ihn sich zum Leitsatz gemacht.

Gerade wollte er los sprinten, um Rorke zu Hilfe zu eilen – als einen Hand vorschoss und ihn am Oberarm packte, ihn mit aller Macht zurück hielt.

»Nicht!«, sagte Dave beschwörend. »Bist du wahnsinnig, Matt?«

»Lass mich! Rorke braucht unsere Hilfe!«

»Sie kommt zu spät. Dieser Idiot ist selbst schuld. Du kannst ihm nicht mehr helfen. Die werden dich ebenso schnappen wie ihn …«

Entsetzt blickte Matt auf die heranstürmende Horde der Verfolger, um festzustellen, dass Dave Recht hatte. Lange ehe er Rorke erreicht hätte, würden die Sektierer bei ihm sein. Er würde ihm nicht helfen können, sondern lediglich selbst dabei draufgehen.

»Komm, wir verschwinden«, beschwor ihn Dave McKenzie. »Nur so haben wir vielleicht noch eine Chance …«

Noch immer zögerte Matt. Rorkes Geschrei klang furchtbar in seinen Ohren.

»Komm schon, Soldat!«, fuhr David ihn an. »Wir haben eine Mission zu erfüllen, vergiss das nicht!«

Widerwillig gehorchte Matt. So leid es ihm tat, Rorke zurück zu lassen – er wusste, dass sie keine andere Wahl hatten. Nicht, wenn sie diese Mission vielleicht doch noch erfolgreich abschließen wollten ...

Er schloss sich McKenzie an, als dieser los rannte. Ein flüchtiger Blick zurück zeigte Matt, wie die Sektierer Rorke erreichten, wie sie ihn packten und auf die Beine rissen, ihm grobe Fesseln anlegten.

Wenigstens töteten sie ihn nicht auf der Stelle. Vielleicht bestand später noch die Möglichkeit, Rorke zu befreien ...

Fürs erste schienen die Sektierer damit zufrieden zu sein, einen der Fremden geschnappt zu haben – sie verfolgten Dave und Matt nicht weiter. Unbehelligt erreichten die Beiden das Ende der Senke und tauchten in eine Ansammlung von Büschen ein, die den sanften Hang bewuchsen und sie den Blicken der Sektierer entzogen.

Fürs Erste waren sie in Sicherheit.

In der Ruine eines Gebäudes, das früher Büros und Verwaltungsarchive beherbergt haben mochte, gönnten sie sich eine kurze Rast. Mit knapper Not waren sie den Sektierern entkommen – doch Matt konnte sich nicht recht darüber freuen.

»Was hast du?«, erkundigte sich Dave, der auf einem Stück Dörrfleisch herum kaute, um sich zu stärken.

»Es ist wegen Rorke«, gab Matt zurück, der an einem der glaslosen Fenster Wache hielt. »Wir hätten ihn nicht zurück lassen dürfen.«

»Wir hatten keine andere Möglichkeit und das weißt du«, wandte Dave ein. »Rorke hat gewusst, worauf er sich einlässt. Und er hat uns angelogen, erinnerst du dich? Dein Mitleid ist also unangebracht.«

Matt musterte Dave mit einem flüchtigen Blick und fragte sich, ob dieser es wirklich Ernst meinte. Da war sie wieder, jene berechnende Kälte, die Matt früher nie an McKenzie bemerkt hatte …

»Du hast dich wirklich sehr verändert«, stellte er fest.

»Du dich auch.« Dave grinste freudlos. »Der Matthew Drax, den ich früher kannte, war durch und durch Soldat. Du kanntest deine Pflicht. Du warst in der Lage, eine klare, rationale Entscheidung zu fällen. Nun hingegen …« Dave unterbrach sich und überließ es Matt, sich seinen Teil dazu zu denken.

Obwohl sich Matt über die Worte seines Freundes ärgerte, erwiderte er nichts darauf – vielleicht, gestand er sich widerstrebend ein, hatte Dave ja nicht ganz Unrecht mit dem, was er sagte. Vielleicht hatte er darum ja auch den Dienst quittiert.

Kein Zweifel – sein Aufenthalt in dieser fremden, entarteten Zukunft hatte ihn verändert, hatte sein gesamtes Weltbild auf den Kopf gestellt. Vielleicht war er tatsächlich nicht mehr der Mann, als der er an jenem schicksalhaften achten Februar des Jahres 2012 von der Air Force Base Berlin-Köpenick gestartet war …

Hier in dieser neuen Welt gab es die alten Werte kaum noch. Alles war aus den Fugen geraten. Gefahren lauerten überall und vieles war nicht so, wie es auf den ersten Blick erschien.

Manches, was Matt als richtig und wahr erachtet hatte, existierte schlicht nicht mehr, und er hatte lernen müssen, seinen eigenen Kodex zu entwickeln, nach dem er handelte. Und mit Wehmut dachte er an die Frau zurück, die ihm dabei geholfen hatte, sich in dieser entarteten Welt zurecht zu finden und sie neu zu entdecken.

Aruula …

Die bloße Erinnerung an sie gab ihm einen Stich ins Herz. Vielleicht war die Barbarin, die ihn auf seiner langen Odyssee durch Europa begleitet hatte, die einzige Frau gewesen, die er je wirklich geliebt hatte – und vielleicht war sie auch die einzige, die *ihn* je wirklich geliebt hatte. Aber die Chance, sie wiederzusehen, war so verschwindend gering – und sie schwand mit jedem Tag, den er sich auf diesem Kontinent aufhielt, mehr …

»Komm schon, Matt«, meinte Dave und klang wieder etwas versöhnlicher dabei. »Wir müssen zusammen arbeiten. Wir sind doch Freunde, oder nicht? Lass uns diese Mission gemeinsam zu Ende bringen, okay?«

Matt nickte und verdrängte energisch die Erinnerung an Aruula und alles andere, was ihn von dieser Mission ablenken konnte. Sie hatten die Möglichkeit, einen Weg zur ISS zu finden – und damit das größte Rätsel dieser Zukunftswelt zu lösen. Alles andere musste hinter dieser Chance zurückstehen …

Gemeinsam setzten sie ihre Suche im Schutz der Ruinen fort. Früher waren hier – wie Dave erklärte – die Büros der einzelnen wissenschaftlichen Abteilungen untergebracht gewesen. In einem der Gebäude hatte auch er eine Zeitlang ein Arbeitszimmer gehabt …

Die beiden Männer waren weiter auf der Hut, rechneten damit, jeden Augenblick wieder auf weiß gewandete Sektierer zu treffen, die ihnen mit ihren Speeren und Dolchen ans Leben wollten. Es blieb jedoch ruhig – die »Söhne des Himmels« ließen sich nicht mehr blicken.

Unbehelligt erreichten die beiden Männer das Ende des Ruinenfeldes – wo sie auf etwas stießen, das ohne Zweifel nicht aus der Zeit vor dem Kometeneinschlag stammte.

Es war eine Art Symbol, errichtet aus Schuttbrocken und altem Schrott: ein stilisierter Pfeil, der geradewegs in den Himmel zeigte. Davor waren mehrere Gegenstände auf den Boden gelegt worden, denen die Hitze schon schwer zugesetzt hatte – ein paar gedörrte Äpfel und Bananen, eine vertrocknete Kokosnuss und ein fauliger Fisch, der erbärmlichen Gestank verbreitete.

»Was in aller Welt ist das?«, fragte Dave verblüfft.

»Sieht aus wie ein Schrein«, mutmaßte Matt. »Eine Art Heiligtum. Das sind vermutlich Opfergaben, die jemand dargebracht hat.«

»Schön«, meinte Dave, »und wem?«

»Woran auch immer diese Menschen glauben«, erwiderte Matt achselzuckend und ließ seinen Blick dem großen Pfeil folgen, der geradewegs in den stahlblauen Himmel deutete.

»Da drüben ist noch eins von den Dingern«, stellte Dave fest und zeigte ein Stück voraus, wo ein weiterer rostiger Pfeil nach oben zeigte. »Und dort ist noch eins ...«

»Als ob man uns den Weg weisen wollte«, meinte Matt halb im Scherz, doch Dave verzog keine Miene. Die beiden Männer schauten sich an – und begannen zu ahnen, dass ein Zusammenhang bestand.

Ein Zusammenhang zwischen dem Zweck, den dieses Gelände vor vielen hundert Jahren erfüllt hatte, und den Menschen, die sich selbst die »Söhne des Himmels« nannten ...

Schweigend gingen sie weiter, ihre Waffen noch immer schussbereit in Händen.

Die eigenwilligen Schreine waren in unregelmäßigen Abständen von jeweils ein- bis zweihundert Metern errichtet worden. Der Weg, den sie beschrieben, führte genau in die Richtung, die Matt und Dave ohnehin hatten einschlagen wollen – geradewegs auf den Zentralbereich des einstigen Weltraumbahnhofs zu.

Die beiden Männer erklommen eine weitere Anhöhe, die Wind und Sand im Lauf von Jahrhunderten aufgeschüttet hatten und unter der sich die Ruinen weiterer Gebäude befinden mochten. Von der Kuppe aus bot sich ihnen ein atemberaubender Anblick.

Sie waren am Ziel ihrer Reise angelangt.

»Das Raumfahrtzentrum von Cape Canaveral«, sagte Dave mit euphorischer Stimme. »Wir sind da ...«

Matt konnte sich die Begeisterung seines Freundes nur damit erklären, dass Dave das Gelände so in Erinnerung haben mochte, wie es vor über fünfhundert Jahren ausgesehen hatte – denn der Anblick der brüchigen Straßen, der Fahrzeugwracks und der gewaltigen Ruine, die inmitten des weitläufigen Geländes thronte, war alles andere als erhebend. Er zeigte nur einmal mehr, wie weit es mit der Welt gekommen war ...

»Dieses Gebäude dort«, erklärte Dave und deutete auf die große Ruine, »enthielt einst den größten umbauten Raum der Welt. Das Space Shuttle wurde dort auf die Startrampe und die Trägerraketen montiert. Anschließend wurde es über dieses Schienensystem« – er deutete auf die rostigen, verbogenen Eisenträger, die sich aus dem von Rissen durchzogenen Asphalt erhoben – »hinaus aufs Startfeld gebracht.«

Es fiel Matt schwer sich vorzustellen, dass dieser Ort einst eines der fortschrittlichsten Technikzentren der

Welt gewesen war. Alles was er sah, waren Ruinen – und er hatte nicht die geringste Hoffnung darauf, dass irgendetwas von dem, was dort unten war, auch nur im Ansatz noch funktionierte.

Die ganze Mission war ein Fehlschlag gewesen.

Dave jedoch schien sich nicht daran zu stören. Ganz im Gegenteil, der Astrophysiker schien stillen Triumph zu empfinden, während er das Ausmaß der Katastrophe begutachtete. Matt wurde einfach nicht schlau aus ihm.

»Ich hätte nicht gedacht, dass ich noch einmal hierher komme«, meinte Dave versonnen. »Ich habe es mir gewünscht, aber ...«

»Schhhh«, machte Matt, als der Wind plötzlich Stimmen herantrug.

Laute, lärmende Stimmen, die irgendeinen Singsang anstimmten ...

»Die Sektierer«, stellte Matt fest und ging augenblicklich in die Hocke, damit er auf dem Hügelkamm nicht schon von weitem gesehen werden konnte. Dave tat es ihm gleich. »Sie können nicht weit entfernt sein. Hört sich an, als kämen die Stimmen aus dieser Richtung ...«

»Da lag früher eine der Versuchsstartrampen«, erinnerte sich Dave. »Man hat dort Raketenstarts simuliert.«

»Jetzt wohl nicht mehr«, versetzte Matt und machte sich daran, in gebückter Haltung den Hügelkamm entlang zu pirschen. Er hatte keine Lust, erneut von den Sektierern überrascht und diesmal vielleicht gefasst zu werden.

Dave folgte ihm, und je näher die beiden Männer dem südlichen Ende des Hügels kamen, desto lauter wurden die Stimmen. Man konnte jetzt deutlich erkennen, dass es sich um eine Art von Gesang handelte, gleichförmig und monoton, eine Art Beschwörung ...

Dann erreichten Matt und Dave endlich das Ende des Hügels. Vor ihnen fiel das Gelände steil ab. Bäuchlings robbten sie an den äußersten Rand, warfen vorsichtig einen Blick in die Senke, die vor ihnen lag –

– und erstarrten.

Denn der Anblick, der sich ihnen bot, war sowohl ungewöhnlich als auch erschreckend.

Der Gesang, den sie jetzt noch deutlicher hörten, stammte tatsächlich von den Sektierern, die in einer langen Prozession aufmarschierten. Männer wie Frauen trugen Kapuzen über den Köpfen und lange wallende Gewänder aus weißem Stoff. Sie hielten Fackeln in ihren Händen, deren Schein die Szenerie gegen das Licht der untergehenden Sonne gespenstisch beleuchtete.

An ihrer Spitze schritt ein hagerer Mann, der ein wenig älter zu sein schien als die anderen – als Einziger hatte er langes graues Haar, das zu einem Pferdeschwanz gebunden war. Auf die Brust seiner Kutte war ein Zeichen gestickt, das ein wenig stilisiert und unbeholfen wirkte – doch die Buchstaben darauf waren noch immer gut zu erkennen.

Sie lauteten »NASA«.

Am ungewöhnlichsten jedoch war das gewaltige Gebilde, auf das die Sektierer zu marschierten und das unweit der alten Versuchsstartrampe, von der Dave gesprochen hatte, errichtet worden war.

Es war ein Space Shuttle.

Oder besser etwas, das *aussah* wie ein Space Shuttle …

Ein gewaltiges metallenes Gebilde, das nahezu im Originalmaßstab einen Raumgleiter und seine drei Trägerraketen abbildete. Senkrecht und majestätisch ragte es in den Himmel.

Welchem Zweck das Ding diente, konnte Matt nur vermuten, denn eines war ganz sicher: Dieses Shuttle würde den Boden niemals verlassen. Es war nur ein Modell. Eine Attrappe, eine gewaltige Konstruktion aus unzähligen Eisenplatten, die übereinander geschweißt und genietet worden waren.

Darunter, unmittelbar unter den drei Antriebsdüsen, war trockenes Holz aufgeschichtet worden. Begleitet vom Singsang seiner Jünger trat der Anführer der Prozession darauf zu und steckte seine Fackel in das Holz, worauf es sofort Feuer fing. Flammen schlugen aus dem Holzhaufen, jedoch stieg kaum Rauch auf – offenbar war das Holz ganz trocken.

»Ignischan!«, riefen die Sektierer, »Ignischan!«, während sich ihre Reihen teilten und sie sich in weitem Kreis um das Feuer und das riesige bizarre Monument versammelten, das für sie ein Heiligtum zu sein schien.

Nun, da sich die Prozession der Sektierer auflöste, konnte Matt auch erkennen, dass sie einen Gefangenen mit sich führten – es war Rorke, der ziemlich elend aussah.

Sie hatten den Weltrat-Techniker entwaffnet und gefesselt, schienen ihn aber weder geschlagen noch sonstwie misshandelt zu haben. Abgesehen von seinem verletzten Bein war Rorke unverletzt – aber seine Züge verrieten, dass er panische Angst vor den Sektierern hatte.

Er wurde vor den Priester gebracht, der daraufhin gebieterisch die Arme hob. Der Singsang der Menge verstummte.

»Söhne!«, erhob der Priester seine Stimme, dass es weithin zu hören war. »Söhne und Töchter des Himmels! Wir haben uns hier beim Wagen von Eisas versammelt, wie die Tradition es verlangt! Ein Fremder ist zu uns gekommen, und die Vorsehung wird weisen, ob er uns den Weg zu den Sternen zeigen wird!«

»Verstanden, Iuusten«, tönte es aus hundert Kehlen – Matt und Dave tauschten verständnislose Blicke. Was hatte diese groteske Vorstellung zu bedeuten?

»Seit vielen Generationen wacht unser Gott Eisas dort oben im Himmel über uns, und wir sind seine treuen Diener. Doch er hat uns verheißen, dass wir einst zu ihm kommen und die Pracht der Sterne mit eigenen Augen betrachten dürfen. Der Himmelswagen wird uns hinauftragen zu ihm. Auf diesen Tag warten wir.«

»Rodscher, Iuusten«, tönte es.

Matt schürzte die Lippen. So verrückt das alles war, es begann allmählich Sinn zu ergeben. Offenbar hielten diese Kerle das riesige Shuttle-Modell für eine Art mystisches Gefährt, das ihnen von einem Gott geschenkt worden war – und sie eines Tages wieder zu ihm bringen würde.

Matt fragte sich, was sie wohl dazu sagen würden, wenn sie erfuhren, dass es nichts weiter als eine Ladung Schrott war, die dort unten auf der Rampe stand? Er wollte jedenfalls nicht derjenige sein, der es ihnen beibringen musste ...

»Es war der Wille der Sterne, einen weiteren Fremden an die Gestade unserer Insel zu bringen«, fuhr der Anführer mit beschwörender Stimme fort. »Wir werden sehen, ob er das Geheimnis kennt und die Testreihe bestehen kann. Wenn nicht, ist ihm das Ende bestimmt, das auch seine Vorgänger ereilt hat. Er wird sterben.«

»Verstanden, Iuusten«, antwortete die Menge wieder.

Matt fühlte, wie sich seine Nackenhaare sträubten. Nicht nur dass ihm diese Veranstaltung nicht recht gefallen wollte – er hegte auch keinen Zweifel daran, dass die »Söhne des Himmels« mit Rorke kurzen Prozess machen würden, wenn er diese *Testreihe*, von der der Kuttenträger sprach, nicht bestand.

»Wir wollen Eisas gnädig stimmen, indem wir alle beten«, kündigte der Priester an. »Danach werden wir den Fremden zur Stätte der Prüfung bringen, um ihm die heiligen Fragen zu stellen.«

»Was?«, fragte Rorke entsetzt und wand sich in seinen Fesseln. »Was für Fragen, verdammt noch mal? Ich weiß nichts, hört ihr?!«

»Dann, Fremder«, erwiderte der Priester ungerührt, »wirst du sterben wie eine Sonne, die zur Supernova wird.«

Beklommen beobachtete Matt, wie die Sektierer Rorke abführten und mit ihm auf eines der Gebäude, die jenseits des Abschussgeländes lagen und einigermaßen intakt aussahen, zu marschierten. Eines stand fest: Wenn es ihnen nicht gelang, Rorke aus der Gewalt der Sektierer zu befreien, würde er sterben ...

»Nein«, sagte Dave und schüttelte entschieden den Kopf, noch ehe Matt etwas sagen konnte. »Das kommt nicht in Frage.«

»Aber wir müssen Rorke befreien. Wir müssen es wenigstens versuchen. Mit unseren Waffen könnten wir genügend Verwirrung stiften, um ihn da rauszuholen.«

»Und dann?« Dave blickte Matt eindringlich an. »Was willst du dann tun? Fliehen? Wohin? Und was ist mit unserem Auftrag? Wie sollen wir diese verdammten Ruinen erforschen, wenn uns die ganze Meute auf den Fersen ist?«

»Aber wir können doch nicht hier sitzen und nichts tun, während ...«

»Er ist einer von Crows Spitzeln. Er arbeitet für den Weltrat. Hast du mir nicht selbst gesagt, dass dem Rat in manchen Dingen nicht zu trauen ist?«

»Ja, aber ich ...«

»Wäre es anders herum – glaubst du, Rorke würde auch nur eine Sekunde zögern, einen von uns oder auch uns beide zu opfern, wenn das Ziel der Mission davon abhinge?«

»Wahrscheinlich nicht«, räumte Matt ein. »Aber ich bin nicht Rorke. Und er hat mir das Leben gerettet.«

»Du hast ihn bereits einmal gerettet – wie oft willst du noch für ihn deinen Hals riskieren?«

Matt starrte seinen Freund an, war einigermaßen fassungslos. Bislang hatte er immer noch gehofft, dass die Abgeklärtheit, die Dave an den Tag legte, nur Fassade war, eine Folge der langen Gefangenschaft. Doch mehr und mehr begann ihm zu dämmern, dass David McKenzie tatsächlich nicht mehr der Mann von früher war.

Er war hart geworden. Kaltblütig. Egoistisch ...

»Hör zu, Dave«, sagte Matt leise und atmete tief durch, »ich weiß nicht, was in dich gefahren ist, aber für mich zählt ein Menschenleben mehr als ...«

»Spar dir deine Predigt. Ich werde mein Leben und das Gelingen dieser Mission keinesfalls gefährden, um eine Schmeißfliege wie Rorke zu retten. Er ist Crows Agent. Ein Spitzel. Er hat es nicht besser verdient.«

»O Mann.« Matt schüttelte enttäuscht den Kopf. »Was ist nur aus dir geworden, Davy?«

»Jedenfalls kein Idiot«, gab Dave McKenzie bissig zurück. »Ich werde nicht ...«

Der Astrophysiker verstummte jäh, als er etwas Kaltes, Spitzes in seinem Nacken spürte. Er erstarrte und wagte nicht mehr, sich zu bewegen – er fühlte, dass es ein tödlicher Fehler gewesen wäre.

Matt neben ihm erging es nicht anders. Auch er fühlte plötzlich etwas in seinem Nacken – und registrierte gleichzeitig die eisige Nähe tödlicher Gefahr.

»Rotieren«, forderte eine Stimme, deren eigentümlicher Dialekt dem des Priesters ähnelte. »Aber ganz langsam ...«

Matt brauchte einen Augenblick, bis er begriff, dass er sich umdrehen sollte.

Er schluckte hart. Dann begann er sich ganz langsam auf den Rücken zu drehen. Er erkannte, dass der Gegenstand, der ihn berührt hatte, die Spitze eines Speeres war, die jetzt an seiner Kehle ruhte.

Die Waffe gehörte einem jungen Mann, der von Kopf bis Fuß in eine Kutte gehüllt war und ihn finster anblickte. Er war nicht allein; weitere Kuttenträger begleiteten ihn. Einer von ihnen hielt Dave in Schach – und ihre entschlossenen Mienen verrieten, dass sie keinen Augenblick zögern würden zuzustechen, wenn Matt und Dave auch nur den Versuch unternahmen, Widerstand zu leisten ...

Rorke hatte Todesangst.

Der Mann aus General Crows Geheimdiensttruppe, der sich bei dieser Mission als Techniker auszugeben hatte, war gedrillt worden, weder Schmerz noch Furcht zu kennen – doch hier, im Angesicht dieser menschlichen Bestien, versagte das Training, das Crow seinen Agenten angedeihen ließ.

Zu schrecklich waren die Dinge, die Rorke über die »Söhne des Himmels« gehört hatte – und er war im Begriff, das gleiche Ende zu nehmen wie all die anderen Männer aus seiner Einheit, die ihr Leben in der Gewalt dieser Unmenschen gelassen hatten.

Die Sektierer kannten keine Gnade. Ihr Gott Eisas war ebenso rachsüchtig wie blutrünstig ...

Während sie erneut ihren monotonen, rätselhaften

Singsang anstimmten, brachten sie Rorke in ein Gebäude, das noch halbwegs intakt zu sein schien – jedenfalls besaß es noch Wände und ein Dach.

Die letzten Sonnenstrahlen verblassten am Horizont; schlagartig wurde es dunkel. Der Fackelschein der Eisas-Jünger beleuchtete das düstere Innere des Gebäudes, und Rorke sah, dass er sich in einer großen Halle befand. Rings umher erkannte er staubige, von Sand bedeckte Trümmer, die einst Möbelstücke gewesen sein mochten – Stühle, Tische und Bänke.

Die Sektierer führten ihn quer durch den Saal zu einer Art Theke, die den rückwärtigen Teil des Raumes einnahm. Hier stand bereits ihr langhaariger Anführer, ein erwartungsvolles Grinsen in seinem breiten Gesicht. Wäre Rorke vor Angst nicht wie gelähmt gewesen, hätte er dem Oberhaupt der Sekte die Zähne eingeschlagen – so blieb ihm nichts, als sich zu fügen und sich unterwürfig vor dem Priester zu verbeugen, als man ihn dazu aufforderte.

»Fremder«, sprach ihn der Priester an. Der Gesang der Jünger verstummte augenblicklich. »Nichts im Universum geschieht aus Zufall. Alles gehorcht den Gesetzen der Physik. Es gibt einen Grund dafür, weshalb Eisas dich zu uns geschickt hat.«

Rorke wagte nicht zu widersprechen. Wenn er zugab, dass er ein Spion war und Eisas nicht kannte, machten sie sicher kurzen Prozess mit ihm.

»Es liegt an dir selbst herauszufinden, welches Schicksal die Sterne für dich ausersehen haben. Du wirst sterben – oder ewig leben. Siehst du die Gefäße dort?«

Der Priester trat zur Seite und gab den Blick auf drei Gefäße frei, die auf dem Tresen aufgereiht standen. Es waren Kelche aus Metall, jeder von ihnen prachtvoll gearbeitet und mit Ornamenten ziseliert.

Rorke nickte.

»Wähle das Gefäß des Gottes Eisas und trinke daraus. Bestehst du die Prüfung, wirst du weiter leben. Entscheidest du dich falsch, trifft dich das Verderben …«

Der Weltrat-Agent schauderte.

Gift! Er hatte es gewusst.

Mit pochendem Herzen erhob er sich, trat auf die Gefäße zu, die alle drei mit Wasser gefüllt zu sein schienen. Doch schon ein Schluck aus dem falschen Kelch genügte, um ihn einen qualvollen Tod sterben zu lassen …

»Dies ist ein kleiner Schritt für dich«, sagte der Priester leise, »aber ein großer Sprung für die Menschheit …«

Rorke zögerte, fühlte, wie sich sein Pulsschlag beschleunigte.

Nach welchem der drei Gefäße sollte er greifen?

Nach dem hohen schlanken Kelch?

Nach dem prachtvollen Pokal?

Oder nach dem Krug mit dem kunstvoll verzierten Henkel?

Welches Gefäß mochte das des Gottes Eisas sein?

Er wusste es nicht.

Rorke schluckte hart. Verzweiflung packte ihn, und er drehte sich nach den Sektierern um, wollte sie um Gnade bitten – doch alles, was er sah, waren die mörderischen Spitzen der Speere, die man ihm entgegen hielt.

Er hatte keine Wahl …

Alles was er tun konnte, war zu hoffen, dass ihm das Schicksal gnädig gesonnen war.

Zögernd streckte er seine Hand nach dem Pokal aus – um dann kurz entschlossen doch den Krug zu packen. Schon wollte er das schwere Gefäß an seine Lippen setzen, als vom Eingang plötzlich lautes Geschrei erklang.

Unruhe befiel die Eisas-Jünger, und auch Rorke wandte sich um. Eine neue Abteilung Sektierer war eingetroffen, und zu seiner Erleichterung erkannte Rorke zwei bekannte Gesichter unter ihnen.

Drax und McKenzie.

Obwohl General Crow den beiden misstraute und sie als potentielle Feinde einstufte, empfand Rorke doch eine gewisse Freude, als er sie erblickte.

»Was geht hier vor?«, wollte der Priester wissen.

»Wir haben die anderen beiden Fremden gefasst, Kommanda«, kam die Antwort prompt, während die beiden heran geführt wurden.

»Dann sollen auch sie wählen dürfen, wer von ihnen sich dem Urteil von Eisas unterwirft und die Entscheidung für alle trifft«, verkündete der Priester.

»Verstanden, Iuusten ...«

Matt war einigermaßen erleichtert darüber zu sehen, dass Rorke noch am Leben war. Zeit, sich darüber zu freuen, blieb ihm allerdings nicht – die Sektenjünger verstanden keinen Spaß. Unsanft bugsierten sie die beiden Gefangenen vor den Mann, dessen Kutte das »NASA«-Zeichen trug – er schien gleichzeitig ihr Anführer und ihr Hohepriester zu sein.

»Fremde«, sagte er theatralisch in seinem sonderbaren Dialekt. »Wählt das Gefäß des Gottes Eisas aus und trinkt daraus. Lebt oder sterbt – euer Schicksal liegt in Eisas' Händen.«

»Verstanden, Iuusten«, verkündeten die Sektierer – und Matt und Dave wurden neben Rorke gestellt, der bereits den Krug genommen, ihn aber rasch wieder auf den Tresen zurück gestellt hatte.

»Was sollen wir nur tun?«, fragte der Weltrat-Techniker jammernd. »Nur einer der Becher enthält Wasser. Die anderen beiden sind mit Gift gefüllt ...«

»Verdammt«, sagte Dave McKenzie nur.

Irgendwie erinnerte diese Prüfung Matthew an einen Abenteuerfilm, den er vor Jahrhunderten auf DVD gesehen hatte. Sie kam ihm grotesk und unwirklich vor, wie so vieles in dieser Welt. Aber sie war real – und seine Begleiter und er würden sterben, wenn sie sich falsch entschieden ...

Aufmerksam betrachtete er die kunstvoll verzierten Gefäße auf dem Tresen. Ein Pokal, ein Kelch und ein Krug – die alle gleich nichtssagend aussahen. Welcher davon mochte wohl dem ominösen Gott Eisas gehört haben ...?

Matt überlegte fieberhaft – und kam zu keinem Ergebnis. Allmählich rang er sich zu der Erkenntnis durch, dass sie es einfach darauf ankommen lassen mussten, dass sie keine andere Wahl hatten, als ihr Leben einer 33-Prozent-Chance anzuvertrauen. Er starrte mutlos vor sich hin ...

... und plötzlich stach etwas in sein Auge.

Hinter dem Tresen, auf einem vergammelten Möbelstück, das in alter Zeit ein Spültisch gewesen sein mochte, stand ein weiteres Gefäß.

Es war eine uralte Kaffeetasse, deren Porzellan vergilbt und deren Henkel abgebrochen war.

Darauf war ein Bild der Internationalen Raumstation abgebildet, dazu drei Buchstaben.

ISS – International Space Station

ISS ...

Eisas!

Die Erkenntnis traf Matt wie ein Hammerschlag. Der Gott, den die »Söhne des Himmels« verehrten, war in Wahrheit die Raumstation selbst!

Von einem Augenblick zum anderen verstand Matt, umrundete kurzerhand den Tresen und griff nach der alten Kaffeetasse, die ebenfalls mit Wasser gefüllt war. Ohne Zögern setzte er sie an und nahm einen tiefen Schluck daraus.

Dave und Rorke schauten ihn an, als hätte er den Verstand verloren, und einen Augenblick lang fürchtete er, er könnte übereilt gehandelt haben – doch als er in die Gesichter der Sektierer blickte, begann er zu ahnen, dass er einen Volltreffer gelandet hatte.

»Der Fremde hat klug gewählt«, stellte der Priester fest und nickte anerkennend. »Er hat vollbracht, was keinem vor ihm gelungen ist, und Eisas' Gefäß gefunden.«

»Dann werdet ihr uns jetzt freilassen?«, fragte Matthew hoffnungsvoll.

»Noch nicht.« Der Priester schüttelte den Kopf. »Erst wenn ihr uns beweist, dass es nicht nur Zufall war, der euch Eisas' Aufgabe hat bewältigen lassen.«

»Und wie sollen wir das beweisen?«, erkundigte sich Matt.

»Beantworte mir eine einfache Frage«, forderte der Hagere. »Wie heißt der Himmelswagen, mit dem wir einst zu Eisas aufbrechen werden, wenn die Zeit gekommen ist?«

»Der Himmelswagen?«, fragte Matt verständnislos. »Du meinst das große Ding da draußen? Das Shuttle?«

»Shat-El!«, rief der Priester aus und ballte triumphierend die Fäuste. »Er kennt den Namen! Das Rätsel ist gelöst! Der Fremde und seine Begleiter sind Eisas' Auserwählte! Sie sind es, auf die wir all die Jahre gewartet haben!«

»Iuusten, Ende!«, riefen die Sektierer aus – und unbeschreiblicher Jubel brandete in dem Saal los, der vor

Urzeiten eine Kantine für NASA-Bedienstete gewesen war.

Von einem Augenblick zum anderen verschwanden die Speere, die man Matt und seinen Freunden vorgehalten hatte. Stattdessen wurden ihnen Hände entgegen gestreckt, die sie zaghaft berührten.

»Es sind die Auserwählten!«, wurde immer wieder geflüstert. »Eisas' Auserwählte sind hier ...«

Matt und seine Begleiter wussten kaum, wie ihnen geschah. Noch vor wenigen Augenblicken waren sie dem Tod geweiht gewesen – und nun feierte man sie, ließ man sie hochleben als Abgesandte eines Gottes, der in Wahrheit eine Raumstation im Orbit war. Rhythmischer Gesang wurde angestimmt, und die Eisas-Jünger begannen vor Freude zu tanzen.

»Die Prophezeiung hat sich erfüllt«, riefen sie immer wieder aus. »Gepriesen sei Eisas!«

Matt vermied es zu fragen, was die ganze Aufregung zu bedeuten hatte – er wollte das Glück nicht herausfordern. Solange die Sektierer ihn und seine Begleiter für Abgesandte ihres Gottes hielten, dachten sie wenigstens nicht daran, sie umzubringen.

Im Gegenteil waren sie weit davon entfernt.

Bizarre, in aller Eile zusammengezimmerte Gebilde wurden hereingetragen, die man mit etwas gutem Willen als Sänften bezeichnen konnte. Noch ehe Matt, Dave und Rorke etwas dagegen unternehmen konnten, wurden sie auf die seltsamen Vorrichtungen gesetzt und unter großem Jubel herumgetragen.

Erneut formte sich eine Prozession der Eisas-Jünger, und unter der Führung ihres Oberhaupts, das sie schlicht »Kommanda« nannten, verließen sie den Saal. Ausgelassen sangen sie und schwenkten ihre Fackeln; ihre Freude war unbeschreiblich.

Matt tauschte flüchtige Blicke mit seinen Begleitern, die wie angewurzelt in ihren Sänften saßen und wie er nicht wussten, was sie von alldem halten sollten.

Man trug sie quer über das Gelände des alten Raumfahrtzentrums, und immer mehr Eisas-Jünger – Männer, Frauen und auch Kinder – gesellten sich zu der Prozession.

Noch während Matt überlegte, wie er sich weiter verhalten sollte, näherten sie sich einem gedrungenen Bau im nördlichen Teil der Insel, der – anders als alle anderen Gebäude des Geländes – noch weitgehend unversehrt zu sein schien.

Es war ein Bunker – einer von jener Sorte, wie sie überall auf der Welt kurz vor dem Untergang errichtet worden waren, um das Erbe der Menschheit vor der Vernichtung zu bewahren.

Unter lautem Jubelgeschrei trugen die Eisas-Jünger die drei vermeintlichen Götterboten die steile Auffahrt hinab. Matts Hoffnung, im Inneren des Bunkers könnte sich etwas aus alter Zeit erhalten haben, wurde jäh enttäuscht, als er sah, dass die großen schweren Bunkertore weit offen standen. Im Inneren gab es rostige Autowracks, die Überreste von Möbeln und andere verrottete Gegenstände.

Die Sektierer, deren Fackeln die Korridore erhellten, schienen sich in dem unterirdischen Labyrinth gut auszukennen. Zielstrebig trugen sie Matt, Dave und Rorke durch die Gänge, passierten große Räume, die einst mit Computern und Hightech vollgestopft gewesen sein mussten – jetzt waren davon nur mehr verfallene Reste übrig, Kabelstränge, die wie die Stümpfe abgetrennter Gliedmaßen von der geschwärzten Decke hingen.

Matt schüttelte den Kopf. Es war deprimierend. Wie hatten sie auch nur ernstlich annehmen können, dass es hier irgendetwas gab, das nach all der Zeit noch funktionierte …?

Dann, plötzlich, endete die Prozession – vor einem weiteren Bunkerschott, das im Gegensatz zum ersten verschlossen war.

Die Eisas-Jünger blieben stehen und setzten die Sänften zu Boden. Matt und seine Begleiter stiegen ab.

»Was ist das?«, fragte Dave McKenzie verblüfft.

»Dieses Tor ist uns seit jeher verschlossen«, erklärte der Kommanda bereitwillig und mit Ehrfurcht in der Stimme. »Nur Eisas' Gesandten ist es vorbehalten, es zu öffnen. *Euch* …«

Damit verbeugte sich der Priester und trat zur Seite, um Matt und die anderen vorzulassen.

Auf der rechten Seite des Schotts war ein kleines Kästchen in die Wand eingelassen – offenbar das Schloss, mit dem das Schott geöffnet werden konnte.

Fasziniert traten Matt und David darauf zu, nahmen sowohl das Schott als auch das Kästchen, das von einer dicken Staubschicht bedeckt war, in Augenschein.

»Sieh dir das an«, flüsterte Dave. »Das alles ist völlig unberührt …«

»Tja«, meinte Matt. »Die Frage ist nur, ob es noch funktioniert.«

»Wer diesen Mechanismus konstruiert hat, wusste, dass er eine lange Zeit würde überdauern müssen.« Dave wischte und blies den Staub beiseite. Große Tasten mit den eingravierten Zahlen 0 bis 9 kamen zum Vorschein.

»Ein Zahlenschloss«, stellte der Astrophysiker fest.

»Und?«, erkundigte sich der Kommanda begierig. »Könnt ihr es öffnen? Wir wissen, dass Eisas euch den Schlüssel dazu gegeben hat.«

»Was du nicht sagst«, knurrte Matt halblaut. »Kannst du das Schloss knacken, Dave?«

»Ich weiß nicht.«

»Gib dir Mühe. Ich möchte nicht dabeisein, wenn die Begeisterung dieser Jungs in Enttäuschung umschlägt.«

»Mal sehen ... Mit großer Wahrscheinlichkeit wurde dieses Schloss von Mitarbeitern der NASA programmiert. Gut möglich, dass sie einen der bei der Planetenberechnung geläufigen Logarithmus verwendet haben.« Dave legte seine Stirn in Falten und begann auf dem Tastenfeld herumzutippen – doch nichts regte sich.

»Das war der falsche Logarithmus«, bemerkte Matt trocken. »Ich hoffe, du hast noch einen anderen auf Lager.«

»Unendlich viele«, entgegnete Dave tonlos. »Genau das ist das Problem ...«

»Was ist?«, erkundigte sich der Kommanda, und mit Unbehagen registrierte Matt die Ungeduld in der Stimme des Sektenführers. »Habt ihr den Schlüssel nicht?«

»Natürlich haben wir ihn«, versicherte Matt. »Aber Eisas hat keine Eile. Zeit bedeutet nichts im Universum!«

»Wie wahr du sprichst! Verzeih unsere Ungeduld!«

Der Priester und seine Anhänger verbeugten sich, und Matt schickte Dave einen auffordernden Blick. »Das ist unsere Galgenfrist, Einstein – sieh zu, was du daraus machen kannst ...«

Dave nickte und konzentrierte sich, versuchte eine andere Zahlenfolge ... wieder nichts. Eine weitere ... Fehlanzeige.

»Shit!«, fluchte er und ballte die Fäuste. »Das kann noch Tage ... ach was, *Wochen* so weiter gehen, Matt! Vielleicht kriegen wir es auch nie heraus.«

»Dann versuch was Naheliegendes«, schlug Matthew Drax vor. »Ich denke mal, die NASA hat einen Code verwendet, den man mit ein bisschen Nachdenken knacken kann, und nicht eine aus Millionen Planetenberechnungen.«

»Aber –«

Weiter kam Dave nicht, denn plötzlich klatschte sich Matt die flache Hand auf die Stirn. »Ich habs!«

David sah ihn fragend an.

»Zu welchem Zweck wurde der Bunker wohl gebaut?«, fragte Matthew.

»Na, um den Kometen ...« Diesmal unterbrach sich McKenzie selbst. »Du meinst ...«

»... den achten Februar 2012. Das Datum des Einschlags! Versuch es mit 282012*!«

Mit fliegenden Fingern tippte Dave die Kombination ein.

Nichts geschah.

»Moment«, murmelte er. »Mathematiker verwenden bei einstelligen Datumswerten die Null.« Und gab 0-2-0-8-2-0-1-2 ein.

Im selben Moment ertönte ein knirschendes Geräusch. Begleitet von einem Knacken und Mahlen, das klang, als hätte der Zahn der Zeit heftig am Mechanismus des Schlosses genagt, verschwand das Kästchen mit dem Zahlenfeld in der Wand – und im nächsten Moment öffnete sich das gewaltige Schott.

Es gab einen lauten Knall und ein scharfes Zischen, als die Hälften der stählernen Pforte sich teilten. Ein heftiger Wind fauchte von draußen herein. Die Eisas-Jünger und ihr Oberhaupt warfen sich eingeschüchtert zu Boden – doch Matt und Dave wussten nur zu gut, was diese Geräusche bedeuteten.

Ein Vakuum-Siegel war gebrochen worden! Luft

---

* In Amerika wird der Monat zuerst genannt: February 8th, 2012

strömte ins dunkle Innere des Bunkers und füllte die Korridore mit Luft.

Matt und Dave schauten sich vielsagend an. Der Bunker war mit einer Null-Atmosphäre versiegelt worden! Im Inneren konnte nichts verrottet sein.

Sie betraten den breiten Korridor, der ins ungewisse Dunkel führte.

Es blieb nicht lange dunkel. Kaum hatten die beiden einen Fuß in den Gang gesetzt, sprang die Deckenbeleuchtung an – gleißend helle Neonröhren, die Sektion für Sektion erleuchteten und den Blick auf einen Korridor freigaben, der beinahe endlos in die Tiefe zu führen schien.

Der Kommanda und seine Anhänger stießen entsetzte Laute aus und schirmten ihre Augen vor dem gleißend hellen Schein ab. Für sie, die sie niemals zuvor elektrisches Licht gesehen hatten, musste es göttlichen Ursprungs sein.

Vorsichtig und staunend gingen Matt und Dave weiter, gefolgt von Rorke und den Eisas-Jüngern, die respektvollen Abstand zu den drei »Götterboten« hielten.

Der helle Steinboden des Korridors war blank poliert und sah aus wie neu, ebenso die Wände und die Leitungen, die daran entlang verliefen. Alles wirkte völlig unberührt, war all die Jahrhunderte hindurch durch das Vakuum vor dem Verfall bewahrt worden.

»Das ... das ist einfach unglaublich«, entfuhr es Matt. Er empfand fast wie die Eisas-Jünger: Jedes anspringende Licht erschien ihm wie ein kleines Wunder. Er kam sich vor, als hätte er eine Zeitreise angetreten – einen Trip zurück in die Vergangenheit, der er entstammte. Und je weiter sie der Korridor ins Innere der Bunkeranlage führte, desto spürbarer wurde der Odem der Vergangenheit, der diesen Ort durchwehte ...

Bislang waren sie auf keinerlei Quergänge oder Türen gestoßen. Matt war gespannt, wohin dieser Korridor sie führen würde. Auch Dave war die Anspannung deutlich anzumerken.

Nach einer Weile wurde der Beton der Wände von dicken Glasscheiben abgelöst. Dahinter erblickte Matt etwas, das er zum letzten Mal in der unterseeischen Station auf dem Grund des Lac Léman gesehen hatte.*

Terminals.

Computer.

Und es deutete alles darauf hin, dass sie noch funktionierten!

Es gab mehrere EDV-Räume, die für verschiedene Zwecke eingerichtet waren, und ein Zimmer für medizinische Untersuchungen. In einem weiteren Raum wurden Astronautenanzüge aufbewahrt, fein säuberlich aufgereiht.

»Ich hatte Recht«, sagte Dave leise. »Ich hatte wirklich Recht ...«

Schließlich gelangten sie zu einem weiteren, großen Raum, dessen Beleuchtung defekt zu sein schien – nur einige der Neonröhren, die ihn beleuchten sollten, waren angesprungen.

Was Matt und Dave im Halbdunkel erblickten, jagte ihnen dennoch Schauer über den Rücken.

Dies war ein Kontrollzentrum!

Ein vollwertiger Kontrollraum, von dem aus ein Flug in den Weltraum überwacht werden konnte. Befehlsstand, Steuerung, medizinische Überwachung, Energieversorgung – alles war vorhanden.

Matt konnte es kaum glauben. Er hatte das Gefühl, in einem Traum gefangen zu sein, aus dem er jeden Augen-

---

* siehe Taschenbuch 2, Roman 2 »Das letzte Opfer«

blick erwachen würde – doch ihre größten Überraschungen hatte die unterirdische Bunkeranlage noch immer nicht preisgegeben.

Wie Traumwandler durchwanderten die beiden Männer den Korridor, gefolgt von Rorke und den Sektierern, die sich auf das Meiste von dem, was sie sahen, nicht den geringsten Reim machen konnten. Schließlich gelangten sie vor ein weiteres Schott, dem letzten nicht unähnlich, jedoch nicht durch eine Zahlenkombination gesichert sondern nur von einem großen freundlichen Knopf, auf dem OPEN stand. Dave drückte darauf.

Zischend teilten sich die Hälften der gewaltigen Pforte – und gaben den Blick auf etwas frei, das Matt keuchend nach Luft schnappen ließ.

Der Raum, der jenseits des Schotts lag, war ein unterirdischer Hangar. Es gab Terminals, Maschinen und kleine Fahrzeuge, die entlang der Wände abgestellt waren. Im Zentrum der gewaltigen Halle jedoch thronte – Matt traute seinen Augen nicht – eine Raumfähre!

»Shat-El! Shat-El!«, raunten die Eisas-Jünger einander zu, und sie hatten verdammt Recht damit – auch Matt kam das gewaltige Gefährt, vor dem er stand und zu dem er staunend aufblickte, wie das Geschenk eines Gottes vor.

Es war kein gewöhnliches Shuttle, sondern ein kleineres Modell mit schlankerem Rumpf und modifizierten Flügeln.

»Das ist der Prototyp«, erkannte David McKenzie, der Mühe hatte, sich zu beherrschen. »Der Prototyp des neuen Shuttles, das 2016 hätte starten sollen. Er hat die Erde nie verlassen.«

Die großen länglichen Türen der Ladebucht und einige Seitenplatten fehlten noch; offenbar war das Shuttle nicht ganz fertig gestellt worden.

Fassungslos schaute Matt zu dem gewaltigen Raumschiff auf, und Wehmut überkam ihn, als er das Sternenbanner sah, das auf den Flügeln des Shuttles prangte. Ob sich die Erbauer auch nur im Entferntesten ausgemalt hatten, unter welchen Umständen ihre Konstruktion in vielen hundert Jahren wiedergefunden würde?

Noch in derselben Nacht veranstalteten die Eisas-Jünger ein großes Fest, zu dem die drei »Gottgesandten« eingeladen wurden. Die Sektierer hatten allen Grund zur Freude – in ihren Augen hatte sich ihre Religion bewahrheitet. Die Abgesandten von Eisas waren gekommen und hatten den »Himmelswagen« entdeckt, der tief unter der Erdoberfläche geschlummert hatte.

Drei prunkvolle Throne wurden aufgestellt, auf die Matt, Dave und Rorke sich setzen mussten, während ihnen Speisen und andere Opfergaben dargebracht wurden. Während Matt das Ganze eher peinlich war, schien Rorke es in vollen Zügen zu genießen – der kleinwüchsige Weltrat-Techniker kostete den Umstand, dass nun *er* es war, der von den Sektenanhängern gefürchtet wurde, voll aus.

Aber auch Dave schien nichts dagegen zu haben, von den Eisas-Jüngern nach Strich und Faden verwöhnt und wie eine Gottheit verehrt zu werden – eine weitere Eigenschaft, die dem »alten« Dave abgegangen war.

Es gab ein ausgiebiges Mahl, bei dem die Sektierer alles aufboten, was ihre Speisekarte hergab – Früchte verschiedener Art und Fisch, der schmackhaft zubereitet war. Dazu wurde ein Getränk gereicht, das aus vergorenem Fruchtsaft hergestellt wurde und leicht berauschend wirkte.

Nach dem Festmahl verstummten die Sektierer und

ihr Anführer Kommanda trat in ihre Mitte. Er verneigte sich vor den drei Gesandten und hob ehrerbietig die Hände. Dann begann er mit weicher Stimme einen eigenartigen Gesang anzustimmen, dem seine Anhänger andächtig lauschten. Die erste Strophe war eine Art Einleitung – ein Dankgebet und ein Lobpreis an Eisas, der sein Versprechen wahr gemacht hatte.

Und dann begann der Priester in Hymnenform die Geschichte seines Stammes darzulegen, vom heutigen Tag angefangen bis zurück in jene Epoche, die für die Eisas-Jünger graue Vorzeit war.

So erfuhren Matt und seine Begleiter alles. Woher die Eisas-Jünger stammten, woran sie glaubten und was der Ursprung ihres Glaubens war. Das Lied, das der Kommanda vortrug, war von Hohepriester zu Hohepriester weitergegeben worden, viele Generationen lang, und jeder hatte dem Lied die Strophe seines Lebens hinzugefügt.

Es berichtete in blumigen Worten, wie im Angesicht der großen Katastrophe des Kometeneinschlags das Weltraumzentrum evakuiert worden und nur eine vergleichsweise kleine Kernbesatzung zurückgeblieben war, um den Prototypen und die Anlage zu bewachen. Diese Leute hatten ihre Familien auf das Gelände geholt, um bei ihnen zu sein, wenn der Komet einschlug.

Nach dem Einschlag von »Christopher-Floyd« hatte sich alles verändert. Die Infrastruktur war zerstört worden, viele Tausend Menschen hatten den Tod gefunden. Die Vereinigten Staaten hatten sich aufgelöst, als sich der Süden vom Norden losgesagt hatte. Das Land war zersplittert und im Chaos versunken in einer Zeit, die der Kommanda die »Finsternis« nannte, in der »Dämonen die Erde beherrschten«.

Über all diesen Wirren war Cape Canaveral in Vergessenheit geraten. Das Raumfahrtzentrum, das durch den Kometenaufprall und die anschließende Flutwelle vom Festland abgetrennt worden war, war für seine Besatzung zum Zuhause geworden, und man hatte begonnen, sich häuslich einzurichten. Familien wurden gegründet, eine neue Generation wuchs heran – und die Aufgabe, den Prototypen zu bewachen und der Nachwelt zu erhalten, wurde ihr übertragen.

Mit jeder neuen Generation, die auf der Insel lebte, degenerierte das Wissen um die alte Zivilisation. Der Auftrag, den Prototypen zu bewachen, wurde mythologisch überhöht. Aus dem Shuttle wurde »Shat-El«, der Himmelswagen des Gottes Eisas. Begriffe, die vor Generationen einen Sinn gehabt hatten, wurden als Titel und leere Formeln verwendet – der Kult der »Söhne des Himmels« war geboren.

Der ursprüngliche Befehl der Camp-Besatzung hatte gelautet, den Prototypen bis zum Eintreffen wissenschaftlichen Personals aus Houston zu bewachen. Das Personal, Mitarbeiter des ISS-Programms, war jedoch nie eingetroffen. Also hatten die Eisas-Jünger viele Generationen lang auf das Eintreffen der »Abgesandten« gewartet.

Heute waren sie gekommen …

Nun, da er die Wahrheit kannte, empfand Matt gleichzeitig Freude und Wehmut.

Freude, weil der Bunker mit all seinen Schätzen eine Verbindung zu jener Vergangenheit darstellte, der er entstammte und mit der ihn noch immer so vieles verband.

Wehmut, weil die Menschen dieser Zeit so wenig mit den Errungenschaften von einst anzufangen wussten. Der Kommanda und seine Eisas-Jünger hatten nicht im Ansatz geahnt, was sie da in Wahrheit bewacht hatten, und hätte man es ihnen gesagt, wäre es ihnen gleichgültig gewesen.

Doch auch Matt wusste nicht, dass der Bunker noch ein weit größeres Geheimnis preiszugeben hatte ...

Am nächsten Morgen machten sich Matt und Dave daran, unter Rorkes wachsamen Blicken die Terminals und elektronischen Anlagen des Bunkers auf ihre Funktionsfähigkeit hin zu untersuchen.

Es war ein erhebendes Gefühl, als sie das System starteten und der erste Computerbildschirm aufflackerte. Man konnte sogar noch das Plastik riechen, hörte die Festplatte des Servers leise summen.

Dave gab eine Reihe von Standardbefehlen ein und fuhr das gesamte System hoch – mit einem Triumphschrei verkündete er, dass die meisten Sektionen des Kontrollraums einwandfrei arbeiteten; nur ein paar Teilbereiche mussten neu gestartet werden.

»Das ist einfach unfassbar!«, rief der Astrophysiker immer wieder aus. »Wir haben hier ein funktionierendes Kontrollzentrum – und das nach all der Zeit!«

»Es wird Präsident Hymes freuen das zu erfahren«, meinte Rorke – und bremste damit ein wenig Matts Freude. Hätte er doch nur sicher sein können, dass der Weltrat verantwortungsvoll umgehen würde mit den technischen Errungenschaften der Alten Welt. Aber das war er nicht; ganz und gar nicht. Die neue Regierung der USA war ihm noch immer suspekt.

»Mal sehen«, meinte Dave und machte sich an einer der Konsolen zu schaffen, gab einige Befehle in die Tastatur des Terminals ein.

»Was?«, fragte Matt.

»Das Ziel unseres Auftrags«, brachte Dave in Erinnerung. »Wir sollen in Erfahrung bringen, ob die ISS noch dort oben ist.« Er hackte weiter auf die Tastatur ein, wie besessen von dem Gedanken, Kontakt zu jener Raumstation zu bekommen, die vor fünf Jahrhunderten ins All geschossen worden war. Der Astrophysiker rief sämtliche Kanäle ab, versuchte die Frequenz zu finden, auf der die ISS gesendet hatte – erfolglos …

»Lass gut sein, Dave«, meinte Matt. »Was wir hier gefunden haben, ist weit mehr als wir erwarten konnten. Wir sollten …«

Er brach ab, als der große Bildschirm, der die Stirnseite des Kontrollraums einnahm, plötzlich ansprang und ein Bild der Erde zeigte – des blauen Planeten, der ihre Heimat war.

»Was … was ist das?«, fragte Matt verblüfft.

»Das ist eine Übertragung«, stellte Dave mit Blick auf den Monitor der Com-Station fest.

»Eine *alte* Übertragung«, mutmaßte Matt. »Eine Aufzeichnung.«

»Nein.« Dave schüttelte beharrlich den Kopf. In seinen Augen begann es fanatisch zu leuchten. »Die Instrumente besagen, dass das Signal, das wir empfangen, aktuell ist. Dieses Bild wird in *diesem Augenblick* von der ISS zur Erde gesendet. Mit einer Verzögerung von … 0,8 Sekunden.«

»Aber …« Matthew bekam eine Gänsehaut, spürte, wie sich seine Nackenhaare sträubten. »Das bedeutet ja, dass … dass …«

»Dass sie noch immer im Orbit ist«, sprach David McKenzie aus, was Matt nicht über die Lippen brachte. »Und dass sie funktionsfähig ist – in welchem Umfang kann ich noch nicht sagen.«

Rorkes Züge verrieten keine Regung. Wie ein Kameraauge nahm der Weltrat-Techniker alles auf, was um ihn herum geschah. Vermutlich erfasste er nicht einmal, was diese Entdeckung wirklich bedeutete.

Dave hingegen wusste es nur zu gut ...

»Die ISS existiert noch immer«, flüsterte der Astrophysiker, während er wie gebannt auf das Bild der Erde starrte, die sich aus dieser Sicht in den letzten Jahrhunderten nicht verändert zu haben schien. »Die Station funktioniert noch. Der Trilithium-Kern und die Sonnenkollektoren haben sie mit Energie für die automatischen Kurskorrekturen versorgt und das Vakuum des Alls hat sie konserviert. Ich hatte immer gehofft, dass es so sein würde ...«

Matt streifte McKenzie mit einem Seitenblick. Er wusste, dass Dave stets davon geträumt hatte, zu den Sternen zu fliegen. Die Luft- und Raumfahrt waren seine Leidenschaft gewesen, von Kindesbeinen an. Nach seinem Studium in Astrophysik hatte er am Raumfahrtprogramm teilgenommen und zu jenen Kandidaten gehört, die zur ISS hätten fliegen sollen – wäre an jenem achten Februar des Jahres 2012 nicht alles ganz anders gekommen ...

Matt verstand, weshalb die Entdeckung, dass die ISS noch immer intakt und im Orbit war, für Dave von so großer Bedeutung war – denn für ihn, den verhinderten Astronauten, bedeutete sie vielleicht eine zweite Chance, doch noch das zu tun, wovon er sein Leben lang geträumt hatte.

»Du denkst, dass wir hinauf fliegen könnten, nicht wahr?«, erkundigte sich Matt leise, während sie auf das Abbild der blauen Erde blickten. »Du willst der Erste sein, der in dieser neuen Welt nach den Sternen greift.«

Ein Zucken durchlief Daves schlanke Gestalt, als würde er aus einem Traum erwachen.

»Besser ich als Hymes und sein Scherge Crow«, sagte er so bitter, dass Matt einmal mehr das Gefühl hatte, seinen Freund nicht mehr zu kennen.

Sie blieben noch drei Tage auf Cape Canaveral. Dave und Matt nutzten die Zeit, um sich ein umfassendes Bild von der Lage auf der Insel zu machen und eine Inventarliste aller Computer, Gerätschaften und Ausrüstungsgegenstände anzufertigen, die der unterirdische Bunker beherbergte. Dann erst brachten die »Söhne des Himmels« sie mit Booten sicher durch die Shargatoren-verseuchte Meerenge zum Festland.

Da sich das Vakuumschott nicht mehr schließen ließ, musste ein Mann zur Bewachung zurückbleiben – Rorke bot sich freiwillig an, diese Aufgabe zu übernehmen.

Matt wusste nicht zu sagen, ob es daran lag, dass der Techniker Gefallen an seinem Dasein als Götterbote gefunden hatte – die Eisas-Jünger lasen ihm jeden Wunsch von den Augen ab und bemühten sich, ihm seinen Aufenthalt so angenehm wie möglich zu gestalten. Vielleicht lag es aber auch daran, dass Rorke den beiden anderen misstraute und den entdeckten Schatz selbst im Auge behalten wollte.

So oder so – Matt war einverstanden. Ohne Daves gesammeltes Wissen war das gesamte Equipment, das in den Tiefen des Bunkers schlummerte, wertlos, einschließlich des Shuttle-Prototypen.

Rorke würde also auf der Insel bleiben, während sie nach Waashton zurückkehren und Bericht erstatteten. Denn das war unabdingbar: Ohne die Unterstützung und die Ressourcen des Weltrats würden sie es niemals schaffen, das Shuttle startbereit zu machen.

Wie würde man in Washington D.C. auf den Fund reagieren? Würden Hymes und der Weltrat zustimmen, ein neues Weltraum-Programm ins Leben zu rufen? Und welche Pläne verfolgten sie mit der ISS? Würden sie die Station zum Wohle der Menschheit einsetzen – oder nur zu ihrem eigenen Vorteil?

Die Zukunft würde es zeigen ...

ENDE